주홍 글씨

나다니엘 호돈

일신서적출판사

차   례

제 1 장   옥문(獄門)

턱수염이 더부룩하고 충충한 잿빛 옷에 끝이 뾰죽한 모자를 쓴 남자들이 어느 목조 건물 앞에 모여 있었다. 그 속에는 수건을 쓴 여자며 맨머리로 나온 여자들도 섞여 있었다.

참나무로 된 튼튼한 문에는 커다란 쇠못이 줄줄이 박혀 있었다.

새 식민지의 개척자들은 새로 계획한 유토피아가 아무리 인간적인 미덕과 행복에 넘쳐 있다 하더라도 처녀지의 일부를 공동묘지와 감옥터로 할당하는 일을 무엇보다 우선 첫단계에서 하여야 할 실세적인 필요 사항 중의 하나로 여겨졌다. 이런 관례에 따라 보스턴의 선대들도 코온힐 근처에 최초의 감옥을 세웠고 이를 전후하여 아이작 존슨의 땅에 그의 묘를 중심한 최초의 묘지를 설정한 것이라고 보아도 무방할 것이다. 사실 존슨의 묘는 그 후 킹즈 채플의 옛 묘지에 몰려든 수많은 무덤의 중심이 되었다. 보스턴 거리가 생긴 지 15년 내지 20년, 목조 건물로 된 감옥은 이미 비바람에 낡아 세월의 흔적을 뚜렷이 말해주고 있어 그렇잖아도 잔뜩 찌푸린 듯이 음산하게 보이는 건물 정면을 한층 침울하게 하고 있었다.

또한 참나무로 만든 문에 박힌 육중한 쇠붙이에 슨 녹은 신세계의 그 무엇보다도 고색 창연한 빛을 띠고 있었다. 범죄와 관련된 모든 것이 그러하듯이 이 문짝 역시 청춘 시대라고는 전혀 모르고 지낸 성싶었다. 이 우중충한 건물 앞에서 큰길까지의 사이에는 풀이 우거져 있었는데

이는 일찍부터 문명 사회에 검은 꽃을 피워온 감옥이라는 것과 뭔가 일맥 상통하는 점이 있는 듯했다. 그 잡초들은 우엉·명아주·나팔꽃과 그 밖의 볼썽사나운 것들이었다. 그러나 옥문 한쪽 문지방 바로 옆에서 자라고 있는 한 그루의 찔레나무에는 때가 6월인 만큼 구슬을 뿌려놓은 듯 귀여운 꽃이 함빡 피어 있었다. 감옥으로 들어가는 죄수나 형의 집행을 받으러 가는 사형수에게 동정과 자비를 베풀고 있다는 대자연의 깊은 마음의 표시로서 그윽한 향기와 가냘픈 아름다움을 풍기고 있다고 상상할 수 있으리라.

이 찔레나무는 이상한 인연으로 역사상에 살아 남아 있었다. 그러나 과연 이 찔레나무는, 원래 그 위에 그림자를 드리워주던 거대한 소나무나 참나무가 쓰러져버린 훨씬 뒤에까지도 이 황량한 옛 들판에 그저 살아 남은 데 불과한 것인지 아니면 성자라고 칭송되는 앤 허친슨이 옥문을 들어설 때 발 밑에서 솟아난 것인지(그렇게 믿을 만한 근거는 충분하다 하더라도)를 여기서는 결정짓지 말기로 하자. 어쨌든 그 불길한 그림자가 깃든 옥문에서부터 시작되려는 이 이야기의 첫머리에서 이 찔레꽃을 발견한 작자가 할 수 있는 일은 기껏해야 그 찔레꽃 한 송이를 꺾어서 독자에게 바치는 정도일 것이니까.

그 꽃이 이야기의 진행과 함께 떠오를 부드러운 미덕의 꽃을 상징해 주든지 아니면 인간의 약함과 슬픔에 수반되는 이야기의 암담한 결말을 조금이라도 누그러지게 해주었으면 하고 바라는 작자의 마음 간절하다.

제 2 장 광장(廣場)

　지금부터 2백 년 전의 어느 여름날 아침, 감옥 거리에 있는 감옥 앞 풀밭에는 많은 보스턴 시민이 모여 있었다. 그들의 눈은 쇠빗장을 지른 참나무 문만을 응시하고 있었다. 다른 고장의 주민들이었거나, 뉴잉글랜드라 하더라도 훨씬 후세의 일이었다면 수염에 덮인 시민들의 얼굴을 이토록 잔인하게 굳어버리게 한 일은 뭔가 대단한 사건이 일어나고 있다는 징조로 보였을지 모른다. 법정의 판결은 이미 일반 대중이 내리고 있는 평결(評決)을 입증하는 데 불과하고, 그래 누군가 이름있는 죄수가 치형되리라는 것을 예감하고 있는 것으로 보였을 것이다. 그러나 초기 청교도들이 지녔던 엄격한 성격으로서는, 확신을 갖고 추측을 내릴 수는 없었다. 왜냐하면 그것은 관리의 손에 넘겨진 게으름뱅이 하인이나 불효막심한 자식놈이 형장에서 곤장을 맞는 장면일 수도 있고 신앙 지상주의자나 퀘이커 교도 등의 이교도가 곤장을 맞고 시외로 추방되는 장면일 수도, 떠돌아다니던 인디언이 백인들이 마시는 위스키를 마시고 거리로 뛰쳐나와 날뛰다가 매를 맞고 숲속으로 쫓겨가는 장면일 수도 있었기 때문이다. 아니면 꽤 까다로운 판사의 미망인이던 히빈스 부인 같은 한 마녀가 교수대의 이슬로 사라지려는 장면일지도 모른다. 어느 경우든 구경꾼들의 얼굴에는 대체로 비슷한 표정이 나타나 있었는데 그것은 종교와 법률이 한 의식 속에 완전히 융합되어 있어 그것이 아무리 조용하고

8

엄격하다 할지라도 하여간 공적인 처벌 행위는 모두 신성시되어 범할 수 없다고 믿고 있는 국민에겐 아주 잘 어울리는 일이었다. 죄인이 처형장에 모여드는 구경꾼들에게 바랄 수 있는 동정도 보잘것없고 냉담한 것이었다. 현재는 가벼워보이는 하찮은 형벌도 그 당시에는 사형에 못지 않은 준엄한 위엄을 지녔던 것인지도 모른다.

이 이야기가 시작되는 그 여름날 아침, 군중 틈에 끼어 있던 몇 명의 여인들이 멀지 않아 일어나려는 형벌(그것이 어떤 것이든지간에)에 대하여 이상하리만큼 흥미를 품고 있었다는 것은 주목할 만한 일이다. 이 시대는 예절이 그렇게 세련되어 있지 못했으므로 페티코트나 파딩게일을 입은 여자들이 조심성없이 함부로 공적인 장소에 나서기도 하고 경우에 따라서는 그 작지도 않은 몸뚱이를 형이 집행되려는 처형대 가까이 모여 선 군중들 틈으로 비집고 들이미는 일도 있었다. 영국 땅에서 태어나 그곳에서 자란 그들 부인이나 처녀들은 육체적으로나 정신적으로 2백여 년이란 세월이 흐른 뒤의 그들의 자손인 아름다운 여성에 비하면 매우 거친 성질을 지니고 있었다. 누대의 어머니들이 그 사실처럼 이어지는 가계(家計)를 통하여 힘과 고집스러움이 결여된 성격을 물려줬다고 말할 것까지는 없다 하더라도 훨씬 허약한 혈통과 보다 섬세하고 나약한 아름다움이며 연약한 뼈대를 물려주었기 때문이다. 지금 이 옥문 둘레에 모여 선 여자들은 저 엘리자베스 여왕이 여성의 상징으로서 무난했던 시대로부터 불과 50여 년 뒤의 사람들이다. 사실 엘리자베스 여왕과 같은 영국 사람이라고 보아도 무방하며 조국인 영국의 쇠고기와 맥주가 그 조금도 더 나을 것 없는 정신의 양식과 함께 그 인간 됨됨이에 많은 영향을 미치고 있었던 것이다. 그러기에 그날 아침의 밝은 태양은 먼 섬나라에서 어엿한 한 사람의 여자로 자랐고 뉴잉글랜드의 바람을 쐬어도 여위고 창백해진 일이 없는 그녀들의 넓은 어깨며, 풍만한 가슴이며, 발그레한 볼 위를 비치고 있었다. 게다가 부인들로 보이는 그들의 말소리에는 내용이나 음량(音量)면으로 보아도 오늘날의 사람들을 깜짝 놀라게 할 만한 대담함과 관대함이 들어 있었다.

"이것 보세요, 부인들." 위엄있게 생긴 50대 여인이 말했다. "내 의견을 얘기해보겠어요. 분별있는 나이에다 뒷손가락질을 받을 만한 일이 없는 신도인 우리가 헤스터 프린 같은 못된 여자를 처벌하는 것은 우리들을 위해서도 상당한 도움이 될 겁니다. 우리 다섯 사람 앞에 끌려나와 재판을 받는다고 생각해보세요, 판사님이 판결한 벌만 받고 끝장날 것 같은가요? 천만의 말씀입니다!"

"듣건대는." 또 다른 여자가 말했다. "그 여자의 목사이신 딤즈데일 선생이 말이에요, 이런 추문이 자기 교구 사람들에게 영향을 끼쳤기 때문에 몹시 가슴 아파 하신다고 그럽디다."

"판사님들은 신심이 두터운 것은 사실이지만 너무 인정이 많으세요. 정말이라니까." 또 한 사람의 중년 부인이 참견을 했다. "아무리 생각해도 헤스터 프린의 이마빼기에 달군 쇠로 낙인 정도는 찍어줬어야 했어. 그랬더라면 헤스터도 따끔했을거야. 하지만 그 여자는 말 못 할 잡년이니까, 옷 앞가슴에 뭘 붙여줬다 해도 눈 하나 깜짝 안 할 거예요! 두고 봐요, 필시 브로치나 이교도의 표시 같은 것으로 가리고는 여전히 뻔뻔스럽게 돌아다닐 테니!"

"그렇지만," 어린아이의 손목을 잡고 있던 젊은 여자가 좀더 부드러운 어조로 말을 막았다. "그 여자가 아무리 가슴의 표적을 가렸다 한들, 가슴 속의 고통이야 어딜 가겠어요."

"앞가슴 위든, 이마빼기이든 표적이나 낙인 따위가 무슨 소용이겠어요." 하고 또 다른 여자가 큰소리로 외쳤는데 그녀는 재판관을 자처하고 나선 여자들 중에서도 가장 못생기고 냉혹한 여자였다. "그런 년은 모든 사람에게 창피를 준 년이니까 죽여 마땅해요. 그런 년을 처벌할 법률이 없는 줄 아세요? 성서에도 있고 법률 책에도 엄연히 있단 말이에요. 그런데도 판사님들은 그 법률을 적용하려고 하지 않았으니 자기네 부인들이나 딸자식들이 탈선한다 하더라도 아무런 할 말이 없을 거예요."

"너무하는군요. 부인." 사람들 틈에 끼여 있던 한 남자가 말했다. "여자들은 교수대를 두려워하는 마음이 없으면 정숙해질 수 없는가요? 그렇다 하더라도 너무 지독한 말만 하시는군요! 자, 조용히들 하세요. 옥문의 열쇠가 돌아가고 있어요. 문제의 프린 여사가 나오게 될 겁니다."

옥문이 안으로부터 활짝 열렸다. 우선 어둠 속에서 햇빛 속으로 모습을 드러낸 것은 허리에 칼을 차고, 손에는 지팡이를 든 험상궂은 얼굴을 한 형리(刑吏)의 엄숙한 모습이었다. 청교도의 가혹하고 엄격한 법률이 이 사나이의 모습에 잘 나타나 있었다. 그는 위반자에게 단호히 그 법을 적용하는 것이 맡은 바 의무였다. 왼손에 지팡이를 쳐든 그는 오른손으론 젊은 여인의 어깨를 붙잡아 끌어내오고 있었다. 옥문 가까이 오자 그 여인은 타고난 위엄과 의지의 강함을 드러내기라도 하듯 형리를 뿌리치고 마치 자기 의사에 따라 그렇게 하는 것처럼 바깥 세상으로 걸어나왔다. 여인에게 안겨 있던 생후 3개월 가량 된 아기는 너무 밝은 햇빛이 작은 얼굴에 닿자 눈을 깜박였다. 지금까지 어두컴컴한 지하 감방이나 침침한 방의 희미한 빛에만 익숙해왔기 때문이었다.

이 젊은 여인은 —— 그 아기의 어머니였지만 —— 군중 앞에 완전히 모습을 나타낸 순간 충격으로 아기를 힘차게 가슴에 끌어안는 것같이 보였다. 어머니로서의 애정에서 나오는 충동이라기보다는 옷에 수놓았거나 꿰매 붙인 무슨 표시를 감추기 위함인 것 같았다. 그러나 다음 순간 그 치욕을 감춰봤자 또 하나의 치욕의 증거인 아이는 감출 수 없음을 깨달았던지 다시 아이를 팔에 안은 여인은 볼을 빨갛게 붉히면서도 오만한 미소를 띠며 부끄러워하는 기색도 없이 거리의 사람들과 모여 선 군중들을 둘러보았다. 여인의 웃옷 가슴에는 깨끗한 빨간 천에 금실로 정교하게 수를 놓아 꼼꼼한 무늬로 가를 두른 A자가 붙어 있었다. 그것은 아주 멋있고 사치스러운 느낌마저 들었으며 호화 찬란하다고 할 수 있을 정도로 잘 되어 있어서 마치 지금 입고 있는 옷에 가장 잘 어울리는 장식품처럼 보이기도 했다. 그 옷 또한 당시 기호에 맞는 호화로운 것으로 당시 식민지의 근검(勤儉) 법령이 허용하는 범위를 훨씬 넘고 있었다.

이 키도 몸집도 큰 젊은 여인의 모습에는 나무랄 데 없는 고상한 기품이 풍기고 있었다. 검고 숱이 많은 머리는 햇빛이 반사될 정도로 윤기가 자르르 흐르고 있었다. 뚜렷한 이목구비며 화사한 살결은 말할 것도 없고 훤한 이마와 새까만 눈동자는 어딘지 모르게 사람을 이끄는 데가 있었다. 또한 당시의 상류 여성답게 품위가 있어보였다. 당시 상류 여성의 특징은 뭐라 말할 수 없는 위엄에 찬 것이었지 오늘날의 여성들처럼 섬세하고 꺼져버릴 것 같은 우아함에 있는 것이 아니었다. 그런 만큼 헤스터 프린이 옥문을 나설 때처럼 기품이 있어보인 적도 없었다. 지금까지 헤스터를 알고 있던 사람들은 불길한 구름에 덮히어 그 모습이 흐려졌을 것이라고 생각하고 있었기에 몸을 감싸고 있는 불행이나 불명예가 오히려 후광처럼 그 아름다움을 빛나게 해준 데 대해 놀라움을 금치 못하였다. 그러나 매사에 찬찬한 눈을 지닌 사람에겐 어딘가 아픔의 구석이 엿보인 것도 사실이었다. 그 옷은 이날을 위해 자기 마음에 들게끔 그녀 자신이 감옥 안에서 수를 놓아 만든 것이었는데 그 눈이 부실 정도로 아름다운 특이성은 오히려 그녀의 정신적인 자세, 즉 절망적이고 자포자기적인 기분을 나타내고 있었다. 그러나 사람들의 눈을 이끌 정도로 그 옷을 입은 여인을 완전히 달라보이게 만든 것은 —— 지금까지 헤스터 프린과 친밀하게 사귀어오던 사람들까지도 처음 만난 것 같은 인상을 받게 되었는데 —— 그 이상스러운 자수로 가슴을 장식한 주홍글씨였다. 그 글씨는 주문(呪文)과 같은 효과가 있었고 헤스터를 평범한 인간 관계에서 분리시켜 고립된 세계에 가두는 힘을 지니고 있었다.

"저년은, 바느질 솜씨 하나만은 그만이야." 구경꾼들 속에 섞여 있던 한 여자가 말했다. "하지만 이런 식으로 솜씨 자랑을 한 것은 저 뻔뻔스런 년이 처음이야! 사실 말이지, 이건 아무리 생각해도 판사님들을 코 앞에서 비웃어대면서 그 훌륭한 분들이 내린 형벌을 오히려 자랑으로 여긴다고 볼 수밖에 없으니 말이에요."

"가장 좋은 방법은." 하고 그 여자들 중에서 가장 무섭게 생긴 여인이 말했다. "헤스터의 화려한 웃옷을 그 품위있는 어깨로부터 벗겨버리는 거예요. 저 괴상하게 수놓은 주홍글씨만이라도 떼어버리고 그 자리에다 류머티즘에 쓰는 헝겊 조각을 대주면 썩 잘 어울릴 거예요！"

"좀 조용히들 하세요！" 가장 젊어보이는 여자가 작은 소리로 말했다. "저 여자가 듣겠어요！ 저 수놓은 글씨의 바늘땀 하나하나가 저 여자의 가슴을 결코 편케 하지는 않았을 거예요."

그때 형리가 지팡이를 휘두르며 위엄있게 외쳤다.

"자, 여러분 비키시오. 국왕의 명령이니 길을 내어주시오. 지금부터 낮 한시까지 남녀노소 누구에게나 이 훌륭한 옷을 마음껏 볼 수 있게끔 헤스터 프린을 세워놓기로 약속하겠소. 부정은 백일하에 드러나게 마련인 정의의 고장, 매사추세츠 식민지에 축복이 있기를！ 자, 헤스터, 앞으로 나와 그 주홍글씨를 광장에 모인 여러분께 보이도록！"

구경꾼들 사이로 곧 길이 틔었다. 형리가 앞장을 서고 눈살을 찌푸린 남자들이나 매정스런 눈초리의 여인들이 줄줄이 뒤따르는 가운데 헤스터 프린은 정해진 형장으로 걸어가기 시작했다. 이 일 덕분에 반 휴일이 되었다는 사실밖에 아무것도 모르는 장난꾸러기 아이들이 이상한 듯이 헤스터를 앞질러 뛰어가다가는 연방 뒤돌아보며 얼굴을 들여다보기도 하고 눈을 깜박이며 양팔에 안긴 아기와 가슴에 붙어 있는 치욕의 글씨를 쳐다보기도 했다. 그 당시만 해도 감옥 문에서 광장까지는 그리 멀지 않았지만 죄수의 심정으로는 역시 꽤 먼 거리로 여겨졌을 것이다. 왜냐하면 비록 자세는 흐트러지지 않았을지언정 자기를 구경코자 몰려드는 사람들의 발소리를 들을 때마다 그녀의 심장은 한길에 내팽개쳐서 짓밟히는 듯한 아픔을 느꼈을 테니까. 그러나 인간의 성정에는 고맙게도 신의 자비가 있어서 고통을 당하고 있는 자가 그것이 얼마나 심한지를 깨닫게 되는 것은 결코 그 당장이 아닌 훨씬 뒤의 일이다. 때문에 헤스터 프린은 태연하다고 할 만큼 품위를 지닌 채 지금 자기가 겪고 있는 시련을 극복하면서 서쪽에 있는 처형대에 다다를 수 있었다. 보스턴에서 가장 오래된 교회의 처마 바로 밑에 세워져 있는 그 처형대는 마치 교회의 부속 건물처럼 보였다.

아닌게 아니라, 이 처형대는 형구(刑具)의 일부가 되어 있었다. 현대인에게는 한낱 역사적이고 전설적인 유물이 되어버렸지만 이삼 세대 전만 해도 프랑스 혁명 당시의 테러 정치인들을 처단했던 단두대에 못지 않게 양민(良民)을 교육시키는 데에 효력을 발휘한다고 생각되었던 것이다. 간단히 말하자면, 그것은 형틀의 단(壇)으로서 그 위에는 꼼짝없이 여러 사람의 눈에 띌 수 있도록 사람의 목을 꽉 끼울 수 있는 형틀이 서 있었던 것이다. 나무와 쇠로 된 이 장치는 마치 치욕을 그림으로 그려놓은 듯이 뚜렷한 모양을 하고 있었다. 죄인이 부끄러워서 얼굴을 가리려는 것을 막기 위한 것이 이 형벌의 목적이긴 하지만 그 사람의 과실이야 어쨌든 이 사실 이상으로 심히 인간성을 모독하는 일은 없을 것이다. 그러나 흔히 있는 일로서 헤스터 프린은 일정한 시간만을 그 형대 위에 서 있으면 되었고 특히 죄인들이 싫어하는 수갑을 채운다든지 칼을 씌우는 형벌은 받지 않아도 되었으므로 자기가 취할 바를 잘 알고 있던 그녀는 나무 계단을 올라갔다.

도로에서 보았을 때 사람들 어깨 높이가 될 만한 곳에 이르자 그녀는 서서 군중에게 둘러싸인 채 공개되었다.

만인 이 청교도의 무리 속에 카톨릭 교도가 섞여 있었다면 눈이 부실 것 같은 복장과 가슴에 갓난아기를 안고 있는 아름다운 여성의 모습에서 성모 마리아 상을 연상하였을 것이다. 물론 그것은 연상에 불과하겠지만 수많은 저명한 화가들이 다투어 그리고자 한 이 세상을 구제해줄 아기를 낳으신 순결한 성모 마리아의 모습을 발견했을지도 모른다. 그럼에도 헤스터의 경우에는 인간 생활에서 가장 신성해야 할 미덕에까지도 씻을 수 없는 죄의 오점이 찍혔다. 즉 이 여자가 아름답기 때문에 세상은 더욱 어두워질 뿐만 아니라 그 배를 아프게 한 아이로 해서 점점 타락한다는

14

결말을 가져왔던 것이다.

따라서 이 장면에는 사람들의 마음을 숙연케 하는 그 무엇이 있었다. 사회가 한 인간에게서 죄와 치욕의 모습을 발견하였음에도 불구하고 두려움은커녕 웃어넘길 만큼 타락하지 않은 이상, 그것은 이러한 때에 으레 느낄 수 있는 외경감(畏敬感)을 자아냈다. 헤스터 프린의 치욕을 목격하고 있던 사람들도 아직 이런 소박한 성품에서 벗어나지 못한 사람들이었다. 그들은 설령 헤스터가 사형 판결을 받았다 하더라도 그 잔혹함을 눈썹 하나 까딱하지 않고 구경할 수 있는 그런 강심장의 사람들이었는지도 모르지만 사정이 다른 사회(청교도 사회가 아닌)라면 한낱 웃음거리에 지나지 않을 눈앞의 광경에서는 조금도 냉혹함을 드러낼 수 없었다. 아니, 만일 이런 사태를 웃어넘겨버리려는 기분이 있었다 하더라도 엄숙하게 자리잡고 있는 총독, 여러 명의 총독 고문, 판사, 장군, 목사들의 위엄에 압도되어 맥을 못추었을 것이다. 이들 일행은 교회당의 발코니 위에 서거나 앉아서 처형대를 내려다보고 있었다. 이들은 그들의 지위나 직책상의 위엄과 존엄성을 손상시킴이 없이 처형장의 일부를 이루고 있었는데 법대로 선고된 형벌에는 거짓이 없고 그 효력 또한 강하게 나타내려는 의미가 내포되어 있었다고 생각해도 무방하리라. 군중을 심각하고 거북스럽게 만든 것도 그와 같은 사정에서 비롯되었으나 불쌍하게도 이 죄인은 수많은 사람들의 가차없는 시선이 자기에게 쏠려 가슴에 집중되고 있다는 사실에 중압감을 우롱에 찬 바늘이나 독약을 칠한 칼처럼 대할지라도 그것을 꾹 참고 견디겠다는 굳은 각오를 하고 있었다. 그러나 사람들의 엄숙한 태도에는 그보다도 더한 두려움이 있었으므로 모든 사람의 엄숙한 표정이 차라리 조소로 일그러져 그 조소의 대상이 된 자신을 바라보는 것이 낫지 않을까 하는 기분도 들었다. 군중으로부터 와 하고 웃음소리가 터지고 모든 남녀와 목청이 높은 애들까지도 제나름대로의 웃음소리를 터뜨려주었다면 헤스터 프린은 그들에게 오히려 멸시적인 냉소로 응수해줄 수 있었을 것이다. 그러나 이 납덩어리처럼 무거운 형벌을 참는 일이 자기의 운명이라는 것을 알게 된 헤스터는 있는 힘을 다하여 고함을 지르며 처형대 위에서 땅바닥으로 몸을 던지지 않으면 그대로 미쳐버릴 것 같은 기분이 들었다.

때때로 자기가 적나라한 구경거리가 되고 있는 광경 전체가 눈앞에서 사라져버리는 것 같기도 하고 형태가 뚜렷하지 않은 꿈이나 환상처럼 흐릿하게 어른거릴 때도 있었다. 머리의 움직임은, 특히 기억력은 이상하리만큼 활발해져서 이 서쪽 황무지 한구석에 있는 작은 마을의, 거칠게 들어선 마을의 거리와는 다른 장면이 끊임없이 떠오르고 있었다. 그 뾰죽한 모자 밑으로 노려보고 있는 얼굴과는 다른 얼굴도 있었다. 어린 시절과 학교 시절의 일, 운동, 어린애다운 싸움, 처녀 시절에 있었던 하찮은 집안 일 등 보잘것없는 회상이 그 뒤의 생활에서 일어난 의미심장한 사건들과 뒤섞여 한꺼번에 되살아났다. 모든 것이 똑같이 중요한 뜻을 지닌 것 같기도 하고 혹은 보잘것없는 연극 같기도 했으나 모두가 똑같이 생생하게 느껴졌다. 이러한 과거의 환상들을 이것저것 그려봄으로써 현실의 잔인하리만큼 엄격한 형벌을 벗어나려는 마음은 이런 경우 스스로를 구해보려는 여성 본능의 지혜였는지도 모른다.

어쨌든 처형대는 행복한 어린 시절부터 걸어온 인생의 전모를 헤스터 프린에게 뚜렷이 제시해주는 전망대가 되었다. 이 비참한 단상에 서 있으니 그녀의 눈엔 또다시 그리운 영국의 고향 마을이며 자라난 집이 떠오르기 시작했다. 회색의 색조로 된 쓰러져가는 집일망정 그 현관에는 유서 깊은 가문의 표시인 다 지워져가는 문장(紋章)이 새겨져 있었다. 이마가 벗겨진, 엘리자베스 왕조 시대의 구식 주름깃 위에 멋있게 흰 수염을 날리던 아버지의 얼굴이 떠올랐다. 어머니의 모습도 떠올랐다. 그 자상함과 깊은 애정에 넘치던 어머니의 표정은 그녀가 죽은 뒤에도 딸이 걷는 인생 행로에 언제나 나타난 조용한 훈계의 말을 건네주었다. 여기에 마치 아이들처럼 아름답게 빛나던 자신의 얼굴도 떠올랐다. 늘 들여다보던 흐릿한 거울 속까지도 밝혀주던 얼굴이었다. 이 거울 속에는 나이를 꽤 먹은 남자의 얼굴도 비쳐보였는데 수많은 책들을 읽느라고 램프의 불빛 때문에 눈이 거슴츠레해지고 얼굴이 파리하게 여윈 학자풍(風)의 남자 모습이었다. 그러나 그 약한 시력도 인간의 마음을 꿰뚫어보려고 할 때는 불가사의한 통찰력을 지니는 것이었다. 서재에 묻혀 은둔 생활을 하는 그 남자는 약간 불구의 몸인지라 왼쪽 어깨가 오른쪽 어깨보다 약간 올라간 듯한 것을 헤스터 프린의 여자다운 마음은 잊지 않고 상기했다. 그 다음에 회상의 화랑(畫廊)에 떠오른 것은 유럽 어느 도시의 비좁고 복잡한 거리, 높다란 회색 집들, 훌륭한 사원, 시대도 오래 된 색다른 건축 양식의 공공 건물 등이었다. 거기에는 역시 그 불구의 학자와 끊을 수 없는 새로운 생활이 기다리고 있었는데 새로운 생활이라고는 하나, 허물어져가는 벽에 낀 푸른 이끼처럼 케케묵은 것에 기대어 사는 생활에 불과했다. 주마등처럼 스쳐가는 이런 풍경을 대신하여 마지막으로 나타난 것은 청교도 식민지의 보잘것없는 광장이었다. 그곳에 모인 사람들 모두가 엄격한 시선을 쏟고 있는 것은 가슴에 금실로 수놓은 주홍글씨 A를 달고 아이를 안은 채 처형대 위에 선 헤스터 프린, 바로 그녀 자신이었다!

이 같은 일이 있을 수 있을까? 가슴에 꽉 껴안자 아이는 울음을 터뜨렸다. 이 아이와 이 치욕이 현실인지를 확인이라도 하듯 그녀는 주홍글씨를 내려다보며 손으로 만져보기까지 했다. 역시 그랬다! 이 두 가지만이 현실이었다. 그 밖의 모든 것은 사라지고 말았던 것이다!

제 3 장　해후(邂逅)

이 주홍글씨를 단 여인은 와락 마음을 사로잡는 어떤 인물을 군중 틈에서 발견하자 자기가 지금 비난을 퍼붓는 눈초리의 대상이 되어 있다는 의식으로부터 겨우 해방될 수 있었다. 그곳에는 인디언이 한 사람 독특한 복장을 하고 서 있었다. 인디언들이 영국 식민지를 방문하는 것은 별로 이상한 일이 아닌 만큼 이런 때에 한두 사람의 인디언이 서 있었다 하더라도 헤스터 프린의 주의를 끌 리는 없었다. 이 인디언 옆에는 친구인 듯한 백인 한 사람이 문명인인지 야만인인지조차 분간할 수 없는 기묘한 옷차림을 하고 서 있었다.

이 백인은 자그마한 몸집에 얼굴에는 주름이 깊숙이 잡혀 있었지만 아직 노인이라고 할 만한 나이는 아니었다. 이목구비에는 놀라우리만큼 지력(知力)이 엿보였다. 정신이 발달함으로써 육체 또한 저절로 정신의 영향으로 얼굴의 형태가 이룩되는 그런 징후가 뚜렷이 나타난 인물이라는 인상이었다. 언뜻 보기에는 그 사람들은 색다른 옷을 아무렇게나 입어 몸의 특징을 감추거나 아니면 눈에 띄지 않도록 하고 있었으나 한쪽 어깨가 약간 높다는 것을 헤스터 프린은 알고 있었다. 이 여윈 얼굴과 약간 불구가 된 몸을 본 순간 헤스터 프린은 또 어린아이를 가슴에 끌어안았는데 너무도 갑자기 안았기 때문에 가엾게도 아기는 아픈 듯이 울었다. 그러나 엄마는 그 울음소리도 못 들은 것 같았다.

광장에 도착하여 모습이 공개되기 조금 전부터 이 사나이는 벌써 헤스터 프린을 주시하고 있었다. 내면을 바라보는 일에 익숙해져 있는 그는 자기 마음속에 있는 것과 관련이 없는 외부적인 일에는 가치도 의의도 인정치 않는 인간이어서 처음에는 무심한 눈초리였다. 그러나 이윽고 그의 표정은 날카롭게 꿰뚫어보는 듯한 눈초리로 변했다. 번민하는 듯한 고통의 빛이 그 얼굴에 떠올랐다. 마치 얼굴 위를 재빨리 지나가려던 뱀이 잠시 멈춰 똬리를 트는 광경이 사람의 눈에 띈 것같이 그의 표정은 뭔가 어두운 마음의 움직임으로 흐려지는 듯했다. 그러나 그러한 마음을 의지의 힘으로 눈 깜짝할 사이에 억눌러버렸으므로 아주 순간적인 일로 그쳐 곧 침착한 표정을 되찾고 있었다. 다음 순간에는 이미 고뇌의 빛은 눈에 띄지 않았고 그것도 마침내 마음의 깊숙한 곳으로 가라앉아버렸다. 헤스터 프린의 눈이 자기 눈을 응시하고 있다는 것을 알자 그는 조금도 당황하지 않고 천천히 손가락을 올려 살짝 신호를 하더니 입술에 갖다 댔다.

그러더니 그는 옆에 서 있는 마을 사람의 어깨에 손을 얹고 새삼 정중한 태도로 말을 걸었다.

"실례입니다만, 도대체 저 여자는 누구입니까? 무슨 이유로 저렇게 창피를 당하고 있는 겁니까?"

"이 고장엔 처음 오시는 분인게로군요." 하며 그 사람은 그와 동행인 인디언을 자꾸 쳐다보면서 말했다. "그렇지 않다면, 헤스터 프린의 탈선 행위에 대한 소문은 이미 들어 아실 텐데요. 저 여자는 딤즈데일 목사님의 교회에서 대단히 불미스러운 일을 했습니다."

"그랬군요." 그는 대답했다. "나는 이 고장이 처음이며, 본의 아닌 방랑 생활을 하고 있는 사람입니다. 바다와 육지에서 비참한 재난을 만나 오랫동안 남쪽에서 인디언에게 붙잡혀 있었답니다. 이제야 겨우 여기 있는 인디언에게 끌려나와 무죄 방면된 셈입니다. 그러니 헤스터 프린의 —— 아마 그런 이름이었죠? 저 여자가 범한 죄와 왜 저런 처형대에 서게 되었는지 말씀해주셨으면 합니다."

"암, 해드리죠." 마을 사람은 말했다. "황야에서 그렇게 고생하신 끝에 부정을 저지르면 으레 높은 분과 일반 시민이 보는 앞에서 처벌되고 마는 이 고장으로 돌아오시게 되었으니 얼마나 기쁘십니까. 저 여자는 말입니다. 영국 태생으로 오랫동안 암스텔담에 살고 있던 어느 학자의 부인이랍니다. 그 남편은 퍽 오래 전에 미국으로 건너와 우리 매사추세츠 식민지 사람들과 운명을 같이하려고 한 모양입니다. 그래서 우선 부인을 먼저 보내고 자기는 뒷처리를 위해 남았다고 합니다. 그런데 글쎄, 저 여자가 이 보스턴에서 두 해 가까이 살도록 그 프린 씨라는 학자로부터는 아무런 소식이 없다지 뭡니까. 그러자 혼자 살던 저 젊은 부인이 그만 잘못을 저지르게 된 거죠."

"아 그랬군요." 나그네는 쓰디쓴 웃음을 지으면서 말했다. "말씀대로 그 남자가 학자였다면, 그런 것 정도는 책에서 배워뒀어야 하는 건데. 그런데 실례입니다만, 저 갓난아기 말인데요. 난지 삼사 개월이나 되었을까요? 프린 부인이 안고 있는 애기 아버지는 누구인가요?"

"바로 그겁니다. 그 점이 분명하지 않단 말입니다. 수수께끼를 풀어 줄 명판관(名判官)은 아직 나타나지 않았어요." 하고 마을 사람은 대답했다. "재판관들도 머리를 썼지만 헤스터가 도무지 입을 열지 않아 소용이 없었어요. 어쩌면 불의의 짓을 한 상대방 남자도 하느님만은 알고 계시다는 것을 잊어버리고 남몰래 이 슬픈 광경을 바라보고 있는지도 모르겠습니다."

"이 수수께끼를 풀려면 그 학자 선생님이 와야 되겠군요." 나그네는 또 미소를 지으며 말했다.

"그야 그렇죠. 아직도 살아 있다면 말입니다." 마을 사람은 대답했다. "그래서 말입니다. 이 매사추세츠의 재판관님들은 저 여자가 젊은 미인이라 타락의 유혹도 많았을 것이고 게다가 십중팔구 남편은 바닷속에 빠져 죽었으리라 생각했기 때문에 법에 의한 판결을 엄정하게 내리지 못한 것이지요. 원래 그 죄에 대한 형벌은 사형입니다. 그러나 재판관 님들의 자비심과 동정으로 프린은 처형대 위에 세 시간 동안 서 있을 것과 그 다음은 죽을 때까지 가슴에 치욕의 표시를 달아야 한다는 판결을 받은 겁니다.”

“훌륭한 판결입니다！” 나그네는 정중히 고개를 숙였다. “그렇게 하면 저 여자는 그 수치스러운 글씨가 묘비(墓碑)에 새겨지는 날까지 죄짓는 자에 대한 산 교훈이 되겠군요. 그러나 불의의 정을 통한 상대자가 저 여자와 함께 처형대 위에 서지 않았다는 것은 화나는 일이군요. 하지만 그 남자도 머지 않아 알게 될 겁니다…… 알고 말고요！”

그는 얘기를 해준 마을 사람에게 정중히 머리를 숙이고 동행한 인디언에게 몇 마디 말을 속삭이더니 군중 틈을 헤치고 사라졌다.

그 동안에도 죽 헤스터 프린은 나그네 쪽으로 시선을 못박은 채 처형대 위에 서 있었다. 너무도 뚫어져라 쳐다보았으므로 때로는 열중한 나머지 모든 것이 시야에서 사라져버리고 그와 그녀만이 남은 것처럼 착각될 정도였다. 그처럼 단 둘이 만난다는 것은 아마 지금 이렇게 뜨거운 한낮의 폭양을 얼굴에 받으면서 수치를 당하고 있는 모습으로 만나는 것보다 훨씬 더 두려운 일일지도 모른다. 가슴에는 빨간 치욕의 표시를 달았고 팔에는 불의의 씨를 안고 있다. 마치 축제 구경이라도 하러 나온 듯이 몰려나온 군중들에게 조용한 난로 불빛 속에서, 행복한 가정의 그늘에서, 혹은 교회를 참배하는 여성다운 베일 밑에서나 볼 수 있어야 할 얼굴을 보이고 있는 것이다. 처형대 위에서 공개된다는 일은 물론 지독한 고통이다. 그러나 이처럼 많은 구경꾼이 있다는 것이 오히려 도피처가 된다는 것을 헤스터는 알고 있었다. 단 둘이 정면으로 만나는 것보다는 이렇게 많은 사람들을 사이에 두고 대하는 편이 훨씬 나았다. 말하자면 남 앞에 자기 몸을 드러냄으로써 도움을 받은 셈이므로 이런 구원의 손길이 없어지는 순간이 두려웠다. 이런 생각에 잠기는 바람에 뒤에서 군중 전체가 들을 만큼 큰소리로 이름을 되풀이해서 부르고 있는 것도 모르고 있을 정도였다.

“듣거라, 헤스터 프린.” 하고 그 목소리는 말했다.

앞에서 말했듯이 헤스터 프린이 서 있는 처형대 바로 위에는 교회당에 붙은 발코니랄까, 지붕이 없는 관람석이 있었다. 당시는 여러 가지 행사가 있을 때마다 행정관들이 그곳에 모여서 엄숙하게 갖가지 공포문을 발표하곤 하였다. 바로 그 장소에 지금 설명되고 있는 정경에 입회하기 위해 벨링햄 총독이 앉아 있었고 그 자리 둘레에는 네 명의 친위병이 의장대(儀仗隊)처럼 창을 들고 서 있었다. 총독은 모자에 검은 깃털을 꽂았고 외투 단에는 수를 놓았으며 그 안에 검은 우단 상의(上衣)를 입고 있었는데 얼굴에 잡힌 주름에는 고생한 경력이 엿보이는 노숙한 신사였다. 하나의 사회를 대표하는 우두머리로서는 정말 손색없는 적임자였다. 왜냐하면 이 사회의 기원과 진보, 그리고 오늘날의 발전은 젊은이의 충동적인 움직임에 의해 이루어진 것이 아니라 엄하게 쌓아올린 성인의 에너지와 노인의 평범한 생활의 지혜로 이룩된 것이기 때문이다. 상상이나 기대가 최소한도로 억제되었기 때문에 오히려 큰 성과를 올릴 수 있게 됐던 것이다. 이 우두머리를 둘러싸고 있는 상류 명사들의 특출한 점은 권위 있는 모습이 신(神)의 세계의 숭고함을 지니고 있다고 생각하던 시대에 잘 어울리는 위엄있는 태도였다. 이 사람들이 공정하고 현명하며 훌륭한 사람들이었다는 것은 의심할 여지가 없는 일이다. 그러나 온 세상을 뒤져봐도 지금 헤스터 프린이 얼굴을 돌리고 있는 그 방향에 굳은 표정으로 앉아 있는 사람들의 수효만큼 잘못을 저지른 한 여인의 마음을 심판하고 선악의 얽힘을 풀어헤치는 일에 능력이 없는, 현명하고 유덕한 인사를 찾아낸다는 것은 그리 쉬운 일은 아닐 것이다. 헤스터 자신도 동정을 기대할 만한 곳이 있다면 그것은 관대하고 따뜻한 군중의 마음속뿐이라는 것을 의식한 듯했다. 시선을 들어 발코니 쪽을 보았을 때 이 불행한 여인은 창백한 얼굴로 떨고 있었던 것이다.

헤스터를 부른 것은 유명한 목사 존 윌슨이었다. 보스턴에서 최고참인 이 목사는 당시 성직에 있던 사람이 모두 그러했듯이 대학자인데다 친절하고 온화한 성격의 소유자였다. 그러나 이 나중에 든 성격은 타고난 재능만큼 주의 깊게 계발된 성질은 아니어서 사실상 그에게는 자랑거리라기보다는 오히려 수치거리였다.

이 목사의 모자 밑으로는 반백의 머리카락이 엿보였고 서재의 램프 불에만 익숙해진 회색 눈은 헤스터가 안은 아이처럼 직사 광선을 받아 껌벅이고 있었다.

그 모습은 마치 옛날 설교책 첫머리에서 볼 수 있는 흐릿한 동판의 초상화와 비슷했다. 그는 그런 초상화의 인물과 마찬가지로 이런 자리에 나서서 인간의 죄나 정열, 고뇌의 문제에 간섭할 하등의 권리도 지니지 않은 인물이었다.

"헤스터 프린이여." 하고 목사는 말했다. "여기 있는 젊은 친구의 설교는 그대도 들을 기회가 있었겠지만 나는 이 청년과 지금껏 의논을 했소." 윌슨 씨는 곁에 있는 얼굴이 창백한 청년의 어깨에 손을 얹었다. "내가 이 신앙심 깊은 청년에게 권한 일은 하느님이 보시는 앞에서, 현명하고도 고결한 위정자들 앞에서, 그리고 많은 사람들이 듣고 있는 앞에서 이분으로 하여금 그대가 저지른 비열하고 무도한 죄에 대해 타일러달라고 권유한 것이오. 이 청년은 나보다도 그대의 천성을 잘 알고 있었으므로 그대의 완강한 고집을 꺾기 위해선 위협을 해야 할지, 또는 부드럽게 달래야 할지, 둘 중 어느 방법을 써야 할 것인지도 잘 알 것이고 그대 또한 그대를 유혹하여 타락시킨 남자의 이름을 밝히고야 말 것이라고 생각했기 때문이오. 그런데 이 청년은 내 의견에 반대하기를(나이보다는 현명한 사람임에는 틀림이 없으나 역시 젊은 사람에게 흔히 있는 응석 비슷한 것이겠지만), 이런 대낮에 구경꾼이 많은 앞에서 여자의 비밀을 고백하라고 강요하는 것은 여심(女心)을 손상시키는 일이라는 거요. 그러나 이 청년을 납득시키려고 애쓴 바와 같이 사람이 수치로 생각해야 할 것은 바로 죄를 짓는 데 있는 것이지, 그것을 사실대로 고백하는 데 있는 것은 아니오. 귀찮을지 모르나 당신 의견은 어떻소, 딤즈데일 목사. 이 가련한 죄인의 영혼을 다룰 사람은 당신이라야 하겠소, 아니면 나라야 되겠소?"

발코니에 자리잡은 위엄있는 사람들이 술렁거렸다. 벨링햄 총독은 상대방인 젊은 목사에 대한 존경심에서 다소 누그러지기는 했으나 고집 있는 목소리로 그 술렁거림을 대변했다.

"딤즈데일 목사! 이 여인의 영혼을 구하는 일에 대해서는 당신이 책임져야 하오. 따라서 이 여자를 설득하여 회개시키고 또 회개한 증거로 고백을 시키는 것이 당신의 의무라고 생각하오."

이렇게 단도직입적으로 간청하는 소리를 듣자 군중들은 딤즈데일 목사에게로 시선을 돌렸다. 이 젊은 목사는 영국의 어느 유명한 대학을 졸업하고 당대의 일류 학문을 미개의 황무지인 미국에 전하기 위해서 건너온 사람이었다. 그의 웅변과 종교적인 정열은 이미 목사로서의 유망한 앞길을 약속받고 있었다. 희고 훤한 이마에 우수에 잠긴 커다란 갈색 눈, 일부러 꼭 다물지 않으면 언제나 바르르 떨리기 쉬운, 삼수성과 강밀한 자제심을 표시하고 있는 입술, 남의 이목을 끄는 수려한 모습의 소유자였다. 타고난 비범한 재능과 학자다운 박식에도 불구하고 이 젊은 목사는 인생의 상궤를 벗어난 곳에서 헤매는 것 같았고 고고(孤高)한 세상에 묻혀 있어야만 비로소 침착해질 수 있는 사람처럼 보였다. 그의 표정은 몹시 불안스러워보였고 겁을 먹어 전전 긍긍하고 있는 것처럼 보이기도 했다. 그런 탓인지 목사로서의 직책이 허용하는 한도 내에서 그늘진 오솔길을 걸었으며 항상 소박한 어린이 같은 생활을 했다. 그러나 필요할 때는 대중 앞에 나서서 신선하고 향기 높은 이슬처럼 순결한 사상을 제시했다. 그것은 여러 사람의 말대로 천사의 말처럼 가슴을 울렸다.

윌슨 목사와 총독은 이러한 청년 목사를 쑥스럽게 사람 앞으로 끌어내어 대중이 듣고 있는 곳에서, 더럽혀지기는 했지만 신성한 여인의 비밀을 고백시키도록 명령한 것이다. 이 난처한 처지가 청년의 볼에서 핏기를 가시게 했고 그의 입술을 떨리게 했다.

"저 여인에게 말을 거시오." 하고 윌슨 목사는 말했다. "그렇게 하는 것이 저 여자의 영혼에 중대한 계기를 줄 뿐 아니라 총독 각하도 말씀한 바와 같이 저 여인에 대한 책임을 지고 있는 당신의 영혼에 대해서도 중대한 일이란 말이오. 진실을 고백하도록 저 여인을 타이르시오.”

딤즈데일 목사는 기도를 올리듯이 고개를 수그리더니 약간 앞으로 나섰다.

“헤스터 프린이여.” 그는 발코니에서 몸을 앞으로 내밀며 여인의 눈을 똑바로 보았다. “당신도 이곳에 계신 목사님의 말씀을 들었을 테니까 나에게 주어진 책임을 잘 알고 있을 줄 아오. 당신의 마음이 편안해지고 이 지상에서 받는 형벌이 당신의 영혼을 구제하는 데 조금이라도 효과가 있다고 생각한다면 당신과 함께 죄를 범했고 당신과 함께 괴로워하고 있는 그 사람의 이름을 말하기 바라오! 그 남자에 대한 그릇된 동정이나 친절한 마음에서 입을 다물어서는 안 되오. 알겠소? 헤스터! 그 남자가 높은 곳에서 내려와 지금 당신이 서 있는 그 수치의 단상 위에 함께 서야 하는 일이 있을지라도 그 편이 차라리 평생을 두고 죄를 숨기는 것보다는 훨씬 나을 테니까요. 당신이 침묵을 지키는 것이 그 남자에게 무슨 도움이 되겠소? 그 남자를 유혹한데다 아니 그뿐 아니라 죄를 저지른 위에 위선을 더하도록 강요하는 것밖에 더 되겠소. 하느님이 당신에게 여러 사람 앞에서 부끄러움을 당하게끔 한 것은 당신이 가슴속의 죄악과 가슴 밖에 있는 비애를 공개적으로 회개할 수 있도록 해주신 것이오. 지금 당신의 입술 앞에 있는 술잔은 쓸지 모르나 당신을 위한 술잔이므로 당신은 그것을 그 남자로부터 —— 혹시 그 사람 자신이 그것을 잡을 용기가 없는 남자라면 빼앗아왔다는 것을 잊어서는 안 되오!”

젊은 목사의 떨리는 듯한 목소리는 상냥하고, 낭랑하고, 엄숙했으나 말이 막히는 듯했다. 말의 하나하나에 대한 뜻보다도 오히려 그 감정이 뚜렷이 전달되었으므로 듣는 이로 하여금 공명감을 불러일으키게 해서 너나 할것없이 한마음 한뜻으로 묶어버린 것이다. 헤스터의 품에 안긴 아기까지도 그 영향을 받았던지 지금껏 멍했던 시선에 딤즈데일 목사 쪽으로 돌리더니 기쁜지 슬픈지 알 수 없는 소리를 내며 조그만 두 팔을 내밀었다. 목사의 말이 어찌나 힘차게 들렸던지 사람들은 헤스터 프린이 그 죄인의 이름을 밝히든가 아니면 죄인 자신이 그 지위의 고하를 막론하고 어쩔 수 없는 심정에 이끌리어 처형대 위로 올라갈 것으로 생각했다.

헤스터는 고개를 내저었다.

"여인이여, 하느님의 자비심도 한도가 있는 법이오." 윌슨 목사는 조금 전보다 격한 음성으로 말했다. "그 갓난아기도 목청이 있기에 그대가 방금 들은 충고의 말을 뚜렷이 확인하고 있지 않소. 남자의 이름을 밝히시오! 말하고 회개한다면 가슴에서 주홍글씨를 떼어낼 수도 있단 말이오."

"싫습니다!" 헤스터는 윌슨 목사가 아닌 젊은 목사의 깊은 고뇌에 찬 눈을 쳐다보면서 대답했다. "이것은 가슴 깊이 찍힌 낙인이므로 떼어도 허사입니다. 게다가 저는 제 고뇌 외에 그분의 고통까지도 참기를 원하고 있습니다!"

"말하라." 또 하나의 목소리가 처형대를 둘러싼 군중 틈에서 냉혹하고도 날카롭게 들려왔다. "말하라. 그 아이에게 애비를 찾아줘라!"

"못 하겠어요!" 헤스터는 죽은 사람처럼 창백해지면서도 익히 들은 적이 있는 그 남자의 목소리에 대답했다.

"이 아이는 하늘에 계신 아버지를 찾아야 합니다. 지상의 아버지는 몰라도 됩니다!"

"저 여자는 말하지 않을 거요!" 손을 가슴에 얹은 채 발코니에서 몸을 내밀고 설득의 결과를 기다리고 있던 딤즈데일 목사가 중얼거렸다. 그는 숨을 크게 들이마시더니 자기 자리로 물러섰다. "여자의 마음은 이토록 강하고 넓은가! 저 여자는 입을 열 것 같지 않소!"

불쌍한 죄인의 고집스런 심리 상태를 알아차리자 윌슨 목사는 이런 기회에 말하려고 준비했던 온갖 죄악에 대하여 입을 열었으며 연방 치욕의 주홍글씨를 쳐들어대며 군중을 향하여 설교를 하기 시작했다. 한 시간 이상이나 미사 여구의 말을 군중들에게 퍼부으면서 주홍글씨를 강조해서 말했기 때문에 그 상징은 듣는 사람의 머리 속에 새로운 공포심을 싹트게 해 마치 그 주홍색은 지옥의 업화(業火)에서 훔쳐오기라도 한 것처럼 생각되었다. 그러는 동안에도 헤스터 프린은 얼빠진 듯한 눈초리로 피로와 무관심한 빛을 띤 채 치욕의 단 위에 서 있었다.

이날 아침, 헤스터는 온힘을 다하여 견디어냈다. 심한 고통을 받았을 때 쉽게 기절하여 그로부터 도피하는 그런 기질의 여자는 아니었으므로 정신만이 돌처럼 무감각한 껍질 밑에 도피처를 찾았을 뿐 육체적인 기능은 조금도 손상되지 않았다. 지금 같아서는 설교자의 목소리만 그저 윙윙 울려오는, 그야말로 마이동풍에 지나지 않았다.

이 설교의 후반에서 품에 안긴 아이의 울음소리가 찢어지는 듯 주위의 공기를 뒤흔들어놓았으나 헤스터는 기계적으로 달래려 했을 뿐 그 아이의 고통을 안스러워하는 기색은 조금도 없었다. 이런 비정한 태도 그대로 헤스터는 군중이 지켜보는 가운데 철로 된 옥문 안으로 모습을 감췄다. 그 뒷모습을 바라보던 사람들은 주홍글씨가 감옥으로 들어가는 어두운 복도에서 무시무시한 빛을 발하더라고 속삭이고 있었다.

제 4 장   상봉(相逢)

감옥으로 돌아온 뒤 헤스터 프린의 신경은 극도로 흥분되어 있었다. 꾸준한 감시가 없다면 자기 몸을 해치거나 불쌍한 갓난아기에게 미치광이처럼 난폭하게 굴었을지도 몰랐다. 해질 무렵이 되어 꾸짖어 벌을 주겠다고 위협을 해도 전혀 명령을 따르려 하지 않았으므로 브래키트 간수장(看守長)은 의사를 부르기로 했다. 그 의사란 그리스도 교도에 적합한 모든 의학 분야에 정통할 뿐 아니라 숲속에 나는 약초에 대해서도 원주민보다 잘 아는 그런 사람이었다. 사실 의사의 간호가 필요한 것은 헤스터 자신보다도 오히려 갓난아기가 촌각을 다투는 상태였다. 엄마의 가슴에서 양분을 흡수하는 동안 그녀의 몸 전체에 충만해 있던 혼란과 고뇌와 절망을 모조리 빨아들인 모양이었다. 고통의 발작으로 몸을 뒤틀고 있는 아기의 모습은 헤스터 프린이 하루 종일 견디고 있던 마음의 고통을 그 어린 몸뚱이로 나타내고 있는 것 같았다.

간수장 뒤를 따라 어두컴컴한 감방으로 들어온 사람은 군중 속에서도 유별나게 주홍글씨 여인의 관심을 끌었던 그 이상한 풍채의 남자였다. 이 사람이 투옥된 것은 특별히 죄를 범해서가 아니라 이렇게 하는 것이 행정관들과 인디언 추장과의 사이에 추진될 몸값에 대한 회담이 끝날 때까지 취할 수 있는 가장 편리하고 적당한 해결책이었기 때문이다. 남자의 이름은 로저 칠링워드였다. 간수장은 그를 감방으로 안내하고 잠시 그곳에 머물러 있었는데 갑자기 감방이 아까보다도 조용해진 데 대해 적이 놀라는 모양이었다. 어린아이는 여전히 괴로워하고 있었으나 헤스터 프린은 죽지 않았나 싶을 정도로 갑자기 조용해졌기 때문이다.

"미안하지만 자리를 비켜주지 않겠습니까?" 하고 의사가 말했다. "문제없소, 간수 양반. 이제 곧 이 감옥을 조용히 해드리리다. 프린 부인이 지금까지보다도 이르는 말을 고분고분 잘 듣도록 해드리겠소이다."

"그렇게만 해주신다면야, 선생님의 수완은 제가 보증해드리죠!" 브래키트 간수장은 말했다. "정말로 이 여자는 신들린 사람 같습니다. 채찍으로 악마를 쫓아낼까 하다가 그럴 수도 없어서……."

이 의사라 자칭하는 기묘한 사나이는 감방에 들어왔을 때부터 의사다운 침착함을 보이고 있었다. 잠시 후 간수장이 나가고 헤스터와 단둘이 남았을 때에도 그는 안색 하나 변하지 않았지만 두 사람 사이에 상당히 깊은 관계가 있다는 것은 군중 속에서 그를 발견했을 때의 여자의 진지한 태도로 보아 명백한 일이었다.

그는 우선 아이를 진찰하기 시작했다. 사실상 손수레 침대 위에서 몸을 뒤틀며 울고 있는 아이를 보면 그 괴로움을 달래는 일이 무엇보다도 급한 일이었다. 그는 아이를 세밀히 조사하더니 옷 속에서 가죽 가방을 꺼내어 열었다. 그 가방에는 여러 종류의 의약품이 들어 있는 모양이었는데 그 중의 하나를 물컵에 타면서 말했다.

"연금술(鍊金術)을 연구한데다 일 년 이상이나 약초의 효험을 잘 아는 사람들 속에서 살았으므로 나는 의학의 대가라고 하는 사람들보다 훨씬 용한 의사가 되어버렸지. 자, 여기 있소. 이 아이는 당신 아이지 나와는 아무런 인연도 없소. 목소리나 얼굴 생김새로 보더라도 나를 아버지라고 생각지 않을 것이오. 이 물약을 당신 손으로 먹이시오."

헤스터는 그가 내민 약을 물리쳤다. 그녀는 강렬한 눈초리로 그의 얼굴을 쳐다보면서 조그맣게 말했다.

"아무것도 모르는 이 어린것에게 앙갚음을 하시려는 건가요?"

"어리석은 여자 같으니!" 의사의 대답은 냉담한 것 같기도 하고 상대방을 달래는 것 같기도 했다. "이 불쌍한 애비없는 자식을 못살게 굴어봤댔자 내게 무슨 소용이 있겠소? 이 약은 잘 듣소. 이 애가 내 애라 할지라도 —— 그렇소, 나와 당신 사이에 태어난 애라 할지라도 —— 역시 할 수 있는 일은 이 일밖엔 없을 거요."

여인은 사리를 분별할 만한 상태가 아니었으므로 계속 주저하고 있었다. 그는 아이를 두 팔로 안아가더니 그 물약을 먹여주었다. 약은 곧 효력이 나타나 의사의 말을 확실하게 입증해주었다. 어린 환자의 신음 소리가 멎은 데 이어 드디어 괴로운 몸부림조차도 차차 가라앉았다. 불과 몇 분도 안 되어 고통이 없어진 아이들에게 흔히 보듯이 그 아이는 조용히 깊은 잠에 빠져들었다. 의사라고 불러도 손색이 없는 이 사나이는 이어서 어머니를 진단하기 시작했다. 조용히 세심한 주의를 하면서 맥을 짚고 나더니 상대방의 눈을 들여다보았다. 그 눈초리는 퍽 낯익으면서도 어딘지 모르게 서먹서먹하고 냉혹하였기 때문에 그녀는 자기도 모르게 움츠러들어 떨릴 것 같았다. 드디어 진찰을 마친 그는 다른 물약을 조제하면서 말했다.

"나는 레테도, 네펜디도 모르지만 황야에 있는 동안에 여러 가지 새로운 비법을 배웠소. 이것도 그 중의 하나요. 패러셀서스 시대로 거슬러 올라가는 내 학문과의 교환 조건으로 인디언이 가르쳐준 처방이니까 마셔보오. 깨끗한 양심만큼은 위로하는 힘이 있지 않겠지만. 하기야 그런 양심은 나에게도 없소만, 하여간 이것을 마시면 날뛰는 파도에 뿌린 기름처럼 당신의 흥분된 격정이 가라앉을 것이오."

그는 헤스터에게 컵을 내밀었고 헤스터는 상대방의 얼굴을 물끄러미 한참 동안 지켜보다가 받아 들었다. 공포의 눈초리라고는 할 수 없지만 도대체 이 사나이의 속셈은 무엇일까 하는 의혹에 찬 표정이었다. 헤스터는 잠든 아이를 바라보았다.

"나는 죽을 생각도 해보았어요. 그냥 죽어버릴까 하고 말이에요. 나 같은 여자가 기도를 했다는 것은 곧이 들리지 않겠지만 죽게 해달라고 기도를 했답니다. 그렇지만 이 컵 안에 독약이라도 들어 있다면 내가 마시기 전에 다시 한 번 생각해주세요. 자, 보세요, 이렇게 입술에 댔습니다.”

“그대로 마셔두는 것이 좋을 거요.” 그는 여전히 냉담하고 침착했다. “뜻밖에도 나라는 사람을 잘 모르고 있군, 헤스터. 내가 하는 일이 늘 그렇게 속들여다뵈는 짓이던가? 가령 내가 복수를 획책하고 있다 하더라도 당신을 살려두는 편이, 당신을 생명의 위험에서 보호해주는 약을 주는 편이 훨씬 더 그 목적을 달성하는 것이 아니겠소? 그래야만 이 낙인 찍힌 치욕의 표시가 언제까지나 당신 가슴속에 불타고 있을 게 아니오?” 그러면서 그가 길다란 검지를 주홍색 글씨에 대자, 그것은 갑자기 새빨갛게 불타올라 마치 헤스터의 가슴속까지 타들어가는 것처럼 보였다. 그는 헤스터가 자기도 모르게 움찔하는 것을 보자 싱긋이 웃었다. “그러니까 당신은 살아 있어야 하고 언제까지나 업고(業苦)를 치르며 살아야 한다는 거요. 뭇사람이 보는 앞에서, 당신이 한때 남편이라 부른 일이 있던 남자 앞에서, 그리고 저 어린애가 보는 앞에서 말이오. 자, 당신이 오래 살 수 있도록 이 물약을 들어요.”

그 이상의 권고를 받을 필요는 없었다. 헤스터 프린은 물약을 쭉 들이키더니 의사의 지시대로 아이가 잠들고 있는 침대 위에 걸터앉았다. 의사는 방 안에 비치되어 있는 단 하나의 의자를 끌어당겨 그녀 옆으로 다가앉았는데 이러한 그의 행동에 헤스터는 몸을 부르르 떨지 않을 수 없었다. 인간적인 면에서든, 주의(主義)에서든, 아니면 세련된 가면을 뒤집어쓴 잔혹성에서든, 하여간 육체의 고통을 덜어주기 위해 가능한 일은 다 해준 다음이니 이번에는 고칠 수 없는 상처를 입은 사나이로서 할 말이 있다는 듯한 태도를 알아챘기 때문이다.

“헤스터, 당신이 왜 이런 꼴이 되었는지, 아까 본 바대로 어째서 처형대 위에 서게 되었는지 그 이유는 묻지 않겠소. 그 이유야 뻔한 노릇 아니겠소? 당신의 어리석음과 나의 유약함 탓이니까. 나는…… 사색의 인간이었소. 수많은 큰 도서관의 책벌레였소. 끝도 없는 지식욕을 채우고자 인생의 좋은 세월을 다 보내고 이제 늙은 몸이 되었으니 이런 나와, 당신처럼 젊고 아름다운 여인이 결부될 여유가 뭐가 있겠소. 날 때부터 불구였던 내가 젊은 여자와 함께라면 지적인 재능으로 그 모자라는 부분을 덮어나갈 수 있으리라 믿은 게 근본적인 잘못이었소. 남들은 나를 현명하다고 하오. 현명하다는 말이 자신의 일에 관해서도 적용된다면 이번 일 역시 예측했어야 옳았던 거요. 어두운 숲속을 나와 이 그리스도 교도의 식민지에 발을 들여놓았을 때 이미 확실히 알고 있었어야만 했소. 즉 내 눈앞에 가장 먼저 나타날 것은 사람들 앞에 치욕의 초상처럼 서 있는 당신이란 것을. 아니, 남편과 아내로서 교회의 돌층계를 내려오던 그 순간부터 우리의 인생길에 봉화불처럼 빨갛게 타오르던 주홍글씨가 보였어야 했던 거요.”

“당신도 알고 있었을 거예요.” 헤스터가 말했다. 기운을 잃었다고는 하지만 치욕의 표시에 대한 이 마지막의 은근한 비꼼은 차마 참고 들을 수가 없었다.

“나의 본심이 어떠했던가쯤은. 나는 애초부터 애정 같은 건 없었고 또 그런 체한 일도 없었어요.”

“옳은 말이오!” 그는 대답했다.

“역시 내가 잘못이었소! 방금도 말했잖소. 그러나 그때까지의 나의 인생은 허송 세월의 연속이었소. 세상에 즐거움이라곤 없었소! 나의 마음은 손님을 초대할 객실은 많았지만 난로 하나 없는 쓸쓸하고 냉랭한 커다란 집이나 다름없었소. 나는 뭔가 거기에 불을 붙여보고 싶었었소. 그다지 허황된 꿈은 아닌 것 같았기에 말이오. 늙은데다 침울한 성격의 불구자인 주제에……세상 사람 누구나가 붙잡을 수 있게 온 천지에 흩어져 있는 소박한 행복을 지금부터라도 잡아볼 수 있지 않을까 하는 꿈이었으니 말이오. 그러기에 헤스터, 나는 당신을 내 마음 가장 깊숙한 곳에 맞아들여 당신이 그곳에 있음으로 해서 생기는 훈김으로 당신을 따뜻하게 해주고 싶었던 거요！ 알아듣겠소？"

"내가 당신을 배신했군요."

헤스터가 중얼거렸다.

"배신이야 서로 한 셈이지." 그는 대답했다. "애초에 배신한 것은 바로 나요. 꽃봉오리처럼 젊은 당신을 속이고 늙은 나와 어색하고 거짓된 관계를 맺게 했으니 말이오. 지금까지의 사색이나 철학이 헛된 것은 아니었으니 당신에게 복수한다든지 흉계를 꾸민다든지 하는 일은 하지 않겠소. 우리는 아무에게도 서로 잘잘못이 없는 셈이오. 단지 헤스터, 우리에게 못할 짓을 한 그 남자는 살아 있소！ 그 사람은 도대체 누구요！"

"아무리 물어도 소용없어요！" 헤스터 프린은 단호한 태도로 상대방의 얼굴을 쳐다보았다. "무슨 일이 있어도 당신에겐 말할 수 없어요！"

"절대로 안 된다는 말이군？" 그는 음울하고 확신에 찬 지성적인 미소를 짓고 있었다. "절대로 말하지 않겠다고！ 이것 보라고 헤스터, 전심전력을 다해 한 가지 수수께끼를 풀려고 몰두하는 남자의 눈으로 보면 무슨 일이든 —— 외부의 일이든 눈에 보이지 않는 정신 세계의 일이든지간에 어느 정도까지는 알아낼 수 있는 법이오. 당신은 남의 일을 캐내기 좋아하는 군중으로부터라면 그 비밀을 지킬 수 있을지 모르오. 목사나 재판관의 눈을 속일 수도 있을 것이오. 바로 오늘처럼 당신에게서 그 남자의 이름을 알아내어 처형대에 나란히 서야 할 그 남자를 찾아내려고 했을 때에도 그러했으니 말이오. 그러나 나는 그들과는 다른 방법으로 조사할 거요. 나는 책에서 진리를 찾아낸 것처럼 그 남자도 꼭 찾아내고야 말 것이오. 연금술로 금을 찾아냈을 때처럼이라고도 해도 좋소. 그 남자를 알아낼 수 있는 감응력(感應力)이란 게 내게는 있으니 말이오. 그 자가 떠는 것을 보게 될 것이오. 나 자신도 갑자기 이유도 없이 떨게 될 거고. 언젠가는 내 손으로 찾아낼 거요！"

주름진 학자의 쏘아보는 듯한 번쩍이는 시선이 와 닿자 헤스터 프린은 가슴속에 간직한 비밀이 이제라도 탄로나지 않을까 두려워서 두 손으로 가슴을 끌어안았다.

"당신은 끝내 그 자의 이름을 못 대겠다는 거요? 아무래도 내가 알아내고 말 텐데." 마치 운명이 자기 편이라도 된 것처럼 자신만만한 표정이었다. "그 자는 당신처럼 치욕의 표시를 옷에 달고 있지 않을진 모르나 내게는 그 표시가 보일 거요. 그러나 당신은 그 자의 몸을 걱정할 필요는 없소! 내가 하느님께서 내리는 천벌에 간섭하거나 인간이 만든 법률의 손을 빌릴지도 모른다는 염려는 말아요. 그 자의 생명을 해치려는 일을 꾸미리라는 생각도 말아주기 바라오. 명예를 손상시키는 일도 없을 것이오. 필시 평판 높은 사람일 테지만, 살려둘 거요! 명예의 껍데기 속에 숨어 살게 해줘도 상관없겠지! 어쨌든 그가 언젠가는 내 수중에 들어올 것이 틀림없으니까!"

"당신의 행동은 자비로운 것 같지만." 하고 헤스터는 공포감에 사로잡혀 말했다. "그 말을 듣고 있노라면 당신은 정말 무서운 분이란 것을 알 수 있어요."

"한 가지만 나의 아내였던 당신에게 약속해달랄 것이 있소." 학자는 말을 계속했다.

"당신은 사랑하는 남자의 비밀을 지키고 있으니까 내 비밀도 또한 지켜주어도 무방할 것이오! 나를 알고 있는 사람은 이 고장에 아무도 없소. 그러니 과거에 당신이 나를 남편이라 불렀다는 말을 절대로 입 밖에 내지 말아달란 말이오! 이 황량한 지구의 끝에서 나는 살 작정이오. 어딜 가나 방랑객 신세, 인간으로부터는 고립된 내가 아니오? 그렇지만 이 곳에는 나와 끊을래야 끊을 수 없는 한 사람의 남자와 여자, 그리고 아이가 있기 때문이오. 사랑하든 미워하든, 옳든 그르든 그게 문제겠소! 헤스터 프린, 당신과, 당신과 관련된 모든 것은 나의 것이오. 내가 있는 곳은 당신과 그 남자가 있는 곳이기도 하오. 그러나 나의 정체만은 밝히지 말아주기를 부탁하오!"

"왜 그러기를 원하시죠?"

무슨 영문인지는 몰랐으나 헤스터는 이 비밀의 약속에 대해 주저하지 않을 수 없었다. "왜 당당히 정체를 밝힌 뒤, 나를 버리지 않는 거죠?"

"그것은 아내에게 배신당한 남편이 받는 수모를 피하기 위해서인지도 모르오. 아니면 다른 이유인지도 모르지. 하여간 남모르게 일생을 보내는 일이 나의 목적이라고 알면 될 것이오. 그러니까 당신 남편은 이미 저 세상에 가버렸는지 소식도 없다고 해두면 되는 거요. 말로나, 몸짓이나 표정 등으로 나를 아는 체하지 마오! 특히 그 자에게 비밀을 누설시켜선 안 되오. 만일 그렇게 한다면 그냥 있진 않을 테니깐! 그놈의 명성도, 지위도, 생명도 모두 내 수중에 있다는 것을 잊어서는 안 되오!"

"그 사람의 비밀을 지키듯이 당신의 비밀 역시 지키겠어요." 하고 헤스터가 말했다.

"맹세하기 바라오!" 하고 그는 다그쳤다. 헤스터는 맹세를 했다.

"자 그럼, 프린 부인." 로저 칠링워드 노인(앞으로는 이 이름으로 통하게 된다)은 말했다.

"혼자 있게 해주리다. 이 아이와 주홍글씨만을 상대해야겠군! 어떻소, 헤스터. 당신이 받은 판결은 잘 때도 그 표시를 달고 있어야 하오! 무서운 꿈을 꾸거나 가위에 눌릴 것이 두렵지 않소?"

"왜 그렇게 웃으며 보시죠?" 헤스터는 상대방의 눈초리에 당황하며 물었다. "당신은 이 마을 주변의 숲속에 있다는 악마인가요? 나를 속여 영혼을 파멸시키자는 약속을 한 게 아닌가요?"

"당신 영혼은 아니오."

그는 또 싱긋 웃었다. "아니오. 절대로 당신의 영혼은 아니오!"

제5장 삯바느질하는 헤스터

헤스터 프린의 형기가 끝났다. 감옥문이 열리고 햇빛 속에 발을 내디
뎠을 때 누구에게나 골고루 내리쬐고 있는 햇빛이건만, 아프고 병든 그녀의
마음에는 마치 가슴에 달린 주홍글씨를 비치는 일만이 목적인 것같이
느껴졌다. 앞에서 말한 대로 숱한 사람들이 행렬을 지어 뒤따르는 가운데
너나 할 것 없이 몰려들어 손가락질하는 가운데 처형대 위에서 수모를
겪었지만 그때보다도 지금처럼 혼자 옥문을 걸어나오는 편이 오히려 더
괴로운 것 같았다. 그때는 부자연스러울만큼 긴장된 신경과 지지 않으려는
끈질긴 성격이 그녀의 마음을 지탱해주었다. 그 덕분에 눈앞에 벌어진
괴로운 장면도 일종의 처참한 승리로 바꿀 수 있었던 것이다. 게다가
일생을 통해 한 번도 있을까말까한, 다른 일과는 무관한 고립된 사건이
었으므로 그때는 앞날의 일은 생각할 필요도 없이 오랜 세월을 평온하게
사는 데 소모될 강렬한 생명력을 동원하여 그와 대결할 수가 있었던
것이다. 헤스터를 처벌한 법률은 무서운 형상의 거인이었으나 그 무쇠
같은 팔에는 파멸시키는 힘뿐만 아니라 마음을 의지할 수 있는 힘도
내포되어 있었으므로 오히려 사람들 앞에서 당하는 심한 고통 속에서도
기력을 잃는 일은 없었던 것이다. 그러나 지금, 옥문을 혼자 걸어 나오는
순간부터 그녀에겐 매일 정해진 생활이 시작되는 것이다. 그 생활은 지극히
평범한 재기(才氣)를 동원해 꾸려나가거나 아니면 그 무서운 짐 밑에

깔려버리는 둘 중 어느 하나가 되는 것이다. 현재의 슬픔을 극복하기 위하여 미래의 힘을 빈다는 것은 이제는 불가능하였다. 내일은 내일로서의 새로운 슬픔이 있을 것이며 이러한 매일은 끝도 없이 계속되리라. 그때마다 새로운 시련이 닥친다 하더라도 그것은 처참한 마음으로 견디고 있는 현재의 시련과 조금도 다를 바 없으리라. 먼 미래의 나날들이 서서히 계속되겠지만 무거운 짐을 짊어지고 살아가는 일은 여전히 변함이 없을 것이며 그렇다고 그 짐을 팽개칠 수도 없으리라. 하루하루 날들이 가고 해가 거듭됨에 따라 그녀의 수치 더미에는 그만큼 비참함이 더 높이 쌓이리라. 이리하여 오랜 세월이 흐르는 동안 헤스터 프린은 자신의 개성을 일체 버리고 설교가나 도덕가가 지탄하는 죄의 본보기가 될 것이며 여자의 약점이나 죄많은 정열의 갖가지 이미지를 보여주는 뚜렷한 존재가 되어 버리리라. 가슴에다 주홍글씨를 불사르고 있는 헤스터, 훌륭한 집안에 태어났던 헤스터, 머잖아 어엿한 어머니가 될 헤스터, 청순하기만 했던 헤스터를 죄많은 인간, 죄많은 육체, 죄많은 현실로 바라보게끔 순진한 젊은이들은 배울 것이고 마침내 그 무덤에는 끝까지 지고 가야 할 오명만이 유일한 비석으로 남을 것이다.

그럼에도 불구하고 이 여자가 자기를 마치 치욕의 전형(典型)처럼 생각하는 이 고장을 유일 무이한 마지막 거주지로 작정한 것은 참으로 믿기 어려운 일인지도 모른다. 눈앞에는 넓은 세상이 활짝 열려 있었다. 이처럼 멀고 보잘것없는 청교도의 식민지 안에 살아야만 한다는 조항은 판결문 안에는 없었던 것이다. 고향으로 돌아갈 수도 있고 어딘가 그 밖의 유럽 같은 나라에라도 찾아가서 다른 사람으로서 완전히 성격과 정체를 숨기면서 자유로이 살 수도 있었다. 게다가 그녀를 처벌한 법률과는 다른 생활 습관을 가진 종족과 함께 여자의 격한 성격과 완전히 일치되는 것 같은 숲으로 들어가는 신비롭고 어두운 길이 그녀 앞에 틔어 있기도 했다. 이런 점들을 종합하여 생각해보면 더욱 믿을 수 없는 일인지도 모른다. 그러나 세상에는 숙명이랄까, 운명의 힘에 이끌려 피할 수 없는 불가항

력적인 그 무엇이 있다. 그러기 때문에 인간은 으레 어떠한 특수한 대사건이 그들의 일생을 물들게 한 고장 근처를 유령처럼 배회하게 되는 것이다. 더구나 인생을 슬프게 하는 색채가 어두운 것이면 더욱더 피할 수 없는 힘이 가해지는 법이다. 헤스터의 죄, 헤스터의 치욕은 대지에 깊숙이 뻗어내린 뿌리와 같았다. 새로이 환생하는 일에 대해 이 세상에 처음 태어났을 때보다도 더욱 강한 동화력을 생기게 했으며 다른 나그네에겐 아직도 생소한 숲속의 황야가 헤스터 프린에게는 황량하고 쓸쓸하긴 하지만 생애를 보내기에 적합한 고향이 된 듯 싶었다. 이에 비하면 이 세상의 다른 풍경은 모두가 —— 고생을 모르던 소녀 시절이나 청순했던 처녀 시절이 마치 옛날에 벗어던진 의복처럼 아직도 어머니의 수중에 남아 있는 것같이 생각되는, 그 전원풍인 영국의 농촌도 —— 부조리하게 느껴졌다. 보스턴에 묶어놓은 쇠사슬 때문에 헤스터는 마음속 깊이 괴로워하면서도 도저히 그 사슬을 끊어버릴 수가 없었다.

그러나 어쩌면 다른 감정이 이렇게도 숙명적인 고장이나 오솔길 속에 헤스터를 가두어놓았을지도 모른다. 아니, 분명히 그랬다. 헤스터 자신은 그 비밀을 감추려 애썼으나 그것이 구멍에서 기어나오는 뱀처럼 마음속에서 기어나오려고 할 때마다 안색이 변했던 것이다. 이 고장이야말로 헤스터와 어떤 인연으로 굳게 맺어진 그 사람이 살고 있으며 거닐고 있는 고장인 것이다. 그 인연은 지상에서는 인정받지 못하고 있지만 두 사람이 함께 서야 할 최후의 심판대, 그 자리를 결혼의 제단으로 삼아 끝없는 천벌이 내려질 앞날을 함께 지낼 인연인지도 모른다. 여러 차례 그녀의 영혼을 유혹한 악마는 강제로 이런 생각을 헤스터에게 품게 하여 거기에 정열적으로 매달렸다가는 쫓아버리려는 여인의 절망적인 몸부림을 보고 비웃고 있었다. 헤스터는 이런 생각에 정면으로 부딪치는 일이 없이 급히 서둘러 마을의 토굴 속에 가둬버리는 것이었다. 헤스터가 자기 자신에게 믿게 하려 했던 것은 —— 뉴잉글랜드에서 살게 된 동기라고 할 수 있는 것은 —— 반은 진실이었으나 반은 자신에 대한 기만이기도 하였다. 이

고장은 죄를 범한 장소이므로 지상에서 받을 처벌은 이 고장에서 받아야 하지 않겠는가. 그렇게 하면 날마다 받아야 할 치욕의 고통이 언젠가는 영혼을 깨끗이 씻어줄지도 모르며 잃어버린 순결보다도 색다른 순결이 생겨나서 결국 고난 끝에는 좀더 성녀다운 여자가 되지 않겠는가 하는 것이 그녀의 생각이었다.

이런 연유에서 헤스터 프린은 도망가지 않았다. 이 마을 변두리, 반도(半島)의 지역 내이긴 하지만 인가와 떨어진 곳에 조그마한 오두막집이 있었다. 이 집은 초기의 개척자가 세운 것이었으나 부근의 땅이 너무 메말라서 농사를 지을 수 없는데다 비교적 거리가 멀어 이미 이주민들의 습관이 된 사회 활동의 영역에서도 동떨어져 있었던 관계로 폐옥이 되어 있었다.

해변에 있는 서향집이었는데 내만(內灣) 저쪽으로 숲이 우거진 산들이 바라다보였다. 이 반도에만 자라고 있는 잡목 숲이 남의 눈에 띄지 않도록 이 집을 가리어주고 있었다. 가리고 있다기보다는 숨겨버렸다는 편이 옳을 것이다. 아니, 당연히 숨겨둬야 할 집이 있음을 나타내고 있다는 편이 나을지도 모른다. 이런 조그마한 외딴집에 아쉬운 대로 가재 도구를 옮긴 그녀는 아직도 성가시게 감시를 하고 있는 행정관들의 허가를 얻어 아기와 함께 살게 되었다. 그런데 웬일인지 의혹의 그림자가 이 장소에 뒤따르게 되었다. 이 여인이 왜 인간적인 자비로운 세상에서 따돌림을 당했는지 그 영문을 알 리 없는 아이들은 이 집 가까이를 몰래 와서 창가에서 바느질을 하거나, 문 앞에 우두커니 서 있거나, 조그마한 뜰에서 일을 하거나, 마을로 통하는 오솔길을 걷고 있는 그녀를 바라다보았다.

그러나 가슴에 붙은 주홍글씨가 눈에 띄면 까닭 모를 공포심에 사로잡힌 그들은 모두 와 하고 소리를 지르며 사방으로 도망치는 것이었다.

헤스터의 처지는 쓸쓸했고 누구 한 사람 찾아주는 친구도 없었으나 생활의 곤궁은 면할 수 있었다. 몸에 익힌 기술이 있었기 때문이다. 언뜻 보기에는 그런 기술을 발휘할 만한 고장은 아니었지만 한창 자라나는 아이와 자기의 식량을 확보하기에는 모자람이 없었다. 그 기술이란 예나 지금이나 여자가 할 수 있는 유일한 것인 자수(刺繡)였다. 헤스터의 가슴에 붙어 있는 훌륭한 솜씨의 주홍색 수글씨는 섬세하고도 상상력이 풍부한 재능의 본보기로서 그것이 궁정에 사는 귀부인의 눈에라도 띄었다면 명주실과 금실로 짠 옷감에다 인간의 기교로 풍요하고 정성어린 장식을 가지고자 반색하며 달려들었을 것이다. 이 고장의 보통 청교도들이 입는 옷은 상복처럼 수수한 것이 특징이라 섬세한 헤스터의 수 주문이 여간해서 없었음은 사실이나 당시의 풍조로서는 이 같은 종류의 제품에는 하여간 손재주가 든 것을 요구하고 있었던 만큼 없어서는 안 될 풍습까지도 결단성 있게 내동댕이치고 미국으로 건너온 청교도의 선조들은 그 영향을 받지 않을 수 없었다. 목사직의 임명식이라든지 행정관의 취임식, 새로운 정부가 백성에게 보여주는 행사에 위엄을 갖추는 일 등, 모든 공식적인 행사에는 으레 따르게 마련인 위풍당당한 의식이며 검소하면서도 신경을 쓴 장엄함이 정책상으로는 두드러지게 나타났다. 깊이 주름잡힌 옷깃, 정성들여 만든 띠, 화려하게 수놓은 장갑 등은 모든 집권자의 공적인 정장에 빼놓을 수 없는 것이었다. 일반 시민에게는 근검이란 법령으로 이런 따위 사치를 금지하고 있었으면서도 높은 신분이나 재산있는 자에게는 쉽사리 허용되었다. 장례식의 경우에도 마찬가지였다. 시체에 입히는 수의든 유가족의 슬픔을 나타내기 위해 검은 천이나 흰 삼베로 된 갖가지 모양의 상복이든간에 헤스터 프린의 솜씨를 요하는 일거리는 계속 특별 주문으로 들어왔다. 갓난아기의 리넨 제품 —— 당시의 갓난아기도 훌륭한 베이비 복을 입었으므로 —— 또한 수입원의 일거리로 얻을 수 있었다.

　이리하여 조금씩, 제법 빠른 속도로 헤스터의 수예품은 요즘 말로 표현하면 유행하기 시작했다. 이것은 불쌍한 운명의 여인에 대한 동정심에선지, 흔해빠진 값어치없는 물건에까지 당찮은 가치를 부여하려는 병적인 호기심에선지, 예나 지금이나 뭔가 알 수 없는 사정으로 남이 구할 수 없었던 것이 선뜻 어느 일부 사람에게 주어졌던지, 헤스터가 아니었더라면 그대로 방치해둘 뻔한 불편이 그녀 덕분에 실제로 해결된 때문인지는 몰라도 하여간 그녀는 몇 시간이고 바느질에 몰두한다 해도 일거리는 얼마든지 있었고 보수도 꽤 후한 편이었다. 허영심이 강한 사람들은 호화 찬란한 의식을 위해 죄많은 헤스터의 손으로 만들어진 옷을 몸에 걸침으로써 허영의 죄를 상쇄(相殺)하려고 하였는지도 모른다. 헤스터의 수 솜씨는 총독의 주름깃에서도 볼 수 있었다. 군인은 목도리에, 목사는 띠에 각기 지니고 있었다. 아기들의 조그만 모자를 장식하기도 했고 죽은 사람의 관 속에 들어가 곰팡이가 피어 썩기도 했다. 그러나 청순한 신부의 부끄러움을 가려줄 흰 면사포에 헤스터의 솜씨로 수를 놓은 예는 단 한 번도 없었다. 이런 예가 없다는 사실은 헤스터의 죄에 대해 사회가 얼마나 냉혹하게 얼굴을 찡그리고 있었는지를 여실히 말해주고 있는 것이다.

헤스터가 바라는 것은 자기 자신을 위한 최소한도의 검소하고 금욕적인 생활 수준과 아이를 위한 최대한의 풍족한 생활이었다. 이 여자의 드레스는 값싼 옷감이었고 빛깔도 몹시 검소했으며 장식품이라고는 평생 달아야 할 운명의 주홍글씨 하나뿐이었다. 이에 반해 어린애의 옷에서는 상상력이 풍부하다기보다 상상을 초월한 교묘함이 눈에띄었는데 이것은 일찍부터 이 소녀에게서 싹트고 있던 환상적인 매력을 한층 돋보이게 했을 뿐 아니라 뭔가 깊은 의미를 지니고 있는 것 같아 보이게 했다. 이 점에 대해서는 뒤에 더 자세히 얘기할 기회가 있으리라. 하여간 이 아이의 옷을 아름답게 꾸며주는 데 드는 약간의 비용을 제외한 나머지 돈을 헤스터는 모두 자선 사업에 썼다. 처참하기로 따지자면 자기보다는 나은, 고생하는 사람들을 위해 그녀는 돈을 썼는데도 그 사람들은 자기들을 위해 자선을 베풀어주는 이 여자에게 자주 모욕을 가했다. 차라리 솜씨를 발휘했으면 더 보람이 있었을 꽤 많은 시간을 헤스터는 가난한 사람들의 마구잡이 옷을 만드는 데 소비하는 일도 있었다. 이러한 일에 힘을 기울이는 것으로 속죄를 할 작정이었는지도 모르며 많은 시간을 이러한 거친 일을 함으로써 모든 즐거움을 희생시키려고 하였는지도 모른다. 헤스터의 성품에는 어딘지 모르게 화려하고 요염한, 동양적이라고 할 사치스럽고 아름다운 것에 대한 취미가 있었는데 훌륭한 작품을 정교한 솜씨로 만들어내는 이외의 다른 곳에서는 아무리 생활의 구석구석을 살펴봐도 그러한 점을 엿볼 수 없었다. 여자들은 대개 남자들은 이해할 수 없는 기쁨을 섬세한 바느질을 통해 발견하는 것이다. 헤스터 프린에게 있어 바느질은 인생에 대한 정열을 발산시키는 전부였으며 그렇게 하는 것이 그 정열을 진정시키는 방법이 되었는지도 모른다. 그 밖의 모든 즐거움을 물리쳤듯이 그 정열도 죄악시하여 물리치고 있는 헤스터였다. 이렇게 하찮은 일에까지도 병적으로 양심의 구애를 받는다는 것은 오로지 순수한 회한이 아니라 어딘가 의심스러운, 깊숙한 곳에 뭣인가 잘못된 것이 숨겨져 있다는 증거였는지도 모른다.

이렇게 하여 헤스터 프린은 세상에 이바지할 수 있는 역할을 맡게 되었다. 타고난 성격이 격한데다 뛰어난 기술을 몸에 지니고 있었으므로 여인의 가슴 위에 이마에 찍힌 카인의 낙인보다도 더 참기 어려운 표시를 달아준 세상도 이 여자를 완전히 고립시킬 수는 없었다. 그러나 사회와 어떠한 교섭이 있다고 하더라도 그 사회의 일원이라고 느낄 만한 것은 아무것도 없었다. 그녀를 대하는 세상 사람들의 태도나 온갖 말씨, 심지어 그 침묵까지도 헤스터는 추방된 사람이며, 어딘가 별천지에 살고 있으며, 보통 사람과는 다른 기관(器管)이나 감정을 가지고 사람과 대하고 있는 고독한 존재라는 것을 암시하고 있었으며, 때로는 그것을 노골적으로 나타내는 때도 있었다. 헤스터로서는 인간적인 관심사에서 격리되어 있으면서도 바로 그 옆에 서 있는 그러한 모습이었다. 그녀는 그리운 난롯가에 돌아와서도 이미 다른 사람들의 눈에는 보이지도 않고 느껴지지도 않으며 가정적인 즐거움으로 웃거나 일족(一族)의 슬픔에 눈물을 흘릴 수도 없는 망령과 같은 존재였다. 가령 금지된 동정을 표현할 수 있었다 하더라도 공포감과 몸서리나는 혐오감을 불러일으키는 데 불과했다. 사실상 이러한 공포감이나 혐오감, 그리고 심한 경멸감만이 이 세상 사람들의 마음속에서 기억되고 있는 헤스터의 유일한 것처럼 생각되었다. 그 당시는 인정이 있는 시대가 아니었다. 헤스터는 자신의 입장을 잘 알고 있었고 또 잊을리도 없었지만 사람들이 가장 아픈 곳을 인정사정없이 건드릴 때마다 새로운 고통처럼 자기 신세를 되새기곤 했다. 앞에서도 말했듯이 헤스터가 도와주려고 찾아낸 가난한 사람들까지도 자선을 베풀려는 손길에 침을 뱉는 수가 많았다. 일거리 때문에 드나드는 상류 부인들도 헤스터의 마음에 연방 고통의 물방울을 떨구는 것이었다. 여자들이란 일생 생활의 하찮은 일에도 사람을 해치는 독약을 만들어내며 언뜻 보기에는 아무렇지도 않은 것 같으면서도 악의에 찬 연금술로 그녀를 괴롭히는 수가 있었다. 때론 노골적인 악담이 곪은 상처에 가해지는 혹독한 일격처럼 아무런 방비도 없는 가슴에 날아와 헤스터를 괴롭히는 일도 있었다. 헤스터는 오랜 시일에 걸쳐 자신을 굳건하게 단련시켜왔었다. 그러한 공격에 대한 그녀의 반응은 으레 창백한 볼에 홍조(紅潮)가 가득히 번졌다가는 이내 가슴속 깊은 곳으로 가라앉는 일 이외에는 아무것도 없었다. 인내심이 강한 헤스터는 흡사 순교자와 같았으나 적을 위해 기도할 수는 없었다. 용서하고 싶은 마음은 태산 같았지만 혹 아무리 참고 억제해도 기도의 말이 저주의 말로 변하면 어쩌나 하는 걱정이 있었기 때문이다.

헤스터는 끊임없이 여러 가지 형태의 수많은 고뇌와 고통을 느끼고 있었다. 그것은 청교도의 법정에서 내려준, 효력이 언제 끝날지도 모르는 판결에 의해 교묘하게 만들어진 고통이었다. 길을 가다 멈춘 목사가 훈계의 말을 시작하면 이 불쌍하고 죄많은 여인의 주변에는 구경꾼들이 모여들어 싱글벙글 웃기도 하고 얼굴을 찡그리기도 했다. 만인의 아버지이신 하느님의 미소를 보고 싶어 안식일(安息日)에 교회에 들어가면 공교롭게도 자기 자신이 그날의 설교 주제가 되는 일이 가끔 있었다. 헤스터는 아이들이 무서워졌다. 그것은 모녀 단둘이서 조용히 거리를 걸어가는 외로운 여인에겐 어딘가 무서운 데가 있다는 것을 아이들은 부모들로부터 막연하게나마 암시를 받아온 때문이었다. 아이들은 우선 헤스터를 앞서게 한 다음 멀리서 왁자지껄 떠들어대며 쫓아오는 것이었다. 아이들의 마음에는 확실한 뜻이 있는 것은 아니겠지만 그들의 입에서 나오는 말, 무심결에 나오는 말이 오히려 헤스터를 두렵게 만들었다. 그녀의 치욕을 모르는 사람은 없느니만큼 그 치욕이 온 세상에 널리 퍼져 있음을 증명하고 있는 것처럼 생각되었기 때문이다. 나뭇잎들이 그 어두운 얘기를 속삭이게 되고 여름철에 부는 산들바람이 그 얘기를 중얼거리고 겨울철의 삭풍이 큰소리로 외쳤다 하더라도 이처럼 가슴속 깊이 고통을 주지는 않으리라! 또 한 가지 기묘한 고통은 첫 대면의 사람이 쳐다볼 때 느끼는 쓰라림이었다. 낯선 사람이 주홍글씨를 자세히 들여다보면 —— 누구나가 다 그러했지만 —— 헤스터의 마음에는 새삼스레 그 글씨가 타들어오는 듯한 느낌이 들었다. 그러므로 어떤 때는 손으로 가슴의 표시를 가려버리고 싶은 충동도 있었지만 늘 그 충동을 꾹 누르고 참았다. 그러나 낯익은 사람들의 시선 역시 그 나름대로의 괴로움을 안겨주었다. 다 알고 있다는 듯한 싸늘한 눈초리는 정녕 견디기 어려운 것이었다. 결국 헤스터 프린은 그 표시에 계속 쏟아지는 사람들의 시선을 의식할 때마다 공포와 고뇌를 겪은 셈이 된다. 표시가 붙은 부분은 절대로 무감각해지는 일은 없었으며 오히려 나날의 고통에 대해 점점 민감해지는 것 같았다.

그러나 때로는 며칠에 한 번, 아니 몇 달에 한 번 정도는 고뇌의 반은 자기 혼자만의 것이 아니라는 일시적 안위를 불러일으키는 시선이 —— 인간적인 시선이 —— 치욕의 낙인에 집중되고 있는 것을 느끼는 수가 있었다. 그러나 다음 순간에는 모든 고통이 왈칵 되살아나 한층 더 심한 고통의 발작을 안겨주었다. 그 짧은 순간에 헤스터는 또 새로운 죄를 범한 셈이 되었기 때문이다. 그러나 죄를 지은 것은 헤스터 혼자였을까?

이 여자의 상상력은 약간 상태가 이상했었다. 정신적으로도 도덕적으로도 기질이 약한 소유자였다면 그것은 고독한 생활의 고통 때문에 좀더 악화되었을지도 모른다. 쓸쓸한 발걸음으로 외면적으로만 연결되어 있는 좁다란 세상을 이리저리 걸어다니는 동안에 때때로 헤스터의 머리에 떠오른 것은 주홍글씨 덕분에 새로운 감각이 싹튼 게 아닌가 하는 공상이었다. 그것이 전적으로 공상이었다 하더라도 거역할 수 없을 정도로 강한 힘을 지니고 있었으므로 간혹 그런 기묘한 기분에 도취되는 것이었다. 이 감각으로 인해 타인의 마음속에 숨겨져 있는 죄를 직관적(直觀的)으로 알아낼 수 있다고 확신할 수밖에 없었던 것이다. 이리하여 드러나는 갖가지 사실은 헤스터를 공포로 몰아넣었다. 도대체 이것은 무엇이었을까? 악마의 흉측한 속삭임일까? 아직 반밖에 자기의 희생물이 되지 않은 이 괴로워하는 여인에게 악마는, 외면적으로 순결한 체하는 것은 거짓이며 헤스터 프린 이외의 수많은 사람의 가슴에도 주홍글씨가 빨갛게 타오르고 있다는 것을 알려주려는 것일까? 아니면 이 암시를, 막연하긴 하지만 부정할 수 없는 이 암시를 진실로 받아들여야 할 것인가? 헤스터가 겪은 경험을 다 들추어내더라도 이 의식만큼 무섭고 지긋지긋한 것은 없었다. 더구나 그와 같은 의식이 얼토당토 않은 때 생생히 떠오르는 데에는 놀라울 뿐 아니라, 당황하지 않을 수 없었다. 고루하고 존경심이 두터운 당시의 사람들로부터 천사와 친교라도 있는 사람처럼 우러름을 받던, 신앙과 정의의 귀감이라고 할 만한 훌륭한 목사나 행정관의 옆을 지나갈 때에도 가끔 가슴의 빨간 치욕의 표시가 무엇에 공감한 듯한 통증을 느끼게 하는 일이 있었다. (도대체 어떤 죄악이 이 근처에 있단 말인가?) 이렇게 생각하고 헤스터가 주저하며 눈을 들면 그 성인 군자의 모습 이외에는 아무도 눈에 띄는 사람이 없었다. 또 누구의 말을 들으나 나면서부터 지금까지 가슴에 품고 있는 것은 차가운 눈〔雪〕뿐이라는 나이 지긋한 훌륭한 부인의 점잖기 이를 데 없는 찌푸린 얼굴을 대할 때에도 그 부인과 자기가 다를 것이 없지 않은가 하는 기묘한 의식이 집요하게 머리를 쳐들었던 것이다. 그 부인의 가슴속에 있는 햇빛을 모르는 눈과 헤스터 프린의 가슴 위에 치욕의 표시로 있는 주홍글씨, 이 두 가지 사이에 공통된 것은 대체 무엇일까? 또 어떤 때는 "자, 보란 말이야, 헤스터. 여기 동료가 있다."는 말에 오싹하는 전율을 느껴 눈을 들면 주홍글씨를 곁눈질로 보며 마치 자기의

순결이 그것을 봄으로 해서 더러워지기라도 하는 듯이 볼을 약간 붉힌
채 허둥대며 딴청을 부리고 있는 젊은 여자의 시선을 느낄 때도 있었다.
아, 숙명적이라고 할 수 있는 주홍글씨를 부적으로 삼고 있는 악마여,
너는 이 불쌍하고 죄많은 여인이 존경할 만한 자를 남녀노소 중에서 한
사람이라도 보여줄 순 없는가? 이와 같은 신앙의 상실이야말로 죄악이
가져오는 비참한 결과의 하나인 것이다. 그럼에도 불구하고 헤스터 프린이
자기만큼 죄를 많이 진 사람은 이 세상에 없을 것이라고 믿으려고 했던
사실은, 스스로의 약한 천성과 인간이 만든 엄한 법률에 희생된 불쌍한
여인의 마음이 실은 조금도 타락하지 않았다는 증거로 받아들여주어야
하리라.

　이 음울한 시대의 일반 대중은 상상력을 불러일으키는 모든 일에 기
괴하리만큼 두려움을 느끼는 습성이 있었다. 이 주홍색 글씨에 대해서도
그들은 현대인이라면 쉽사리 무서운 전설로 꾸밀 수 있는 그러한 형태의
얘기를 꾸며댔다. 이 표시는 흔히 볼 수 없는 물감통에서 물들인 단순한
빨간 빛이 아니라 지옥의 겁화(劫火)로 빨갛게 불타오르고 있는 것이기
때문에 헤스터 프린이 밤에 밖을 걸어다닐 때는 빨갛게 빛나고 있다고
단언하는 것이었다. 그러나 이 주홍글씨가 헤스터의 가슴에 깊이 타들
어가고 있었으므로 아무래도 이러한 소문에는 회의적인 현대인이 인정
하려 드는 그 이상의 진실이 있었을지도 모른다는 것을 여기서 밝혀둘
필요가 있을 것이다.

제 6 장 퍼   얼

그 아이에 대해서는 아직 거의 말한 일이 없다. 그 작고 무구한 생명은 헤아릴 수 없는 신(神)의 섭리에 의해 죄많은 정욕이 들끓는 진흙구덩이에서 아름다운 불멸의 꽃으로 피어난 것이다. 이 아이의 자라는 모습과 나날이 빛을 더해가는 귀여움, 작은 얼굴에 감도는 총기 등을 지켜보는 비운의 여인에겐 이것이 얼마나 신기하게 여겨졌겠는가! 퍼얼……헤스터는 그런 이름을 붙여주었으나 그 모습이 진주 같다고 그렇게 붙인 이름은 아니었다. 진주와 비교할 때 예상할 수 있는 온화하고, 희고, 은은한 광택 등은 조금도 없는 아이였다. 그러나 구태여 '퍼얼'이라고 붙인 것은 고귀한 것, 즉 엄마의 모든 것을 바쳐서 얻게 된 유일한 보물이라는 뜻이었다. 그렇다 해도 참으로 기이한 일이 아닌가! 세상은 이 여자가 나타내고 있는 주홍글씨에 대단히 강한 파괴력을 지니고 있기 때문에 이 여자와 마찬가지로 죄많은 인간 외에는 아무도 동정을 베풀 수가 없었다. 이처럼 세상에서 따돌림당한 죄악의 직접적인 결과로서 하느님은 헤스터에게 예쁜 아이를 내려주신 것이다. 치욕의 표시와 같이 가슴에 안겨 있긴 하나 아이는 엄마를 영원히 인간 가족과 연결시키고 결국 천당에서 축복받는 영혼이 되게 하려 함이 아닐까! 그러나 이렇게 생각하니 헤스터는 희망보다도 불안이 앞서 초조했다. 자신의 행위가 나빴다는 것은 너무도 잘 알고 있었으므로 그 결과가 호전되리라고는 도저히 믿어지지 않았다. 매일매일 헤스터는 자라나는 아이의 성질을 불안한 마음으로 살펴보았고 이 아이를 낳게 된 죄에 상당하는 어둡고 격한 특징이 나타나는 게 아닌가 하고 두려움에 떠는 것이었다.

확실히 육체적으로는 아무런 결함도 없었다. 나무랄 데 없는 용모라든가, 활발함이라든가, 아직 제대로 단련되지도 않은 손발을 선천적으로 자연스럽게 놀리는 모습이라든가, 이 아이는 에덴 동산에 태어나도 될 만한 값어치가 있었다. 인류의 첫번째 양친이 쫓겨난 뒤에도 낙원에 남아서 천사들을 상대해서 논다고 해도 이상하지 않을 정도였다. 이 아이에겐 완벽한 아름다움과는 공존할 수 없는 천진 난만한 품위가 구비되어 있었으며 아무리 누더기 같은 옷을 입어도 다른 사람의 눈에는 가장 잘 어울리는 옷으로 보였다. 그렇다고 해서 퍼얼이 촌스러운 옷을 몸에 걸치는 일은 없었다. 이야기가 차차 진행되는 동안 이해가 가겠지만 어머니는 병적인 목적을 지니고 있었으므로 아이의 외출복을 위해 가능한 한 화려한 비단 옷감을 샀고 디자인과 장식에 최대한의 상상력을 발휘했다. 이렇게 차려 입혔을 때의 조그마한 모습은 훌륭하다는 말 이외에는 할 말이 없었다. 용모가 깨끗한 아이가 아니라면 화려한 옷 때문에 오히려 귀여움이 감소되겠지만 퍼얼의 타고난 눈부신 아름다움은 특히 뛰어나 어두컴컴한 오두막집 마루는 그야말로 환한 빛이 둥그렇게 비치고 있는 것 같았다. 어린애답게 기운차게 뛰어놀아 찢어지고 더러워진 적갈색의 무명옷을 입었을 때도 한폭의 그림같이 귀엽기만 했다. 퍼얼의 얼굴은 무한한 매력을 지니고 있었다. 이 한 아이 속에는 여러 명의 아이가 있는 셈이었으니 농가의 어린애에게서만 볼 수 있는 들꽃 같은 가련함으로부터 어린 공주님에게서 볼 수 있는 아담한 화려함에 이르기까지 아주 변화 무쌍한 자태를 즐길 수 있었다. 그러나 어떤 경우에도 절대로 사라지지 않는 정열적 경향이랄까 어떤 심오한 면에서 비롯되는 여러 가지 변화를 일으켰으며 만일 기운을 잃거나, 안색이 나빠지거나 하면 본래의 성질을 잃어버리는 게 아닌가 —— 이미 퍼얼이 아닌 딴 존재가 되어버리는 게 아닌가 하는 생각이 들 정도였다.

이 외면적인 변화는 내면적인 생명의 다양성을 암시하고는 있었지만 충분히 표현했다고는 볼 수 없었다. 게다가 퍼얼의 성질은 다양성만이 아니고 깊이를 지니고 있는 것 같기도 했다. 그러나 거기에는 태어난 이 세상과의 결합이나 순응은 전혀 볼 수 없었다. 그렇지 않았다면 헤스터의 두려움은 착오였을 것이다. 이 아이는 규칙을 따르게 할 수 없었다. 퍼얼이 태어남으로 해서 큰 율법이 깨어졌지만 그 결과는 아름답고 화려하긴 하나 질서가 없는 소질을 지닌 아이였다. 적어도 변화와 조화의 구별을 지을 수 없는 독특한 질서가 있는 소질이었다. 헤스터가 이 아이의 성질에 대해서 설명할 수 있는 것은 —— 그것도 몹시 막연하게 할 수 있는 설명이었다 —— 퍼얼이 영혼과 육체를 각각 정신계나 물질계에서 흡수했던 시기에 헤스터 자신의 모습이 어떠했나를 생각하는 도리밖에 없었다. 어머니의 흥분 상태가 그대로 태내 아이의 정신 생활에 전해진다고는 하나 원래는 희고도 맑아야 할 빛이 중간에 낀 매체 때문에 진홍색과 금빛, 이글거리는 듯한 광택, 검은 그림자, 게다가 더없이 강렬한 빛을 띠게 되었다. 특히 그 당시의 헤스터의 정신적 갈등이 그대로 퍼얼에게 전해진 것이다. 함부로 반항하는 태도, 미칠 것 같은 기분, 그리고 마음속에 어둡게 자리잡고 있던 음울함과 낙담하는 태도까지가 그대로 퍼얼에게서 발견되었다. 현재는 아이들 성질에 있음직한 그러한 요소가 아침 햇살과 같은 햇빛에 빛나고 있지만 마침내 지상의 생활을 영위할 날이 되면 휘몰아치는 선풍을 불러일으킬지도 몰랐다.

그 당시는 가정교육이 지금 이상으로 엄격했었다. 무서운 얼굴, 호된 꾸짖음, 성서의 권위가 명하는 대로 계속 가해지는 매질 등 단순히 실제로 저지른 일을 벌하는 게 아니라 그것은 아이의 모든 미덕을 신장, 향상 시키기 위한 소중한 정신위생상의 수단이기도 했다. 그러나 헤스터 프린은 외동딸의 외로운 어머니로서 무턱대고 엄한 태도를 취하는 실책을 저지르지는 않았다. 물론 자기 과실이나 불행을 너무도 잘 알고 있었으므로 자기 손에 맡겨진 아이의 앞날에 대해서는 일찌감치 친절하면서도 실수 없는 감시의 눈을 게을리하지 않으려고 했다. 그러나 그것은 도저히 헤스터의 힘으로는 감당할 수 없는 일이었다. 웃는 얼굴을 하거나 무서운 얼굴을 해도 일체 효력이 없다는 것을 알자 헤스터는 마침내 두 손을 들었으며 아이가 하는 대로 내버려둘 수밖에 별 도리가 없었다. 물론 육체적으로 위협하거나 하는 동안은 효력이 있었다. 그러나 지적인 면에서든 정적인 면에서든 다른 교육 방법은 그때그때의 퍼얼의 기분에 따라 효과가 있기도 하고 효과가 없기도 했다. 퍼얼이 아직 어렸을 때 어머니는 이 아이의 독특한 표정을 알아차렸었다. 그 표정을 보일 때는 아무리 타이르고 설득을 하고 애원을 해도 결국은 부질없는 짓이라는 것을 알게 되었다. 그 표정은 이해력이 좋은 것 같으면서도 이해력이 없었고 망나니처럼 때로는 심술궂은 데도 있었으나 대체로 활기에 넘쳐 있었다. 헤스터는 도대체 퍼얼이 사람의 자식이랄 수 있을까 하고 기회 있을 때마다 생각해보지 않을 수 없었다. 아무리 생각해봐도 정체를 모르는 요정(妖精)처럼 잠시 오두막 마루 위에서 제멋대로 뛰고 놀았는가 하면, 어느 틈에 남을 놀리는 듯한 미소를 짓고 도망치는 것이었다. 그런 표정이 침착성을 잃은 반짝이는 새까만 눈동자에 떠오를 때는 어딘지 모르게 손이 닿을 수 없는 먼 곳에 있는 사람처럼 여겨질 때가 있었다. 마치 공중에 떠서 언제 왔다 언제 사라지는지도 모르는 아지랑이처럼 덧없는 모습이었다. 그것을 지켜보고 있는 헤스터는 자기도 모르게 달려가서 늘 도망치고만 있는 요정을 붙잡아 가슴에 꽉 끌어안고 힘차게 키스해주고 싶은 충동이 일었다. 그것은 참기 어려운 애정에서라기보다 퍼얼이 그림자가 아니라 살을 베면 피가 나오는 인간이란 것을 확인하기 위해서였다. 어머니에게 붙잡힌 퍼얼은 명랑한 음악 소리와 같은 웃음소리를 낼 뿐 전보다도 더 불안한 기분을 안겨주기만 했다.

비싼 대가를 지불하면서 얻은 둘도 없이 귀중한 보물이라고 할 수 있는 퍼얼이었으나 이 퍼얼과 자기와의 사이에 가끔 까닭을 알 수 없는 마력이 스며드는 데는 당황하지 않을 수 없었으며 이따금 서러움에 복받쳐 울음을 터뜨리는 일도 있었다. 그럴때면 눈살을 찌푸린 퍼얼은 조그만 주먹을 불끈 쥐며 그 귀여운 얼굴에 동정의 기색은커녕 오히려 못마땅한 표정을 짓는 것이었다. 그렇게 하는 것이 자기 어머니에게 어떠한 기분을 안겨 주게 되는지 생각을 못하기 때문이었다. 어떤 때는 갑자기 전보다도 더 높은 소리로 웃어대며 인간의 슬픔 따위는 느낄 수도 없고 이해할 수도 없다는 그런 사람처럼 보일 때도 있었다. 혹은 또 —— 이런 일은 극히 드문 일이긴 했지만 —— 슬픔에 몸부림치며 어머니에 대한 애정을 띄엄띄엄 눈물 섞인 말로 털어놓고 눈물로써 자기도 인정이 있음을 애틋하게 밝히려는 듯이 보일 때도 있었다. 그러나 헤스터는 이런 변덕스러운 애정을 마음놓고 믿을 수가 없었다. 눈깜짝할 사이에 나타났다가는 사라지는 애정이었기 때문이다. 이런 문제를 이것저것 곰곰이 생각하고 있노라면 어머니는, 요정을 불러내기는 했지만 주문의 순서가 잘못되는 바람에 이 새롭고 불가사의한 존재를 제어시키는 주문을 찾아내지 못하게 된 사람 같은 기분이 들었다. 정말로 안심할 수 있을 때는 아이가 곤히 잠들어 있을 때뿐이었다. 그때만은 퍼얼을 완전히 붙잡은 것 같았으며 조용하고, 달콤하고, 슬픈 행복의 몇 시간을 즐길 수 있었다. 그러나 그것도 퍼얼이 눈까풀 밑에 그 심술궂은 듯한 표정을 지으면서 깨기 전까지의 잠시 동안의 일이었다 !

늘 미소지으며 얼러주던 어머니의 품을 떠나 퍼얼이 제법 남과 사귀게 될 만한 나이에 도달한 것은 그야말로 눈깜짝할 사이였다 ! 어쩌면 그렇게도 빨리 다가왔을까 ! 만일 떠들썩한 아이들 목소리에 섞여 새소리처럼 맑은 퍼얼의 목소리를 들을 수 있고 장난에 몰두하고 있는 와자지껄한 아이들 소리에서 귀여운 내 자식의 음성을 들을 수 있었다면 헤스터 프린은 얼마나 행복했겠는가. 그러나 그것은 생각할 수도 없는 일이었다. 퍼얼은 태어나면서부터 아이들 세계에서 추방당했기 때문이었다. 악마의 핏줄이며 죄를 상징하는 존재였기 때문에 세례를 받은 아이들의 친구가 될 자격이 없었다. 이 아이에게서 무엇보다도 두드러져 보였던 것은 직관력이었다. 자신의 고독한 경우라든가, 사방에 침범할 수 없는 진(陣)을 둘러치고 있는 숙명, 즉 다른 아이들과는 다른 처지가 지니고 있는 특이성을 이해하고 있었다. 헤스터는 출옥 후 남 앞에 나설 때는 언제나 꼭 퍼얼을 데리고 다녔다. 언제 거리를 걸으나 퍼얼이 함께 있었다. 처음에는 팔에 안겨 있었으나 마침내 소녀로 자라 어머니의 작은 동반자가 됐으며 집게손가락을 꼭 쥐고 헤스터가 한 발자국 걸으면 종종걸음으로 서너 걸음씩 걸어 쫓아가게 되었다. 퍼얼의 눈에 띤 것은 풀이 우거진 길가나 문지방 근처에서 청교도의 교육에 적당한, 재미도 없는 놀이를 하고 있는 보스턴 아이들이었다. 아이들은 교회 놀이를 하거나 퀘이커 교도를 매질하는 놀이를 하거나, 두피를 벗겨내는 인디언 놀이, 게다가 마술을 쓰는 흉내를 내며 서로 위협하는 놀이들을 하고 있었다. 퍼얼은 우두커니 바라다보기는 했으나 한데 어울려 놀려고는 하지 않았다. 말을 붙여도 모르는 척했다. 아이들이 삥 둘러서거나 하면 큰소리를 마구 질러대면서 화를 냈고 아이들에게 돌을 집어던졌다. 그렇게 질러대는 고함소리에 어머니는 몸을 떨었는데 그 이유는 그 소리에 마치 마녀가 뇌까리는 알 수 없는 저주의 말과 같은 음조가 섞여 있었기 때문이다.

사실상 이 청교도의 아이들은 전례에 없을 정도로 근성이 좁은 개구쟁이들뿐이었다. 헤스터 모녀의 모습에 어딘가 색다르고 기분나쁜, 보통과는 다른 점이 있다는 것을 어렴풋이나마 알고 있었으므로 속으로 두 사람을 경멸하여 때로는 노골적인 말투로 함부로 불러대는 일도 흔히 있었다. 퍼얼은 아이들의 마음의 움직임을 알아차리자 도저히 아이의 마음에 도사리고 있으리라고는 믿을 수 없을 정도의 무서운 증오심을 갖고 되받아넘기는 것이었다. 이런 울분의 폭발은 어머니가 볼 때 뜻이 있어보일 뿐 아니라 마음의 위로가 되는 때도 있었다. 적어도 그럴 때의 퍼얼의 태도에는 늘 애타게 하던 변덕스러움 대신 뭔가 착실한 기분이 넘쳐 있었기 때문이다. 그러나 거기에는 또 헤스터 자신 속에 있었던 악의 그림자가 반영되어 있음을 알게 되자 소름이 쫙 끼쳤다. 퍼얼은 그 강렬한 증오를 전적으로 뺏길 수 없는 특권으로서 어머니로부터 이어받은 것이었다. 모녀는 인간 사회에 격리되어 있다는 점에서는 같은 처지에 놓여 있었다. 퍼얼의 성질에 스며 있는 것처럼 보이는 그 불안정한 요소는 사실 퍼얼을 낳기 전부터 헤스터를 괴롭혀왔던 것으로 그 뒤로는 줄곧 모성애 특유의 부드러운 마음으로 달래왔던 것이었다.

집에 있을 때의 퍼얼은 집 안팎에 여러 가지 놀이 상대가 있었으므로 심심하지 않았다. 잠시도 쉬지 않고 활동하는 이 아이의 정신으로부터 넘쳐나오는 생생한 마력은 수많은 사물들과 서로 사귀게 되었는데 그 모습은 마치 횃불이 어딜 가나 불타오르는 것과 흡사했다. 막대기라든가, 넝마 뭉치, 한송이의 꽃 등 생각도 못 할 물건들이 퍼얼의 마술에 걸리면 꼭두각시로 변하여 겉으로 보기에는 아무렇지도 않은 것 같았지만 아이의 마음속에 마련된 온갖 무대에서 전개되는 연극의 주인공과 완전히 하나가 되는 것이었다. 퍼얼의 어린 목소리는 수많은 가공 인물인 남녀 노소를 상대로 대화를 나눴다. 바람에 불려 신음 소리를 내거나 침울한 소리를 내는 검고 장엄한 노송이 흡사 그 모습을 한 청교도의 장로 역으로 등장한다. 몰골 사나운 뜰의 잡초들은 무자비하게 두들겨서 뿌리채 뽑아버렸다. 청교도의 아이들이기 때문이다. 참으로 놀라운 일은 이 아이가 열중해서 생각해낸 수많은 형태였다. 이것들은 아무런 연결성이 없으면서도 항상 초자연적인 활동 상태라 이리뛰고 저리뛰는가 하면 마침내는 너무도 격렬한 생기의 넘쳐남에 기진하여 까부라지고 만다. 그러면 또 다른 야성적인 힘을 지닌 양상이 그 뒤를 쫓는다. 그것은 변화무쌍한 북극광(北極光) 같았다. 그것은 상상력의 움직임이라든가 성장해가는 마음의 놀이라는 점에선 재주가 뛰어난 다른 아이들의 경우와 별다른 차이가 없는지도 모르나 다만 퍼얼의 친구가 없었기 때문에 자기가 만들어 낸 가공 인물들 속으로 뛰어드는 일이 잦았다는 점이 달랐을 것이다. 그런데 색다른 점은 이 아이가 자기 마음속이나 머릿속에서 그려낸 모든 것을 적대시했다는 사실이다. 결코 그들을 친구로 만들지는 않았다. 주변에 늘 무기를 지닌 적군이 뛰어나오는 용의 이빨을 심어놓고 그것을 향해 덤벼드는 식이었다. 이토록 어린 생명이 결국 언젠가는 부딪치고 말 적의에 찬 인간들과의 싸움을 끊임없이 의식하고 최후까지 버티어나갈 힘을 기르고 있는 모습을 보았다면 누구나 불쌍한 생각이 들었을 것이다. 더구나 그 원인을 마음속에 느끼고 있는 어머니의 입장이고 보면 그 쓰라림이 어느 정도였겠는가 하는 것은 넉넉히 짐작이 가리라.

퍼얼을 바라보고 있노라면 헤스터 프린은 손에 들고 있던 일감을 무릎 위에 떨어뜨리기 일쑤였고 그러면 속에 간직해두려던 괴로움이 아무리 억눌러도 말인지 신음 소린지 모를 울부짖음이 되어 터져나오는 것이었다. "오, 하늘에 계신 아버지. 당신이 아직도 저의 아버지시라면 대답해주십시오. 저 아이는 도대체 무엇입니까?" 이런 때의 퍼얼은 어머니의 외침 소리나 아니면 더 미묘한 방법을 통해 그녀의 쓰라린 고뇌를 알아채곤 모든 것을 다 알고 있다는 듯 그 싱싱하고 귀여운 얼굴을 어머니 쪽에 돌려 요정처럼 미소를 지으면서 다시 하던 장난을 계속하는 것이었다.

이 아이의 태도에서 빼놓을 수 없는 또 한 가지 색다른 것이 있다. 퍼얼에게 난생 처음으로 눈에 띈 것은 도대체 무엇이었을까? 다른 애라면 작은 입가에 살짝 떠오르는 그런 미소 —— 나중에 생각해봐도 애매하여 과연 그걸 미소라고 할 수 있나 없나로 실없는 말다툼이라도 벌임직한, 그런 미소로 답하는 어머니의 미소였을 것이다. 그러나 퍼얼의 경우는 그렇지 못했다! 퍼얼의 눈에 띈 최초의 것은 —— 솔직히 말해 —— 헤스터의 가슴에 달린 주홍글씨였다. 어느 날 어머니가 요람 위에 몸을 굽혔을 때 그 어린것의 시선은 주홍색 글씨를 둘러싼 금색 수에서 빛나는 광채에 멈췄고 고사리 같은 손을 내밀어 잡으려고 했다. 아무런 의심도 보이지 않는 뚜렷한 눈동자의 광채 때문에 퍼얼은 나이보다도 훨씬 더 큰 아이같이 보였다. 헤스터 프린은 자기도 모르게 숨을 죽이고 가슴의 불길한 표시를 움켜잡고 본능적으로 잡아 떼려 했다. 퍼얼의 단풍잎 같은 손이 뭣을 알기나 하듯 와 닿는 데는 뭐라 말할 수 없는 고통을 느꼈다. 그러자 괴로움에 몸부림치는 어머니의 거동을 자기를 어르는 것으로 알았던지 퍼얼은 그 눈을 들여다보며 생긋 웃는 것이었다! 그 뒤로부터 헤스터는 줄곧 아이가 잠들 때 이외는 한시도 마음을 놓은 일이 없었다. 한시도 아이를 평온한 마음으로 귀여워해줄 틈이 없었다. 퍼얼의 시선이 한 번도 주홍색 글씨에 집중되는 일없이 수 주일이 지나는 일도 있기는 했다. 그러나 또 마치 갑작스러운 죽음의 발작처럼 뜻하지 않은 시선이 그 독특한 미소와 기묘한 표정을 띠고 엄습해오는 것이었다.

언젠가 헤스터가 흔히 어머니들이 그렇게 하듯이 아이의 눈에 비치는 자기 모습을 들여다보고 있었더니 변덕쟁이 천사와 같은 표정이 퍼얼의 얼굴에 떠오른 일이 있었다. 그 순간 —— 혼자 몸으로 마음에 괴로움이 있는 여자는 설명할 수 없는 망상에 괴로워하므로 —— 퍼얼의 귀여운 검은 눈의 거울에 조그맣게 비친 것은 헤스터 자신의 모습이 아니라 누군가 다른 사람의 얼굴 같았다. 그것은 악마처럼 싱글싱글 웃고 있는 악의에 찬 얼굴 같았다. 잘 아는 사람의 얼굴과 비슷하긴 했으나 그 사람은 악의는커녕 미소조차도 여간해서 지은 일이 없는 사람이었다. 아이에게 옮아온 악령이 그때 마침 장난삼아 얼굴을 내민 것 같은 느낌이었다. 그 후 몇 번이고 헤스터는 같은 망상으로 괴로움을 겪었지만 처음만큼 선명하지는 않았다.

퍼얼이 달음질칠 정도로 자란 무렵이었다. 어느 여름날 오후, 퍼얼은 들꽃을 양손에 잔뜩 꺾어들고 어머니 가슴을 향해 하나씩 던졌는데 주홍색 글씨에 명중할 때마다 작은 요정처럼 깡충깡충 뛰면서 좋아했다. 헤스터는 처음엔 두 손을 모아 가슴을 가리려고 했다. 그러나 자만심에서인지, 체념에서인지, 아니면 이루 말할 수 없는 이 고통이야말로 회개하는 것이라 생각에서였던지 그 충동을 꾹 참고 죽은 사람처럼 창백해지면서도 슬프게 퍼얼의 기승스런 눈을 들여다본 채 꼼짝도 하지 않았다. 그래도 들꽃의 공격은 그치지 않았고 날아오는 꽃송이는 거의 다 주홍글씨를 맞히었다.

그때 이승에선 물론 저승에서도 도저히 그 약을 구할 도리가 없는 그런 상처가 어머니의 온 가슴을 덮쳤던 것이었다. 드디어 탄환이 떨어지자 퍼얼은 우두커니 선 채로 헤스터를 쳐다보고 있었는데 웃고 있는 작은 악마 같은 모습이 그 깊이를 알 수 없는 검은 눈동자의 심연 속에서 내다보고 있었다. 정말로 내다보았는지는 모르지만 하여간 어머니는 그렇게 느꼈다.

"퍼얼, 넌 도대체 어떻게 된 애니?" 어머니가 소리쳤다.

"참, 엄마도, 엄마의 퍼얼이지 뭐야?" 아이는 대답했다.

퍼얼은 그렇게 말하면서도 여전히 웃으며 그 근처를 팔짝팔짝 뛰어 돌아다녔는데 어린 요정 같은 변덕스런 몸짓은 금방이라도 굴뚝 위까지 뛰어오를 듯한 기세였다.

"넌 정말 엄마의 아이냐?" 헤스터는 물었다.

실없는 질문이 아니라 그때만은 다른 생각 없이 정색을 하고 물어본 것이었다. 퍼얼이 뛰어나게 총명했으므로 어머니로서는 퍼얼이 태어나게 된 비밀을 다 알고서 드디어 본성을 드러내는 게 아닌가 하는 생각이 들었기 때문이다.

"그렇다니까. 난 퍼얼이란 말야!" 아이는 여전히 익살맞은 몸짓을 되풀이했다.

"넌 엄마의 딸이 아냐! 엄마의 퍼얼이 아니란 말야!" 반농담삼아 어머니가 말했다. 헤스터는 고뇌에 차 있을 때도 가끔 농담을 하고 싶은 기분이 들 때가 있었다. "그럼 넌 누구니? 누가 널 이 세상으로 보냈지?"

"엄마가 가르쳐줘!" 아이는 정색을 하고 헤스터에게로 다가오더니 무릎 위로 몸을 기대었다.

"하늘에 계신 아버지가 보내셨어!" 헤스터는 대답했다.

그러나 이러할 때의 망설임은 아이의 예리한 눈길을 속일 수는 없었다. 그저 늘 하듯 장난삼아 한 데 불과한 것인지 아니면 악마의 재촉을 받아서인지 퍼얼은 검지를 내밀어 진홍색 글씨를 만졌다.

"아냐!" 퍼얼은 똑똑히 말했다.

"내게는 하늘의 아버지는 안 계셔!"

"입 다물지 못해, 퍼얼! 그런 말을 하면 못써!" 어머니는 신음 소리를 억누르면서 말했다. "누구나 다 하늘에 계신 아버지가 이 세상으로 내려보내는 거야. 너의 엄마도 그렇고, 물론 너도 그래! 그렇지 않으면 넌 어디서 왔단 말이니? 정말 이상한 애구나 넌."

"가르쳐줘, 가르쳐달란 말야!" 퍼얼은 졸라댔지만, 이젠 아까처럼 정색을 하고 묻는 게 아니라 웃으면서 마루 위를 뛰어 돌아다니고 있었다. "엄마가 말해줘야지!"

그러나 의혹의 어둠 속에 파묻힌 미로를 헤매고 있는 헤스터 자신은 그 질문에 대답할 능력이 없었다. 우스운 것도 아니고, 두려운 것도 아닌, 이상한 기분이 드는 가운데 이웃 마을 사람들의 말이 생각났다. 퍼얼의 아버지를 알려고 애쓰던 사람들은 이 아이의 기묘한 성질을 보고서 퍼얼이라는 아이는 악마의 자식임에 틀림없다고 떠들어댔던 것이다. 먼 중세 때부터 어머니의 죄 때문에 이 세상에 태어나 어떤 흉악한 목적을 위해 한바탕 설쳐대는 그런 유의 악마의 자식이라는 것이었다. 루터조차도 적인 수도사들의 중상에 따르면 그 역시 같은 지옥 태생인 악귀의 대장이라는 것이었다. 뉴잉글랜드의 청교도 안에도 그처럼 불길한 성품을 지닌 아이는 있는 법이고 퍼얼 하나만이 그런 것은 아니었다.

제 7 장 총독의 집 객실

어느 날 헤스터 프린은 벨링햄 총독의 저택으로 총독이 주문한, 둘레를 수로 장식해놓은 장갑을 전하러 갔다. 무슨 중대한 공적인 의식 때 착용한다는 것이었다. 그는 보통 선거에서 패배하는 바람에 최고 지위에서 두어 계단 후퇴한 전 총독이었지만 식민지의 관계(官界)에서는 아직도 명예있는 지위에 머물러 권세를 부리고 있었다.

식민지 문제에 대하여 이처럼 큰 권력을 잡고 활약하고 있는 요인에게 이날 헤스터가 면회를 요청하게 된 것은 수놓은 장갑을 전하는 일 이외에 좀더 중요한 이유가 있었기 때문이었다. 종교와 정치에 좀더 엄한 원칙을 세우고자 하는 지도적인 입장에 있는 인물들 사이에서 헤스터 프린으로부터 아이를 빼앗으려는 계획을 짜고 있다는 소문을 들었기 때문이다. 이미 말했듯이 그들은 퍼얼을 악마의 핏줄을 이어받은 아이라고 여기고 있었으므로 착한 시민들이 그 어머니의 영혼을 생각하는 그리스도 교도다운 관심에서 그녀의 앞길을 막고 있는 아이를 제거해버려야 한다고 논의한 일은 무리한 일도 아니었다. 한편 아이가 정신적으로나 종교적으로나 성장할 가능성이 있고, 언젠가는 구원될 수 있는 요소를 지니고 있다면 헤스터 프린보다 훨씬 현명하고 뛰어난 사람에게 맡기는 편이 여러 가지 점으로 보아 도움이 될 것이라는 견해도 있었다. 이런 계획을 추진하고 있는 사람들 중에서도 벨링햄 총독이 가장 적극적인 사람이라는 소문이 있었다. 요즘 세상 같으면 행정 위원 정도의 재량에 맡겨질 이런 사건이 공적으로 당당하게 논의되고 저명한 정치가까지 찬반 양론에 나선다는 것은 기묘한 일이어서 오히려 우습게 여겨질지도 모를 일이다. 그러나 당시와 같이 모든 것이 단순하고 소박하던 시대는 헤스터 모녀의 문제보다 공적인 흥미가 훨씬 희박할 뿐 아니라 중요성도 전혀 없는 여러 문제가 입법자나 법령을 귀찮게 구는 문제와 미묘하게 얽혀 있었던 것이다. 이 이야기가 전개되는 시기는 돼지 한 마리의 소유권을 둘러싼 논쟁이 식민지의 입법 부문에 어마어마한 대립을 불러일으켰을 뿐더러 입법 조직 자체에까지 중대한 개혁을 단행케 한 시기와 그리 멀지 않은 시기였다.

그래서 헤스터 프린이 외딴 오두막을 나선 것인데, 걱정되어 골치는 아팠으나 자신의 권리에는 확신이 있었으며, 또 일반 대중과 자연의 정이 지지해주는 고독한 여성과의 승부는 쌍방이 서로 5 대 5의 승산이 있을 거라는 생각이 들기도 했다. 물론 퍼얼은 어머니와 함께였다. 어머니 곁을 펄쩍펄쩍 뛰어다닐 만한 나이가 되어 아침부터 밤까지 뛰어다녔으므로 총독 저택까지의 거리쯤은 문제도 아니었다. 그래도 그렇게 해야 한다기보다는 응석을 부리고 싶은 마음에서 곧잘 안아달라고 조르는가 하면, 곧 또 내려달라고 하고서는 헤스터를 앞질러 풀이 우거진 오솔길을 냅다 줄달음질치다가는 넘어지고 고꾸라지곤 했으나 다치지는 않았다. 퍼얼이 화사하고 말할 수 없이 아름답다는 말은 앞에서 말한 대로이다. 짙고 싱싱하게 빛나는 아름다운 혈색, 환한 살빛, 깊고도 강렬하게 빛나는 두 눈, 벌써부터 윤기가 흐르는 짙은 갈색 머리는 어른이 되면 새까만 색에 가까워질 것 같았다. 머리끝부터 발끝까지 활기가 넘쳐 있어서 정열적인 순간에 예고없이 낳은 사생아 같았다. 어머니가 지은 아이의 옷 또한 화려한 경향의 상상력을 마음껏 발휘했다. 색다른 스타일에 금실을 써서 특별한 수를 잔뜩 놓은 빨간 비로드 저고리로 차려 입혔던 것이다. 안색이 나쁜 아이였다면 볼이 여위고 파리한 느낌을 주었을지도 모를 정도로 강렬한 색조가 퍼얼의 아름다움에는 멋있게 어울려 마치 지금까지 지상에 나타난 일이 없는 불꽃 덩어리 같았다.

그러나 이 옷에서뿐만 아니라 아이의 전체 모습에서 두드러지게 나타난 특징은 그 아이를 보는 주위 사람들로 하여금 헤스터 프린의 가슴에 달린 표시를 불문 곡직 연상케 하는 점이었다. 그것은 형태를 달리한 주홍글씨였으며 생명을 지닌 주홍글씨이기도 했다. 헤스터 프린 자신도 —— 빨간 치욕의 표시가 뇌리에 꽉 박혀 무엇을 생각하든 그 형태로 뒤바뀌기라도 한다는 듯이 —— 일부러 주홍글씨와 비슷하게 보이도록 했으며 몇 시간이고 병적일 정도로 궁리한 끝에 애정의 대상과 죄업(罪業)의 표시 사이에 어떤 유사성을 만들어내려고 했던 것이다. 그러나 사실상 퍼얼은 애정의 대상인 동시에 죄업의 표적이기도 했으므로 이 동일성이 있음으로 해서 헤스터도 제 자식의 모습 속에 주홍글씨를 이렇게 훌륭하게 재현할 수 있었다고 볼 수 있다.

이 두 사람이 마을 구역 안으로 들어서자 청교도의 아이들은 놀이를 중단하고 —— 놀이라고 해도 이 장난꾸러기들 사이에서만 인정되고 있는 놀이이지만 —— 짓궂은 얼굴을 지으며 서로 이런 말을 지껄여댔다.

"저것 봐, 저기 주홍글씨의 여자가 가네. 게다가 옆에서 뛰어가고 있는 아이도 주홍글씨하고 똑같지, 그렇지? 우리 가서 진흙이라도 던져주자."

그러나 퍼얼은 지기 싫어하는 아이였다. 얼굴을 찡그려보이기도 하고, 두 발을 쾅쾅 구르기도 하고, 작은 손을 흔들어 위협하는 몸짓을 하더니 갑자기 적의 무리 속으로 뛰어들어 모두 쫓아버렸다. 이렇게 상대방을 맹렬히 쫓아가는 모습은 어린아이들의 죄를 벌하는 일을 직책으로 하는 아이들의 역신(疫神) 즉, 성홍열 같은 그러한 천벌을 가져다 주는, 날개도 채 안 난 천사와 똑같았다. 퍼얼은 째지는 소리를 지르기도 하고 아주 큰소리로 고함을 치기도 했으므로 도망치는 아이들의 마음을 공포로 떨게 했을 것이다. 승리를 거두고 어머니 곁으로 돌아온 퍼얼은 생글생글 웃으면서 어머니의 얼굴을 들여다보았다.

그 뒤로는 별일없이 벨링햄 총독의 관저에 도착했다. 큰 목조 건물인이 집은, 이런 구조의 집은 지금도 미국의 오래 된 도시에는 그 견본이 남아 있지만 이제는 이끼가 끼고 다 허물어져가고 있는데다 어두운 방 안에서 일어났다 사라진 갖가지 사건이며 사람들의 기억 속에 남아 있거나 잊혀진 수많은 슬프고 즐거운 사건 때문에 완전히 음산한 집이 되고 말았다. 그러나 그 당시의 이 집 외관엔 이미 사라진 세월이 지니는 신선함이 있었고 죽음이 한 번도 찾아든 적이 없는 생활의 산뜻함이 햇볕이 잘 드는 창문을 통해 비쳐나오고 있었다. 참으로 즐거워보이는 집이었다. 벽 전체에는 깨진 유리 조각을 많이 섞은 회를 발랐기 때문에 태양 광선이 건물 정면을 비껴 쬐면 마치 두 웅큼의 다이아몬드 가루를 잔뜩 뿌려놓은 듯이 반짝였다. 그 광채로 이 집은 완미한 청교도의 노지배자 저택이라기보다는 알라딘 궁전이라고 하는 편이 더 어울릴 것 같았다. 게다가 보기에도 신비하리만큼 기묘한 무늬와 도형으로 장식되어 있는 것도 이 시대의 괴상한 취미에 잘 어울렸다. 원래는 새로 칠한 백회(白灰) 위에 그려넣은 것이었는데 단단히 굳어 후세 사람들의 찬사를 받게 된 것이다.

퍼얼은 이렇게 휘황찬란한 집을 보자 기쁜 듯이 강중강중 뛰며 정면 전체에 비치고 있는 햇빛을 몰래 떼어서 장난감으로 하고 싶다고 졸라댔다.

"안 돼요, 퍼얼!" 하고 어머니는 타일렀다. "너는 네가 햇빛을 모아야 해. 엄마는 네게 줄 햇빛이 없어!"

모녀가 다가선 현관은 아치형으로 되어 있었고 그 양쪽에는 저택의 좁다란 탑이랄까, 튀어나온 부분이 마주보고 있었으며 어느 쪽에나 다 필요에 따라 나무로 만든 덧문을 여닫을 수 있는 살창문이 달려 있었다. 현관에 달려 있는 철제 해머를 들어 헤스터 프린이 안내를 구하자 총독의 시종이 얼굴을 내밀었다.

이 사나이는 영국 태생의 자유민으로서 지금은 7년 기한의 노예 생활을 하고 있는 자였다. 이 기간 동안은 주인의 사유물과 같아서 소나 걸상처럼 매매할 수 있는 물건이었다. 이 노예가 입고 있는 푸른 웃옷은 당시뿐만

아니라 영국에서는 아주 옛부터 대대로 내려오는 귀족 문중에서 하인들이
보통때 입었던 옷이었다.

"벨링햄 총독님은 계신가요 ? " 헤스터는 물었다.

"네, 계십니다." 시종은 이렇게 대답하면서도 신대륙에서 온 지 얼마
안 되었기 때문에 처음 보는 주홍글씨에 눈이 휘둥그래졌다. "총독 각
하께서는 댁에 계십니다만 목사님 두 분과 또 의사님도 함께 계십니다.
지금 바로 만나뵐 수는 없을 겝니다."

"하지만 나는 들어가야겠어요."라고 말하는 헤스터 프린의 아주 단호한
태도와 가슴에 빛나는 주홍글씨가 헤스터를 이 나라의 귀부인이라고
여기에 했던지 시종은 막으려 하지 않았다.

그래서 어머니와 딸 퍼얼은 현관 안으로 들어섰다. 벨링햄 총독의 저
택은 건축 자재의 질이라든지 기후의 차이, 게다가 특별난 사회 생활 등을
고려해 상당히 변경을 가했기 때문에 조국 영국에 있는 상류층 저택처럼
설계되어 있었다. 그래서 현관 안 널찍한 객실은 천장도 높고 건물 안
쪽까지 계속되어 있어 다른 모든 방과 직접 통할 수 있는 복도의 구실을
하고 있었다. 이 널따란 방 한쪽에는 현관 양쪽에 움푹 들어가서 작은
방을 이루고 있는 두 탑의 창문으로부터 광선이 스며들고 있었고 그 일부가
커튼으로 가려져 있는 다른 한쪽의 궁형(弓形) 창으로부터는 더 강한
광선이 들어오고 있었다. 그 창문은 흔히 옛 책에서 볼 수 있는 창문이
었으며 방에는 푹신한 쿠션이 깔린 걸상이 준비되어 있었다. 그 쿠션
위에는 《영국 연대기》 같은 이절판 크기의 묵직해보이는 문헌(文獻)들이
놓여 있었다. 오늘날 사람들이 불의의 방문객이 볼 수 있도록 방 한가운데
놓인 테이블 위에 금박을 입힌 책을 놓아두는 것과 같은 그런 식이었다.
객실의 가구류는 등에 참나무 꽃의 화환을 정성껏 조각한 몇 개의 묵직한
의자와 같은 분위기의 테이블이 하나 있을 뿐이었으나 이것들은 모두
엘리자베스 왕조 시대의 것이든지 그 이전의 물건으로서 총독의 본집
으로부터 운반해온 대대로 물려오는 유물들이었다. 테이블에는 —— 옛날

영국인의 인심 좋은 풍습을 버리지 않았다는 증거로 —— 백랍(白蠟)의 큰 맥주잔이 놓여 있었는데 헤스터나 퍼얼이 들여다보았더라면 그 잔 바닥에서 조금 전에 마시고 난 맥주의 거품을 보았을지도 모른다.

벽에는 벨링햄 가문의 혈통을 이어받은 조상 대대의 초상화들이 줄지어 걸려 있었다. 가슴에 흉갑을 두른 무인도 있었고 주름깃에 위엄을 떨치고 있는 문인의 모습도 보였다. 모두가 하나같이 옛날 초상화에서 으레 볼 수 있는, 무서울 정도로 날카로운 눈초리가 특징이었다. 지금은 유명을 달리한 명사들의 초상이 아니라 오히려 그 사람들의 망령이 살아 있는 자의 일하는 태도며 노는 양을 가차없이 신랄하게 비판하면서 내려다보고 있는 것 같았다.

객실의 벽을 이루고 있는 참나무 널의 한복판에 갑옷 한벌이 걸려 있었는데 초상화에 나오는 선조의 유물이 아니라 극히 최근에 만든 물건이었다. 벨링햄 총독이 뉴잉글랜드로 건너오던 해에 런던의 숙련된 무구사(武具師)가 만든 것이었다. 강철로 만든 투구·흉갑·후갑·경갑, 그 밑에 늘어진 장갑 한 쌍과 칼 한 자루 —— 모든 게 다 그러했지만 특별히 투구와 흉갑은 광택이 날 정도로 손질이 되어 있어 마룻바닥이 온통 번쩍이고 있었다. 이 눈이 부실 만큼 빛나는 갑옷은 한낱 장식품으로 놓아둔 것이 아니라 총독 자신이 엄숙한 열병장이나 연병장에서 여러 차례 입은 일이 있고 피쿼드, 전쟁에서는 이 갑옷을 입고 연대의 선두에 서서 활약한 적도 있었다. 법률가로 교육을 받았고 베이컨, 코크, 노이, 핀치들을 허물없이 벗할 수 있던 총독이었으나 이 새로운 나라 미국의 긴박한 사태는 그를 정치가나 지배자로서뿐 아니라 군인으로까지 행세하게 만들었던 것이다.

퍼얼은 빛나는 저택의 정면을 보았을 때 못지 않게 번쩍이는 갑옷을 보고 몹시 기뻐했는데 잠시 후에는 거울같이 닦은 흉갑을 들여다보고 있었다.

퍼얼이 외쳤다.

"엄마, 엄마가 여기 비쳐요. 자, 이리 와봐요!"

헤스터는 아이를 즐겁게 해줄 작정으로 하라는 대로 해보였다. 그러자 그 볼록 거울에 비친 주홍글씨가 묘하게 크게 과장되어 나타나서 그녀의 외모 중에서도 가장 두드러진 부분처럼 보임을 알게 됐다. 그래서 헤스터의 모습은 주홍글씨 뒤에 가려져 전혀 보이지 않게 되었다. 퍼얼은 또 투구에 비친 그 비슷한 영상을 손가락질하면서 웃고 있었는데 그 요정 같은 뜻있는 눈초리는 작은 얼굴에 늘 떠오르던 표정이었다. 그 여봐란 듯한 얼굴의 미소 역시 아주 그럴 듯하게 흉갑 거울에 비쳤으므로 헤스터 프린은 그게 자기 자식의 모습이라기보다 퍼얼의 모습을 닮으려고 애쓰는 작은 악마가 아닌가 하는 생각이 들었다.

"이리 온, 퍼얼!" 하고 헤스터는 아이를 그곳으로부터 떼어놓으려고 했다. "저 아름다운 정원을 구경하자. 꽃이 피어 있을지도 몰라. 숲에서 보는 것보다 더 고운 꽃들이 말야."

마침내 퍼얼은 객실 반대쪽에 있는 궁형(弓形)창 쪽으로 달려오더니 짧게 깎아 양탄자처럼 깔려 있는 풀밭 양쪽에 절반 가량 심은 채 손질이 안 된, 관목(灌木)이 늘어선 산책길의 경치를 둘러보았다. 정원을 꾸미는 데 영국식 취미는 아예 살릴 수가 없었던 모양이다. 이 저택 주인은 흙이 단단해서 식물이 자랄 것 같지 않은 이곳 대서양 쪽에서는 그것은 도저히 무리한 일이라고 단념한 모양이었다. 양배추가 여봐란 듯이 자라고 있었으며 저만치에 뿌리를 내린 호박이 이쪽으로 덩굴을 뻗어 객실 창문 바로 아래에 커다란 호박을 하나 매달고 있었다. 이 황금색의 호박이야말로 뉴잉글랜드의 토질이 줄 수 있는 가장 푸짐한 장식품이란 것을 총독에게 알려주고 있는 것 같았다. 그리고 이 반도에 처음으로 이주해온 블랙스턴 목사가 심은 나무의 후예로 보이는 장미며 사과 나무도 몇 그루 보였다. 블랙스턴 목사란 황소 등에 올라탄 모습의 미국 초기 연대기 등에서 볼 수 있는 그 반 신화적인 인물이다.

퍼얼은 장미 덩굴을 보더니 빨간 장미꽃을 꺾어달라고 울어대며 아무리 달래도 울음을 그치지 않았다.

"조용히 해요, 퍼얼!" 어머니는 애원조로 말했다. "울지 마, 퍼얼! 정원에서 사람 소리가 나잖아. 총독님이 계시단 말야! 다른 분도 함께!"

사실 그때 산책길 저쪽으로부터 몇 명의 남자들이 저택을 향하여 걸어오는 것이 보였다. 퍼얼은 달래려는 어머니의 말은 아랑곳없이 기분 나쁜 소리를 질러대고 있었으나 마침내 울음을 그쳤다. 어머니의 말에 순종할 마음은 조금도 없었으나 다만 모르는 사람이 나타나는 바람에 그 집요한 호기심이 발동했을 따름이었다.

제8장 어린 마녀와 목사

풍성한 가운에 가벼운 모자를 쓴 벨링햄 총독은 —— 중년 신사들이 집에 있을 때 흔히 입는 복장이었다 —— 앞장서서 집터를 안내하면서 이의 개조 계획을 설명하고 있는 것 같았다. 제임스 왕조 풍의 구식 옷이기는 했지만 정교하기 이를 데 없는 주름깃이 반백이 된 턱수염을 둘러싸고 있어 큰 쟁반 위에 놓인 세례 요한의 목을 연상케 했다. 인생의 황혼기에서 세월의 서릿발을 맞은 것 같은 총독이 풍기는 아주 완고하고 엄격한 인상은 있는 힘을 다하여 자기 주위에 잡아두려고 한, 세속적인 즐거움을 위한 설비와는 전혀 어울리지 않았다. 그러나 미국인의 근엄하고 충실한 선조들이 —— 이 세상을 오로지 시련과 투쟁이라고 생각하거나 말하는 것이 입버릇이었으며 의무를 위해서라면 재산과 생명을 내던진다는 마음에도 거짓은 없었지만 —— 손을 내밀기만 하면 쉽게 닿을 수 있는 곳에 있는 안락이나 경우에 따라서는 사치스러워지는 수단 등을 거절하는 일까지도 양심에 관한 문제로 간주해왔다고 믿는다면 그건 큰 잘못이다. 이와 같은 신조는 지금 벨링햄 총독의 어깨 너머로 흩날리는 눈발처럼 흰 턱수염을 나부끼고 있는 존 윌슨 노목사가 가르쳐준 것은 아니었다. 이 흰 턱수염의 주인공은 그때 배나무와 복숭아나무가 뉴잉글랜드의 풍토에서도 자랄 수 있을지 모르며 자색 포도도 또한 햇빛 잘 드는 정원 앞 담장에서라면 무성하게 자랄지도 모르겠다는 의견을 말하고 있는 중이었다. 노목사는 영국 교회의 풍족한 품에서 자랐으므로 모든 쾌적하고 좋은 것에 대해서는 옛날 기질 그대로 완전히 해치우는 취미를 지니고 있었다. 설교단 위에 설 때나 헤스터 프린이 저지른 것 같은 죄를 남 앞에서 비난하거나 할 때는 매우 무서운 목사로 보였지만 사생활에서는 온정이 넘쳐흐르는 관대한 성격의 소유자였기 때문에 그 당시 목사 중에서는 누구보다도 따뜻한 애정을 사람들로부터 받고 있었다.

총독과 윌슨 목사의 뒤에는 두 사람의 손님이 뒤따르고 있었다. 한 사람은 독자들도 기억하는, 헤스터 프린의 치욕적인 장면이 벌어졌을 때 과히 내키지 않는 역할을 맡았던 인물인 아서 딤즈데일 목사였고 그와 나란히 걷고 있는 사람은 요 이삼 년 동안 줄곧 보스턴에서 살고 있는 의술이 뛰어난 로저 칠링워드 노인이었다. 후자는 젊은 목사의 주치의인 동시에 친구인 것 같았다. 목사의 건강 상태는 교회 관계의 일이나 의무에 대해 너무도 희생적인 노력을 기울였기 때문에 최근에 와서 현저하게 나빠졌다는 소문이었다.

손님들 앞에 서서 계단을 하나 둘 딛고 올라온 총독이 객실의 커다란 창문을 좌우로 활짝 열어젖뜨리자 정면으로 퍼얼과 마주치게 되었지만 커튼의 그늘에 가리어 있었던 헤스터 프린은 잘 보이지 않았다.

"이게 누구지?" 벨링햄 총독은 눈앞에 있는 아이의 새빨간 모습을 보고 깜짝 놀랐다. "솔직히 말해서, 이 같은 모습은 나의 화려했던 청춘 시절 이후로는 처음 보는 일이야! 궁정 가면 무도회에 참가하는 것을 무상의 영광으로 생각했던 옛날 제임스 왕 시절에는 축제 때가 되면 이런 어린 요정 같은 것이 많아서 축연경(祝宴卿)의 아이라고 불렀었지. 그런데 어떻게 이런 손님이 우리 객실에 들어왔을까?"

"그러게 말입니다!" 착한 윌슨 노인이 큰소리로 말했다.

"요 빨간 깃털을 단 새는 무슨 새일까요? 멋있게 채색된 창문으로 햇빛이 들어와 마룻바닥에 금색과 진홍색의 그림자가 비쳤을 때 이와 똑같은 모습을 본 것 같기도 하지만. 그러나 그것은 영국에서 있었던 일이었죠. 그런데 이름은? 넌 그리스도 교도의 애냐? 교리 문답은 아냐? 아니면 천주교의 유물과 함께 메어리 잉글랜드에 남겨두고 온 장난꾸러기 요정의 친구란 말이냐?”

“난 엄마의 딸이에요.” 주홍색 요정이 대답했다. “내 이름은 퍼얼이고요!”

“퍼얼(진주)이라고? 퍼얼이 아니라 루비겠지, 아니 —— 그렇지 않으면 코럴(산호)인가 —— 아니 그 색깔로 보면 아무래도 빨간 장미라고 해야 겠군!” 그렇게 말한 늙은 목사가 손으로 퍼얼의 볼을 눌러보려고 하자 그녀는 살짝 피해버렸다. “그런데 네 엄마는 어디 있지? 아, 여기 계시군.” 그는 벨링햄 총독 쪽을 보고 조그만 소리로 말했다. “이 애가 지금 우리가 의논했던 문제의 아이입니다. 그리고 저기 불행한 어머니 헤스터 프린도 와 있군요!”

“불행한 여인이라고?” 총독은 큰소리로 말했다. “아니, 이런 애 어머니라면 당연히 ‘주홍색의 여인’이고 바빌론 여인의 좋은 표본이라 판단해도 좋을 거요! 하여간 저 여자는 마침 좋은 때 왔군. 곧 그 문제를 의논하기로 합시다.”

객실로 들어온 벨링햄 총독을 뒤따라 세 사람도 들어왔다.

“헤스터 프린!” 타고 난 매서움을 가진 총독의 눈이 주홍글씨의 여인에게로 쏠리며 말했다. “요즘 그대에 대하여 말이 많았소이다. 요점인즉, 저 아이 속에 든 영원한 영혼을 속세의 함정에 빠져서 타락할 대로 타락한 그대에게 맡겨둬도 과연 우리 당국자가 양심껏 의무를 다했다고 할 수 있느냐는 문제였소. 이 애 어머니로서의 그대 생각을 듣고 싶소! 이 애를 그대 곁에서 떠나게 하여 제대로 된 옷을 힙히고 엄한 교육도 시킴으로써 하늘과 땅의 진리를 가르치는 일이 이 애의 현세와 내세를 위한 행복된 길이라고 생각지 않소? 이 점에 대해 그대는 이 애를 위해 무슨 일을 할 수 있겠소?”

헤스터 프린은 주홍 표시를 손가락질하며 대답했다. “저는 이 글씨에서 배운 것을 퍼얼에게 가르칠 수 있습니다!"

"뭐라고, 그건 수치의 표시가 아니오!" 총독이 엄격하게 말했다. "우리가 아이를 다른 사람에게 맡기려고 하는 것은 그 글씨가 나타내는 오점 때문이오."

"말씀은 그렇습니다만," 안색은 창백했지만 어머니는 침착한 말투로 말을 이었다. "이 표시가 저에게 가르쳐준 것은 —— 매일 아니 지금도 가르쳐주고 있는 것은 나 자신에게는 아무 소용이 없지만 이 아이가 좀더 슬기롭고 좀더 좋은 아이가 될 수 있는 교훈입니다."

"신중히 생각한 뒤에 선처하기로 할까요?" 벨링햄이 말했다. "윌슨 선생, 이 아이를 —— 퍼얼이라고 하는 모양인데 —— 좀 시험해보십시오. 이 나이 또래에 알맞는 그리스도 교도로서의 교육이 되어 있는지 어떤지를 알 수 있을 테니 말이오."

늙은 목사는 안락의자에 앉더니 퍼얼을 무릎 옆으로 끌어당기려고 했다. 그러나 어머니 이외의 사람이 만져본 적이 없는 이 아이는 열린 창문으로 뛰어나가 계단 있는 데까지 도망쳐버렸다. 화려한 빛깔의 깃털을 단 열대 지방의 들새가 이제라도 창공을 향하여 날아갈 듯한 형상이었다. 윌슨 씨는 아이들에게 인기있는 인자한 할아버지였기에 약간 당황했으나 곧 시험을 해보기로 했다.

"퍼얼!" 엄숙한 말투였다. "말 잘 들으면 진짜 퍼얼(진주)을 가질 수 있어. 너는 누가 만들었지? 대답해봐라."

퍼얼은 자기를 만든 것이 누구라는 것쯤은 너무도 잘 알고 있었다. 헤스터 프린은 신앙이 돈독한 가정의 딸이었으므로 하늘에 계신 아버지에 대한 말을 아이에게 들려준 다음 아무리 어린 아이들이라도 열심히 재미있게 흡수할 수 있는 진리를 여러 가지 가르치기 시작했기 때문이다. 그러므로 퍼얼이 생후 3년 동안에 배운 것은 정말 대단한 양이어서 뉴잉글랜드 신앙 입문서나 웨스트민스터 교리 문답집의 제1 문쯤은, 비록 그 유명한 책의 외관조차도 몰랐지만 쉽게 통과되었을 것이다. 그러나 대개의 아이들은 누구나 다소간 심술궂은 구석이 있게 마련이고 퍼얼은 열 배나 더 심술궂었기 때문에 입을 꽉 다물어버리지 않으면 뚱딴지 같은 말을 지껄였다. 퍼얼은 아주 기분나쁜 듯 손가락을 입에 문 채 대답하기를 거절하던 끝에 자기는 누가 만든 것이 아니라 감옥문 옆에 핀 찔레꽃 덤불에서 어머니가 주워왔노라고 말했다. 이 어처구니없는 대답이 떠오른 것은 퍼얼이 서 있는 총독댁의 창문 밖에 빨간 장미가 있는데다 오는 도중 감옥 앞의 찔레꽃 덤불을 본 것을 생각했기 때문인지도 모른다.

로저 칠링워드 노인은 얼굴에 미소를 띠며 젊은 목사의 귀에다 뭐라고 속삭였다. 헤스터 프린은 이 용한 의사를 쳐다보았으나 자기 운명도 어떻게 변할는지 모르는 불안정한 때였는데도 불구하고 너무나 달라진 노인의 얼굴에 놀랐다. 가까이 지내던 때에 비하면 너무도 미운 얼굴이었다. 침울한 안색은 더욱 어두워보였고 몸도 전보다 더 불구자가 된 것 같았다. 한순간 시선이 마주쳤지만 헤스터는 다시 눈앞에 벌어진 사태에 주의를 집중할 수밖에 없었다.

“이거 야단났군?” 퍼얼의 대답을 듣고 깜짝 놀란 총독이 다시 제정신으로 돌아오자 큰소리로 말했다. “이 아이는 세 살이나 먹었다는데 누가 자기를 만들었는지도 모르다니! 자기의 영혼이라든지 현세에서의 타락, 내세의 운명 등에 대해서도 역시 모르리라는 것은 뻔한 노릇이오! 어떻습니까, 여러분. 더 이상 시험할 필요도 없지 않을까요.”

헤스터는 퍼얼을 붙잡더니 양팔에 꽉 끌어안으며 몹시 사나운 기세로 청교도의 늙은 총독을 쏘아보았다. 버림받은 외로운 몸으로 단 하나의 보물만을 보람으로 여기고 살아온 헤스터로서는 아무리 많은 사람이 덤빈다 해도 이것만은 포기할 수 없는 권리였고 죽어도 이 권리만은 지킬 작정이었다.

“하느님이 이 아이를 내게 주셨습니다!” 헤스터는 외쳤다. “당신들이 내게서 모든 것을 빼앗아갔으므로 그 대신 하느님이 이 아이를 주신 것입니다. 이 아이는 나의 행복입니다! 나의 가책이기도 합니다! 퍼얼은 나에게 벌을 주기도 합니다! 보지 못하십니까? 이 아이는 주홍글씨입니다만 사랑을 받기만 하는 주홍글씨이기에 그만큼 나의 죄를 벌주는 힘이 백만 배나 더 큰 것입니다. 이 아이를 당신들에게 내줄 순 없습니다! 내가 먼저 죽으면 죽었지 그렇게 할 수는 없습니다!"

"가엾은 여자군." 인정이란 것을 모를 리 없는 늙은 목사의 말이었다. "이 아이는 잘 돌봐질 것이오. 그대 이상으로."

"하느님이 이 아이를 제게 맡겨주셨습니다." 헤스터 프린은 되풀이했으나 그 목소리는 비명에 가까웠다. "이 아이를 내줄 순 없어요!" 이렇게 말한 그녀는 발작이라도 하듯이 젊은 목사 딤즈데일 씨 쪽을 돌아다보았는데 이 순간까지 한 번도 쳐다보지 않았던 모양이었다.

"저를 위해 말씀 좀 해주세요!" 헤스터는 외쳤다. "당신은 제 목사님이셨고 제 영혼을 책임지셨던 분이니까 여기 계신 분들보다는 저를 더 잘 아실 거 아녜요! 이 아이만은 빼앗길 수 없습니다! 저를 좀 변호해주세요! 당신은 제 마음을 알아주실 거예요. 이분들에게는 없는 동정심을 지니고 계시니까요. 제 마음속에는 무엇이 있는지, 어머니의 권리가 어떠한 것인지, 당신은 알고 계실 겁니다! 부탁입니다! 이 아이를 빼앗길 순 없습니다! 부탁입니다!"

이 격하고 절박한 호소는 헤스터 프린이 미쳐 날뛸 것 같은 상태에 있음을 나타내고 있었다. 이 말에 젊은 목사는 곧 앞으로 나섰는데 얼굴은 창백해지고, 특히 신경질적인 성질이 흥분할 때마다 하는 버릇으로 가슴에 손을 얹고 있었다. 목사는 헤스터가 군중 앞에서 욕을 당할 때 소개됐던 때보다도 훨씬 더 초췌하고 수척해보였다. 건강이 쇠약해진 탓인지 다른 일이 있는지는 모르지만 크고 검은 그의 눈 깊숙한 곳에는 무한한 괴로움이 서려 있었다.

"이 여인의 말에도 일리가 있습니다." 목사의 음성은 부드럽고 떨리는 듯했으나 넓은 방 안이 쩌렁쩌렁 울리어 속이 텅 빈 갑옷이 공명할 정도였다. "헤스터의 말에도, 또 그렇게 말하는 심정에도 일리가 있습니다!

하느님이 이 아이를 주신 것이고 보기에 괴팍스럽게 생각되는 이 아이의 성질이나 요구를 본능적으로 이해할 힘도 주어졌을 테니 누군들 이 여자만큼 이 아이에 대한 일을 잘 아는 사람은 없을 겁니다. 게다가 이 모녀 사이에는 뭔가 머리가 수그러질 만한 신성한 데가 있지 않습니까?"

"뭐라고요? 그게 무슨 말씀이십니까? 목사님." 총독이 말을 가로막았다. "좀더 자세히 설명해주시기 바랍니다!"

"당연한 일이 아닙니까." 목사는 말을 이었다. "만일 그렇지 않다면, 살아 있는 모든 것의 창조자이신 하느님 아버지께서 죄의 행위를 가볍게 보시고 더러운 육욕과 신성한 애정과의 구별을 무시했다고 볼 수밖에 없지 않습니까. 아비의 죄와 어미의 수치 사이에서 태어난 이 아이는 하느님의 손을 통해 이 세상에 나타난 것이고 여러 가지 형태로 어머니의 마음을 움직이고 있기 때문에 어머니 역시 저렇게 열심히, 또 저렇게까지 애타는 마음으로 이 아이를 보호할 권리를 주장하고 있는 것입니다. 이 아이는 축복, 그것도 이 여자의 생애에 있어서 단 하나의 축복으로 태어난 것입니다. 게다기 이 어머니 자신도 말한 바와 같이 죄를 벌하기 위해 태어났으리라는 것도 사실입니다. 생각지도 않은 순간에 느끼는 고뇌라고도 할 수 있습니다. 괴로움 중에도 간혹 기쁨을 맛보는 순간에 새삼스레 느끼는 고통이고, 가책이며, 늘 재발하는 번민입니다! 이 흔적은 불쌍한 아이의 옷차림에 나타나 있지 않습니까? 여인의 가슴에 낙인찍힌 저 빨간 표시를 연상시키게끔 하니까요."

"이 또한 명언입니다." 월슨 씨가 큰소리로 말했다. "나는 이 여인이 자기 애를 협잡꾼으로 만들까봐 걱정하고 있었죠."

"아니, 결코 그렇지 않습니다!" 딤즈데일 목사는 말을 이었다. "이 여인은 아이의 존재라는 형태로 하느님이 엄숙한 기적을 이룩했다는 사실을 깨닫고 있다는 것을 저는 보증합니다. 게다가 이 여인이 원하고 있는 것은 —— 나로선 진리라고 생각합니다만 —— 무엇보다도 어머니의 영혼을 살리려고, 보다 암담한 구렁에 빠뜨리려고 꾀는 악마의 유혹을 물리칠 수 있도록 하느님께서 저 아이를 내리신 것으로 믿고 있다는 사실을 인정해달라는 것입니다! 그러므로 불멸의 영혼을 지닌 아이, 영원한 기쁨이나 슬픔을 맛볼 수 있는 아이의 뒷바라지를 한다는 일은 이 가엾고 죄많은 여인을 위해 좋은 일입니다. 아이는 훌륭하게 양육될 수 있으며 갈수록 어머니에게 타락을 되새기게 할 것입니다! 더구나 창조주의 신성한 약속에 의해 이 아이를 천국으로 인도할 수 있다면 아이 또한 어머니를 천국으로 데리고 갈 수 있다는 것을 이 여인에게 가르쳐주는 셈이 됩니다! 이 점으로 보아 죄많은 어머니 쪽이 죄많은 아버지보다도 행복하다고 할 수 있겠죠. 그러니 헤스터 프린을 위해서나 이 불쌍한 아이를 위해서나 하느님의 섭리가 처리하신 대로 두 사람을 놔두도록 합시다!"

"상당히 열성적으로 말씀하시는군요." 로저 칠링워드 노인은 빙그레 웃으며 말했다. "게다가 이 젊은 동료의 말씀에는 중대한 뜻이 포함되어 있습니다." 윌슨 목사가 덧붙였다. "어떻게 생각하십니까, 벨링햄 각하? 불쌍한 여인을 위하여 훌륭히 변호해주지 않았습니까?"

"정말 그렇습니다." 총독은 대답했다. "이렇게 된 이상, 이 문제는 일단 보류하기로 합시다. 이 여인이 더 이상 추문을 퍼뜨리지 않는다는 조건부라면. 하여간 선생이나 딤즈데일 목사의 손을 빌리든지 해서 저 아이를 위한 규칙대로의 교리 문답 시험을 치르도록 해주십시오. 그리고 적당한 시기가 되면 이 아이를 학교에도 보내고 교회의 모임에도 나갈 수 있도록 책임자들에게 일러둬야 할 것 같습니다."

젊은 목사는 말을 다 하자 사람들 앞에서 몇 발짝 물러서서 두터운 커튼 자락 뒤에 얼굴을 반쯤 가린 채 서 있었다. 햇빛에 비치어 마룻바닥에 던져진 그의 그림자는 애소의 흥분 때문에 아직 떨리고 있었다. 싹싹하고 걷잡을 수 없는 요정처럼 나대는 퍼얼은 살짝 목사 옆으로 다가가더니 자기의 두 손으로 그의 손을 잡아 자기 볼에다 갖다 댔다. 아주 상냥하고 자연스러운 애정의 표시였다. 이를 본 어머니가 '이 아이가 퍼얼이란 말인가?' 하고 이상한 생각이 들 정도였다. 헤스터도 이 아이의 마음에 애정이 있다는 것은 알고 있지만 대부분의 경우 격한 감정으로 나타내는 것이 보통이었지, 이렇게 부드럽고 훈훈하게 표현한 적은 지금까지 단 두 번도 본 일이 없었던 것이다. 목사는 —— 오랫동안 동경해오던 여인의 애정을 제외한다면 이 어린애다운 애정만큼 흐뭇한 것은 없기 때문에 —— 주위를 둘러본 후 아이의 머리에 손을 얹고 이마에 키스를 해줬다. 그러나 펴얼의 그러한 기분은 오래 계속되지 않았다. 웃으면서 아주 가볍게 객실 저쪽으로 뛰어갔으므로 늙은 윌슨 씨는 저 아이의 발끝이 대체 마룻바닥에 닿은 것인가 하고 생각했을 정도였다.

"저 장난꾸러기는 아무리 봐도 마술을 알고 있는 것 같군요." 하고 그는 딤즈데일 목사에게 말했다. "저 아이라면 마술할멈의 빗자루가 없어도 하늘을 날 수 있겠군요."

"참, 이상한 아인데!" 로저 칠링워드 노인이 말참견을 했다. "어머니를 닮은 것은 명백합니다. 어떻습니까, 여러분. 이 아이의 성격을 분석해서 아버지를 추측해보자는 것은 학자의 연구 범위를 벗어난 일일까요?"

"그렇지는 않겠습니다만, 이런 문제를 속계의 학문에 의뢰한다는 것은 죄가 되는 일입니다." 윌슨 씨가 말했다. "단식하고 오로지 기도해야 합니다. 차라리 비밀은 비밀대로 놔두는 것이 좋지 않을까요, 하느님의 섭리로 저절로 밝혀지지 않는 이상. 모든 기독교도는 아버지없는 이 불쌍한 아이에게 어버이와 같은 친절을 베풀 권리가 있는 것입니다."

사태가 잘 수습되었으므로, 헤스터 프린은 펴얼을 데리고 그 저택을 나왔다. 둘이서 계단을 내려오고 있을 때 어떤 방의 격자창문이 열리더니 벨링햄 총독의 심술궂은 누이동생인 —— 사오 년 후에 마녀로 처형된 —— 히빈스 부인의 얼굴이 햇빛 속에서 불쑥 나왔다고 전해진다.

"이것 보라고!" 하고 부르는 부인의 불길한 형상은 새 저택의 밝음에 암영(暗影)을 던져주는 듯했다. "당신들 오늘 밤에 나하고 같이 가지 않겠소? 숲속에서 재미있는 모임이 있는데. 미인인 헤스터 프린도 친구가 될 것이라고 마왕에게 약속까지 했는데."

"나 대신 미안하다고 말이나 전해주세요." 헤스터는 의기양양한 미소를 지으며 대답했다. "집에서 퍼얼을 돌봐줘야 합니다. 이 아이를 빼앗겼다면 당신을 따라 숲속에 들어가 마왕님의 장부에 내 피로 서명을 하겠죠만!"

"머잖아, 꼭 데리고 갈 테야!" 마녀는 얼굴을 찡그리고 창문 안으로 모습을 감추었다. 그러나 —— 이 히빈스 부인과 헤스터 프린과의 대면이 사실 있었던 일이고 만들어낸 말이 아니라면 —— 이것만으로도 타락한 어머니와 그 약한 마음에서 생겨난 아이와의 관계를 끊어서는 안 된다는 젊은 목사의 주장은 입증되게 된다. 이렇게 어렸을 때부터 퍼얼은 어머니를 악마의 함정에서 구해줬던 것이다.

제9장 의 사

　로저 칠링워드라는 이름 뒤에는 본인이 다시는 남에게 알리지 않기로 결심한 본명이 숨겨져 있다는 것은 독자들도 기억하고 있을 것이다. 헤스터 프린이 수치를 당하던 광경을 목격한 군중들 틈에 여행에 지친 한 노인이 서 있던 일이며, 따뜻하고 유쾌한 가정을 꾸며보겠다고 생각하며 위험한 황야에서 빠져나오는 길에 그 여인이 죄악의 본보기로 뭇사람들 앞에서 전시되고 있는 것을 보게 되었다는 얘기도 이미 앞에서 말한 바 있다. 아내로서의 그녀의 면목은 숱한 사람들의 발 밑에 여지없이 짓밟혔다. 불명예의 광장에 서 있던 이 여인을 둘러싸고 그녀에게 대한 욕설이 빗발치듯했다. 이 소식을 친척들이나 순결하던 시절의 친구들이 듣는다면 그들도 이 불명예에 물들 수밖에 없었을 것이다. 이런 불명예는 헤스터와의 관계가 친밀하고 순수한 사람일수록 받는 비례가 크게 마련일 것이다. 따라서 아무리 과거에 이 타락한 여자와 관계가 친밀하고 순수했던 사람이라도 —— 어떻게 하든 본인의 자유겠지만 —— 이런 달갑지 않은 유산을 물려받겠다고 구태여 밝히고 나설 이유는 없는 것이다. 그 사나이는 여자와 함께 수치스러운 자리에 서지 않기로 결심했다. 헤스터 프린 외에는 아무도 이 비밀을 모를 것이며 그녀의 입을 열게 하는 자물쇠의 열쇠는 그가 쥐고 있는 것이므로 인명부에서 자기의 이름을 말살시켜버리기로 했다. 그에 대한 옛 인간 관계나 이해 관계는 벌써 오래 전에 바다 속에 매장되었다는 소문이 있으므로 정말 바다 속에 빠져버린 듯이 완전히 증발하기로 한 것이다. 이 목적이 일단 달성만 되면 새로운 이해 관계나 그에 따른 새로운 목적이 곧 머리를 쳐들게 될 것이다. 하기야 그건 죄라 할 수는 없다 할지라도 음흉한 짓임엔 틀림없고 그의 모든 능력을 쏟을 만한 힘을 지니고 있다는 것만은 확실했다. 하여간 이 결심을 실행하기 위해 그는 로저 칠링워드라는 이름을 가지고 보통 이상의 학문과 지식을 지니고 있는 사람이라는 사실 하나로써 청교도 거리에 자리를 잡게 되었다. 이곳에 오기 이전에 했던 연구 때문에 당시의 의학에 대해 폭넓은 지식을 갖추고 있었으므로 의사의 간판을 내걸기로 작정했고 세상으로부터도 친절하게 환영을 받게 되었던 것이다. 이 식민지에서 내과와 외과 기술에 통달한 의사는 여간해서 만나기 힘들었다. 아마도 의사들은 다른 이민들처럼 대서양 횡단의 결심을 하게 한 종교적 정열이 없었던 모양이다. 인체의 연구를 거듭하는 동안 의사들은 그 미묘한 고도의 능력이 물질 본위로 되어버리고 생명의 전부를 내포하고 있다고 느껴질 정도로 놀라운 인체 조직의 복잡함에 압도되어 인간 존재에 대한 정신적인 관찰 능력을 상실케 되는 모양이다. 여하튼 지금까지 보스턴 시민의 건강 의학에 관한 것은 교회 집사 겸 약제사인 한 노인의 감독하에 놓여 있었는데 이 사나이의 돈독한 신앙심과 훌륭한 태도는 의사의 면허장 이상으로 그의 자격을 보증하는 증명서가 되고 있었다. 하나밖에 없는 외과 의사는 매일 면도칼을 휘두르는 습관과 이따금 발휘하는 외과 의사로서의 훌륭한 의술을 겸비한 사람이었다. 이러한 의업계에 나타난 로저 칠링워드는 무게 있고 엄숙한, 의술에 숙달된 고대 의학의 혜성과 같은 존재라는 소문이 삽시간에 퍼졌다. 그의 처방법은 어떤 경우에든 관계없이 다종다양한 성분을 골고루 섞어서 너무도 정성껏 조제하므로 불로 장생의 약을 만드는 게 아닌가 싶을 정도였다. 더구나 인디언에게 붙잡혀 있는 동안 목초의 약효에 대한 많은 지식을 얻은 이 의사가 환자들에게 숨김없이 밝힌 바에 의하면 무지몽매한 야민인에겐 하늘의 혜택이라고 할 수 있는 흔해빠진 이런 약초는 수많은 명의들이 몇백 년이나 걸려 정제(精製)한 유럽의 약제나 다름없이 믿을 만하다는 것이었다.

적어도 외면적인 종교 생활에 관한 한은 흠잡을 데가 없는 이 기묘한 학자는 보스턴에 도착한 직후부터 바로 딤즈데일 목사를 그의 정신적인 지도자로 모셨다. 이 젊은 종교가는 아직도 옥스퍼드 대학에서는 학자로서의 명성을 떨치고 있었다. 열렬한 숭배자들은 하느님이 보낸 사도(使徒)로 알았고 일찍 죽지만 않고 일을 계속할 수 있다면 그는 운명적으로 과거의 교부(敎父)들이 초기 기독교 교회를 위해 이룩한 것만큼 위대한 업적을, 아직도 약체인 뉴잉글랜드 교회를 위해 수행할 사람이라고 생각했다. 그러나 마침 그때 딤즈데일 목사의 건강 상태는 눈에 띄게 쇠약해졌다. 평상시의 볼이 창백해지는 것은 그가 지나치게 연구에 몰두하고 교구의 일을 너무 양심적으로 처리하는데다 특히 거친 세파의 습성으로 인해 정신적 등불이 흐려지거나 꺼지지 않도록 자주 단식이라든지 철야 기도를 실행하기 때문이라는 것이었다. 만약 딤즈데일 씨가 죽게 된다면 그것은 이 세상이 그의 발에 밟힐 자격조차 없다는 것을 충분히 설명하는 것이라고 말하는 자도 있었다. 이에 대하여 본인은 아주 겸손한 태도로 이 세상을 떠나는 것이 하느님의 뜻이라면 그것은 자기가 지상에서 조그만 사명조차 이행할 자격이 없기 때문이라는 신념을 피력했었다. 목사의 쇠약한 원인에 대해서는 이처럼 의견이 구구했지만 쇠약하다는 사실만은 의심할 여지가 없었다. 그의 몸은 몹시 수척했었다. 목소리는 아직도 쟁쟁하고 부드러웠으나 어딘지 모르게 쇠약해진 것 같은 불길함이 있었다. 사소한 일에도 잘 놀라며 뭔가 갑작스러운 일이 일어나면 별안간 얼굴을 붉으락푸르락하며 고통스러운 듯 가슴에 손을 얹는 모습을 볼 수 있었다.

젊은 목사의 건강 사태가 이같이 악화되어 여명 같은 그 생명의 빛이 경각에 달렸다고 여겨질 무렵 로저 칠링워드의 모습이 이 거리에 나타났던 것이다. 이 사나이의 등장은 대체 그가 하늘에서 떨어졌는지, 땅에서 솟아났는지 종잡을 수 없을 정도로 신비스러운 것이었기 때문에 기적이라고까지 일컫게 된 것도 당연한 노릇이었다. 이제는 유능한 의사로 세상에 알려진 그는 약초나 들꽃을 수집하거나, 숲속에서 나무 뿌리를 캐거나, 나뭇가지를 꺾거나 하는 모습이 보통 사람의 눈에는 아무 값어치도 없는 것처럼 보이지만 그 뒤에 숨어 있는 효험을 잘 알고 있기 때문이라고 말했다. 그와 과학상의 업적이 신(神)의 조화에 가깝다는 케넬름 디그비와 같은 유명한 사람과의 사이에 서신 연락이 있었고 교제가 있었다는 말을 들은 사람도 있었다. 그 정도로 높은 지위를 학계에 차지하고 있던 인물이 왜 미국 같은 데로 왔을까? 이러한 의문에 대해 답변이라도 하듯 점차로 퍼져가던 소문은 —— 사실 터무니없는 일이었지만 꽤 사려 분별이 있는 사람들 중에도 믿는 자가 있을 정도였었다 —— 하느님이 훌륭한 기적을 내리시어 독일의 어느 대학교로부터 저 유명한 의학박사를 고스란히 공중으로 운반해다 딤즈데일 씨의 서재 문 앞에 내려놓았다는 소문이었다. 사실 하느님은 소위 기적적 중개(仲介)라는 무대 효과를 노리지 않더라도 그 목적을 수행할 수 있다고 믿고 있는 가장 현명한 사람들까지도 로저 칠링워드가 적절한 시기에 등장한 사실에까지 하느님의 섭리를 결부시 키려고 했던 것이다.

이러한 생각은 의사가 젊은 목사에게 강한 관심을 나타낸 일로 더 뚜렷한 뒷받침이 되었다. 그는 교구민의 한 사람으로서 목사에게 접근했고 이 소극적이고 다감한 성격의 소유자로부터 친구로서의 호의와 신뢰를 얻으려고 노력했다. 의사는 목사의 건강 상태에 몹시 놀랐으나 열심히 치료하고 바짝 서두르면 회복할 수도 있다고 말했다. 딤즈데일 목사의 교회에 나가는 장로, 집사, 아이가 있는 부인, 젊고 아름다운 미혼 여성 등 누구나가 의사의 솜씨를 시험할 겸 한번 약을 써보라고 귀찮을 정도로 졸라댔다. 그러면 딤즈데일 목사는 조용하게 그 간청을 물리치고 "내게는 약 같은 것은 필요없소." 하고 되풀이하는 것이었다.

그러나 안식일이 올 때마다 볼은 창백하게 여위어가고 음성은 전보다도 더 떨리게 되었다. 가슴에다 손을 얹는 일이 이젠 우연한 몸짓이라기보다 하나의 습관으로 변해버렸는데 어째서 목사는 그런 말을 한단 말인가? 목사의 일에 싫증이 났단 말인가? 죽기를 원한단 말인가? 이러한 의문을 딤즈데일 목사에게 진지한 태도로 표했던 보스턴의 선배 목사나 교회 집사들은 하느님이 베푸는 이렇게 뚜렷한 구원의 손길을 거절한다는 것은 죄라며 따지기까지 했다. 목사는 잠자코 듣고만 있더니 마침내 의사에게 의논해보겠노라고 그들에게 약속했다.

이 약속을 이행하기 위해 로저 칠링워드 노인에게 의사로서의 조언을 구할 때 딤즈데일 목사는 이렇게 말했다.

"이것이 하느님의 의도라면 나의 일이나, 슬픔이나, 죄의 고통이 곧 내 죽음과 더불어 끝난다 해도 나는 만족할 것입니다. 당신의 의술을 굳이 시험해보지 않아도 세속적인 것은 묘에 묻힐 것이고 정신적인 것은 나와 함께 내세(來世)에 가게 될 테니까요."

"네." 로저 칠링워드는 일부러 그러는지 천성이 그런지는 몰라도 언제나 조용하게 대답했다. "젊은 목사시니까 그렇게 말씀하실 수도 있죠. 젊은 분은 뿌리를 깊게 박지 않았기 때문에 인생을 손쉽게 단념합니다! 이 지상을 하느님과 함께 걷고 계신 성자는 기쁘게 이 세상을 떠나 예루살렘에서 황금의 보도를 하느님과 함께 걷고 싶을 테니까요."

"천만의 말씀입니다." 그렇게 말하고 가슴에 손을 얹은 젊은 목사의 이마에는 고통의 빛이 확 떠올랐다. "설령 내가 그러한 장소에서 산책할 자격이 있는 사람이라 해도 나는 차라리 이 세상에서 땀흘리고 일하는 것에 만족할 것입니다."

"훌륭한 분들은 언제나 그렇게 자기 자신을 과소 평가하는 법입니다." 하고 의사는 말했다.

이렇게 하여 의문의 인물 로저 칠링워드 노인은 딤즈데일 목사의 주치의가 되었다. 의사의 병의 증세에 흥미를 가졌을 뿐 아니라 환자의 성격이나 소질도 연구해보고 싶다는 충동이 강했으므로 연령적으로 차이가 많았음에도 불구하고 두 사람은 차차 많은 시간을 함께 보내게 되었다. 목사의 건강을 위해 의사가 병에 쓸 약초를 채집하기 위해 일석이조라고나 할까 두 사람은 해안이나 숲속을 오랜 동안 산책했다. 때로는 파도가 속삭이며 부서지는 곳을, 때로는 나뭇가지 끝에서 바람이 엄숙한 찬미가를 부르는 곳을 그들은 여러 가지 이야기를 나누며 걸었다. 남의 이목을 피한 서로의 면학(勉學)의 장소를 방문하기도 했다. 이 과학자와 자리를 함께 하는 일이 목사가 매력을 느낀 것은 범상치 않은 깊이와 넓이를 갖춘 지적 교양뿐만 아니라 같은 동료 목사 사이에선 찾아볼 수 없는 사상의 폭과 자유로움을 상대방에게서 발견했을 때 충격 비슷한 놀라움을 느꼈다. 딤즈데일은 진정한 목사요 진정한 종교가였고 하느님을 받드는 마음이 강한데다 신앙의 길을 당당하게 걸어왔던 만큼 시일이 가면 갈수록 보다 그 길을 깊이 파고드는 정신의 소유자였다. 어떠한 사회 상태에서도 그는 소위 자유주의적인 의견을 지닐 수는 없었을 것이다. 가지를 지탱해줌과 아울러 무쇠틀 속에 갇혀 있는 것 같은 신앙의 무게를 신변에 느끼고 있는 것이 그의 평화를 위해선 절대로 불가결한 것이었다. 그럼에도 불구하고 평상시 대화를 나누는 사람들과는 또 다른 지성의 소유자를 통하여 이 우주를 바라보는 즐거움을, 두서없는 기쁨일망정 때로는 느끼기도 하는 목사였다. 갑자기 창문이 활짝 열리고 지금까지 램프 불빛이나, 직접 받을 수 없었던 햇빛이나, 책에서 풍겨나오는 영육(靈肉)을 분간할 수 없는 곰팡내에 섞이어 생명이 소모되기만 했던 좁고 숨이 막힐 것 같은 방 안으로 자유로운 공기가 한꺼번에 흘러들어오는 듯한 느낌이었다. 그러나 이 공기는 너무도 신선하고 싸늘하여 오래 마시면 기분이 나빠질 우려가 있었다. 그래서 다시 목사는 그를 따라다니는 의사와 함께 교회에서 지장이 없다고 공인하는 범위 내로 들어가는 것이었다.

이런 방법으로 로저 칠링워드는 환자를 면밀히 조사했다. 그는 환자를 치료하기 위해서는 일상 생활에서 친숙해진 사상의 영역 내에서 낯익은 길을 걷고 있을 때의 모습뿐 아니라 뭔가 새로운 것을 성격 표면에 불러일으키는 듯한 별다른 신선미가 있는 도덕적 세계에 내동댕이쳐졌을 때의 환자의 상태 등을 우선 알아야 한다고 생각했던 모양이다. 감정과 지성을 갖추고 있는 한 육체의 병은 그 감정이나 지성의 특징을 반영하는 것이다. 아서 딤즈데일의 경우는 사고력과 상상력이 몹시 활발하고 감수성 또한 강렬했으므로 육신의 병은 그 사고력과 상상력 속에 원인이 있는 것 같았다. 그래서 로저 칠링워드는 —— 기술에 뛰어나고 친절하고 우정있는 의사였으므로 —— 어두운 동굴 속에서 보물을 찾고 있는 사람처럼 환자의 가슴 깊숙이 파고들어 사상을 음미하고, 기억을 들여다보고, 모든 것을 조심스러운 손으로 더듬는 것이었다. 이와 같은 탐색을 행할 기회와 자유가 있고 더구나 그것을 규명해낼 만한 기술을 몸에 지닌 탐구자의 눈을 피할 수 있는 비밀은 아마 없을 것이다. 즉 비밀로 말미암아 괴로워하고 있는 사람은 담당 의사와 각별히 친숙해지는 것을 피하는 것이 현명하다는 말이다. 가령 두뇌가 명석하고 뭐라 이름 붙일 수 없는 어떤 것이 —— 직관력이라고 불러두자 —— 갖추어져 있는 의사가 있다고 하자. 눈에 거슬리는 독선과 불쾌하리만큼 눈에 띄는 버릇을 나타내지 않고 환자의 마음과 자기 마음을 완전히 일치시켜 환자가 머리 속에 생각했었다고 기억될 만한 일을 부지불식간에 털어놓게 할 수 있는 선천적인 힘을 지니고 있다고 하자. 무슨 말을 듣거나 조금도 놀라지 않고 동정의 말을 하기보다는 침묵과 고르지 못한 호흡이나 짤막한 말을 하는 정도로 모든 것을 알았다는 듯한 표정을 지어보이고, 이러한 말을 들음으로 해서 공인된 의사로서의 자리가 얻을 수 있는 이점도 있다고 하자. 이와 같은 의사를 상대로 할 경우에는 언젠가는 반드시 환자도 마음이 풀리게 되어 모호하기는 하나 투명한 모습으로 모든 비밀을 백일하에 쏟아놓게 되고 만다.

로저 칠링워드는 앞에서 말한 특징을 전부라고는 할 수 없어도 거의 대부분을 겸비한 의사였다. 그러나 세월이 흐름에 따라 인간의 사상과 학문의 전 영역에 걸쳐 필적할 만한 공통된 점을 지니고 있던 훌륭한 정신의 소유자인 두 사람 사이에는 앞에서도 말했듯이 일종의 친근감이 싹트게 되었다. 두 사람은 윤리·종교로부터 공사(公私) 양면에 걸친 문제를 논하였고 지극히 개인적이라고 생각되는 문제까지도 서로 의견을 나누었다. 그러나 의사가 틀림없이 있으리라고 믿고 있는 비밀이 목사의 의식에서 새어나와 상대방의 귀에 들어오는 일은 일체 일어나지 않았다. 의사는 딤즈데일 목사의 병의 실체조차도 완전히 파악하지 못한 듯한 의념(疑念)에 사로잡히기도 했다. 참으로 이상한 침묵이 아닌가 !

그러나 얼마 후 로저 칠링워드의 제안도 있고 하여 딤즈데일 목사 친구들이 주선하여 이 두 사람은 한집에서 기거하게 되었다. 조류가 밀려들고 밀려가는 것 같은 목사의 건강 상태를 세밀한 곳까지 신경을 쓰고 있는 의사의 눈에 띄게끔 하기 위해서였다. 이 바람직한 사태가 실현되었을 땐 마을 전체가 온통 기뻐했다. 이렇게 하는 것이 목사의 생명을 건지는 데 가장 좋은 방법이었기 때문이다. 이 밖에도 그를 염려하던 사람들이 기회있을 때마다 권한 것처럼 목사에게 심취하고 있는 꽃 같은 처녀들 중에서 한 사람 골라서 아내로 삼게 했더라면 더 좋은 방법이 되었을 것이다. 그러나 아무리 아서 딤즈데일을 설득한다 하더라도 이 방법은 적어도 현시에서는 전혀 실현될 가망이 없었으리라. 목사는 마치 독신 생활이 교회의 계율인 양 이런 말은 덮어놓고 거절해왔기 때문이다. 아무리 봐도 딤즈데일 목사는 맛없는 남의 밥을 얻어 먹고 남의 집 난롯가에서 몸을 녹이기를 원하는 사람에게 따르게 마련인 춥고 고생스런 생활을 평생 자진해서 참고 살아가기로 결심한 모양이었다. 그런데 학식과 경험이 모두 풍부하고 마음씨가 인자한 노의사는 젊은 목사에 대해 부성애와 경애(敬愛)의 정을 둘 다 겸비하고 있었으므로 목사 곁에서 늘 시중을 들 인물로서는 세상이 아무리 넓다해도 이 사람 이외에는 없다고 생각될 정도였다.

두 사람이 기거하게 된 새 집은 사회적 지위가 상당하고 신앙심도 강한 어떤 미망인의 집이었는데 그 집은 현재 유서 깊은 킹즈채플 건물이 서 있는 대지를 거의 차지하고 있었다. 게다가 한쪽에는 원래 아이작 존슨의 땅이었던 묘지가 있어 목사와 의사 직업을 가진 두 사람에게는 진지한 사색에 잠기기에는 더할 나위 없는 환경이었다. 딤즈데일 목사에게는 훌륭한 미망인의 어머니 같은 배려에서 양지바른 바깥 방이 주어졌는데 그 방엔 낮에도 햇볕을 가릴 수 있는 두터운 커튼이 드리워져 있었다. 벽을 둘러친 벽걸이는 고블랑 직조라는 소문이 있었는데 그 진가는 고사하고라도 그 벽걸이에는 다윗과 밧세바와 예언자 나단에 대한 성서 이야기가 그림으로 그려져 있었으며 색이 바래잖은 탓인지 이 장면에 나오는 아름다운 밧세바의 훌륭한 모습은 재난을 예언하는 나단에 뒤지지 않았다. 창백한 안색의 목사는 이 방에다 양피지(羊皮紙)로 장정한 초기 교회 교부(交父)들의 2절판 책이라든지 유대 율법학자의 학문이나 수도사의 학식이 담긴 장서들을 쌓아올렸다. 프로테스탄트 신학자들은 이런 종류의 저술가들을 심하게 비난하면서도 자주 이용하지 않으면 안 되었던 것이다. 반대쪽에는 로저 칠링워드 노인이 서재 겸 실험실을 차렸다. 현대 과학자들로서는 완벽하다고 생각될 만한 것은 못 될지 모르나 익숙한 연금술사(鍊金術師)가 충분히 사용할 수 있는 증류의 장치며 약제 및 화학 약품을 조제하는 기구가 갖추어져 있었다. 이처럼 훌륭한 환경에서 각각 자기 방을 차지한 두 학자는 허물없이 상대방의 방을 드나들면서 호기심에 찬 눈으로 서로의 일을 들여다보게 되었다.

딤즈데일 목사의 친구들 중 통찰력이 예리한 자들은 앞에서도 말했듯이 하느님의 손길이 이루어놓은 이 모든 일은 —— 공적인 장소나 집 안, 또는 남모르는 장소에서 기도를 올려 수없이 애원한 것처럼 —— 젊은 목사의 건강을 회복시키는 데 목적이 있다고 생각했다. 그러나 —— 여기서 한 가지 말해둬야 할 것은 최근에 보스턴 시민의 일부에선 딤즈데일 목사와 이상한 의사와의 관계에 대하여 전혀 별개의 의견을 갖는 사람들이 생겼다는 것이다. 무식한 대중은 자기 눈만으로 사물을 볼 경우 대개는 잘못 보는 수가 많다. 그러나 이 역시 대중이 곧잘 하는 일로 아주 따뜻한 마음의 직관에서 판단을 내릴 때는 참으로 심오하고 그릇됨없는 결론을 얻게 되며 신기(神技)에 의해 명백해진 진리와 같은 성격을 띠는 일조차 흔히 있는 법이다. 지금 화제가 되고 있는 보스턴 시민의 로저 칠링워드에 대해 품고 있는 편견은 진지하게 반론할 만한 사실과 논리로 뒷받침할 수 있는 성질의 것은 아니었다. 그러나 30년쯤 전 토마스 오버베리 경의 살해 사건이 일어났던 무렵 런던에서 살았었다는 한 수직공(手織工) 노인의 증언에 따르면 지금은 생각이 잘 안 나지만 하여간 이 노의사가 다른 이름으로 오버베리 사건에 관련된 악명의 마술사 포먼 박사와 자리를 같이하고 있던 것을 본 일이 있다는 것이었다. 또 이 의사가 인디언에게 붙잡혀 있는 동안 세상에 널리 알려진 강력한 요술사, 마술로 기적적인 치료를 하는 야만인 기도사에 힘입어 의학상의 지식을 길렀다고 말하는 자도 몇 사람 있었다. 많은 사람들은 —— 그 태반은 다른 문제에 관한 한 그들의 의견을 말할 수 있는 진지한 태도와 실제적인 관찰력의 소유자뿐이었으므로 —— 로저 칠링워드의 얼굴이 보스턴에 살면서부터, 특히 딤즈데일 목사와 동거하게 된 이후부터 놀랄 만큼 변모했다고 했다. 처음에는 조용하고 명상적이어서 그야말로 학자다운 표정이었다. 그런데 지금은 전에 못 보던 추악한 표정이 얼굴에 엿보이며 그것은 보면 볼수록 더욱 뚜렷하게 눈에 띤다는 것이었다. 세상에 떠도는 소문에 의하면 의사의 실험실 불은 땅 속에서 가져온 지옥의 연료를 때는 것이니 의사의 얼굴이 연기에 그을리는 것도 당연한 일이 아니냐는 것이었다.

이러한 말을 종합해보건대 어느 시대의 기독교 세계든 특히 신성한 인물들에게 흔히 있게 마련인, 악마나 악마의 사자(使者)가 로저 칠링워드 노인의 모습으로 변신해 아서 딤즈데일 목사에게 따라다닌다는 소문이 세상에 퍼지기 시작한 것이다. 이 악마의 사자는 하느님의 허가를 얻어 잠시 동안 목사의 영혼 속으로 파고들어 그를 타락시키려 한다는 것이다. 그러나 분별있는 사람이라면 누구도 승리가 어느 쪽에 기울 것인지를 의심하지 않았으므로 사람들은 목사가 이 악마와의 싸움에서 틀림없이 이겨 결국은 영광의 신성한 모습으로 변하리라는 것을 기대하고 있었다.

그러나 승리하기까지 겪어야 할 목사의 치명적인 고뇌를 생각하면 슬프기도 했다.

아아! 가엾은 목사의 눈 속에 깃든 공포의 검은 그림자는 그 싸움이 치열한 것임을 말해주는 듯했고 승리의 행방도 또한 모호함을 암시해 주는 듯했다.

제 10 장   의사와 환자

　로저 칠링워드 노인은 평생을 통해 오늘날까지 비록 그 성질이 온화하고 따뜻했다고는 말할 수 없다 하더라도 하여간 친절한 애정의 소유자로서 세상과의 교섭에 있어서도 항상 순수하고 솔직한 남자였다. 그런 그가 탐색에 착수한 것이다. 본인도 믿고 있듯이 그의 오직 진실만을 탐구해 가는 모습은 재판관처럼 엄정하고 중립적인 성실함을 지녔던 만큼 그 태도는 마치 인간적인 정열이나 자기에게 가해진 과오와 관련된 것이 아니라 공간에 그린 선이나 도형 같은 기하학의 문제를 다루는 것 같았다. 그러나 차차 깊이 파고 들어감에 따라 조용해보이면서도 유무를 가리지 않는 필연성이 무서운 매력을 가지고 노인을 사로잡고 말았기 때문에 그는 그것이 명하는 대로 움직일 때까지는 자유로운 몸이 될 수 없었다. 그래서 노인은 노다지를 찾는 탐광자(探鑛者)처럼 이 불쌍한 목사의 가슴속을 파헤쳤다. 시체의 가슴에 달린 보석을 찾겠다고 파헤친 무덤에서 발견된 것이 다만 썩어가는 주검뿐이었을 때의, 교회에서 일하는 인부의 모습과 흡사했는지도 모른다. 노인이 찾고 있던 것이 그와 같은 주검의 부패였다면 그 영혼이야말로 불쌍하다고 하지 않을 수 없으리라!

　이따금 의사의 눈이 광채를 발하는 수가 있었다. 그 파랗고 불길하게 타오르는 모습은 용광로에서 반사하는 불빛 같기도 했고 어떻게 보면 버넌이 그린 것처럼 산 중턱에 있는 무서운 문에서 터져나와 순례자들의 얼굴을 비친 그 기분나쁜 불빛과도 비슷했다. 이 음울한 광부가 파헤치고 있던 땅에서는 용기를 복돋아주던 어떤 조짐이 있었는지도 모른다.

이런 때면 의사는 혼자 이렇게 말했다.

"이 사람은 남이 보기에는 순수하고 정신적으로 보이지만 아버지나 어머니 중 어느 한 사람으로부터 강렬한 동물적 기질을 물려받았어. 이에 대해 좀더 알아보기로 하자 ! "

이처럼 의사는 목사의 어두운 내면을 오랫동안 탐색했지만 파헤쳐본 수많은 귀중한 자료는 인류의 행복에 대한 높은 이상이나 영혼에 대한 따뜻한 애정이며 순수한 감정, 타고난 신앙심 등 사고(思考)나 연구에 의해 보강되고 계시(啓示)의 빛을 받아 빛나고 있는 것뿐이었다. 그러나 이러한 값비싼 황금은 추적자에게는 한푼의 값어치도 없는 물건이었으므로 실망하고 돌아선 그는 또 다른 방향으로 조사를 시작했다. 그것은 발소리를 죽이고 좌우를 살피면서 살짝 더듬어가는, 마치 소중하게 관리하고 있는 보물을 훔치고자 주인이 잠들고 있는, 아니 어쩌면 완전히 잠이 깨어 있는지도 모르는 방에 몰래 들어가는 도둑과 같은 꼴이었다. 조심을 하느라고 했지만 이따금 마루청이 삐걱거리고 옷스치는 소리까지 내면서 가까이 가면 안 될 곳까지 다가섰기 때문에 그의 그림자가 상대방의 얼굴 위를 가리기도 했다. 바꾸어 말하자면 정신적 직관에 의한 과민한 신경의 소유자인 딤즈데일 목사는 막연하나마 뭔가 자기 평화를 깨뜨리는 위험한 존재가 무리하게 자기 쪽으로 다가오고 있다는 것을 느끼게 됐다는 것이다. 그러나 로저 칠링워드도 직감에 가까운 지각력을 가지고 있었으므로 목사가 깜짝 놀란 듯한 시선을 보내도 의사는 동정은 할망정 간섭하는 일이 없는 친구와 같이 친절하고 조심스런 표정으로 태연히 앉아 있을 뿐이었다.

그러나 마음이 병든 사람들에게 흔히 있을 수 있는 우울함 때문에 딤즈데일 목사가 모든 인간을 의심하는 일이 없었더라면 이 의사의 성격을 좀더 완전히 간파할 수 있었을 것이다. 그런데 그는 아무도 친구로서 믿지 않았기에 막상 실제로 적이 나타났을 때도 그것이 적이라는 것을 알아차리지 못했다. 그 결과 목사는 여전히 늙은 의사와 친교를 계속하였고 매일처럼 서재로 그를 불러들이기도 하고 상대방의 실험실을 방문하거나 하여 잡초가 효력있는 약으로 변하는 과정을 보고는 기분 전환을 하기도 했다.

어느 날 목사는 묘지가 내다보이는 활짝 열린 창문턱에 팔꿈치를 댄 채 손으로 이마를 짚은 자세로 로저 칠링워드와 얘기를 나누고 있었다. 노인은 지저분한 풀다발을 조사하고 있었다.

"선생님." 목사는 그 풀을 곁눈질하며 물었다. 근래에는 사람이든 물건이든지 간에 정면으로 보지 않는 것이 목사의 버릇처럼 되어 있었다. "어디서 이렇게 검고 축 늘어진 약초를 수집하셨습니까?"

"바로 저 묘지에서 뜯었습니다." 의사는 일손을 멈추지 않고 대답했다. "나도 처음 보는 풀입니다. 비석도, 죽은 자에 대한 기록도 아무것도 없는 무덤 위에 나 있는 것을 발견한 것입니다. 이 흉측한 잡초만이 죽은 자를 회상케 하는 느낌을 주더군요. 그 죽은 자의 심장에서 돋아난 것일 겁니다. 살아 있을 동안 고백했더라면 좋았을 것을 숨긴 채 묻혔기 때문에 그 비밀이 이런 형상으로 나타났나 봅니다."

"그 사람도 고백하고 싶은 마음은 태산 같았지만 할 수 없었던 게죠." 하고 목사는 말했다.

"왜 그럴까요?" 의사가 반문했다. "왜 고백을 하지 않았을까요? 자연의 힘이 모든 죄의 고백을 요구하는 일은 아주 대단한 것입니다. 보다시피 파묻힌 사람의 심장에서 검은 잡초가 돋아나와 그 말없이 죽은 범죄를 나타내고 있지 않습니까?"

"그러나 그건 선생님의 공상에 지나지 않습니다." 목사는 대답했다. "내 생각이 잘못되었는지는 모르지만 사람의 마음과 함께 파묻힌 비밀을 말이나 상징 등으로 폭로하는 힘은 하느님의 자비심밖엔 없습니다. 그와 같이 비밀을 간직하고 있는 마음은 이 세상 속에 숨겨진 모든 것이 폭로되는 날까지 계속 비밀을 지키려고 고집할 것입니다. 내가 성경을 읽거나 해석한 바로는 설령 인간의 생각이나 행동이 공표되는 날이 오더라도 인과응보의 일부로 그렇게 된다고 이해할 수는 없는 것입니다. 그와 같은 생각은 아무래도 천박한 비난을 모면할 수 없을 것입니다. 그렇죠, 그처럼 모든 것이 공표되는 것은 바로 그날, 이 세상의 어두운 문제가 밝혀지는 것을 보고자 기다리던 지적(知的)인 사람들에게 지적인 만족을 주기 위하여 마련된 것에 불과하다고 해도 그리 잘못된 말은 아닐 것입니다. 이 어두운 문제를 완전무결하게 해결하기 위해 필요한 것은 인간의 마음에 대한 이해입니다. 게다가 선생께서 말씀하시는 것과 같은 비참한 비밀을 마음에 간직하고 있는 인간은 그 최후의 날에는 주저하기는커녕 말할 수 없는 기쁨을 안고 그 비밀을 고백할 것이라고 나는 생각합니다."

"그렇다면 왜 이 세상에서 그 비밀을 털어놓지 못할까요?" 로저 칠링워드는 곁눈으로 흘끔흘끔 목사의 모습을 살피고 있었다. "왜 죄인은 그 말할 수 없는 위안이란 것을 좀더 빨리 자기 것으로 하지 않을까요?"

"대부분의 사람은 그렇게 하고 있습니다." 목사는 물리칠 수 없는 고통의 발작으로 괴로워하고 있는 듯 가슴을 움켜쥐고 있었다. "실은 많은 불쌍한 영혼의 소유자들이 임종의 자리에서뿐 아니라 원기왕성하고 명성을 떨치고 있는 시절에도 내게 고백을 하고 있습니다. 모든 것을 고백하고 난 다음에는 죄지은 그들은 얼마나 안도의 표정을 짓는지 모릅니다! 자기 자신의 부패한 숨결에 질식할 것 같다가 자유로운 공기를 마시게 된 사람의 경우와 똑같은 것입니다. 그럴 수밖에 없지 않겠습니까? 가령 살인을 범한 사람처럼 불행한 사람도 마음속에 시체를 묻을 생각은 하지 않고 당장에 밖으로 드러내어 우주에 일체를 내맡기고 싶은 기분이 드는 것은 당연한 노릇이겠죠!"

"그러나 비밀을 가슴속에 묻어두려는 사람도 있지 않을까요?" 의사는 조용히 말했다.

"하긴 그런 사람들도 없는 것은 아닙니다." 딤즈데일 목사는 대답했다.

“그러나 뻔히 알고 있는 이유를 들지 않더라도 타고난 성질 때문에 침묵을 지키는지도 모릅니다. 어쩌면 말입니다. 이렇게 말할 수도 있지 않을까요? 죄는 비록 졌지만 하느님의 영광과 인간의 행복에 대한 열정도 식지 않아 결국 사람들 앞에서 추악하고 흉한 자신의 모습을 드러내기를 꺼리는 것이 아닐까요? 그런 일을 해버리면 선행을 할 수도 없게 되고 과거의 악행을 보다 나은 봉사로 속죄할 수도 없게 되기 때문이죠. 그러므로 말할 수 없는 고통을 겪으면서도 마치 흰 눈처럼 순결한 체하면서 주위 사람들 사이를 활보하는 것인데 실은 마음속에는 좀처럼 지울 수 없는 죄악이 시커멓게 얼룩져 있는 것입니다.”

“그런 사람들은 자신을 기만하고 있는 것입니다.” 로저 칠링워드의 말은 여느때와 달리 힘차보였는데 집게손가락을 가볍게 움직이고 있었다. “그런 사람들은 피할 수 없는 치욕을 마주 대하는 일이 두려운 것입니다. 인간에 대한 사랑이라든지, 하느님에게 봉사하는 열성이라든지 —— 그런 깨끗한 충동과 범한 죄가 문을 열고 불러들인 나쁜 종자를 번식시키는 사악(邪惡)한 충동이 그 자들의 마음속에 공존하는지의 여부에 대해서는 뭐라고 말할 수 없습니다만. 그러나 그 자들이 아무리 하느님을 찬양하고 싶다 하더라도 그 더러운 손을 천국 쪽으로 쳐들게 해서는 안 됩니다! 그 자들이 동포에게 봉사를 하고 싶다고 하거든 우선 겸손한 태도로 죄를 회개하게 하고 양심의 힘과 존재를 명백하게 하는 일부터 시켜야 하지 않을까요! 참으로 현명하고 경건한 당신이지만 설마 기만이 하느님의 진실보다도 훌륭하고 하느님의 영광이나 인간의 행복을 위한 일이라는 것을 나에게 믿게 하려는 것은 아니겠죠? 그런 자들은 자신을 기만하고 있는 것입니다. 절대로 그렇습니다!”

“그럴지도 모르죠.” 젊은 목사의 무뚝뚝한 대답은 무슨 가당치도 않은 말이냐는 듯한 어조였다. 목사는 지나치게 예민하고 신경질적인 자기 성격을 자극하는 그런 화제를 잘 회피하는 재주가 있었다. “그런데 솔직히 말해서 나의 쇠약해진 몸이 선생의 친절한 간호로 무슨 효험이라도 보았다고 생각하십니까?"

로저 칠링워드가 채 대답을 하기 전에 어린아이의 맑고 자지러지는 듯한 웃음소리가 이웃 묘지 근처에서 들려왔다. 열어젖뜨린 창문으로 —— 여름철이 되었다 —— 목사가 본능적으로 내다보니 헤스터 프린과 딸 퍼얼이 묘지를 가로지른 오솔길을 걸어오는 것이 보였다. 퍼얼은 눈이 부실 정도로 예뻤으며 여느때나 다름없이 심술궂은 장난기에 젖어 있었다. 이런 때의 퍼얼은 동정이라든지 인간적인 접촉이 있는 세계로부터는 멀리 떨어져 있는 것처럼 보였다. 그때 마침 그애는 무엄하게도 이 무덤에서 저 무덤으로 깡충깡충 뛰고 있었다. 그러다가 아이작 존슨의 무덤인지 아니면 다른 사람의 것인지 알 수 없었으나 하여간 거물급 무덤으로 보이는 넓고 편평한 가문(家紋)이 박혀 있는 묘석이 있는 곳까지 오더니 그 위에서 춤을 추기 시작했다. 좀더 얌전하게 굴라고 타이르는 어머니에 대한 대답으로 퍼얼은 춤을 멈추었지만 그 대신 그 무덤 옆에 있는 키 큰 우엉나무로부터 가시돋친 열매를 따 모으기 시작했다. 손에 잔뜩 모아지자 퍼얼은 그것을 어머니의 가슴에 붙어 있는 주홍글씨의 선을 따라 붙였는데 가시투성이인 열매는 붙어서 떨어지질 않았다. 헤스터도 떼려 하지 않았다.

로저 칠링워드는 이미 창가로 와서 침울한 웃음을 띠며 아래로 내려다보고 있었다.

"법률도 권위에 대한 존경심도, 좋은 일이든 나쁜 일이든 인간의 관습이나 의견에 대한 관심도 저 아이의 성질에는 하나도 섞여 있는 것이 없단 말이야." 의사는 혼잣말도 아니고 상대방에게도 하는 말도 아닌 투로 말했다. "요전에는 저 애가 스프링레인의 가축용 물통이 있는 곳에서 총독 각하에게 물을 끼얹는 것을 보았습니다. 저 아이는 도대체 무엇일까요? 저 계집애는 정말 악으로 된 것일까요? 애정은 없는 겁니까? 저 애 속에 뭐가 뚜렷한 존재 원칙이라도 갖추어져 있는 것입니까?"

"아무것도 없습니다. 있는 것은 법을 파괴한 뒤에 온 자유뿐입니다." 딤즈데일 씨의 대답은 조용했고 이 문제를 줄곧 생각해온 것 같았다.

"선행을 할 수 있을지 모르겠습니다."

퍼얼은 두 사람의 말소리를 들은 모양이었다. 환하고 심술궂긴 했으나 명랑함과 총명함이 가득한 미소를 띠고 창문 쪽을 올려다보더니 딤즈데일 목사를 향해 그 가시 열매를 하나 집어던졌다. 깜짝 놀란 예민한 목사는 날아오는 가시 열매를 피했다. 이렇게 당황하는 목사의 모습을 보자 퍼얼은 아주 재미있다는 듯이 손뼉을 치며 좋아했다. 헤스터 프린도 무의식중에 눈을 들었다. 이 네 명의 남녀노소는 잠자코 얼굴을 마주보게 되었는데, 마침내 아이가 큰소리로 웃으면서 이렇게 소리쳤다.

"도망가야 해, 엄마! 도망가지 않으면 저기 있는 악마에게 붙잡혀! 벌써 목사님은 붙잡혔단 말이야. 도망가, 엄마. 붙잡힌단 말이야! 하지만 문제없어!"

이렇게 말하면서 퍼얼은 어머니의 손을 잡아 끌고 갔다. 무덤 사이를 미친 듯이 날뛰며 떠들어대고 있는 모습은 거기 묻혀 있는 과거의 세대와는 아무런 공통성이나 유사성 같은 것을 인정하려 들지 않는 자와 같았다. 새로운 요소로 만들어진 아이여서 제멋대로 살아가도록 허용되어 있고 자기가 자기 스스로를 다스리는 법칙일 수밖에 없으며 흥에 겨워 도가 지나쳐도 죄악으로 간주되어서는 안 된다는 것 같았다.

잠시 후에 로저 칠링워드가 말했다.

"저기 가는 저 여자는 그 죄과가 어떤 것인지는 잘 모르지만 하여간 당신이 괴로워서 견딜 수 없다고 말씀하신 그런 숨은 죄악의 비밀은 전혀 없을 겁니다. 헤스터 프린의 비참함은 가슴에 주홍글씨를 달고 있기 때문에 다소나마 가벼워졌으리라고 생각하십니까?"

"그렇게 믿습니다." 하고 목사는 대답했다. "그러나 저 여자의 입장이 되어보지 않고는 뭐라 말할 수 없습니다. 그 여자의 얼굴에는 보지 않아도 되는 거라면 보고 싶지 않은 고통의 빛이 엿보였으니까요. 그러나 죄를 숨기고 괴로워하는 인간보다는 저 불쌍한 헤스터처럼 그 고통을 표시하는 편이 훨씬 편하리라 생각됩니다."

또 잠시 말이 끊어졌다. 의사는 수집해온 약초를 다시 조사하고 정리하기 시작했다.

"아까 당신의 건강에 대한 진단을 물으셨죠?" 마침내 의사가 입을 열었다.

"네, 물었습니다." 하고 목사는 대답했다. "꼭 알고 싶습니다. 주저하지 마시고 솔직히 말씀해주십시오. 가령 생사에 관한 일이 있더라도 말입니다."

"그럼 솔직히 말씀드리지요." 의사는 약초를 뒤적이며 말했으나 조금도 방심함이 없이 딤즈데일 목사에게 시선을 던졌다. "목사님의 병은 좀 이상한 병입니다. 적어도 내가 관찰한 증상으로 본다면 그 병 자체나 또는 겉으로 봐서나 대단한 것이 못 됩니다. 벌써 여러 달 동안 목사님을 모시고 매일 진찰하며 증세를 주의하여 보살피고 있으니까 목사님이 중병환자처럼 보이는 것은 당연하겠지만 경험 많고 조심성 많은 의사라면 불치의 병이라고 포기할 만큼 중태는 아닙니다. 그러나 뭐라고 할까요? 아는 병 같으면서도 알 수 없는 병입니다."

"수수께끼 같은 말씀이군요." 창백한 목사는 창 밖을 내다보며 말했다.

"그럼 더 솔직히 말씀드리죠." 의사는 말을 이었다. "아무래도 솔직히 말씀드려야 할 테니까 실례되는 점은 용서를 바랍니다. 친구로서 —— 하느님의 뜻을 받아 목사님의 생명과 건강을 맡고 있는 사람으로서 묻겠는데, 목사님은 병환의 전모를 숨기지 않고 나에게 말해주신 겁니까?"

"이제 새삼스레 무슨 말씀이신가요." 목사는 말했다. "어린애 장난도 아닌데 의사를 청해놓고 병 증상을 숨기다니요."

"그럼 내게 모든 것을 다 말씀하셨다는 건가요?" 로저 칠링워드는 강한 지성이 집중된 빛나는 눈으로 목사를 응시하면서 말했다. "그렇다고 해둡시다! 그러나 말입니다. 외면적인 증상을 말해보았댔자 의사는 고쳐야 할 중요한 병세를 반밖에 모르기 쉽습니다. 육체의 병이 병의 전부라고 생각하기 쉽습니다만, 사실 정신적인 병의 한 증세에 불과할 수도 있습니다. 내 말이 조금이라도 목사님의 비위에 거슬린다면 용서를 빌겠습니다. 내가 알고 있는 사람 중에서 정신의 도구라고 할 수 있는 육체가 그 정신과 밀접하게 결부되어 소위 심신이 혼연일체가 된 분은 목사님뿐입니다."

"그 이상 물을 필요가 없습니다." 목사는 그렇게 말하고 약간 당황한 듯이 의자에서 일어났다. "선생은 영혼을 고치기 위한 약의 전문가는 아니니까요."

로저 칠링워드도 일어섰다. 작달막하고 보기 흉한 불구의 몸으로 볼까지 창백해진 목사와 마주 서더니 상대방의 말을 가로막은 일에는 조금도 개의치 않고 여전한 어조로 말을 이었다.

"병이라고 할까요……정신에 어떤 병이 생기면 삽시간에 육체에 적절한 형태로 나타나는 겁니다. 육체의 병을 의사가 고쳐주기를 바라신다면 그때는 우선 의사에게 영혼 속의 상처나 괴로움을 털어놓아야 합니다. 그렇지 않고서는 의사로선 손쓸 도리가 없으니까요."

"거절합니다, 당신에겐! 이 지상의 의사에게는 거절합니다!" 딤즈데일 목사는 격한 듯이 큰소리를 지르더니 이글거리는 눈을 크게 뜨고 거친 눈초리로 로저 칠링워드 노인을 노려보았다. "당신에게는 싫습니다! 그러나 내 병이 영혼의 병이라면 나는 영혼을 고쳐줄 단 한 분의 의사에게 몸을 맡기겠습니다! 고치든 죽이든 그분의 마음이니까요! 그분이 선한 일이라고 판단을 내린 일이라면 나는 무엇이든 따르겠습니다. 당신은 도대체 어떤 사람입니까, 이 문제에 참견을 하다니. 죄로 괴로워하는 자와 하느님 사이에 끼어들다니!"

미친 듯한 기세로 목사는 방을 뛰쳐나갔다.

기분나쁜 미소를 띠고 목사의 뒷모습을 바라보며 로저 칠링워드는 혼잣말로 중얼거렸다.

"이렇게까지 되었으니 잘된 일이야. 아무것도 잘못된 일은 없어! 곧 화해하게 되겠지. 그러니까 저 사람은 격정에 사로잡히면 본심을 털어놓게 된다 이거군! 그렇다면 다른 일에도 똑같은 격정적인 일을 했을 게 아닌가! 저 목사인 체하는 딤즈데일 선생은 마음의 열정에 사로잡혀 한때는 부당한 짓도 했다 이거군!"

두 사람 사이에 전과 같은 우정을 되살리는 것은 그리 어려운 일은 아니었다. 젊은 목사는 몇 시간 혼자 있는 동안에 몰골사납게 흥분을 폭발시킬 만한 아무런 구실도 이유도 없음을 알게 되었다. 의사로선 당연할 뿐 아니라 목사의 청에 의해 충고를 말했을 뿐인데 그 친절한 노인을 그렇게 심하게 물리치다니 자신도 놀라지 않을 수 없었다. 이렇게 후회를 하게 된 목사는 곧 의사에게 사과를 했고 건강이 회복되지는 않았다 하더라도 오늘날까지 생명을 연장시켜준 방법대로 치료를 계속해주기를 부탁했다. 로저 칠링워드도 목사를 계속 돌봐주기로 쾌락했다. 성심 성의껏 돌보기는 했으나 진찰이 끝나 환자 방을 나올 때는 늘 입가에 이상야릇한 미소를 짓고 있었다. 이 표정은 딤즈데일 목사 앞에서는 볼 수 없었으나 의사가 문지방을 넘어서는 순간부터 확실히 눈에 뜨이게 되었다.

"참 이상한 병이군!" 의사는 중얼거렸다. "좀더 깊이 조사할 필요가 있는데. 정신과 육체 사이에 기묘한 연결이 있다! 의학을 위해서도 이 병은 철저히 규명해봐야겠군!"

앞에서 말한 사건이 있은 지 얼마 안 되어 딤즈데일 목사는 대낮에 의자에 앉은 채로 자기도 모르게 깊은 잠에 빠져 있었다. 테이블 위에 펴놓은 커다란 고딕 활자의 책은 문학 작품으로서 독자에게 잠을 오게 하는 아주 대작이었던 모양이다. 목사는 평상시에는 나뭇가지 위를 뛰어다니는 작은 새처럼 가볍고 침착성이 없어 금방 놀라 도망칠 것 같은 선잠을 잤으므로 이처럼 깊이 잠이 들어 있는 모습은 정말 놀라운 일이었다. 그러나 정신이 전에 없이 자기 껍질 속에 깊숙이 틀어박혀 방으로 들어갔는데도 의자에서 앉은 채 꼼짝도 하지 않았다. 의사는 곧장 환자 앞으로 가서 그의 가슴에 손을 얹고 여태까지 의사에게도 보인 일이 없는 앞가슴의 옷을 풀어 젖혀버렸다.

그러자 딤즈데일 목사는 몸을 떨며 약간 몸을 움직였다.

잠시 후 의사는 방을 나갔다.

그러나 그 놀라움과 기쁨과 두려움에 넘친 표정은 말할 수 없이 거칠어 보이기만 했다! 그 미친 듯이 기뻐 날뛰는 모습은 눈과 입으로 표현할 수 없을 정도로 강렬하게, 그 흉칙한 몸 전체로부터 터져나왔다. 힘껏 천장을 향하여 팔을 휘두르기도 하고 마룻바닥을 발로 구르기도 하며 마치 미쳐 날뛰기라도 해야 그 기쁨을 표현할 수 있다고 말하는 것 같았다! 이렇게 기쁨에 날뛰는 순간에 로저 칠링워드를 본 자가 있었다면 고귀한 인간의 영혼이 천국으로 가다 지옥으로 끌려들어갔을 때 악마가 어떠한 짓을 하는지를 물어볼 필요가 없었을 것이다.

그러나 악마의 광희(狂喜)와 다른 점은 의사의 광희 속에는 놀라움의 요소가 있었다는 것이다.

제 11 장 마 음 속

앞에서 말한 사건 이후 목사와 의사와의 관계는 외면적으로는 변함이 없었으나 실은 전과는 다른 성격의 것이 되었다. 로저 칠링워드의 머리는 뚜렷한 진로를 발견한 것이었다. 그러나 그것은 자기가 계획하고 거닐고자 하던 길은 아니었다. 아주 조용하고 온순한, 격정과는 인연이 먼 듯이 보이는 이 불행한 노인에게 지금까지 줄곧 잠재해오던 악의가 바야흐로 활동을 개시해 어쩌면 과거의 어느 누구도 원수에게 그런 앙갚음을 한 적이 없을 정도로 강렬한 복수를 생각케 했는지도 모른다. 공포, 양심의 가책, 고뇌, 무익한 후회 그리고 물리쳐도 되돌아오는 죄많은 생각들, 이 모든 것을 털어놓게 할 수 있는 유일무이의 친구가 되는 것이 그 복수인 것이다. 무엇이나 불쌍히 여기고 용서해주는, 그 큰 마음을 지닌 세상으로부터 감추어진 죄많은 슬픔을 냉혹하고 용서를 모르는 사나이 앞에 털어놓게 하는 것이다 ! 복수라는 부채가 이보다 더 적절하게 지불되는 일은 없을 것이라고 생각될 정도의 고민을 그에게 모두 주게 될 것이다 !

이 계획은 목사의 소극적이고 민감한 태도 때문에 잘 진행되지 않았다. 그러나 로저 칠링워드는 하느님 —— 이 복수자도 희생자도 다같이 자신의 목적을 위해 사용하시면서 벌해야만 할 때에 용서하는 일도 있는 하느님 —— 이 자신의 사악한 수단 대신 주신 사태에 결코 만족하지 않는 것은 아니었다. 하나의 계시를 받았다고 할 수도 있었기 때문이다. 그 계시가 천국에서 온 것이든 다른 어떤 세계에서 온 것이든 목적을 이행하는데에는 별 차이가 없는 것이었다. 그 계시의 도움을 받으면 의사는 딤즈데일 목사와의 모든 관계에 있어 목사의 외양뿐만 아니라 영혼의 내부까지도 눈앞에 드러나게 되어 모든 움직임을 다 이해할 수 있을 것 같았다. 그 이후부터 노인은 불쌍한 목사의 세계를 관찰할 뿐 아니라 그 세계의 주역(主役)이 되었던 것이다. 마음대로 목사를 조정할 수 있었다. 목사에게 고민을 주어 흥분시키고 싶으면 희생자는 언제나 고문대 위에 자리잡고 있는 것이나 다름없었으니까 고문대를 조종하는 손잡이가 어디 있는지를 알고 있기만 하면 되었다. 그런데 의사는 그것을 너무도 잘 알고 있었다! 갑자기 목사를 공포로 떨게 하고 싶으면 마술사가 지팡이를 휘두르는 대로 나타나는 기분 나쁜 환영들처럼 죽음의 환영, 치욕의 환영 등 수많은 환영이 나타나 목사 주위에 떼지어 몰려들어 그의 가슴을 손가락질하는 것이었다!

비록 목사는 어떤 기분 나쁜 힘이 자기를 노리고 있다는 것을 끊임없이, 그리고 막연하게 느끼곤 있었지만 이 모든 것은 완벽할 만큼 교묘한 수법으로 실행되었기 때문에 그것이 도대체 어떤 것인지는 도저히 알 수 없었다. 노의사의 불구의 모습을 의심스럽게, 또 어떤 때는 무섭게 ── 때로는 혐오와 심한 증오의 감정을 품고서 ── 바라본 것은 사실이다. 그 사람의 몸짓, 걸음걸이, 반백의 턱수염, 무관심한 듯한 사소한 거동, 심지어 걸치고 있는 의복의 모양까지도 목사의 눈에는 거슬려보였다. 그것은 목사의 가슴속에 스스로도 깨닫지 못할 정도로 깊고 깊은 반감이 있다는 것을 은연중에 나타내는 증거였다. 이러한 불신과 혐오의 원인을 발견하지 못한 채 딤즈데일 목사는 앓고 있는 단 한 군데의 부분적인 독소가 마음 전체를 범하고 있다는 것을 알자 모든 예감의 원인은 그 독소 이외에는 없을 것이라고 생각했다. 목사는 로저 칠링워드 노인에 대해 나쁜 감정을 품은 자신을 책망하고 그런 감정에서 얻어진 교훈을 물리쳤을 뿐 아니라 그 나쁜 감정을 뿌리뽑으려고 전력을 다했다. 이것은 가능한 일은 아니었으나 그래도 생활 원칙에 따라서 계속 노인과 교제를 했으므로 그는 이 노인으로 하여금 그의 목적을 달성케 하는 기회를 부단히 제공하는 셈이었다. 고독하고 불쌍한 인간이고 희생자보다도 더 비참하다고 할 수 있는 복수자인 그는 목숨을 걸고 목표 달성에 힘을 기울이고 있었다.

이처럼 육신은 병에 시달리고 영혼은 암담한 고뇌에 들볶여 흉악한 적의 간계에 농락당하면서도 딤즈데일 목사는 목사로서 빛나는 명성을 얻고 있었다. 아니 그 명성의 태반은 그 슬픔에 의해서 얻어진 것이라고 말할 수가 있었다. 타고난 재능과 정신적인 통찰력, 또 정서를 경험하고 전달하는 능력에 이르기까지 일상 생활의 찌르는 듯한 고통 때문에 이상한 활동 상태에 놓여 있었다. 아직 오르막길에 있는 명성이긴 했지만 이 명성 때문에 우수한 여러 사람의 목사를 포함한 성직자들의 평판은 완전히 빛을 잃었다. 목사들 중에는 딤즈데일 목사가 태어나기 전부터 성직과 관련된 심오한 학문의 습득에 오랜 세월을 보낸 사람들도 있었기 때문에 이 젊은 목사보다 더욱 건실하고 해박한 학식을 지닌 학자도 있었다. 또 이 목사보다 더 굳건한 정신, 예리하고 무쇠나 대리석처럼 굳은 이해력을 지닌 자도 없는 것은 아니었지만 이와 같은 이해력에 교양이란 요소가 적당히 섞이게 되면 상당히 훌륭하고 유능하긴 하나 뭐라 말할 수 없는 이상한 목사로 변하는 것이다. 게다가 또 책 속에 파묻혀 꾸준히 공부하고 참을성있게 사색하여 이룩한 재능에 천계(天界)와의 정신적인 교류로 단련된 참다운 성자로 불릴 만한 목사도 있었으며 청렴한 생활로 말미암아 인간 세계의 옷을 걸친 채 천국으로 인도된다 해도 조금도 이상하지 않을 성자의 모습도 있었다. 단지 이 사람이 갖추지 못한 재능은 성령 강림절(聖靈降臨節)에 선택된 사도들에게 내려진 불의 혀뿐이었다. 그것은 모르는 외국어로 말하는 것이 아니라 타고난 마음의 언어로 전 인류 동포에게 말하는 힘을 상징하는 것이었다. 다른 면에 있어서는 사도에 뒤지지 않는 목사들이었으나 하느님이 그 역할에 대하여 내리신 최후의, 아주 희귀한 증명이라고도 말할 수 있는 '불의 혀'만은 갖추지 못하였던 것이다. 아마 그들에게 있어 평상시의 말이나 이미지라는, 소박하기 이를 데 없는 수단으로 최고의 진리를 말하는 것은 —— 가령 꿈 속에서 말했다 하더라도 —— 이룰 수 없는 소원이었을 것이다. 그들의 목소리는 늘 머물러 있는 고원(高遠)한 세계로부터 어렴풋이 들려올 뿐이었다.

그런 여러 가지 성격상의 특징으로 보아 딤즈데일 목사는 이 마지막 부류에 속해 있다고 볼 수도 있다. 그는 이미 신앙과 존엄성이 있는 산봉우리까지 올라갈 수도 있었겠지만 이 길은 짐을 진 채 비틀거리며 걸어야 할 운명의 길이며 범죄인지 고뇌인지 잘 알 수 없는 무거운 짐이 가로막고 있었다. 이 무거운 짐은 그를 가장 낮은 수준의 사람들이 있는 곳까지 끌어내렸으나 만일 그에게 그런 무거운 짐만 없으면 천사들도 그 목소리에 귀를 기울이고 대답을 했을지도 모를 정도로 영묘(靈妙)한 성질을 가진 인물이었다! 그러나 바로 이 무거운 짐 때문에 그는 죄를 범한 인류 형제들에 대해 참으로 친밀한 동정심이 우러나게 된 것이다. 그의 마음은 죄지은 형제들과 공명하여 떨렸으며 죄지은 자의 고통을 자기 것으로 받아들인 다음 슬프고도 설교력이 풍부한 웅변을 통해 자기 자신의 고민을 무수한 사람들 가슴속에 전달할 수 있게 되었다. 언제나 그의 설교는 설득력이 있었지만 때로는 무서운 때도 있었다! 사람들은 이렇게까지 감동시키는 힘을 이해할 수 없었다. 젊은 목사는 바로 성스러운 기적이라 생각했다. 지혜와 힐책과 애정이 담긴 하느님의 말을 대변하는 사람이라고 생각하게끔 되었다. 사람들의 눈에는 목사가 밟는 땅 그 자체가 신성한 것으로 생각되었다. 목사 주위에 종교적인 감정에 넘친 정열의 희생자가 되어 그 정열을 종교 자체로 생각하고 그들의 흰 가슴속에 있는 정열을 제단에 바칠 가장 적당한 제물처럼 여기고 있었기 때문이다. 나이 많은 신자들은 보기 흉하게 늙어빠진 자기 몸은 생각지 않고 딤즈데일 목사의 허약한 몸을 보면 그가 먼저 천국에 가려는 거라고 믿고 죽거든 뼈를 저 젊은 목사의 신성한 무덤 가까이 묻어달라고 자손들에게 유언했다.

근자에 불쌍한 딤즈데일 목사는 자기 무덤에 대하여 생각해보았는데 저주받은 자가 묻히는 묘에도 과연 풀이 날까 하고 스스로 의문을 갖는 것이었다!

이 일반 대중의 존경이 목사에게 준 고뇌는 상상도 못 할 만큼 컸다! 진실을 동경하고 생명 속의 생명으로서 신성한 실체를 갖고 있지 않은 것은 모두 그림자와 같은 것이며 일체의 무게나 가치가 없다고 생각하는 것이 목사의 순수한 충동이었다.

그렇다면 목사 자신은 도대체 무엇이란 말인가? 실체가 있는 것인가? 혹은 그림자 중에서도 가장 희미한 그림자란 말인가? 그는 설교단 위에서 목청을 돋우어 자기의 본성을 고백하고 싶었다.

"지금 여러분이 보고 있는 목사의 검은 옷을 몸에 걸치고 있는 나는, 성단(聖壇) 위에 올라가 창백해진 얼굴을 쳐들어 하늘을 보며 여러분을 대신하여 전지 전능하신 하느님과 영교(靈交)하는 일을 직무로 삼고 있는 나는, 일상 생활에 있어서도 이 땅 위를 걸으면 그 발자취가 빛나서 뒤를 따르는 순례자들이 축복받은 자들의 나라로 인도되리라고 여러분이 생각하시는 나는 여러분의 자제에게 세례를 베푼 다음, 여러분의 친구들이 임종할 때 막 하직하고 온 세계로부터 희미하게 울려오는 '아멘' 소리를 들을 수 있도록 작별의 기도를 올린 일도 있는 나는, 여러분의 존경을 받고 있는 목사로서의 나는 실은 타락한 인간이며 빛 좋은 개살구입니다!"

이런 말을 하기 전에는 결코 제단을 내려오지 않으리라고 결심을 하고 설교단에 오른 일도 한두 번이 아니었다. 헛기침을 하고 길게 심호흡을 하고 이번 숨을 뿜어낼 때는 영혼의 어두운 비밀이 묻어나오겠지 하고 생각한 일도 한두 번이 아니었다. 사실 확실히 입 밖에 내어 지껄인 일도 한두 번 —— 아니 백 번도 더 될 것이다! 분명히 입 밖에 내긴 했었다! 그러나 도대체 어떤 말을 했을까? 자기는 정말 비열한 사람일 뿐더러 가장 비열한 사람 중에서도 더 비열한 작자이고 극악인(極惡人), 혐오의 존재, 상상할 수도 없는 악의 권화(權化)라고 사람들에게 말했다. 하느님의 불 같은 노여움으로 이 더러운 육체가 그 자리에서 메말라버리지 않는 것이 이상할 정도라고 말하기도 했다! 이보다 명백한 말이 또 있을까? 그러면 사람들은 충동적으로 일제히 의자를 차고 일어나 설교단을 더럽힌 자를 끌어내리려 해야지 않는가? 그러한 눈치는 전혀 없었다! 그뿐 아니라 목사의 말을 듣고 점점 더 존경하는 마음만 강해질 뿐이었다. 자기 자신을 책망하는 말 속에 얼마나 무서운 뜻이 내포되어 있는지 짐작하지 못했던 것이다. "젊은데, 하느님 같은 분이다!"라고 사람들은 말했다. "지상의 성자이시다! 목사님같이 순결한 영혼 속에서도 그런 죄악을 인정하시는데, 더구나 우리의 영혼 속에서는 얼마나 무서운 모습을 발견하실까!" 목사는 그 애매한 고백이 어떻게 받아들여질 것인지 충분히 알고 있었다 —— 후회하고 있다고는 하나 교묘한 위선자임에는 틀림없었다! 죄지은 마음을 폭로함으로써 자신을 기만하려고 노력했으나 잘 속였다는 안도감은 조금도 얻지 못한 채로 또 새로운 죄를 범하게 되어 치욕을 스스로 인정할 뿐이었다. 확실한 진실을 말했건만 틀림없는 거짓으로 바꾸어놓은 셈이었다. 그러나 그 사람만큼 진실을 사랑하고 거짓말을 미워한 사람도 없을 것이다. 그러기에 세상의 무엇보다도 비참한 자기 자신의 모습이 밉게 느껴진 것이다!

목사는 마음의 괴로움 때문에 그가 태어나고 자라난 교회의 훌륭한 빛보다도 타락한 옛 로마의 신앙과 합치하는 습벽(習癖)을 몸에 지니게 되었다. 꼭 잠가놓은 딤즈데일 목사의 밀실에는 피묻은 채찍이 있었다. 이 청교도이자 신교도인 목사는 때때로 이 채찍으로 어깨를 치고 자신과 자신의 몸을 쓰디쓴 웃음으로 비웃어댔는데 그 비웃음 때문에 더욱더 사정없이 채찍질을 하는 것이었다. 신앙심이 깊은 많은 청교도들과 마찬가지로 단식을 하는 것도 목사의 습관이었다. —— 그러나 다른 사람처럼 하늘의 묵시(默示)를 받기 위한 매체(媒體)가 되기 위해 몸을 깨끗이 하려는 것이 아니라 고행으로서 무릎의 힘이 빠져나갈 때까지 행하는 엄격한 단식이었다. 또 목사는 매일 밤이다시피 캄캄한 어둠 속이나 희미한 램프불 밑에서 철야 기도를 했었다. 때로는 가능한 한 강렬한 빛을 받게 한 거울에 자기 얼굴을 비쳐보는 일도 있었다. 이렇게 하여 부단한 내성(內省)이 목사의 특징이 되었는데 육체를 괴롭힐 수는 있었을망정 정화할 수는 없었다. 장시간에 걸친 철야 기도로 머리는 몽롱해지고 갖가지 환영이 눈앞에 어른거리는 것 같았다. 어두컴컴한 방 한구석에서 희미하게 나타나 어슴푸레 떠오르는 일도 있었고 그의 옆 가까이 몸거울에 비쳐 선명하게 보일 때도 있었다. 창백해진 목사를 놀려대며 히죽이 웃고 함께 가지 않겠느냐고 손짓하는 악마의 무리로 변할 때도 있었고 번쩍번쩍 빛나는 천사의 무리가 되기도 했다. 그들은 슬픔에 짓눌려 간신히 하늘 위로 날아가지만 올라갈수록 영묘(靈妙)함을 더하는 수도 있었다. 어떤 때는 명을 달리한 청년 시절의 친구들이나 성자처럼 얼굴을 찡그리고 흰 턱수염이 난 아버지의 모습으로 보이기도 하고 때로는 외면하고 지나가는 어머니의 모습이 되기도 했다. 망령과 같은 어머니 —— 참으로 덧없는 환영과 같은 어머니였지만, 적어도 자기 아들에게 동정의 시선쯤은 던져줘도 좋으련만! 마지막에는 이 환영 때문에 황량해진 방 안을 빨간 양복을 입은 퍼얼의 손목을 잡은 헤스터 프린이 살며시 지나갔는데 먼저 자기 가슴 위에 있는 주홍글씨를 손가락질하고 다음에는 목사의 가슴을 가리키는 것이었다.

이러한 환영들에게 그는 한 번도 속은 일은 없었다. 어느 때나 의지력을 발휘함으로써 목사는 실체가 없는 안개와 같은 환영의 정체를 파악하고 그들이 저만치 있는 조각한 참나무 테이블이나 가죽으로 장정하고 놋쇠로 쥠쇠를 단 커다란 신학 서적처럼 실질적인 물체가 아니라는 것을 확인할 수 있었다. 그럼에도 불구하고 그 환영은 어떤 뜻으로 봐선 불쌍한 목사가 접촉하는 것 중에서 가장 진실하고 가장 실체를 갖춘 것이라 할 수 있었다. 목사와 같이 허위에 찬 생활을 하는 사람들에게서 볼 수 있는, 말할 수 없이 큰 불행은 그 생활이 우리 인간 주위에 있는 현실, 하느님이 정신의 기쁨과 양식으로 여기라고 주신 현실로부터 중핵(中核)을 이룬 실체를 빼앗아버리는 것이다. 정직하지 않은 사람에게는 온 우주가 허위요 실체가 없는 것이며 잡으면 곧 사라져버리는 것이다. 그리고 그러한 사람은 허위의 빛 속에 모습을 나타내고 있는 이상 그림자와 같은 존재가 되며 사실상 존재하지 않는 결과가 된다. 딤즈데일 목사를 이 세상에 계속 존재시키고 있는 유일한 진실은 영혼 속에 들어 있는 깊은 고뇌이고 그 얼굴 위에 역력히 나타나는 고뇌의 표정이었다. 단 한 번이라도 미소를 짓거나 명랑한 표정을 짓는 힘이 발견되는 날이면 이미 딤즈데일 목사라는 인물은 없어져버리는 것이다 !

이 불길한 밤에 일어났던 일에 대해서는 지금까지 간단히 말했을 뿐 상세히 말하기를 피해왔지만 그러한 어느 날 밤 목사는 의자에서 벌떡 일어났다. 새로운 생각이 떠올랐기 때문이다. 한순간이라도 마음의 안정을 얻을 수 있을 것 같았다. 그는 여러 사람 앞에서 예배를 볼 때와 똑같은 옷차림으로 조심스럽게 준비를 하더니 발소리를 죽여가며 계단을 내려가 문을 열고 밖으로 나갔다.

제 12 장   철야 기도

꿈 속을 걷는 것처럼, 사실상 틀림없이 일종의 몽유병에 걸려 있던 딤즈데일 목사가 찾아간 곳은 훨씬 이전에 헤스터 프린이 처음으로 수치를 대중 앞에 느러내놓았던 상소였다.

그 처형대는 무수히 그곳에 올라선 죄인들에게 밟혀서 닳기는 했지만 여전히 예배당의 발코니 밑에 옛 모습대로 서 있었다. 목사는 계단을 올라갔다.

5월 초순의 어두운 밤이었다. 먹장 같은 구름이 온 하늘과 지평선 끝까지 뒤덮여 있었다. 헤스터 프린이 벌을 받을 때 목격했던 군중들을 지금 이곳에 불러낸다 해도 한밤중의 캄캄한 어둠 속에서는 단 위에 있는 사람들의 얼굴은 고사하고 그 그림자조차도 분별할 수 없었을 것이다. 그러나 거리는 모두 잠들어 있었다. 남의 눈에 띌 염려는 없었다. 새벽녘 동이 훤히 틀 때까지 여기 서 있는다 하더라도 습하고 차가운 밤공기가 목사의 몸 속으로 스며들어 관절염으로 고통을 주든지 감기와 기침으로 목이 막히든지 하여 다음날의 예배와 설교를 고대하고 있는 신자들을 실망케 하는 일 이외는 아무런 위험도 없었다. 목사가 밀실에서 피묻은 채찍을 휘두르고 있는 것까지 본, 잠자는 일이 없는 하느님의 눈 이외는 아무도 보는 자가 없었다. 그런데 목사는 도대체 무엇 때문에 이런 곳에 왔을까? 회개(悔改)의 흉내를 내기 위한 것일까? 틀림없이 영혼이 스스로를 희롱하는 체해보인 데에 불과했다! 천사들이 얼굴을 붉히며 울고 악마들이 비웃고 기뻐하는 회개의 흉내에 불과했다. 목사를 이곳으로 몰고 나온 것은 어딜 가나 따라오는 그 '양심의 가책'이란 충동이었으나 이 충동 때문에 고백의 일보 직전까지 쫓기기는 했지만 그 순간 '양심의 가책'의 동생이기도 하도 꼭 따라다니는 친구인 '겁쟁이'가 떨리는 힘으로 붙잡아서 뒤로 밀어붙이는 것이다. 구원을 받을 수 없는 불쌍한 사나이였다. 어떤 자격으로 이렇게 마음이 약한 사람이 죄악이라는 짐을 짊어지게 되었는가? 범죄는 무쇠와 같은 신경을 지닌 사람만이 할 수 있는 것이다. 이런 사람들이라면 죄악의 무거운 짐을 참을 수 있든지 혹은 너무도 무겁게 느낄 때는 과단성있게 힘찬 만용(蠻勇)을 발휘하여 그 자리에서 죄악을 내동댕치쳐버리든지 마음대로 할 수 있는 사람이다. 목사처럼 나약하고 감수성만 발달한 사람은 그 어느 것도 할 수 없으면서 계속 어느 한쪽에 손을 대게 됨으로써 결국은 하늘에 반항하는 죄와 보람없는 회개와의 고뇌를 풀 수 없는 매듭으로 만드는 것이다.

그러기에 처형대에 서서 부질없는 행위로 속죄를 하고 있자니 딤즈데일 목사는 우주 전체가 심장 바로 위에 있는 맨 가슴에 새겨진 주홍색 표시를 응시하고 있는 것 같은 맹렬한 공포심에 사로잡혔다. 사실상 그 부분에는 오래 전부터 독이빨에 물어뜯기는 듯한 육체적인 고통이 있었다. 자기를 억제하려는 의지의 노력도 없이 목사는 큰소리로 고함을 쳤다. 이 고함 소리는 밤의 어둠 속을 꿰뚫고 퍼져나가 집집마다 메아리쳐 뒤언덕에서 산울림이 되어 되돌아왔는데 한떼의 악마들이 그 고함 소리에서 비참함과 공포심의 냄새를 맡고 그것을 이리저리 집어던지며 장난감삼아 가지고 노는 것 같았다.

"이제 됐다." 목사는 그렇게 중얼거리자 두 손으로 얼굴을 가렸다. "모든 사람들이 잠을 깨고 달려나올 것이다. 이런 곳에서 있는 나를 발견하게 될 것이다."

그러나 그렇게 되지는 않았다. 그 고함 소리는 겁에 질린 목사의 귀에 들린 것처럼 그렇게 큰 것은 아니었던 모양이다. 거리는 잠이 깨지 않았다. 가령 깨었다 하더라도, 잠에 취한 그들은 고함 소리를 꿈 속의 무슨 무서운 소리로 잘못 들었든지 마녀들의 소리로 착각했을 것이다. 그 당시는 이런 식민지나 호젓한 오두막 위를 마녀들이 악마와 함께 날아가며 중얼대는 소리가 들렸다는 말이 있었기 때문이다. 아무 소리도 들리지 않기에 목사는 눈을 뜨고 주위를 살펴보았다. 좀 떨어진 곳에 있는 벨링햄 총독의 저택 창문을 통해 램프 불을 손에 들고 머리에는 흰 나이트캡을 쓰고, 길고 흰 가운을 걸친 총독의 모습이 보였다. 그 모습은 아닌 밤중에 무덤으로부터 초혼(招魂)되어 나온 유령 같았다. 분명히 고함 소리에 잠을 깬 모양이었다. 특히 그 집 다른 창문에는 총독의 누이 동생인 히빈스 부인의 모습이 나타났는데 이 또한 램프 불을 들고 있었다. 상당히 떨어져 있는데도 기분 나쁜 듯 찡그린 얼굴까지 뚜렷이 보였다. 부인은 격자 창문으로 고개를 내밀고 불안한 듯 하늘을 올려다보았다. 딤즈데일 목사의 고함 소리를 들은 늙은 마녀는 그 소리가 메아리쳐 울려퍼지는 것으로 보아 늘 함께 숲속을 걷는다고 소문이 난 악마나 마녀가 피우는 소음으로 생각했음이 분명했다.

벨링햄 총독이 들고 있는 불빛을 보자 부인은 곧 자기 등불을 꺼 버렸으므로 모습이 보이지 않았다. 구름 속으로 사라진 모양이다. 목사는 부인의 움직임을 알 수 있었다. 총독은 어둠 속을 조심스럽게 내다보고 있더니 캄캄 절벽이 있을 뿐 별다른 일이 없음을 알자 창문으로부터 멀어져갔다.

목사는 약간 진정되었다. 그러나 얼마 후에 처음에는 멀리 보이다가 차차 이쪽으로 향해 다가오고 있는 가물거리는 등불이 눈에 띄었다. 그 불빛에 비쳐 기둥, 울타리, 격자창의 유리, 물이 가득 찬 물통이 있는 펌프, 아치형(型)의 참나무 문, 무쇠 노커, 계단을 이루고 있는 통나무 등이 차례차례 어둠 속에서 떠올랐다. 딤즈데일 목사는 이러한 세밀한 것을 두고 보았다. 동시에 지금 들리기 시작한 발자국 소리는 이 세상에서

최후의 날이 다가오는 소리며 이윽고 램프 불빛이 자기 모습을 비치게
되면 오랫동안 숨겨온 비밀이 폭로될 것이라는 각오를 하고 있었다. 등불이
더 가까이 다가오자 그 환한 불빛 속에 동료 목사의 모습이 —— 좀더
정확히 말하면 직업상 아버지나 다름없이 마음속으로부터 존경하고 있는
친구, 월슨 목사의 모습이 떠올랐다. 아마 어떤 죽어가는 사람 옆에서
기도를 드리고 돌아오는 길인 모양이라고 딤즈데일 목사는 생각했다. 사실
그러했다. 이 늙은 목사는 바로 이 시각에 천국으로 떠난 윈드로프 총독의
임종을 보고 오는 길이었다. 그 목사는 마치 옛날 성자들이 찬란한 후광에
휩싸인 것처럼 밤의 어둠 속에서 뚜렷이 돋보였다. 세상을 떠난 총독으
로부터 영광의 유산을 물려받았는지, 득의만면한 순례자인 총독이 천국의
문을 들어서는 것을 돌봐주다 목사 자신이 먼 천당의 광명을 지니게
되었는지 —— 요컨대 지금 월슨 목사는 램프 불로 발 밑을 비치면서 집을
향해 발길을 서두르고 있었다. 그 등불을 보고 딤즈데일 목사는 후광이
비치고 있는 것 같다는 등 기발한 생각을 하고 있었으나 스스로 생각해도
미소 —— 아니 오히려 비웃어대고 싶은 기분이 들어 이러다가는 머리가
이상해지는 게 아닌가 하는 생각까지 들었다.

월슨 목사가 한쪽 손으로 설교용의 긴 옷을 휩싸잡고 한 손으로는 가슴
앞에 램프 불을 든 채 처형대 옆을 지나갈 때 딤즈데일 목사는 말을 걸고
싶은 충동을 참지 못했다.

"안녕하십니까, 월슨 목사님. 이리 올라오셔서 저와 즐거운 시간을
보내지 않으시렵니까!"

웬일일까! 딤즈데일 목사는 정말로 그런 말을 했단 말인가? 한순간
그는 그가 그 말을 실제로 했다고 믿었다. 그러나 그것은 목사의 상상
속에서 지껄인 것일 뿐이었다. 월슨 목사는 조심스럽게 발 밑의 진흙길을
들여다보면서 천천히 발을 옮겨 디딜 뿐 한 번도 불길한 처형대 쪽을
쳐다보지 않았다. 가물거리는 램프 불빛이 완전히 사라지자 목사는 갑자기
현기증을 느끼고 지금까지의 불과 몇 분 간이 참으로 아슬아슬한 위기

였다는 것을 알았다. 비록 어떤 장난으로써 마음의 통증을 줄여보려고 모르는 사이에 애쓴 것이었지만.

잠시 후 음산한 장난 기분이 또다시 살짝 그의 엄숙한 환상 속으로 들어왔다. 목사는 익숙치 않은 밤의 냉기에 손발이 뻣뻣해짐을 느끼며 처형대의 계단을 내려갈 수 있을지 의심스러워졌다. 아침이 찾아와도 이대로 이곳에 서 있어야 하지 않을까. 사람들이 깨어나기 시작한다. 일찍 일어나는 사람이 새벽 어스름을 타고 나와 처형대 위에 희미하게 보이는 사람의 모습을 발견한다. 놀라움과 호기심에 미친 듯이 집집으로 뛰어다니며 누군지는 모르지만 하여간 죽은 죄인의 유령(그렇게 생각할 것이다)을 구경하라고 사람들을 불러낼 것이다. 어스름 속에 이 소란은 이 집에서 저 집으로 홰를 칠 것이다. 이윽고 아침 햇살이 가해져감에 따라 나이 많은 가장(家長)들이 플란넬 가운 차림으로 허둥지둥 일어나 뛰어나오고 뚱뚱한 부인들은 잠옷을 여유있게 갈아 입을 사이도 없을 것이다. 여태껏 머리카락 하나 흩뜨리고 나와본 일이 없는 예의 바른 사람들도 모조리 악몽에 시달린 듯한 얼굴로 그의 앞에 나타날 것이다. 벨링햄 노총독은 제임스 왕조풍의 주름깃을 비딱하게 단 채 심각한 얼굴로 나오며 히빈스 부인은 치마에 숲속의 나뭇가지를 매단 채 지금까지 본 일이 없는 찡그린 얼굴일 것이다. 밤하늘을 쏘다니느라 한잠도 못 이룬 것 같을 것이다. 윌슨 목사도 임종을 보느라 밤중까지 있다가 이제 영광된 성자의 꿈을 꾸는 중인데 이렇게 일찍 깨어나게 되니 몹시 못마땅한 모양일 것이다. 딤즈데일 목사 교회의 장로들과 집사들도 몰려올 것이고 목사를 우상으로 보고 흰 가슴속에 목사를 위한 신전을 만들고 있는 처녀들도 그 흰 가슴을 목도리로 가릴 사이도 없이 허겁지겁 달려나올 것이다. 요컨대 너나할 것 없이 문지방에 걸려 고꾸라지면서 처형대로 몰려들어 놀라움과 공포에 질린 얼굴로 올려다볼 것이다. 처형대 위에서 붉은 아침 햇살을 이마에 받으며 서 있는 것은 도대체 누구일까? 다름 아닌 아서 딤즈데일 목사이고 부끄러워 아무 말도 없이 전에 헤스터 프린이 서 있던 장소에 동사(凍死) 직전의 모습으로 서 있을 것이다!

기괴하리만큼 처참한 이런 장면에 압도되어 목사는 자기도 모르게 큰소리로 껄걸 웃어댔으며 자신도 어이가 없어 했다. 그 순간 목사의 웃음소리에 대꾸라도 하듯 아주 경쾌하고 간드러진 어린애의 웃음소리가 들려왔다. 그 소리가 퍼얼의 것이란 것을 안 목사는 가슴이 짜릿해옴을 느꼈는데 강렬한 통증의 탓인지, 심한 기쁨의 탓인지는 알 수 없었다.

"퍼얼! 퍼얼이지." 잠시 후 목사는 외치고 나서 곧 조그맣게 말했다. "헤스터! 헤스터 프린! 당신도 있는 거지?"

"네, 헤스터 프린이에요!" 놀란 듯한 대답이었다. 목사는 그녀가 걸어온 길 쪽으로부터 가까이 다가오는 그녀의 발자국 소리를 들었다. "저하고 퍼얼이에요."

"어딜 갔었소, 헤스터?" 목사는 물었다. "왜 여길 왔소?"

"임종하신 분 곁에 있었어요." 헤스터 프린이 대답했다. "윈드로프 총독이 돌아가셔서 수의 치수를 재고 오는 길이에요. 이제 집으로 돌아가는 길이에요."

"이리로 와요, 헤스터. 퍼얼을 데리고." 딤즈데일 목사는 말했다. "당신과 퍼얼은 전에 이곳에서 본 일이 있지만, 그때 나는 함께 서지 못했소. 다시 한 번 올라와요. 셋이 함께 서봅시다!"

헤스터 프린은 퍼얼의 손을 잡더니 말없이 계단을 올라와 처형대 위에 섰다. 목사는 그 아이의 또 한 손을 더듬어 잡았다. 손을 잡는 순간 자기 것으론 생각되지 않는 새로운 생명력이 미처 날뛰는 분류처럼 넘쳐흘러 목사의 마음속으로 흘러들어 모든 혈관 속을 돌고 돌았으며 거의 마비된 몸 구석구석까지 모녀의 따뜻한 생기가 전달되는 것 같았다.

"목사님!" 퍼얼이 작은 소리로 말했다.

"왜 그래, 퍼얼?" 목사는 물었다.

"내일 낮에 엄마하고 나하고 함께 여기 서주겠어요?"

퍼얼이 말했다.

"그건 안 돼, 퍼얼." 목사는 대답했다. 그때까지 솟아올랐던 새로운 힘에도 불구하고 오랫동안 줄곧 생애의 고민거리였던 대중 앞에 폭로된다는 공포심이 되살아났기 때문이었다. 기묘한 기쁨을 맛보면서도 지금 이렇게 셋이 있는 일이 몹시 두려웠다. "그건 안 돼. 착한 아이지. 내일은 안 되지만 반드시 언젠가는 엄마와 너와 셋이서 설게!"

퍼얼은 웃으면서 잡힌 손을 뿌리치려 했다. 그러나 목사는 꼭 잡은 채 놓지 않았다.

"잠깐만 더 있자, 착하지." 목사는 말했다.

"그럼, 내일 낮에 내 손하고 엄마 손을 잡아주겠다고 약속해주시겠어요?"

"내일 낮엔 안 돼, 언젠가는 꼭 잡아줄게!"

"언젠가라니, 그게 언제야?" 목사는 조그맣게 대답했다. —— 기묘하게도 진리를 가르치는 사람이라는 직업 의식에서 그렇게 대답할 수밖에 없었던 것이다. "그날의 심판을 받는 자리에서는 우리 셋이서 함께 서야 한단다! 하지만 이 세상에 빛이 빛나고 있을 때는 셋이 함께 만날 수는 없단다!"

퍼얼은 또 웃었다.

그러나 딤즈데일 목사의 말이 끝나기도 전에 검은 구름에 뒤덮인 하늘의 구석까지 한 줄기의 빛이 비쳤다. 틀림없이 유성에 의해 생기는 빛이었다. 흔히 야경꾼 눈에 잘 뜨이는 허공 저쪽에서 타 없어지는 유성이었다. 그 빛은 너무도 장렬하여 천공(天空)이 거대한 램프 갓처럼 빛났다. 눈에 익은 거리의 풍경도 대낮처럼 환하게 비쳤지만 유별난 빛이 낯익은 물체에 던지는 두려움이 있었다. 불쑥 나온 2층과 기묘한 박공 끝이 달려 있는 목조 가옥, 둘레에 벌써 풀이 돋아난 계단과 문턱, 새로 갈아 엎어 흙이 거무스름한 채마밭, 그다지 닳지 않은데다 광장 근처까지 양쪽에 풀이 돋아 있는 차도(車道) —— 이러한 모든 것들이 모습으로 드러났다. 온 세상 만물에게 지금까지 볼 수 없었던 새로운 해석을 내려주는 이상한 양상을 보이고 있었다. 목사는 가슴에 손을 얹은 채 서 있었다. 헤스터 프린의 가슴에는 꿰매 붙인 글씨가 빛나고, 펴얼은 하나의 상징 같기도 하고, 두 사람을 연결시키는 걸쇠의 구실을 하고도 있었다. 이렇게 기묘하리만큼 엄숙한 빛으로 대낮처럼 밝은 광채 속에 세 사람은 나란히 서 있었다. 그것은 모든 비밀을 드러내는 빛이며 인연있는 사람들을 서로 결합시키는 여명과도 같았다.

펴얼의 눈이 장난기 어린 표정을 띠고 목사 쪽을 힐끔 올려다보았을 때 그 얼굴은 요정같이 보이게 하는 미소를 띠고 있었다. 아이는 딤즈데일 목사가 잡고 있는 손을 뿌리치더니 거리의 맞은편을 향해 손가락질을 했다. 그러나 목사는 두 손으로 가슴을 움켜쥔 채 하늘 위를 쳐다보고 있었다. 이 당시에는 유성의 출현을 비롯해 태양이나 달의 출몰처럼 규칙적으로 일어나지 않는 자연 현상은 거의 초자연적인 원인에서 생기는 계시라고 해석되는 것이 보통이었다. 밤하늘에 불붙는 창(槍)이나 불꽃의 칼, 또 활이나 화살의 전동(箭筒) 등이 나타나면 인디언과의 전쟁이 생긴다는 징조였다. 역병(疫病)이 유행할 징조는 진홍색의 불빛이 비오듯 하는 것이었다. 길흉은 고사하고 식민지 시대로부터 혁명 시대에 걸쳐 뉴잉글랜드에 발생한 유명한 사건치고 이러한 자연 현상에 미리 경고되지 않은 사건이란 하나도 없었다. 대부분의 경우 수많은 사람들이 그와 같은 광경을 목격하고 있다. 그러나 단 한 사람의 목격자에 의한 증언으로 그 사실이 믿어지는 경우가 더 많았다. 그런 목격자들은 신비스런 광경을 상상력이라는 윤색(潤色)되고 확대되고 왜곡된 매개체를 통하여 바라보는 것이며 그 신기한 현상이 사라지고 난 뒤에는 마음대로 보충하여 하나의 뚜렷한 형태를 꾸미게 마련이다. 나라의 운명이 온 하늘 가득히 훌륭한 상형문자로 나타난다는 것은 참으로 장엄한 생각이다. 이처럼 거대한 화면이지만 하느님은 국민의 운세를 그 위에 쓰시는 데는 스페이스가 너무 커 곤란하다고는 생각지 않으셨을 것이다. 이러한 미국인 선조들의 마음에 떠오른 것은 생긴 지 얼마 안 되는 미국이 하느님의 특별한 친밀감과 엄격함에 넘친 보호를 받고 있다는 것을 말하고 있는 것으로써 생각했기 때문이다. 그러나 한 개인이 그와 같은 기록용 화면에 나타난 계시를 보고 자기 혼자에게만 주어진 계시라고 생각했다면 도대체 어떻게 될 것인가? 그와 같은 경우는 극도로 혼란한 그 사람의 정신 상태를 말하는 하나의 징후에 불과할 것이다. 오랫동안 시달린 심한 비밀의 고통 때문에 병적으로 자기 반성을 하게 된 사이 자아 중심적인 태도를 자연의 전역에까지 미친 결과 천공(天空) 자체가 자기 영혼의 역사와 운명을 기록하는 종이쪽지에 불과하다고 생각하게끔 된 것이다.

따라서 하늘 위를 올려다본 목사가 그곳에 붉은 선으로 거대하게 그려진 A라는 글자를 발견했다 해도 그것은 모두 목사의 눈과 마음에 생긴 병의 탓이라고 생각된다. 그 지점에 불타는 유성이 나타나지 않았다는 것은 아니다. 다만 목사의 죄많은 상상력이 생각해낸 것과 같은 모양은 아니었을 것이고 적어도 다른 죄인이 보았더라면 다른 상징으로 보였을지도 모를 정도로 막연한 형태였다는 것이다.

이때 딤즈데일 목사의 심리 상태를 특징짓는 기묘한 사정이 또 하나 있었다. 목사는 하늘 위를 올려다보고 있는 동안에도 퍼얼이 처형대에서 얼마 떨어지지 않은 곳에 서 있는 로저 칠링워드 노인을 손가락질해보이는 것을 확실히 의식하고 있었다. 목사는 기적의 글자를 찾아냈던 그 시선으로 노인을 바라보고 있는 모양이었다. 유성의 빛은 이 사람의 얼굴에도 다른 모든 것과 마찬가지로 새로운 표정을 주고 있었다. 그렇다기보다 다른 때와 달리 의사는 목사를 바라볼 때의 악의를 조심스럽게 감추려들지 않았다고 함이 옳을지도 모른다. 유성이 헤스터 프린과 목사에게 최후의 심판날을 생각케 하는 공포로 하늘과 땅 위를 비쳤다면 로저 칠링워드의 모습은 이 두 사람에게 자기의 권리를 주장하기 위해 무서운 웃음을 띠고 서 있는 마왕으로 보였을지도 모른다. 상대방의 표정이 그렇게 강렬했다고 할까, 하여간 거리나 그 밖의 모든 것이 한꺼번에 사라져버린 것처럼 유성이 사라진 뒤에도 의사의 표정은 그대로 어둠 속에 그려놓은 듯이 남아 있었다.

"헤스터, 저 사람은 누구요?" 딤즈데일 목사는 공포에 질려 헐떡이고 있었다. "저 사람만 보면 소름이 끼친다오. 헤스터는 저 사람을 아시오? 헤스터, 나는 저 사람이 질색이오!"

헤스터는 약속한 것이 생각나서 아무 말도 하지 않았다.

"저 사람을 보면 내 혼은 떨리는구려." 목사는 또 중얼거렸다. "저 사람이 누구요, 도대체? 좀 어떻게 해줄 수 없소? 왜 그런지 저 사람이 무섭소."

"목사님, 그분이 누군지 말할게요!" 퍼얼이 말했다.

"빨리 말해다오!" 목사는 귀를 퍼얼의 입에 갖다댔다.

"빨리! 그리고 될 수 있는 한 작은 목소리로."

퍼얼은 목사의 귀에 대고 뭐라고 소곤거렸다. 사람의 말처럼 들리기는 했지만 아이들이 곧잘 뜻도 모르는 소리를 지껄이면서 놀고 있는 것과 같이 그렇게, 바로 알아들을 수 없는 그런 말에 불과했다. 로저 칠링워드 노인에 관한 비밀 정보였다 하더라도 박학(博學)한 목사조차도 알아들을 수 없는 말이었으므로 그 정신적 혼란을 더욱 조장할 뿐이었다. 마침내 요정 같은 아이는 큰소리로 웃기 시작했다.

"이번에는 나를 조롱하는 거니?" 목사가 말했다.

"목사님은 겁쟁이야! 거짓말쟁이야!" 아이는 대답했다.

"내일 낮에 우리의 손을 잡겠다는 약속을 안 했잖아요!"

그때 처형대 밑으로 다가온 의사가 말했다.

"목사님, 딤즈데일 목사님! 역시 목사님이셨군요? 우리 학자들은 늘 머리가 책에만 팔려 있으니까 착실한 보호를 받을 필요가 있습니다! 눈을 뻔히 뜨고 꿈을 꾸고 잠을 자면서도 걸어다니기가 일쑤이니까요. 자, 목사님. 제가 댁으로 모셔다드리죠!"

"내가 여기 있는 줄은 어떻게 아셨습니다?" 목사는 몸을 떨면서 물었다.

"사실은 말씀드리자면 나는 아무것도 몰랐습니다." 로저 칠링워드는 대답했다. "오늘 밤엔 줄곧 윈드로프 총독 각하댁에 있었습니다. 그분을 좀 편하게 해드릴까 하고 있는 힘을 다했답니다. 그분은 천당에 가셨기에 나도 집으로 부지런히 오던 길인데 그 이상한 광채가 비친 거지요. 자, 갑시다, 목사님. 안 가시면 내일 주일 예배에 지장이 될 겁니다. 아, 알았습니다 —— 책이군요, 목사님의 머리를 괴롭히고 있는 것은! 공부는 이제 좀 덜하시고 편히 휴식을 취하셔야 합니다. 그렇지 않으면 이런 밤중의 공상이 버릇이 된단 말입니다!"

"선생과 함께 집으로 가리다." 목사가 말했다.

악몽에서 깨어난 사람처럼 완전히 기력을 잃고 축 늘어져 있었으므로 목사는 의사가 시키는 대로 끌려갔다.

다음날은 안식일이었으므로 설교를 하게 되었는데 지금까지 목사의 입에서 흘러나온 설교 중에서 가장 내용이 풍부하고 박력이 있고, 영감이 넘친 설득력이 있었다는 소문이었다. 그 설교의 힘으로 진리에 가까워진 영혼은 한두 사람이 아니었고 그들은 평생토록 딤즈데일 목사에 대하여 신성한 감사의 마음을 바치겠노라고 맹세했다는 것이다. 그러나 목사가 설교단의 계단을 내려오자 흰 수염을 기른 교회당지기가 검은 장갑 한 짝을 내밀었다. 그것은 그의 장갑이었다.

"오늘 아침에 죄인들이 올라가 망신당하는 처형대 위에 떨어져 있었습니다. 사탄이 목사님한테 무엄한 장난을 하려던 것이 분명합니다. 언제나 그렇듯이 사탄은 바보짓을 했습죠. 깨끗한 손이야 장갑으로 가릴 필요가 있나요!"

"고맙소." 목사는 침착하게 대답했으나 마음은 편치 않았다. 기억이 산란해져 지난 밤의 일이 모두 꿈이나 환상처럼 여겨졌기 때문이다. "정말 내 장갑같이 보이는군요!"

"사탄이 장갑을 훔치려고 했으니 앞으로는 장갑을 벗고 다니셔야겠습니다." 늙은 교회당지기는 무서운 얼굴을 하고 웃었다. "그런데 목사님,

어젯밤에 있었다는 얘기를 들으셨습니까? 하늘에 나타난 커다란 주홍 글씨라는데요 —— A자라니까 천사(Angel)의 A를 나타낸 것으로 본답니다. 그 훌륭한 윈드로프 총독님이 어젯밤 천사가 되셨을 테니 그만한 전조가 있음직도 하지 않습니까!"

"아니, 난 아무 말도 못 들었소." 목사는 대답했다.

제 13 장   헤스터의 또 다른 모습

얼마 전 묘한 일로 딤즈데일 씨를 만나게 되었던 헤스터 프린은 목사의 상태가 말이 아님을 알고 깜짝 놀랐다. 목사의 신경은 말할 수 없이 약해진 것 같았고 성신력도 아이들보다도 더 약해보였다. 지능만이 원래의 힘을 유지하고 있는 것 같았으며 정신력은 무기력하여 땅 위를 기어다닐 정도였다. 헤스터는 아무도 모르는 일련의 사정을 알고 있었으므로 목사 자신이 으레 느껴야 할 양심의 가책이라는 것 이외에도 무서운 음모가 딤즈데일 씨의 평온한 행복에 압력을 가하여 이에 시달림을 받고 있다는 것을 곧 알 수 있었다. 이 불쌍한 죄인의 과거를 알고 있느니만큼 직감적으로 발견한 적을 막아달라고 세상에서 버림받은 자기에게 애원하면서 부들부들 떨고 있는 모습을 보고 헤스터의 마음은 완전히 흔들렸다.

뿐만 아니라 그 목사는 자기에게 모든 조력을 청할 권리가 있는 사람이라고 생각했다. 오랜 동안 세상과 격리된 생활을 해왔기 때문에 자기 이외의 기준으로 선악 관념을 재는 데에는 익숙치 않았으므로 헤스터는 이 목사에 대해서는 이 세상 누구에 대해서나 진배없는 책임을 지고 있다는 것을 알았다. 그녀에게는 그렇게 생각되었다. 헤스터를 다른 사람과 연결짓고 있는 사슬은 —— 꽃·비단·황금·기타 어떠한 재료의 사슬이든지 —— 모두 끊어지고 말았다. 남은 것은 두 사람 다 죄인이라는 쇠사슬인데 이것만은 목사나 헤스터도 끊을 수가 없었다. 그 사슬도 다른 모든 인연과 마찬가지로 여러 가지 의무를 수반하고 있었다.

현재의 헤스터 프린은 치욕의 생활을 시작했던 무렵과는 입장이 좀 달라졌다. 오랜 세월이 흘렀다. 퍼얼도 일곱 살이 되었다. 수놓은 주홍 글씨를 가슴에 달고 있는 어머니의 모습은 오래 전에 보스턴 사람들에게 낯익은 존재가 되었다. 남의 눈에 띄는 입장에 있으면서도 공사(公私) 양면에 걸쳐 이익이나 편의에 대하여 간섭을 하지 않을 때에 흔히 있는 예이지만 헤스터 프린에 대해서도 사람들의 호의 같은 것이 싹트기 시작했다. 이기심이 작용하지 않는 한 미워하기보다는 사랑하는 마음이 빨리 우러난다는 것은 인간으로서 다행한 일이다. 미움이란 원래의 적의(適意)가 부단히 새로운 자극을 받아 그 변화를 방해하지 않는 한 여유있고 조용한 과정을 거쳐서 사랑으로 바뀌게 마련이다. 헤스터 프린의 경우는 새로운 자극도, 성가신 일도 전혀 없었다. 대중과는 싸우는 일이 없었고 아무리 심한 보복에도 불평없이 순종했다. 고통의 대가를 요구하지도 않았고 동정을 강요하는 일도 없었다. 게다가 세상의 따돌림을 받고 살아온 몇 년 동안 나쁜 소문 하나 없이 깨끗한 생활을 해온 일이 그녀에 대한 주민들의 호감을 크게 했다. 사람들이 보기에는 아무것도 잃을 것이 없는데다 무엇을 얻고자 하는 희망도 꿈도 없었으니 이 불쌍한 방황자를 올바른 길로 인도하는 것은 덕행에 대한 순수한 열의라고밖에 생각할 수 없었다.

게다가 헤스터가 남처럼 공기를 마시고 착실히 삶바느질로 퍼얼과 자기를 위한 생활비를 버는 일 이외에는 세상의 권리를 누리겠다는 주장을 손톱끝만큼도 한 일이 없을 뿐더러 남을 위해 할 일이 생기면 자기도 똑같은 사람이라는 것을 인식하고 노력을 아끼지 않았다는 일도 세상에 알려졌다. 매일 문 앞에 갖다 놓는 음식이나 왕후 귀족의 옷에 수를 놓을 만한 솜씨로 일부러 만든 옷가지를 받는 대가로 악담을 퍼붓는 배은 망덕한 빈민들이 있었음에도 불구하고 곤란한 사람이 부탁하면 얼마 안 되는 돈이라도 기꺼이 내주는 사람은 헤스터밖에 없었다. 이 거리에 질병이

만연했을 때에도 헤스터만큼 헌신적인 사람은 없었다. 사실 사회 전체의 경우이든, 개인의 경우이든, 참변이 있을 때는 언제나 이 사회에서 버람받은 이 여인이 그 자리에서 자기가 할 일을 즉시 찾아내는 것이었다. 걱정스러운 일로 침울해 있는 집을 찾아갈 때는 손님이라기보다도 당연한 권리를 가진 가족의 한 사람으로서 행세했으며 그 집의 침울한 빛 속에 같은 인간으로서 교제할 자격이 생기는 세계가 있는 것 같았다. 거기서는 수놓은 글씨가 빛났으며 이 세상의 빛 같지 않은 그 빛에는 위안이 담겨 있었다. 다른 곳에선 죄의 표시였던 그 글씨가 여기서는 병자의 방을 환히 비춰주는 촛불이었다. 그것은 병자가 숨을 거두려고 할 때 현세의 경계를 넘어 저승까지 그 빛을 보내주기도 했다. 또 이 세상의 빛이 흐려져가고 내세의 빛은 아직 비치지 않았을 때에 발을 내디딜 곳을 일러주는 촛불이기도 했다. 이렇게 위급할 때에는 헤스터의 성실이 뛰어남을 발휘하여 모든 진실된 요구를 들어줬을 뿐만 아니라 아무리 큰 요구에도 무궁무진하게 받아들여지는 인간적인 인정의 샘처럼 처신했다. 치욕의 표시가 붙은 가슴이 베개를 찾는 사람에게는 더할 수 없이 푹신한 베개가 되었다. 헤스터는 사회나 본인이 다 이런 결과가 되리라고는 예상치도 않았건만, 자진해서 '자선의 수도녀'가 되었다. 아니, 어느 틈엔지 사회의 근심어린 손길이 그녀를 이런 직분에 임명하였다고 말하는 편이 옳을지도 모른다. 주홍글씨는 그녀의 천직을 상징하는 것이었다. 헤스터는 필요한 존재였고 일을 하는 힘이나 동정심을 발휘하는 힘에도 결함이 없었으므로 많은 사람은 주홍글씨의 A자를 본래의 뜻으로 해석하려 들지 않고 그것이 '유능 (Able)'이란 뜻이라고 했다. 헤스터 프린의 여자다운 힘은 이 정도로 강했던 것이다.

 이 여자가 드나드는 집은 근심 걱정이 가득한, 햇빛이 들지 않는 집뿐이었다. 햇빛이 얼굴을 내밀면 이미 헤스터의 모습은 보이지 않았다. 그녀의 그림자는 문지방을 넘어서 사라져버리는 것이었다. 그녀가 한 식구처럼 도와주어 정성어린 도움을 받은 사람들의 가슴속에 설혹 감사한 마음이 있었다 할지라도 그 감사의 보수를 받기 위하여 뒤돌아보는 일은 추호도 없는 헤스터였다. 이 사람들과 거리에서 만나는 일이 있더라도 맞대놓고 인사조차 나누려 하지 않았다. 굳이 그들이 말을 걸려고 하면 주홍글씨를 가리키며 지나가버리는 것이었다. 이것은 거만하다고 볼 수 있을지도 모르나 겸손에 가까웠으므로 겸손이나 다름없이 사람들의 마음을 부드럽게 해주었다. 대중은 변덕쟁이 폭군과 같다. 권리, 권리하고 너무 집요하게 요구하고 나서면 당연한 공평까지도 거부하나 폭군의 마음에 들도록 관대한 마음만을 노리고 애원한다면 공평 이상의 것을 내주는 일이 있다. 헤스터 프린의 태도를 이런 유의 애원이라고 해석했기 때문에 세상은 과거의 희생자인 그녀에 대하여 본인이 희망하고 있지도 않은, 때에 따라서는 그녀가 받을 자격이 있는 이상으로 친절한 표정을 보여주었던 것이다.

헤스터의 이런 선행이 미치는 영향을 보스턴 지배자나 학자와 현인들이 인정한 것은 일반 대중에 비해 훨씬 더디다. 모든 인간이 일반적으로 지니고 있는 편견이 이들의 경우에는 논리라는 쇠틀 속에 갇혀 있었으므로 그것을 쫓아내기가 일반인보다 훨씬 힘이 들었던 것이다. 그러나 날이 갈수록 그들의 찌푸린 주름살이 펴졌으므로 몇 년 안에는 자비로운 표정으로 바뀔 것 같았다. 높은 지위에서 공중 도덕의 수호자가 되어야 하는 신분이 훌륭한 사람들의 동태는 이러했다. 한편 일반 개개인들은 헤스터 프린의 여자로서의 약점을 깨끗이 용서하고 있었다. 아니 그뿐 아니라 주홍글씨를 헤스터가 오랜 동안 괴로운 마음으로 감수한 죄의 표시가 아니라 그 후 쌓아온 수많은 선행의 표시라고까지 보게 되었다. "저 수놓은 표시를 단 여자가 보이잖아요?" 사람들은 다른 곳에서 온 사람들에게 말했다. "저 사람이 바로 우리 헤스터, 이 거리의 헤스터랍니다. 가난한 사람에겐 친절하고, 병든 사람에겐 힘이 되어주고, 괴로워하는 사람에겐 위안을 주는 헤스터랍니다!" 물론 인간에게는 남의 얘기라면 덮어놓고 나쁘게 말하는 버릇이있으므로 지나간 옛날의 추문을 속삭이는 자가 없는 것은 아니었다. 그러나 아무리 욕을 하는 자들의 눈에도 주홍글씨가 수녀의 가슴에 걸려 있는 십자가와 같은 힘을 지닌 것으로 보인 것은 사실이다. 주홍글씨 덕분에 일종의 신성함이 몸에 배어 헤스터는 어떤 위험 속에서도 유유히 걸을 수가 있었다. 도적의 무리가 에워쌌다 하더라도 주홍글씨로 안전을 보장받았을 것이다. 인디언이 이 표시를 향해 화살을 쏘았는데 맞은 화살이 상처 하나 입히지 못하고 땅바닥에 떨어져버렸다는 소문은 수많은 사람이 믿고 있는 바 였다.

　이 상징, 아니 이 상징에 의해 제시되는 사회 관계가 헤스터 프린 자신의 마음에 대하여 미치고 있는 영향은 강력하고도 기묘한 것이었다. 헤스터의 명랑하고 품위있는 성격의 나뭇잎이 시뻘겋게 타오르는 낙인 때문에 무참히도 타버려 이미 시들어 떨어진 지 오래였으므로 남은 것이라고는 앙상하게 드러난 가지뿐이었다. 가령 친한 친구가 있었다 해도 화를 겪었다. 옷차림을 일부러 검소하게 한 탓도 있었지만 그녀의 동작이 남의 눈을 끌려하지 않은 때문이었다. 기가 막힐 정도로 탐스럽던 머리는 잘라버렸는지, 모자 속에 완전히 감췄는지 윤기있는 머리채를 한 번도 햇빛에 드러내놓은 적이 없는 일도 슬픈 변화의 하나였었다. 이 밖에도 여러 가지 표정들이 뒤엉키어 사랑의 여신이 깃들 여지가 없는 헤스터의 얼굴과 위엄에 찬 조상(彫像)과 같은 몸에는 열정이 끌어안을 만한 곳이 한 군데도 없었으며 그녀의 가슴 또한 그곳을 다시 애정의 베개로 삼을 만한 데라곤 전혀 없었다. 여성이기 때문에 언제까지나 있어야 할 어떤 성질이 헤스터에게서 없어진 것이다. 여자가 특히 고통스러운 경험을 겪고 나면 그 여자의 여자다운 성격이나 자태는 이러한 운명을 걷게 마련이며 그와 같이 준엄한 발전을 가져오는 것이다. 부드러운 마음씨만을 가지고는 살아나갈 수 없다. 살아나가기 위해서는 그 부드러운 마음씨를 짓밟아 없애거나 가령 겉으로 보기에는 여전해도 부드러움을 가슴속 깊이 묻어버려 다시는 노출되지 않게 하여야 한다. 아마 후자의 경우가 진실에 가까운 이론일 것이다. 원래 여자이면서 지금은 여자다움을 잃은 사람도 변신을 가능케 하는 마술을 만날 수만 있다면 언제든지 여자로 되돌아갈 수 있을 것이다. 헤스터 프린이 앞으로 그와 같은 마술을 만나 변신을 할지 안 할지는 두고 봐야 할 것이다.

대리석같이 찬 헤스터의 인상은 그녀의 생활이 열정적이고 감정적인 것으로부터 사색적인 것으로 일변했기 때문이다. 이 넓은 세상에 오직 혼자였으므로 —— 사회와의 관계로 봐도 외톨이이고 보호하고 지도해야 할 퍼얼이 있을 뿐이었으므로 —— 사회적 지위를 되찾고자 하는 자신의 희망을 멸시하지 않더라도 가능성은 전혀 없었으므로 —— 헤스터는 끊어진 사슬의 파편을 팽개쳐버렸다. 세상의 법률은 헤스터의 마음의 법률이 될 수는 없었다. 당시는 인간의 지성이 새로이 해방되어 수세기 이전에 비하면 폭넓은 활동을 할 수 있는 시대였다. 무인(武人)들은 왕후와 귀족을 쓰러뜨렸고 그보다 더 용기가 있는 사람들은 고대 원칙과 연결되어 있는 묵은 편견에 찬 사회조직 전체를 —— 실제적 문제는 아니더라도 이 사람들이 좀더 현실적인 세계 이론의 영역에 있어 —— 쓰러뜨리고 재편성하고 있었다. 헤스터 프린은 이 정신을 흡수하고 있었다. 헤스터가 몸에 지니고 있던 사색의 자유는 당시 대서양 저쪽에서는 보편적인 사상이었다. 그러나 미국인 조상들이 알았다면 주홍글씨로 표시된 죄보다도 훨씬 더 치명적인 죄악이라고 생각했을 것이다. 뉴잉글랜드의 어느 집에도 감히 찾아들지 못할 새로운 사상이 해안에 자리잡은 오두막에 살고 있는 헤스터를 찾아온 것이다. 그림자와 같은 이 방문객이 문을 두드리는 것만 봐도 그들을 맞이하는 헤스터는 악마와 진배없는 위험을 느꼈을 것이다.

극히 대담한 사상의 소유자가 사회의 외부적인 규칙에는 아주 온순하게 복종한다는 것은 주목할 만한 일이다. 그들은 사상만 있으면 충분하며 사상이 행동이라는 혈육(血肉)을 수반할 필요는 없다. 헤스터 프린의 경우에도 마찬가지였다. 그러나 만일 정신 세계로부터 퍼얼이 태어나지 않았더라면 결과는 정반대가 되었을지도 모른다. 그와 같은 경우에는 엔허치슨과 같은 사람과 손을 잡은 어느 종파(宗派)의 창설자가 되어 청사

(靑史)에 이름을 남겼을 것이다. 어떤 경우에는 예언자가 되었을지도
모른다. 그렇게 되면 청교도 사회부를 뿌리째 뽑아버리려고 했다는 죄
목으로 그 당시의 엄격한 재판관들로부터 사형 선고를 받았을지도 모른다.
그러나 어머니의 격한 사상은 아이의 교육에서 그 발산처를 발견한 것이다.
이 소녀의 형태를 빌려서 하느님이 헤스터에게 안겨준 여성의 싹과 꽃을
그녀는 어떤 난관을 뚫고라도 소중히 키워야만 했다. 모든 것으로부터
도외시당한 그녀에게 이 세상은 악의를 품고 있었다. 아이 자신의 성격에도
뭔가 이상한 데가 있어 잘못된 게 아닌가, 어머니의 무궤도한 정열의
소산이 아니었나 하는 생각이 들 정도였다. 이 불쌍한 작은 것이 이 세상에
태어난 일은 과연 잘된 일인가 아니면 잘못된 일인가 하고 쓰라린 마음으로
자문하는 헤스터였다.

  사실상 여성 전체에 대해서도 이와 똑같은 의문이 헤스터의 마음속에
자주 머리를 들고 일어났다. 아무리 행복한 여자라도 산다는 것은 받아들일
만한 값어치가 있는 것일까 ? 자신에 대한 삶에 대해서는 이미 오래 전에
부정적인 대답이 나왔고 이 문제는 이미 처리된 것으로 도외시해버렸다.
사색하는 버릇은 남자의 경우와 마찬가지로 여자를 침착하게 만들기는
하나 동시에 마음을 슬프게 하기도 한다. 사색하는 여자가 눈앞에 발견하는
것은 절망적인 일뿐이다. 우선 첫째로 사회 조직 전체를 부수고 새로
건설해야만 한다. 둘째로는 남성의 성질이라든지 남성의 성질로 인해
굳어버린 오랫동안의 유전적인 습관 등을 본질적으로 뜯어고치지 않고
서는 여자는 정당하고 적절한 지위를 획득할 수 없다. 또 마지막으로 다른
모든 곤란이 제외된다 하더라도 여성이 첫째와 두번째의 개혁을 활용하기
위해서는 다시 강대한 변화를 여성 자신이 경험해야만 한다. 그 결과
여성에게 가장 여성다운 생명을 불어넣고 있는 본질이 안개처럼 사라지고
말 것이다. 여자는 아무리 머리를 써도 이와 같은 문제를 해결할 수는
없다. 그 문제는 단 한 가지 방법으로만 해결할 수 있다. 즉 여성의 마음이
최고의 힘을 발휘하는 일이 있으면 문제는 깨끗이 해소되어버린다. 이

리하여 마음이 그 규칙적이고도 건강한 고동을 잃고 있는 헤스터 프린은 아무런 의지가지도 없이 마음속의 어두컴컴한 미로를 방황하고 넘을 수 없는 절벽에 부딪쳐 방향을 바꾸는 일도 있으며 깊은 구렁텅이에서 깜빡 놀라 뒷걸음질치는 일도 있었다. 주변에는 온통 황량한 풍경뿐이라 위안을 받을 수도 있는 곳은 아무 데도 없었다. 때로는 차라리 퍼얼을 천국으로 보내버리고 자기 자신도 정의의 여신이 정해주는 바에 따라 내세(來世)로 가버리는 것이 좋지 않을까 하는 무서운 의문이 마음을 사로잡으려고 할 때도 있었다.

주홍글씨는 그 역할을 이행하지 못했던 것이다.

그러나 철야 기도를 계속하는 딤즈데일 씨를 만난 뒤로 헤스터는 새로운 사색의 재료를 얻었고 어떠한 노력과 회생을 해서라도 달성하여야 할 목적이 생기게 된 것이다. 목사가 몸부림치고 있는, 아니 더 정확하게 말하면 몸부림치는 일조차 그만둔 차마 볼 수 없는 처참한 꼴이 그녀의 눈에 보였던 것이다. 광적인 상태에는 빠지지 않았다 하더라도 발광 일보 직전까지 와 있는 것만은 사실이었다. 숨어서 하는 회개의 바늘에 얼마나 무서운 고통을 주는 효력이 있는지 모르지만 구원받아야 할 손길에 의해 더 무서운 독물이 그 바늘에 주입되고 있음은 이미 의심할 여지가 없었다. 원조를 아끼지 않는 친구로 모습을 바꾼 적이 남몰래 옆에 붙어 앉아 수중에 넣은 기회를 이용하여 딤즈데일 씨의 부서지기 쉬운 성질의 나사를 가지고 장난하고 있다. 이렇게 나쁜 일만을 예감케 하고 좋은 일이라고는 전혀 기대할 수 없는 입장에 목사가 빠져들어가는 것을 잠자코 보고만 있었던 것은 본래 자기에게 성질과 용기와 정절이란 점에서 부족함이 있었던 게 아닌가 하고 자문하지 않을 수 없었다. 로저 칠링워드가 본성을 감추려는 계획에 동의하는 일만이 자기가 당한 파멸 이상의 참혹한 파멸로부터 목사를 구할 수 있는 방법이라고 생각한 것만이 유일한 변명이었다. 그녀가 취해야 할 길을 결정한 것도 그러한 충동에서였는데 지금 생각해보면 두 가지 길 중에서 가장 처참한 길을 선택한 셈이었다. 가능한 범위 내에서 자기의 실책을 보상하지 않으면 안 되겠다고 헤스터는 결심했다. 오랜 세월에 걸쳐 심한 시련을 겪어왔으므로 감방에서 만났을 때처럼 로저 칠링워드와 맞서지 못할 일은 이제 없을 것 같았다. 그날 밤은 죄악으로 말미암아 꼼짝 못 했으며 생생한 치욕으로 미칠 것만 같았으나 그 이후 그녀는 훨씬 높은 곳에 다다르고 있었다. 노인은 복수를 위해 몸을 굽히고 있었기 때문에 헤스터와 동등한 선이나, 아니면 그 이하로 타락했던 것이다.

결국 헤스터 프린은 전 남편을 만나 그의 손아귀에 들어 있는 희생자를 구하기 위해 힘써보리라 결심했다. 얼마 뒤에 그런 기회는 닥쳐왔다. 어느 날 오후 퍼얼을 데리고 이 반도의 호젓한 곳을 거닐고 있노라니까 팔에 바구니를 걸쳐 든 노의사가 지팡이를 질질 끌면서 구부정한 모습으로 약재가 되는 나무 뿌리며 약초를 찾고 있는 것이 눈에 띄었다.

제 14 장   헤스터와 의사

헤스터는 퍼얼에게 저쪽에서 약초를 캐고 있는 사람과 얘기가 끝날 때까지 바닷가에서 조가비나 엉킨 해초를 가지고 놀고 있으라고 일렀다. 아이는 새처럼 날아가더니 작고 흰 발을 벗고 물에 젖은 해변을 철벅거리며 돌아다녔다. 그러다가 이따금 우뚝 멈추어 서서 썰물이 남기고 간 웅덩이를 거울삼아 들여다보았다. 웅덩이 속에서는 반짝이는 곱슬머리에 눈에는 요정 같은 미소를 담은 어린 계집애에게 손을 잡고 달음박질하자고 불러 보았다. 그러나 물 속의 계집애도 똑같이 손짓을 하면서 "여기가 더 재미있어 ! 네가 웅덩이 속으로 들어와 ! " 하고 말하는 것 같았다. 퍼얼이 무릎까지 물 속에 잠겼을 때 웅덩이 속에 있는 하얀 발을 들여다보니, 더 깊은 곳에서 조각조각 부서진 미소가 수면 위로 이리저리 떠올랐다가는 반짝반짝 빛나는 것이었다.

그러는 동안 어머니는 의사에게 말을 걸고 있었다.

"잠깐 할 말이 있습니다. 우리에게 깊은 관계가 있는 얘기입니다."

"아니 ! 이 늙은 로저 칠링워드에게 말을 하자는 분은 헤스터이신가 ? " 하고 대답하면서 의사는 구부렸던 몸을 일으켰다. "기꺼이 듣겠습니다 ! 그런데 헤스터, 어딜 가나 당신의 평판은 좋은 것 같더군요 ! 바로 어제 저녁에도 그 현명하고 훌륭한 양반들이 당신 얘기를 하고 있습디다. 어느 관리 양반은 당신 얘기가 회의에서 문제가 되었었다고 일러주더군요. 그 주홍글씨를 당신 가슴에서 떼어버리면 사회의 안녕 질서에 있어 안전할까를 의논했던 모양이오. 헤스터, 나는 그분에게 곧 그렇게 해달라고 부탁했소, 그게 사실이니까!"

"이 표시를 떼는 것은 그분들이 마음대로 할 수 있는 일은 아닙니다." 헤스터는 침착하게 대답했다. "내가 이것을 떼어도 좋을 때가 오면 저절로 떨어져버리든지, 아니면 다른 뜻을 전하는 것으로 변하든지 하겠죠."

"그렇다면 좋도록 달고 있구려." 의사가 대답했다. "여자들이란 몸에 다는 장식품에 있어서는 자기 고집대로 하는 모양이더군. 그 글씨에는 화려한 수를 놓아 당신 가슴에 잘 어울린단 말이오."

이러는 동안에 헤스터는 노인을 물끄러미 쳐다보고 있었는데 지난 7년 동안에 너무나 변한 그의 모습을 보고 깜짝 놀라는 한편 큰 충격을 받았다. 나이를 먹었다는 것이 아니다. 좀 늙은 것 같기는 했지만 나이에 비해서는 젊어보였고 강인한 체력과 민첩함은 여전한 것 같았다. 그러나 헤스터의 기억에 남아 있는 그 조용하고 지적인 학자의 옛 모습은 흔적도 없이 사라진 대신 열심히 뭔가를 찾고 있는 듯한, 그리고 거의 사납다고 할 정도의 표정을 잘 감추고 있는 그런 사람으로 변해 있었다. 그는 그런 표정을 미소로 감추려고 애쓰는 것 같았으나 그것이 뜻대로 되지 않아 마치 비웃음 같은 웃음이 얼굴 위에 어른거려 보는 사람으로 하여금 그의 검은 배포를 한층 뚜렷하게 엿볼 수 있게 했고 이따금 그의 눈에서는 붉은 빛이 번득이는 일도 있었다. 그것은 마치 우연히 일시적인 정열의 바람을 타고 노인의 영혼에 붙은 불이 가슴속에서 지글지글 불타오르는 것 같았다. 그래서 노인은 이 불꽃을 서둘러 누르며 아무 일도 없었던 것처럼 태연한 체하려 하고 있었다.

한 마디로 말해서, 로저 칠링워드 노인은 인간이 상당한 기간에 걸쳐 악마의 일에 손을 댈 의향만 있다면 악마로 변신할 수 있는 힘이 구비되어 있음을 나타내는 뚜렷한 표본이었다. 이 불행한 사람이 이와 같은 변모를 가져오게 된 데는 7년 동안 줄곧 고뇌에 찬 사람의 마음을 쉴 새 없이 분석하는 데 몰두했고 그로 인해 희열을 느꼈을 뿐 아니라 상대방의 불꽃과 같은 고뇌에 기름을 끼얹어 분석하고 즐기는 짓을 해왔기 때문이다.

주홍글씨가 헤스터 프린의 가슴 위에서 불타는 것 같았다. 여기에도 한 사람이 파멸하고 있었고 그 책임의 일단이 그녀 자신에게 있음을 뼈저리게 느꼈기 때문이었다.

"내 얼굴을 상당히 열심히 보고 있는데 뭐가 묻었소?" 의사는 물었다.

"나에게 눈물이 남아 있다면 울어도 시원치 않은 것이 보여요." 헤스터는 대답했다. "하지만 그 얘기는 그만두기로 하죠! 내가 말하고 싶은 것은 또 한 사람의 처참한 분 얘기이니까요."

"그 사람이 어떻다는 건데?" 로저 칠링워드는 다그치듯 큰소리를 질렀다. 이 화제가 관심있는 화제이고, 비밀 얘기를 할 수 있는 화제이고, 비밀 얘기를 할 수 있는 단 한 사람의 상대와 대화의 기회를 갖게 된 것을 기뻐하고 있는 것 같았다. "헤스터, 솔직히 말해 나는 방금 그 사람 생각을 이것저것 생각하고 있는 참이오. 그러니 말하고 싶은 게 있으면 말해보오. 대답을 해줄 테니까."

"우리가 마지막 얘기를 나눈 것은 7년 전의 일인데 그때 당신과 나와의 옛 관계에 대해서는 비밀에 붙여달라는 강제 약속을 했었습니다. 그분의 생명이나 명예가 당신의 수중에 달려 있다는 것을 생각할 때 당신의 명령을 그대로 받아들여 입을 다물고 있을 수밖에 없다고 생각했던 것입니다. 하지만 그런 약속을 하면서도 불안한 구석이 없지는 않았죠. 다른 모든 인간에 대한 의무는 일체 포기한 나였지만 그분에 대한 의무만은 남아 있었기 때문입니다. 그런데 내가 당신과의 관계를 말하지 않겠다고 약속한 것은 그 의무를 배신하는 게 되지 않나 하는 목소리가 들려오고 있어요. 그날부터 당신만큼 그분 가까이 있던 사람은 없습니다. 당신의 그분 뒤를 따라다녔습니다. 자나 깨나 당신이 옆에 있습니다. 당신은 그분의 생각을 살피고 마음속으로 파고들었습니다! 그분의 생명을 움켜쥐고 매일매일 괴롭히고 있는 것입니다. 그런데 그분은 당신의 본성을 모르고 있습니다.

이대로 놔두었다가는 나는 한 사람의 성실한 분을 배신해온 결과가 될 수밖에 없습니다."

"당신한테야 그 밖에 별 도리가 없지 않았소?" 로저 칠링워드는 물었다. "내가 손가락 하나만 놀리면 그 사람을 설교단으로부터 감옥으로, 감옥에서 교수대로 쫓아낼 수도 있었단 말이오!"

"차라리 그 편이 낳았을지도 모르죠!" 헤스터 프린은 이렇게 말했다.

"내가 그 사람에게 무슨 짓을 했단 말이오?" 로저 칠링워드는 거푸 물었다. "이것만은 알아야 하오, 헤스터 프린. 제왕(帝王)이 의사에게 지불하는 최고의 보상금을 가지고도 내가 그 불쌍한 목사를 위해 베푼 치료는 살 수 없을 것이오. 나의 간호가 없었더라면 그 사람의 생명은 당신네가 죄를 범한 지 이 년도 되기 전에 이미 고뇌의 불길에 타버리고 말았을 것이오. 그 사람의 정신력은 말이오, 헤스터, 당신과는 달리 주홍글씨와 같은 무거운 짐을 견뎌내는 힘이 없단 말이오. 아, 난 굉장한 비밀을 폭로할 수도 있소! 그러나 그건 그렇다고 해두지! 의사로서할 수 있는 일은 최대한으로 발휘했소. 그 사람이 지금 숨을 쉴 수 있는 것도, 땅 위를 기어다닐 수 있는 것도 다 내 덕이란 말이오!"

"그분은 차라리 단숨에 돌아가시는 편이 나았을지도 몰라요!" 헤스터 프린은 말했다.

"그렇소. 당신 말이 맞소!" 로저 칠링워드는 그렇게 외치고 무시무시한 마음속의 불꽃을 헤스터가 보는 앞에서 불살랐다. "단숨에 죽는 편이 나았을 것이오! 그 사람만큼 괴로움을 겪는 사람은 없을 것이오. 더구나 철천지 원수가 보는 앞에서 말이오! 그 사람도 어떤 눈치를 채고는 있소. 늘 저주를 받는 것처럼 따라다니는 압력을 느끼고는 있소. 직감 같은 것으로 —— 그 사람보다 감수성이 강한 인간을 하느님은 만들어내지는 않았을 테니까 —— 악의를 품은 자의 손이 마음의 끈을 조종하고 있다는 것과 오직 악만을 구하고 발견하는 눈이 속을 꿰뚫어보고 있다는 것을 잘 알고 있었소. 다만 그 눈과 손의 주인공이 나라는 것은 알지 못하오!

목사들 사이에 흔히 있는 미신이지만 이미 자기가 악마에게 인도되어 무서운 꿈이나, 절망적인 생각이나, 회한(悔恨)의 바늘이나, 구원에 대한 절망 등으로 지옥의 괴로움을 겪고 있다고 생각하고 있는 거요. 무덤 저편에서 겪을 고통을 미리 맛보는 것이라고 여기고 있는 거요. 그러나 사실 그것은 끊임없이 따라다니는 나의 그림자였소! 그 사람 때문에 무참히도 상처를 입고 끊임없는 복수라는 맹독(猛毒)만을 먹어야만 사는 사나이가 사시사철 따라다닌 셈이오? 그렇소, 분명히 그 사람은 잘못 생각한 게 아니오! 나라는 악마가 역시 코 앞에 있었으니까! 원래는 인간다운 마음을 가졌던 사람이었지만 그 괴로운 고뇌 때문에 결국은 악마가 되어버린 사나이가 말이오!"

이와 같은 말을 지껄이면서 불행한 의사는 소름끼치는 형상으로 두 손을 쳐들었는데 거울에 비친 자기 모습이 정체불명의 괴물로 변한 것 같아 놀라는 기색이었다. 몇 년 만에 한 번 정도밖에 없는 일이지만 그것은 인간의 정신면이 숨김없이 심안(心眼)에 비친다는 그런 순간이었다. 지금처럼 자기 자신의 모습이 똑똑히 보인 적은 전혀 없었을 것이다.

"그만하면 그분을 실컷 괴롭힌 게 아닐까요?" 헤스터는 노인의 표정을 살피면서 물었다. "그분은 모든 것을 다 갚은 셈이 아닐까요?"

"천만의 말씀이오! 빚이 오히려 늘었을 뿐이오!" 하고 의사는 대답했다. 얘기하고 있는 동안 의사의 태도는 아까보다 사나운 표정이 없어지고 침울한 모습이 엿보이기 시작했다. "헤스터, 구 년 전의 나를 기억하고 있소? 그때도 나는 이미 인생의 가을을 맞이하고 있었으며 그것도 겨울이 다 된 형편이었소. 그러나 그때까지 나의 생활은 성실하고, 학문적이고, 사색에 잠기는 조용한 나날이었소. 나의 학문을 닦기 위해 충실히 보낸 나날이었고 인류의 행복을 추진하기 위해서도 —— 이 목적은 최초의 목적의 부산물 같은 것이었지만 —— 역시 충실히 살아왔소. 내 생활만큼 평화롭고 순결한 생활이 또 어디 있었겠소. 내 생활만큼 복받은 생활은 없었을 것이오. 그 무렵의 나를 기억하고 있소? 당신이 보기에는 냉담한 사람이었는지도 모르지만, 나는 타인에게 친절히 대하고 자기를 위한 일에는 조금도 욕심을 부리지 않는 인간, 친절하고 성실하며 정직하고, 그리고 비록 따뜻하진 못할망정 변함이 없는 애정을 지녔던 사람이었다고 생각되지 않소? 그렇지 않소?"

"당신은 그 이상의 분이었죠." 헤스터는 말했다.

"그렇던 내가 지금은 도대체 뭐란 말이오?" 의사는 헤스터의 얼굴을 들여다보며 전신의 악을 얼굴 전체에 드러내보이고 있는 것처럼 말했다. "지금의 내가 뭐냐 하는 것은 이미 말한 대로요! 악마란 말이오! 도대체 누가 이런 악마로 만들었단 말이오?"

"바로 나예요." 헤스터는 몸을 부르르 떨면서 계속해서 소리쳤다. "나란 말이에요. 나도 그분이나 다름없는데, 왜 나에겐 복수를 하지 않으셨어요?"

"당신은 그 주홍글씨에 맡겨뒀던 거지." 로저 칠링워드는 대답했다. "그 주홍글씨가 할 수 없는 복수라면, 난들 어쩌겠소!"

노인은 주홍글씨를 가리키며 빙긋이 웃었다.

"분명히 복수를 했어요!" 헤스터 프린은 대답했다.

"나의 판단에 잘못은 없었소." 의사는 말했다. "그런데 그 사람에 대한 얘기란 뭐요?"

"나는 이제 그 비밀을 밝혀야겠습니다." 헤스터는 잘라 말했다. "그분에게 당신의 본성을 일러줘야겠어요. 그 결과가 어떻게 될는지는 모릅니다. 하지만 오랫동안 그분에게 신뢰를 받아온 내가 그분의 파멸의 원인이 되었으니 그 책임만은 어떻게든지 져야 합니다. 그분의 훌륭한 명성, 이 세상에서의 지위, 나아가선 목숨까지도 죽이거나 살리거나 모두 당신 마음대로 하세요. 게다가 주홍글씨로 인해서 진실을 영혼 속으로 파고들도록 시뻘겋게 달군 무쇠와 같은 진실을 배운 나로선 그분이 더 이상 처참하리만큼 공허한 인생을 보내는 일에 대해 하등의 이익이 되는 점을 발견할 수 없기에 당신 앞에 비겁하게 무릎을 꿇고서까지 자비를 바라고 싶지는 않습니다. 그분에 대해선 마음대로 하세요! 그분이나 나나 당신이나 구원될 가망은 없으니까요! 퍼얼도 구원받을 수 없습니다! 우리가 이 어두운 미로(迷路)에서 빠져나갈 길은 없을 테니까요!"

"당신을 가엾게 생각지 않는 바도 아니오!" 로저 칠링워드는 갑자기 치밀어오른 감탄스런 기분을 억제하지 못하는 듯 말했다. 헤스터의 말에 담긴 절망감에 숭고한 데가 있었기 때문이다.

"당신에겐 훌륭한 소질이 있었소. 나보다 더 좋은 남자를 만났더라면 이렇게 불행한 꼴은 겪지 않아도 되었을 텐데. 당신이 불쌍하오. 그 좋은 성질이 썩어버렸으니 말이오!"

"나도 당신이 가엾게 생각돼요." 헤스터 프린은 대답했다. "미움 때문에 훌륭한 학자가 악마로 변했으니 말이에요! 그 미움을 쫓아내고 다시 한 번 사람이 될 생각은 없으신지요? 그분을 위해서라기보다 두 배나 더 당신을 위한 일이 되지 않을까요? 용서하고, 그분에 대한 응보(應報)는 그 권리를 지닌 전지전능하신 하느님에게 맡겨두세요! 이 어두운 미로를 방황하며 우리 서로가 뿌려놓은 죄악 때문에 걸을 때마다 넘어지는 그분이나, 나나, 당신이나, 이로운 점은 있을 리 만무하다고 지금 말씀드렸잖아요. 하지만 사실은 그렇지가 않아요! 당신은, 당신만은 구원될 길이 있습니다. 깊이 상처입은 당신에게만은 당신 의사에 따라 용서를 할 수 있기 때문입니다. 그 유일한 권리를 그대로 버리실 작정이신가요? 그 소중한 특전을 거절하시려는 건가요?"

"그만해두오, 헤스터!" 노인은 침울한 얼굴로 대답했다. "용서할 힘이 내게는 없소. 당신이 말하는 그런 힘이 내게는 없소. 지금도 오래 전에 잊었던 옛날의 내 믿음이 되살아나 우리의 행동과 고민을 전부 해명해 주고 있소. 당신이 첫발을 잘못 디딘 탓으로 악의 씨를 뿌려놓은 것이오. 그러나 그 뒤로부터는 모두가 필연적인 어두운 운명이었소. 나에게 상처를 준 당신들에게 죄가 있다는 것은 일종의 전형적인 환상에 지나지 않으며 악마의 일을 악마에게서 빼앗아왔다는 나도 악마는 아니오. 모든 게 다

운명이오. 검은 꽃은 마음대로 피게 내버려둘 수밖에 없소! 이제 가
봐요. 그 사람의 일도 마음대로 하구려.”
    의사는 손을 흔들더니 약초 수집을 계속하는 것이었다.

제 15 장   헤스터와 펄

이리하여 남에게 불쾌한 인상을 주는 병신 노인 로저 칠링워드는 헤스터 프린과 헤어지더니 땅바닥을 기어가듯 구부리고 멀어져갔다. 여기저기서 약초를 뜯거나 나무뿌리를 캐어 팔에 걸친 바구니 속에 담았다. 천천히 걸어가는 그의 회색빛 수염은 땅에 끌릴 것 같았다. 그 뒷모습을 잠시 보고 있던 헤스터는 이른 봄의 보드라운 풀이 노인 발에 밟히어 시들어서 파랗고 상쾌한 잔디 위에 누렇게 타 죽은 발자국이 나타나는 게 아닌가 하는 거의 바보 같은 호기심이 일기도 했다. 도대체 저 노인이 저렇게 열심히 뜯고 있는 것은 무슨 약초일까? 노인의 시력이 닿았기 때문에 사악해진 대지에서 지금까지 보지도 듣지도 못한 종류의 독초가 돋아나와 노인의 손에 뜯기는 것을 환영하고 있는 것은 아닐까? 아니면 건강한 식물을 잠깐 건드려서 뭔가 독성이 강한 해로운 식물로 변하게 하는 것만으로 노인은 만족하고 있는 것은 아닐까? 도처에 찬란하게 비치고 있는 태양은 정말 그 노인의 위에도 내리쬐고 있는 것일까? 어쩌면 그 노인이 가는 곳에는 그 불구인 몸과 함께 움직이는 불길한 그림자인 원(圓)이 있는 것처럼 보이는 게 아닐까? 게다가 도대체 어디로 가려고 하는 것일까? 그가 갑자기 땅 속으로 들어가버림으로써 마침내 불모의 땅이 되어버린 그곳에는 이 지방 기후에 알맞는 까마종이 · 산딸기나무 · 사리 등의 독성을 지닌 식물이 무서우리만큼 무성하게 자라는 것은 아닐까?

아니면 박쥐처럼 날개를 펴고 날아가는데 하늘을 향해 높이 올라가면 올라갈수록 흉측해보이는 게 아닐까?

　노인의 뒷모습을 물끄러미 바라보며 헤스터 프린은 말했다. "죄받을 소린진 몰라도 저 사람이 밉구나!"

　헤스터는 이런 감정이 드는 자기를 꾸짖어보았지만 그 감정을 억제할 수도, 버릴 수도 없었다. 그렇게 하려고 노력하고 있는 동안 먼 나라에서 있었던 아주 오래 된 일을 회상했다. 서재에 틀어박혀 있던 그 사람은 저녁이 되면 나타나 가정적인 난로 곁에 헤스터의 젊은 아내다운 미소를 대하며 앉는 것이었다. 책 속에 파묻혀 있던 오랜 시간의 고독한 냉기를 학자의 마음에서 없애자면 이 미소로 몸을 녹이는 게 제일이라고 말했던 것이다. 이러한 장면이 그때는 행복으로만 여겨졌었다. 그러나 지금 이렇게 그후의 어두운 생활의 배개체를 통하여 바라보니 어느걸에 가상 추악한 추억이 되어버렸다. 어떻게 저런 남자와 결혼할 마음이 생겼을까! 그 남자가 뜨뜻한 손으로 잡는 것을 참았을 뿐 아니라 자기도 맞잡았으며, 입술과 눈을 그 남자의 것에 합치도록 내버려두며 미소를 짓던 일이 가장 후회되는 죄악으로 느껴졌다. 마음속에 아직 아무런 분별도 없었던 무렵의 헤스터를 설득하여 그 남자 곁에 있는 것을 행복하다고 믿게끔 한 것도 그 후 로저 칠링워드가 입힌 피해와는 비교도 안 되는 훨씬 더 악랄한 죄를 범한 셈이 되는 건 아닐까.

　"역시 그 사람은 미운 사람이야!" 헤스터는 전보다도 더 심한 어조로 되풀이했다. 그 사람은 나를 속인 거였으니까! 내가 그 사람에게 한 나쁜 일보다도 그 사람이 나에게 한 나쁜 일이 훨씬 더 심하니까!"

　결혼 승낙의 표시로 여성의 손만 얻었을 뿐 마음속에 넘쳐 흐르는 정열까지 얻을 수 없는 남성은 전전 긍긍하지 않으면 로저 칠링워드와 같이 비참한 운명을 걷게 되리라. 상대방의 여성이 좀더 강한 남성과 접촉함으로써 여성으로서의 모든 감수성에 눈뜨게 되면 전에는 기분좋은 현실로 여겼던 조용한 행복이라든지 대리석 같던 행복의 영상이 오히려 비난을 받고 말 것이다. 그런데 헤스터와 같은 여인이 이와 같은 잘못된 생각을 훨씬 이전에 버리지 못했다니, 이것은 도대체 무엇을 말하고 있는 것일까? 주홍글씨의 괴로움에 시달렸던 7년 간이라는 오랜 세월이 비참한 꼴만 당하였을 뿐, 회개하는 마음은 전혀 없었단 말인가?

로저 칠링워드 노인의 불구의 뒷모습을 바라보던 짧은 시간에 떠오른 갖가지의 감회는 헤스터의 심리 상태에 어두운 빛을 던졌다. 이와 같은 일이 없었던들 헤스터 자신 자기에게 그런 생각이 있었다는 것도 알지 못했을 것이다.

노인이 가버렸으므로 헤스터는 아이를 불렀다.

"퍼얼! 퍼얼! 어딜 갔니?"

정신 활동이 한 번도 약화되어본 일이 없는 퍼얼은 어머니가 약초를 채집하는 노인과 얘기하는 동안 심심하게 놀지는 않았다. 이미 말한 바와 같이 처음에는 웅덩이에 비친 자기 모습과 재미있게 장난쳤고 상대방의 환상을 향해 이리 나오라고 손짓을 해봐도 나올 것 같지 않으므로 손이 닿지 않는 웅덩이 속의 대지(大地)와 손에 잡히지 않는 하늘 나라로 자기 자신이 들어가려고 했다. 그러나 마침내 자기나 환상 중 어느 하나가 현실이 아니라는 것을 깨달았으므로 더 재미있는 놀이를 찾아 다른 곳으로 가려고 했다. 자작나무 껍질로 배를 만들어 조가비를 잔뜩 싣고 뉴잉글 랜드의 상인보다도 더 먼 바다 위로 띄울 생각이었으나 그 배는 겨우 해안 근처에서 침몰하고 말았다. 살아 있는 참게의 꽁지며 여러 마리의 불가사리를 잡기도 하고 따뜻한 양지 쪽에 해파리를 놓고 녹여버리기도 했다. 그 다음에는 밀려드는 물결에 줄무늬를 이루고 있는 흰 거품을 잡아서 바람에 날리고서는 깃털처럼 가벼운 발길을 쫓아가서 눈송이 같은 큰 물거품이 땅 위에 떨어지기 전에 잡으려고 했다. 또한 해변가에서 먹이를 쪼며 날아다니는 물새 떼를 발견한 이 장난꾸러기 아이는 앞치마에 수북하게 조약돌을 주워 모아 이 바위에서 저 바위로 기어다니듯 쫓아 다니며 작은 물새에게 훌륭한 팔매질 솜씨를 보이기도 했다. 그러자 앞

가슴이 하얀 잿빛 물새 한 마리가 조약돌에 맞아 부러진 날개를 푸드덕거리며 날아간 것처럼 보였다. 그러자 이 요정 같은 소녀는 한숨을 쉬며 그 장난을 집어치우고 말았다. 바닷바람과 같이 싱싱하고 퍼얼 자신처럼 길들지 않은 그 어린 새를 해친 것이 마음아팠기 때문이었다.

마지막으로 퍼얼이 한 장난은 여러 가지 해초를 수집해서 목도리·망토·머리 장식 등을 만들어 작은 인어(人魚)로 분장하는 일이었다. 이 아이는 여러 가지 의상의 디자인에 있어 뛰어난 어머니의 재능을 물려받고 있었다. 인어 옷차림의 마지막 치장을 하기 위해 퍼얼은 거머리말을 긁어모아 어머니의 가슴에 달려 있는 장식을 자기 가슴에 달아보려고 흉내내어 만들었다.

그것은 A자였다. 그러나 주홍이 아니라, 싱싱한 초록색이었다! 아이는 턱을 가슴에 대고 그 글자를 물끄러미 내려다보았다. 자기가 이 세상에 태어난 유일한 목적은 그 글씨 뒤에 숨겨진 뜻을 판단하는 일인 것처럼 이상한 흥미를 나타내고 있었다.

'엄마가 이 뜻을 물을까?' 퍼얼은 생각했다.

마침 그때 엄마의 목소리가 들렸던 것이다. 퍼얼은 어린 바닷새처럼 가볍게 뛰면서 헤스터 프린 앞에 나타나더니 춤을 추며 웃는 얼굴로 가슴에 단 장식을 손가락질해보였다.

"아니, 얘가!" 헤스터는 잠시 잠자코 있더니 그렇게 말했다.

"녹색 글씨는 아이들 가슴에 달아도 아무 뜻도 없어요. 하지만 엄마가 달고 있어야 하는 이 글씨의 뜻은 퍼얼도 알고 있겠지?"

"알아요, 엄마." 아이는 말했다. "대문자 A자죠. 엄마가 책에서 가르쳐줬잖아요."

헤스터는 물끄러미 퍼얼의 작은 얼굴을 들여다보았다. 검은 눈동자 속에는 전에도 곧잘 나타났던 기묘한 표정이 떠올랐지만 퍼얼이 과연 이 가슴에 달린 글씨에 대해 무슨 뜻을 알고 있는지는 알 도리가 없었다. 그 점을 확인해보고 싶은 병적인 욕망을 느꼈다.

"엄마가 왜 이 글씨를 달고 있는지 아니?"

"알고말고요!" 퍼얼은 어머니의 얼굴을 명랑한 표정으로 바라보면서 대답했다. "목사님이 가슴에 손을 얹고 다니는 거나 같은 이유지 뭐!"

"그 이유란 뭐지?" 헤스터는 뚱딴지 같은 아이의 관찰에 웃었으나 다시 생각해보고 안색이 달라졌다. "이 글씨가 엄마 말고 딴 사람의 가슴과 관계가 있단 말이냐!"

"몰라요, 엄마. 내가 알고 있는 것은 그것뿐이야." 퍼얼은 평소보다도 심각한 어조로 이렇게 대답했다. "지금까지 엄마하고 얘기하던 저 할아버지에게 물어봐요! 가르쳐줄지도 모르잖아. 그런데 엄마, 그 주홍글씨의 뜻은 뭐죠? 왜 엄마는 가슴에 그것을 달고 다니죠? 왜 목사님은 가슴에 손을 얹고 다니고?"

퍼얼은 어머니의 손을 두 손으로 잡더니 평상시의 변덕스럽고 난폭한 성격에서는 좀처럼 보기 힘든 심각한 시선으로 물끄러미 어머니의 눈을 들여다보고 있었다. 이 아이는 어린애다운 본심을 털어놓고 자기에게 가까워지려는 게 아닌가. 모녀의 기분이 일치되는 세계를 만들기 위해 있는 힘을 다해 할 수 있는 일은 다 해보려는 게 아닌가 하는 생각이 들었다. 그래선지 여느때의 퍼얼과는 좀 다르게 보였다. 지금까지 어머니는 모든 애정을 퍼부어 딸을 사랑하고는 있었지만 그녀로부터는 4월에 부는 산들바람 이상의 애정은 기대하지 않기로 자기 자신에게 타일러왔었다. 4월에 부는 산들바람은 변덕스러워 가볍게 뛰놀며 시간을 보내다가도 갑자기 이해할 수 없는 정열적인 돌풍으로 변한다. 기분이 퍽 좋다가도 별안간 언짢은 얼굴을 하고, 가슴에 끌어안아도 응석을 부리기는커녕 모르는 체하는 일이 많다. 그런 짓을 하는가 하면 이렇다 할 목적도 없이 알 수 없는 부드러움으로 볼에 키스를 하고, 머리를 살짝 쓰다듬거나 하여 사람의 마음에 꿈 같은 쾌감을 남겨놓고는 딴청을 피우고 사라져버리는 것이다. 이러한 느낌을 준다는 것이 이 아이의 성질에 대해 어머니의 평가였다. 퍼얼을 관찰한 다른 사람들은 귀염성이 없는 성질만이 눈에 띄어 실제보다도 훨씬 음울한 성격의 소유자로 보았을지도 모른다. 그러나 지금 헤스터의 마음속에는 퍼얼은 놀라우리만큼 조숙하고 예민한 아이이니까 친구가 되어도 좋을 만한 나이가 된 게 아닌가 싶었으며 어머니의 슬픔을 있는 대로 다 털어놓아도 모녀가 서로 거북하게 느끼는 일이 없지 않을까 하는 생각이 떠올랐다. 퍼얼의 조그만 혼돈된 성격 속에는 굽힐 줄 모르는 용기라든지 지기 싫어하는 강한 의지, 자존심으로까지 단련시킬 수도 있는 굳건한 자랑스러운 태도, 허위로 보이는 숱한 일에 대해 나타나는 맹렬한 경멸심 등의 어엿한 주의 주장이 싹트기 시작하고 있다. 아니 처음부터 싹이 터 있었는지도 모른다.

게다가 비록 지금까지는 아직 덜 익은 과일에서 볼 수 있는 씁쓸하고 맛없는 것이긴 했지만 더 없이 풍부하고 향긋한 애정도 가지고 있다. 이렇게 훌륭한 성질을 골고루 갖추고 있으므로 이 요정과 같은 아이가 훌륭한 여성으로 자라지 못하는 날에는 어머니로부터 이어받은 나쁜 요소는 참으로 강한 힘을 지니게 될 것이라고 헤스터는 생각했다.

퍼얼이 집요하리만큼 주홍글씨를 둘러싼 의문을 알려고 하는 것은 태어나면서부터 몸의 일부로 지니고 나온 성질의 탓인 것 같았다. 세상 물정을 알기 시작하면서부터 마치 정해진 사명이나 되는 것처럼 주홍글씨를 생각했었다. 하느님이 이 아이에게 이러한 특별한 성벽을 주신 것은 접의와 보복의 계획을 지니고 있는 게 아닌가 하고 헤스터는 생각했었다. 그러나 지금 처음으로 이 계획과는 반대인 자비와 은혜라는 본심도 있는 게 아닌가 하는 생각이 들었다. 이 퍼얼이 보통 아이로서뿐 아니라 신념과 신뢰를 지닌 천사와 같은 사자(使者)로서 나타난 것이라면 어머니 마음속에 차디차게 자리잡고 그 가슴을 무덤처럼 만들었던 슬픔을 잊게 해주려는 사명을 지닌 게 아닌가? 전에는 그렇게도 격렬했던 열정이 아직도 죽지도 잠들지도 않고 다만 무덤 같은 가슴속에 갇혀 있는 정열을 억제하는 일이 바로 퍼얼의 사명이 아닌가?

지금 헤스터의 마음에 떠오른 이 생각은 마치 귓속말을 해준 것처럼 뚜렷한 인상을 남겨놓았다. 이러는 동안에도 퍼얼은 엄마 손을 두 손으로 잡은 채 고개를 들어 쳐다보며 세 번씩이나 같은 질문을 되풀이하고 있었다.

"엄마, 그 글씨의 뜻이 뭐야? 왜 엄마는 그걸 가슴에 달고 있지? 왜 목사님은 가슴에 손을 얹지?"

'뭐라고 대답하면 좋을까?' 헤스터는 생각했다. '안 될 일이다! 가령 이 아이의 동정을 살 수 있다 하더라도 사실만은 말할 수 없다!'

이윽고 헤스터는 이렇게 말했다.

"퍼얼은 참 바보 같구나. 무슨 말을 하는 거지? 세상에는 아이들이 물으면 안 되는 일이 많이 있단다! 엄마가 목사님의 가슴에 대해서 알 리가 있겠니? 그리고 주홍글씨를 엄마 가슴에 달고 있는 것은 금실이 좋기 때문이야!"

지금까지 7년 동안 헤스터 프린은 가슴에 단 상징에 대해 단 한 번도 거짓말을 한 일이 없었다. 이 상징은 엄격하고 가혹한 수호천사(守護天使)의 부적과 같은 역할을 지니고 있었다. 그러나 그것이 지금은 헤스터를 저버리고 말았다. 엄격하게 헤스터의 마음을 감독하고 있었음에도 불구하고 뭔가 새로운 악이 스며들었거나, 아니면 오래 된 악이 추방되지 않은 채로 남아 있는 것을 알아낸 것 같았다. 퍼얼의 얼굴에서 조금 전과 같은 진지한 표정은 곧 사라지고 말았다.

그러나 이 아이는 이 문제를 그대로 포기해버린 것은 아니었다. 모녀가 함께 집으로 돌아가는 도중에도 두세 번, 저녁을 먹을 때도 잠을 재우고 있을 때도 두세 번, 이제 곤히 잠든 줄 알았는데도 한 번, 검은 눈동자를 장난스럽게 반짝이면서 얼굴을 들고 묻는 것이었다.

"엄마, 그 주홍글씨의 뜻이 뭐야?"

다음날 아침 퍼얼이 잠을 깨자마자 베개에서 머리를 번쩍 들면서 한 말은 웬일인지 주홍글씨에 대해 이것저것 물은 다음에 반드시 묻는 또 하나의 질문이었다.

“엄마, 왜 목사님은 가슴에 손을 얹고 있죠?”

“입 닥치지 못해, 못되게시리!” 어머니는 지금까지 보인 일이 없는 엄격한 어조로 대답했다. “엄마를 놀리면 못 써. 정 그러면 캄캄한 광 속에 가둘 테야!”

제16장 숲속의 산책

　현재의 고통이나 장래의 결과가 어찌되든 딤즈데일 씨에게 아첨하여 신용을 얻고 있는 한 남자의 정체를 알려줘야만 한다는 헤스터 프린의 결심에는 변함이 없었다. 목사가 반도의 해안이나 부근 숲속을 산책하는 습관이 있음을 알고 있는 그녀는 그를 만날 기회를 얻으려고 기다리고 있었으나 며칠 동안은 허탕치고 말았다. 서재로 찾아간다 해도 나쁜 소문이 날 리는 없었으며 목사의 청렴 결백한 명성에 영향을 끼칠 염려는 없었다. 지금까지 그 서재에서는 많은 사람들이 주홍글씨가 나타내는 죄에 못지 않은 죄악을 고백한 일이 있기 때문이다. 그러나 로저 칠링워드 노인이 남몰래, 아니 어쩌면 당당하게 간섭하고 나서지 않을까 걱정되었고 아무런 의심받을 일도 없는데 남이 의심하지 않을까 걱정되었으며, 또 목사나 자기가 얘기하는 동안만은 넓은 세계에서 호흡할 필요가 있다고 생각한 탓도 있어 헤스터는 비좁은 서재보다 넓은 하늘 아래를 택했던 것이다.

　드디어 딤즈데일 목사가 기도를 하기 위해 이미 다녀갔던 어느 병자의 집으로 간호를 하러 갔을 때 헤스터는 목사가 그 전날 인디언의 개종자(改宗者)들과 살고 있는 엘리어트 전도사를 만나러 떠났다는 것을 알았다. 다음날 오후 어떤 시각이면 돌아오리라는 소문이었다. 이튿날 헤스터는 그가 올 무렵에 퍼얼을 데리고 나섰다. 퍼얼이 곁에 있다는 것이 불편할 때도 있었지만 어머니가 외출할 땐 으레 동행하게끔 되어 있었다.

두 사람이 반도에서 본토 쪽으로 들어가니 길은 오솔길이나 다름없었다. 그 길은 신비스러운 원시림 속으로 꼬불꼬불 휘어들고 있었다. 숲은 그 길 양쪽에 하늘도 보일까말까 할 정도로 빽빽이 들어차 있었기 때문에 헤스터는 그녀가 오랜 동안 방황해오던 정신의 황야를 상징하는 것처럼 느껴졌다. 그날은 쌀쌀하고 음산했다. 머리 위에는 잿빛 구름이 잔뜩 끼여 있었는데 그래도 바람에 약간은 움직이고 있었다. 그로 인해 흔들리는 한줄기 빛이 가끔 오솔길 위를 쓸쓸히 희롱하고 있었다.

이 장난스러운 빛은 —— 날씨와 장소가 다 압도적으로 음산하였으므로 고작해야 풀이 죽은 장난이었지만 —— 모녀가 가까이 가면 또 저쪽으로 멀어져버려 아까까지 뛰놀던 자리는 한층 음울하게 느껴졌다. 그것은 모녀가 햇빛이 잘 드는 곳으로 나갈 수 있기를 바라면서 걸었기 때문이다.

"엄마." 퍼얼이 말을 걸었다. "햇님은 엄마가 싫은가봐. 엄마 가슴에 있는 것이 무서워서 도망쳐 숨어버리나봐. 자! 보란 말야! 저쪽에서 놀고 있잖아. 엄마는 여기서 좀 기다려봐요. 내가 뛰어가서 잡아볼 테니. 나는 아이들이니까. 나한테서는 도망치지 않을 거야. 내 가슴에는 아직 아무것도 달지 않았으니까!"

"나중에라도 달아서는 안 돼." 헤스터는 말했다.

"왜 안 돼?" 퍼얼이 막 뛰어가려다 말고 우뚝 서며 물었다. "내가 자라서 어른이 되면 자연히 달게 되는 게 아냐?"

"자, 준비 땅!" 어머니는 말했다. "햇님을 잡는 거야, 또 금방 없어지겠다." 퍼얼은 잽싸게 달려가더니 헤스터가 웃으며 바라보는 가운데 정말 햇빛을 붙잡아 그 복판에 서서 웃고 있었다. 온몸에 햇빛을 받은 퍼얼은 달음박질로 빛나고 있었다. 햇빛은 마치 친구가 생겨서 기쁘다는 듯이 혼자 서 있는 어린아이 주변에서 떠나지 않고 남아 있었다. 이윽고 어머니가 그 햇빛의 마술적인 원(圓) 안으로 발을 들여놓을 만큼 가까이 다가왔다.

"도망간단 말야!" 퍼얼은 고개를 내저었다.

"봐라!" 헤스터는 웃으면서 대답했다. "엄마도 손을 뻗치면 조금은 잡을 수 있어."

헤스터가 손을 내밀자 햇빛은 사라져버렸다. 아니, 사라져버렸다기보다 퍼얼의 얼굴 위에서 춤추고 있는 밝은 표정으로 미루어보아 이 아이가 햇빛을 흡수해버린 것이고 머지 않아 더 어두운 그늘 속으로 들어가면 그 햇빛을 발산하여 길을 밝혀줄 것이 아닌가 하는 생각이 들었다. 퍼얼의 성질 가운데서 헤스터가 가장 강한 인상을 받게 된 요소는 끝까지 지칠 줄 모르는 활발함과 아이의 어머니와는 관계없는 새로운 원기가 그 성질 속에 갖추어져 있다는 점이었다. 요즘애들은 거의 조상들로부터 선병(善病)과 함께 슬픔이라는 병을 유전받는 법인데 퍼얼은 전혀 그런 질병과는 인연이 멀었다. 아니 이 자체가 일종의 병인지도 모른다. 퍼얼이 태어나기도 전에 온갖 슬픔과 싸워야 했던 심한 투쟁에 대한 반동으로 그렇게 된 것인지도 모르기 때문이다. 어쨌든 그것이 이 아이의 성격에 굳은 금속과 같은 광택을 주는 기묘한 매력임에는 틀림없었다. 이 아이에게 결여된 것은 —— 일생 동안 결여된 채로 보내고 마는 사람도 있긴 하지만 —— 사람을 감동시켜 사람들로 하여금 인간다운 동정심을 갖게 하는 그런 비애의 마음이었다. 그러나 아직 퍼얼은 어리니까 충분한 시간의 여유가 있었다.

"이리 와!" 헤스터는 퍼얼이 햇빛에 싸인 채 서 있던 근처에서 둘레를 돌아보며 말했다. "숲속으로 좀 들어간 곳에서 쉬기로 하자."

"엄마, 피곤하지 않은걸." 소녀는 대답했다. "하지만 엄마가 얘기를 해준다면 앉아도 돼."

"얘기라니! 무슨 얘기 말야?"

"그야 악마 얘기이지, 뭐!" 퍼얼은 어머니의 옷자락을 잡더니 반은 정색을 하고 반은 장난기 어린 눈으로 엄마의 얼굴을 올려다보았다. "악마가 이 숲속에 살고 있는데 책을 갖고 있었대. 무쇠 장식이 달린 크고 무거운 책이래. 그런데 이 무서운 악마는 그 책과 펜을 숲속에서 만나는 사람에게 내민대. 그러면 모두 자기 피로 이름을 써야 한대나봐. 그러면 악마가 가슴에 표시를 달아준대! 엄마는 악마를 만난 일이 있어?"

"누가 그런 얘기를 해주지, 퍼얼?" 어머니는 그 무렵에 유행하던 미신 얘기라는 것을 알고 물어보았다.

"엄마가 어젯밤 병간호하러 간 집 있잖아, 난로 옆 구석에 앉았던 할머니가 해줬어. 하지만 그 얘기를 할 때 할머니는 내가 자고 있는 줄 알았나봐. 이 숲속으로 악마를 만나러 와서 책에 이름을 쓰고 가슴에 표시를 단 사람은 수천 명이나 된대요. 그 기분 나쁜 히빈스 아줌마도 그 중 한 사람이래요. 그리고 말야 엄마, 그 할머니가 말하는데 이 주홍글씨는 악마가 달아준 표시래. 밤중에 이 어두운 숲에서 엄마가 악마를 만날 때는 빨간 불꽃처럼 빛난다고 그러던데? 정말야, 엄마? 밤중에 악마를 만나러 가?"

"네가 잠이 깼을 때 엄마가 없었던 일이 있니?" 헤스터는 물었다.

"잘 모르겠어. 나를 집에 두고 가는 게 걱정이 되거든 데리고 가도 돼. 기꺼이 따라갈 텐데! 하지만 엄마, 이것만은 지금 가르쳐줘. 악마라는 게 있어요? 엄마는 만난 일이 있어? 이게 그 표시야, 엄마?"

"한 번만 말해주면 엄마를 귀찮게 굴지 않지?" 어머니는 물었다.

"응, 전부 말해주면." 퍼얼은 대답했다.

"지금까지 꼭 한 번 악마를 만난 일이 있단다! 이 주홍글씨가 그 표시야!"

그들은 이런 얘기를 나누며 오솔길을 지나가는 행인들의 눈에 띄지 않을 만큼 숲속으로 깊숙이 들어갔다. 이끼가 수북하게 낀 곳에 이르자 그들은 걸터앉았다. 아마 전세기(前世紀) 어느 시기에는 어두운 숲 그늘에 뿌리를 뻗으며 하늘 높이 뻗어 올라갔을 거대한 노송이 있던 자리였다. 둘이 앉아 있는 곳은 작은 골짜기였는데 나뭇잎이 깔린 둑이 양쪽으로 붕긋 솟아 있고 나뭇잎이 깔린 둑 사이로 시냇물이 흐르며 냇물 바닥에는 나뭇잎이 가라앉아 있었다. 시냇물 위로 뒤덮고 있는 나무들은 군데군데의 큰 가지가 휘어 늘어져 흐르는 물을 막고 있었으므로, 여기저기에 소용돌이와 깊은 웅덩이를 이루고 있었다. 물살이 센 곳에서는 조약돌과 누렇게 빛나는 모랫바닥이 보였다. 시냇물의 흐름을 눈으로 좇으면 숲속으로 조금 들어간 부분에서 수면에 반사하는 햇빛을 볼 수 있었다. 이윽고 나무가 빽빽이 들어선 수풀, 그리고 잿빛 이끼가 덮인 바위들이 들쭉날쭉한 곳까지 오면 이미 빛은 흔적도 없이 사라져버렸다. 이 거목이나 화강암(花崗岩) 등은 모두 시냇물의 흐름을 신비롭게 만드는 데 열중해 있는 것같이 보였다. 시냇물의 끊임없는 수다는 원류(源流)가 있는 태고 적 숲속의 얘기를 재잘거리거나 못의 매끄러운 표면이 모든 것을 반사하고 있는 게 아닌가 하고 걱정하고 있는 듯했다. 사실 시냇물의 물줄기는 쉴 새 없이 부드럽고 조용하고 마음을 어루만져주듯 우울한 수다를 계속 떨고 있었다. 유년시절을 재미있게 지내지 못했기 때문에 어떻게 하면 슬픈 사람들과 침울한 사건들 틈에서 명랑해질 수 있는지를 모르는 아이들의 목소리 같았다.

"시냇물아! 어쩜 그렇게 바보 같고 기운이 없니!" 퍼얼은 소리에 잠시 귀를 기울이더니 외쳤다. "어째서 그렇게 슬프니? 기운을 내! 언제나 그렇게 한숨을 쉬며 중얼거리지만 말고!"

그러나 시냇물은 숲속의 나무 사이를 흐르는 짧은 일생을 통해 몹시 엄숙한 경험을 해왔으므로 그 얘기를 하지 않고는 못 배기는 것 같았고 그 밖에 할 말은 아무것도 없는 성싶었다. 퍼얼의 생명의 흐름은 신비에 싸인 원천(源泉)에서 솟아났고 답답하고 침울하게 그늘진 장면을 여러 차례 지나쳐온 점으로 봐선 이 시냇물과 비슷한 데가 없는 것도 아니었다. 그러나 이 시냇물과 달라 퍼얼은 춤추고 반짝거리며 인생의 길을 즐겁게 지껄이면서 걷고 있었다.

"이 시냇물은 왜 슬퍼하는 거지, 엄마?"

"네가 슬픈 일이 있으면 시냇물이 그것을 가르쳐줄 거야." 어머니는 대답했다. "지금 엄마에게 가르쳐주는 것처럼! 그런데 퍼얼, 엄마에겐 누군가 산길을 걸어오는 발자국 소리와 나뭇가지를 헤치는 소리가 들린다. 너는 저만치 가서 놀고 있거라. 엄마는 저기 오는 사람과 얘기를 좀 할 테니."

"그 이가 악마예요?" 퍼얼은 물었다.

"저기 가서 놀라니까." 어머니는 되풀이했다. "하지만 너무 숲속으로 들어가면 안 돼요. 엄마가 부르면 곧 돌아올 수 있는 곳이라야 해."

"그래요, 엄마." 퍼얼은 대답했다. "하지만 만일 그 사람이 악마라면 좀더 이곳에 있게 해줘요. 책을 끼고 있는 것이 보고 싶으니까."

"자, 어서 가요, 바보 같은 소리는 하지 말고." 어머니는 초조한 듯이 말했다. "악마가 아니야. 벌써 나무 사이로 보이잖니, 목사님이시잖아!"

"정말! 저것 봐, 엄마, 가슴에 손을 얹고 있잖아! 목사님이 악마의 책에 이름을 썼을 때 저곳에 표시를 달았기 때문인가? 그런데 왜 엄마처럼 가슴 위에 달지 않으실까?"

"자, 어서 가요. 이젠 언젠가 네 얘길 다 들어줄게!" 헤스터 프린은 큰소리로 말했다. "그러나 멀리 가면 안 돼. 시냇물 소리가 들리는 곳에 있어야 한다."

아이는 노래를 부르면서 시냇물 쪽으로 걸어갔다. 우울한 속삭임에 좀더 밝은 노랫소리를 혼합하기라도 하려는 듯이 노래를 불렀다. 그러나 시냇물은 위안받기를 싫어하며 이 쓸쓸한 숲속에서 일어난 구슬픈 사연의 비밀을 알아들을 수 없는 말로 지껄이고 있었다. 아니, 앞으로 일어날 일에 대하여 예언의 애가(哀歌)를 부르고 있었는지도 모른다. 짧은 인생 경험이지만 지나치리만큼 어두운 그림자를 지니고 있는 퍼얼은 이렇게 불평만 하고 있는 시냇물과는 친해지지 않기로 결심했다.

그래서 오랑캐꽃, 홀아비바람꽃, 그리고 높은 바위 틈에 나 있는 빨간 미나리풀꽃 따위를 모으기 시작했다.

요정 같은 딸 애가 가버렸으므로 헤스터 프린은 숲으로 빠지는 오솔길

쪽으로 한두 발짝 걸어가다가 그대로 울창한 나무 그늘에 숨어 있었다. 오솔길을 걸어오는 목사가 보였다. 혼자였고 도중에서 나무로 만든 지팡이에 몸을 의지하고 있었다. 수척한 모습은 어딘지 모르게 기운이 없어 보였고 우울해보였다. 그것은 보스턴 거리를 걷고 있을 때나 남의 눈에 띌 우려가 있는 곳에서는 절대로 볼 수 없었던 모습이었다. 숲속에서 혼자일 때 그것이 보기에 딱할 정도로 눈에 띄었다는 것은 혼자 있다는 그 자체가 큰 정신적 시련이었는지도 모른다. 걸음걸이조차도 만사가 귀찮은 듯한 것이었다. 마치 더 이상 발을 옮겨놓을 이유도 의욕도 없어 보였고 그가 바라는 일이 있다면 그대로 가까이 있는 나무 뿌리 곁에 몸을 내던지고 일생 동안 꼼짝 않고 누워 있는 것이 제일일 것 같다는 그런 모습이었다. 체내에 생명이 남아 있든 없든 상관없이 나뭇잎이 그 위에 덮이고 그대로 흙이 쌓이어 작은 무덤을 만들 것이다. 죽음은 스스로 원하거나 피하거나 할 여지가 없을 정도로 너무나 확정적이었다.

  헤스터의 눈에는 딤즈데일 목사가 뚜렷하고 생생한 고뇌에 잠겨 있는 징후는 보이지 않았다. 다만 퍼얼이 말한 것처럼 가슴에 손을 얹고 있을 뿐이었다.

제 17 장   목사와 교회 신자

목사는 천천히 걷고 있었는데 거의 지나쳐갈 때까지 헤스터 프린은 목사의 발을 멈추게 할 만한 목소리를 낼 수 없었다. 간신히 용기를 내어 헤스터는 입을 열었다.

"아서 딤즈데일!" 처음에는 작은 목소리였다. 다음에는 좀더 큰 목소리였지만 쉰 목소리였다. "아서 딤즈데일!"

"누구십니까?"

목사는 재빨리 정신을 차리고 자세를 바로잡았다. 마치 남에게 보이고 싶지 않은 기분에 잠겨 있을 때 불시에 습격을 당한 사람처럼 불안한 듯이 목소리가 나는 쪽으로 시선을 돌렸다. 나무 그늘 밑에 희미하게 사람의 모습이 보였다. 검소한 옷차림인데다 흐린 하늘과 무성한 나뭇잎 때문에 대낮인데도 흐릿한 회색빛으로 보여 뚜렷하게 보이지 않았으므로 거기 서 있는 사람이 여자인지 무슨 그림자인지 잘 알 수 없었다. 목사가 더듬는 인생 행로에는 이처럼 갖가지 생각에서 살짝 튀어나온 망령이 따라다녔는지도 모른다.

목사가 한 발짝 다가서니 주홍글씨가 눈에 띄었다.

"헤스터! 당신이오, 헤스터 프린? 살아 있는 당신이오?"

"그럼요, 살아 있고말고요!" 헤스터는 대답했다. "지난 칠 년 동안이나 다름없는 삶이지만! 아서 딤즈데일, 그런데 당신이야말로 살아 계신 겁니까?"

두 사람이 이렇게 서로 현실적으로 살아 있는지를 확인하거나 자신의 존재에도 불안을 품어보는 것도 무리는 아니었다. 이렇게 으슥한 숲속에서 기묘한 상봉을 했으므로 이승에서 친밀하게 지냈던 두 영혼이 저승에서 처음 만나 현 상태에 익숙치 못하고 육체를 떠난 정신 상태에서 서로 만나는 것이 서먹서먹하기 때문에 서로가 두려워서 덜덜 떨며 서 있는 형국이었다. 서로가 다 망령이면서 상대편의 망령을 보고 겁을 집어먹는 셈이었다. 게다가 두 사람은 자기 자신들에게 대해서도 놀라고 있었다. 이 뜻하지 않은 상봉이 그들의 의식을 일깨워주어 서로의 마음에 그 과거와 경험을 생생하게 제시했기 때문인데 이러한 일은 절박한 순간이 아니고서는 결코 일어나지 않는 것이다. 흘러가는 순간의 거울 속에 영혼의 모습이 비쳐보이는 것이다. 아서 딤즈데일은 두려움에 떨면서 마지못해 하는 태도로 천천히, 송장과 같이 차디찬 손을 내밀어 헤스터 프린의 싸늘한 손을 잡았다. 차디찬 손이었으나 두 사람이 이처럼 손을 잡음으로 해서 만난 순간의 어색함은 제거되었다. 적어도 같은 세계에 살고 있는 것 같은 기분이 든 것이다.

다음엔 한 마디의 말도 없이 —— 누가 먼저라고도 할 수 없는 무언의 합의로써 —— 두 사람은 헤스터가 모습을 나타냈던 숲속 나무 그늘로 되돌아갔다. 그리고 헤스터와 퍼얼이 조금 전에 앉아 있던 이끼 더미 위에 걸터앉았다. 이윽고 말문이 열리게 되자 우선 아는 사람들끼리 만나면 으레 하는 말로, 음산한 날씨에 대한 얘기, 폭풍우가 올 우려가 있다는 얘기, 다음엔 서로의 건강에 대한 얘기와 질문을 이것저것 나눌 뿐이었다. 이리하여 두 사람은 서로의 마음속에 깊이 뿌리박고 있는 문제에 조심스럽게 한 걸음 한 걸음 접근해갔다. 운명과 환경 때문에, 오랜 동안 떨어져 살아왔기 때문에 우선 하찮은 화제를 꺼내어 대화의 문을 열고 두 사람의 참된 생각이 기탄없이 출입할 수 있도록 해야만 했다.

잠시 후 목사는 헤스터 프린의 눈을 물끄러미 쳐다보면서 말했다.

"헤스터, 당신은 마음의 안정을 찾았소?"

헤스터는 가슴을 내려다보면서 쓸쓸하게 웃었다. "당신은 어떠세요?"

"안 되오! 절망뿐이오! 나 같은 인간이 현재와 같은 생활을 하며 절망 이외에 또 무엇을 바라겠소. 내가 무신론자였거나, 양심이 없는 남자였거나, 거칠고 동물적인 본능으로 살아가는 야비한 남자였더라면 벌써 오래 전에 마음의 안정을 찾았을 것이오. 아니, 안정을 잃는 일도 없었겠지! 지금 나의 영혼의 상태는 원래 나에게 주어졌던 훌륭한 능력도, 비할 바 없는 천부의 재기(才氣)도, 모든 것이 정신을 괴롭히는 힘으로 변해버린거요. 헤스터, 나만큼 비참한 사람은 없소!"

"이곳 사람들은 당신을 존경하고 있고, 당신도 훌륭하게 일을 하고 계십니다. 그런데도 당신은 안정을 얻을 수 없으신가요?"

"점점 비참해질 뿐이오, 헤스터! 그 때문에 더 비참해질 뿐이오!" 목사는 쓰디쓰게 웃었다. "나는 훌륭한 일을 하고 있는 것처럼 보이지만 아무 신념이 없이 일하고 있는 것이오. 그런 것은 환상에 지나지 않을 뿐이오. 나처럼 타락한 영혼이 다른 사람의 영혼을 구제하기 위해 무엇을 할 수 있겠소? 더럽혀진 영혼이 다른 사람의 영혼을 어찌 깨끗하게 할 수 있단 말이오. 사람들이 나를 존경한다지만 차라리 그것이 경멸과 증오가 되기를 원하는 바요. 나는 설교단 위에 서지 않을 수 없고 마치 내 얼굴에서 천국의 빛이라도 비쳐오는 것처럼 올려다보는 많은 사람들의 눈을 대하여야 하오! 또 교인들이 진리를 갈망하여 마치 오순절의 하느님 말씀이나 되는 것처럼 나의 말에 귀를 기울이고 있는 것을 바라보아야 하오! 그런데 사람들이 동경하고 있는 자신의 마음속을 들여다보면 검은 실체가 싫어도 눈에 들어오게 마련이라오. 당신은 이것을 위안이라고 할 수 있겠소, 헤스터? 표면적인 나와 내면적인 나를 비교하고 마음이 괴로워 자신을 비웃은 일도 있었소! 그것을 본 악마도 비웃고 있다오!"

"그것은 당신이 잘못 생각하신 거예요." 헤스터는 상냥하게 말했다. "당신은 마음속으로 뼈저리게 뉘우치시지 않았습니까? 당신의 죄는 벌써 오래 전에 없어졌고 지난 과거의 것이 되었습니다. 당신의 현재의 생활은 남들이 보는 것처럼 신성한 것입니다. 이처럼 훌륭하게 일을 함으로써 입증되는 회한(悔恨)이 어찌 실체가 아니겠습니까? 그런데 어째서 당신의 마음이 안정되지 않을까요?"

"그게 아니오, 헤스터." 목사는 대답했다. "그것은 실체가 아니오! 차디차게 죽은 것이라 나에겐 아무런 쓸모도 없는 거요! 하기야 그 동안 고행을 많이 해왔지만 회한은 한 번도 한 일이 없소! 만일 했다면 이런 위선적인 번복을 벌써 오래 전에 벗어던지고 최후의 심판날에 있을 그 대로의 모습을 사람들 앞에 드러냈을 것이오. 헤스터, 당신은 행복한 사람이오. 가슴에 떳떳하게 주홍글씨를 달고 있으니 말이오! 나의 주홍글씨는 아무도 모르게 불타오르고 있소! 칠 년간의 괴로운 생활 끝에 나의 정체를 알고 있는 당신을 대한다는 일이 나에게 얼마나 위안을 주는 일인지 당신은 아마 모를 것이오! 나에게 친구라도 있어 —— 지독한 원수도 좋소 —— 남이 칭찬하는 말에 괴로워할 때 매일같이 찾아와 나의 정체가 얼마나 나쁜 죄인인지를 들려준다면 그것만으로도 나의 영혼은 살아갈 수 있지 않을까 하고 생각하오. 그러나 지금은 모든 것이 거짓이요! 공허요! 죽음뿐이란 말이오!"

헤스터 프린은 목사의 얼굴을 쳐다보았으나 차마 입을 열지는 못했다. 그러나 오랫동안 억제했던 감정을 이렇게 열렬하게 토론하는 목사의 말은 헤스터가 하려고 마음먹고 온 얘기를 말할 수 있는 절호의 기회를 만들어준 셈이었다. 헤스터는 불안한 마음을 억누르며 입을 열었다.

"당신이 바라고 계신 친구, 당신의 죄를 함께 울어줄 수 있는 친구로서 그 죄의 공범자인 나라는 인간이 있습니다!" 또 주저하는 마음이 생겼으나 용기를 내어 말을 이었다. "당신이 말씀하시는 그런 원수도 오래 전부터 있으며 당신과 같은 지붕 밑에 살고 있습니다!"

목사는 숨을 몰아 쉬며 일어서더니 심장이라도 후벼낼 듯이 가슴을 쥐어뜯었다.

"아니! 뭐라고?" 목사는 외쳤다. "원수라고? 더구나 한 지붕 밑이라니! 그게 무슨 뜻이오?"

헤스터 프린은 비로소 이 불행한 사람에게 깊은 상처를 준 데 대한 책임을 통감했다. 오랜 세월 동안, 아니 순간적이라도 악의라고 볼 수밖에 없는 목적을 지닌 그런 사람의 수중에 내맡겨놓았었기 때문이다. 비록 어떤 가면을 썼다 하더라도 원수가 바로 그 곁에 있었다는 것은 아서 딤즈데일처럼 감수성이 강한 사람의 경우엔 그 마음의 자장(磁場)을 혼란케 하는 데 충분했다. 헤스터는 이 일에 대해 지금처럼 깊이 생각하지 않았던 때도 있었다. 그랬다기보다 자기가 받은 고통 때문에 남의 일은 생각할 겨를도 없었고 헤스터가 보기엔 목사의 운명은 자기가 당한 운명에 비하면 훨씬 견디기 쉬울 거라고 생각한 나머지 목사에겐 무관심했다고 하는 것이 옳을 것이다. 그러나 근래 복사의 절야 기노를 목격한 이후 목사에 대한 동정심이 살며시 고개를 쳐들었다. 이제는 목사의 마음을 더 분명히 이해할 수 있었다. 항상 목사 곁에 있는 로저 칠링워드가 주위의 공기를 더럽히는 악의에 찬 비밀의 독을 뿌리고 목사의 정신적 및 육체적인 병에 의사로서 공공연히 간섭하는 일 등의 좋지 못한 기회가 지금까지 잔혹한 목적을 위해 사용되어왔다는 것을 헤스터는 믿어마지 않았다. 이런 기회 때문에 고뇌에 찬 목사의 양심은 항상 흥분 상태에 있었고 건전한 고통으로 정신을 고치기는커녕 혼란케 하고 타락케 하는 경향이 있었던 것이다. 그 결과 현세에서는 정신 이상의 형태로 나타날 수밖에 없고 저세상에 가서는 선(善)과 진리로부터 영원히 소외되는 길밖에 없다. 저세상에서의 소외가 이 세상에서는 발광(發狂)이라는 형태로 나타나는 모양이다.

헤스터는 전에 사랑했던, 아니 이제 숨김없이 말해도 되겠지만 아직도 열렬히 사랑하고 있는 사람을 이런 파멸 상태로 몰아넣은 것이다. 전날 로저 칠링워드에게 말한 바와 마찬가지로 목사의 명예에 대한 희생이라든지 차라리 죽음으로 청산하는 편이 스스로 택해왔던 침묵을 지킨다는 길보다는 훨씬 바람직한 일이 아니었던가 하는 생각이 들었다. 그녀는 지금 이렇게 고백하느니 낙엽 위에 쓰러져 아서 딤즈데일의 발치에 숨을 거두고 싶은 심정이었다.

"오, 아서." 헤스터는 소리쳤다. "나를 용서해줘요! 다른 모든 일에 있어서는 진실한 사람이 되려고 애썼습니다. 진실이야말로 내가 굳세게 지킬 수 있는 유일한 미덕이었고 아무리 괴로울 때도 지켜왔습니다. 하지만 당신의 행복이, 당신의 생명이, 당신의 명예가 위태롭게 되었을 때는 저는 그렇게 못했습니다! 그때만은 나도 거짓말을 하게 된 것입니다. 그러나 죽음이 닥치는 일이 있다 해도 거짓말을 한다는 것은 역시 잘못이었습니다! 제가 말하고자 하는 바를 아시겠는지요? 그 노인! 그 의사! 로저 칠링워드라 불리는 그 남자! 그는 나의 남편이었습니다!"

한동안 목사는 무서운 눈으로 헤스터를 보았다. 그의 분노심은 여러 형태로 보다 숭고하고, 순수하고, 부드러운 성질과 한데 섞여 있긴 했으나 사실상은 악마가 당연한 것으로서 요구하고 다시 목사의 다른 명을 정복하기 위한 수단으로 삼는 부분에 불과했다. 이토록 험악하고 분노에 찬 목사의 찌푸린 얼굴을 헤스터는 일찍이 본 적이 없었다. 그 표정은 시간상으로 불과 얼마 안 되는 시간이었지만 목사의 표정은 무섭게 변했었다. 그러나 목사의 성격은 고뇌로 인해 크게 약화되어 있었기 때문에 그러한 정력조차도 오래 지속될 수 없었다. 마침내 땅바닥에 힘없이 쓰러지더니 목사는 두 손으로 얼굴을 가렸다.

"알 만도 한 일이었건만!" 목사는 중얼거렸다.

"실은 알고 있었던 거야! 그 사람을 처음 만났을 때부터 줄곧 모습을 볼 때마다 내 마음이 까닭 없이 떨렸던 것은 그 비밀을 알려준 게 아니었을까? 왜 그것을 알아차리지 못했을까? 오, 헤스터, 당신은 이것이 얼마나 무서운 일이었는지 도저히 알 수 없을 것이오! 죄를 범하여 괴로워하는 마음을 쾌재를 부르고 있는 그 사람 앞에 드러내놓다니! 이건 너무 참혹한 일이오! 꼴사나운 일이오! 소름이 끼칠 정도로 추악한

일이오！　당신은……당신의　탓이오！　나는　당신을　용서할　수　없
소！”

“그러나 전 당신에게 용서를 받아야만 합니다！” 헤스터는 울면서 목사 곁 낙엽 위에 몸을 내던졌다. “벌은 하느님께 받겠습니다！ 당신에겐 용서를 받아야 합니다！”

헤스터는 갑자기 격정에 사로잡혀 두 팔을 내던지듯하며 목사의 머리를 가슴에 힘껏 끌어안았다. 목사의 볼이 주홍글씨에 닿는 것도 아랑곳하지 않았다. 목사는 뿌리치려고 허우적거렸으나 소용없었다. 헤스터는 놓아주려고 하지 않았다. 무서운 표정으로 노려보는 것이 두려웠던 것이다. 칠 년이란 긴 세월 동안 세상은 이 고독한 여인을 눈에 가시처럼 여겨왔건만 그래도 꾹 참아왔고, 뿐만 아니라 끊임없는 그 슬픈 시선을 한 번도 외면해본 일이 없었다. 하느님도 역시 얼굴을 찌푸렸지만 헤스터는 죽지는 않았다. 그런데 이 창백하고, 허약하고 죄로 인해 슬픔에 짓눌린 이 사람이 짓는 무서운 얼굴만은 헤스터로서 참을 수도 없었고 견디고 살아갈 수도 없었던 것이다！

“용서해주시겠죠？” 같은 말을 몇 번이고 되풀이했다. “무서운 얼굴을 하시지 않겠죠？ 용서해주시는 거죠？”

“용서하겠소, 헤스터！” 목사는 간신히 그렇게 대답했다. 슬픔의 구렁텅이에서 울려오는 듯한 괴로운 목소리였으나 노기는 없었다. “이젠 진심으로 용서하겠소. 하느님이 우리 둘을 용서하여주시기를 빌어야 하오！ 헤스터, 우리는 이 세상에서 가장 나쁜 죄인은 아니오. 타락한 목사보다도 더 괘씸한 사람이 하나 있으니 말이오！ 그 늙은이의 복수는 나의 죄보다 더 흉측하오. 그 사람은 잔인 무도하게 인간의 마음의 신성함을 짓밟은 것이오. 그러나 당신과 나는 그런 일은 하지 않았소, 헤스터！”

“절대로 하지 않았죠！” 헤스터는 속삭였다.

“우리가 한 행동은 그 나름대로 신성한 것이었습니다. 그렇게 느끼기도

했었고 둘이서 그렇게 얘기한 적도 있지 않습니까. 벌써 잊으셨나요 ！ ”

“목소리가 커요, 헤스터 ！ ” 아서 딤즈데일은 땅바닥에서 일어났다. “아니, 잊을 리가 있나 ！ ”

그들은 다시 이끼 낀 나무등걸이에 나란히 앉아 손과 손을 꼭 잡았다. 그들의 인생에 이토록 우울한 때가 있었던 일은 없었다. 이 순간은 그들이 걸어온 길의 끝장이었으며 그들이 앞으로 나아갈 길은 점점 암담하기만 했다. 그래도 이 순간에는 두 사람이 자리를 뜨지 못하게 하거나 좀더 오래 계속되었으면 하는 매력이 담겨 있었다. 그들 주변의 숲은 어둠침 침했고 불어오는 바람에 나뭇가지들이 삐걱거렸다. 큰 나뭇가지는 머리 위로 휘늘어졌고 오래된 노목(老木)이 서로 슬픈 듯이 삐걱거리는 소리는 그 밑에 앉아 있는 두 사람의 슬픈 얘기를 말하는 것 같기도 하고 또는 앞으로의 재난을 예언하는 것 같기도 했다.

그래도 그들은 그곳을 뜨지 못하고 있었다. 보스턴으로 돌아가는 길은 얼마나 쓸쓸해보이는지 몰랐다 ！ 헤스터 프린은 다시 치욕의 업고를 짊어져야 하고 목사는 명예라는 허무한 모조품이 기다리고 있었기 때문이다. 두 사람이 조금이라도 더 오래 있었으면 하고, 이곳을 떠나지 못했던 것은 바로 그 때문이었다. 금빛처럼 찬란한 햇빛도 이 음산한 숲속의 어두움보다는 소중하지 못했다. 여기서는 목사만이 쳐다보고 있으므로 주홍글씨도 타락한 여인의 가슴에서 불탈 필요는 없었다 ！ 헤스터만이 쳐다보고 있으므로 하느님과 인간을 배반한 아서 딤즈데일도 잠시나마 진실할 수 있었다.

목사는 갑자기 떠오른 생각에 깜짝 놀라 큰소리를 질렀다.

“헤스터, 큰일이오 ！ 로저 칠링워드는 당신이 정체를 폭로하려는 의도를 알고 있소. 그렇다면 우리 비밀을 잠자코 숨겨두겠소 ？ 이번엔 어떤 형태로 복수를 해올까 ？ ”

“그 사람의 성격에는 이상하게 비밀을 좋아하는 데가 있습니다.” 헤스터는 생각하면서 대답했다. “그게 여태껏 숨어서 복수해오는 동안에 더 심해졌습니다. 그 사람이 비밀을 폭로하는 일은 없으리라 봅니다. 틀림없이 다른 방법으로 흉측한 격정을 만족시킬 것입니다!”

“그럼 나는……그 무서운 원수와 같은 공기를 마시고 있는 나는 어떻게 살아가면 된단 말이오?” 아서 딤즈데일은 몸을 움츠리면서 외치더니 어느 결에 버릇이 된 행위로 걱정스러운 듯 손을 가슴에 댔다. “생각 좀 해보오, 헤스터! 당신은 강한 여자요. 나 대신 결단을 내려주오!”

“그 사람과 살아서는 안 돼요.” 헤스터는 천천히 힘주어 말했다. “당신의 마음을 더 이상 그 사악한 눈앞에 드러내보여서는 안 됩니다!”

“그럴 바엔 죽는 게 더 낫겠소!” 목사는 대답했다. “그러나 그것을 어떻게 피하겠소? 어떤 길이 나에게 남아 있단 말이오? 그 사람의 정체를 알려줬을 때 내가 몸을 던졌던 이 낙엽 위에 다시 한 번 쓰러지기라도 하란 말이오? 이곳에 쓰러진 채 죽어야만 한단 말이오?”

“슬프군요, 당신이 그렇게 약해지셨다니!” 헤스터의 눈에 눈물이 왈칵 솟았다. “약해졌다는 것만으로 개죽음을 하신단 말씀이신가요? 그 이외에는 원인이 없잖습니까!”

“하느님의 심판이 내린 것이오.” 양심의 가책을 받고 있는 목사의 대답이었다. “내가 대항하기에는 너무나 힘에 겨운 심판이오!”

“하느님께는 자비심이 있습니다.” 헤스터는 대답했다.

“다만 당신에게 그것을 잡을 만한 힘이 있느냐 없느냐가 문제입니다.

“나를 위해 굳센 사람이 되어주시오, 당신은! 어떻게 하면 좋을는지 알려주오!”

“세상이란 그렇게 좁은 것인가요?” 헤스터 프린은 목사의 눈을 물끄러미 쳐다보며 이렇게 외치더니 제대로 서 있지도 못할 정도로 초주검이 되어 축 늘어진 남자의 정신에 본능적으로 자력(磁力)의 역할을 하고 있었다. “이 세계는 저 마을 쪽에만 있는 것일까요? 저 거리 역시 불과 얼마 전까지만 해도 나뭇잎이 쌓인 황야였고 지금 우리를 둘러싸고 있는 숲과 마찬가지로 쓸쓸한 고장이 아니었습니까? 이 숲속의 오솔길은 어디로 계속될까요? 당신은 보스턴으로 돌아가는 길이라고 하시겠죠! 사실 그렇습니다. 하지만 그 길은 더 계속되고 있습니다. 황야 속으로 점점 깊숙이 들어가면 들어갈수록 인적이 없어집니다. 여기서 몇 마일만 가면 노란 낙엽 위엔 백인의 발자국이나 그림자도 없을 테니까요. 거기까지 가면 당신도 자유로운 몸이 됩니다. 잠깐 발을 내디디면 그렇게도 비참했던 세계로부터 벗어날 수 있고 얼마든지 행복하게 살 수 있는 세계가 있는 것입니다. 이 넓은 숲속에서 로저 칠링워드의 눈을 피하여 당신의 마음을 숨길 만한 나무 그늘이 없다는 말씀입니까?"

"있기야 있겠지, 헤스터. 하지만 그것은 낙엽 밑뿐이오."

목사는 슬픈 목소리를 띠며 대답했다.

"그럼 바다라는 넓은 길도 열려 있습니다!" 헤스터는 계속해서 말했다. "당신은 바다를 건너서 이곳에 오셨습니다. 당신의 의향만 있으시다면 오신 길로 되돌아가실 수도 있습니다. 고향으로 돌아가 이름 모를 벽촌이나 대도시 런던에서, 물론 독일이나 프랑스나 혹은 즐거운 이탈리아에 가면 그 사람의 힘도 미치지 못하고 알아차리지도 못할 것입니다! 게다가 그렇게 무쇠처럼 냉혹한 보스턴 사람들의 의견이 무슨 상관이 있겠습니까? 그 사람들 덕분에 당신의 훌륭한 성품은 이제 싫증이 날 정도로 속박되어 있습니다!"

"그런 짓은 할 수 없는 일이오!" 마치 꿈을 실현시키라는 말이라도 들은 듯 귀를 기울이고 있던 목사가 대답했다. "나는 갈 힘이 없소. 죄를 지어 비참한 몸일지라도 하느님이 정해주신 이곳에서 속세의 생활을 그럭저럭 마칠 생각밖에는 아무 생각도 없소. 길을 잃고 방황하는 내 영혼이지만 다른 사람의 영혼을 위해 내가 할 수 있는 일을 더 하고 싶소! 나는 영혼의 보초(步哨)로서는 부당한 사람이지만, 그리고 이 어려운 영혼의 보초 근무가 끝날 때면 죽음과 불명예가 기다리고 있으리라는 것은 각오하고 있지만, 지금의 역할을 버릴 생각은 없소!"

"당신은 칠 년간이나 비참한 짐에 눌려 기가 죽어버린 거예요." 헤스터는 자기 정신력으로 상대방에게 용기를 넣어주려고 강렬한 의욕을 갖고 대답했다. "하지만 당신은 그 무거운 짐을 내동댕이치고 가버려야 합니다! 숲속의 오솔길을 걸어갈 때 거추장스러우면 안 됩니다. 바다를 건널 생각이시면 그런 것으로 뱃길을 방해해서는 안 됩니다. 비참한 잔해는 그것이 생겨난 이 장소에다 버리고 가시면 됩니다. 더 이상 얽매일 필요는 없습니다. 모든 것을 새로이 시작하시는 겁니다! 한 번 실패한 것으로써 꿈을 잊었다는 말씀인가요? 천만의 말씀입니다! 미래에는 아직도 숱한 기회와 성공이 기다리고 있습니다. 행복을 맛볼 수도 있습니다. 선행(善行)을 더할 수도 있습니다. 이 위선적인 생활을 진실된 생활로 바꿔보는 거예요. 인디언의 스승이 되고 전도사가 되는 것도 좋겠죠. 당신의 마음이 그런 사명을 느끼신다면, 아니면 당신의 성격에 아주 잘 어울리는 일이라 생각합니다만, 문명 사회에서 현자(賢者)라 불리거나 명사(名士)라 불리는 사람들 틈에 끼여 학자나 현인(賢人)이 되면 어떠실까요. 설교를 하세요! 글을 쓰세요! 행동을 하세요! 이곳에서 힘없이 죽어가는 일 이외에는 무엇이든지 하세요! 아서 딤즈데일의 이름을 버리고 다른 훌륭한 이름, 공포도, 치욕도 느끼지 않고 불릴 수 있는 이름을 붙이면 됩니다. 당신의 목숨을 좀먹는 고통 속에서 왜 단 하루라도 더 머뭇거리고 있어야 합니까! 당신의 의지나 행동을 이렇게 무기력하게 하고 있잖습니까! 회개하는 힘조차 없을 정도가 아닙니까! 자, 용기를 내어 힘을 발휘하세요!"

"오오, 헤스터!" 아서 딤즈데일은 외쳤다. 그의 눈에서는 헤스터의 열성에 의한 약하디 약한 빛이 순간적으로 타오르는 듯했으나 이내 사라지고 말았다. "무릎도 제대로 가누지 못하는 사람에게 달음박질을 하라는 거요! 나는 여기서 죽을 수밖에 없소! 넓고 낯설고 험난한 세계로 돌진할 기력도 용기도 없소. 혼자서는 말이오!"

의기소침한 사람이 입에 담는 최후의 말이었다. 목사는 바로 눈앞에 보이는 행운조차 잡을 힘이 없었다.

　목사는 또 같은 말을 되풀이했다.

　"혼자선 말이오, 헤스터!"

　"혼자서 하시라는 게 아닙니다!" 나직하게 속삭이는 듯한 대답이었다.

　이리하여 모든 것을 다 얘기한 셈이었다.

제 18 장   빛의 홍수

아서 딤즈데일은 헤스터의 얼굴을 희망과 환희에 빛나는 눈으로 쳐다보았으나 불안한 빛은 감출 길이 없었다. 자기는 막연하게 말한 것을 결단성있게 딱 잘라 말해버린 헤스터의 대담성에 일종의 두려움을 느꼈기 때문이다.

그러나 헤스터 프린은 천성이 용기있고 행동적인 정신을 지닌데다 오랜 시일을 사회로부터 격리당했을 뿐 아니라 고립된 생활을 해온 관계로 목사로서는 상상도 할 수 없을 정도로 자유로운 생각에 익숙해져 있었다. 이 여자가 길잡이도 안내인도 없이 방황해온 정신의 황야는 지금 두 사람의 운명을 결정지으려고 얘기하고 있는 이 울창하고 인적도 없는 숲속과 같이 광대(廣大)하고 복잡하고 그림자가 짙은 것이었다. 헤스터의 지성과 감정은 사막을 고향으로 삼으면서 마치 숲속의 인디언처럼 자유로이 방황하고 있었다. 오늘날까지 오랫동안 줄곧 소외당한 입장에서 인간 사회의 제도라든지 목사나 당국자들이 설정한 모든 것을 바라보고 살아왔으며 목사의 늘어진 칼라·처형대·교수대·난롯가·교회 등에 대해서는 비판적이어서 인디언이 느낄 정도의 존경심밖에 갖고 있지 않았다. 이 세상에서의 운명의 흐름은 헤스터를 자유로운 방향으로 이끌어 갔다. 주홍글씨는 다른 여자들이 감히 발을 들여놓지 못하는 영역에도 출입할 수 있는 통행증이나 다름없었다. 치욕·절망·고독 같은 것들이 스승

중에서도 엄하고 과격한 스승으로서 헤스터를 강한 인간으로 이끌어주긴 했으나 한편 그릇된 일도 꽤 많이 가르쳐주었다.

이에 반해 목사는 일반적인 법칙 세계에서 어긋나는 인생 체험은 한 일이 없었다. 가장 신성한 법칙의 하나를 벌벌 떨면서 단 한 번 범한 일이 있을 뿐이었다. 그러나 그것은 정열로 인해 범한 죄였지 주의 주장에서 범한 죄는 아니었다. 그 불행한 시기 이래로 목사가 병적이라 할 만큼 세심한 열의를 갖고 지켜온 것은 행위가 아니라 —— 행위라면 남의 눈을 속이기가 쉬웠다 —— 모든 감정의 움직임이었고 온갖 생각이었다. 당시의 목사들이 그러했듯이 사회 조직의 정점에 위치하고 있었으므로 그 사회의 규범이나 주의나, 심지어는 편견에 의해서까지 자유를 빼앗겼다. 목사이기 때문에 그가 소속된 사회 질서를 벗어날 수는 없었다. 죄를 지은 뒤 아물지 않은 상처로 인해 양심의 가책을 받았고 처참하리만큼 신경이 예민한 인간이었으므로 죄를 짓지 않은 때보다 오히려 도덕심이 견고 해보였는지도 모른다.

따라서 헤스터 프린에 한해 7년 간의 고립된 생활과 치욕의 세월은 지금 이 순간을 위한 준비 기간에 불과했다고 생각할 수도 있을 것이다. 그러나 아서 딤즈데일은 어떠한가? 이런 사람이 또 한 번 죄를 범하게 된다면 그 죄의 정상 참작을 위해 어떤 구실을 주장할 수 있을 것인가? 구실이 있을 리는 없었다. 기껏해야 그가 오랜 고뇌로 녹초가 되어 마음 괴롭히는 가책 때문에 암담하게 혼란해진 일 —— 스스로 죄인이란 것을 자인하고 도망치든지, 아니면 위선자로서 그대로 버틸 것인지로 양심이 갈팡질팡한 일 —— 죽음이나 치욕의 위험을 피하고 적이 헤아릴 수 없는 책략을 모면하려는 것이 인지상정이라는 일 —— 병들고 약한, 비참한 모습으로 쓸쓸한 사막과 같은 길을 방황하고 있는 불쌍한 순례자의 눈에 지금 치르고 있는 무거운 숙명 대신에 인간적인 애정과 동정, 새로운 생활, 참된 생활이 한순간 모습을 엿보였던 일 등을 어떻게 하면 도움이 될 수 있는 구실로 손꼽을 수가 있을까. 여기서 죄악이 인간의 영혼 속에 만들어놓은 상처는 이 인간 세계에서는 절대로 회복될 수 없다는 엄격하고도 슬픈 진리를 우리는 알아야 한다. 그 상처는 파수꾼을 두어 지킬 수는 있다. 적은 영혼이란 성(成) 안으로 무리하게 쳐들어오는 일은 없을지도 모르고 또 다음에 쳐들어올 때는 전에 성공했던 길이 아닌 다른 길을 택해올지도 모른다. 그러나 무너진 성벽은 아직도 남아 있고 잊을 수 없는 승리감을 다시 한 번 맛보려는 적이 살금살금 다가오고 있는 것이다.

이러한 갈등이 가령 있다 하더라도 여기서는 상세히 늘어놓을 필요가 없을 것이다. 목사가 도망갈 결심을 했다는 것, 더구나 혼자만의 일이 아니었다는 것만으로 충분할 것이다.

목사는 생각했다.

'지난 칠 년 동안 잠시라도 평화롭고 행복했던 일이 있었다고 생각된다면 천국의 구원이라는 그 보증을 믿고 더 참아나갈 수 있을지도 모른다. 그러나 이처럼 어쩔 수 없는 운명의 몸이라면, 처형 전의 사형수에게 허용되는 위안을 붙잡아도 될 게 아닌가? 혹은 헤스터가 설득하고 있는 것처럼 이 길보다 행복한 생활로 통하는 길이라면, 가령 이 길을 택했다 해서 더 훌륭한 장래를 버리는 것도 아닐 것이다! 어쨌든 이 여자 없이는 이제 살아나갈 수도 없는 것이다. 이렇게 힘있게 나를 격려해주고 이렇게 부드럽게 나를 위로해주지 않는가! 오 하느님, 눈을 쳐들 용기조차 없는 나를 용서해주십시오!'

"가시는 거죠!" 두 사람의 눈이 마주쳤을 때 헤스터는 태연하게 말했다.

일단 결심하고 나니 기묘한 기쁨의 빛이 목사의 괴로운 가슴에 환한 빛을 던져주었다. 자기의 마음의 감옥으로부터 방금 도망쳐나온 죄수가 아직 구원을 받지 못한, 기독교와는 관계없는 무법 지대에서 거칠다고 할 정도의 자유로운 공기를 들이마실 때와 같은 들뜬 기분이었다. 말하자면 정신이 껑충 뛰어 비참하게 땅 위로 기어다닐 때보다 훨씬 가깝게 하늘을 올려다보는 듯한 기분이었다. 원래 종교심이 강한 기질이었으므로 목사의 반응에 뭔가 경건한 구석이 있었다 하더라도 할 수 없는 노릇이었다.

목사는 의아하게 생각하면서 큰소리로 외쳤다.

"다시 한 번 기쁨을 맛볼 수 있을까? 기쁨의 싹은 다 죽어버렸는 줄 알았는데! 오! 헤스터, 당신은 나를 구해준 천사요! 나는 병들고, 죄에 더럽혀지고 슬픔에 잠긴 이 몸을 숲속의 낙엽 위에 내던졌는데 모든 것이 소생한 듯하며 자비로운 하느님의 영광을 찬미하는 새로운 힘이 가득 차 일어선 듯한 기분이오! 이것만으로도 벌써 행복한 생활이오! 왜 이런 것을 좀더 일찍 발견하지 못했을까?"

"과거는 돌아다보지 않기로 해요." 헤스터 프린은 대답했다. "과거는 가버린 거예요, 이제 와서 과거를 말해봤자 무슨 소용이 있겠어요? 보세요! 이 가슴의 표시와 함께 나는 과거를 일체 버리고 지난 일은 없었던 것으로 하겠어요!"

이렇게 말하면서 헤스터는 주홍글씨를 가슴에서 떼어 멀리 낙엽 속으로 던져버렸다. 그 신비스러운 표시는 이쪽 시냇가에 떨어졌다. 한 뼘만 더 멀리 날아갔더라면 물 속에 떨어져 시냇물이 아직도 속삭이고 있는 알 수 없는 사연 외에 또 하나의 슬픈 이야기를 하면서 흘러가게 되었을 것이다. 그러나 수놓은 주홍글씨는 시냇가에 떨어져 마치 잃어버린 보석처럼 반짝이고 있었다. 누군가 재수없는 사람이 지나가다 줍기라도 하면 불가사의한 죄악의 환영과 마음의 쇠약으로 결국은 까닭 모를 불행에 사로잡히게 될 것 같았다.

오욕(汚辱)의 낙인이 없어지자 헤스터는 긴 한숨을 쉬었다. 치욕과 고뇌의 무거운 짐이 정신으로부터 싹 사라져버렸다. 아아! 이 얼마나 홀가분한 해방감이냐! 자유를 느끼니, 비로소 지금까지의 짐이 얼마나 무거웠다는 걸 새삼 느끼게 된다! 새로운 충동으로 헤스터는 머리를 감싸고 있던 거추장스러운 모자도 벗어버렸다. 머리는 어깨를 덮었고 검고 윤기있는 머리칼이 명암(明暗)을 던져줘 그 얼굴 모습에 부드러운 매력을 더해주었다. 여자다운 마음에서만 솟아나올 듯한 밝고 부드러운 미소가 입가에 번졌으며 눈매에도 빛났다. 오랜 동안 창백하기만 했던 볼은 볼연지를 바른 듯이 부끄러움이 발그레하게 달아올랐다. 여자로서의 성(性)과 젊음에 넘친 모든 아름다움이, 소위 돌이킬 수 없는 과거로부터 되살아나 처녀 시절의 희망과 지금까지 맛보지 못한 행복과 함께 지금 이 순간이라는 마술의 굴레 속에서 어울리기 시작했다. 하늘과 땅의 어두움은 마치 이 두 사람의 마음속에서 흘러나오기라도 한 것처럼 슬픔과 함께 사라져버렸다. 갑자기 하늘이 미소라도 터뜨린 것처럼 햇빛이 나타나 어두컴컴하던 숲속으로 폭포수처럼 내리비쳤다. 그리하여 푸른 나뭇잎 하나하나까지 기쁘게 했고 누렇게 떨어진 낙엽을 황금빛으로 변하게 했으며 잿빛 고목 나무 줄기를 반짝이게 했다. 여태껏 그늘을 이루고 있던 것이 모두 환히 빛났다. 시냇물의 흐름은 밝은 광선으로 숲속 깊이까지 더듬어 올라갈 수 있었으며 그 신비로움도 이제는 기쁨에 넘친 신비로움으로 변했다.

　이리하여 대자연은 —— 인간의 법칙을 벗어난 일도 없고 보다 높은 진리의 광명을 받아본 일도 없는 방자하고 이교도적인 대자연은 두 영혼의 축복에 공명한 것이었다! 사랑이란 새로이 생겨난 것이든지 죽음 같은 잠에서 깨어난 것이든지간에 항상 햇빛같이 밝은 빛을 만들어내므로 마음속에 넘쳐흐를 뿐 아니라 외부 세계에도 넘쳐흐르게 된다. 가령 숲이 전과 다름없이 침침한 그늘을 이루고 있다 하더라도 헤스터의 눈에는 빛나보였을 것이고 분명히 아서 딤즈데일의 눈에도 휘황하게 보였을 것이다!

　헤스터는 새로운 기쁨에 몸을 떨며 상대방을 쳐다보았다.

　"퍼얼과 사귀셔야죠! 우리들의 퍼얼이에요! 전에 만나보셨지요? 정말 그랬었죠! 하지만 이젠 다른 눈으로 보셔야 해요. 그 애는 참으로 이상한 애예요! 나도 잘 모를 지경이에요. 그러나 나 못지 않게 그 애를 귀여워해주시겠죠? 그 애를 어떻게 길러야 하는지도 가르쳐주셔야 해요."

"그 애가 나하고 알게 되는 것을 좋아할까?" 목사는 불안한 듯이 물었다. "나는 오래 전부터 아이들을 피해왔소. 애들이 나를 못 믿어하는 눈치고 나와 사귀기를 꺼려하기 때문이오. 퍼얼이 두렵기까지 하오."

"어머, 가엾게시리!" 어머니는 대답했다. "하지만 그 애는 당신을 좋아하게 될 거예요. 당신도 사랑하게 될 거고요. 어딘가 가까운 곳에 있을 거예요. 내가 불러보죠! 퍼얼! 퍼얼!"

"저기 있군." 목사는 말했다. "저기 시냇물 건너편 햇빛이 비치고 있는 곳에 서 있소. 그래 당신은 저 애가 나와 친해질 수 있다는 거요?"

헤스터는 생긋 웃고 또 퍼얼을 불렀다. 퍼얼의 모습은 목사가 말한 대로 좀 떨어진 곳에 서 있었다. 아치 모양의 큰 가시 사이로 내리쬐는 햇빛을 받아 마치 빛의 옷을 걸친 환영처럼 보였다. 광선이 흔들리는 데 따라 퍼얼의 모습도 때로는 흐리게, 때로는 또렷하게 보였다. 광선이 아롱거림에 따라 현실 세계에 있는 어린애로 보이기도 했고 또 어린애의 혼령같이 보이기도 했다. 어머니의 목소리가 들려왔으므로 퍼얼은 천천히 숲속을 가로질러 다가왔다.

퍼얼은 어머니와 목사가 얘기하고 있는 동안 심심치 않았다. 크고 어두운 이 숲속은 속세의 죄악과 고통을 숲속으로 끌어들이는 사람에게는 엄숙하게 보였을지 모르나 이 외로운 아이에게는 가장 훌륭한 놀이 상대가 되어주었다. 침울한 숲이기는 했지만 더 없이 친절한 표정으로 퍼얼을 맞이해주었다. 지난 가을에 열려서 새해 봄에야 무르익은 덩굴호자 딸기를 퍼얼에게 주었는데 그 열매는 다 시든 잎 위에서 핏방울처럼 빨갛게 익어 있었다. 퍼얼은 이것을 따서 먹으며 갓딴 열매의 싱싱한 맛을 즐겼다. 작은 들짐승들도 퍼얼을 위해 일부러 길을 피해주지는 않았다. 열 마리 가량의 새끼를 거느린 뇌조(雷鳥)가 퍼얼을 위협하듯 달려나왔다가 자기의 난폭한 행동을 뉘우치고 새끼들에게 무서워하지 않아도 된다는 듯 꾸꾸거렸다. 나지막한 나뭇가지에 앉아 있던 비둘기 한 마리는 퍼얼이 가까이

가니 환영인지 경고인지 알 수 없는 목소리로 울었다. 둥우리를 틀고 있는 우거진 높은 나무에서 다람쥐가 성이 난 것인지 까불어대고 있는 것인지 분간할 수 없는 울음소리를 내고 있었다 —— 다람쥐는 성을 잘 내고 장난기가 많은 짐승이므로 기분을 알아맞히기란 어려운 노릇이다 —— 하여간 퍼얼을 보고 울음소리를 내더니 나무 열매를 하나 머리 위에 내던졌다. 그것은 지난 해의 나무 열매로 벌써 다람쥐가 날카로운 이빨로 갉아 먹은 것이었다. 낙엽 위를 걷는 가벼운 발자국 소리에 잠이 깬 여우 한 마리가 퍼얼을 수상쩍은 듯이 바라보더니 어디로 도망갈 것인지, 그 자리에서 한잠을 더 잘 것인지를 망설이고 있는 것 같았다. 늑대도 한 마리 나타나서 퍼얼의 옷을 냄새맡기에 사나운 머리를 살짝 쓰다듬어 주었다는 말도 전해오지만 얘기도 이쯤 되면 좀 의심스러운 일이다. 그러나 대자연의 숲과 그곳에서 자라고 있는 야생 동물들이 이 아이에게서 뭔가 공통된 야생미(野生味)를 발견했다는 것은 사실인 것 같다.

　게다가 퍼얼은 양쪽에 푸른 잔디가 있는 보스턴 거리나 어머니의 오두막집에 있을 때보다도 이 숲속에 있을 때가 더 얌전했다. 꽃은 그것을 알고 있는지 퍼얼이 지나가자 "나를 꺾어서 당신을 치장해주세요!" 하고 속삭였다. 퍼얼도 꽃을 기쁘게 해주기 위해 제비꽃이니, 아네모네니, 미나리풀꽃이니, 고목에 돋아난 새파란 가지들을 꺾었다. 퍼얼은 이것으로 머리와 허리를 장식하여 님프와 같은 소녀라고 할까, 숲속의 어린 요정이라 할까, 하여간 태고 적 숲과 잘 어울리는 모습이 되었다. 퍼얼이 이런 모습으로 몸치장을 하고 있을 때 어머니의 목소리가 들려왔으므로 천천히 돌아온 것이다. 천천히 돌아온 것은 목사의 모습이 눈에 띄었기 때문이다.

제 19 장   시냇가의 어린 요정

"저 애가 정말 귀여워질 거예요." 헤스터 프린은 목사와 나란히 퍼얼을 쳐다보며 되풀이했다. "예쁜 아이라고 생각지 않으세요? 이름도 없는 꽃으로 저렇게 멋지게 치장한 걸 보세요! 숲속에서 진주나 다이아몬드 루비를 모았다 해도 저렇게 어울리진 않을 거예요. 참 귀여운 아이죠! 그런데 저 아이의 이마가 누구를 닮았는지 나는 잘 알고 있어요!"

"그런데 말이오, 헤스터." 아서 딤즈데일은 불안한 듯한 미소를 띠며 말했다. "항상 당신 곁을 따라다니는 저 귀여운 아이가 얼마나 나를 놀라게 했는지 당신은 모를 거요. 나는 생각했었소. 아아 헤스터, 지금 생각하면 얼마나 심한 생각이었으며 그 일을 두려워했다니. 얼마나 가혹한 일이었소. 저 애가 나를 닮아 세상 사람들이 눈치채지 않을까 생각했었소. 하지만 저 아이는 당신을 꼭 닮았소!"

"그렇지 않아요! 꼭 닮았다뇨!" 어머니는 부드러운 미소를 띠고 대답했다. "조금만 더 세월이 흘러보세요. 저 아이가 누구 아이라는 것이 알려져도 두려워하실 필요가 없을 테니까요. 하여간 저 아이는 놀라우리만큼 아름답군요. 저렇게 머리에다 꽃을 꽂고! 마치 그리고 영국에 두고 온 요정이 곱게 치장하고 우리를 마중나온 것 같군요."

두 사람은 지금까지 맛보지 못했던 기분으로 퍼얼이 천천히 다가오는 것을 바라보고 있었다. 이 아이한테서 두 사람을 결합시키는 정리가 엿보였던 것이다. 지난 칠 년동안 이 아이는 산 상형문자(象形文字)로 세상에 알려져왔지만 그곳에는 그들이 그렇게도 숨기려고 애쓴 비밀이 노출되어 있었다. 화염(火焰)의 글씨를 해독할 능력이 있는 예언자나 마술사가 있었다면 모든 것을 확실히 알 수 있었고 뚜렷하게 나타냈을 것이다. 더구나 퍼얼은 두 사람의 생명이 하나로 융합되어 있는 모습이기도 했다. 과거의 일이야 어찌 되었든지간에 둘이 만나는 것뿐만 아니라 영원 무궁토록 같이 살아갈 수 있는 육체적인 결합인 동시에 정신적인 표현이기도 한 퍼얼을 눈앞에 두고 있는 현재, 지상에서의 두 생명과 내세(來世)에서의 운명이 완전히 결합되어 있는 사실을 어떻게 의심할 수 있겠는가? 이러한 생각은 —— 아마 그들도 알아차리지 못했을 것이고 뭐라 꼬집어 말할 수 없는 다른 생각과 함께 어울려 —— 이곳으로 다가오는 아이에게 일종의 숭고한 느낌마저 갖게 하고 있었다.

"저 아이에게 말할 때는 정열이나, 열성이나, 하여간 보통과 다른 태도를 보여서는 안 돼요." 헤스터는 속삭였다. "우리 퍼얼은 가끔 작은 요정처럼 변덕스럽고 엉뚱한 짓을 잘하는 아이니까요. 특히 충분한 이유를 알기 전에는 남의 정의 받으려 하지 않으니까요. 하지만 저 아이는 강한 애정이 있어요! 나를 사랑하듯이 당신도 사랑하게 될 거예요!"

"당신도 짐작도 못 할 일이겠지만," 목사는 옆에 있는 헤스터 프린을 쳐다보면서 말했다. "나는 이렇게 만나기를 한편 두려워하면서도 얼마나 기다렸는지 참으로 모르오! 하지만 사실상 조금 전에도 말했듯이 아이들은 여간해서 날 잘 따르지 않소. 내 무릎에 기어오르거나 귀에 대고 조잘거리거나 하지도 않고 나의 미소에도 응답해주지 않는단 말이오. 먼 발치에 서서 이상한 눈초리로 나를 쳐다볼 뿐이오. 심지어는 갓난아이들까지도 내가 안으면 꼬집는 것처럼 울어댄단 말이오. 그러나 퍼얼은 아직 어린데도 두 번씩이나 나에게 친절히 대해주었소. 첫번째 일은 당신도 잘 알고 있을 거요. 두번째는 당신이 저 애를 데리고 그 엄격한 총독 집에 왔을 때요."

"그때는 당신이 저 애와 나를 위해 참으로 과단성있는 변호를 해주셨지요!" 어머니는 대답했다. "저는 잊지 않고 있답니다. 아마 퍼얼도 잊지 않을 거예요. 조금도 걱정할 필요는 없어요! 처음에는 저 아이도 서먹서먹해 하고 낯설어하겠지만 곧 따르게 될 거예요!"

이때 퍼얼은 건너편 시냇가에까지 와서 선 채로 이끼낀 나무 등걸이에 앉아 퍼얼을 기다리고 있는 헤스터와 목사를 말없이 쳐다보고 있었다. 퍼얼이 서 있는 곳은 마침 시냇물이 깊은 웅덩이를 이룬 곳이라 잔잔한 수면에는 작은 아이의 모습이 그대로 비치고 있었다. 꽃과 풀을 엮어 치장한 아름다움은 그림처럼 빛나고 실물보다도 훨씬 세련된 그 모습은 이 세상 사람이 아닌 것같이 느껴졌다. 수면에 비친 모습은 실물과 똑같았으나 그 모습에 따라다니는 형체없는 그림자와 같은 느낌을 아이 자신에게 전달하고 있는 것처럼 보였다. 퍼얼 자신은 공감(共感)이라 할 수 있는 힘에 이끌린 햇빛 속에서 환히 빛나고 있었다. 그 퍼얼이 어두컴컴한 숲속을 통하여 꼼짝도 않고 두 사람을 쳐다보고 있는 것은 어딘가 모르게 이상한 느낌이 들었다. 발치에 보이는 시냇물 속에는 또 한 아이가 —— 아주 똑같은 또 한 아이가 황금빛에 둘러싸여 서 있었다. 헤스터는 뭔가 개운치 않은 초조한 듯한 기분이 들어 퍼얼과 멀어져감을 느꼈다. 숲속을 돌아다니던 아이가 모녀와 단둘이 살아오던 세계로부터 멀리 떠났다가 다시 돌아오려고 애쓰고 있는 것처럼 보였다.

이 기분은 정당하기도 했고 잘못되기도 했다. 모녀간이 멀어진 것은 사실이지만 그것은 어머니 탓이지 퍼얼의 탓은 아니었다. 퍼얼이 어머니 곁을 떠나 산책을 하는 동안 어머니의 애정 속에 다른 사람을 맞이하게 되어 그 애정의 양상이 변했기 때문에 어정어정 돌아온 퍼얼은 늘 있었던 제자리를 발견할 수 없게 되자 자신이 처한 입장에 어리둥절해져 있었던 것이다.

"이상한 망상인지는 모르지만," 예민한 목사는 말했다. "저 시냇물은 두 세계의 경계선으로 당신은 다시는 퍼얼과 만날 수 없을 것 같은 기분이

드는군. 아니면 저 아이는 옛날 얘기 속에 나오는 요정 같아서 냇물을 건너지 못하도록 금지를 당한지도 모르겠군. 저 아이를 빨리 오라고 해요. 이렇게 시간을 끌게 되면 신경이 떨린단 말이오.”

“착하지 어서 온!” 헤스터는 재촉하듯 말하며 두 팔을 벌렸다. “왜 이렇게 꾸물거리지! 그렇게 늑장을 부린 일은 없지 않니? 여기 계신 분은 엄마 친구야. 네게도 친구가 될 거야. 앞으로는 엄마 혼자일 때보다 두 배나 더 귀여워해줄 거다! 어서 냇물을 뛰어넘어와. 넌 어린 사슴처럼 뛰어넘을 수 있잖니!”

퍼얼은 이런 달콤한 말에는 대답할 생각도 않고 냇물 건너편에 버티고 서 있었다. 맑고 초롱초롱한 눈으로 어머니와 목사를 번갈아 바라다보기도 하고 두 사람을 함께 쳐다보기도 하며 그들의 관계를 알아내어 자기 자신에게 납득시키려고 하는 것 같았다. 아서 딤즈데일은 아이의 시선을 느끼자 까닭도 없이 습관이 되다시피한 무의식적인 몸짓으로 손을 가슴 위에 얹었다. 마침내 퍼얼은 기묘하고도 위엄있는 태도로 손을 내밀더니 조그만 손가락으로 엄마의 가슴을 가리켰다. 발치에 있는 수면 위에서도 손가락질을 하는 퍼얼의 모습이 꽃에 치장되어 햇빛을 받은 채 비치고 있었다.

“참 이상하구나. 왜 엄마한테 안 오니?”

헤스터는 외쳤다.

퍼얼은 이마에 주름을 지으며 계속 가슴을 손가락질하고 있었다. 주름진 이미가 마치 갓난아기 같은 얼굴이었으므로 한층 인상적이었다. 손짓을 계속하는 어머니가 전에 없이 만면에 미소를 띠고 있었으므로 아이는 점점 화가 난 듯한 얼굴로 발을 동동 굴렀다. 냇물 속에도 주름잡힌 이마에 손가락질을 하고 화난 듯한 몸짓을 하고 있는 환상적인 아름다움에 넘친 모습이 비쳐 퍼얼의 모습을 한층 돋보이게 했다.

“빨리 오지 못하니, 퍼얼. 엄마가 화낼 테야!” 헤스터는 고함을 질렀다. 다른 때 같으면 이 아이의 이런 행동에는 익숙해져 있었지만 지금은 때가 때이니만큼 좀더 얌전해줬으면 하고 생각했던 것이다. "냇물을 건너 이리 뛰어온! 참 속썩이는구나. 안 오면 엄마는 간다!"

그러나 퍼얼은 아무리 엄마가 달래도 막무가내였고 아무리 위협해도 끄덕 안 하더니 갑자기 울화통을 터뜨린 듯 손발을 마구 휘저으며 몸부림쳤다. 이 심한 발작과 함께 째지는 듯한 비명을 질렀으므로 숲 전체에 산울림이 울리어 이유도 없이 떼를 쓰고 몸부림을 치는 것은 퍼얼 혼자였지만 어딘가에 숨어 있는 수많은 사람들이 이 아이에게 동정과 격려를 보내고 있는 것 같았다. 냇물 속에는 또 화관(花冠)을 쓰고 띠를 두른 퍼얼이 발을 구르고 미친 듯 몸부림치는 모습이 비쳐보였으나 그러는 동안에 작은 손가락은 여전히 헤스터의 가슴을 가리키고 있었다.

"저 애가 왜 저러는지 알겠어요." 헤스터는 목사에게 속삭였다. 곤혹을 감추려고 무척 애를 썼으나 얼굴은 새파랗게 질려 있었다.

"아이들이란 매일 눈앞에 익히 보아오던 것이 조금 달라지기만 해도 가만히 있지 않는 법이에요. 퍼얼은 내가 늘 달고 있던 것을 떼어버렸다고 저러는 거예요!"

"여보, 부탁이오." 목사가 말했다. "저 애를 달래는 방법이 있으면 곧 달래줘요. 히빈스 부인처럼 늙은 마녀가 성내는 거라면 또 몰라도." 애써 웃는 얼굴을 지으면서 덧붙였다. "아이들이 이렇게 성을 내는 것은 딱 질색이오. 퍼얼처럼 귀여운 아이도 주름투성이의 마녀와 다름없는 초자연적인 힘이 있으니 말이오. 나를 사랑하는 마음으로 저 아이를 빨리 달래줘요!"

헤스터는 볼을 빨갛게 붉히고 옆에 있는 목사를 흘끔 쳐다보더니 깊은 한숨을 쉬고 퍼얼 쪽으로 얼굴을 돌렸다. 그러나 입을 열기도 전에 볼의 홍조는 사라지고 죽은 사람처럼 파리해졌다.

"퍼얼!" 그녀는 슬프게 말했다. "네 발 밑을 좀 봐! 그래 거기야! 네 바로 앞 말이야! 냇물 이쪽 말이야!"

아이는 말하는 쪽으로 눈을 돌렸다. 주홍글씨는 까딱하면 물 속으로 빠질 듯한 아슬아슬한 곳에 떨어져 있었으므로 금빛 수가 물 속에 비치고 있었다.

"그걸 이리 가져온!" 헤스터는 말했다.

"엄마가 와서 가져가요!" 퍼얼은 대답했다.

"무슨 애가 저렇죠!" 헤스터는 목사에게 말했다. "저 애에 대해서 말씀드리고 싶은 얘기가 한두 가지가 아니랍니다. 하지만 사실상 저 지겨운 표시에 대한 생각은 저 아이의 생각이 옳아요. 나는 앞으로 당분간 저 괴로움을 참아야만 해요. 며칠만 지나면 되겠죠, 이 고장을 버리고 꿈나라와 같은 회상의 나라로 갈 수 있을 때까지는! 넓은 바다라면 저 표시를 내 손에서 빼앗아 영원히 삼켜버릴 수 있을 겁니다!"

이렇게 말하면서 헤스터는 냇가로 걸어가서 주홍글씨를 집더니 다시 가슴에 달았다. 조금 전까지만 해도 헤스터는 주홍글씨를 깊은 바다 속에 버려야겠다고 희망에 찬 말을 하고 있었으나 운명의 손에서 이 치명적인 표시를 받아 든 현재로선 피할 수 없는 숙명감에 사로잡혀 있었다. 무한한 공간 속에 팽개쳐져 모처럼 자유로운 공기를 호흡했건만 이제 또 주홍글씨의 비참함이 본 자리에서 번쩍이고 있는 것이다! 하여간 나쁜 행위란 이렇게 뚜렷한 형태로 나타날 경우이든, 그렇지 않을 경우이든 숙명적인 성격을 띠게 마련인가 보다. 헤스터는 윤기있는 머리를 틀어올려 모자 속으로 쑤셔넣었다. 이 슬픈 글씨에는 힘을 시들게 하는 마술이라도 숨어 있는지 헤스터의 포근한 여성미는 스러져가는 햇빛처럼 금방 사라져버리고 회색 그림자가 내리덮였다.

이렇게 쓸쓸한 모습으로 변한 다음 헤스터는 퍼얼 쪽으로 손을 내밀었다.

"자, 이제는 엄마를 알아보겠니, 퍼얼?" 나무라는 듯한 투였으나 조용한 어조로 말했다. "냇물을 건너서 엄마라고 불러주겠지, 이 수치의 표시를 달았으니! 엄마는 슬프단다."

"응, 그렇게!" 아이는 대답을 하자 단숨에 냇물을 뛰어넘어 헤스터를 두 팔로 얼싸안았다. "우리 엄마야! 난 엄마의 퍼얼이고!"

평상시에 볼 수 없는 상냥한 태도로 퍼얼은 어머니의 얼굴을 끌어당기더니 이마와 양쪽 볼에 키스를 했다. 그러나 어쩌다 어머니를 기쁘게 해줄 때도 가슴 아프게 해주지 않고는 못 배긴다는 듯이 퍼얼은 입을 내밀어 주홍글씨에도 키스를 했다.

"이상한 짓을 하는구나!" 헤스터는 말했다. "엄마를 좀 사랑해주는가 했더니 이젠 조롱하고 있구나!"

"왜 목사님이 저기 앉아 있지?" 퍼얼이 물었다.

"너를 만나려고 기다리고 계신 거야." 어머니는 대답했다.

"자, 축도(祝禱)를 부탁하자! 목사님은 퍼얼이 아주 좋으시대. 엄마도 좋고. 너도 목사님이 좋아질걸? 가자, 너하고 말이 하고 싶으시대!"

"목사님은 우리가 좋으시대?" 퍼얼은 영리한 눈으로 어머니의 얼굴을 올려다보았다. "우리와 함께 손을 잡고 셋이서 마을로 돌아가는 거야?"

"지금은 안 돼, 퍼얼." 헤스터는 대답했다.

"하지만 머지 않아 우리와 함께 걷게 되실 거야. 우리 세 사람의 따뜻한 집이 생길 거다. 목사님의 무릎 위에 앉아도 되고 너에게 여러 가지를 가르쳐주시면서 귀여워해주실 거다. 너도 목사님이 좋아지겠지?"

"언제나 가슴에 손을 대고 계실 건가?" 퍼얼이 물었다.

"바보 같으니라고, 그런 말이 어디 있니!" 어머니는 외쳤다.

"자, 어서 가서 축도를 해주십사 해!"

그러나 귀여움을 받고 있는 애가 자기 입장을 위태롭게 하는 상대방이 나타나면 본능적으로 나타나게 마련인 질투심이 생겼는지, 아니면 변덕스러운 성격 탓인지 퍼얼은 목사에게 매정한 태도를 보였다. 어머니는 억지로 퍼얼을 목사가 있는 곳으로 데리고 갔는데 뒷걸음질치며 아주 싫다는 표정을 갖가지 찡그린 얼굴로 나타내고 있었다. 퍼얼은 태어났을 때부터 여러 가지 찡그린 얼굴을 보여서 자기 마음대로 표정을 바꿀 수 있었으며 그 하나하나에는 장난기가 섞여 있었다. 목사는 어쩔 줄을 몰라

했으며 혹시 키스라도 해주면 어린애의 환심을 살 수 있지 않을까 하여 몸을 굽혀 퍼얼의 이마에 키스를 했다. 그런데 퍼얼은 어머니의 손을 뿌리치고 냇가로 달려가 쪼그리고 앉더니 기분 나쁜 키스가 물에 씻겨 내려가도록 이마를 물에 담그고 있었다. 그러더니 헤스터와 목사를 잠자코 쳐다보면서 그 자리에 우두커니 서 있었다. 두 사람은 사태의 변화로 필요하게 된 준비며 곧 이행해야 할 목적 등에 대하여 의논하고 있었다.

이리하여 두 사람의 운명적인 상봉은 끝을 맺게 되었다. 조그만 골짜기는 다시 침침한 고목들 틈에 쓸쓸한 장소로 남게 되었다. 그 고목들은 수많은 혀로 그곳에서 일어났던 일을 두고 두고 속삭이게 되겠지만 아무도 아는 사람은 없을 것이다. 우울한 시냇물은 작은 가슴에 벅차게 안겨진 얘기 거리에다가 이 새로운 것을 하나 더 얻은 셈이 되었다. 그 수수께끼에 대한 얘기를 속삭이듯 흐르고 있는 시냇물의 흐름은 지난 오랜 세월에 비하여 조금도 명랑해지지 않았었다.

제 20 장   미로에 서 있는 목사

헤스터 프린과 퍼얼보다 한발 앞서서 출발한 목사는 뒤를 돌아다보았다. 모녀의 흐릿해지는 얼굴 모습이나 윤곽이 서서히 어슴푸레한 숲속으로 사라져가는 것만이 보이리라 생각했다. 그는 생활 속에 일어난 이토록 큰 인생의 변화를 한번에 현실로 받아들일 수 없었기 때문이다. 그러나 회색 옷을 입은 헤스터는 아직도 나무 줄기 옆에 서 있었다. 아주 옛날 돌풍에 쓰러져 오랜 이끼에 덮인 고목에 이 세상에서 가장 무거운 짐을 짊어진 숙명적인 두 사람이 걸터앉아 잠깐의 휴식과 위안을 발견할 수 있었던 것이다. 게다가 퍼얼이 —— 방해가 되던 제삼자가 없어졌으므로 —— 시냇가에서 사뿐사뿐 춤을 추며 다가와서 여느때처럼 어머니 옆에 서 있는 것이 보였다. 그러니 목사는 지금까지 잠이 들어 꿈을 꾼 셈은 아니었다!

이처럼 마음을 기묘한 불안으로 괴롭히는 그 흐릿하게 이중으로 번져 보이는 인상을 뿌리치기 위하여 목사는 헤스터와 함께 세운 출발 계획을 돌이켜 생각하며 다시 세밀히 검토해보았다. 사람의 수가 많은데다 도시가 있는 구세계(舊世界)가 사람도 적고 도시도 아닌 인디언의 오두막들이나 유럽 인의 개척지가 해안을 따라 드문드문 산재해 있는 데 불과한 뉴잉글랜드나 미국 각지의 황야보다도 더 적절한 은신처가 될 것이라고 두 사람은 결정지었던 것이다. 목사의 건강이 숲속 생활의 괴로움을 견디어

나가는 데 적당치 않을 뿐더러 그의 타고난 재능, 교양, 전체의 인격면으로
봐서도 문명과 진보 속에서만 정착지를 발견할 도리밖에 없었다. 더구나
그 문명과 진보 상태가 높으면 높을수록 이 사람은 미묘하게 어울릴 수
있었던 것이다. 이러한 결단을 격려하는 동기로서 때마침 배 한 척이
항구에 정박하고 있었다. 그 배는 그 당시 자주 볼 수 있던 수상쩍은
순항선(巡航船)으로 반드시 해적선이라고 할 수는 없으나 제멋대로 해상을
횡행하고 있었다. 이 배는 카리브 해(海)의 연안 부근에서 최근에 입항
했는데 사흘 후에는 브리스틀을 향해 출항하기로 되어 있었다. 헤스터
프린은 자칭 자선 부인회원이란 직업을 내세우고 선장이나 승무원들과
친했다. 그러므로 어른 둘과 아이 한 명의 배편을 헤스터 프린이 마련
하기로 했는데 주위의 사정으로 봐서 비밀은 엄수해야만 했다.

배가 출항하는 정확한 시간을 헤스터에게 물었을 때 목사는 적잖이
흥미있는 모습을 보이고 있었다. 나흘 후면 떠날 것이라는 대답을 듣고
목사는 '안성맞춤이군!' 하고 혼자 생각했다. 딤즈데일 목사가 안성맞
춤이라고 생각한 이유는 밝히기를 꺼려하는 바이다. 그러나 —— 독자에게
무엇 하나 숨기지 않기 위하여 말한다면 —— 사흘 후에 목사는 총독
취임식에 축하 설교를 할 예정이었다. 이러한 기회는 뉴잉글랜드의 목
사로서는 평생의 명예라고 할 수 있는 기회였기 때문에 성직을 떠나려는
이 마당에 이보다 더 적절한 방법과 시기를 만나는 일은 없었을 것이다.
'목사로서의 의무를 이행치 않았다든지 적당히 해치웠다는 말은 안 하
겠지!' 하는 것이 이 모범적인 목사의 생각이었다. 이 불쌍한 목사만큼
심오하고 예리한 자기 반성을 갖는 사람이 이처럼 비참하게 기만당해야
하니 참으로 슬픈 일이라 아니할 수 없다! 이 사람에 대하여는 지금까지
이것저것 심한 말을 해왔지만 앞으로도 더 말해야만 할 것이다. 그러나
이처럼 비참하고 데면데면한 일은 없었을 것이다. 오래 전부터 그 성격의
근본이 미묘한 병균의 침식을 받아왔다는 사실에 대하여 이처럼 사소
하면서도 부정할 수 없는 증거가 나타난 일은 없을 것이다.

인간은 누구나 상당히 오랜 시일에 걸쳐 자기 자신에게 보이는 얼굴과 타인에게 보이는 얼굴을 분간해보면 어느 얼굴이 진정한 자기 얼굴인지 혼돈을 일으킬 때가 언젠가는 반드시 오는 법이다.

헤스터와 헤어져 돌아오는 도중 딤즈데일 씨의 감정은 흥분하여 평상시엔 볼 수 없는 힘이 솟아나왔고 단정한 걸음으로 마을로 돌아가는 길을 걸을 수 있었다. 숲속의 길은 갈 때 보았던 것보다 훨씬 황량하고 울퉁불퉁한 자연의 방해물이 생소한데다 사람의 발자취도 덜한 것 같았다. 그러나 목사는 물웅덩이를 건너뛰고, 몸에 얽혀드는 덤불을 헤치고 언덕길을 올라가고, 움푹 패인 데로 뛰어내렸다. 결국 자기 자신도 놀랄 만큼 피로를 모르는 원기로 모든 난관을 극복했다. 불과 이틀 전만 해도 바로 이 길을 숨이 차서 몇 번이고 쉬어가며 힘없이 걸어갔는지를 생각하지 않을 수 없었다. 보스턴 거리가 가까워지자 눈앞에 나타난 낯익은 갖가지 풍경들이 완전히 달라진 듯한 인상을 주었다. 이 풍경을 마지막으로 본 것이 하루 이틀 전의 일이 아니라 여러 날, 아니 여러 해 전의 일인 것 같았다. 확실히 낯익은 길거리의 모습도 그전대로였고 집집마다 특징 있는 처마의 모양도 그전대로였으며 아마 이쯤이었지 하고 생각나는 곳에 반드시 바람개비도 달려 있었다. 그럼에도 불구하고 모든 것이 변했다는 느낌이 집요하게 머리를 쳐들었다. 도중에서 만나는 아는 사람들이나 이 작은 거리에 낯익은 인간 생활의 여러 가지 모습에 대해서도 같은 느낌이었다. 사람들이 나이를 먹은 것도 아니고 젊어진 것도 아니었다. 노인의 턱수염이 더 희어진 것도 아니고 어제까지 기어다니던 갓난아이가 오늘은 걸어다니는 것도 아니었다. 바로 엊그제 작별의 인사를 나누었던 사람들이 어떻게 달라졌는지 설명할 수는 없었다. 그러나 목사의 뿌리 깊은 느낌은 사람들이 변했다는 것을 알려주는 것 같았다. 자기 교회의 벽 옆을 지나갈 때도 같은 인상을 받게 되어 놀라고 말았다. 건물 그 자체가 낯설게 보이는 동시에 낯익어보이기도 했으므로 딤즈데일 씨의 마음은 두 갈래 생각 사이에서 방황하고 있었다. 지금까지 보아온 건물이 꿈 속에서 본 것인지, 아니면 지금 꿈을 꾸고 있는 것인지.

이런 현상은 갖가지 형태로 나타나지만 외면적인 변화를 말하는 것이 아니라 낯익은 장면을 바라보는 인간 쪽에 중대한 변화가 갑자기 일어났기 때문에 그 사이의 하루가 마치 몇 년이나 된 것 같은 작용을 그 사람의 의식에 넣어주는 것이다. 즉 목사의 의지와 헤스터의 의지, 그리고 그 두 의지 사이에서 태어난 운명이 이와 같은 변화를 가져온 것이다.

전과 다름없는 거리였지만 숲에서 돌아온 목사는 딴 사람이 되어 있었다. 친구들을 만났으면 이렇게 말하였을지도 모른다. "나는 자네들이 생각하고 있는 것 같은 사람이 아닐세! 그 사람은 숲속 깊숙한 골짜기에 두고 왔다네! 이끼낀 고목나무가 쓰러져 있는 음침한 냇가 옆일세. 자네들이 생각하고 있는 목사를 찾으러 가는 게 좋을 걸세. 그 녀석의 수척한 몸, 여윈 볼, 창백하고 우울한 고통으로 일그러진 이마 등이 마치 벗어던진 옷처럼 그곳에 팽개쳐져 있을걸세!" 물론 친구들은 "당신이 바로 그 사람이 아닌가!" 하고 말하겠지만 틀린 것은 그들이지, 목사는 아니었다.

집에 도착하기까지 딤즈데일 목사의 정신은 사고와 감정의 영역에 변화가 일어났다는 여러 가지 증거를 제시하고 있었다. 사실 목사의 마음 속의 왕국에서 왕조(王朝)와 도덕률이 완전히 변해버렸다는 일 이외에 불운함에 허둥거리고 있는 사람에게 전달되는 모든 충동을 적절히 설명해주는 것은 없었다.

한 걸음 옮길 때마다 목사는 무엇인가 기기묘묘한 장난을 해보고 싶은 기분에 사로잡혔다. 그것은 또 발작적인 동시에 의도적이었고 자기는 생각지도 않은 일이면서 억제하려는 자아(自我)와는 다른, 좀더 깊은 곳에 자리잡은 자아로부터 생겨난 것이라는 느낌이었다. 예를 들면 교회 장로로서의 특권을 갖고 목사에게 말을 걸었다. 나이로 보나 고결한 인격으로 보나 교회 내에서의 지위로 보나 그건 마땅한 일이었다. 그 태도에는 공사(公私) 양면에 걸친 목사의 자격에 대한 당연히 치뤄야 할 정중하고 존경어린 숭배심이 섞여 있었다. 사회적 지위나 재능이 뒤떨어진 사람이 보다 높은 사람을 대할 경우와 같이 이것은 노령(老齡)과 예지(叡知)가 지닌 위엄이 복종과 존경에 일치될 수 있다는 것을 나타내는 훌륭한 일례에 지나지 않았다. 그런데 딤즈데일 목사는 이 흰 수염이 난 장로와 몇 마디 말을 나누는 동안에 성찬(盛饌)에 대해 마음속에 떠오른 불경스러운 생각을 입 밖에 내고 싶어 견딜 수 없는 것을 억지로 참았다. 자기도 모르는 사이에 혀가 혼자서 이런 무서운 말들을 지껄이지는 않을까? 본심으로는 동의할 수 없는 일을 혀가 멋대로 찬성한다고 지껄이지나 않나 하고 이가 딱딱 마주칠 정도로 떨렸으며 얼굴은 잿빛으로 변해 있었다. 더구나 마음속으로는 이렇게 두려움에 떨면서도 눈앞에 있는 믿음이 깊은 장로인 체하는 풍체 좋은 노인이 목사의 불경하기 이를 데 없는 말을 듣고 얼마나 대경실색할까 하는 생각을 하면 웃음을 금할 수 없었다.

　이 밖에도 또 하나 비슷한 사건이 있었다. 부지런히 걸어가고 있던 차에 딤즈데일 목사는 교회에서 가장 나이가 많은 여신자를 만났다. 참으로 신앙심이 깊고 모범적인 노파로 가난하고 외로운 생활을 하는 과부였다. 죽은 남편이나 아이들, 그리고 오래 전에 유명을 달리한 친구들에 대한 추억을 가슴에 품고 사는 모습은 비문을 새긴 비석이 잔뜩 들어선 묘지나 다름없었다. 이러한 사정은 다른 사람의 경우라면 어쩔 수 없는 슬픔이 되었겠지만 삼 년 이상 계속 마음의 양식으로 삼아온 종교적인 위안과 성서에 쓰인 진리의 덕으로 신앙심이 두터워진 노파에게는 엄숙한 기쁨이 되었다고 해도 무방할 것이다. 더구나 딤즈데일 씨가 뒤를 돌보게 되면서부터는 이 노파가 속세에서 받는 유일한 위안은 ── 그것이 또한 천국에서의 위안이기도 하였기 때문에 참된 위안이 될 수 있었지만 ── 목사를 우연히 만났다든지, 일부러 만나러 갔거나 하였을 때 완전히 들리지는 않지만 정신을 차리고 기울이고 있는 귀로 이 고마운 사람의 입술로부터 흘러나오는 따뜻하고 향기로운, 천국의 입김이 서려 있는 복음의 진리를 듣는 일이었다. 그러나 오늘 딤즈데일 목사는 노파의 귓가에 입술을 갖다 대는 순간까지도 성서의 구절은 하나도 생각나지 않고 인간의 영혼 불멸에 이의(異議)를 주장하는, 짧고도 강렬하고 반론의 여지조차 없다고 생각되는 말만이 생각났다. 이것은 영혼의 큰 적인 악마의 소행이었는지도 모른다. 이와 같은 말이 노파의 마음에 주입되었더라면 그녀는 맹독(猛毒)이 온몸에 퍼지기라도 한 듯이 그 자리에서 숨이 끊어져버렸을 것이다. 사실상 도대체 무슨 소리를 지껄였는지 목사는 그 후에도 생각해낼 수가 없었다. 다행히 목사의 말이 지리 멸렬(支離滅裂)하여 선량한 미망인이 이해할 만한 확실한 사상을 표현할 수 없었는지, 하느님이 독특한 수법으로 설명을 가했는지 둘 중 어느 하나가 작용한 모양이다. 목사가 돌아보았을 때 주름투성이며 파리한 노파의 얼굴에는 하늘나라의 빛이라고 생각되는, 하느님에 대한 감사와 법열(法悅)의 표정이 보였다.

또 하나의 이야기가 있다. 나이 많은 교인과 헤어진 다음 목사는 이번에는 교회에서 가장 연소한 여자를 만나게 되었다. 그 소녀는 그 철야 기도가 있은 다음날인 안식일에 딤즈데일 목사의 설교를 듣고 입교한 여자였다. 설교의 내용은 '속세의 덧없는 쾌락을 버리라. 주위의 인생이 어두워짐에 따라 더욱 빛나는 실체를 나타내어 암흑을 최후의 심판일의 영광으로 비치는 천국의 희망을 마음속에 간직하라' 라는 것이었다. 소녀는 천국에 핀 백합꽃처럼 아름답고 청순했다. 목사는 이 소녀의 순결 무구한 가슴속이 깊이 모셔졌고 그 모습의 둘레에는 눈처럼 흰 커튼이 드리워져 있어서 종교에는 사랑의 따뜻함을, 사랑에는 종교의 순결성을 부여해주고 있다는 것을 목사도 충분히 알고 있었다. 불쌍하게도 이 소녀가 그날 오후 어머니의 슬하를 떠나 비참하게 유혹을 받았다고 할까, 미혹(迷惑)되어 절망적이라 할 수 있는 목사가 지나가는 길목에 나타나게 된 것은 악마의 소행임에 틀림없다. 소녀가 가까이 가니 악마는 목사에게 이윽고 검은 꽃을 피게 하고 때가 되면 검은 열매를 맺을 악의 씨를 조그맣게 뭉쳐서 소녀의 부드러운 가슴에 내던지라고 속삭였다. 진심으로 믿고 있는 이 청순한 소녀의 영혼에 대하여 목사는 강대한 지배력을 지니고 있었으므로 악으로 흐려진 눈으로 한 번만 쏘아보면 무구(無垢)한 영혼을 말려 죽이고 단 한 마디로 사악한 영혼을 조장시킬 수도 있을 것 같았다. 그래서 목사는 지금까지 볼 수 없었던 격렬한 싸움을 마음속에서 계속하면서 설교용의 긴 옷으로 얼굴을 가리고 상대방을 못 알아본 체하고 재빨리 지나갔으므로 그 나이 어린 교인은 목사의 무뚝뚝한 태도를 혼자서 힘껏 참아내야만 했다. 소녀는 양심을 —— 포켓이나 바느질 주머니처럼 자질구레한, 깨끗한 물건이 잔뜩 들어 있는 양심의 주머니 속을 뒤적였다. 가엾게도 이것저것 자기가 저질렀을지도 모르는 잘못을 들춰내어 자신의 몸을 책하는 것이었다. 다음날 아침에는 퉁퉁 부은 눈으로 집안일을 돌보고 있었다.

이 마지막 유혹을 이겨낸 기쁨을 맛보기도 전에 목사는 또 다른 충동을 느끼게 되었는데 그것은 더 허황되고 무서운 것이었다. 그것은 —— 여기서 말하기도 창피한 노릇이지만 —— 길 복판에 서서 거기서 놀고 있는 겨우 말을 배우기 시작한 청교도 아이들을 붙잡고 굉장히 나쁜 말을 몇 마디 가르쳐 주고 싶은 충동이었다. 이와 같은 변덕은 성직에 합당치 않은 일이라고 억제하고 있는데 목사는 그 카리브 해 근처에서 온 술취한 선원 한 사람을 만났다. 지금까지의 다른 나쁜 유혹은 모두 잘 참아왔으므로 타르투성이의 취한과 악수나 나누고 건달 같은 선원들이 너무도 잘 알고 있는 음란한 농담을 지껄이거나 노골적이고 위세있고, 가슴이 후련해질 정도로 하느님도 무시하는 욕설을 연발하여 기분 전환을 해봤으면 하는 생각이 들었다. 이 위기도 무사히 극복할 수 있었던 이유는 훌륭한 도덕심 때문이 아니라 그의 타고난 취미가 고상하다는 것과 그 이상으로 모나고 부자유스러운 목사로서의 습관 때문이었다.

'이렇게 나를 따라다니며 유혹하고 있는 것은 무엇일까?' 목사는 길거리에 멈춰 서서 손으로 이마를 치며 큰소리로 스스로에게 물었다. '내가 미친 것일까? 아니면 완전히 악마의 손에 넘어간 것일까? 숲 속에서 악마와 계약하고 피로 서명을 했단 말인가? 악마의 비열한 상 상력으로만 생각할 수 있는 사악한 일을 차례차례 수행시키려고 하는

것은 계약의 실행을 독촉받고 있기 때문일까 ?'

딤즈데일 목사가 이처럼 이마를 치면서 심사숙고하고 있을 때, 그 유명한 마녀 히빈스 부인이 지나갔다는 말이 있다. 높은 머리 장식과 호화로운 비로드 옷차림에다 칼라에는 친구 앤 터너가 토머스 오버베리 살해 사건으로 교수형이 되기 전에 비결을 가르쳐주었다는 유래가 있는 노란 풀을 먹였었다. 목사의 마음속까지 꿰뚫어보았는지는 모르나 이 마녀는 우뚝 멈춰서더니 상대방의 얼굴을 샅샅이 들여다보았다. 그리고 간교한 웃음을 띠며 평상시는 목사와 말을 나누는 일도 없던 그녀가 말을 걸어왔다.

"목사님, 숲에 갔다 오셨군요." 마녀는 운두 높은 머리 장식을 끄덕여 보였다. "이번에는 미리 알려주십쇼. 기꺼이 동반해드릴 테니까요. 자랑은 아니지만 제가 말만 하면 아무리 처음 가는 분이라도 목사님이 잘 아시는 대왕님을 뵈올 수 있을 테니까요 ! "

"부인." 목사는 대답했다. 그 진지하고 예의바른 태도는 부인의 신분에도 어울렸고 목사의 자란 과정으로 봐도 어쩔 수 없는 일이었다. "나의 양심과 인격을 걸고 고백합니다만 부인 말씀의 뜻을 전혀 모르겠습니다 ! 내가 숲속에 간 것은 대왕을 찾으러 간 게 아니며 앞으로도 그런 분의 융숭한 대우를 받기 위해 숲속을 찾는 일은 없을 것입니다. 나의 목적이란 다름이 아니라 나의 친구인 엘리어트 전도사를 만나 그분이 이교도부터 기독교로 개종시킨 귀중한 여러 영혼을 함께 축복하고자 했을 따름입니다 ! "

"하하하 ! " 늙은 마녀는 운두 높은 머리 장식을 목사 쪽으로 까닥거리면서 깔깔 웃었다. "그렇겠지요. 대낮에는 그렇게 말할 수밖에 없겠지요 ! 솜씨가 보통이 아닌데 ! 그러나 한밤중 숲속에서는 다른 얘기를 하기로 합시다 ! "

부인은 노인 특유의 위엄을 지니고 지나갔지만 가끔 돌아다보며 비밀의 연고 관계를 알아내려는 듯 싱글벙글 웃고 있었다.

목사는 생각했다.

'결국 악마에게 내 몸을 팔아버릴 셈인가? 소문에 따르면, 노란 풀을 먹이고 비로드 옷을 입은 저 노파는 악마를 왕으로 모시는 동시에 주인으로 모신다고 하지 않는가!'

가엾은 목사여! 목사는 영혼을 팔아넘기는 것과 같은 거래를 한 것이다! 행복한 꿈에 눈이 어두워 몹시 나쁜 죄라는 것을 스스로 알고 있으면서 자진해서 몸을 맡긴 셈이었는데 이러한 일은 목사로서 처음 있는 경험이었다. 그리고 그 죄의 전염성 해독이 눈 깜짝할 사이에 정신의 전역에 퍼져나간 것이다. 이 독은 깨끗한 일체의 충동을 마비시키고 온갖 더럽혀진 충동을 생동하게끔 했다. 경멸이나 독설, 이유없는 악의, 이유없이 악을 구하는 충동, 선량하고 신성한 것에 대한 조소 —— 이러한 것들이 모두 눈을 떴고 목사는 두려움에 떨면서도 유혹된 것이다. 히빈스 노부인과 만난 일이 만일 현실이었다면, 목사가 극악 무도한 인간이나 사도(邪道)에 빠진 영혼의 세계와 일맥 상통한 사이가 되었다는 것을 나타내는 데 불과했다.

이때 목사는 이미 묘지 근처에 있는 거처로 돌아가 있었다. 그는 계단을 올라가자 서재에 틀어박혔다. 집으로 오는 동안 쉴 새 없이 자기를 사로잡으려 했던 괴상하고 사악한 충동으로 인해 남 앞에서 정체를 폭로당하는 일없이 무사히 집에까지 당도한 것을 그는 다행으로 생각했다. 낯익은 서재로 들어간 그는 책·창문·난로·무늬있는 천으로 장식한 조화를 이룬 벽을 둘러보았으나 모든 것이 이상하게 보였다. 숲에서 거리를 통해 자기 집으로 돌아오는 도중 줄곧 따라다니던 감정을 역시 여기서도 느꼈던 것이다. 이 방에서 연구도 했고 글도 썼다. 단식이나 철야 기도로 초주검이 되었던 것도 이 방이었고 기도를 드리려고 애를 쓰면서 수천 수백의 고뇌를 견딘 것도 바로 이 방이었다! 의미 심장한 고대 헤브라이어로 쓰인 성서에서는 모세와 예언자들이 말을 걸고 하느님의 음성이 울려 퍼지고 있었다! 테이블 위에는 잉크가 묻은 펜 옆에 쓰다 만 설교문 원고가 놓여 있었다. 이틀 전에 그의 생각이 중도에서 막히자 문장이 중단된 채로 남아 있는 것이다. 여러 가지 일과 괴로움을 겪어가며 총독 취임 축하 설교문을 여기까지 써온 것은 바로 여위고 볼이 창백한 목사 자신이었다는 것을 알고 있었다. 그러나 뭔가 한 발짝 물러선 위치에서 자기 자신을 연민과 부러워하는 듯한 호기심으로 바라보고 있는 듯싶었다. 과거의 자기는 사라져버렸다! 숲에서 돌아온 자기는 딴 사람이었고 좀더 현명한 인간으로 변해 있었다. 단순하고 소박한 과거의 자기로서는 도저히 다다를 수 없는 미지의 세계에 관한 지식을 지닌 현명한 인간이었다. 그러나 그것은 얼마나 쓰디쓴 지식이었단 말인가!

이런 생각에 잠겨 있을 때 문을 두드리는 소리가 들려왔다. 목사는 "들어오시오." 하고 대답했다. 그러나 악마를 만나는 게 아닌가 하는 생각이 들기도 했다. 과연 그 예감은 들어맞았다! 들어온 사람은 로저 칠링워드 노인이었기 때문이다. 목사는 한 손으로 헤브라이 어 성서 위에 놓고, 한 손은 가슴 위에 얹은 채 파랗게 질려 있었다.

"다녀오셨군요!" 의사는 말했다. "그 훌륭하신 엘리어트 전도사는 안녕하시던가요? 그런데 목사님 안색이 좋지 않군요. 황야를 여행했던 것이 너무 고되었던 모양입니다. 축하 설교를 하려면 기운을 차려야 할 텐데, 도와드릴까요?"

"아뇨, 문제없습니다." 딤즈데일 목사는 대답했다. "서재에 틀어박혀 있다가 여행을 하고, 또 그곳에서 성인 같은 전도사님을 만나뵙고, 거기다 전에 없이 자유로운 공기를 쐬었더니 상당히 도움이 되었습니다. 이제 선생이 지어주시는 약은 필요없을 것 같습니다. 좋은 약인 줄은 압니다만."

이러는 동안에 로저 칠링워드는 의사가 환자를 대하는 신중하고도 강렬한 시선으로 목사를 물끄러미 쳐다보고 있었다. 그러나 목사는 겉으로는 이렇게 아무렇지도 않은 체하면서도 헤스터 프린과 만난 일에 대하여 노인이 이미 알고 있든지 아니면 적어도 눈치를 챘으리라 확신했다. 의사 쪽에서도 또한 목사의 안중에는 의사가 이미 전처럼 신뢰하는 친구가 아니라 증오하는 원수로 보인다는 것을 눈치채고 있을 것이다. 이 정도까지 알고 있다면 눈치 정도 나타나는 것은 당연하다고 생각할지도 모른다. 그러나 기묘한 일이기는 하지만 말이 사물을 구체적으로 표현하려면 훨씬 오랜 시간이 걸리는 법이며 어떤 문제를 회피하려 드는 두 사람은, 바로 그 앞까지 가까이 가면서도 전연 그 문제를 건드리는 일 없이 안전 무사하게 물러서는 법이다. 따라서 목사는 로저 칠링워드가 자기들의 비밀에 대하여 확실한 말로 거론하리라는 걱정은 조금도 하지 않았다. 그러나 의사는 독특하고 음흉한 방법으로 비밀 가까이, 무서운 모습을 드러냈던 것이다.

"오늘밤만은 제 변변치 못한 의술을 이용하시는 게 좋지 않을까요? 사실 말이지 목사님에게는 축하 설교라는 큰일을 앞두고 건강하게 오래 사셔야 한다고 최선을 다하고 있으니까요. 이 고장 사람들도 목사님에게 큰 기대를 걸고 있답니다. 내년에는 목사님이 안 계시는 일이 있을지도 모른다고 걱정하는 모양이니까요."

"그렇죠. 저 세상으로 가버리면." 목사는 경건한 체념조의 말투였다. "하느님이 좀더 좋은 세상으로 보내주시면 좋으련만. 사실상 사시 사철 앞으로 일 년을 교회의 여러분과 함께 지낼 수 있을 것 같지 않습니다! 그러나 선생님의 치료는 현재 건강상태로는 필요없을 것 같습니다."

"그렇다면 다행입니다." 의사는 대답했다. "상당히 오랜 동안 아무 효험도 없던 제 약이 이제야 겨우 효험을 보이기 시작한 모양인가요. 목사님을 건강하게만 해드릴 수 있다면 나 역시 행복한 생각이 들 것이고, 뉴잉글랜드 전체의 감사를 받아 마땅할 것입니다!"

"손색없는 친구인 선생께 충심으로 감사드립니다." 딤즈데일 목사의 미소는 엄격한 느낌이 들었다. "정말 감사합니다. 선생의 친절에는 기도로 보답할 도리밖에 없습니다."

"훌륭한 분의 기도는 황금의 사례입니다!" 로저 칠링워드 노인은 방을 나가면서 말했다.

"옳습니다. 그것은 천제(天帝)의 조폐국 도장이 찍힌, 예루살렘에서도 통용되는 금화입니다!"

"혼자 남은 목사는 하숙집 심부름꾼을 불러 식사를 가져오라고 한 다음 왕성한 식욕으로 먹어치웠다. 그러고 난 다음 쓰다만 축하 설교 원고를 불 속에 집어던지고 곧 새 원고를 초하기 시작했다. 무슨 영감(靈感)이라도 받은 듯이 사상과 정감이 충동적으로 흘러나왔다. 목사와 같은 더렵혀진 파이프 오르간의 음관(音管)을 통해 숭고하고 장엄한 신탁(信託)이라는 음악을 전달하는 것을 어찌 하느님이 묵인하는지 다만 놀라울 뿐이었다. 그러나 그 의문은 자연히 해결되도록 내버려두거나 아니면 영원히 미해결로 놔두기로 하고 목사는 한눈도 팔지 않고 원고 쓰는 일에만 몰두했다. 이리하여 그날 밤은 날개 돋친 말처럼 달렸고 목사 자신도 그 말을 타고 질주하는 것 같았다. 아침이 되자 커튼 틈으로 아침 해가 황금색 빛을 서재 안에 뿌려넣으며 목사의 눈을 부시게 비쳤다. 펜을 든 채 앉아 있는 목사 뒤에는 헤아리기 힘들 정도의 원고가 수북이 쌓여 있었다.

제 21 장   뉴잉글랜드의 경축

신임 총독이 임명되는 날 아침, 헤스터 프린은 때를 맞추어 퍼얼을 데리고 마을의 광장으로 갔다. 그곳에는 벌써 장인(匠人)들과 빈민들이 많이 나와 붐비고 있었다. 그 중에는 험악한 인상의 사람들도 많이 섞여 있었는데 그들이 걸친 사슴 가죽 옷은 식민지의 중심지인 보스턴을 둘러싸고 있는 숲속 개척지의 주민들임을 말해주고 있었다.

과거 7년간 다른 행사 때에도 그러했지만 이런 경축일에도 헤스터는 거친 회색 천으로 만든 옷을 입고 있었다. 그 옷의 빛깔보다도 뭔가 형언할 수 없이 기묘한 옷 모양이 헤스터를 전적으로 남의 눈에 띄지 않는 희미한 존재로 보이게 하는 복장이었다. 하지만 주홍글씨를 달고 있었기 때문에 헤스터의 모습은 이 희미한 상태에서 되살아나 주홍글씨가 지니고 있는 도덕적 빛 속에 뚜렷이 돋보이는 것이었다. 이 거리 사람들과 오랫동안 낯익어 온 헤스터의 얼굴은 여전히 대리석처럼 침착함을 보이고 있었다. 마치 가면과 같았다. 아니 차라리 죽은 여자의 얼굴에서 볼 수 있는 얼어붙은 듯한 싸늘한 표정이 떠 있었다. 이처럼 기분 나쁜 연상을 하게 되는 것은 헤스터가 남의 동정을 살 수 없다는 점에서 죽은거나 다름없고, 아직도 섞여 살고 있는 것 같은 현실 세계에서도 실은 이미 떠나버렸다는 사실이 있었기 때문이었다.

그러나 특히 이날만은 지금까지 볼 수 없었던 표정이 감돌고 있었다.

그렇다고 해서 아무의 눈에나 띌 정도로 뚜렷한 표정은 아니었다. 누군가 초자연적인 힘을 갖춘 관찰자가 우선 마음을 알고 난 다음에 그에 대응하는 모습을 얼굴 모습이나 태도에서 찾아본다면 모르거니와 그렇지 않으면 도저히 알아볼 수 없었다. 그러한 심안(心眼)으로 관찰하는 사람이라면 7년이란 비참한 세월을 군중의 시선을 종교적 의무로써, 회오(會悟)로써, 또 참기 어려운 신앙으로써 인내에 인내를 거듭해온 헤스터가 마지막으로 지금 한 번 자유로이 자진해서 군중의 시선과 맞섰으며 오랫동안 고민하고 있던 것을 승리와 흡사한 것으로 바꾸려 하고 있다는 것을 알아차렸을 것이다. '주홍글씨와 주홍글씨를 단 여인을 마지막으로 보아두어야 할 것입니다!' 사람들의 희생이기도 하고 종신 노예라고 생각되던 헤스터는 이렇게 말했을지도 모른다. '하지만 얼마 안 있으면 당신네들 손이 미치지 않는 곳으로 가버릴 것입니다! 앞으로 몇 시간 후면 깊고 신비스러운 바다가 당신네들 덕분에 내 가슴 위에서 불타고 있던 표시를 영원히 흔적도 없이 삼켜버릴 것입니다!' 동시에 또 이처럼 생명에 깊이 뿌리박고 있던 고통으로부터 해방되는 순간에 있어 헤스터의 마음속에 서운해 하는 마음이 생겨났으리라고 상상한다 해도 인정상 생각할 수 있는 것이며 모순만은 아닐 것이다. 여인으로서 한창 나이의 태반을 통해 맛보아야 했던 쓴 쑥이나 노회(老薈)의 잔을 숨도 쉬지 않고 단숨에 마셔버리고 싶은 참을 수 없는 욕망이 있었던 게 아닐까? 앞으로 입술을 통해 들어갈 인생의 술은 조각한 황금의 큰 술잔에 담겨 있는 진하고 향기롭고 흐뭇한 술이 될 것이다. 혹은 또 지금까지는 쓰디쓴 술찌꺼기를 맛본 뒤니만큼 강렬한 효력이 있는 코디얼과 같은 도저히 피할 수 없는 나른한 권태감을 남기게 될 것이다.

퍼얼은 화려하고 산뜻하게 차려입고 있었다. 이 태양처럼 밝은 환상의 소녀가 우중충한 회색 옷을 걸친 여인에게서 태어났다고는 도저히 믿을 수 없었으며 이 아이의 옷을 치장해주는 데 필요했던 호화롭고 섬세한 공상력이 헤스터의 검소한 옷에 뚜렷한 특이성을 준다는, 한층 힘든 일을 해낸 공상력과 같다고는 도저히 믿을 수 없었다. 드레스는 퍼얼에게 너무나 잘 어울렸으므로 이 아이의 성격의 필연적인 발달로 인해 밖으로 넘쳐 나왔다는 느낌을 주었다. 이를테면 나비의 날개에서 다채로운 광채를 가려 낼 수 없고 고운 꽃잎으로부터 오색의 빛깔을 따로 떼어낼 수 없듯이 퍼얼의 성격과 드레스는 잘 어울렸다. 나비나 꽃잎에다 비유할 수 있는 말이 그대로 이 아이에게도 통용될 정도로 복장이 성격과 표리일체가 된 셈이다. 게다가 떠들썩한 경축일이라는 것만으로도 퍼얼의 모습에는 기묘하게 침착성을 잃은 흥분이 엿보였으며 그것은 마치 가슴에 장식된 다이아몬드가 가슴의 고동에 따라 가지각색으로 빛나는 모습과 똑같았다. 아이들이란 언제나 관계되는 사람들의 동요에 공명하는 법이어서 특히 집안에 근심거리가 있었다든지 또는 큰일이 닥쳤다든지 할 때에는 어떤 종류의 일이든 반드시 느끼게 마련인 것이다. 따라서 어머니의 불안한 가슴 위에 장식된 보석이라 할 수 있는 퍼얼이었으므로 이 아이의 설레임 그 자체는 헤스터의 대리석 같은 이마에서 아무도 발견할 수 없는 동요를 무언중에 말해주고 있는 것이었다.

이러한 흥분 때문에 어머니 곁을 얌전히 따라갈 수만은 없었던 퍼얼은 새처럼 그 주위를 깡종깡종 뛰고 있었다. 끊임없이 큰소리를 지르고 때로는 알아들을 수 없는 노래를 귀 아프게 불렀다. 그들이 광장에 도착하여 그 장소 일대가 와글거리고 활기에 넘쳐 있는 것을 보자 점점 침착성을 잃었다. 평상시 같으면 이 근처는 도시의 상업 중심지라기보다 마을의 교회당 앞에 있는 쓸쓸한 풀밭이라고 부르는 게 어울리는 장소였기 때문이다.

"엄마, 이게 웬일이지? 온 세상이 다 노는 날인가? 저것봐, 대장장이가 있어요! 검정투성이의 얼굴을 깨끗이 씻고 새 양복을 입었어요! 기뻐서 어쩔 줄 몰라 하는 얼굴이지만 누군가 친절한 사람이 흥겹게 이끌어줘야 할 것 같아. 그리고 간수 브래키트 할아버지도 계셨어. 나를 보고 끄덕이며 웃고 계셨어. 왜 그러지, 엄마!"

“갓난아기 때의 너를 알고 있어서 그러는 거야.” 헤스터는 대답했다.

“하지만 저런 사람이 나를 보고 웃는 건 기분 나빠요. 불쾌하고 침울한 얼굴에 눈초리가 무서운 할아버지이니까!” 퍼얼은 말했다. “엄마는 회색 옷에 주홍글씨를 달고 있으니까 끄덕이면서 대꾸해도 될 거야. 그런데 엄마, 보란 말이에요. 낯선 사람의 얼굴이 굉장히 많아요. 인디언도 있고 뱃사람도 있어요! 이 광장에 뭣하러 왔죠?”

“행렬이 지나가는 것을 기다리고 있는 거야.” 헤스터는 말했다.

“총독님과 판사님들이 지나가시는 거야. 목사님이나, 높고 훌륭한 분들도 가시지. 악대와 군인들을 앞장세우고 행진하는 거란다.”

“그럼 그 목사님도 계시겠네?” 퍼얼이 물었다. “엄마가 나를 시냇가에서 데리고 갔을 때처럼 목사님이 나한테 두 손을 내밀어주실까?”

“그야 목사님도 계시지.” 어머니는 대답했다. “하지만 오늘은 아는 체도 안 하실 거고 너도 인사를 하면 안 된다.”

“참으로 이상하고 슬픈 목사님이시네!” 아이는 이렇게 혼잣말처럼 말했다. “어두운 밤에는 우리를 불러 엄마와 내 손을 잡아주겠지! 요전에 처형대 위에 섰을 때처럼. 또 숲속에서 고목만이 귀를 기울이고 좁은 하늘만을 보고 있을 때는 엄마와 이끼더미 위에 앉아서 얘기를 하셨는데! 내 이마에도 키스를 해줬지만 시냇물로는 여간해서 씻어낼 수 없었어! 하지만 지금처럼 환한 대낮이거나 여러 사람 앞에서는 우리는 서로 모르는 체해야 하거든! 언제나 가슴에 손을 얹는, 이상하고 슬픈 목사님이야!”

“조용히 해요. 퍼얼! 그런 일은 아직 너는 몰라도 돼요.” 어머니는 말했다. “이젠 목사님 생각은 하지 말고 여기 있는 사람들이나 보란 말이야. 오늘은 다들 얼굴이 얼마나 명랑해보이니. 아이들은 학교가 파했고 어른들은 일터나 밭에서 일을 끝내고 와서 즐겁게 지내보자는 거야. 오늘은 새로운 분이 총독님이 되시는 날이야. 그러니까 다들 명랑하게 즐기는 거야. 모든 사람이 모여서 나라가 이룩된 다음 사람들은 줄곧 이렇게 하는 것이 습관이 되어버렸다. 빈한하고 낡은 세계가 없어지고 살기 좋은 훌륭한 시대가 닥쳐오기라도 하듯이 말이야!"

사람들의 얼굴을 밝게 하고 있는 진기한 명랑함에 대해서는 헤스터가 설명한 바 그대로였다. 이렇게 북적거리는 연중 행사에 —— 옛날부터 그러했고, 2백 년 가까이나 계속되고 있는 것이지만 —— 청교도들은 약한 인간성에 대해서 허용해주어도 좋다고 인정되는 즐거움과 공적인 기쁨을 모두 한데 몰아서 압축시켜버리는 것이었다. 이렇게 함으로써 평상시 쌓였던 우울한 구름을 완전히 몰아내려 했던 것이다. 단 하루의 경축일인 이날만큼은 그 까다로운 얼굴 표정도 누그러지는 법이지만 다른 많은 사회가 일반 대중의 어려움을 당했을 때 보일 정도의 심각한 표정은 역시 남아 있었던 것이다.

그러나 이렇게 쓰는 것은 가령 그것이 그 시대의 기풍이나 풍속의 특징이었다 하더라도 회색 내지 검은색의 음색(音色)을 너무 지나치게 과장하여 생각하는 게 될 것이다. 지금 보스턴 광장에 있는 사람들은 날 때부터 청교도적인 침울성을 타고난 것은 아니었다. 이 사람들은 원래 영국인이었고 그들의 아버지 대는 엘리자베스 여왕의 밝고 풍족한 시대에 살았던 것이다. 이 시대야 말로 영국민의 생활을 전체적으로 개편할 때 지금까지 세계에 알려진 어느 시대보다 장려(壯麗)하고 웅대하고 기쁨에 넘친 시대였다. 이러한 전통적 취미를 좇았다면 뉴잉글랜드의 이주민들은 공적으로 중요한 행사가 열리는 날에는 불꽃놀이·연회·가장 행렬 등 으로 장식했을 것이다. 장엄한 의식을 거행함에 있어서도 이러한 경축일의 장엄한 기분과 즐거운 오락을 결부시켜 국민이 몸에 걸치는 예복에다 괴상하리만큼 화려한 수를 놓는 것쯤 결코 불가능한 일이 아니었다. 식 민지에서 정치상의 새해가 시작되는 날을 축하하는 자세에도 이런 종류의 시도가 다소나마 자취를 남기고 있었다. 총독의 임명이란 연중 행사에 관련하여 뉴잉글랜드의 선조가 시작한 관습에는 화려한 수도 런던에서 대관식이라고 할 것까지는 못 되더라도 시장 취임 식전 때 보았던 화려했던 기억을 어설프게나마 반영하고 있었다. 비록 훨씬 동떨어진 경향은 있었지만 그대로 하나의 형태를 이루게 된 것이다. 이 공화국의 선조이고 창건자인 정치가나 목사나 군인들은 위풍당당한 외관을 갖추는 일을 의무로 생각하고 있었다. 이러한 외관은 옛 관습에 따라 정치적으로나 사회적으로 높은 지위에 합당한 옷차림으로 여겨져왔기 때문이다. 이러한 사람들이 대중 앞에서 행진을 하고 구성된 지 얼마 안 되는 정부의 단순한 기구에 필요한 위엄을 부여하고 있었다.

그뿐만 아니라 평소에는 종교와 동일시되던 각종 노동에 대해서도 이날만은 그에 따르는 규정을 완화해준다고까지는 말할 수 없으나 대체로 묵인하는 형편이었다. 물론 엘리자베스 여왕시대나 제임스 왕 시대의 영국에서 흔히 볼 수 있었던 일반 대중을 위한 오락 시설 같은 것은 일체 찾아볼 수 없었다. 연극을 흉내낸 저속한 흥행물도 없었고 하프를 타며 전설적인 가요를 노래하는 시인도 없고, 음악에 맞추어 춤추는 원숭이를 구경시키는 광대도 없었다. 마술을 흉내내는 마술사도 없었으며 아마 몇백 년 전의 일이겠지만 웃음으로 일반 대중을 웃기는 점에 있어서는 아직도 다를 바 없는 재담을 늘어놓는 익살꾼도 없었다. 이렇게 사람들을 즐겁게 하는 여러 분야의 재주꾼들은 엄격한 법적 제재를 받을 뿐 아니라 법에 생명을 불어넣고 있는 일반 감정에 의해서도 엄격히 억제당하고 있었기 때문이다. 그러나 일반 대중은 그런대로 웃고 있었다. 침울하긴 했지만 크게 웃고 있는 것은 사실이었다. 게다가 이주민들이 아주 옛날에 영국에 살았을 때 시골의 축제일이나 마을 잔디밭에서 구경을 하거나 직접 참가한 일이 있는 운동 경기 같은 것이 없는 것도 아니었다. 이런 것들을 필요 불가결의 용기나 담력을 위해서도 신천지에 보존하여야 한다고 생각한 것이다. 레슬링 시합은 온월 지방과 데본셔 지방의 방식이 각기 다르기는 했지만 광장의 여기저기서 볼 수 있었다. 한쪽 구석에서는 육척봉(六尺棒) 시합이 조용히 벌어지고 있었다. 특히 사람들의 흥미를 끈 것은 이미 앞에서 말한 바 있는 처형대 위에서 두 호신술 사범이 방패(왼손에 들음)와 칼을 들고 시작한 모범 시합이었다. 이 시합은 관리가 제지하여 중단되는

194

바람에 관중들은 크게 실망했다. 그 관리는 처형대와 같은 소중한 장소를 이렇게 모독당하여 법의 위엄이 손상되는 것을 묵인할 수 없었기 때문이다.

　일반적으로 말해 당시의 대중들은 경축일을 즐긴다는 점에서는, 우리들처럼 시대적으로 훨씬 차이가 있는 후대 자손들과 비교해도 전혀 손색이 없었다고 단언해도 과언이 아니다.(당시 사람들은 즐거움이 없는 생활을 했다 할지라도 아직 초기 단계였으며, 젊었을 때는 명랑하게 살 줄 알았던 사람들의 아들대였기 때문이다.) 이 사람들의 2세, 즉 초기 이주민들의 다음 세대에는 청교도주의가 가장 어두운 색채를 띠고 있었으며 국민의 안색을 완전히 어두워지게 했으므로 그 후 수십 년이 지나도 그 그림자를 완전히 제거할 수는 없었다. 현대 인간은 잊혀진 놀이의 방법을 다시 한 번 되배워야 할 것이다.

　광장에서 볼 수 있는 인생은 대체로 영국에서 이민해온 이주민들이 지닌 슬픈 회색이나 갈색, 또는 흑색의 빛깔을 띠고 있었지만 그래도 가지각색의 빛깔로 붐비고 있었다.

　좀 떨어진 곳에 서 있는 한 떼의 인디언들은 유별난 수를 놓은 사슴 가죽의 긴 옷에 조개껍질을 꿰어 만든 띠를 두르고 붉은색·노란색의 물감을 얼굴에 칠하고 깃털로 장식한 야만인 특유의 차림새에 활과 화살, 그리고 석창으로 무장하고 있었는데, 그 말할 수 없는 엄숙한 표정은 청교도들도 흉내를 낼 수 없을 정도의 것이었다. 이처럼 물감을 더덕더덕 칠한 야만인은 세련되지는 못하였다 하더라도 이 광장 안에서 가장 거칠어 보인다고는 할 수 없었다. 가장 난폭해보이는 모습은 총독 취임의 축제를 구경하기 위해 상륙한 선원들 —— 카리브 해에서 온 일부 선원들이었다. 얼굴은 까맣게 타고 수염이 더부룩한 난폭자인 이들은 짧은 나팔바지의 허리를 혁대로 졸라맸는데 세공을 하지 않은 금장식을 단 자도 있고 장검이나 단검을 매달고 있기도 했다. 야자나무 잎으로 만든 챙 넓은 모자 밑으로는 기분좋게 장난치고 있을 때도 짐승처럼 잔인한 눈이 번쩍이고 있었다. 그들은 모든 사람을 묶어놓고 있는 행동의 규범을 아무런 불안이나 걱정도 없이 마구 짓밟고 있었다. 관리들의 코 앞에서 담배를 뻑뻑 피웠다. 이곳 주민이 그런 짓을 한다면 한 모금에 1실링의 벌금을 과하게 되어 있다. 또 그들은 호주머니에서 술병을 꺼내어 포도주나 화주(火酒)를 병째 들이켜고는, 기가 막혀 놀라고 있는 군중들에게도 호기롭게 병을 내밀어 권했다. 선원들이 육지에서 거드름을 피우는 일뿐만 아니라 본래의 영역이라 할 수 있는 해상에서 저지르는 불합리한 행위에 관해서도 자유가 허용되어 있다는 사실은 당시 도덕이 아무리 엄격했다고는 하나 역시 불완전했다는 비난을 모면할 수 없음을 말해주고 있었다. 당시의 뱃사람들은 오늘날의 기준으로 보면 해적으로 처벌받을 존재였다. 이를테면 지금 화제로 삼고 있는 선원들도 당시의 뱃사람 치고는 별로 흉악한 표본이라고 할 수는 없지만 그들이 스페인의 무역선을 약탈한 죄를 범했다는 것은 의문의 여지가 없었으니만큼 현대 법정에 나갔다면 전원이 다 목이 달아났을 것이다.

그러나 아득한 옛날 그 당시의 바다는 제 마음대로 출렁거리며 파도치고 거품을 일게 했으며 미쳐 날뛰는 폭풍에 지배될 뿐이었으므로 인간의 법으로는 달랠 도리가 없었다. 바다의 무법자들도 직업을 버리고 일단 결심만 하면 당장에라도 육지를 올라와 성실하고 신심있는 인간이 될 수 있었다. 아니 일생 동안 불합리한 일을 계속하고 있는 그들과 거래를 하거나 간간이 교제하는 일쯤은 그다지 불명예스러운 인간으로 간주되는 일도 없었다. 따라서 검은 망토에 풀을 먹인 칼라, 거기다 끝이 뾰죽한 모자를 쓴 청교도의 장로들도 선원들의 떠들어대는 무례한 꼴을 보아도 그저 너그럽게 웃어넘기고 마는 것이었다. 의사인 로저 칠링워드 노인과 같은 점잖은 시민이 수상한 선장과 함께 다정하게 속삭이며 광장으로 들어오는 모습을 보았다 하더라도 특별히 놀라거나 비난을 하는 일은 없었다.

선장은 참으로 화려한 옷차림을 하고 있어서 군중들 틈에서도 유별나게 눈에 띄었다. 양복에는 수없이 리본을 달았으며 모자에는 금테를 둘렀을

196

뿐 아니라 둘레에 금사슬을 감았고 끝에는 깃털을 꽂고 있었다. 허리에는 칼을 찼고, 이마에는 칼자국이 나 있었는데 머리카락을 내려 이러한 상처를 가리려 하는 것이 아니라 오히려 자랑삼아 드러내놓으려는 것 같았다. 육지에 사는 인간이 이런 화려한 옷차림으로 버젓이 얼굴을 내놓고 나왔다면 당장 재판관 앞에 불려나가 단단히 심문을 받거나 경우에 따라서는 벌금 또는 금고(禁錮), 혹은 수갑을 차고 갇히든지 아니면 군중 앞에 구경거리가 되는 사태가 일어났을 것이다. 그러나 이 선장의 경우는 마치 물고기에 번쩍이는 비늘이 달려 있듯이 모든 것이 선장의 신분에 합당한 물건으로 간주되었던 것이다.

의사와 헤어진 다음 브리스틀행 배의 선장은 광장을 어슬렁어슬렁 돌아다니고 있더니 이윽고 헤스터 프린이 서 있는 곳까지 오자 상대방을 알아본 듯 인사도 없이 서슴지 않고 말을 걸었다. 헤스터가 서 있을 때는 언제나 그러했지만 그녀의 둘레에는 마술의 원처럼 동그란 공간이 있었다. 조금 떨어진 곳에서는 군중이 밀리고 밀치고 하면서도 그곳에는 아무도 들어가려고 하지 않았고, 감히 그런 마음을 먹는 자도 없었다. 그것은 주홍글씨가 운명의 여인을 가두어놓고 있는 강한 정신적인 고독 같은 것이 나타났기 때문이었다. 한편 이곳 사람들이 전처럼 불친절하지는 않다 하더라도 역시 본능적으로 멀리 하려는 경향이 있었기 때문에 본인이 사양하는 탓도 있었다. 여태까지는 그만두고라도 이번에 처음으로 이 공간을 이용할 수 있었다. 즉 헤스터와 선장은 남이 엿들을까봐 걱정할 필요없이 말을 나눌 수 있었다. 헤스터 프린에 대한 세상의 평판이 일변하였기 때문에 이 거리에서 가장 정조 관념이 굳건한 부인이라도 선장과 이야기를 했다면 헤스터의 경우 이상으로 소문 거리가 되었을 것이다.

"그런데 부인." 선장은 말했다. "부인이 부탁한 수보다도 침대를 하나 더 마련하도록 급사놈에게 일러둬야겠어요! 이번 항해에서는 괴혈병(壞血病)이나 발진티푸스 같은 병이 발생할 염려는 절대로 없습니다! 선의(船醫) 외에 또 한 사람의 의사가 더 타게 되었으니까요. 무서운 것은 약뿐이라고 해야 할까요. 스페인 배와 거래한 약품이 잔뜩 쌓여 있으니까요."

"뭐라고요？" 헤스터는 안색에 나타난 이상으로 놀랐다. "누가 또 탈 사람이 있단 말인가요？"

"아니 모르고 계십니까？" 선생은 큰소리로 외쳤다. "이곳에 사는 의사로, 칠링워드라고 하던가요！ 당신네들과 함께 우리 배의 식사를 하고 싶다더군요. 그런데 당신이 모를 리가 있나요. 당신네들과 동행이 되고 당신이 말씀하시던 그분하고도 친구가 된다고 했으니까요. 그분은 고약한 이곳의 청교도 통치자들에게서 쫓겨나는 몸이라던가요！"

"물론 두 분은 친한 사이입니다." 헤스터는 태연한 태도로 대답했으나 몹시 당황하고 있었다. "오랫동안 함께 살아왔으니까요."

선장과 헤스터 프린은 더 이상 아무 말도 하지 않았다. 그러나 마침 그때 로저 칠링워드 노인이 광장 반대쪽 구석에 서서 웃고 있는 것이 보였다. 떠들썩한 광장을 지나 군중의 말 소리나 웃음소리, 갖가지 기분이나 관심 거리를 통과해서 전달되는, 무서운 비밀의 뜻을 지닌 미소였다.

제 22 장　행렬(行列)

헤스터 프린이 정신을 가다듬어 이 새롭고 놀라운 사태에 대하여 어떻게 대처해야 적절한지를 검토할 겨를도 없이 이웃 거리에서 군악 소리가 가까이 들려오기 시작했다. 관리들이나 시민들의 행렬이 공회당을 향하여 행진하고 있음을 알리는 음악이었다. 공회당에서는 관례에 따라 딤즈데일 목사가 총독 취임 축하의 설교를 하게 되어 있었다.

이윽고 행렬의 선두가　　히 위풍 당당한 행진으로 모습을 나타냈고 길 모퉁이를 돌아서 광장을 건너오기 시작했다. 우선 군악대가 앞장서 왔다. 악대는 여러 종류의 악기로 구성되어 있었는데 전체적으로 가락도 잘 맞지 않았으며 솜씨도 대단치 않았다. 그러나 드럼과 클라리온의 조화가 군중에게 호소하려는 큰 목적, 즉 눈앞에 전개되는 광경을 보다 높고 보다 웅장하게 보이려는 목적을 충분히 달성하고 있었다. 펄얼은 처음에는 손뼉을 치며 좋아했으나 아침부터 줄곧 어찌할 바를 모르던 홍분이 잠시 가라앉았다. 눈을 크게 뜬 채 잠자코 파도 사이에 뜨는 해조(海鳥)처럼 여유있게 울리는 음악의 억양에 몸을 맡기고 아득히 먼 곳으로 두둥실 떠오르는 것 같았다. 그러나 악대 뒤를 이어 행렬의 친위대(親衛隊) 구실을 하고 있는 보병 중대의 병기와 번쩍번쩍 빛나는 갑옷이 햇빛에 반사되자 다시 홍분된 기분으로 되돌아갔다. 이 군대는 —— 아직도 해체되는 일없이 옛부터 내려오는 명예를 지닌 채 현재에 이르렀지만 —— 금전에 팔린

용병으로 구성된 것은 아니었다. 전원이 애국적인 정신을 북돋우고 성당 기사단(聖堂騎士團)을 본떠서 군사학을 배우고, 평시의 훈련으로 가능한 한도 내에서 전략을 습득하는 것을 목적으로 하는 군사학교 같은 것을 설립하려고 했었다. 이 군대의 품격에 대한 높은 평가는 중대 각 개인의 당당한 태도에서도 볼 수 있었다. 사실 대원 중에는 북해 연안 지대를 비롯해 유럽 각지로 종군하여 용사의 이름과 명예를 받을 만한 자격을 훌륭하게 얻은 자도 있었다. 더구나 빛나는 강철로 몸을 단장하고 번쩍이는 투구 위세 깃털을 휘날리고 있는 정장한 모습은 현대인이 아무리 차려 입어도 따라갈 수 없을 정도로 휘황 찬란한 것이었다.

그럼에도 불구하고, 이 친위대 바로 뒤에 따라온 상급 문관(上級文官) 쪽이 안식(眼識)이 있는 사람들에게는 훨씬 가치가 있는 것처럼 보인 것이다. 외모에 나타난 태도만 보더라도 군인들의 당당한 행진 모습은 우습기 짝이 없다고 할 것까지는 없어도 좀 저속함을 드러내는 위엄이 역력히 보였다. 이 당시는 소위 재능이라는 것을 현재만큼 중요시하지 않았고 착실하고 위엄있는 성격을 갖추게 하는 육중한 요소를 훨씬 중 요시하던 시대였다. 당시의 사람들이 선조의 유산으로서 이어받은 이런 존경심을 자손들에게 전달하는 일이 있었다 하더라도 현대에 와서는 그 정도가 훨씬 미약해졌고 공직자를 선출하고 평가하는 데 있어서도 그 힘은 현저하게 약해졌다. 이런 변화는 일장 일단이 있겠지만 아마 서로 비슷한 정도로 맞먹을 것이다. 다시 미개지인 해안선에 이주한 영국인 은 —— 왕과 귀족을 비롯해 온갖 고관 대작들을 등지고 있지만 아직도 존경하여야 한다는 심정만은 여전히 뿌리박혀 있었으므로 —— 노인의 백발이나 위엄있는 이마, 오랜 시련을 겪은 고결함, 충실한 지식이나 검소한 경험, 항구 불변이란 느낌을 주며 일반적으로 관록이란 정의에 속하는 무게있고 침착한 성질에 대해서는 존경심을 아끼지 않았다. 따라서 초기의 정치가인 브래드스트릿, 엔디콧, 더들리, 벨링햄 등의 총독은 대 중에게 선출되어 정권을 잡았다고는 하나 반드시 재능있는 사람이라고는 할 수 없으며 왕성한 지성이 있다기보다는 중후하고 온건한 인물로 알려졌다고 볼 수 있다.

용기와 독립의 정신을 지닌 그들은 곤란과 위기에 처하면 노도를 막아내는 안벽(岸壁)처럼 단호히 국민의 복지를 위해 봉기했던 것이다. 이러한 특질은 새 식민지 관리들의 네모난 얼굴과 잘 발달한 육중한 체격 등에 여실히 나타나 있었다. 이 타고난 위엄있는 태도에 관한 한 이들 실제적 민주주의의 선구자들이 귀족원에 참가하게 되든지 국왕의 추밀(樞密) 고문관으로 임명되는 일이 있더라도 모국인 영국에서는 조금도 부끄럽게 생각할 필요가 없었다.

이 관리들의 뒤를 따라오는 사람이 바로 그 고명한 청년 목사였으며 이 사람을 통해 경축일을 축하하는 설교를 듣게 되어 있었다. 그 당시는 정치가라는 직업보다도 목사라는 직업이 훨씬 지적 능력을 발휘하고 있었다. 고매(高邁)한 동기는 고사하고라도 사회에서 숭배에 가까운 존경을 받고 있었기 때문에 격렬한 야심을 품은 사람도 끌어들일 만큼 이 목사라는 직업은 강한 매력을 지니고 있었다. 정치력까지도 그 인크리스 메이더의 경우처럼 훌륭하게 목사의 수중으로 들어갈 수 있었던 것이다.

이때 딤즈데일 씨의 모습을 본 사람들의 말을 빌리면 이 목사가 뉴잉글랜드의 해안에 발을 붙인 이래 이 행렬에 끼여 행진할 때처럼 힘찬 걸음걸이나 태도를 보인 적이 일찍이 없었다는 것이다. 보통때와 달리 힘없는 걸음걸이가 아니었고 자세도 구부러지지 않았으며 손을 힘없이 가슴 위에 올려놓은 일도 없었다. 그러나 이 목사를 공정한 눈으로 본다면 그 기운은 육체적인 것이 아니라는 것을 알 수 있었을 것이다. 그것은 오히려 정신력이라 볼 수 있고 천사가 준 것이라 할 수 있었다. 오랜 시간에 걸쳐 몰두한 사고라는 용광로의 백열(白熱) 속에서만 증류될 수 있는 강력한 영혼의 술로 인한 흥분이었는지도 모른다. 어쩌면 목사의 민감한 기질이 하늘 높이 치솟아 올라가듯 울려퍼지는 음악 소리에 자극되어 위로위로 올라가는 음파를 타고 있었는지도 모른다. 그러나 그 표정은 너무도 얼빠진 것 같았으므로 음악 소리가 딤즈데일 씨의 귀에 들렸는지조차 의심스러웠다. 확실히 육체는 여느때와 다른 기세로 전진을 계속하고 있었다. 그러나 정신은 어디에 있었단 말인가? 정신은 그 영역의 깊숙한 곳에서 이윽고 그곳에서 출발하려는 당당한 사상의 흐름을 정리하기 위해 분주하게 움직이고 있었다. 그러기에 목사는 주변의 것이라고는 보이지도 들리지도 않았고 알 수도 없었다. 그러나 정신력이 허물어져가는 육체에 힘을 주어 그 무거운 짐을 의식하지 못한 채 걷게 하여 그 자체보다 나은 정신으로 변화시키고 있었다. 비범한 지성을 가진 사람은 몸이 약해져도 이러한 커다란 노력의 힘을 간간이 몸에 지니게 되며 이 힘을 얻기 위해 며칠이고 생명을 투입한 나머지 결국 그 날짜만큼 생기를 잃게 되는 것이다.

목사를 물끄러미 바라보고 있자니 헤스터 프린은 뭔가 쓸쓸한 기분에 사로잡히게 되었는데 그것이 왜 그런지 또 어디서 오는 것인지 알 수 없었다. 다만 목사가 이젠 자신의 세계로부터 완전히 멀어져간 사람 같았고 손이 닿을 수 없는 곳에 있는 것처럼 느껴졌다. 헤스터는 서로 상대방을 인정하는 시선을 나눌 수 있으리라 상상하고 있었던 것이다. 고독과 애정과 고뇌에 찬 작은 골짜기가 있는 어두운 숲속의 일을 회상했다. 손을 잡은 채 앉아서 슬프고 정열적인 애기를 우울한 시냇물 소리에 실리던 일이며 이끼낀 통나무를 생각했다. 그때는 서로가 얼마나 깊이 이해했던가! 그런데 이게 바로 그 사람이란 말인가? 지금은 마치 다른 사람 같기만 했다! 그는 지금 위엄있고 덕망있는 장로들의 행렬에 끼여 화려한 음악에 휩싸이기라도 한 것처럼 자랑스러운 모습으로 지나갔다. 사회적 지위로 보더라도 손이 미칠 수 없는 사람이며 자기와는 거리가 먼 것 같았다. 사상면에서는 더구나 그러했다! 모든 것이 환영이었나보다. 그렇게 뚜렷하게 꾼 꿈이었는데도 목사와 자기 사이에는 진실한 인연이 없는 것이다. 이렇게 생각하니 헤스터의 마음은 무거워졌다. 아무리 여자다운 헤스터라 할지라도 특히 두 운명의 무거운 발길이 한발 한발 다가오는 이 판국에 목사가 이렇게 두 사람만의 세계로부터 완전히 **빠져나가버리는** 것을 용서할 수는 없었다. 자기는 어둠 속에서 차가운 두 손을 내민 채 더듬어도 상대방을 잡을 수 없는 처지이고 보면 말이다.

퍼얼은 어머니의 심적 동요를 알아차리고 그에 반응하는 것인지, 아니면 스스로 깨달은 것인지는 몰라도 목사에게 손이 미칠 수 없는 서먹서먹함이 감돌고 있다는 것을 눈치챈 모양이었다. 행렬이 지나가는 동안 불안해서 금방이라도 날아갈 것 같은 참새처럼 여기저기 왔다갔다 하더니 행렬이 다 통과하자 헤스터의 얼굴을 올려다보며 말했다.

"엄마. 저분이 시냇가에서 나에게 키스해주던 그 목사님이야?"

"퍼얼, 제발 잠자코 있어요!" 어머니는 작은 소리로 말했다.

"숲속에서 있었던 일은 광장에서 얘기하면 안 돼요."

"저분은 같은 목사님 같지 않은 걸. 얼굴이 이상한걸 뭐." 아이는 계속 말했다. "그런 얼굴이 아니었으면 쫓아가서 모든 사람이 보는 앞에서 키스해달라고 부탁해보려고 했는데, 어두운 숲속에서 해주신 것처럼 말이야. 그럼 목사님은 뭐라고 하셨을까, 엄마? 가슴을 손으로 누르면서 나를 흘겨보고 저쪽으로 가셨을까?"

"뭐라고 하고말고가 없잖니, 퍼얼." 헤스터는 대답했다. "지금은 키스할 때가 아니다, 키스는 광장에서 하면 안 돼요, 하고 말씀하셨겠지. 바보같으니라고, 네가 목사님께 말을 걸지 않기 천만다행이다!"

이 딤즈데일 목사에 대한 이와 비슷한 기분을 좀 느낌을 달리해서 표명한 사람은 —— 색다르기보다는 광기로 그랬다고 하는 것이 옳을 것이다 —— 여러 사람이 보는 앞에서 주홍글씨를 단 여인과 말을 나누는, 이 고장 사람들이 감히 하지 못하는 일을 해낸 사람이었다. 그것은 그 히빈스 노부인이었다. 3단 주름깃에 수를 놓은 홍의(胸衣), 게다가 황금 손잡이가 달린 단장을 짚은 화려한 옷차림으로 행렬 구경을 나왔던 것이다. 이 노부인은 당시 빈번히 일어나던 마술 행위의 장본인이라는 평판이 있었으므로(이 때문에 나중에는 생명까지도 희생당하게 되었지만) 군중들은 길을 비켰다. 부인의 옷자락이 닿기만 해도 두려워하는 것은 그 호화로운 주름 속에 역병이라도 숨어 있는 것처럼 꺼렸기 때문이다.

더구나 헤스터 프린과 어깨를 나란히 하고 서 있는 것을 보자 —— 헤스터에 대한 일반 감정이 아무리 누그러졌다고는 하나 —— 히빈스 노부인에 대한 공포감은 곱절로 늘었고 광장에 있던 사람들은 두 여자가 서 있는 곳에서 슬금슬금 물러나버렸다.

“아무리 상상력이 풍부하더라도 보통 사람은 납득이 안 갈 거예요 !” 노부인은 헤스터에게 작은 목소리로 말을 털어놓기 시작했다. “저 목사 말이오 ! 세상에서는 살아 있는 성인이라 떠받들고 있고 사실상 그런 얼굴을 하고 있기도 하군요 ! 하지만 저 사람이 행렬 속에 끼여 걸어가는 것을 본다면 바로 며칠 전에 서재를 빠져나와 숲속에서 쉬고 있었다고 누가 알겠어요 ! 아무리 입으로는 헤브라이 어의 성서 문구를 외고 있었다고 해도 말이오. 하하하, 우리는 그 뜻을 알고 있지 않소. 헤스터 프린 ! 하지만 정말 저 사람이 같은 인간이라니 아무래도 믿을 수가 없어요. 지금 악대 뒤를 따라가고 있는 교회 사람들이 나와 함께 장단맞춰 춤을 추는 것을 나는 얼마든지 보고 있으니까요 ! 어떤 사람이 바이올린을 켜고 있을 때 말이오. 우리와 손을 잡고 춤을 추던 사람은 인디언의 기도사이거나 래플랜드의 마술사이거나 했소. 세상 물정을 알고 있는 여자가 보면 그런 것은 아무것도 아니오. 그러나 말이오, 이 목사는 어떻소 ! 당신과 숲속 오솔길에서 만난 사람은 같은 사람이라고 단언할 수 있겠소, 헤스터 ?”

“부인, 부인의 말씀은 무슨 뜻인지 모르겠습니다.” 헤스터 프린은 히빈스 노부인의 머리가 이상하다는 것을 생각하면서 대답했으나 수많은 인간(자기 자신을 포함해서)과 악마와의 개인적인 관계를 자신있게 단언하는 데는 놀라움을 감출 수 없어 무서운 생각까지 들었다.

“딤즈데일 목사님처럼 하느님의 길을 설교하시는 학식있고 신앙심이 두터운 분을 저는 그렇게 함부로 말할 수 없습니다 !”

"흥, 바보 같은 여자군!" 노부인은 헤스터의 코끝에서 삿대질을 해 가며 말했다. "내가 몇 번이고 숲속을 드나드는데 누구누구가 거길 갔는지 모른단 말이오? 춤출 때 머리에 썼던 화환의 잎이 하나도 남아 있지 않더라도 다 알아요! 헤스터, 당신 일도 알아요. 그 표시가 보이니까. 환한 곳에서야 물론이고, 어두운 곳에서도 불꽃처럼 불타고 있으니 말이오. 당신은 그것을 공공연히 달고 다니니까 전혀 문제가 안 되지만 저 목사는 말이오. 잠깐 귀를 빌립시다! 마왕님은 서명 날인한 자기 부하들 중에서 딤즈데일처럼 계약을 세상에 공포하기를 부끄러워하는 자가 있으면 그 표시를 대낮에 세상 사람들 앞에 폭로하도록 한단 말이오. 저 목사가 늘 가슴에 손을 얹고 감추려 하는 것은 뭐겠소? 헤스터 프린!"

"뭐죠 그게, 히빈스 아줌마?" 펴얼이 재촉하듯이 물었다.

"보셨어요?"

"아무것도 아녜요, 아가씨!" 히빈스 노부인은 정중히 절을 하면서 말했다. "언젠가는 네 눈으로 확인할 수 있을 거야. 떠도는 말로는 너는 하늘의 제왕인 마왕님의 직계(直系)라는 말이 있던데! 언제든 날씨가 맑은 밤에 나와 함께 하늘로 날아가 아버지를 뵈러 가지 않겠니? 그러면 왜 목사님이 가슴에 손을 얹고 있는지 알게 될 거다!"

광장 안에 모든 사람이 들을 수 있을 정도로 높은 소리로 웃더니 그 기분 나쁜 노부인은 사라져버렸다.

이럭저럭 하다 보니 교회당에서는 식이 시작되기 전의 기도도 끝나서 설교를 시작한 딤즈데일 목사의 목소리가 들려나왔다. 헤스터는 억제할 수 없는 기분으로 교회당 근처에 그대로 서 있었다. 신성한 건물 안은 초만원이 되어 입추의 여지도 없었으므로 처형대 바로 옆에 자리를 잡게 되었다. 확실치는 않으나 그 억양있는 음성 때문에 중얼거리는 것 같은 투의 특징있는 목사의 설교 전부가 들려올 정도로 가까운 위치였다.

목사의 음성은 그 자체가 천부의 자질을 갖고 있었기에 그의 말은 하나도 이해할 수 없었더라도 그 어조와 억양만으로 듣는 사람의 마음을 흔들어놓았을 것이다. 모든 음악과 마찬가지로 그 목소리는 교육이 있는 자의 마음에 자연히 갖추어지게 마련인 정열과 비애와 그리고 높고도 부드러운 감동의 언어로 속삭이고 있었다. 교회당을 가로막고 있는 벽으로 해서 확실히 들을 수 없는 음성이긴 했지만 열심히 듣고 있는 헤스터 프린에겐 깊은 공감을 느낄 수 있었으므로 그 설교에는 듣기 힘든 말과는 전혀 관계없이 어떤 뜻이 내포되어 있었다. 좀더 똑똑히 들렸더라면 오히려 거친 매개체가 되어 정신적 의미를 방해했을지도 모른다. 바람이 차차 가라앉는 것 같은 저음이 들리는가 하면, 이윽고 부드러운 힘이 조금씩 강해짐에 따라 헤스터의 기분도 고조되어 그 음량(音量)의 영향으로 두렵고 엄숙하고 장엄한 분위기 속으로 휩싸여 들어갔다. 그러한 목사의 음성은 장중(莊重)하면서도 때로는 비애에 찬 기조음(基調音)이 언제나 그 밑바닥에 깔려 있었다. 높게 혹은 낮게 울리는 고뇌의 표현은 괴로움에 허덕이는 인류의 속삭임 같기도 하고 비명 같기도 하여 슬픔을 뒤흔들었다! 때로는 이 깊은 비애의 어조만이 황량한 침묵 속의 한숨 소리가 되어 들려왔고 그것조차 들리지 않을 때도 있었다. 그러한 목사의 소리가 높아져 낭랑하게 울려퍼졌을 때도 억누를 수도 없이 드높게 튀어 흩어져 나왔을 때도 한없는 폭과 강함에 차서 두꺼운 벽을 뚫고 밖으로 넘쳐나와 외계(外界)에 녹아들어가버리지 않나 싶을 만큼 교회 가득히 퍼졌을 때도 그러려니 하고 열심히 귀를 기울인 사람들에게는 여전히 같은 고통의 절규로 들렸다. 도대체 그것은 무슨 소리였을까? 그것은 다름 아닌 슬픔에 못 이겨 죄를 범했을지도 모를 인간의 심적인 애원으로서 그 죄와 슬픔의 비밀을 인류의 위대한 마음에 호소함으로써 모든 순간에 온갖 말로 동정과 용서를 구하고 있었는데 그것은 결코 헛수고로 끝나는 하소연은 아니었다! 목사에게 독특한 힘을 주고 있는 것은 이 깊이있고 계속되는 저음이었다.

　설교를 듣는 동안 내내 헤스터는 처형대 밑에 동상처럼 서 있었다. 목사의 음성 때문에 그렇게 서 있는 것이 아니라 하더라도 역시 치욕의 장소인 이곳에는 피할 수 없는 흡인력이 있었는지도 모른다. 이전이나 이후의 생활이 모두 이 장소와 결부되어 있고 생활에 통일성을 준 거점이라는 느낌이 들었다. 정리된 생각이라고 하기에는 너무 막연하긴 했으나 역시 그녀의 마음을 무겁게 짓누르고 있었다.

한편 어머니 곁을 떠난 퍼얼은 혼자서 제멋대로 광장을 쏘다니며 놀고 있었다. 그 환한 빛으로 침울한 군중의 기분을 자극하고 있는 모양은 깃털이 눈부신 새가 우거진 풀숲 사이를 여기저기 뛰어 돌아다니며 들락날락 하는 바람에 침침하게 우거진 수목 전체가 밝게 보이는 것 같았다. 이 아이의 동작은 마치 파도가 굽이치듯 예각적이고 불규칙적인 데가 있었다. 이것은 그 아이의 기분이 늘 활발함을 말해주고 있는 것이다. 특히 오늘은 어머니의 심적 동요에 힘입어 움직이고 있었으므로 발끝으로 서서 춤추고 돌아다녔는데도 평상시보다 피로한 줄을 몰랐다. 언제라도 생기있고 활발한 그녀의 호기심을 끄는 것이 보이면 퍼얼은 그 자리로 뛰어갔고 탐나는 것이 있으면 사람이든 물건이든 자기 것인 양 차지해 버리는 것이었다. 그러나 자신의 동작은 조금도 억제당하려고 하지 않았다. 그 모습을 보고 있는 청교도들이 가령 미소를 지었다 하더라도, 그리고 빛나는 조그만 몸과 그 움직임과 함께 반짝이는 아름다움이나 귀여움에 말할 수 없는 매력을 느꼈다 하더라도 아이를 악마의 소생으로 보는 마음에 다소나마 변동이 생겼다는 것은 아니다. 퍼얼이 인디언에게 달려가서 그 험상궂은 얼굴을 물끄러미 바라보고 있으면 인디언 역시 자기보다 훨씬 와살스런 주인공이 눈앞에 있음을 알아차렸다. 그 다음에 퍼얼은 독특한 조심성을 보이면서도 역시 타고난 대담성으로 선원들이 서 있는 한복판으로 뛰어 들어갔다. 이 사람들 역시 육지의 인디언이나 매일반인 검푸른 바다의 야만인이었다. 그들은 퍼얼의 모습을 보자 놀라기도 하고 감탄하기도 하면서, 이는 바다의 물거품이 소녀로 바뀌어 밤에 뱃머리 밑에서 번쩍이는 바닷물의 넋을 타고 나온 것이 아닌가 하는 얼굴이었다.

그들 선원 중 헤스터와 말을 했던 선장은 이 같은 퍼얼의 모습에 완전히 매혹된 나머지 그녀에게 살짝 키스해주려고 두 손으로 붙잡으려 했다. 그러나 펴얼을 잡는다는 것은 하늘을 나는 새를 잡는 거나 마찬가지임을 알자 그는 모자에 감았던 금사슬을 끌러 아이가 있는 쪽으로 던져주었는데 그것을 금방 목으로부터 허리로 감는 펴얼의 솜씨가 어찌나 능숙했던지 한번 그 모습을 보고 나면 그것은 이미 신체의 일부가 되다시피 하여 사실을 감고 있지 않은 펴얼은 상상조차 할 수 없을 정도였다.

"저기 주홍글씨를 단 여자가 네 엄마지?" 선장은 물었다. "네 엄마한테 가서 내 말 좀 전해줄래?"

"내 맘에 드는 얘기라면 전해드리죠." 펴얼은 대답했다.

"그럼 이렇게 전하라고. 얼굴이 검고 등이 굽은 의사와 다시 한 번 의논한 결과 너의 엄마도 잘 아시는 친구를 의사가 배까지 모시고 가게 되었다고 말이다. 그러니까 네 엄마는 너와 엄마 두 사람 준비만 하시면 된다고, 알겠지? 요 마녀 아가씨야."

"우리 아빠는 하늘의 제왕인 마왕님이라고 히빈스 아줌마가 말해주셨어요!" 펴얼은 못 들은 체하고 웃으면서 외쳤다. "나를 욕하면 아빠한테 일러줄래요. 그렇게 되면 아저씨 배는 폭풍으로 혼날 거예요."

광장을 지그재그 식으로 가로질러 펴얼은 어머니 있는 데로 돌아와 선장의 말을 전했다. 헤스터의 꿋꿋하고, 침착하고, 냉정한, 꾸준히 견뎌내는 정신도 눈앞에 닥치는 피할 수 없는 운명의 어둡고 냉혹함에 접하자 도저히 어쩔 도리가 없었다. 미궁과 같은 비참함에서 빠져나갈 수 있는 길이 막 열리려는 순간에 운명이 잔혹한 조소를 띠며 두 사람의 앞길을 가로막고 나섰던 것이다.

그뿐만이 아니었다. 선장의 말을 전해 듣고 마음이 괴로워 어찌할 바를 모르고 있던 헤스터는 또 다른 시련을 겪어야만 했다. 광장에 모인 보스턴 근처에서 온 많은 사람들은 진작부터 주홍글씨에 관한 소문 —— 밑도 끝도 없는 과장된 소문으로 여겼으나 역시 겁은 집어먹었다 —— 은 듣고 있었으나 직접 눈으로 실물을 본 적은 없었다. 그러므로 다른 놀이에 싫증이 난 이들은 시골 사람 특유의 무례하고 뻔뻔스러운 태도로 헤스터 프린 주변으로 몰려들었던 것이다. 그러나 아무리 몰염치한 그 자들도 멀리 떨어져 둘러섰을 뿐, 그 이상 가까이 올 생각은 하지 않고 신비스러운 상징이 자아내는 혐오감의 원심력으로 그 자리에 묶여 있었다.

게다가 구경꾼이 모여드는 것을 보고 주홍글씨의 뜻을 알게 된 선원들도 햇볕에 탄 무법자다운 얼굴을 연달아 사람들 틈으로 들이밀었고 심지어 인디언들까지 백인의 호기심이 던지는 싸늘한 그림자의 여세를 몰아 사람들 틈을 헤치고 들어와서는 뱀 같은 까만 눈으로 헤스터의 가슴을 뚫어지게 보았다. 찬란한 수를 놓은 표시를 단 이 여인을 백인 가운데서도 고귀한 사람으로 여겼는지도 모른다. 그런데 이 거리의 주민들까지도 (타인의 반응에 자극되어 완전히 싫증을 느꼈던 일에 다시 흥미를 느꼈기 때문에) 그 장소를 어슬렁거리면서 이젠 별로 이상스럽게 느껴지지도 않을 그 치욕의 표시를 냉담한 얼굴로 쳐다보았다. 이곳 주민들의 그러한 행위는 다른 고장 사람들의 그것보다 한층 더 헤스터 프린을 괴롭혔을 것이다. 7년 전에 감옥에서 나오는 것을 기다리고 있었던 여인들의 얼굴도 눈에 띄었다. 단 한 사람, 가장 동정심이 많던 여자만이 눈에 띄지 않았다. 헤스터가 그 여자의 수의를 만들어준 일이 있었다. 타들어가는 듯한 주홍글씨를 얼마 안 있으면 내던지게 될 마지막 고비에 그것을 가슴에 달던 날 이래 그 어느 때보다도 흥분과 주목의 초점이 되었고 그 때문에 그녀의 가슴을 한층 더 아프게 태우게 되었음은 얄궂은 운명이었다.

헤스터가 교활하고도 잔인한 선고 때문에 영원히 갇혀 있어야 했던 그 치욕에 찬 마술의 원 안에 서 있을 무렵, 훌륭한 설교사는 성단(聖壇)에서 청중을 내려다보고 있었다. 청중의 마음은 송두리째 목사의 뜻에 휘어잡혀 있었다. 교회에 서 있는 덕망 높은 목사! 광장에 서 있는 주홍글씨의 여인! 이 두 사람의 가슴에 똑같은 치욕의 낙인이 찍혀 있으리라는 무엄한 추측을 하는 사람은 아무도 없었을 것이다.

제23 장 주홍글씨의 나타남

　청중들의 영혼을 굽이치는 파도 위에 올려놓은 것처럼 높은 곳으로 끌어올려가던 설교도 마침내 끝났다. 하느님의 계시가 있은 다음에 밀려오는 듯한 침묵이 한순간 흘렀다. 이어서 소곤거리는 소리와 웅성거리는 소리가 들렸다. 그때까지 다른 사람의 정신 세계로 이끌려갔던 청중들이 강력한 주문(呪文)으로부터 깨어나 두려움과 놀라움에 정신이 들어 자기 세계로 돌아온 듯싶었다. 그리고 군중들은 교회 입구로 쏟아져나왔다. 모든 것이 끝나버렸기에 다음엔 속세의 생활을 유지해가는 데 알맞은 공기가 필요했던 것이다. 사실 교회 안의 공기는 설교자의 불꽃 같은 연설에 전화(轉化)되어 풍부한 사고의 향기가 가득했던 것이다.

　밖으로 나오자 청중들의 감격은 말로 변했다. 거리에서도 광장에서도 목사에 대한 찬사가 사방에서 물끓듯 일어났다. 다 알고 있으면서도 무어라 표현할 수 없는 내용을 사람들은 서로 토론하지 않고는 직성이 풀리지 않았던 것이다. 그들의 일치된 증언에 의하면 오늘 설교를 한 목사만큼 박학 고매(博學高邁)하고 신심있는 정신으로 설교한 사람은 없었다는 것이다. 또 이 목사의 경우처럼 의심할 여지가 없는 영감(靈感)이 사람의 입술을 통해 밝혀진 일도 없었다는 것이다. 그 영감의 지배력은 목사에게 내려와 눈앞에 있는 설교문 원고로부터 계속 높은 곳으로 그를 끌어올렸으며 청중뿐 아니라 본인 자신에게도 경탄할 만한 갖가지 감동을 충만시키고 있는 것같이 보였다. 설교의 주제는 하느님과 인간 사회에 관계되는, 특히 황야에 건설되고 있는 뉴잉글랜드에 대해 언급하고 있는 것 같았다. 설교가 끝날 무렵 예언자와 같은 정신이 목사에게 강림하여 이스라엘의 옛예언자들의 경우처럼 강렬한 힘으로 그 정신 본래의 목적으로 몰아세워졌다. 유대인의 예언자들이 모국에 가해질 심판과 멸망을 예고한 데 반하여 목사는 새로 모인 선민(選民)들을 위해 고원하고 영광에 넘친 운명을 예언한 점이 다를 뿐이었다. 그러나 그의 설교 전체를 통해 볼 때 그것은 마치 죽음을 앞둔 사람의 비탄이라고밖에 할 수 없는 어떤 침통한 비애감이 기조 저음에 깔려 있었다. 그렇다! 청중 일동이 사랑하고 있는 목사, 또 그들을 사랑하고 있기 때문에 한숨없이는 천당으로 갈 수 없는 목사는 자기의 요절(夭折)을 예감했다. 마침내 눈물을 흘리는 사람들을 뒤에 두고 떠나야 할 것이다. 지상에 오랫동안 머물 사람이 아니라는 이 생각이 설교자가 빚어낸 인상을 더한층 강조해주었다. 그것은 마치 천사가 하늘로 날아가며 사람들 머리 위에서 아름다운 날개를 한순간 그림자인지 빛인지 알 수 없을 정도로 퍼덕여 황금의 진리를 우박처럼 쏟아놓은 것 같았다.

이처럼 딤즈데일 목사의 생애에 있어 찬란하고도 승리에 넘친 전무후무 (前無後無)의 시기가 찾아온 것이다. 각 분야에 종사하는 대부분의 사람들은 이 시기가 지나간 다음이 아니고서는 흔히 깨닫지 못하는 법이다. 이 순간 목사가 우월감에 넘쳐 서 있는 자랑스러운 최절정이야말로 목사라는 직업 자체가 하나의 높은 지위였던 초기의 뉴잉글랜드에 있어서도 지성과 풍부한 학식 설득력있는 천부의 웅변과 청렴 결백한 명성에 의해서만 비로소 얻을 수 있는 최고의 지위였다. 선거 축하 설교가 끝나고 강단 위에 머리를 숙였을 때 목사가 차지한 지위는 그와 같은 것이었다. 그 동안도 헤스터 프린은 가슴에 주홍글씨를 단 채 처형대 옆에 서 있었다!

또다시 교회 입구에서 울려나오는 악대의 금속음과 친위대의 규칙적인 발자국 소리가 들려왔다. 행렬은 교회당으로부터 공회당으로 향하기로 되어 있었다. 공회당에서 엄숙한 연회가 있은 다음 이날의 의식은 끝날 예정이었다.

이리하여 또 덕망있고 위엄있는 장로들의 행렬이 군중 사이를 통과하는 것이 보였다. 총독과 관리들, 현명한 노인들과 훌륭한 목사, 신분이 높은 저명한 사람들의 행렬이 한가운데로 다가오면 군중은 좌우로 공손히 길을 비켰다. 광장에 다다르자 군중들의 환호성이 크게 터져나왔다. 이 환호성은 —— 이 시대가 위정자에게 바치고 있던 순진한 충성심으로 인해 한층 힘차게 울렸다는 것을 부인하지는 않는다 하더라도 —— 아직도 귀에 쟁쟁한 높은 어조의 웅변으로 인해 흥분된 청중의 열정이 저절로 폭발한 것이라고 할 수 있었다. 누구나가 다 그러한 충동을 느꼈으며 동시에 옆사람에게서노 똑같은 충동을 느꼈었다.

교회 안에서는 간신히 참고 있었지만 푸른 하늘 밑에서는 하늘 꼭대기까지 울려퍼지라는 듯이 환호성을 올렸던 것이다. 돌풍이나 우레 소리나 바다의 포효 소리보다도 훨씬 인상적인 음향을 울릴 수 있을 만한 수효의 사람들이 있었으며 몹시 흥분은 하고 있었지만 조화가 잘 이루어진 감정도 지니고 있었다. 폭발하는 듯한 수많은 사람들의 목소리가 역시 여러 사람의 마음을 한마음으로 뭉치게 하는 간격없는 충동으로 인해 하나의 큰 목소리를 이루고 있었다. 뉴잉글랜드 땅에서 일찍이 이런 환호성이 일어난 일은 없었을 것이다! 뉴잉글랜드 땅에 이 설교자만큼 동포들로부터 존경을 받던 인물이 나타난 일도 없었다!

그런데 이 사람의 모습은 어떠했나? 머리 둘레에 빛나는 후광이 비치지 않았단 말인가? 정신의 힘으로 영화(靈化)되었고 열렬한 숭배자들에 의해서는 성화(聖火)되었는데도 불구하고 행렬 속에 끼여 걸어가는 그의 발길이 정말 땅 위를 걷고 있었단 말인가?

군인들과 장로격인 문관(文官)의 대열이 지나가자 목사가 있는 쪽으로 모든 사람의 눈이 집중되었다. 목사의 모습이 확실히 나타나자 환호성은 속삭이는 소리로 변해갔다. 온갖 승리를 누리고 있는 그가 어째서 저토록 창백해보인단 말인가? 체력은……천국에서 내린 힘으로 하느님의 계시를 전달할 때까지 목사를 북돋아주던 영감은 그 임무를 충실히 완수하고 나자 흔적도 없이 사라졌던 것이다. 조금 전까기 목사의 볼을 이글거리게 했던 홍조도 타나 남은 장작개비 속에서 쓰러져가는 불길처럼 꺼져버렸다. 이처럼 핏기없는 안색으로 봐선 도저히 산 사람의 얼굴이라고 생각되지 않았다. 금방이라도 쓰러질 듯이 비틀거리며 걷는 모습은 도저히 생명력을 지닌 사람으로는 볼 수 없었다!

같은 목사인 한 사람이 —— 존 윌슨 목사였지만 —— 지력과 감성을 잃어가는 딤즈데일 씨의 상태를 알아차리고 재빨리 다가와 부축하려 했다. 그러나 목사는 와들와들 떨면서도 단호히 이 노인의 팔을 뿌리쳤다. 그래도 여전히 걷고 있긴 했으나 그러한 동작을 걷고 있는 것이라고 묘사할 수 있다면 모르되 마치 엄마 앞에서 두 팔을 벌리고 뒤뚱뒤뚱 걸음마를 배우는 어린애의 모습과 흡사하다고 할 정도였다. 이렇게 비틀거리며 걸어온 곳이 그 잊을 수도 없는, 비바람에 낡아버린 처형대 맞은편이었다. 괴로운 세월이 흐른 그 옛날, 헤스터 프린이 세상 사람들의 경멸의 응시를 받던 그 처형대였다. 지금 그곳에 헤스터가 펴얼의 손목을 잡고 서 있는 것이다! 가슴에는 주홍글씨가 붙어 있었다! 여기서 목사는 우뚝 멈춰섰다. 악대는 아직도 장엄하고 즐거운 행진곡을 연주하며 목사를 축하연 장소로 재촉하고 있었는데도 목사는 그 자리에 발을 멈춰버린 것이다.

벨링햄은 조금 전부터 근심스러운 듯이 목사를 지켜보고 있었다. 그때 딤즈데일 씨의 태도를 보자 그대로 두면 아무래도 쓰러질 것 같아 행렬을 빠져나와 그를 부축하려 했다. 그러나 목사의 표정에는 마음에서 마음으로 전달되는 것 같은 막연한 암시 따위에는 쉽게 넘어가지 않는, 총독에게까지도 감히 접근케 못하는 그 무엇인가가 있었다.

한편 군중들도 두려움과 놀라운 기색으로 줄곧 지켜보고 있었다. 이 사람들의 생각으로는 이렇게 지상에서 약해지는 것은 실은 하늘나라에서의 그 정신력이 그만큼 강해지는 데 불과한 것이라고 생각했다. 가령 목사가 승천(昇天)하여 차차 명암을 뚜렷이 하며 마침내 하늘나라의 빛 속으로 사라져버린다 해도 이처럼 신성한 사람에게는 있음직한 기적이라고 생각했을 것이다.

목사는 처형대 쪽을 보더니 두 팔을 내밀며 말했다.

"헤스터, 이리 오구려! 퍼얼, 너도 이리 오고!"

두 사람을 바라보고 있던 표정은 소름이 끼칠 것 같은 표정이었다. 그러나 어딘지 모르게 부드러워보였고 이상하게 의기양양한 데가 있었다. 아이는 평상시와 다름없이 참새 같은 동작으로 목사에게 달려가더니 그의 무릎을 두 팔로 끌어안았다. 헤스터 프린도 ── 피할 수 없는 운명에 이끌리어 자신의 강한 의지에 거역이라도 하듯 ── 천천히 다가갔으나 목사가 있는 곳까지 가기 전에 발을 멈췄다. 그 순간 목사의 의도를 방해하려는 듯이 로저 칠링워드 노인이 군중들을 헤치고 나타났기 때문이다. 그러한 그의 형상은 어둡고 침착성을 잃은데다 사악해보였으므로 지옥에서 솟아났다고 하는 게 옳을 것 같았다. 그것은 여하간에 노인은 뛰어나오더니 목사의 팔을 잡았다.

"이 미친 사람아! 무슨 짓을 하려는 거야?" 노인은 조그만 소리로 말했다. "저 여자를 물리쳐요! 이 아이도 내버려두고! 모든 것이 잘 되어가니까! 명예를 더럽히고 불명예 속에 죽을 거야 없지 않소! 나는 아직도 당신을 구해줄 수 있으니까! 성직에 똥칠을 할 참이오?"

"이 악마 같은 사람! 이미 때는 늦었소!" 목사는 이렇게 대답하며 두려운 듯하면서도 단호한 시선으로 상대방을 노려보았다. "당신의 힘은 이미 옛날 얘기가 됐소. 하느님의 도움으로 나는 당신으로부터 도망쳐 나올 것이오!"

목사는 또 주홍글씨의 여인에게 손을 내밀었다.

"헤스터 프린." 찌르는 듯한 열렬한 목소리였다.

"칠 년 전 나의 막중한 죄와 비참한 번민에 대해 내가 하지 못한 일을 이 마지막 순간에 행하도록 하여주시는 두렵고도 자비로운 하느님의 이름에 의하여 어서 이리 와주오! 당신 힘으로 나를 감싸주오! 당신 힘으로 말이오, 헤스터. 그러나 그 힘은 하느님이 나에게 허락해주신 의지대로 따르게 해주오! 이 비참하게 배신당한 노인은 온 힘을 다하여 자기의 힘과 악마의 힘으로 반대하려고 하오. 자 헤스터, 이리 오시오! 저 처형대까지 따라와주오!"

군중들은 야단법석이었다. 목사 주변에 있었던 고위 고관들은 너무나 놀란 나머지 눈앞에 벌어지고 있는 사태의 영문을 몰라 —— 뻔히 나타나 있는 설명은 그대로 받아들일 수 없고 그렇다고 다른 설명은 상상할 수도 없어서 —— 하느님이 생하려는 듯한 심판을 그저 말없이 꼼짝도 않고 지켜볼 뿐이었다. 목사가 헤스터의 어깨에 기대서 허리 뒤로 돌린 그녀의 팔에 의지하며 처형대로 다가가 계단을 올라가는 것이 보였다. 불의의 자식의 작은 손은 목사의 손에 꽉 잡혀 있었다. 로저 칠링워드 노인이 뒤를 따랐다. 그것은 마치 이 세 사람이 주연으로 되어 있는 죄악과 슬픔의 연극에 밀접한 관계가 있으며 마지막 장면에 등장할 자격이 있다는 것 같았다.

노인은 험악한 눈초리로 목사를 보면서 말했다.

"세상 어느 구석을 찾아보나 당신이 내 손아귀에서 빠져나갈 비밀 장소는 없을 거다. 하늘과 땅 어딜 뒤져보나 이 처형대밖엔 없을 거다!"

"이곳으로 인도해주신 하느님께 감사할 뿐이오!" 목사는 대답했다.

그러나 목사는 떨고 있었다. 입가에 약간의 미소를 띠면서 헤스터 쪽을 돌아다보았으나 그래도 눈에는 의혹과 불안한 표정이 역력히 보였다.

"이러는 편이 차라리 낫지 않소, 헤스터?" 목사는 속삭였다. "우리가 숲속에서 꿈꾸던 일보다는."

"모르겠어요! 전 모르겠어요!" 헤스터는 떨리는 목소리로 대답했다. "더 낫다고요? 글쎄요, 이대로 우리도 죽고, 펴얼도 우리와 함께 죽을 거예요!"

"당신과 퍼얼은 하느님이 명하시는 대로 따라야 하오." 목사는 말했다. "하느님은 자비로우시니까 ! 그러나 나에겐 지금 내 눈앞에 하느님이 뚜렷이 보여주시고 계신 의지를 실행하도록 해주오. 헤스터, 나는 얼마 살지 못할 사람이오. 그러니까 내가 빨리 치욕을 받을 수 있도록 당신은 말리지 말아주오."

헤스터 프린에게 의지하고 퍼얼의 손목을 잡은 채 딤즈데일 목사는 위풍 당당한 관리들과 동직자인 목사들과 군중들이 있는 쪽으로 돌아섰다. 군중들은 깜짝 놀랐지만 눈물겨운 동정심이 넘쳐흘렀다. 뭔가 중대한 인생의 일대 사건이, 죄악에 차 있다 하더라도 고뇌와 후회에 넘친 일대 사건이 지금 눈앞에 전개되리라는 것을 알고 있는 것 같았다. 정오를 약간 넘어선 태양은 목사를 내리쬐어 정의의 여신의 법정에서 유죄를 아뢰기 위해 대지에 버티고 서 있는 목사의 모습을 뚜렷이 돋보이게 하고 있었다.

"뉴잉글랜드의 여러분 ! " 목사는 큰소리로 외쳤다. 사람들의 머리 위로 울려퍼진 목소리는 높고 엄숙하고 위엄이 있었으나 한없이 떨렸으며 양심의 가책과 고뇌의 심연에서 우러나오는 듯 절규에 가까운 쉰 목소리였다. "나를 사랑해주셨던 여러분 ! 나를 깨끗한 인간이라고 생각해주셨던 여러분 ! 나를 이 세상의 큰 죄인이라고 봐주십시오. 나는 겨우 ! 이제야 겨우 ! 칠 년 전에 섰어야 할 이 자리에 섰습니다. 여기 함께 서 있는 여인의 팔은 여기까지 내가 간신히 기어온 힘보다 훨씬 강한 힘으로 이 무서운 순간에도 그대로 쓰러져버리려는 나를 부축해주고 있습니다. 헤스터가 달고 있는 주홍글씨를 보십시오 ! 여러분은 누구나가 다 이것을 보고 몸을 떨었습니다 ! 이 사람이 어디 있든지, 비참한 업고(業苦)를 짊어진 이 사람이 어디에다 안식처를 구하려고 하든지 이 글씨는 그 주변에 공포와 소름 끼치는 혐오를 자아내는 기분 나쁜 빛을 던져주었던 것입니다. 그러나 여러분은 여러분 사이에 서 있던 한 남자의 죄악과 치욕의 낙인에는 몸을 떠는 일이 없었습니다 ! "

여기서 목사의 비밀은 모든 것을 고백하지 못한 채 끝나버리는 게 아닌가 싶었다. 그러나 그를 넘어뜨리려는 육신의 쇠약, 특히 정신의 쇠약을 목사는 극복했다. 부축했던 손을 뿌리치더니 그는 그 모녀보다도 한 발 앞으로 나섰다.

"낙인은 그 사나이에게도 찍혀 있었습니다!" 모든 것을 다 말해버리려고 결심한 듯이 거칠어보이는 말투였다. "하느님께선 그것을 보셨습니다! 천사들은 쉴 새 없이 손가락질을 했습니다! 악마도 모든 것을 다 알고 불타는 손가락으로 만짐으로써 계속 괴롭혔습니다! 그러나 그는 교묘하게도 사람들 눈을 속이고 죄많은 속세에서 자기는 순결하니까 슬프고 천국에 있는 동료를 만나지 못하여 외롭다는 듯한 태도로 여러분 사이를 걸어다녔던 것입니다! 이제 죽음을 앞두고 그 남자는 여러분 앞에 서 있습니다. 다시 한 번 헤스터의 주홍글씨를 봐주십시오! 들어보십시오, 불가사의하고 무서운 주홍글씨도 그 남자의 가슴에 달고 있는 표적에 비하면 한낱 그림자에 불과하여 그 남자 자신의 빨간 낙인도 남자의 가슴속을 태우는 상징에 불과하다는 것을! 죄인에 대한 하느님의 심판을 의심하는 분은 이곳에 서보시겠습니까? 보십시오! 그 심판의 무서운 증거를 보십시오!"

목사는 발작적인 태도로 가슴에서 성직자가 다는 늘어진 밴드를 잡아뜯었다. 표적은 마침내 나타나고 말았다! 그러나 그 폭로된 모습을 설명하는 것은 불경스러운 일일 것이다. 한순간 공포에 질린 군중의 시선은 이 무서운 기적 위에 집중되었다. 목사는 격심한 고통에 찬 위급한 고비에 있으면서도 승리를 거둔 사람처럼 자랑스러운 듯 얼굴에 홍조를 띤 채 서 있었다. 그러더니 처형대 위에 털썩 쓰러져버렸다! 헤스터는 그의 몸을 안아 일으켜 그의 머리를 자기 가슴에 기대게 했다. 로저 칠링워드 노인은 생기없이 무표정한 얼굴로 그의 옆에 무릎을 꿇고 있었다.

"내게서 도망쳤구나!" 노인은 같은 말을 몇 번이고 되풀이했다. "기어코 내게서 도망쳤구나!"

"하느님이 당신을 용서하기를 바라오!" 목사는 말했다.

"당신도 많은 죄를 저지른 셈이니까!"

목사는 죽음이 깃든 눈을 노인으로부터 헤스터와 퍼얼 쪽으로 돌려 물끄러미 처다보았다.

"퍼얼." 힘없는 목소리였다. 영혼이 깊은 잠으로 빠져들어가는 것처럼 목사의 얼굴에는 부드럽고 평화스러운 미소가 떠올랐다. 아니, 무거운 업고를 벗어나서 이제 어린애와 함께 장난을 하고 있다고 해도 좋을 정도였다. "착하지, 퍼얼, 이제 내게 키스해주겠니? 숲속에서는 싫다고 그랬지! 이젠 해주겠지?"

퍼얼은 목사의 입술에 키스했다. 주문(呪文)은 풀려버렸다. 이 야성적인 아이도 크나큰 비극의 장면을 봄으로 해서 인간적인 동정심이 움트게 된 것이다. 그녀가 아버지의 볼에 흘린 눈물은 인간 세상의 기쁨과 슬픔 속에 성장하여 언젠나 세상과 싸우는 일없이 훌륭한 여성으로 사라졌다는 약속이기도 했다. 어머니에 대해서도 고뇌의 사자(使者)로서의 역할을 완전히 끝낸 것이다.

"잘 있어요, 헤스터!" 목사는 말했다.

"이젠 영영 못 뵙는 것입니까?" 이렇게 속삭이며 헤스터 프린은 얼굴을 목사 얼굴 가까이 갖다 댔다. "함께 영원한 생활을 보낼 수는 없을까요? 우리가 이렇게 슬픔으로 서로의 죄값을 치른 것은 절대로 확실한 일입니다. 당신은 그 밝은 임종의 눈으로 저세상을 보고 계십니다! 무엇이 보이는지 말씀해주세요."

"조용히 해요. 헤스터, 조용히!" 목사는 떨면서도 엄숙히 말했다. "우리가 깨뜨린 율법! 지금 이렇게 무참하게 폭로된 죄악! 이것만은 당신도 항상 염두에 둬주오! 나는 모르겠소만 이런 것인지도 모르오. 우리가 하느님을 잊어버렸을 때 서로의 영혼에 대한 존경을 깨뜨려버린 그때부터 우리는 이미 영원히 순결하게 결합되어 저 세상에서 다시 만난다는 희망은 이루어질 수 없는 것으로 되어 있는지도 모르오. 하느님은 모든 것을 알고 계시고 자비로운 마음을 지니고 계시오! 특히 내가 고뇌에 허덕이고 있을 때 그 자비심을 보여주셨소. 나의 가슴에 이 타들어가는 듯한 책고(責苦)를 주신 것도 그러하오! 여기 있는 음흉하고 무서운 노인을 시켜 그 책고를 언제나 빨갛게 타오르게 하신 것도 그러하오! 나를 이곳에 오게 하여 여러분 앞에서 승리와 치욕을 짊어지고 죽게 한 것도 그러하오. 이런 고통 중에서 어느 하나라도 부족했다면 나는 영원히 파멸해버렸을 것이오! 하느님의 이름을 찬미할지어다! 하느님의 뜻이 이루어지이다! 잘 있소!"

이 마지막 말은 목사가 숨을 거둘 임시에 들려왔다. 그때까지 조용했던 군중은 두려움과 놀라움이 담긴 이상할 정도로 나직한 소리를 터뜨렸다. 그 기분은 사자(死者)의 영혼을 뒤따라 무겁게 흐르고 있는 이 웅성거림으로 겨우 표현될 뿐이었다.

제 24 장   뒷이야기

며칠이 지난 뒤 지금 이야기한 광경에 관하여 의견을 정리하기에 충분한 시간적 여유가 생기자 처형대에서 목격한 일에 대하여 구구한 설이 나돌았다. 관중의 대부분은 불행한 목사의 가슴에 주홍글씨가, 헤스터 프린이 달고 있던 것과 조금도 다름없는 주홍글씨가 새겨져 있는 것을 보았다고 증언했다. 그 유래에 대해서는 여러 가지가 이야기되었지만 모두가 상상의 영역을 벗어나지 못한 것임은 말할 나위도 없었다. 헤스터 프린이 처음으로 치욕의 표시를 달던 그날, 딤즈데일 목사도 자기 몸에 심한 책고를 가하기 위해 고행을 시작하였으며 그 뒤 온갖 방법으로 그 고행을 부질없이 실행해왔다고 단언하는 자도 있었다. 아니, 그 목사의 낙인은 훨씬 뒤에 나타난 것이라고도 했다. 즉 생각과 힘이 풍부한 마술사인 로저 칠링워드 노인의 마술과 독약의 힘이 작용하여 비로소 나타난 것이라고 주장하는 자도 있었다. 그런가 하면 목사의 그 특별하게 예민한 감수성과 정신이 육체에 미치는 놀라운 작용을 정말 잘 알고 있던 사람들은 그 무서운 상징은 한시도 쉴 새 없이 움직이고 있는 양심의 가책이라서 이빨이 마음속으로부터 밖으로 뚫고 나와 결국 주홍글씨의 형태를 빌려 하느님의 무서운 심판을 나타낸 것이라고 수군거렸다. 이러한 여러 가지 의견 중에서 어느 하나를 택하든 그것은 독자의 마음이다. 작자로서는 이 기적의 글씨에 대하여 입수할 수 있는 모든 설명을 가했고 그 글씨의 역할도 맡은 바

임무를 완수했으니 이제 우리 뇌리 속에서 흔적도 없이 지워버리고 싶은 심정이다. 너무 오랜 동안 생각한 탓인지 그것이 불쾌할 정도로 뇌리에 박혀 있으니 말이다.

그럼에도 불구하고 처음부터 끝까지 목격했고 잠시도 딤즈데일 목사로부터 눈을 뗀 일이 없다고 말하는 사람들이, 목사의 가슴에는 갓난아기의 가슴처럼 아무 표적이 없었다고 주장하는 것은 기묘한 얘기이다. 이 사람들의 말에 의하면 목사는 임종시에 헤스터 프린이 오랫동안 주홍글씨를 가슴에 달게 된 그 죄악과 목사와의 사이에 어떠한 관련이 있었다는 것을 인정하지도 않았거니와 막연하게나마 암시하지도 않았다는 것이다. 아주 훌륭한 목격자들에 의하면 목사는, 목숨이 얼마 남지 않았다는 것을 알고 게다가 군중들의 존경으로 이미 성자나 천사의 영역에 달하고 있다는 것을 알고 있었으므로 그 타락한 여인의 팔에 안겨 숨을 거둠으로써 인간의 미덕 등 제아무리 훌륭하다는 사람도 전혀 무가치하다는 것을 세상 사람에게 나타내려 했다는 것이다. 인류의 정신적인 행복을 위하여 노력을 다한 다음 생애를 마친 목사는, 영원히 더러움을 모르는 하느님의 눈으로 본다면 어떤 인간이라도 모두 죄인이라는 슬프고도 위대한 교훈을 숭배자들의 가슴에 명기(銘記) 시키기 위해 자신의 죽음을 하나의 우화로 만들었다는 것이다. 아무리 덕망있는 인간이라 할지라도 지상을 내려다보고 계신 하느님의 자비를 좀더 확실히 인식하는 데 불과하고 하늘 위를 동경하고 있는 인간의 선행이란 환영(幻影)을 동배(同輩)들보다 좀더 철저히 거부할 수 있을 정도로 우수한 데 불과하다는 것을 가르쳐주기 위해서였다. 이만큼 중대한 진리에 대하여 왈가왈부하지는 않는다 하더라도 딤즈데일 목사의 사건에 대한 이러한 해석은 다름 아닌 죽은 동료를 감싸주려는 우정에 불과하다고 보고 싶은데 그렇지 않다면 용서해주기 바란다. 친구, 특히 목사의 친구는 주홍글씨를 환히 밝혀준 한낮의 햇빛만큼이나 뚜렷한 증거가 있어 목사가 허위와 죄악으로 더럽혀진 흙으로 돌아갈 인간이란 것을 입증하고 있는 경우에도 끝까지 그의 성품을 옹

호하려 드는 일이 흔히 있는 법이다.

지금까지 주로 의지해온 근거는 —— 헤스터 프린을 알고 있다든지 살아남은 목격자로부터 얘기를 들은 일이 있다는 사람들의 증언을 듣고 작성된 고문서(古文書)에 의한 것인데 —— 지금까지 작자가 취급해온 견해를 확실히 확인해주고 있다. 여기서 불쌍한 목사의 비참한 경험이 남기는 수많은 교훈 가운데서 한 가지만 적어두기로 하자.

"진실하라! 진실하라! 진실하라! 최악의 모습은 아닐지라도 최악의 모습을 알게 될 동기가 되는 성질을 숨기지 말고 세상에 제시하라!"

딤즈데일 씨가 죽은 직후에 로저 칠링워드라는 이름으로 알려진 노인의 모습에 나타난 변화만큼 놀라운 것은 없었다. 온몸의 힘이 —— 생명력이나 지력(知力)이 다 한꺼번에 빠져버린 것 같았다. 마치 뿌리를 뽑힌 잡초가 뙤약볕에 시들 듯이 말라버려 거의 사람 눈에 띄지 않을 정도가 되었다. 이 불행한 사나이는 인생의 보람을 복수의 추구와 빈틈없는 실천에 두었으며 그 완전한 승리와 목적 달성이 끝나고 사악한 지침을 지탱할 재료가 없어져버리자 —— 즉 이 지상에서 행할 악마적인 작업이 없어지게 되자, 이 인간성을 잃은 사나이가 할 수 있는 일은 주인인 악마가 일거리를 장만해주고 응분의 보수를 지불해주는 곳으로 옮아가는 일밖에 없었던 것이다. 그러나 지금까지 오랫동안 친근하게 접촉해온 이들 관계 깊은 인물에 대해서는 —— 로저 칠링워드나 그의 친구들도 다름없이 —— 정을 베풀어주고 싶다. 사랑과 미움이 근본에 있어서는 동일한 것이 아니냐 하는 문제는 재미있는 관찰과 연구의 대상이 될 것이다. 어느 경우에나 극한에 이르면 고도의 친밀과 마음의 상통(相通)이 필요하게 된다. 양자의 경우가 다 두 사람의 인간이 애정과 정신 생활의 양식을 상대방에게서 구하게끔 되어 있다. 게다가 그 대상이 없어져 버리면 열렬히 사랑하던 사람이나 또는 이에 못지 않게 열렬히 증오하던 사람도 다 함께 고독한 지옥으로 빠져들게 된다. 따라서 철학적으로 생각하면 애증(愛憎)이란 두 가지 격정(激情)은 본질적으로는 동일한 것이며 사랑이 때때로 천국의 광명 속에 나타나는 것에 비해 증오는 어둡고 침침한 빛 속에 나타난다는 점만이 다를 뿐이다. 영혼의 세계로 들어가면 서로 상대방의 희생자였던 노의사나 목사도 지상에서 품어오던 증오나 반감이 의외에도 만족스런 애정으로 변했음을 알게 될 것이다.

이렇게 논의는 그렇다 치고라도 독자에게 전해야 할 한 가지 사실이 남아 있다. 로저 칠링워드 노인이 죽었을 때(그 해 안에 일어난 일이지만) 벨링햄 총독과 윌슨 목사가 집행인이 되었던 유언장에서 노인은 영국과 미국에 있는 막대한 재산을 헤스터 프린의 딸인 퍼얼에게 유산으로 물려 준 것이 판명되었다.

이리하여 요정이라고 할 뿐더러 그때까지도 악마의 소생이라고 말하는 사람도 있었던 퍼얼은 신세계에서 당대 제일의 유산 상속자가 된 것이다. 경우에 따라서는 이 사실이 세상 사람들의 판단에 큰 변화를 가져오게 하였을지도 모른다. 그리고 이 모녀가 뉴잉글랜드에 머물러 있었다면 결혼 적령기가 된 퍼얼은 그 자유 분방한 피를, 특히 열렬한 청교도의 혈통을 지닌 사나이와 섞게 되었을지도 모른다. 그러나 의사가 죽은 지 얼마 안 되어 주홍글씨의 여인은 퍼얼과 함께 자취를 감춰버렸다. 그 뒤 여러 해 동안 성명의 머리글자가 새겨진 볼품없는 나무 토막이 표류하여 해변에 와서 닿듯이 가끔 막연한 뜬소문이 바다를 건너 전해지기는 했지만 두 사람에 대하여 믿을 만한 소식은 전혀 없었다. 주홍글씨의 전말(顚末)은 옛 얘기가 되어버렸다. 그러나 그 마력은 여전히 남아 있어 불쌍한 목사가 숨진 처형대나 헤스터 프린이 살던 해변의 오두막 등은 무서운 장소로 알려지고 있다. 어느 날 오후, 이 오두막 근처에서 놀고 있던 아이들은 회색 옷을 걸친 키 큰 여인이 오두막 입구로 다가오는 것을 보았다. 요 몇 년 동안 한 번도 열린 일이 없는 문이었는데 여인이 자물쇠를 열었는지, 또는 썩은 나무와 쇠붙이가 잡기만 해도 부숴졌는지, 아니면 그 여인이 그림자처럼 그러한 방해물을 뚫고 들어갔는지 하여간 여인은 오두막 속으로 들어갔다.

　문지방이 있는 곳에서 여인은 멈춰 서더니 잠깐 뒤를 돌아보았다. 전에 그처럼 격렬한 생활을 보냈던 집안으로 혼자서, 더구나 옛날과는 완전히 변한 모습으로 들어간다는 일이 못 견디게 쓸쓸하고 비참하게 여겨졌는지도 모른다. 그러나 그 망설임은 불과 한순간이었지만 가슴에 주홍글씨를 다는 일은 그 한순간으로 족했던 것이다.

　이리하여 헤스터 프린은 본래의 옛집으로 돌아와 오랫동안 저버렸던 치욕의 표시를 몸에 달게 되었다. 그러나 퍼얼은 어디 있을까? 살아 있다면 탐스럽게 피어날 한창 나이가 되었을 것이다. 그 요정과 같았던 아이가 요절(夭折)하여 숫처녀로 묻혔는지, 야성적인 성질이 온순해져 여자다운 조용한 행복을 누릴 수 있는 여인으로 성장했는지는 아무도 아는 사람이 없었으며 확실한 소식을 들은 자도 없었다. 다만 헤스터는 여생을 마칠 때까지 주홍글씨를 달아야 할 몸이면서 어딘가 타국에 살고 있는 사람의 애정과 관심의 대상이 되었다는 흔적이 남아 있었다. 가문(家紋)의 봉신이 찍힌 편지가 가끔 왔었는데 영국의 계보 기록(系譜記錄)에는 기재되어 있지 않은 문장이었다. 오두막 속에 있는 오락품이나 사치품 종류는 헤스터가 쓸 것 같지도 않은 것들이었으며 비싼 값을 치러야 살 수 있는, 일부러 고안해낸 애정이 담긴 물건들이었다. 그리고 작은 장식품이나 언제까지나 잊을 수 없는 아름다운 물건 등 자질구레한 물건들이 있었는데 사랑하는 마음으로 섬세한 손가락이 손수 만들어낸 물건임에 틀림없었다. 언젠가 한 번은 헤스터가 아기 옷에 수를 놓고 있는 것을 볼 수 있었는데 그 옷을 입은 아이가 뉴잉글랜드의 근엄한 사회에 나타나는 일이 있다면 세상 사람들이 큰 소란을 피울 정도로 매우 호화찬란한 것이었다.

　결국 퍼얼은 살아 있을 뿐 아리라 행복한 결혼 생활을 하고 어머니에게 효도를 하며 이 슬픈 어머니를 자기 집 난롯가에서 위로해주고 싶었을 것이라고 당시의 수다쟁이들은 생각하고 있었다. 그 후 백 년쯤 지나서 여러 가지를 조사한 세관 검사관 퓨우 씨도 그렇게 믿고 있었고 게다가 최근에 부임한 퓨우 씨의 후임자도 역시 그렇게 믿고 있다.

그러나 헤스터 프린에게는 퍼얼이 가정을 이루고 있는 미지의 나라보다도 이 뉴잉글랜드에 진정한 생활이 있었다. 이곳에는 범한 죄와 슬픔이 있었다. 참회도 아직 남아 있었다. 그러므로 헤스터는 되돌아온 것이며 누구의 권유에도 접한 일도 없이 —— 그 무쇠처럼 냉혹한 시대의 귀신과 같았던 관리들도 그와 같은 일을 강요하지는 못했다 —— 지금까지 말해온 암담한 이야기의 상징을 다시 가슴에 단 것이다. 그것은 다시는 가슴에 떠나는 일이 없었다. 그러나 괴롭고, 사색에 몰두하는, 헌신적인 만년의 세월이 흐르는 동안 주홍글씨는 세상 사람들의 모욕과 비난을 자아내는 낙인이 아니라 뭔가 눈물겨운 두려움과 존경어린 눈으로 쳐다보이는 상징으로 변했다. 게다가 헤스터 프린은 이기적인 목적이 없었고 사리사욕을 위해 생활하는 일도 전혀 없었으므로 사람들은 슬픈 일이나 난처한 일들을 의논해왔으며 스스로 난관을 돌파한 일이 있는 경험자로서의 조언을 원했다. 특히 여자들은 사랑에 상처를 입었을 때 헛된 사랑으로 끝났을 때, 상대가 매정하고 돌아섰거나 상대방을 잘못 봤을 때, 길을 잘못 디뎌 죄악을 범하는 등 세상에 흔히 있는 시련이 닥쳐왔을 때, 아무도 찾아주는 사람이 없어서 마음을 의지할 데가 없거나 외롭고 답답해서 견딜 수 없을 때에 헤스터의 오두막을 찾아와서는 자기들이 불행해진 이유를 말해달라고 하거나 어떻게 했으면 좋겠느냐고 물어보는 것이었다! 헤스터는 힘이 자라는 데까지 위로도 하고 충고도 해줬다. 또 언젠가는 좀더 밝은 시대가 되어 세상의 기운(機運)이 무르익어 하느님의 뜻대로 살 수 있는 시절이 오면 남녀간의 관계는 서로의 행복이라는 새로운 진리로, 지금까지보다 확고한 기반 위에 구축되리라는 굳은 신념에 대해서도 확실히 말해주었다. 젊은 시절 한때는 헤스터도 자기야말로 예언자로 태어난 사람이라고 어리석은 상상을 한 일도 있었지만 신성하고 신비로운 진리의 사명이 죄악을 저지른 여인, 치욕으로 머리를 못 드는 여인, 일생을 슬픔으로 지내야만 할 여인에게 맡겨질 리 없다는 것을 깨달은 지는 이미 오래였다. 장차 계시를 지니고 올 천사나 사도가 될 사람이 반드시 여자라는 것은 확실하나 그러기 위해서는 고상하고 순결하고 아름다운 여자라야 할 것이다. 그것도 어두운 슬픔이 아닌 천사와 같은 기쁨을 경험하여 현명해진 여자, 순결한 사랑이 인간을 행복하게 한다는 것을 제시하기 위해 그와 같은 목적이 달성된 인생을 참되게 시도하고 있는 여자라야만 한다 !

헤스터 프린은 이렇게 말을 맺자 슬픔에 찬 눈으로 주홍글씨를 내려다보았다. 그 후 오랜 세월이 지난 뒤 새로운 무덤이 낡고 움푹 팬 무덤 옆에 생겼다. 이곳은 뒤에 킹즈채플이 그 옆에 생긴 공동 묘지이다. 헐고 움푹 팬 무덤 옆이기는 했지만 무덤과 무덤 사이에는 약간의 간격이 있어서 그곳에 잠들고 있는 두 유해는 교제할 권리도 없는 것 같았다. 그러나 한 개의 비석이 세워져 두 무덤에 겸용되고 있었다. 그 주위 일대에는 가문(家紋)을 새긴 비석들이 많이 서 있었으나 간소한 판석 하나로 되어 있는 이 비석에는 방패 모양의 가문 같은 것이 새겨져 있어 지금도 호기심 많은 사람들의 눈에 띄면 그 뜻을 몰라 어리둥절케 하고 있다. 그 가문의 도안을 문장 용어로 표현하면 이제 끝난 이야기의 제명(題名)을 간단히 설명할 수 있을 것이다. 그것은 참으로 음침하여 그림자보다도 더 어둡게 불타는 한 점의 빛으로 겨우 분간할 수 있을 정도였다.

'검은 가문 바탕에 주홍글씨 A'

단 편 선

큰 바위 얼굴

어느 날 오후, 거의 해가 질 무렵, 한 어머니와 어린 아들이 작은 오두막의 문 앞에 앉아 '큰 바위 얼굴'에 대해 이야기를 하고 있었다. 비록 몇 마일이 떨어져 있긴 하지만 그들은 눈만 들면 온통 햇빛으로 빛나는 그 큰 바위 얼굴을 분명히 볼 수 있었다.

큰 바위 얼굴이란 대체 무엇인가?

높은 산들에 에워싸여, 수천 명의 마을 사람들이 충분히 살아갈 만큼 넓은 분지가 있었다. 어떤 사람들은 검은 숲으로 둘러싸인 가파르고 험준한 산기슭에 지어진 통나무 오두막집에 살고 있었고, 또 어떤 사람들은 계곡의 완만한 비탈이나 평원의 비옥한 땅에서 농사를 지으며 살고 있기도 했다. 또 다른 사람들은 높은 산악 지대에서 떨어져 내리는 개울가에 모여 살면서 그 개울 물을 교묘한 인간의 지혜로 끌어들여 방적 공장의 기계를 돌리면서 살아가기도 했다. 이 계곡의 주민들은 상당수에 달했고, 각양각색의 생활 수단을 가지고 살아가고 있었다. 그러나 어른이나 아이나 할 것 없이 누구나 큰 바위 얼굴에 대해 일종의 친근감을 가지고 있었다. 그들 중의 몇 사람만 이 웅대한 대자연의 현상을 이해할 수 있는 은총을 가졌지만 말이다.

큰 바위 얼굴은 대자연의 장엄한 유희로 빚어진 하나의 작품이었다. 깎아지른 듯한 산의 경사면 위에 몇 개의 커다란 바위가 모여 이룬 것으로,

멀리서 바라보면, 바위가 옹기종기 모여 있는 모습이 인간의 얼굴을 닮은 것 같았다. 그리하여 그 바위는 무지무지하게 큰 거인이나 타이탄(그리스 신화에 나오는 거인족)이 그 절벽 위에 자기를 닮은 모습을 조각해 놓은 것 같았다. 활 모양으로 굽은 넓은 이마는 높이가 백여 피트나 되었으며, 기다란 콧마루를 가진 코와, 만일 말을 할 수만 있다면 계곡의 이쪽에서부터 저쪽 끝까지 천둥처럼 울리게 할 것 같은 엄청나게 큰 입술을 가지고 있었다. 그러나 만일 누가 가까이 다가가서 본다면 거인의 모습은 간 곳 없고, 단지 한 무더기의 거대한 바위 덩어리가 파괴된 혼란스런 모습으로 여기저기 뒹굴고 있을 뿐이었다. 그러나 뒤로 물러나면서 다시 바라보면 그 신비스런 얼굴이 조금씩 잡혀 오는 것이었다. 더 멀리서 바라볼수록 더욱 사람의 얼굴을 닮아 보였으며, 자연 그대로의 완전한 신성함을 띠고 나타났다. 그리하여 아주 멀리서 어렴풋이 바라볼 때면 산들이 내뿜는 구름이나 안개에 휩싸여 큰 바위 얼굴은 정말 살아 있는 것처럼 보였다.

아이들이 이 큰 바위 얼굴을 눈앞에 보면서 자라난다는 것은 굉장한 행복이었다. 왜냐하면 모습은 고상했고 표정은 장엄하고도 부드러워서 마치 그 크고 따스한 마음은 온 인류를 애정으로 감싸안고도 남을 것 같았기 때문이었다. 그래서 그것을 단지 바라보는 것만으로도 교육이 되었다. 사람들은 이 계곡이 그토록 비옥한 것은 그 자비로운 큰 바위 얼굴이 항상 밝은 웃음을 띠고 계곡을 굽어보면서 구름을 적당히 모으고, 그 구름의 온화함에 햇살이 스며들게 하기 때문이라고 생각했다.

어머니와 그 작은 소년은 자기들의 집 문간에 앉아서 큰 바위 얼굴을 바라보면서 그것에 관해 이야기를 하고 있었다. 소년의 이름은 어네스트였다.

"어머니." 하고 소년은 말했다. 마치 그 거인의 얼굴이 소년을 향해 미소를 짓고 있는 것 같았다. "저 바위가 말을 할 수 있다면 얼마나 좋을까요. 저토록 친절한 모습이니까 아마 목소리도 굉장히 상냥할 게 틀림없어요. 저런 얼굴을 가진 사람을 만난다면 나는 분명 그를 사랑하게 될 거예요."

"옛날의 예언이 반드시 이루어진다면." 하고 그의 어머니가 대답했다. "우리는 언젠가는 바로 저 큰 바위 얼굴과 똑같은 얼굴을 가진 사람을 만나게 될 게다."

"그 예언이란 게 뭐예요, 어머니 ? " 어네스트는 정색을 하며 물었다. "제발 그 이야기를 좀 해 주세요 ! "

소년의 어머니는 자기가 어린 어네스트보다도 더 어렸을 때 자기의 어머니가 들려준 이야기를 아들에게 해주었다. 그것은 과거에 관한 이야기가 아니라 미래에 일어날 이야기였다. 그럼에도 불구하고 그 이야기는 굉장히 오래된 것이며, 전에 이 계곡에 살았던 인디언들도 자기의 조상들에게서 그 이야기를 들어왔다고 한다. 그들은 계곡을 흐르는 시냇물과 나뭇가지 위로 스쳐가는 바람이 자기의 조상들에게 그 이야기를 속삭여주었다고 믿었던 것이다. 그 이야기의 요지는, 어느 날, 한 아이가 이 고장에서 태어나 당대에 가장 위대하고 고귀한 인물이 되리라는 것인데, 그 아이의 모습은 어른이 되면 저 큰 바위 얼굴과 꼭 닮게 된다는 것이었다. 수많은 사람들이, 늙은 사람들이거나 젊은 사람들이거나 간에 아직도 열렬한 희망으로 그 예언을 굳게 믿고 있었다. 그러나 세상에 대해 보다 넓은 견문을 가진 사람들은, 지칠 때까지 지켜보면서 기다려 왔지만 그런 얼굴을 가진 사람은 만나보지 못했고, 자기의 이웃 사람들보다 더 위대하고 고귀한 사람은 만나보지 못했다고 말하면서 그것은 단지 헛된 이야기에 지나지 않다고 결론짓는 것이었다. 여하튼간에 그 예언 속의 위대한 사람은 아직 나타나지 않고 있었다.

"어머니, 어머니 ! " 어네스트가 자기의 머리 위로 손뼉을 치면서 외쳤다. "그를 만날 때까지 살아 있었으면 좋겠어요 ! "

그의 어머니는 매우 애정이 풍부하고 생각이 깊은 여인이어서 작은 소년의 소박한 희망을 꺾지 않는 것이 현명한 일이라고 느꼈다. 그리하여 그녀는 아들에게 "그럴 수 있을 거야."라고만 말할 뿐이었다.

어네스트는 어머니에게서 들은 이야기를 결코 잊어버리지 않았다. 그가 큰 바위 얼굴을 바라볼 적마다 그 이야기는 언제나 그의 마음속에 새롭게 떠올랐다. 그는 자기가 태어난 그 통나무 오두막집에서 어린 시절을 보냈고, 효심이 지극하여 그 작은 손으로 어머니의 일을 도왔으며 어머니에겐 사랑이 깃든 아들의 마음이 더욱 큰 도움이 되었다. 그리하여 행복하고, 때때로 명상에 잠기길 좋아하는 그 어린 소년은 부드럽고 조용하고 겸손한 사람으로 자라났다. 들에서 하루종일 일을 하였으므로 그의 얼굴은 갈색으로 그을려 있었지만, 그의 풍모엔 유명한 학교에서 교육을 받은 젊은이들보다 훨씬 더 빛나는 지성이 나타나 보였다. 그러나 어네스트에게는 스승이라고는 아무도 없었고, 단지 큰 바위 얼굴만이 그의 유일한 스승이었다. 하루 일이 끝나면, 어네스트는 그 거대한 얼굴이 자기를 알아보고, 자기의 숭배하는 마음에 보답하는 뜻으로 친절한 미소를 보낸다고 생각될 때까지 몇 시간이고 그 큰 바위 얼굴을 바라보는 것이었다. 그 큰 바위 얼굴이 다른 사람들에게보다 어네스트에게 더 친절했던 것은 아니지만 우리는 이것을 단지 하나의 상상에 불과한 것이라고 말할 수는 없을 것이다. 왜냐하면 소년의 부드럽고 남을 신뢰하는 소박한 마음이 다른 사람들이 볼 수 없는 비밀을 발견해 냈기 때문이다. 그리하여 모든 사람을 위한 큰 바위 얼굴의 사랑은 그 소년만의 특별한 몫이 되어버렸다.

그런데 그 무렵 계곡에는 한 소문이 떠돌았다. 몇 세기 전부터 이야기되어 오던 그 큰 바위 얼굴을 닮은 위대한 인물이 드디어 나타났다는 것이다. 한 청년이 몇년 전에 이 계곡을 떠나 먼 항구에 정착해서 돈을 상당히 모아 상인으로 성공했다는 것이다. 그의 이름은——이것이 그의 본명인지 아니면 그의 습관과 인생의 성공에서 붙여진 별명인지 알 수 없지만——개더골드(수전노)라고 하였다. 그는 민첩하고 활동적이며, 세상 사람들이 행운이라고 부르는 것을 발전시키는 불가해한 능력을 신의 섭리로 타고났기 때문에 부유한 상인이자 거대한 선박의 선주가 될 수 있었다고 한다. 지구상의 모든 나라가 단지 이 한 사람의 산더미 같은 재산에 무더기로 재물을 쌓아 올리려고 손에 손을 잡고 있는 것같이 보였다. 어둡고 그늘진 북극권의 추운 나라들은 모피로 그의 재산을 늘려주었고, 뜨거운 아프리카는 그를 위해 강가의 황금 모래를 퍼주었으며, 숲 속에서 거대한 코끼리의 상아를 수집해 주었다. 또한 동양에서는 화려한 숄과 차, 그리고 빛나는 다이아몬드와 청순하게 반짝이는 커다란 진주가 도착했다. 그리고 바다에서도 육지에 못지 않게 커다란 고래들을 보내왔고, 개더골드는 그 기름을 팔아 엄청난 이득을 보았다. 무엇이든 개더골드의 손에 잡히기만 하면 황금이 되었다. 전설 속의 마이더스(그리스 전설에 나오는 소아시아 리프기아의 왕)처럼 그의 손가락이 스치기만 하면 무엇이든지 번쩍이는 황금으로 변하여 누렇게 변하거나 혹은 더욱 그를 만족시키게끔 동전 더미로 변하는 것이었다. 그리하여, 개더골드가 자기의 재산을 모두 헤아려 보는 데만도 한 백 년쯤은 걸릴 만큼 부자가 되었을 때, 그는 자기의 고향인 계곡에 대해 생각이 미쳤다. 그는 그곳으로 돌아가고 싶었으며, 자기가 태어난 곳에서 여생을 마치기로 결심했다. 그는 솜씨 좋은 건축가를 보내 자기와 같은 큰 재산을 가진 부자에게 어울리는 궁전을 짓게 했다.

앞서 말했던 대로, 그 골짜기에는 개더골드가 그토록 오랫동안, 헛되이 기다려 왔던 예언 속의 인물이라는 소문이 나돌았다. 그의 얼굴은 완벽하리만큼 그 큰 바위 얼굴과 닮았다는 것이다. 마을 사람들은 그의 아버지의 낡아빠진 농장 자리에 마치 마술을 부린 것처럼 세워진 저택을 보고 그 소문이 사실일 거라는 것을 더욱 믿게 되었다. 건물의 바깥 벽은 대리석으로 되어 있었는데, 그 대리석은 너무 눈부시게 하얀 빛이어서 개더골드의 손가락이 무엇이든 황금으로 변하게 만드는 은총을 받기 이전에 눈〔雪〕으로 만들곤 했던 그 눈사람의 집처럼 건물 전체가 금방이라도 햇빛 속에 녹아버릴 것처럼 보였다. 그 저택은 높다란 기둥으로 떠받쳐졌으며, 호화찬란하게 장식된 주랑과 현관을 갖추었고, 그 아래 커다란

문이 있었는데, 멀리 외국에서 들여온 채색된 나무로 만든 것이었다. 놀랍게도, 방마다 달린 창문은 마루에서 천장까지 한 장의 커다란 유리로 만들어졌고, 너무나 투명해서 깨끗한 공기를 통해서 보는 것보다도 더 잘 보인다고들 했다. 누구도 이 궁전의 내부를 구경하는 것이 허락되진 않았지만, 거의 확실한 소식통에 의하면, 내부는 외부보다 더 호화찬란하게 꾸며졌고, 다른 집에서는 놋쇠나 황동으로 만들어진 것들이 이 집에서는 은이나 황금으로 되어 있다고 했다. 특히 개더골드의 침실은 보통 사람이라면 도저히 거기서 눈을 감을 수 없을 만큼 눈부시게 번쩍거린다고 했다. 그러나 반대로, 개더골드 씨는 이제 너무나 부(富)에 몸이 익어서 자기의 눈꺼풀 아래로 번쩍거리는 빛이 들어오지 않으면 눈을 감을 수 없을 지경이었을지도 모른다.

머지 않아 이 저택은 완성되었다. 가구 상인들이 장엄하리만큼 훌륭한 가구들을 들여 왔고, 개더골드의 선발대로 한 무리의 흑인과 백인 하인들이 도착했으며, 개더골드 씨는 해질 무렵에 도착한다고 했다. 우리의 친구 어네스트는 그동안 그토록 오랫동안 기다려 왔던 그 위대하고 고귀한 예언 속의 인물이 드디어 자기의 고향 마을에 나타난다는 생각을 하자 매우 마음이 설레었다. 그는 개더골드 씨와 같이 큰 부자라면 큰 바위 얼굴의 미소 만큼 마음이 넓고 자비로워, 마을 사람들의 일을 잘 돌봐줄 것이라고 생각하여 그를 자선의 천사처럼 상상하는 것이었다. 어네스트는 믿음에 가득 차서, 사람들이 말한 것을 모두 진실이라고 믿었으며, 이제야 저 산기슭에 있는 신성한 바위와 꼭 닮은 살아 있는 사람을 보게 되리라는 것을 의심하지 않았다. 그 소년이 항상 그려왔던 것처럼, 큰 바위 얼굴이 자기에게 시선을 돌려 친절하게 바라보아 주리라 꿈꾸면서 언덕을 올려다보고 있을 때, 구불구불한 길을 따라 부드럽게 다가오고 있는 마차 바퀴 소리가 들렸다.

"그가 온다!" 도착하는 그 사람을 보려고 모인 사람들이 외쳤다. "저 위대한 개더골드 씨가 온다!"

네 마리의 말이 끄는 마차가 길 모퉁이를 돌아 힘차게 달려 왔다. 마차 안에는 몸을 창문 밖으로 약간 내밀고 있는 늙은 사람의 얼굴이 보였다. 마이더스의 손가락으로 자기의 피부까지 변하게 한 것처럼 그의 피부도 누런 빛이었다. 그는 이마가 낮고, 작고 날카로운 눈을 가졌으며, 눈가에는 무수한 주름이 잡혀 있었고, 얇은 입술은 굳게 다물어져 있어서 더욱 얇아 보였다.

"바로 큰 바위 얼굴의 모습이다!" 사람들이 외쳤다. "옛날 예언이 그대로 들어맞았다. 드디어 위대한 인물이 나타났다!"

사람들이 큰 바위 얼굴과 그대로 닮았다고 믿는 것을 보자 어네스트는 당황하였다. 그곳에는 어떤 늙은 거지 여인과 두 명의 꼬마 거지 아이, 그리고 다른 먼 지방에서 온 부랑자들이 있었는데 그들은 마차가 지나갈 때 손을 내밀고 음울한 목소리로 자비를 베풀어달라고 외쳐대고 있었다. 그러자 누런 집게발 같은 손——그토록 많은 재산을 긁어모았다는 바로 그 손——이 동전 몇 닢을 땅바닥에 뿌리는 것이었다. 그 위대한 인물의 이름을 개더골드라 한다지만, 그 인물의 별명은 스케이터코퍼(동전을 뿌리는 사람)라고 붙이는 것이 더 어울릴 것 같았다. 아직도 전과 같은 신념에 차서, 사람들은 열심히 외쳐대고 있었다.

"바로 큰 바위 얼굴의 모습 그대로야!"

그러나 어네스트는 그 야비한 수전노의 주름잡힌 얼굴을 외면하고 산 위를 올려다보았다. 안개 사이로 마지막 햇살이 빛나고 있었다. 그는 아직도 자기의 영혼 속에 깊이 박힌 그 장엄한 모습을 알아볼 수 있었다. 그 모습은 그를 기쁘게 했다. 그 인자한 입술은 무엇을 말하려는 것 같았다.

"그는 올 것이다! 두려워 말아라, 어네스트야. 그는 반드시 올 것이다!"

세월이 흘러 어네스트는 소년이 아니었다. 그는 이제 어엿한 청년이 되어 있었다. 그러나 그는 마을 사람들의 관심을 조금도 끌지 못했다. 하루의 일을 마치면 여전히 큰 바위 얼굴을 바라보기를 좋아한다는 것을 빼놓고는 사람들은 그의 삶에서 아무런 특징을 찾을 수 없었던 것이다. 그의 행동은 어리석게 보였으나, 다만 그가 부지런하고 친절하고 이웃 사람들과 친숙하며, 게으른 습관 때문에 자기의 의무를 소홀히 하는 일 따위는 결코 없었으므로 그냥 관대하게 보아 넘겼다. 그들은 큰 바위 얼굴이 그의 스승이 되고 있다는 것을 알지 못했다. 큰 바위 얼굴에 표현된 사상이 청년의 마음을 고양시키고, 누구에게보다도 더욱 넓고 깊은 공감을 채워준다는 것을 알 수 없었다. 책에서 배울 수 있는 것보다 더 많은 지혜와 다른 사람들의 생애에 나타난 파멸의 본보기에서 배울 수 있는 것보다 더 많은 생활에 대한 지혜를 큰 바위 얼굴에서 배울 수 있다는 것을 그들은 알지 못했다. 어네스트 역시 들판에서나 난롯가에서, 혹은 어디에서든 자기 혼자 있을 때 자연스럽게 그의 마음에 찾아드는 사상과 애정들이 다른 사람들과 함께 나눌 수 있는 그런 것들보다 훨씬 더 고귀한 감정이라는 것을 결코 알지 못하고 있었다. 그 순박한 영혼——그의 어머니가 그에게 옛날 예언에 대해 처음으로 가르쳐주었을 때처럼 순박한 영혼——으로 그는 자비로운 웃음을 띠고 골짜기를 굽어보고 있는 그 신비한 모습을 바라보면서, 그 얼굴 모습과 똑같이 생긴 인간이 나타나는 데 이토록 오랜 시간이 걸려야 하는가 의아하게 생각했다.

이 무렵 개더골드 씨는 죽어 땅에 묻혔다. 이 사건의 가장 괴상한 점은 그의 육신이나 영혼과 마찬가지였던 그의 재산이 그가 죽기 전에 완전히 사라져버렸다는 것이다. 단지 살아 있는 해골과 주름잡힌 누런 피부만 남겨 놓고 말이다. 그의 황금이 녹아 없어지자 사람들은 망해버린 상인의 야비한 얼굴과 저 산 기슭에 있는 웅대한 바위 얼굴 사이에는 눈에 뜨일 만한 아무런 유사점도 없었다는 결론을 내리게 되었다. 그리하여 그가 살아 있는 동안에도 사람들은 더 이상 그를 존경하지 않았으며, 그가 죽은 다음에는 완전히 망각 속에 묻혀버리고 말았다. 그러나 그가 지어 놓은 거대한 궁전을 볼 때마다 그의 기억이 되살아나는 것은 사실이었다. 그 호화찬란한 저택은 이 지방의 유명한 천연 기념물같이 되어 있는 그 큰 바위 얼굴을 보려고 무수히 몰려드는 관광객들을 위한 호텔로 되어 있었다. 그리하여 개더골드 씨는 불신을 당해 어둠 속으로 내던져졌고, 예언의 인물은 아직 나타나지 않고 있었다. 이 골짜기 마을에서 태어났던 한 소년은, 군대에 입대하여, 무수한 격전을 치룬 끝에 이제 유명한 장군이 되었다. 역사가 그를 무엇이라고 부르고 있는지는 모르겠지만 그는 전쟁터나 부대에서는 올드 블러드 앤드 던더(피와 우레)라고 불리어졌다. 전쟁에 지친 이 노장은 나이를 먹고 부상을 입어 군대 생활의 고된 일에 싫증이 났다. 또한 오랫동안 귀에 들려오던 북소리며 트럼펫 소리에도 싫증을 느껴 고향 마을에 돌아가 평온하게 살기로 결심했다. 옛날의 이웃사람들과 또 성장한 그들의 자손들인 마을 주민들은 그 유명한 장군을 환영하기 위해 예포를 울리고 공개 만찬을 베풀 계획을 세웠다. 그들은 드디어 큰 바위 얼굴과 닮은 사람이 진짜 나타난 것이라고 굳게 믿으면서 더욱 열광했다. 올드 블러드 앤드 던더의 부대 전속 부관이 이 골짜기를 여행하다가 그 큰 바위 얼굴과 장군이 닮은 것을 발견하고 놀랐다는 것이다. 특히 그의 동창들이나 어려서부터 알고 있던 사람들은 그 장군이 일찍부터 그 큰 바위 얼굴의 장엄한 모습과 닮았었다고 자기들이 기억할 수 있는 한도 내에서 맹세까지 했으며, 단지 그때엔 그런 생각이 미처 떠오르지 않았을 뿐이라고 말하는 것이었다. 그 골짜기에는 커다란 흥분이 일었다. 몇 년 동안이나 그 큰 바위 얼굴을 바라볼 생각조차 하지 않고 지내던 많은 사람들은 블러드 앤드 던더 장군의 얼굴이 어떻게 생겼나 알아보기 위해서 큰 바위 얼굴을 바라보는 데 시간을 보냈다.

대 축제가 열리던 그날, 어네스트는 일을 마치고 마을의 다른 사람들과 향연이 준비된 곳으로 갔다. 그가 가까이 갔을 때, 베틀블래스트 목사의 큰 목소리가 들려 왔다. 그는 자기들 앞에 벌어진 축하연에 감사하고, 자기들이 지금 그에게 영광을 돌리기 위해 모인 그 뛰어난 친구에게 축복이 내리기를 빌었다. 식탁은 깨끗이 치워진 숲 속의 공간에 마련되었으며, 멀리 큰 바위 얼굴이 바라보이는 것을 제외하고는 사방이 숲으로 둘러싸여 있었다. 워싱턴 대통령의 생가에서 가져온 기념품인 장군의 의자 위에는 월계수가 풍성하게 꽂힌 푸른 나뭇가지가 아치 모양을 이루고 있었고, 장군이 그 깃발 아래서 자기의 승리를 쟁취했던 국기가 꽂혀 있었다. 우리의 친구 어네스트는 그 축복받은 손님을 보기 위해 발꿈치를 들었다. 그러나 식탁 주변에는 축배의 말이나 연설, 그리고 그에 대한 답례를 하는 장군의 말을 한 마디도 빼놓지 않고 들으려는 무수한 인파로 혼잡을 이루고 있었다. 경호원의 임무를 자진해서 맡은 사람들은 군중들을 총검으로 마구 밀어댔다. 그리하여 주제넘게 나서지 않는 성격의 어네스트는 뒤로 밀려났다. 그곳에서는 올드 블러드 앤드 던더의 모습은 전혀 보이지 않았다. 그가 지금 전쟁터에서 싸우고 있다고 해도 이렇게 그를 보기가 힘들지는 않았을 것이다. 스스로 위안을 받기 위해 그는 큰 바위 얼굴을 바라보았다. 그 얼굴은 믿음직스럽고 오래 기억되는 친구처럼 뒤를 돌아보며 숲의 경치를 뚫고 그에게 미소를 보내는 것 같았다. 그때 영웅의 얼굴과 먼 산 기슭에 있는 거인의 얼굴을 비교해 보는 여러 사람의 말들이 들려왔다.

"머리카락 한 올까지도 똑같은 얼굴이군!" 기쁨으로 날뛰면서 한 사람이 외쳤다.

"기막히게 닮았군! 정말이야." 이번에는 또 다른 사람이 말했다.

"비슷해! 난 큰 바위 얼굴을 거대한 거울 속에 비친 올드 블러드 앤드 던더라고 부르겠어!" 세 번째 사람이 외쳤다. "왜 아니겠나? 그는 우리 시대뿐 아니라 전시대를 통틀어서 가장 위대한 인물인데."

그런 다음, 세 사람은 모두 큰 소리로 고함을 질렀다. 군중들은 그 고함 소리에 자극되어 천여 명이 소리를 합쳐 함성을 질렀으며, 그 소리는 산을 넘어 몇 마일이나 울려퍼졌다. 큰 바위 얼굴도 그 외치는 소리에 자기의 천둥 같은 소리를 합세하지 않았을까 하는 상상이 들 정도였다. 사람들의 흥분과 외치는 소리는 어네스트에게 더 많은 호기심을 느끼게 하였으며 그는 드디어 그 큰 바위 얼굴이 자기의 인간적인 분신을 발견한 것이라고 믿어 의심치 않았다. 만일 그게 사실이라면, 그가 그토록 오래 기다려

왔던 이 인물은 평화를 사랑하고 지혜롭고 신을 숭배하며 마을 사람들을 행복하게 해주리라고 어네스트는 상상했다. 또한 그는, 언제나 사물을 폭넓게 바라보는 그의 소박한 버릇대로, 인류를 축복할 방법을 스스로 선택하시는 하느님의 섭리가, 그 섭리의 커다란 목표를 전사나 피묻은 칼에 의해서도 성취할 수 있도록 계획해 놓았다면 신의 헤아릴 길 없는 지혜가, 일이 그렇게 되도록 정하는 게 옳다고 보았기 때문일 것이라고 생각했다.

"장군님! 장군님!" 하고 사람들은 외쳤다. "쉬! 조용히! 올드 블러드 앤드 던더 씨가 연설을 시작하려고 하십니다."

식탁 보는 치워지고, 갈채의 함성 속에서 모두들 장군님의 건강을 위해 축배도 들었으므로, 그는 이제 사람들에게 감사의 말을 하려고 일어섰다. 어네스트는 그를 보았다. 군중들의 어깨 너머로 두 개의 번쩍이는 견장을 달고 위로 추켜진 칼라에 수를 놓은 옷을 입은 그가 월계수로 장식된 푸른 나뭇가지의 아치 밑에 서 있었다. 깃발은 마치 그의 이마에 그늘을 만들어 주려는 듯이 아래로 드리워져 있었다. 그리고 또한, 숲의 경치를 뚫고 큰 바위 얼굴이 한눈에 보이고 있었다! 그런데 정말, 그 군중들이 증언한 것처럼 비슷한 데가 있는가? 아, 애석하게도, 어네스트의 눈에는 전혀 닮은 데가 없어 보였다. 어네스트는 전쟁으로 지치고, 비바람에 시달렸을망정 활기로 가득차고 강철과 같은 의지를 동시에 나타낸 얼굴을 바라보았으나, 온화함이나 깊고 넓은 지혜나, 부드러운 동정심 같은 것은 올드 블러드 앤드 던더의 얼굴에서는 찾아볼 수가 없었다. 사실 큰 바위 얼굴은 아무리 엄격한 장군의 모습으로 나타난다고 하더라도 지금 이 얼굴보다는 훨씬 더 부드러운 표정을 띠고 있을 것만 같았다.

"저 사람은 예언 속의 인물이 아니야." 하고 어네스트는 중얼거리면서 군중 속을 빠져나왔다. "더 오래 기다려야만 하는가?"

먼 산기슭으로 안개가 모여들고 있었고, 거기에 웅대하고도 외경감을 느끼게 하는 큰 바위 얼굴이 보였다. 외경감을 주기는 하지만 자비롭게,

마치 거대한 천사가 언덕에 앉아 황금빛과 주홍빛 구름 옷을 입고 있는 것 같았다. 어네스트가 그 얼굴을 보았을 때, 그것은 비록 입술을 움직이지는 않았으나 온 얼굴에 빛나는 광채를 띠며 미소가 퍼져가는 것 같았다. 아마 서쪽으로 기우는 햇빛이 어네스트와 그가 바라보고 있는 큰 바위 얼굴 사이를 흐르고 있는 공기 속에 엷게 녹아 흘러서 그런 효과를 낸 모양이었다. 그러나——항상 그래 왔던 것처럼——그의 신비한 친구의 얼굴은 어네스트에게 희망을 주는 것이었다.

"두려워 마라, 어네스트야." 큰 바위 얼굴이 자기에게 속삭이는 것처럼 어네스트의 마음이 말했다. "두려워 마라, 어네스트야, 그는 올 것이다."

더 많은 세월이 순식간에 조용히 흘러갔다. 어네스트는 아직도 자기 고향 마을에 살고 있었고, 이젠 중년이 되었다. 이제 그는 크게 눈에 띄지는 않았지만 사람들 사이에 그 이름이 알려져 있었다. 그는 여전히 빵을 위해 열심히 일했으며, 언제나 그랬던 것처럼 순박한 마음을 가지고 있었다. 그러나 오랫동안 인류를 위해 어떤 위대한 선을 행하고 싶다는 비세속적인 희망을 가지고 삶의 황금기를 보냈으므로, 그는 천사들과 대화를 나누고 그들의 지혜를 흡수한 것처럼 보였다. 그가 하루 하루의 삶에서 보여준 조용하고 사려 깊은 자비심은, 마치 조용한 시냇물이 흘러가는 길가에 넓고 푸른 풀밭을 만들어 놓은 것처럼, 그의 얼굴에 나타났다. 이 사람처럼 겸손한 사람이 살고 있기에 이 세상은 좀더 나아질 것 같았다. 그는 자기의 인생 행로에서 한 번도 벗어난 적이 없었으며, 이웃 사람들에게 항상 축복을 주었다. 그가 원한 것은 아니지만, 자기도 모르게 그는 설교자가 되어 있었다. 그의 사상은 순수하고 고귀한 순박성을 띠고 있었고, 훌륭한 행위로 실천에 옮겨졌으며, 그의 손에서 조용히 흘러내려 항상 설교 속으로 스며들었다. 그가 말한 진리는 그의 말을 듣는 사람들의 생활에 작용하여 영향을 미쳤다. 그의 청중들은, 아마도, 자기들의 이웃 사람이며 친근한 친구인 어네스트가 보통 사람보다 더 나은 사람이라고는 결코 생각하지 않았을 것이다. 그러나 그의 입술에서는 시냇물의 속삭임처럼 다른 어느 누구의 입술도 말한 적이 없는 사상이 흘러나오는 것이었다.

사람들의 흥분이 식을 만큼 시간이 흐르자, 그들은 블러드 앤드 던더 장군의 모질고 사나운 용모가 산기슭의 자비로운 얼굴과 닮았다고 상상했던 것이 실수였다는 것을 깨달았다.

그러나 다시금 많은 신문의 보도와 단편기사를 통해 큰 바위 얼굴이 어떤 탁월한 정치가의 넓은 어깨 위에 나타났다는 소식이 들려 왔다. 그도 개더골드 씨나 올드 블러드 앤드 던더와 같이 이 마을 출신이었지만, 어린 시절에 고향을 떠나 법률과 정치학을 공부했다고 했다. 부자의 재산이나 군인의 칼 대신 그는 한 치의 혀밖에 가진 것이 없었지만, 그것은 그 둘을 합쳐 놓은 것보다 더 막강했다. 그는 놀라울 정도로 유창하게 말을 잘 했기 때문에, 그가 무엇이든 말하려고 마음먹은 것이면 청중들은 그의 말을 믿는 수밖에 없었다. 그리하여 어긋난 것도 옳게 보이고 옳은 것도 틀리게 보였다. 왜냐하면 그는 자기가 하고만 싶으면 자기의 입김으로 희뿌연 안개를 만들어 그것으로 자연의 햇빛을 어둡게 할 수도 있었기 때문이다. 그의 혀는 정말 마법의 도구였다. 때때로 그것은 천둥처럼 으르렁거리다가도 때로는 가장 부드러운 음악처럼 흘러나왔다. 그것은 전쟁의 벼락이거나 아니면 평화의 노래였다. 그리고 그런 일이 없을 때면 혀는 자기 안에 마음을 가진 듯이 보였다. 사실 그는 놀라운 사람이었다. 그의 혀가 그를 성공의 보좌 위에 올려놓았을 때, 그의 목소리는 주 의회의 홀과 왕궁과 권력자들의 궁전에 울려퍼졌다. 마치 바다에서 바다로 건너오는 외침처럼 온 세계를 통해 그를 유명하게 만들어서, 그의 목소리는 드디어 국민들에게 그를 대통령으로 뽑게끔 설득시켰던 것이다. 이런 일이 있기 전, 그가 유명해지기 시작할 무렵부터, 그의 숭배자들은 그의 얼굴과 큰 바위 얼굴이 닮았다는 것을 발견했다. 이 탁월한 신사가 세계에 올드 스톤 페이스(바위 같은 얼굴)라는 이름으로 알려진 것을 알게 되자 사람들은 더욱 놀라고 말았다. 그 별명은 그의 정치적인 장래에 매우 유리한 도움을 줄 것으로 생각되었다. 왜냐하면 당시로서는 교황의 경우와 마찬가지로,

본명 이외에 다른 이름을 갖고 있지 않으면 아무도 대통령이 될 수 없을 것이라고 생각되었기 때문이다.

그의 친구들이 그를 대통령으로 만들기 위해 최선을 다하고 있을 때, 올드 스톤 페이스는 자기가 태어난 고향 마을을 방문하기 위해 여행을 떠났다. 이것은 물론 고향 사람들을 만나 악수를 나누고 싶다는 목적 이외의 다른 의도는 없었다. 그의 이런 방문이 선거에 어떤 영향을 미칠 것인지에 대해서는 생각지도 않고 관심도 갖지 않았다. 이 뛰어난 정치가를 맞기 위해 성대한 잔치가 준비되었다. 기마 행렬이 그를 영접하기 위해 주의 경계까지 나갔으며, 사람들은 하던 일을 멈추고 지나가는 그를 보려고 길가에 모여 있었다. 이들 중에는 어네스트도 끼여 있었다. 우리가 이미 알고 있는 바와 같이, 그는 몇 번이나 실망했으면서도, 희망을 잃지 않았으며 믿음이 강한 성격이었으므로 아름답고 선한 것이라면 무엇이든 믿으려는 태세를 갖추고 있었다. 그는 언제나 자기의 마음을 열어 놓고 높은 곳에서 오는 축복을 기꺼이 받아들일 준비가 되어 있었다. 그래서 그는 이번에도 다시 전과 마찬가지로 쾌활하게, 큰 바위 얼굴과 닮은 사람을 보기 위해 나왔던 것이다.

기마 행렬은 큰 말발굽 소리와 먼지 구름을 일으키면서 길을 따라 당당하게 달려왔다. 먼지 구름이 어찌나 자욱하고 높이 치솟았던지 큰 바위 얼굴은 어네스트의 시야에서 완전히 감추어져버렸다. 인근의 훌륭한 사람들은 모두 말 위에 앉아 있었다. 제복을 입은 군(軍) 장성들과 의회의 위원들, 군(郡)의 보좌관과 신문 편집인들, 그리고 많은 농장주들이 안식일에 입는 멋진 코트를 걸치고 참을성 있게 말 위에 앉아 있었다. 특히 그 기마 행렬 위로 수많은 깃발이 펄럭이는 것은 정말 눈부신 광경이었다. 어떤 깃발에는 그 유명한 정치가의 호화로운 초상화와 큰 바위 얼굴의 초상화가 그려져 있어 이 두 개의 초상은 마치 형제처럼 나란히 친숙하게 웃음짓고 있는 것 같았다. 만일 그 초상들이 믿을 만하다면, 그 두 인물은 놀랍게도 닮았다고 말해야 할 것이다. 악대는 온 산이 울리도록 음악을 연주했고, 그 승리의 곡조는 끝없이 울려퍼졌다. 하늘 높이 솟구치고 있는 넋을 빼놓는 음악 소리는 산과 온 골짜기로 퍼져 나가, 마치 이 귀한 손님을 환영하기 위해 그의 고향 마을의 모든 구석구석이 다 함께 목청을 뽑고 있는 것만 같았다. 그 음악이 먼 산의 절벽에 부딪쳐 메아리쳤을 때, 가장 멋진 효과를 냈다. 그때 큰 바위 얼굴이 드디어 예언 속의 인물이 나타났다는 것을 인정하여 승리의 합창을 함께 불러 주는 것 같았기 때문이었다.

모든 사람들이, 어네스트의 가슴조차 불타오르게 하는 열광에 휩싸여 모자를 벗어 던지며 소리치고 있을 때, 그도 역시 모자를 벗어 던지면서 가장 큰소리로 외쳤다. "그가 온다 !" 어네스트 가까이 서 있던 사람들이 외쳤다. "보라 ! 올드 스톤 페이스와 큰 바위 얼굴이 쌍둥이 형제처럼 보이지 않는가, 보라 !"

이 당당한 행렬 속으로 네 마리의 하얀 말이 끄는 지붕이 없는 사륜 마차가 다가오고 있었다. 그 사륜 마차에는 위대한 정치가인 올드 스톤 페이스가 모자도 쓰지 않고 큼직한 맨머리를 드러낸 채 앉아 있었다.

"정말 사실이로군." 하고 어네스트 옆에 있던 사람이 말했다. "드디어 큰 바위 얼굴이 자기 짝을 만났군 그래 !"

그때, 마차 안에서 웃으면서 인사를 하고 있는 사람을 쳐다본 어네스트는 그 사람과 산 위에 있는 그 친숙한 얼굴이 실제로 닮았다고 생각했다. 우람하게 패인 이마며 생김생김이 영웅적이라기보다는 거인적인 모형과 경쟁이라도 하는 듯이 대담하고 강건하게 새겨져 있었다. 그러나 산등성이에 있는 그 얼굴의 모습을 빛내 주고 그 육중한 화강암 물체에 영혼을 불어넣어 주는 그 장중함과 숭고함, 신적인 동정심의 웅대한 표정 같은 것은 찾아볼 수가 없었다. 무엇인가가 근본적으로 상실되었거나 결핍되어 있었다. 놀랍도록 은총을 입은 이 정치가는 눈동자의 깊은 동굴 속에 뭔가 권태스런 어둠을 담고 있어서, 마치 장난감에 싫증이 난 어린 아이나, 위대한 능력을 갖고 있으면서도 목적이 뚜렷하지 않은 사람처럼 아무리

고귀한 일을 하여도 그것에 진정한 실체를 부여해주는 고귀한 목적이 없기 때문에 결국 공허하고 텅빈 생활을 하고 있는 사람처럼 보였다.

아직도 어네스트의 옆사람은 팔꿈치로 그의 옆구리를 쿡쿡 찌르며 그에게 대답을 강요해 왔다.

"말해 봐요, 자! 저 사람이 산 위의 거인과 닮지 않았소?"

"아니오!" 어네스트는 단호하게 대답했다. "전혀 닮지 않은 것 같소."

"그렇다면 오히려 저 큰 바위 얼굴 때문일 것이오."라고 옆사람은 말하고, 다시 올드 스톤 페이스를 향해 환호를 보냈다.

어네스트는 우울한 기분으로 거의 의기소침하여 발길을 돌려버렸다. 예언을 성취시켜주리라 기대했던 인물이 실은 그에 합당한 인물이 아님을 발견할 때마다 그것은 그에게 있어 가장 슬픈 환멸을 안겨주었기 때문이다. 그러는 동안 기마 행렬과 깃발과 악대와 사륜 마차들이 그를 지나쳐 갔다. 그 뒤를 군중들이 시끄럽게 고함을 지르며 따라갔다. 먼지가 차츰 가라앉자 그 큰 바위 얼굴은 말로 전해지지 않던 그 아득한 옛날부터 지녀온 장엄함을 보이면서 다시 나타났다.

"여길 보아라, 어네스트야, 내가 여기 있다!" 하고 그 자비로운 입술이 말하는 것 같았다. "나는 너보다 더 오래 기다려 왔으나 아직도 지치지 않았다. 두려워 마라. 그 사람은 올 것이다."

세월은 성난 강물처럼 빠르게 흘러갔다. 어느덧 어네스트의 머리칼에는 흰서리가 내리기 시작했고, 앞이마엔 성스러운 주름이 잡혔으며, 그의 뺨에는 깊은 고랑이 패였다. 그는 나이 든 사람이 된 것이다. 그러나 그는 헛되이 늙은 것은 아니었다. 늙음은 그의 머리 위에 백발을 얹어 놓은 것보다 더 많이 그의 마음속에 지혜로운 사상을 심어 놓았다. 그의 주름살과 얼굴에 패인 깊은 홈은 시간의 신이 새겨 놓은 조각이며, 어네스트는 이제 이름 없는 사람이 아니었다. 결코 구하지도 않고 바라지도 않았지만, 명예가 그에게로 찾아와서 이 골짜기에서 조용히 살고 있는 그를 온 세상에 널리 알려지게 했다. 그리하여 대학의 교수들이나 도회지의 적극적인 사람들은 이 먼 곳에까지 그를 보려고 찾아와 어네스트와 이야기를 나누고 싶어했다. 왜냐하면 어떤 순박한 농사꾼이 다른 사람들과 다른 독특한 사상을 갖고 있다는 소문이 온 세상에 퍼졌기 때문이었다. 그의 사상은 책에서 배운 것이 아니고 뭔가 평온하고 친숙한 장엄성을 지닌 것으로, 마치 천사들과 친구삼아 이야기하는 듯, 보다 고귀한 분위기를 갖고 있었다. 어네스트는 자기의 방문객들을, 그들이 현자이든 정치가든 박애주의자이든지간에, 어린 시절부터의 온화한 진지함으로 대했으며, 그의 가슴이나 그들의 가슴속에 가장 깊이 박힌 문제나 가장 먼저 떠오른 생각들을 자유롭게 이야기했다. 그들과 함께 얘기를 나누는 동안 그의 얼굴은 마치 부드러운 저녁 햇빛을 받은 것처럼 무의식중에 밝게 빛나 마주앉은 그들의 얼굴을 비춰주는 것이었다. 그의 손님들은 그에게 완전히 감동되어 명상에 잠겨 떠나곤 했다. 그리하여 계곡을 지나가다가 큰 바위 얼굴 앞에 멈춰 서서 바라보면서 저 큰 바위 얼굴과 닮은 인간을 보았던 것 같은 생각을 하면서도 어디서 그 사람을 보았는지를 기억하지 못하는 것이었다.

어네스트가 나서 성장하고 늙어가고 있는 동안, 자비롭고 풍부한 신의 섭리는 이 땅 위에 새로운 시인을 탄생시켰다. 그는 역시 이 골짜기 출신이었다 인생의 대부분을 이 낭만적인 고장과는 멀리 떨어진 곳에서 보냈으며, 여러 도시의 시끄러운 소음 속에 자기의 부드러운 음악을 쏟아 부으면서 살아 왔다. 그러나 때때로 소년 시절에 자기와 친숙했던 산들이 그의 작품의 투명한 분위기 속으로 그 눈덮인 머리를 들이밀기도 했다. 시인은 큰 바위 얼굴을 결코 잊어버리지 않았다. 그는 송시(頌詩)를 써서 큰 바위 얼굴의 그 장엄한 입술이 직접 낭송해도 좋을 듯이 생각하였다. 이 천재적인 시인은 하늘로부터 놀라운 재주를 부여받고 태어났다고 말할 수 있을 것이다. 그가 산에 대해 노래를 하면 온 인류의 눈동자는 자신들이 산 앞에 서서 바라보는 것보다 더욱 생생하게 산의 가슴 위에 조용히 깔려 있는 장엄함이나 산봉우리까지 치솟은 웅대함을 바라보는 것이었다.

그리고 시인의 주제가 만일 사랑스런 호수라면 천상의 미소가 그 위에 어려, 영원히 그 수면 위에서 빛나는 것이었다. 또한 그가 만일 넓고 오래된 바다를 노래 부른다면 그 무거운 심연의 가장 깊은 곳까지도 그의 노래에 감정이 움직일듯이 보다 높게 출렁이는 것이었다. 그리하여 시인이 그 행복한 눈동자로 축복을 내리는 순간부터 세상은 또다른, 그리고 보다 나은 모습을 드러내는 것이었다. 창조주는 자신이 창조한 작품에 마지막으로 최고의 가필을 더하기 위해 시인에게 재능을 부여한 것 같았다. 그리하여 시인이 그것을 노래하여 완성시킬 때까지는 창조는 아직 끝나지 않은 것이었다.

인류 동포가 그의 시의 주제가 될 때처럼 고귀하고 아름다운 효과를 낼 때는 없었다. 자기의 일상 생활에서 부딪친, 범속한 삶의 먼지로 지저분해진 남자와 여자, 그리고 자기와 함께 놀았던 어릴적 친구들을 그는 시적 신앙의 분위기 속에서 찬미했다. 그는 천사의 혈족과 인류를 한 데 뒤얽고 있는 위대한 사슬의 황금 고리들을 보여주었다. 그는 그러한 혈족들을 가질 자격이 있도록 인류를 만들어 주는 천상적 혈통의 숨은 장점들을 찾아내었다. 어떤 사람들은 자연의 모든 아름다움이나 장엄함은 오직 시인의 환상 속에서만 존재할 뿐이라고 확신하면서 그것을 주장한다. 그런 사람들은 자기 나름대로 떠들어대도록 내버려두자. 그들은 의심할 것도 없이 경멸적인 빈정거림을 받으며 대자연에 의해 태어났을 것이다. 대자연은 그 욕심꾸러기들이 다 만들어진 다음에 그녀의 서섭스레기 더미를 덕지덕지 그들에게 발라주었는지도 모른다. 다른 모든 사물들을 존경한다 하여도 시인의 이상이야말로 가장 참된 진실인 것이다.

이 시인의 노래들은 어네스트에게까지 들려왔다. 그는 일과를 마친 다음 그의 오두막집 문앞에 있는 의자에 앉아 시인의 노래들을 읽었다. 그는 한때 그 의자에 앉아 큰 바위 얼굴을 바라보면서 생각에 잠겨 있곤 했었다. 그러나 지금은 내부에 잠긴 영혼을 떨게 만드는 시구들을 읽으면서 눈을 들어 그토록 자비롭게 빛나고 있는 그 웅대한 얼굴을 바라보고 있었다.

"오, 위대한 친구여." 그는 큰 바위 얼굴을 향해 말했다. "이 시인이야말로 당신을 닮지 않았을까요?"

그 얼굴은 미소를 짓는 듯했으나 한 마디도 대답하지 않았다.

그토록 서로 멀리 떨어져 살고 있긴 했지만, 시인도 어네스트에 관한 소문을 듣고 어네스트의 사람됨에 대해 생각에 잠기게 되었다. 시인은 가르침을 받지 않은 지혜가 삶의 고귀한 순박성과 잘 조화되었다는 이 사람을 만나보고 싶어했다. 어느 여름 날 아침, 그는 기차를 타고 길을 떠나 오후가 지날 무렵 어네스트의 오두막집과 그리 멀지 않은 곳에서 차를 내렸다. 일찍이 개더골드 씨의 궁전으로 지었던 호텔이 가까이 있었으나 시인은 여행 가방을 어깨에 메고 어네스트가 살고 있는 집이 어딘지 물어 보았다. 그는 어네스트의 손님으로 묵을 계획이었다.

이윽고 어네스트의 오두막집에 이르러 그는 어떤 훌륭한 노인이 손에 책을 들고 앉아 있다가 손가락으로 자기가 읽던 곳을 짚은 채 큰 바위 얼굴을 사랑스럽게 바라보고 있는 것을 보았다.

"안녕하세요?" 시인이 말했다. "나그네에게 하룻밤 묵게 해주실 수 있을까요?"

"그렇게 하시지요." 어네스트는 이렇게 말한 다음 미소를 지으며 덧붙여 말했다. "저 큰 바위 얼굴이 낯선 사람을 이렇게 환대하는 것처럼 보이는 건 처음이군요!"

시인은 어네스트 옆의 의자에 앉아 함께 이야기를 나누었다. 시인은 가끔 가장 재치 있고 가장 현명한 사람들과 만나 이야기를 해 보았지만 어네스트와 같은 사람과 이야기를 해본 것은 처음이었다. 어네스트의 생각과 느낌들은 자연스러운 자유를 가지고 터져나왔고, 또한 어네스트는 위대한 진리들을 매우 단순한 말로 친숙하게 만드는 것이었다. 앞에서도 말한 바와 같이 그가 들에서 일을 할 때면 천사들도 그와 함께 일을 하고, 난롯가에 앉아 있을 때면 천사들도 그의 옆에 앉아, 친구들과 함께 있는 것처럼 천사들과 함께 사는 동안 그는 천사들의 숭고한 사상을 흡수하고,

그 사상은 언어의 부드럽고도 나직한 매력에 스며든 것 같았다. 시인은 그렇게 생각했던 것이다.

그리고 어네스트는 시인의 마음으로부터 배어나오는, 살아 있는 이미지들에 마음이 끌려 감동을 받았다. 그것은 이 오두막집 근처에 대기를 아름다움의 온갖 형태로 가득 채우고 즐겁고도 우수 어린 분위기로 만들어주는 것 같았다. 이 두 사람이 함께 느낀 공감은 각자가 혼자서 습득했던 것보다도 더욱 심오한 감각을 서로에게 일깨워주었다. 둘의 마음은 하나의 선율 안에서 너무나도 잘 일치되어 자기 몫과 남의 몫을 구별할 수도 없고, 어느 것이 자기 고유의 것이라고 주장할 수도 없는 그런 즐거운 하모니를 이루었다. 그들은 사상의 높은 도원——그토록 멀고 너무도 희미하여 지금까지는 한 번도 가본 적이 없었지만 너무도 아름다워 언제까지나 그곳에 있고 싶은 그 도원——으로 서로를 이끌어 갔다.

어네스트가 시인의 말을 듣고 있는 동안 큰 바위 얼굴도 몸을 굽혀 그의 말을 듣고 있는 것 같았다. 그는 시인의 빛나는 눈을 진지하게 쳐다보았다.

"뛰어난 나그네여, 당신은 대체 누구시오?" 그는 물었다.

시인은 어네스트가 읽고 있던 책을 손가락으로 가리켰다.

"당신은 이 시들을 읽으셨군요." 그가 말했다. "그렇다면 당신은 날 아시는 겁니다. 제가 그 시들을 썼으니까요."

다시 한 번, 그리고 전보다 더욱 진지하게 어네스트는 시인의 얼굴을 뜯어보고 큰 바위 얼굴을 바라보곤 하였다. 그런 다음 모호한 시선으로 다시 나그네를 바라보았다. 그리고는 머리를 흔들고 한숨을 내쉬었다.

"무엇 때문에 당신은 슬퍼하십니까?" 시인이 물었다.

"왜냐하면." 하고 어네스트가 대답했다. "일생 동안 나는 예언이 이루어지기를 기다려 왔기 때문이오. 내가 이 시집을 읽었을 때, 나는 그 예언이 당신에 의해 이루어졌으면 하고 바랐으니까요."

"당신께선 내가 큰 바위 얼굴과 닮았기를 바라고 계셨군요." 하고 시인은 희미한 미소를 지으면서 대답했다. "그랬는데 당신께선 개더골드 씨나, 올드 블러드 앤드 던더나, 올드 스톤 페이스의 경우와 마찬가지로 실망을 하셨겠군요. 네, 어네스트 씨, 그것이 저의 운명입니다. 당신은 나의 이름을 그 빛나는 세 사람의 이름 뒤에 덧붙여야 합니다. 그리고 당신의 희망이 실패했다고 또다시 기록해야겠지요. 부끄럽고 슬픈 이야기지만 어네스트 씨, 저는 저 위의 저 자비롭고 장엄한 이미지를 나타낼 자격이 없는 사람이니까요."

"왜요?" 하고 어네스트가 물었다. 그리고는 그 시집을 가리켰다. "이 사상들은 신성한 것이 아닌가요!"

"시들은 성스러운 선율을 갖고 있지요." 시인이 대답했다. "당신께선 거기에서 천상의 노래의 머나먼 메아리를 들을 수 있을 겁니다. 그러나 나의 삶은, 나의 사상과 일치하지 않는답니다. 나는 장엄한 꿈늘을 갖고 있었지만 그것들은 단지 꿈일 뿐이었고, 저는 가난하고 비천한 현실 속에서——저 자신의 선택에 의한 것이기는 했습니다만——살았답니다. 그리고 때로는, 감히 이것을 말씀드려도 좋을는지 모르지만 제가 시 속에서 노래한 자연이나 인생 속의 장엄함이나 아름다움이나 선함 같은 것에 대한 신념이 모자랄 때가 있습니다. 그런데, 선함과 진실함을 순수하게 찾고 있는 당신이 어찌하여 저 같은 사람에게서 저 위에 있는 신성한 이미지를 찾으려고 하십니까?"

해질 무렵, 어네스트는 자주 그래왔던 것처럼, 이웃 사람들에게 야외에서 연설을 하게 되어 있었다. 그와 시인은 팔을 끼고 이야기를 계속 주고받으면서 그곳까지 걸어갔다. 그곳은 뒷면에 회색의 절벽이 있는 언덕 사이에 있는 작은 공터였다. 황량한 절벽의 앞면은 벌거벗은 바위를 위해 융단을 깔아준 것처럼 많은 담쟁이 덩굴의 잎사귀가 장식하고 있었다. 그리고 평지보다 약간 높은 곳에 푸른 나무가 무성한 곳이 있었는데, 그곳은 사람이 하나 들어서서 열렬한 사상과 진실한 감정에서 자연스럽게 솟구치는 몸짓을 하기에 충분할 정도의 넓이를 가지고 있었다. 어네스트는 이 자연의 설교단 위에 올라서서 그 낯익은 친절한 표정으로 청중들을 둘러보았다. 그들은 서 있거나 앉아 있었고, 자기들이 편한 대로 풀밭에 누워 있기도 했다. 저무는 햇빛이 비스듬히 그들 위에 떨어지고 있었다. 그 햇빛은 늙은 나무들의 엄숙한 숲 위로 쾌활한 즐거움을 섞으면서 나뭇가지 사이로 황금빛 햇살을 흘려보내는 것이었다. 그리고 또 다른 방향에서는 큰 바위 얼굴이 여전히 그 상냥함과 엄숙함이 뒤섞인 자비로운 모습으로 서 있었다.

어네스트는 사람들에게 자기의 머릿속과 마음속에 깃든 모든 지혜와 사랑을 기울여 말을 하기 시작했다. 그의 말은 그의 사상을 담고 힘차게 흘러나왔다. 그의 사상은 그가 살아온 삶과 조화를 이루고 있어서 현실감과 깊이를 가지고 있었다. 그것은 단순한 설교가 아니라 생명의 말들이었다. 선한 행위로 이룩된 삶과 성스러운 사랑이 그 말들 속에 흘러들었기 때문이다. 이 중요한 한 마디 한 마디마다 순결하고 값진 진주가 녹아들었던 것이다. 그의 설교를 들으면서 시인은 어네스트의 존재와 인품은 자신이 지금껏 써왔던 어떤 시보다도 더욱 고귀하다는 것을 느꼈다. 그는 눈물로 반짝이는 눈을 들어 그 존경하는 사람을 외경스럽게 바라보았다. 그리고 흰 머리를 자랑스럽게 흩날리고 있는 저 부드럽고 온화하고 생각이 깊은 얼굴이야말로 예언자나 현자다운 얼굴이라고 생각했다. 저무는 태양의 황금빛 햇살 속에 큰 바위 얼굴이 나타났다. 비록 멀리 있었지만 그 얼굴을 뚜렷이 볼 수 있었다. 그 얼굴 주위에 흩어진 흰 빛 안개는 어네스트의 이마 주위에 흩날리는 백발처럼 보였다. 그 장엄한 자비의 표정은 온 세상을 껴안을 듯했다.

바로 그 순간, 어네스트의 얼굴에는 자기가 말하려고 하는 생각에 도취되어 자비로 가득찬 장엄한 표정이 나타났다. 그때 시인은 더 이상 억누를 수 없는 충동으로 두 팔을 위로 향해 뻗으며 외쳤다.

"보라! 이 어네스트야말로 큰 바위 얼굴과 닮은 사람이다!"

그러자 모든 사람들이 일제히 그를 바라보았다. 그리고 깊은 통찰력을 가진 시인의 말이 사실이라는 것을 알았다. 예언은 이루어진 것이다. 그러나 어네스트는 자기가 해야 할 말을 다 마치고 시인의 팔을 잡은 채, 아직도 여전히 큰 바위 얼굴을 닮은, 자기보다 더 현명하고 더 훌륭한 사람이 나타나기를 바라면서, 천천히 집을 향해 걸어가는 것이었다.

젊은 굿맨 브라운

젊은 굿맨(Goodman은 한 집안의 '가장'이라든가, '호인'이란 뜻으로도 쓰이는데, 호손 당시는 '젠틀맨'보다 아랫격인 무슨 무슨 '씨'라는 뜻으로도 쓰인 남자의 경칭임.) 브라운은 해질 무렵 세일렘 마을의 거리로 나섰다. 문턱을 넘어선 후 그는 그의 젊은 아내와 작별의 키스를 나누기 위해 고개를 돌렸다. 페이드란 이름이 매우 잘 어울리는 그의 아내는 문 밖으로 예쁜 머리를 내밀어 남편인 굿맨 브라운을 불렀는데, 그때 그녀의 모자에 달린 분홍빛 리본이 바람에 나풀거렸다.

"여보." 그녀는 그의 귓가에 입술을 가까이 대면서 부드럽지만 약간 슬프게 속삭였다. "해뜰 때까지 당신의 여행을 연기하시고 오늘 밤은 제발 집에서 주무세요. 외로운 여인이란 때때로 두려운 생각과 악몽에 시달린답니다. 여보, 제발 오늘 밤만은 저와 함께 있어 주세요."

"내 사랑, 나의 페이드." 젊은 굿맨 브라운이 대답했다. "다른 날이라면 몰라도 오늘 밤만은 당신 곁을 떠나지 않으면 안 되게 되었소. 사실 나의 여행을 당신은 여행이라 부르지만, 지금부터 내일 해뜰 무렵까지 다녀오지 않으면 안 되오. 그런데 여보, 우린 결혼한 지 석 달밖에 안 되었는데, 벌써 나를 의심하는 거요?"

"그렇다면, 무사하길 빌겠어요!" 분홍빛 리본을 단 페이드가 말했다. "모든 일이 다 잘되어 돌아오시길 빌겠어요."

"아멘!" 굿맨 브라운이 소리쳤다. "페이드, 기도를 하고 일찍 자도록 해요. 그러면 당신에게는 아무 일도 일어나지 않을 테니까."

그렇게 해서 그들은 헤어졌다. 젊은이는 계속 그의 길을 가다가 교회 모퉁이 근처에서 뒤를 돌아보았는데, 화사한 분홍빛 리본을 달았음에도 불구하고 아내는 우울한 자태로 서서 아직도 자기의 뒷모습을 바라보고 있었다.

"불쌍한 페이드!" 그는 가슴이 저리도록 안쓰럽다는 생각이 들었다. "이따위 볼일 때문에 그녀를 떠나오다니, 나는 얼마나 나쁜 사람인가! 그녀가 꿈 얘기까지 했는데, 그 얘기를 할 때 그녀의 얼굴은 무척 걱정스런 표정이 아니었던가. 마치 오늘 밤에 무슨 일이 생길 것이라고 꿈이 경고라도 해준 듯이 말이야. 하지만 아니야, 이런 경박한 생각을 하다니, 그녀는 이 땅의 축복받은 천사야. 오늘 밤 이후엔 그녀의 스커트에 매달려 천국으로 그녀를 따라가야지."

미래에 대해 이렇게 결단을 내리자 굿맨 브라운은 현재의 달갑잖은 목적의 여행을 좀더 서두르는 것이 좋을 것 같다고 생각했다. 그는 나무가 울창하게 들어서 있어 어둠침침하고 좁은 오솔길이 나 있는, 황량하고 음침한 숲 속 길로 들어섰다. 주위는 적막하기만 했다. 그리고 그 고적함 속에서 여행자는 머리 위로 뻗어 있는 울창한 나뭇가지와 길 옆의 나무 뒤에 누군가가 숨어 있을지도 모른다는 생각이 들었다. 그리하여 여행자는 혼자 가고 있지만, 실은 보이지 않는 군중들 속을 지나가고 있을지도 모른다는 생각을 하게 되었던 것이다.

"나무 뒤에는 악마 같은 인디언들이 있을지도 몰라." 굿맨 브라운은 혼잣말로 중얼거렸다. "만일 악마가 내 팔꿈치 바로 옆에 나타난다면!" 그는 공포에 질려 뒤를 돌아보며 덧붙였다.

그가 다시 고개를 돌려 꼬부라진 길을 지나면서 앞을 바라보았을 때 점잖고 품위있는 옷차림을 한 어떤 사람이 늙은 고목의 발치에 앉아 있는 것을 보았다. 굿맨 브라운이 가까이 가자, 그는 일어서서 나란히 걷기

254

시작했다.

"늦었군, 굿맨 브라운." 하고 그가 말했다. "내가 보스턴을 지나올 때 올드 사우스의 시계가 종을 치더군. 그런지 십오 분은 흘렀을 거야."

"페이드 때문에 좀 지체했어요." 전혀 예상하지 못했던 것은 아니지만 그래도 갑자기 나타난 동행자 때문에 젊은이는 목소리를 떨며 대답했다.

숲에는 어둠이 짙게 깔리고 있었고, 두 사람이 걷고 있는 길은 가장 어두운 곳이었다. 너무 어두워서 거의 알아볼 수는 없었지만, 그 두 번째 여행자는 오십 세쯤 되어 보이고, 굿맨 브라운과 같은 신분의 옷을 입고 있었으며, 생긴 모습보다는 표정에서 굿맨 브라운과 상당히 비슷했다. 그래서 그들은 마치 아버지와 아들처럼 보이기도 했다. 그 늙은이는 젊은 사람 같은 옷을 입고 태도도 단순했는데도 불구하고, 넓은 세상에 대해 잘 알고 있었으며, 지사의 만찬 식탁이나 윌리엄 왕의 궁전에 초대되어 가서도 부끄러운 것이 없을 것 같은, 말로 표현할 수 없는 품위를 지니고 있었다. 그의 차림새 중에서 유난히 눈에 띄는 것은 지팡이였다. 그 지팡이는 커다란 검은 뱀처럼 보였는데 너무나 정교하게 만들어져 있어서 마치 살아 있는 뱀처럼 꿈틀거리며 몸부림치는 것 같았다. 그것은, 물론 흐릿한 빛 때문에 생긴 착각이었을 것이다.

"자, 굿맨 브라운." 그는 동행자에게 소리쳤다. "걸음이 너무 더디군. 피곤하다면 내 지팡이를 짚게."

"동행자여." 느린 걸음을 멈추고 브라운이 말했다. "여기서 당신을 만나기로 한 약속을 지켰으니 이제 저는 다시 돌아가야겠습니다. 당신이 알고 있는 문제들에 관해서 알아보려 하는 것은 사양하겠습니다."

"그런가?" 뱀처럼 생긴 지팡이를 짚은 그가 약간 떨어져 미소를 지으며 대답했다. "그렇지만 걸으면서 생각해 보기로 하고 우선 같이 걷지, 내가 자네에게 돌아가지 않아도 되리라는 생각을 들게 할지도 모르니까. 우린 지금 숲길을 겨우 조금밖에 걷지 않았지 않은가."

"너무 멀리 왔어요! 너무 멀리!" 젊은이는 무의식적으로 다시 걸음을 옮겨놓기 시작하며 소리쳤다. "우리 아버지는 이런 볼일 따위로 결코 숲 속에 들어오진 않았답니다. 우리 할아버지도 그러셨구요. 우리는 순교자들의 시대 이후로 항상 정직하고 훌륭한 기독교인의 가문을 이어 왔었죠. 나는 아마 브라운 집안에서 최초로 이 숲길을 걷고, 또……."

"나 같은 사람과 동행한 최초의 사람이라는 걸 말하려고 하는 건가?" 브라운이 잠시 말을 멈추자, 그가 말했다. "잘 말했네, 굿맨 브라운! 자네의 집안이 청교도 가문이라는 것은 나도 잘 알지, 이건 하찮은 얘기가 아니지. 순경이었던 자네 할아버지가 세일렘의 거리에서 퀘이커(17세기 무렵 영국에서 일어난 프로테스탄트의 한 파)교도 여자를 늘씬하게 매질할 때 나는 좀 도와주었지. 또 필립 왕의 전쟁 때, 자네의 아버지가 인디언 마을에 불을 지를 때, 나는 난로에서 불이 붙은 관솔 가지를 갖다 주었다네. 그들은 둘 다 좋은 친구들이었지. 그리고 이 오솔길을 따라 유쾌한 산책을 했고, 자정이 지난 뒤 즐겁게 돌아갔다네. 나는 그들을 봐서 자네와 친하려고 하는 거라네."

"당신이 말씀하신 대로라면——." 하고 굿맨 브라운이 대답했다. "그렇다면 왜 그들은 그것에 대해 결코 말하지 않았을까요. 그런 소문이 조금이라도 떠돌았다면 그들은 뉴잉글랜드에서 추방당했을 텐데요. 우리는 기도하는 사람들이고, 이로운 일을 하면서 그런 악한 짓을 싫어했지요."

"악한 짓이든 아니든 간에——." 하고 그 뒤틀린 지팡이를 짚은 늙은이가 말했다. "내겐 이 뉴잉글랜드에 많은 친지들이 있다네. 많은 교회의 집사들도 나와 함께 친교의 술을 나눴었지. 또한 몇몇 도시의 행정 위원들은 나를 자기네 회장으로 삼았고, 대법원이나 일반 법원의 많은 사람들도 나의 이익을 위해 주는 충실한 지지자들이었지. 지사와 나도, 역시……. 아니 이건 주(州)의 비밀이니까."

"어떻게 그럴 수가 있지요?" 굿맨 브라운은 놀란 눈으로 침착하게 말하는 동행자를 바라보며 소리쳤다. "그렇지만, 나는 지사와 주 의회와는 아무 상관도 없습니다. 그들은 자기들의 방식이 있을 것이고, 나 같은 평범한 필부에게는 그들의 법칙이 적용되지 않겠지요. 그런데 내가 당신과 함께 간다면, 어떻게 내가 세일렘 마을의 목사님이신, 그 훌륭하신 분의 눈을 마주볼 수 있겠습니까? 아, 그분의 목소리는 안식일과 설교일에 나를 몸서리치게 할 것입니다.”

그때까지 그 나이 든 여행자는 당연하다는 듯이 엄숙하게 듣고 있었다. 그러나 이젠 더없이 즐겁다는 듯이 몸을 흔들며 웃음을 터뜨렸는데, 그 뱀처럼 생긴 지팡이도 공감한다는 듯이 꿈틀거리는 것 같았다.

“하하하!” 그는 웃고 또 웃었다. 그런 다음 웃음을 진정시키며 그가 말했다. “자 계속하게, 굿맨 브라운. 계속해 보게나, 그러나 제발 날 웃겨서 죽게 하지는 말게.”

“그렇다면, 이 문제는 끝맺기로 하지요.” 굿맨 브라운은 몹시 화가 나서 말했다. “집에는 나의 아내 페이드가 있어요. 숲 속으로 들어가는 일은 내 아내의 작은 심장을 찢어버리는 일이 될 거예요. 그렇다면 차라리 나는 나의 심장을 찢어버리겠습니다.”

“아니, 그게 문제라면——.” 하고 노인이 대답했다. “그렇다면 자네는 자네의 길을 가게, 굿맨 브라운. 우리 앞에서 절뚝거리며 가고 있는 저 여인 같은 이십 명의 늙은 여인들을 위해 페이드에게 해롭게 하고 싶지는 않네.”

노인은 이렇게 말하면서 지팡이를 들어 오솔길을 가고 있는 한 여인의 모습을 가리켰다. 그 여자는 굿맨 브라운이 어렸을 때 그에게 교리 문답을 가르쳐주었을 뿐 아니라, 지금까지도 그의 도덕적이고 영적인 조언자였으며 매우 경건하고 모범적인 부인이었다. 그녀는 목사와, 구킨 집사와 함께 걸어가고 있었다.

“독실한 클로이스 부인이 밤에 이렇게 황야 깊숙이 오다니 정말 놀랍군요.” 그가 말했다. “동행자여, 당신이 떠나고 나면, 나는 숲을 가로질러 저 기독교도 여인을 앞질러 가겠어요. 당신은 처음 보는 사람이기 때문에

저 여자는 나와 같이 동행한 당신이 누구냐고, 그리고 어디로 가느냐고 물어볼 테니까요.”;

“그렇게 해보세.” 늙은 여행자가 말했다. “자네는 숲 쪽으로 가게나. 나는 이 오솔길로 걸어갈 테니까.”

젊은이는 옆으로 비켜나서 자기의 동행이 늙은 여인에게 지팡이 거리만큼 접근한 것을 보았다. 그동안 그녀는 나이 든 여인으로서는 매우 빠른 걸음으로 열심히 길을 가면서 불확실한 몇 마디 말들을 중얼거리고 있었다. 그 늙은이는 지팡이를 앞으로 내밀어 뱀의 꼬리처럼 보이는 부분으로 그녀의 움츠러든 목을 건드렸다.

“악마!” 경건한 늙은 여인이 외쳤다.

“독실한 클로이스 부인께서 옛날 친구를 알아보시는군?” 그 나그네가 그녀와 마주보며 꼬불꼬불한 지팡이에 기댄 채 말했다.

“아, 그렇구말구요. 나리가 아니신가요?” 그 부인이 소리쳤다. “역시 그렇군요. 내 옛날 친구인, 저 어리석은 친구 굿맨 브라운의 할아버지의 모습으로 차리셨군요. 그런데——나리께서 이걸 믿으실까요?——내 빗자루가 이상하게 사라져버렸답니다. 아마, 내 생각에는 저 목매달지 않은 마녀, 코리 있잖아요, 그 여자가 훔쳐간 것 같아요. 내가 스몰리지(야생 샐러리)의 즙과 양지꽃의 즙, 그리고 늑대의 독을 모조리 섞어 기름을 발랐을 때…….”

“좋은 밀가루와 막 태어난 아기의 기름을 섞어서 말이지.” 하고 늙은 굿맨 브라운이 말했다.

“아, 나리께서도 그 비법에 대해 아시는군요.” 하고 늙은 여인이 찢어지는 듯한 목소리로 소리쳤다. “제가 말씀드린 대로 모임의 준비는 모두 되었답니다. 그런데 타고 갈 말이 없어서 걸어가기로 마음을 바꿨지요. 자, 이제, 나리의 팔을 좀 빌려 주세요. 그러면 눈 깜짝할 사이에 그곳으로 갈 것 아니겠어요.”

“그렇게는 안 되겠소.” 하고 남자가 말했다. “내 팔을 빌려 줄 순 없고,

대신 나의 지팡이를 줄테니 짚고 가구려.”

그렇게 말하면서 그는 지팡이를 그녀의 발 아래 내던졌다. 그것은 마치 옛날에 지팡이의 주인이 이집트의 마술사에게 빌려주었던 지팡이 중의 하나인 것처럼 생명을 가진 것처럼 보였다. 이런 모든 일들을 굿맨 브라운은 현실로 생각할 수가 없었다. 그가 놀라서 보고 있는 동안 클로이스 부인도, 지팡이도 사라져버렸고, 다만 아까 그 동행자만이 홀로 서서 아무 일도 없었다는 듯이 그를 기다리고 있었다.

“저 늙은 부인은 나에게 교리 문답을 가르쳤었는데——.” 하고 젊은이가 말했다. 그는 이 단순한 말에는 많은 의미가 담겨져 있었다. 그들은 앞으로 계속 걸어 나갔다. 늙은이는 자기의 동행자에게 좀더 빨리 끈기 있게 걸으라고 권했는데, 그 말 소리가 교묘하게 울려 그의 말은 그가 한 것이 아니라 들은 사람의 가슴에서 솟아난 것 같은 기분이 들었다. 늙은이는 지팡이 대용으로 단풍나무 가지를 꺾어서 저녁 이슬에 젖어 있는 잔 가지들을 헤치고 걷기 시작했다. 그러자 그의 손가락이 나뭇가지들에 닿자마자, 그들은 마치 일주일 동안이나 햇볕에 말린 것처럼 시들어버리는 것이었다. 갑자기 길 가운데 음침한 구덩이가 나타났을 때 굿맨 브라운은 나무의 그루터기에 앉아서 더 이상 가는 것을 거부했다.

“여보세요.” 그는 완강하게 말했다. “내 마음은 결정됐습니다. 이런 일 때문에는 한 발자국도 더 나아갈 수 없습니다. 아까 그 비참한 노부인이, 나는 그녀가 천국에 가리라고 생각했었는데, 악마에게 가기로 선택했다는 것이 내가 나의 페이드를 단념하고 그 노부인을 따라가야 할 이유가 된다는 말입니까?”

“차츰 생각이 달라질 걸세.” 하고 그 동반자는 침착하게 말했다. “여기 앉아서 잠시 쉬게나. 그리고 나서 움직일 기분이 생기면 나의 지팡이가 자네를 도와줄 거야.”

그는 더 이상 말을 하지 않고 자기의 동행자에게 단풍나무 지팡이를 던져 주었다. 그러고는 깊은 어둠 속으로 사라지는 것처럼 홀연히 시야에서 사라져버렸다. 젊은이는 잠시 길가에 앉아 자기의 결단에 스스로 흡족해했다. 그리고 아침 산책에서 목사님을 만나고, 저 훌륭한 구킨 노(老)집사의 눈을 당당하게 만나려면 얼마나 깨끗한 양심을 가져야 하는가를 생각했다. 그리고 하마터면 사악하게 보낼 뻔한 오늘 밤을 페이드의 팔 안에서 순결하고 달콤하게 보낸다면 얼마나 평화로운 잠을 잘 수 있는 가를! 즐겁고 칭찬받을 만한 이런 생각에 잠겨 있을 때 굿맨 브라운은 길을 따라 달려오는 말발굽 소리를 들었다. 그는 이제 돌아가려고 마음 먹고 있었지만, 여기까지 오게 된 죄스러운 의도를 생각하고 숲의 가장자리에 몸을 숨겼다.

그들이 다가옴에 따라 말발굽 소리와 말에 탄 사람들의 말소리가 들렸는데, 점잖고 늙은 목소리였다. 그 목소리는 젊은이가 숨어 있는 곳에서 불과 몇 야드밖에 떨어지지 않은 곳에서 들려오는 듯 싶었다. 그러나 그가 숨어 있는 지점의 짙은 어둠 때문에 여행자들은 물론, 그들의 말도 보이지 않았다. 그들의 모습이 길 옆에 있는 작은 나뭇가지들을 스치고 지나갔지만, 그들이 지나왔을 저편의 밝은 하늘로부터 오는 한 줄기 희미한 빛으로도 그들의 모습을 알아볼 수는 없었다. 굿맨 브라운은 몸을 구부리기도 하고 발끝으로 서 보기도 하면서 나뭇가지 옆으로 머리를 내밀어 그림자들을 식별해 보려고 애썼다. 그러다가 그 목소리가 목사와 구킨 집사의 것이라는 것을 알아차리게 되자 그는 몹시 당황했다. 그들은 어떤 안수식이나 교회의 회의에 갈 때처럼 평온하게 말을 타고 흔들거리며 가고 있었다. 아직 그들의 소리가 들리고 있을 때, 말 탄 사람들 중의 한 사람이 나뭇가지를 꺾으려고 멈추었다.

"목사님." 하고 집사의 목소리 같은 한 목소리가 말했다. "안수식과 이 모임, 두 가지 중에서 오늘 밤의 이 모임에 빠지는 것보다 안수식을 놓치는게 나을 거라고 생각했답니다. 우리 회원들 중의 몇몇은 팰모드나 그 너머에서 오고, 다른 사람들은 코네티컷이나 로드아일랜드에서 온다고 하더군요. 인디언 주술사도 오구요. 그들 역시 우리들 만큼 악마에 대해 잘 알고 있지요. 더군다나 오늘 밤 성찬식에는 한 젊은 여인도 온다더군요."

"매우 잘 됐소, 구킨 집사!" 목사의 엄숙하고 늙은 목소리가 대답했다. "서두릅시다, 그러지 않으면 늦겠소. 당신도 알겠지만 회합장에 내가 도착하지 않으면 아무 일도 안 되니까."

다시 말발굽 소리가 났다. 그리고 공허한 대기 속에 그토록 낯설게 울리던 목소리들은 지금껏 한 번도 교회가 세워진 적이 없고, 외로운 기독교인이 와서 기도를 해본 적도 없는 그런 숲을 뚫고 사라져 갔다. 그렇다면 저 성직자들은 이교도의 황야 깊숙이 들어가서 대체 어디로 가는 것일까? 젊은 굿맨 브라운은 마음에 무거운 통증을 느끼며 땅바닥에 주저앉을 것만 같아 나뭇가지를 붙잡고 기댔다. 그는 하늘을 쳐다보면서 저 위에 진실로 천국이 있는 것인지 아닌지 의심했다. 그의 머리 위에는 푸른 하늘이 있었고, 그 하늘에는 별들이 빛나고 있었다.

"천상에 천국이 있고 지상에 페이드가 있다면 나는 악마에 대항해서 강인하게 맞설 수 있어!" 하고 굿맨 브라운은 외쳤다.

그가 하늘의 높은 천장을 바라보면서 기도하기 위해 두 손을 번쩍 쳐들었을 때, 바람이 불지도 않았는데 한 조각 구름이 하늘을 가로질러 밝은 별들을 감추었다. 푸른 하늘은 아직 보였으나 그의 머리 바로 위에는 검은 구름 덩어리가 넓게 퍼져 지나가고 있어서 캄캄했다. 그때 공중 높은 곳의 구름 속에서 혼란스럽고 의심에 가득찬 목소리들이 들려왔다. 그 목소리 중에서 그는 자기 마을에 사는 남자들과 여자들, 그리고 경건한 사람들과 선술집에서 와자지껄 떠들던 사람들의 목소리를 구별할 수 있을 것 같은 착각에 사로잡혔다. 그러나 다음 순간 그 소리들은 너무나 불분명해서, 그는 자기가 바람도 없이 속삭이는 숲들의 중얼거림을 들은 것이나 아닌지 생각했다. 그때 그가 세일렘 마을에서 대낮에 듣던 친숙한 목소리들이 좀더 뚜렷하게 들려오기 시작했다. 그 소리 중에서 그는 비탄에 빠진 젊은 여인의 목소리를 들었다. 그녀의 목소리는 알 수 없는 슬픔으로 가득차 있었으며, 매우 비통하게 어떤 도움을 청하는 것 같았는데, 성자이건 죄인이건간에 주위의 보이지 않는 모든 군중들이 그 여자를 격려해 주고 있는 것 같았다.

"페이드!" 하고 굿맨 브라운은 고통과 절망에 빠진 목소리로 외쳤다. 숲속의 메아리들이 흉내내어 '페이드! 페이드!' 하고 외쳐댔다. 그것은 마치 어떤 가엾은 사람이 황야를 샅샅이 헤매며 그녀를 찾고 있는 것 같았다.

비통함과 분노와 공포의 울부짖음은 이 불행한 남편이 그 대답을 들으려고 잠시 숨을 멈추었을 때도 여전히 밤을 꿰뚫고 들려오고 있었다. 굿맨 브라운의 머리 위에서 어두운 구름이 투명하고 조용한 하늘을 남긴 채 사라질 때, 찢어질 듯한 비명 소리가 좀더 큰 웅성거리는 소리에 즉시 파묻히면서 먼 웃음 소리 속으로 사라져 갔다. 그리고는 하늘에서 무엇인가가 가볍게 펄럭이면서 떨어져 한 나뭇가지에 매달렸다. 젊은이가 그것을 집어보니 그것은 분홍빛 리본이었다.

"나의 페이드는 가버렸군!" 그는 잠시 넋을 잃고 있다가 말했다. "지상에는 선은 없어. 그리고 죄악이란 단지 허울 좋은 이름일 뿐이야. 오라, 악마여, 이 세상은 그대의 것이니까."

그리고, 그는 큰 소리로 계속 웃어대면서 지팡이를 쥐고 다시 앞으로 걸어나갔다. 그는 걷거나 뛴다기보다 마치 숲길을 따라 날아가는 것같았다. 길은 점점 더 황량하고 적막해졌으며, 희미하게 흔적만 보이다가 드디어 사라져버렸다. 그는 어두운 황야 가운데 홀로 버려져 인간을 악으로 인도하는 본능을 따라 여전히 앞으로 돌진하고 있었다. 숲 전체는 무시무시한 소리들……나무들이 삐걱거리는 소리, 야생 짐승들이 울부짖는 소리, 인디언들의 고함 소리로 가득찼으며, 때때로 불어오는 바람은 머나먼 교회의 종소리처럼 울리면서 여행자를 비웃는 것 같았다. 그러나 그는 그 자신이 가장 공포스런 존재였기 때문에 다른 공포스런 것들로부터 전혀 위축되지 않았다.

"하하하!" 바람이 자기를 비웃을 때 굿맨 브라운은 울부짖었다. "누가

262

제일 크게 웃나 들어보자. 너희들이 악마의 비법으로 나를 놀라게 할
생각은 하지 마라. 오라 마녀여, 오라 마법사여, 오라 주술사여, 악마
대왕이라도 오라, 여기 굿맨 브라운이 왔다. 그가 너희를 두려워하는 것
만큼 너희들도 그가 무서울 게다."

사실, 이 괴기스런 숲 속에서 굿맨 브라운의 모습만큼 무시무시한 것은
없었다. 새까만 소나무 사이를 뚫고 날면서 발광하듯 지팡이를 흔들고
무서운 신성 모독의 말을 외치면서 미친 듯이 웃음을 터뜨렸는데, 그 웃음
소리가 메아리져 마치 악마가 그를 둘러싸고 웃고 있는 것 같았다. 그의
형상을 한 악마라도 마음속으로부터 분노하고 있는 그의 모습보다는 덜
무서울 것이다. 그런 악마적인 힘으로 날 듯이 달려 도착한 곳에서 그는
나무들 사이에서 떨면서, 바로 자기 앞에 있는 어떤 붉은 불빛을 보았다.
그것은 개간지에서 떨어진 나무줄기나 나뭇가지가 불타면서 하늘을 향해
붉은 빛을 던져 올리는 것이었다. 그는 자기를 앞으로 나아가도록 휘몰
아쳤던 폭풍우 같은 흥분에서 잠깐 놓여 나서는, 먼 곳에서 들려오는 여러
사람들이 부르는 듯한 엄숙한 찬송가 소리 같은 것이 점점 커지는 것을
들었다. 그는 그 곡조를 잘 알고 있었다. 그 곡조는 마을의 예배당에서
듣던 합창곡 중의 하나로 매우 귀에 익은 곡이었다. 가사는 무겁게 가
라앉아 사라져버렸으나 합창은 계속되고 있었는데, 그것은 인간의 목소
리라기보다는 무시무시한 화음을 이루고 있는 야생의 황야의 소리였다.
굿맨 브라운은 소리를 질렀다. 그러나 그의 울부짖음은 이 황무지의 외침
속에 묻혀버려 그의 귀에조차 들리지 않았다.

잠시 조용해진 사이에, 그는 불빛이 눈 안에 가득차 올 때까지 앞으로
나아갔다. 어두운 숲이 벽처럼 둘러싼 공터의 끝에 바위가 하나 솟아
있었는데, 그것은 조잡하지만 제단이나 설교단 같은 모양을 하고 있었다.
그 바위는 불타오르는 네 그루의 소나무에 둘러싸여 있었는데, 저녁 예배
때의 촛불처럼 그 소나무의 꼭대기는 불이 붙어 있었다. 바위 위를 뒤덮고
있는 무성한 나뭇잎들은 모두 불 위에 있어서 어둠 속에서 높게 타오르고

있었으며, 그 회합장 전체를 알맞게 비춰 주고 있었다. 늘어진 나뭇가지와 잎사귀로 뒤덮인 꽃줄 장식들은 모두 화염에 싸여 있었다. 붉은 불빛이 환하게 일어났다가 사그라지는 동안 수많은 사람들이 얼핏 비쳤다가 그림자 속으로 사라졌는데, 다시 빛이 환해지자 황량한 숲의 한가운데 많은 사람들이 모여 있는 것이 보였다.

"음침하고, 검은 옷을 입은 무리들." 하고 굿맨 브라운이 말했다.

어둠과 빛의 가운데서 앞뒤로 몸을 떨고 있는 그들 중에는 내일이면 지방 의회에 얼굴을 내밀 사람도 있었고, 안식일마다 땅 위에서 가장 성스러운 곳인 설교단에 나서서 교인들에게 경건하고 독실하고 자비롭게 보일 사람들도 있었다. 또한 지사의 부인도 거기 있었다. 거기에는 적어도 상류층으로 불리는 부인들이 많이 있었으며, 명망있는 남편을 가진 부인늘과 과부늘의 무리, 그리고 훌륭한 평판을 얻고 있는 노처녀들과 자기 어머니에게 발각될까봐 떨고 있는 예쁜 소녀들도 있었다. 순간적으로 터지면서 그 어두운 벌판을 비춘 불빛에 굿맨 브라운이 현혹된 것이었는지도 모르지만, 그는 유별나게 경건한 것으로 유명한 세일렘 마을의 교회 신도들을 무수히 알아보았다. 훌륭한 집사 구킨이 도착하여 그가 존경하는 목사, 그 덕망 높은 성자를 모시고 있었다. 그러나, 이토록 명망 높고, 경건한 사람들과 교회의 장로들, 순결한 부인들과 순정적인 처녀들과는 어울리지 않는 타락한 삶을 살고 있는 남자들과 명예가 손상된 여인들, 비열하고 더러운 비천한 사람들과 무시무시한 범죄 혐의를 받고 있는 악인들도 모여 있었다. 그런데 선량한 사람들이 악한 자들을 회피하거나 죄인들이 성자들을 거북해하지 않는 것이 이상스러웠다. 인디언 사제들과 주술사들도 자기들의 원수인 백인들 사이에 띄엄띄엄 앉아 있었다. 그 인디언 주술사들은 영국의 마술에도 알려져 있지 않은 무시무시한 마법으로 자기들 토착민의 숲을 때때로 공포에 빠뜨렸다.

'그런데 페이드는 어디에 있을까?' 하고 굿맨 브라운은 생각했다. 그러자 어떤 희망적인 생각이 솟구쳐 그는 몸을 떨었다.

마치 경건한 사랑과도 같이 느리고 비통한 가락의 또 다른 찬송가 소리가 들리기 시작했다. 그것은 누구에게나 우주의 세계는 죄악으로 가득차 있다는 것과, 또 그 이상의 것을 어둡게 암시하고 있는 듯했다. 그것은 단순한 인간으로서는 그 의미를 알 수 없는 악마의 교훈이었다. 여러 가지 노래가 계속 불려졌다. 그리고 아직도 황야의 합창은 거대한 오르간의 깊숙한 음조처럼 굽이치고 있었다. 울부짖는 바람 소리나 급히 흘러 내리는 강물 소리, 포효하는 맹수의 노랫소리와 황야의 불협화음 같은 모든 소리들이 만물의 왕자 앞에 경의를 표하는 죄인들의 목소리와 어우러지면서 조화를 이루고 있었다. 불타는 네 그루의 소나무 불꽃은 더 높이 타올라서 이 불경스런 무리들 위로 연기의 소용돌이를 뿜어내면서 모호한 공포의 형상을 만들어내고 있었다. 바로 그 순간, 바위 위의 불길은 앞으로 붉게 치솟아 타오르는 아치형을 만들고 있었는데, 거기에 어떤 모습이 나타났다. 그 모습은 엄숙하게 말을 시작했다. 그 모습은 뉴잉 글랜드 교회의 장중한 신성함과는 옷이나 태도로 보아 전혀 닮지 않아 보였다.

"개종자를 앞으로 끌어내라!" 한 목소리가 들판에 메아리치며 숲 속으로 울려 퍼졌다.

그 말을 듣자, 굿맨 브라운은 숲 속의 그늘에서 걸어나가 자기 마음속에 깃든 모든 악한 것에 대한 공감으로 구역질나는 형제애를 느끼게 된 그 무리들이 있는 곳으로 가까이 갔다. 그때 그는 돌아가신 자기 아버지의 형상이 연기의 소용돌이 속에서 내려다보면서 그에게 앞으로 나오라고 손짓하는 것과, 한 여인이 절망에 빠진 흐릿한 모습으로 그에게 돌아가라고 경고하는 것을 분명히 보았다. 그 여인은 그의 어머니였을까? 그러나 그는 목사와 구킨 집사가 자기 팔을 붙들어 불타고 있는 바위 쪽으로 데리고 갈 때, 한 발자국도 뒤로 물러설 수 없었으며 생각만으로라도 저항할 수 없었다. 저쪽에서는 역시 얼굴에 베일을 쓴 가냘픈 한 여인이 교리 문답을 가르치는 경건한 교사인 구디 클로이스와, 악마로부터 지옥의 여왕을 시켜주겠다는 약속을 받은 마사 캐리어 사이에서 끌려나오고 있었다. 그 개종자들은 불의 차양 아래 섰다.

"환영한다, 내 자식들." 하고 검은 형체가 말했다. "너희 종족이 성찬식에 온 것을 환영한다. 너희들은 이토록 젊어서 너희들의 본성과 운명을 발견한 것이다. 내 자식들이여, 뒤를 돌아보라 ! "

그들은 돌아섰다. 그러자 불빛 속에 악마의 경배자들이 빛을 번쩍 발하는 듯이 보였다. 그들의 모습은 어둡게 번쩍이는 환영의 미소를 짓고 있었다.

"거기엔——." 하고 검은 형체가 말했다. "너희들이 어렸을 때부터 존경해 온 사람들이 모두 있다. 너희들은 그들이 너희 자신들보다 더욱 성스럽다고 생각했고, 천국을 향한 신앙심 깊은 열망과 정의로운 그들의 삶에 자신의 죄를 견주어 보고는 주눅이 들었을 것이다. 그러나 여기, 나의 예배 집회에 그들은 모두 와 있다. 오늘 밤 너희들은 그들의 비밀스런 행적에 대해 알 권리를 부여받은 것이다. 수염이 하얗게 센 장로들이 자기 부인의 젊은 하녀들에게 어떤 음탕한 말들을 속삭였는지, 얼마나 많은 부인들이 미망인의 상복을 입기를 열망하여 침상에서 자기의 남편들에게 술을 권하여 자기의 가슴 위에서 죽게 했는지, 또한 젊은 청년들은 아버지의 재산을 상속받으려고 얼마나 급히 서둘렀는지, 또 예쁜 처녀들은——얼굴을 붉히지 말라——정원에 작은 무덤을 파고 갓난아기의 장례식에 유일한 손님으로 나를 초대했던 것을, 인간의 마음속에 깃든 죄악에 대한 공감으로 너희들은 모든 장소——교회나 침실이나 거리, 들판, 혹은 숲——에서 죄악이 행해지고 있는 것을 눈치챌 것이고, 이 세상 전체가 죄악이라는 한 가지 혈통, 하나의 거대한 핏줄이라는 것을 알고서 기뻐할 것이다. 또한 너희들은 이제 모든 사람들의 가슴속에서 죄악의 깊은 비밀을 꿰뚫어볼 수 있게 될 것이며, 인간의 힘보다——나의 최대의 힘보다도——더욱 사악한 충동들을 지칠 줄 모르고 공급하는 모든 악한 술책의 원천을 꿰뚫어보게 될 것이다. 자, 나의 자식들이여, 서로를 마주보아라."

266

그들은 서로 마주 보았다. 지옥에서 붙여 온 횃불의 빛 속에서 죄악에 빠진 남자는 그의 페이드를 알아보았으며, 그의 아내 역시 남편을 알아보고 그 신성치 못한 제단 앞에서 몸을 떨었다.

"자, 거기에 서라, 나의 자식들이여." 그 인물은 언젠가 한 때 자기가 가지고 있던 천사의 본성이 아직도 우리 비참한 종족을 위해 애도를 표할 수 있다는 듯이, 절망에 빠져 거의 슬퍼하면서 깊고 장중한 어조로 말했다. "서로의 마음에 의지하여 너희들은 지금껏 선이 꿈에 불과한 것은 아니라는 것을 희망해 왔다. 그러나 이제 너희는 속지 않는다. 악은 인류의 본성이다. 악은 너희들의 유일한 행복이 될 것이다. 다시 환영한다. 내 자식들이여, 너희 종족의 성찬식에 온 것을."

"환영합니다." 하고 절망과 영광이 깃든 외침으로 악마의 경배자들이 반복했다.

그들 부부는 거기에 서 있었다. 이 어두운 세계의 악의 경계선 위에서 아직도 머뭇거리고 있는 것 같았다. 바위의 움푹 패인 부분은 텅 비어 있었다. 거기에는 타는 듯한 불빛에 의해 붉게 보이는 물을 담았던 것일까, 아니면 피였을까? 아니, 어쩌면 액체의 불꽃이었는지도 모른다. 그 어두운 악마의 형체에는 손을 적셔 그들의 이마에 세례의 표시를 찍을 준비를 했다. 그래서 그들은 죄악의 비밀의 공유자가 되고 자기 자신의 죄악보다도, 행위에서나 생각에서 타인들의 비밀스런 죄를 더욱더 의식하도록 하려는 것이었다. 남편은 자기의 창백한 아내를, 페이드는 남편을 바라보았다. 이제 자기들의 정체가 밝혀진 이곳에서 서로의 얼굴을 봄으로써 앞으로 그들의 시선은 얼마나 불길하며 비참한 것이 될 것인가!

"페이드! 페이드!" 남편이 소리쳤다. "하늘을 바라보고, 악에 저항하시오."

페이드가 순종했는지 어쨌는지 그는 알지 못했다. 그는 숲을 뚫고 음울하게 울부짖는 바람 소리를 들으면서 고요한 밤의 적막 가운데 홀로 있는 자신을 발견하고는 거의 아무 말도 할 수 없었다. 그는 바위를 등지고 비틀거렸다. 바위는 축축하고 차가웠다. 내내 볼 위에 매달려 있던 나뭇가지들은 그의 뺨에 무척 차가운 이슬을 떨어뜨렸다.

이튿날 아침, 굿맨 브라운은 어리둥절한 사람처럼 주위를 두리번거리면서 세일렘 마을의 거리로 천천히 걸어 들어왔다. 아침 식사의 식욕도 돋울 겸, 또 설교에 대해 생각도 할 겸, 묘지를 따라 산보를 하던 훌륭한 늙은 목사가 굿맨 브라운과 마주치자 축복의 말을 했다. 그러나 브라운은 저주받은 사람을 피하듯 존경하는 목사로부터 뒷걸음질쳤다. 늙은 구킨 집사는 가정 예배를 보고 있었는데, 그가 하는 기도의 말들이 열린 창문을 통해 흘러나오고 있었다. '저 요술쟁이가 기도 드리는 신은 어떤 신이지?"하고 굿맨 브라운은 생각했다. 독실한 기독교인 늙은 구디 클로이스는 창가에 서서 이른 아침의 햇빛을 받으면서 일 파인트(도량형 단위로 대략 반 리터 정도의 양.)의 아침 우유를 가져온 어린 소녀에게 교리 문답을 가르치고 있었다. 굿맨 브라운은 그 아이가 악마의 손아귀에 붙잡히지 않도록 부둥켜 안았다. 교회의 모퉁이를 돌아가면서 그는 근심스럽게 앞을 내다보고 있는 분홍빛 리본을 매단 페이드를 발견했다. 그녀는 자기의 남편을 발견하자 기쁨을 감추지 못하고 마구 뛰어와, 온 마을 사람이 보는 가운데 그에게 키스를 할 뻔했다. 그러나 굿맨 브라운은 냉혹하고 슬프게 그녀의 얼굴을 들여다보았을 뿐 인사조차 하지 않고 그냥 지나쳐버렸다.

굿맨 브라운은 숲 속에서 잠이 들어 마녀의 모임에 대한 꿈을 꾼 것일까?

당신이 그렇게 생각한다면 그런 것으로 해두자. 그러나 슬프다! 그것은 젊은 굿맨 브라운에게는 아무튼 악한 징조의 꿈이었다. 그 무시무시한 꿈을 꾼 밤부터 그는 엄격하고 슬프고 우울한 명상에 잠겼으며, 회의적이고 절망적인 사람이 되었다. 안식일에, 신도들이 성스러운 찬송가를 부를 때면 자기의 귓속을 요란하게 울리는 악의 찬미가가 그 축복받은 선율을 삼켜버렸기 때문에 그는 찬송가 소리를 들을 수 없었다. 목사가 펴놓은 성경 책 위에 손을 얹고 힘차고 열정적인 웅변술로 우리들의 종교의 성스러운 진리에 대해, 성자다운 삶과 승리하는 죽음에 대해, 미래의 축복과, 또한 이루 말할 수 없는 불행에 대해 설교단에 서서 이야기할 때면 굿맨 브라운은 지붕 위에 벼락이 떨어져 그 노련한 신성 모독자와 청중을 덮치지나 않을까 두려워서 얼굴이 창백해졌다. 그는 한밤중에도 종종 갑자기 깨어나 페이드의 품 안에서 떨어져 나왔다. 그리고 아침이나 저녁 때, 가족들이 기도하기 위해 무릎을 꿇을 때면, 그는 얼굴을 찌푸리고 혼자 중얼거리며 자기의 부인을 냉혹하게 바라보다가 얼굴을 돌려버리는 것이었다.

그는 오래 살았다. 그가 백발의 시체가 되어 무덤에 묻힐 때, 이제는 노파가 된 페이드와 자식들, 그리고 손자들과 적지 않은 이웃 사람들이 행렬을 지어 따라갔다. 그들은 그의 묘비에 희망에 찬 어떤 구절도 새겨 넣지 않았다. 그는 쓸쓸하게 죽어갔다.

진홍빛 반점

지난 세기의 후반기에 자연 철학의 모든 분야에 능통한 한 과학자가 살고 있었다. 그는 우리의 이야기가 시작되기 얼마 전에 모든 화학적인 실험보다도 훨씬 더 매력적인 어떤 영적인 친화력에 관한 실험을 했다. 그는 자기의 실험실을 조수에게 맡겨버리고 용광로의 연기에 그을린 얼굴을 깨끗이 닦고, 또 손가락에 묻은 산(酸)의 얼룩을 말끔히 지운 다음, 아름다운 한 여인에게 자기의 아내가 되어달라고 설득했다. 그 당시는 비교적 새로운 전기의 발명과도 같이 대자연으로부터 추출해 낸 신비가 기적의 땅으로 가는 길을 열어 주는 듯이 보이던 때였으므로, 과학에 대한 사랑과 여인에 대한 사랑이 그 깊이나 열정에 있어서 서로 경쟁을 하는 것처럼 보일 수도 있었다. 과학을 열렬히 신봉하는 사람들의 견해에 따르면 강력한 지성의 사다리를 한 단계 한 단계 올라가노라면 과학자는 창조적인 힘의 비밀을 만나게 될 뿐아니라 아마도 자기 자신의 새로운 세계를 만들 수 있으며, 그것을 추구해가는 과정에서 보다 고귀한 지성과 상상력, 영혼, 그리고 인간의 마음조차도 풍부한 영양분을 발견하게 되리라는 것이었다. 아일머가 대자연에 대한 과학의 절대적인 지배력에 대해 어느 정도의 신앙심을 가졌는지는 알 수가 없다. 그러나 그는 지나치리만큼 과학의 연구에 자기 자신을 바치고 있었으므로 다른 열정은 그의 삶에 끼여들 수가 없었다. 젊은 아내에 대한 그의 사랑이 과학에 대한 것보다 더 강하다는 것이 밝혀질지는 모르지만, 그의 사랑은 과학에 대한 사랑과 얽혀 있을 뿐이며, 또한 과학에 대한 열정의 힘을 사랑과 결합시킴으로써 비로소 가능했을 것이다.

따라서 그런 결합은 놀라운 결과를 낳았으며 매우 심오한 교훈을 남기게 되었다. 결혼한 지 얼마 후 아일머는 아내의 얼굴을 바라보면서 앉아 있다가 심각한 표정을 지으며 입을 열었다.

"조지아나." 하고 그가 말했다. "당신은 당신의 뺨 위에 있는 그 점을 지울 수 있다는 생각을 한 번도 해보지 않았소?"

"아뇨 한 번도요." 그녀는 웃으면서 대답했다. 그러나 남편이 너무나 진지하게 말하자 그녀는 얼굴을 붉혔다. "저는 사람들이 이 점을 매력이라고 말하기에 그렇거니 하고 생각해 왔을 뿐인걸요."

"다른 사람의 얼굴 위에 있는 점이라면 그럴지도 모르지." 하고 남편이 말했다. "그러나 당신은 결코 그렇지 않아. 아니야, 조지아나, 당신은 대자연의 손이 가장 완벽에 가깝게 만들었기 때문에 아무리 작은 점이라고 해도 결함이 되는 거요. 그것을 결함이라고 해야 할지 아름다움이라고 해야 할지는 모르겠지만, 그것은 지상적인 세계의 불완전함의 표시로 보여서 나를 놀라게 하오."

"당신을 놀라게 하다니요!" 조지아나는 기분이 언짢아서 소리쳤다. 처음에 그녀는 순간적인 분노를 느꼈으나 그만 눈물이 터져나왔다. "그렇다면 무엇 때문에 나를 엄마 곁에서 데려왔어요? 당신을 놀라게 하는 사람을 사랑할 수 없을 텐데요!"

이 대화를 이해하기 위해서는 조지아나의 왼쪽 뺨 가운데에 독특한 반점이 하나 있다는 것을 말해 두어야겠다. 그 반점은 마치 그녀의 얼굴의 피부 조직인 것처럼 살결에 스며들어 있었다. 그녀의 안색이 평상시와 같을 때는——섬세하면서도 건강한 혈색일 때——그 반점은 주위의 장미빛 혈색 가운데서 약간 더 진한 진홍색을 띠게 되어 그 모양이 별로 확연히 드러나지는 않았다. 그녀가 얼굴을 붉힐 때면, 그 점은 점점 더 희미해져서, 나중에는 빛나는 붉은 빛으로 그녀의 뺨을 물들이는 붉은 핏기의 급류 가운데서 사라져버리고 마는 것이었다. 그러다가 무슨 일이 일어나서 그녀의 얼굴이 창백해지면 뺨 위에 반점이 다시 나타나는데, 마치 백설 위에 진홍색 낙인처럼 그것은 아일머가 두려워할 정도로 명확해졌다. 그것은 난쟁이의 손처럼 작기는 하지만 인간의 손 모양과 흡사했다. 조지아나를 사랑하는 사람들은 그녀가 태어났을 때 어떤 요정이 나타나 그녀가 모든 사람의 마음을 천부적으로 휘어잡으리라는 마법의 표시로 뺨 위에 손자국을 찍었다고 말하기도 했다. 절망에 빠진 많은 구혼자들은 자기의 입술을 그녀의 그 신비한 손자국에 댈 수만 있다면 자기의 목숨을 건 모험이라도 기꺼이 했을 것이다. 그러나 이 요정의 표시는 보는 사람에 따라 상당히 다른 인상을 준다고 말하지 않을 수 없다. 어떤 괴팍스런 사람들은——그런데 그들은 모두 여성들이었다——그 피묻은 손은——그들은 또한 그 점을 고의로 그렇게 불렀다—— 조지아나의 아름다움을 파괴하여 섬뜩하게 만들어버렸다고 말하였다. 그러나 이런 이야기는 가장 순결한 대리석 조각에 흔히 나타날 수 있는 작고 푸른 얼룩 때문에 하늘의 이브가 괴물로 변했다고 주장하는 것과 같이 넋나간 소리일 뿐이다. 남자들은 그 반점이 이 세상엔 작은 얼룩 하나 없는 이상적인 아름다움의 살아 있는 본보기가 하나쯤은 있을 법한데 그렇지 못하구나 하고 한탄하기도 하였다. 결혼한 이후——그는 결혼하기 전에는 이것에 대해 결코 한 번도 생각해 보지 않았다——아일머가 하게 된 생각도 바로 그런 것이었다.

　그녀가 조금만 덜 아름다웠더라면, 만일 질투의 여신이 비웃을 만한 아무것도 찾아내지 못했다면, ——어떤 때는 희미하게 그려졌다가 또 어떤 때는 사그라지고, 시시각각으로 그녀가 느끼는 감정의 율동에 따라 사라졌다가 빛나곤 하는 그 작은 손자국의 아름다움에 의해 그의 사랑은 더욱 뜨거워졌을지도 모른다. 그러나 그것 외에는 너무나 완벽한 그녀를 바라볼 때, 그는 그 하나의 결점이 결혼 생활의 순간 순간에 점점 더 견딜 수 없이 커지는 것을 느꼈다. 그것은 대자연이, 인간이란 일시적인 것이고 유한하다는 것을 보여주기 위해, 혹은 인간의 완벽이란 노력과 고통에 의해서만 이루어진다는 것을 보이기 위해 모든 자기의 창조물에다 지울 수 없는 표시를 찍어놓은 숙명적인 결점이었다. 이 진홍색 손은 아무리 고귀하고 순결한 사람이라도 가장 비천한 사람이나 혹은 먼지로 되돌아갈 짐승들과 마찬가지로 죽음의 손아귀에 잡혀 있는 그 피할 수 없는 속박을 나타내고 있었다. 아일머는 아내의 반점을 죄악이나 슬픔이나 부패나 죽음의 상징으로 보았으므로 그의 우울한 상상력은 그 타고난 점을 끔찍한 대상으로 생각하게 되었고, 조지아나의 아름다움이 영혼이나 감각면에 있어서 자기에게 주는 기쁨보다도 오히려 더 많은 고통과 공포를 주는 것으로 되었다.

그들이 가장 행복한 시간을 누려야 할 때에 그는 언제나, 그러나 의도적인 것은 아니고, 오히려 피하고 싶은데도 불구하고, 그 불행한 주제에 대해서 말을 꺼내고 마는 것이었다. 처음에는 매우 사소한 일처럼 보였지만, 그것은 사고의 무수한 통로와 감정의 양식과 연결되어 있었으므로 모든 것의 중심이 되어버렸다. 아침에 아일머가 눈을 뜨고 아내의 얼굴을 바라보면 그 불완전의 상징은 제일 먼저 눈에 띄는 것이었다. 그리고 그들이 저녁에 난롯가에 함께 앉아 있을 때면 그의 눈은 그녀의 뺨을 훔쳐보면서 기꺼이 자기가 숭배를 바치고 싶은 그곳에 죽음을 써놓고 그 기괴한 손이 불길에 깜박거리는 것을 바라게 되었다. 조지아나는 차츰 그것을 볼 때마다 몸서리를 치게 되었다. 뺨 가운데 있는 진홍빛 손은 마치 하얀 대리석 위에 박아 놓은 루비처럼 강하게 돋보이는 것이었다.

어느 늦은 밤, 불빛이 희미해져서 이 가련한 아내의 뺨 위에 찍힌 낙인을 거의 알아볼 수 없게 되었을 무렵, 아내는 처음으로 이 문제에 대해 자진해서 말을 꺼냈다.

"당신은 기억하고 계세요, 아일머?" 그녀는 웃어보이려고 안간힘을 쓰면서 말했다. "혹시 당신은 어젯밤에 이 훌륭한 손자국에 대한 꿈을 꾸지는 않으셨던가요?”

“아니! 전혀 그런 일은 없었는데!” 아일머는 놀라면서 대답하였다. 그는 자기의 마음속에 일어난 감정의 파문을 숨기려고 냉랭한 어조로 대답했다. “그런 꿈을 꿀 만도 했을 거야. 왜냐하면 잠들기 전에 그 점에 대한 환상에 사로잡혀 있었으니까.”

“그럼 꿈을 꾸셨단 말이에요?” 조지아나가 서둘러 말을 이었다. 그녀는 눈물이 터져나와 해야 할 말을 막을까봐 가슴이 조마조마했다. “무시무시한 꿈이죠? 전 당신이 그 꿈을 잊을 수 있을지 겁이 나요. ‘이것은 그녀의 심장이다. 우리는 그것을 끄집어내야만 해!’라는 말을 잊는다는 것이 가능할까요? 잘 생각해 봐요, 여보. 어떤 수단을 쓰더라도 저는 당신에게 그 꿈을 회상시키게 하고 말 거예요.”

모든 것을 삼켜버리는 잠이 자기의 망령들을 어두운 자기의 왕국 속에 가두어 두지 못하고 그들이 갑자기 뛰어나가도록 내버려두어, 더욱 깊은 세계에 속해 있는 어떤 비밀이 실제 생활을 위협한다면, 그때 인간의 마음은 매우 슬픈 상태에 처하게 되는 것이다. 아일머는 간밤의 꿈을 기억해 냈다. 그는 자기의 조수인 아미나다브와 함께 아내의 진홍빛 점을 수술하려고 하던 꿈을 꾸었다. 칼이 깊이 들어가면 갈수록 그 손자국도 깊어져서 드디어 그 조그만 손아귀가 조지아나의 심장을 쥐고 있는 것같이 보였다. 그때 그녀의 남편은 그것을 칼로 베어내든지 아니면 세차게 비틀어서라도 떼내기로 결심했던 것이다.

그 꿈이 자기의 기억 속에 완전히 되살아나자, 그는 죄의식을 느끼면서 아내의 곁에 앉아 있었다. 진실이란 때때로 잠이란 옷을 입고 마음속에 나타나 우리가 깨어 있는 동안에는 무의식적으로 자기 기만을 하고 있는 문제들에 대해 타협하지 않고 직접적으로 말을 건네는 경우가 있다. 그는 지금까지 자기의 마음을 지배하고 있는 한 가지 생각이 일으키는 폭군적인 태도나, 또는 마음의 평화를 되찾기 위해 자기가 어떤 일을 해야 할 것인지에 대해 전혀 알지 못하고 있었다.

"아일머." 조지아나는 엄숙하게 말했다. "이 운명의 반점을 제거하기 위해 우리가 어떤 대가를 치러야 할는지 모르겠어요. 아마도 점을 없애면 고칠 수 없는 불구가 되는지도 모르고요. 그리고 그 점의 뿌리는 생명 자체 만큼 깊게 박혀 있는지도 모르겠고요. 또 제가 이 세상에 태어나기 전부터 박혀 있던 그 작은 손자국을 없앨 수 있는지 그 가능성에 대해서도 우리는 잘 모르고 있지 않아요?"

"조지아나, 나 역시 그 문제에 대해 오랫동안 생각해 보았소." 아일머는 성급하게 그녀의 말을 가로막으며 말했다. "하지만 나는 그 점을 완벽하게 제거할 수 있다고 확신하오."

"만일 그런 가능성이 있다면." 하고 조지아나가 말했다. "어떤 모험이 따르더라도 한 번 시도해 보세요. 위험이란 제겐 아무것도 아니에요. 이 증오의 반점이 당신에게 공포와 혐오의 대상이 되고 있는 한, 그것은 기꺼이 팽개쳐버리고 싶은 짐에 지나지 않아요. 이 소름끼치는 손자국을 제거해 주든지, 아니면 저의 비참한 목숨을 빼앗든지 하세요! 당신은 심오한 학문을 닦은 분이니까요. 세상 사람들은 그것을 알고 있어요. 당신은 위대한 기적을 성취했어요. 그런 당신이 저의 작은 손가락 두 개면 가릴 수 있는 이 작은 점 하나를 없애지 못하다니 그건 말도 안 돼요. 당신은 평화를 찾기 위해, 그리고 불쌍한 아내가 미쳐가는 것을 막아주기 위해 그것을 떼어 주셔야 해요."

"사랑스럽고, 다정한 조지아나." 아일머는 미칠 듯이 기뻐서 소리쳤다. "내 실력을 의심하진 말아요. 나는 이미 이 문제에 대해 깊이 생각해 보았다오. 조지아나, 당신은 지금까지 들어가 보지 못한 과학의 심장부 속으로 나를 이끌었소. 나는 당신의 사랑스런 이쪽 뺨을 다른쪽 뺨처럼 만들 수 있는 능력을 가지고 있다고 자신하오. 그리고, 사랑하는 조지아나, 대자연이 자신의 가장 아름다운 작품 속에 불완전하게 남겨 놓은 그 부분을 나 자신이 수정했다는 그 승리감은 또 어떻겠소! 피그말리온(그리스 신화에 나오는 왕으로 자기가 만든 상아의 여인을 사랑하여 결국 그 조각을 사랑의 힘으로써 인간의 여인으로 변신시킨 사람.)이 자신이 조각한 여인에게 생명을 주었을 때보다도 더 큰 황홀감을 나는 느끼게 될 것이오."

"그럼 결정되었군요." 조지아나가 쓸쓸하게 웃으면서 말했다. "그러면 아일머, 만일 그 반점이 나의 심장 속으로 숨어버릴지라도 사정을 봐 주면 안 돼요!"

그녀의 남편은 부드럽게 그녀의 뺨 위에——그녀의 오른쪽 뺨 위에——진홍빛 손자국이 없는 그 뺨 위에 키스했다.

이튿날, 아일머는 그가 세운 계획에 대해 아내에게 설명했다. 또한 이렇게 해서 그는 앞으로 있을 수술에 필요한 모든 것을 치밀하게 생각하고 충실하게 관찰할 수 있는 기회를 갖게 되었다. 조지아나 역시 수술을 성공적으로 이끄는 데 필수 불가결한 안정을 절대적으로 취해야 했다. 그들은 아일머가 그 고통스러운 젊은 시절에 유럽 학계의 경탄을 불러 일으켰던 '대자연의 근본적인 힘'에 관한 연구를 했던 그 실험실에 은신할 계획이었다. 이 실험실에 조용히 앉아 그 창백한 과학자는 가장 높은 구름층과 가장 깊은 광맥의 비밀을 연구했었다. 화산이 불을 내뿜고 그 불꽃을 피워내는 원인에 대해서도 연구했었다. 그리고 샘물의 신비와 어떻게 하여 그것들이 샘솟게 되며, 물은 어찌하여 검은 땅에서 솟구치 면서도 맑고 깨끗하며, 또 어떤 것이 의학적인 성분을 풍부하게 함유하고 있는가 하는 것 등도 연구했었다. 또한 더 초기 시절엔 이 실험실에서 인간 구조의 경이와 대자연이 땅과 공기와 영혼의 세계에서까지 가장 중요한 정기를 뽑아내어 대자연의 걸작품인 인간을 창조하고 기르기 위해 자기의 모든 귀중한 힘을 융합시켜가는 과정을 공부했었다.

그러나, 그 연구는 밀쳐둔 지가 꽤 오래 되었다. 우리의 창조적인 위대한 어머니인 대자연은 겉으로 보기에는 모든 것을 햇빛 속에 드러내 놓고 있는 듯하지만, 사실은 그 개방성에도 불구하고, 자연은 자기의 비밀을 조심스럽게 감추고 있으며 우리들에게는 결과밖에 보여주지 않는다는 진리를 인정했기 때문이었다. 모든 탐구자들은 조만간 이 문제 때문에 좌절하고 마는 것이다. 대자연은 우리에게 자기를 파손하는 것은 허락하지만 자기를 개선하려는 것은 결코 용납하지 않는다. 마치 질투심이 많은 특허권 소유자처럼 전혀 그런 기회는 용납하지 않는 것이다. 어쨌든 아일머는 반쯤 잊어버렸던 그 연구를 다시 시작하였다. 그것은, 물론 처음과 같은 희망이나 소망을 되찾아서가 아니라 조지아나를 수술하려는 계획을 성사시키기 위해서는 많은 생리학적 지식이 동원되어야 하기 때문이었다.

그가 조지아나를 데리고 실험실의 문을 들어섰을 때, 조지아나는 차갑게 굳어버린 표정으로 벌벌 떨고 있었다. 아일머는 그녀를 바라보면서 그녀를 안심시키려고 했으나, 그녀의 하얀 뺨 위에 나타난 반점이 타는 듯이 붉어진 것을 보고 몸서리가 쳐지는 것을 억제할 수 없었다. 그의 아내는 기절해버렸다.

"아미나다브! 아미나다브!" 아일머는 마룻장을 난폭하게 구르면서 소리쳤다.

이윽고 아파트의 안쪽에서 키는 작지만 우람한 체격을 한 남자가 나타났다. 그의 얼굴엔 용광로에서 나온 김과 연기로 더럽혀진 텁수룩한 머리칼이 흘러내려 있었다. 그는 계속 아일머의 조수 노릇을 해 온 사람으로 과학적 원리에 대해서는 전혀 문외한이었지만, 주인의 실험에 필요한 모든 세부 사항을 처리하는 기술과 기계적인 설비를 준비하는 능력을 갖고 있어서 그 일엔 놀랍도록 적합한 인물이었다. 그의 다부진 체격과 더부룩한 머리칼, 연기에 그을린 용모는 뭔가 말로 표현하기 어려운 세속적인 체취를 풍기고 있어서 그야말로 인간의 육체적인 본질을 상징하고 있는 것처럼 보였다. 그와 반대로 아일머의 지적인 용모와 창백하고 이지적인 얼굴은 영락없이 인간의 영적인 요소의 전형이라고나 해야 할 것이다.

"침실의 문을 열어, 아미나다브!" 아일머가 말했다. "그리고 향을 피워라."

"네, 선생님." 아미나다브는 기절해 쓰러져 있는 조지아나를 유심히 바라보며 대답했다. 그리고 혼자 중얼거렸다. "만일 저 여자가 내 아내라면 나는 절대로 저 반점을 떼어내지 않을 거야."

조지아나가 의식을 회복했을 때, 그녀는 뭔가 스며드는 듯한 향기를 자기가 마시고 있다는 것을 알았다. 그 고결한 효능이 그녀를 죽음과도 같은 실신에서 회복시킨 것이다. 그녀를 에워싼 실내는 마치 마법에 걸린 것 같았다.

아일머는 자기의 가장 빛나던 시절에 숨어서 연구에 바쳤던 이 연기나고 더럽고 우울한 아파트를 사랑하는 여인의 은신처가 되도록 아름다운 방으로 개조하였던 것이다. 벽에는 호화찬란한 커튼이 쳐져 있었는데, 다른 어떤 장식품으로도 흉내낼 수 없는 장엄함과 우아함의 조화를 이루고 있었다. 커튼은 천장에서 마루까지 드리워져 있었는데, 그 풍성하고 묵직한 주름들은 모든 모퉁이와 직선들을 감추어주어 마치 무한한 공간에서 그 풍경만을 떼어내어 가둔 것 같았다. 조지아나에게는 그것이 구름 사이에 있는 천당인지도 모를 일이다. 아일머는 그의 화학적 처리 과정에 지장을 미칠지도 모르는 햇빛을 차단하고 그 방 안에 향기를 풍기는 램프를 켜놓았는데, 그 램프는 여러 가지 색채의 불꽃을 뿜어내고 있지만 모든 색채를 합치면 부드러운 보랏빛의 광채를 내는 것이었다. 그는 아내의 곁에서 무릎을 꿇고 그녀를 열심히 바라보았지만 전혀 불안은 없었다. 자신의 학문에 자신이 있었기 때문이었고, 또한 어떤 사악한 것도 침입하지 못하도록 자기가 그녀의 주위에 마법의 원을 그릴 수 있다고 느꼈기 때문이다.

"여기가 어디지요? 아, 생각나요." 조지아나가 힘없이 말했다. 그리고 그녀는 남편의 시선에서 그 끔찍한 반점을 감추려고 뺨으로 손을 가져갔다.

"두려워 말아요." 하고 그가 말했다. "나를 겁내면 안 돼요! 나를 믿어요, 조지아나. 내가 그 반점을 제거하면 커다란 기쁨이 될 테니까. 나는 오히려 당신의 이 유일한 결점을 기뻐하고 있다오."

"오, 날 살려줘요!" 아내가 슬프게 외쳤다. "제발 다시는 그것을 쳐다보지 마세요. 당신이 그토록 발작적으로 몸서리치던 것을 난 결코 잊지 못할 거예요."

그는 조지아나를 진정시키고, 말하자면 그녀의 마음을 고통에서 해방시켜 주기 위해, 심오한 과학이 그에게 가르쳐준 경쾌하고도 장난스런 비법을 시험해 보여주었다. 공기 같은 모습들이, 완전히 육체가 없는 관념들이 실체가 없는 아름다움의 형체로 그녀 앞에 나타나서 그 덧없는 발자국을 불빛 위에 찍으면서 춤을 추는 것이었다. 그녀는 이러한 광학적 현상에 대해 별로 아는 것이 없었지만 자기의 남편이 영혼의 세계까지도 지배할 수 있는 신통력을 갖고 있다고 믿을 만큼 그것은 거의 완벽에 가까웠다. 그리고 그녀가 자기의 은신처의 바깥 세계를 보고 싶다고 느끼면, 그 즉시 그녀의 생각들은 마치 응답이라도 받는 듯이, 외부 세계의 행렬이 은막 위를 스쳐가는 것이었다. 외부 세계의 풍경과 사람들이 완벽하게 재현되었는데, 그러나 이 마법에는 실물보다 더욱 매력있는 그림이나 이미지, 혹은 그림자 같은 것을 만들어내는 무어라 표현할 수 없는 차이점을 가지고 있었다. 이것에 싫증이 날 때쯤 해서 아일머는 아내에게 흙이 담긴 그릇으로 눈길을 던져보라고 말했다. 그녀가 처음에는 별 호기심 없이 그렇게 하자 그 흙에서 어떤 식물의 싹이 돋아나는 것을 느끼고 깜짝 놀랐다. 그런 다음 거기에서 가느다란 줄기가 나오더니 이파리들이 서서히 퍼지고 그 가운데서 완전하고 아름다운 한 송이의 꽃이 피어나는 것이었다.

"요술이군요!" 조지아나가 외쳤다. "감히 그것을 건드리지 못하겠군요."

"그 꽃을 꺾어 봐요." 아일머가 말했다. "꺾어 봐요, 그리고 잠깐 동안이라도 그 향기를 맡아 보구려. 꽃송이는 몇 분 안에 시들고 갈색의 씨앗밖에는 남지 않을 테니까. 그러나 거기에서 그 꽃처럼 수명이 짧은 것들이 영원히 피어날 것이오."

조지아나가 그 꽃을 만지자마자 식물의 줄기는 곧 시들어버리고 그 잎사귀들은 마치 불벼락을 맞은 것처럼 숯검정이 되고 말았다.

"자극이 너무 강했나 보군." 아일머가 말했다.

실패로 돌아간 이 실험을 보상하기 위해 이번에는 자기가 발명한 과학적인 작용으로 그녀의 초상화를 그려주겠다고 제안했다. 그것은 잘 닦인 금속판 위에 빛의 광선을 이용하는 것이었다. 조지아나는 여기에 동의하였지만, 초상화가 흐릿하고 희미하게 다 그려진 것을 보고 깜짝 놀랐다. 뺨인 듯이 보이는 곳에 작은 손 모양이 나타나 있었기 때문이었다. 아일머는 그 금속판을 부식성 산이 들어 있는 항아리 속에다 던져버렸다. 그는 이러한 기분 나쁜 실패를 금방 잊어버렸다. 아일머는 연구와 화학적 실험을 하는 사이에 너무나 흥분하고 또는 지쳐서 그녀에게로 갔다. 그리고 아내만 보면 기운이 솟구치는 듯이 자기 학문의 전문적인 용어로 신나게 이야기하는 것이었다. 그는 황금의 정(精)을 모든 비천하고 저속한 물질로부터 추출할 수 있는 용액을 탐구하는 데 무수한 세월을 바친 연금술사들의 기나긴 족보에 대해 이야기했다. 아일머는 그토록 오랫동안 탐구되어 온 용액을 발견할 수 있는 기능성을 가장 소박한 과학적 합리성에 의해 믿고 있는 것 같았다. "그러나——." 하고 그는 덧붙였다. "그런 힘을 얻을 만큼 깊이 연구한 철학자는 그런 것을 실험하려고 웅크리고 앉아 있기에는 너무도 고고한 지혜를 갖게 되었을 거야." 그리고 불로 불사의 약에 대한 그의 생각 역시 독특했다. 그는 인간의 생명을 몇 년간 연장시키는, 아니 어쩌면 끝없이 길게 연장시키는 액체를 만들어 낼 수 있다고 넌지시 비추었다. 그러나 그런 약은 대자연과 부조화를 이룰 것이며 이런 부조화는 온 세상이, 특히 그 불사의 장생주를 마신 사람들이 저주하게 될 것이라고 말했다.

"아일머, 당신 진심이세요?" 조지아나가 놀라움과 공포에 질려서 그를 바라보며 물었다. "그런 힘을 가진다는 것도 끔찍하지만 그런 것을 가지려고 꿈꾼다는 것조차 끔찍해요."

"여보, 떨지 말아요." 그녀의 남편이 말했다. "우리의 삶에 그런 불협화음을 일으켜 당신이나 나 자신을 해치고 싶진 않소. 그러나 이런 것들과 비교해 볼 때 얼굴의 이 작은 손자국을 제거한다는 것이 얼마나 하찮은 기술인지를 당신에게 알려주고 싶구려."

그 반점에 대해 언급하자, 조지아나는 다른 때와 마찬가지로, 빨갛게 달궈진 쇳덩이가 자기 뺨에 닿기라도 한 듯이 움찔했다.

아일머는 다시 자기의 작업에 열중했다. 그녀는 용광로가 있는 방에서 아미나다브에게 지시를 내리는 남편의 목소리를 들을 수 있었다. 아미나다브가 거칠고 난폭하게, 인간의 말이라기보다는 짐승의 꿀꿀거리는 소리나 울부짖는 소리 같은 목소리로 대답하는 것도 들렸다. 몇 시간 동안이나 보이지 않다가 아일머는 다시 나타나 그녀에게 화학 제품과 땅의 천연 보물이 들어 있는 캐비닛을 보여주겠다고 제안했다. 그는 화학 제품이 담겨있는 작은 유리병을 보여주었는데, 그 속에는 부드럽지만 매우 효능이 좋은 향기가 들어 있다고 설명했다. 그 향기는 한 나라를 가로질러가는 바람에다 온통 향기를 스며들게 할 수 있을 만큼 강력한 효능을 가진 것이라고 했다. 그 작은 유리병 속에 든 것은 이루 다 헤아릴 수 없는 가치를 가진 것이라고 말하면서 그 향수를 공기 중에 조금 뿌리자 방안은 온통 강렬하고 생기를 돋우는 향기로 가득찼다.

"그리고 이건 뭐예요?" 하고 조지아나가 황금빛 액체가 담긴 작은 수정으로 된 병을 가리키며 물었다. "보기에도 무척 아름다워 마치 삶을 위한 불로장생 약처럼 보이는군요."

"어떤 의미에서는 그렇다고도 하겠지." 하고 아일머가 대답했다. "또는 불사를 위한 신령한 약이라고 할 수도 있소. 이것은 이 세상에서 만들어진 가장 귀중한 독약이오. 당신이 손가락으로 가리키는 사람이면 누구든지 이 약으로 수명을 조정할 수 있소. 그 약의 분량에 따라서 수명을 몇 년씩 연장할 수도 있고, 또는 순식간에 죽여버릴 수도 있소. 아무리 엄중한 경호를 받고 있는 왕이라도 그를 없애버리는 게 수백만의 복지를 위해 정당한 일이라고 내가 생각하기만 하면 그는 결코 살아 있지 못할 거요.”

“왜 당신은 그런 끔찍스런 약을 갖고 계세요?” 하고 조지아나가 두렵다는 듯이 물었다.

“나를 의심하지 마오.” 그는 미소를 지으면서 말했다. “이 약은 해로운 점보다는 유익한 점이 더 많으니까. 이것 봐요! 이건 매우 강력한 화장품이기도 해요. 한 그릇의 물에 이것을 몇 방울만 떨어뜨리면 마치 손이 깨끗해지는 것처럼 주근깨가 쉽게 깨끗하게 없어진다오. 그리고 약을 좀더 많이 섞으면 볼에서 핏기가 지워지고 가장 아름다운 장미빛 얼굴도 유령처럼 창백해지지.”

“그럼 이 약물로 내 볼을 씻길 작정이세요?” 조지아나는 불안한 듯 이렇게 물었다.

“아, 아니오.” 남편이 황급하게 대답했다. “이것은 단지 피부약일 뿐이오. 당신 같은 경우에는 더욱 속까지 스미는 치료제가 있어야 해요..”

조지아나와 이야기하는 동안, 그는 그녀의 기분이 어떤지, 이 방 안에만 틀어박혀 있는 것이 기분 나쁘지나 않은지, 그리고 온도는 맞는지 하는 일반적인 질문들을 던졌다. 이런 질문이 그녀에게 어떤 특별한 기분을 느끼게 하여 그녀는 자기가 어떤 향기 어린 공기를 통해서나, 음식물을 통하여 벌써 어떤 물리적인 실험을 당하고 있는 것이나 아닌가 하는 생각이 들었다. 그녀는 또한 이상한 것을 느꼈는데, 자신의 전체 구조를 동요시키는, 무어라 분명치 않은 감각이 자기의 혈관을 뚫고 기어다니는 듯한 것을 느꼈으며, 그리하여 반은 고통스럽고 반은 즐거운 일종의 통증이 심장까지 퍼지는 것 같았다. 그녀가 용기를 내어 거울을 바라볼 때면 자기의 백지장처럼 창백한 뺨 위에 찍혀 있는 진홍빛 장미를 볼 수 있었다. 그녀는 이제 아일머가 그것을 증오하는 것보다도 더욱 더 그것을 증오했다.

조지아나는, 남편이 배합을 하고 분석하는 동안, 시간의 지루함을 없애기 위해 그의 과학 서적 중에서 한 권을 뽑아 들었다. 검고 오래된 큰 책 속에서 그녀는 낭만과 시로 가득찬 대목들을 만났다. 그 책들은 알베르

투스 마그누스, 코르넬리우스 아그리파, 파라켈수스(Philippus Aureolus Paracelsus. 중세 스위스의 의학자) 같은 중세의 철학자들이나 예언적인 놋쇠머리를 창조해 낸 유명한 성직자들이 쓴 작품들이었다. 이 고대의 자연주의자들은 자기 시대에는 선두에 섰던 사람들이지만 모두 자기 시대에 유행하고 있던 신앙에 젖어 있었으므로, 자연계를 연구하여 자연 이상의 어떤 힘을 얻게 되고, 또한 사물에 대한 연구가 어떤 정신적인 세계를 지배하게 되었다는 것을 믿었다. 왕립 학회의 기록부를 보면 그 초기의 저술들은, 그 회원들이 자연계의 가능성의 한계에 대해 전혀 알지 못했으므로, 끊임없이 기적과 기적을 이루는 방법을 적어놓고 있었는데 그것은 자못 신기하고 상상력이 풍부한 것들이었다.

그러나 조지아나가 가장 몰두한 책은 남편이 직접 자기의 손으로 쓴 이절판 크기의 저서였다. 남편은 자기의 생애에 있었던 과학적인 모든 실험에 대하여 기록해 놓았으며, 그 실험의 목적, 실험 방법, 성공과 실패, 그리고 그 원인 등에 대해 적은 것이었다. 사실 그 책은 야심만만하고, 열의가 담겨 있고, 상상력이 풍부하면서도 실천적이고 부지런한 그의 생애의 역사인 동시에 상징이기도 했다. 그는 마치 그것을 초월한 다른 것은 있을 수 없다는 것처럼 자연계의 작은 현상들을 다루었다. 그는 자연계의 사물들을 정신화시켰으며, 무한한 것에 대한 강력하고 격렬한 열망으로 인해 물질주의에 빠지지 않았다.

그의 손 안에 든 가장 비천한 흙 한 덩어리라도 영혼을 부여받았었다. 조지아나는 그것을 읽고, 지금까지보다도 훨씬 더 깊이 남편을 사랑했으나, 그의 판단력에 대한 신뢰감은 오히려 줄어들게 되었다. 그가 이룩한 것은 상당한 것이었지만, 그가 세운 목표 그 이상의 것에 비한다면 가장 찬란한 성공도 거의 헛된 실패라고 볼 수밖에 없었다. 그의 가장 눈부신 다이아몬드들은 그의 손이 미치지 않는 곳에 감추어진 헤아릴 수 없이 귀중한 보석에 비한다면 한낱 모래알에 지나지 않은 것이라고 그녀는 생각했다. 저자를 유명하게 만든 풍부한 업적으로 이 책은 사실 인간의 손으로 씌어진 책 중에서 가장 우울한 책이기도 했다. 이 책은 무거운 진흙의 짐을 지고 물질 세계에서 일하는 영혼과, 세속적인 부분에 의해 그토록 위협을 당해야 하는 자신을 바라보면서 보다 고귀한 정신이 느끼게 마련인 인간의 슬픈 고백인 동시에 결점의 끊임없는 예증이기도 했다. 아마도 어떤 분야에서건 그와 비슷한 체험을 인식할 수 있을 것이다.

조지아나는 그 책에 너무 깊이 감동을 받아 책 위에 얼굴을 파묻고 울음을 터뜨렸다. 그러고 있을 때 그녀의 남편이 들어왔다.

"마법사의 책을 읽는 것은 위험한 일이오." 그는 기분이 나쁘고 불쾌했으나 미소를 지으며 말했다. "조지아나, 그 책 속에는 내가 읽어도 정신을 차리지 못할 페이지가 많다오. 당신도 해를 입지 않도록 조심해요."

"이 책을 읽고 당신을 전보다 더 숭배하게 되었어요." 그녀가 말했다.

"아, 이번 성공을 기다려 봐요." 하고 그가 대답했다. "그때 가서 나를 숭배하구려. 그때에야 나도 나 자신이 숭배받을 자격이 있다고 생각하겠소. 그런데, 나는 당신의 노랫소리가 듣고 싶어 찾아왔다오. 나에게 노래를 불러 주오."

그녀는 남편의 영혼의 갈증을 적셔 주는 듯한 목소리로, 거침없이 노래를 불렀다. 그러자 그녀의 노래를 듣고 난 남편은 그녀의 격리 생활이 오래 계속되지는 않을 것이며, 결과는 이미 확실한 것이라고 말하면서 소년 같은 환한 얼굴로 방을 나갔다. 그가 막 방을 나간 후 조지아나는 그를 뒤쫓아갔다. 한두 시간 전부터 그녀에게 나타나기 시작한 징후에 대해 그에게 보고할 것을 잊고 있었기 때문이었다. 그 징후란 그 운명의 반점이, 고통스럽지는 않으나 그녀의 온몸에 어떤 들뜬 불안감을 일으키는 것이었다. 그녀는 남편의 뒤를 따라 실험실 안으로 처음으로 발을 들여놓았다.

그녀의 눈에 뜨인 첫 번째 물건은 뜨겁게 이글거리고 있는 용광로였다. 그것은 그 위에 엉겨 있는 숯 검댕으로 보아 몇 년 동안이나 불타고 있는 것 같았다. 증류하는 기구들은 모두 작동하고 있었다. 방 안에는 증류기들과 실린더, 그리고 도가니와 여러 화학 실험용 기구들이 있었다. 또한, 당장이라도 사용할 수 있는 전기 기구들이 있었다. 방 안 공기는 질식할 듯이 밀폐되어 있었으며, 실험 과정에서 생겨나는 가스 냄새로 숨이 막혔다. 자기 침실의 환상적이고 호화로운 장식에 익숙한 조지아나에게는 벌거벗은 벽과 벽돌로 포장된 바닥이 그대로 드러나 잔인할 정도로 살벌한 실험실의 모습이 이상하게 느껴졌다. 그러나 그녀의 관심을 끈 것은 바로 아일머의 모습이었다.

그는 시체처럼 창백했고, 너무 열심히 몰두하여서, 지금 그가 증류시키고 있는 액체가 영원한 행복이 될 것인지 불행이 될 것인지 하는 운명이 걸린 것처럼 용광로 앞에 달라붙어 있었다. 그가 조지아나를 격려할 때의 그 활기차고 기쁨에 넘친 태도와는 얼마나 대조적인가!

"조심해, 아미나다브. 조심하라고, 이 인간 기계야, 조심해. 이 진흙덩어리 인간아!" 하고 아일머는 자기의 조수에게라기보다는 자기 자신에 대하여 중얼거리고 있었다. "자, 만일 여기서 생각이 너무 많거나 모자라거나 하면, 모든 것이 끝장인 게야."

"허허!" 하고 아미나다브가 놀라서 웃었다. "보세요, 선생님! 봐요!" 아일머는 급해 고개를 들어 조지아나를 보고는 처음에는 얼굴을 붉혔으나 곧 전보다 더욱 창백해졌다. 그는 그녀에게 달려와서 그녀의 팔을 꽉 움켜쥐었다. 어찌나 꽉 움켜쥐었는지 그녀의 팔에 손자국이 찍힐 정도였다.

"여길 왜 왔소? 남편을 믿을 수 없어 그러는 거요?" 그는 성난 소리로 외쳤다. "당신은 그 운명적인 반점의 독으로 내 일을 망치려는 거요? 그래선 일이 안 되오, 나가요, 염탐꾼 같으니라고! 나가!"

"아니, 아일머!" 그녀는 평소와는 다른 단호한 태도를 보이면서 말했다. "당신이 나에게 불평을 한다는 것은 옳지 않아요. 당신은 당신 부인을 믿지 못하는군요. 당신은 이 실험 결과에 대한 불안을 저한테 숨기고 있잖아요. 나를 그렇게 품위 없는 여자로 보지 마세요, 여보. 우리가 겪어야 할 모든 것을 저에게 다 말씀해 주세요. 내가 겁을 먹을까 두려워하지 마세요. 내가 느끼는 두려움은 당신에게 비하면 아무것도 아니니까요."

"아냐, 조지아나, 안 돼!" 아일머는 참지 못하고 소리쳤다. "그래선 안 된다니까!"

"알겠어요." 그녀가 조용히 대답했다. "그리고 아일머, 당신이 나에게 주는 약이면 무엇이든 마시겠어요. 그것은 당신의 손이 주는 것이면 독이라도 마시겠다는 그런 나의 마음에 따르는 것이에요."

"오, 고귀한 아내여." 아일머는 깊은 감동을 받고 말했다. "나는 지금까지 당신의 성품이 얼마나 고귀하고 깊은지 모르고 있었소. 감춘 것은 아무것도 없소. 당신의 얼굴에 찍힌 그 진홍빛 반점은, 겉으로 보이는 것과 같이 피부적인 것이 아니라 그 유례를 찾아볼 수 없도록 강한 힘으로 당신의 신체 구조에 얽혀 있다는 것을 알아야 해요. 나는 당신의 전체적인 신체 구조만을 제외하고는 그밖의 모든 것을 변화시킬 수 있는 충분히 강한 약을 이미 당신에게 투약했었소. 이제 해볼 일이라곤 단 한 가지가 남았소. 그것이 실패로 돌아간다면 우리는 파멸이오!"

"왜 그것을 나에게 말하길 주저하셨나요?" 그녀가 물었다.

"왜냐고, 조지아나?" 아일머가 낮은 목소리로 말했다. 그러면 위험하니까 ——."

"위험하다고요? 위험이란 단 한 가지밖에 없어요. 그건 이 끔찍스런 표적이 내 뺨 위에 계속 남아 있는 거예요!" 조지아나가 외쳤다. "없애버려요, 그걸 제거하세요, 어떤 대가를 치르더라도. 그렇지 않으면 우린 둘 다 미쳐버릴 거예요!"

"당신의 말이 진심이라는 것을 하느님은 알고 계실 거요." 아일머가 슬픈 듯이 말했다. "자, 이제 당신의 방으로 돌아가시오. 잠시 후면 모든 실험이 끝날 테니까!"

그는 아내를 데려다 주고, 그녀의 곁을 떠났다. 그의 태도는 이 사태가 얼마나 중요한가 하는 것을 말보다도 더 잘 나타내 주었다. 그가 나간 후 조지아나는 하나의 생각에 사로잡혔다. 그녀는 아일머의 성격을 골똘하게 생각해 본 끝에, 다른 어떤 중요한 때보다도 더욱 확고한 판단을 내렸다. 그녀의 가슴은 비록 떨리고 있었지만, 그의 고귀한 사랑을 깨닫고 몹시 기뻤다. 그의 사랑은 너무도 순결하고 고고하여 완벽하지 않으면 무(無)와 다름없는 사랑이요, 또한 그가 꿈꾼 것보다 더 지상적인 것에는 결코 만족할 줄 모르는 사랑이었다. 자신의 사랑을 위해 불완전을 방치해 둔 채 완벽한 사상을 현실 세계의 수준으로 이끌어 내림으로써 성스러운 사랑을 배신하는 그런 비천한 사랑에 비해 볼 때, 그녀는 가장 높고도 또한 깊이 있는 그의 사상에 만족을 느끼는 것이었다. 하지만 곧 그 만족의 순간은 극히 짧을 수밖에 없다는 것을 그녀는 느꼈다. 왜냐하면 남편의 영혼은 항상 나아가고 항상 상승하고 있어, 매순간 항상 이전의 순간보다 높은 차원을 요구하고 있었기 때문이다.

남편의 발자국 소리에 그녀는 깜짝 놀랐다. 그는 마치 불사의 약이라도 되는 것처럼 보이는, 물처럼 투명한 액체가 든 수정 병을 가지고 왔다. 아일머는 창백했다. 그러나 그것은 공포나 의혹 때문이 아니라 고도로 집중된 마음의 상태와 영혼의 긴장 때문인 것 같았다.

"이 약은 매우 완벽하게 조제되었소." 조지아나의 묻는 듯한 표정에 그가 대답했다. "나의 학문이 나를 속이지만 않는다면 우린 실패하지 않을 것이오."

"당신을 위해서라면, 사랑하는 아일머." 하고 그의 아내가 말했다. "저는 내 생명을 던져서라도 이 죽음의 반점을 없애버리고 싶어요. 생명이란 단지, 지금 제가 처해 있는 마음의 단계에까지 이른 사람들에겐 하나의 슬픈 행렬에 지나지 않아요. 만일 내가 더 허약했다거나 더 맹목적이었더라면 저는 행복했을 거예요. 만일 제가 좀더 강인했더라면 희망에 차서 견뎌 나갔을지도 모르겠지요. 그러나, 제가 스스로 발견한 것에 따르자면, 저야말로 이 세상에서 가장 죽음에 적합한 사람이란 생각이 들어요."

"당신은 죽음을 맛보지 않고도 천국에 들어갈 수 있는 사람이오."

남편이 말했다. "그런데 왜 우리가 죽음에 대해 이야기한단 말이오. 이 약은 잘못되지 않았소. 이 식물에 약을 시험해 볼 테니 효력을 살펴보구려."

창턱 위에는 병이 들어 노란 반점이 잎사귀마다 찍혀 있는 제라늄이 한 그루 있었다. 아일머는 제라늄이 뿌리를 박고 있는 흙에 그 액체를 조금 뿌렸다. 잠시 후, 식물의 뿌리가 그 수분을 섭취하자 보기 싫던 노란 반점들은 사라지고 푸릇푸릇하게 신선함을 되찾았다.

"증명하실 필요까진 없어요." 조지아나가 조용히 말했다. "그 잔을 이리 주세요. 나는 당신 말씀에 따라 모든 모험을 무릅쓰겠어요."

"마셔요, 그럼, 고결한 여인이여!" 아일머가 감동한 듯 소리쳤다. "당신의 영혼에는 전혀 아무런 불완전한 흔적이 없소. 그리고 당신의 민감한 육체 역시 모두 완벽해질 것이오."

그녀는 그 액체를 쭉 들이마시고 난 다음 잔을 그의 손에 쥐어 주었다.

"고마워요." 그녀는 평온한 미소를 지으며 말했다. "마치 천국의 샘물에서 떠온 물 같군요. 무엇인지는 잘 모르지만 그윽한 향기와 맛이 나는 것 같아요. 그것은 며칠 동안 나를 바싹 태우는 듯하던 심한 목마름을 없애주었어요. 여보, 이제 저는 자야겠어요. 저의 현실적인 감각이 황혼녘에 장미 꽃송이 주위로 오므라드는 잎사귀들처럼 나의 영혼을 감싸면서 닫히는 것 같아요."

그녀는 그 희미하고 더듬거리는 음절을 입 밖에 내는 데 무척 힘이 드는 듯이 그 마지막 말을 간신히 했다. 그 말들이 입술에서 느릿느릿 나오자마자 그녀는 잠 속으로 빠져들었다. 아일머는 아내의 옆에 앉아, 지금 하고 있는 실험 과정에 자기의 온 생명의 가치가 달려 있는 사람처럼 그녀의 모습을 지켜보고 있었다. 여기에는 과학자들이 갖는 관찰과 탐구의 성격도 뒤얽혀 있었다. 그리하여 어떤 작은 징후도 그의 눈길은 놓치지 않았다. 뺨 위의 붉은 홍조며, 약간 불규칙한 호흡, 눈까풀의 떨림, 전신을 스쳐가는 거의 알아챌 수 없는 전율……시간의 흐름에 따라 그는 이런 세부적인 사항들을 그의 이절판 책의 마지막 페이지의 공백에 적어 나갔다.

집중된 사상이 그 책의 모든 페이지마다 찍혀져 있었지만, 여러 해 동안의 사상들이 집약되어 있는 것은 이제 그 마지막 페이지였다.

이러고 있는 동안에도 그는 때때로 그 숙명적인 손자국을 가끔 응시하였으며, 그때마다 소름이 끼치지 않을 수 없었다. 그런데, 신비하고도 어떤 설명할 수 없는 충동에 의해, 그는 그 반점에 자기 입술을 댔으나 그의 영혼은 그의 행동에 반발했다. 그리고 조지아나 역시 깊이 빠진 잠 속에서마저 마치 그의 그러한 행동에 항의라도 하듯이, 불안하게 움직이면서 알아들을 수 없는 말을 중얼거렸다. 아일머는 다시 자기의 관찰을 계속했다. 그리고 그 관찰은 헛되지 않았다. 조지아나의 흰 대리석 같은 뺨 위로 강렬하게 드러났던 진홍빛 손자국은 이제 점점 더 희미하게 번졌다. 그녀의 얼굴은 여전히 창백했으나 그 타고난 반점은 숨소리가 오르내리는 데 따라 점점 전의 명확함을 상실해가고 있었다. 지금까지는 그 반점의 존재가 끔찍한 것이었으나, 이제는 그 반점이 없어지려고 하는 그 징후가 더욱 끔찍하게 여겨졌다. 하늘에서 무지개가 지워지는 것을 본 사람이라면, 그 신비스런 반점이 사라지는 모습을 상상할 수 있을 것이다.

"오 하느님! 거의 없어졌습니다!" 아일머는 억제할 수 없는 황홀경에 빠져 혼자 말했다. "이제는 거의 알아볼 수 없게 되었구나. 성공이야! 성공! 이제는 가장 희미한 장미빛으로 보일 뿐이야. 그녀의 뺨이 조금만 핏기를 띠어도 그 반점은 보이지 않을 거야. 그러나 그녀는 너무 창백한데!"

그는 창문의 커튼을 젖히고 햇빛이 방 안으로 들어와서 그녀의 뺨을 비추도록 하였다. 바로 그때 그는 야비하고 천박하게 꿀꿀거리는 듯한 소리를 들었다. 그것은 그의 조수 아미나다브의 기쁨의 표현이었다.

"야, 얼간이 같은 놈! 야, 속물 같으니라고!" 아일머는 열광적으로 웃으면서 외쳤다. "너는 날 잘 도왔어! 물질과 영혼——즉 땅과 하늘——이 모두 자기 할 일을 잘 했다! 웃어라, 이 살덩어리야! 너는 웃을 권리를 얻은 것이다!"

 이런 감탄의 절규가 조지아나의 잠을 깨웠다. 그녀는 천천히 눈까풀을 열고 남편이 갖다 놓은 거울 속을 바라보았다. 한때는 부부의 행복을 위협하던, 그 불길하게 번쩍이던 진홍빛 손이 이제는 거의 보일까말까하게 희미하게 변한 것을 보자 그녀의 입술에는 희미한 미소가 떠올랐다. 그러나 다음 순간 그녀의 눈길은 도저히 그가 설명해 낼 수 없는 불안과 공포를 담고 아일머의 얼굴을 향했다.

 "불쌍한 아일머!" 그녀는 중얼거렸다.

 "불쌍하다고? 아니야, 세상에서 가장 부유하고, 가장 행복하고, 가장 은총받은 사람이지!" 그가 외쳤다. "나의 소중한 신부여, 실험은 성공했소! 당신은 완벽하오!"

 "불쌍한 나의 아일머" 그녀는 좀더 인간적인 부드러움을 가지고 되풀이했다. "당신은 높은 목표를 세우고, 그리고 그것을 훌륭하게 해냈어요. 그토록 고귀하고 순결한 감정을 가지고 지상이 제공할 수 있는 최고의 것을 당신이 거부했다는 걸 후회하지는 마세요. 아일머, 사랑하는 아일머, 나는 죽어가요!"

 아! 그녀의 말은 사실이었다! 그 운명의 반점은 생명의 신비와 맞붙어 싸웠으며, 또한 천사와 같은 그녀의 영혼을 그녀의 신체와 결합시키는 연결고리였던 것이다. 그 타고난 반점의 마지막 진홍빛 흔적이——그것은 인간적인 불완전의 유일한 징표였다——그녀의 뺨 위에서 사라져갈 때 이제 완벽한 한 여인의 하직의 숨결은 공기 속으로 빨려들어가고, 잠시 남편 가까이서 머뭇거리던 그녀의 영혼은 천국을 향해 날아갔다. 그때 그 야비하고 천한 웃음 소리가 다시 들렸다! 반쯤밖에 발전하지 못한 이 흐릿한 세상에서, 이 비천한 지상의 숙명은, 보다 높은 상태의 완벽함을 요구하는 인간의 불멸의 본질을 언제나 짓밟아버리고 승리의 기쁨에 미쳐 날뛰게 마련이다. 그러나 아일머가 좀더 심오한 지혜에 도달했더라면 이 땅에서의 자신의 삶을 천국의 삶과 똑같이 엮어갈 수도 있었을 그 행복을 팽개쳐버리지는 않았을 것이다. 그 덧없는 사태가 빚어낸 결과는 너무도 선명하고 강렬한 것이었다. 그는 시간의 어두운 영역을 초월하여 바라보는데 실패하였으며, 또한 살아 있는 모든 것을 영원 속에서 찾아내어, 현재 속에서 완벽한 미래를 발견하는 데도 실패했던 것이다.

목사님의 검은 베일

교회의 종지기가 밀포드 교회의 현관에서 종치는 줄을 열심히 잡아당기고 있었다. 마을의 노인들은 허리를 구부린 채 거리를 걸어오고 있었다. 아이들은 부모들의 옆에서 깡충깡충 뛰기도 하고 자기들의 안식일 복장이 갖는 위엄을 의식하여 제법 엄숙한 걸음걸이로 걷기도 했다. 멋지게 맵시를 낸 총각들은 귀여운 처녀들을 곁눈으로 바라보면서, 안식일의 태양은 처녀들을 보통 날보다도 어쩐지 더 아름답게 비추어주는 것 같다는 생각이 들었다. 사람들이 교회 현관으로 거의 다 모여들 때쯤이면 종지기는 후퍼 목사의 방문을 바라보면서 종을 치기 시작했다. 목사의 모습이 나타나는 것이 곧 이 종지기가 종소리를 멈추게 하는 신호였다.

"그런데 훌륭하신 후퍼 목사님의 얼굴에 무슨 일이 생긴 것일까?" 종지기는 놀라서 외쳤다.

사람들이 황급히 고개를 돌리자 후퍼 목사처럼 보이는 사람이 교회를 향해 생각에 잠긴 모습으로 천천히 걸어오고 있었다. 만일 어떤 낯선 목사가 와서 후퍼 목사의 설교단에 놓인 방석의 먼지를 털어내고 있다고 해도 더 놀랄 수는 없을 만큼 깜짝 놀란 사람들은 일제히 그를 쳐다보았다.

"저 분이 우리 후퍼 목사님이 분명한가?" 그레이 씨는 종지기에게 물었다.

"네, 확실히 후퍼 목사님이신데요." 종지기가 대답했다. "그 분은 웨스트베리의 슈트 목사님과 바꾸어 설교하시기로 되어 있었는데, 어제 슈트 목사님은 오늘 어떤 장례 예배에서 설교를 하게 되었기 때문에 오시지 못해 죄송하다는 연락을 보내 왔습니다."

사람들이 그토록 놀란 이유란 사소한 것이었다. 후퍼 목사는 삼십 세 가량의 훌륭한 신사였다. 아직 독신이긴 하지만 마치 세심한 부인이 그의 띠에 풀을 먹여 주고 안식일의 예복에 묻은 한 주일의 먼지를 말끔히 털어 주기라도 한 것처럼 늘 깔끔한 옷차림을 하고 있었다. 그러나 그의 차림새엔 놀라운 점이 한 가지 있었다. 그가 숨쉴 때마다 펄럭거릴 정도로 나직이 드리워진 검은 베일이 그의 앞이마를 내리덮고 그의 얼굴에 드리워져 매달려 있었던 것이다. 더 자세히 보면 그 베일은 크레이프 천을 두 겹으로 접어 만든 것으로, 입과 턱을 제외한 그의 얼굴 전체를 가리고 있긴 하지만, 모든 사물을 약간 어둡게 보이게 할 뿐 그의 시야를 완전히 가리는 것은 아니었다. 후퍼 목사는 이토록 음울한 그늘을 얼굴에 드리우고, 관념적인 사람들이 흔히 그러하듯이 몸을 약간 굽혀 발 밑을 바라보면서 교회의 계단에서 자기를 기다리고 있는 신도들을 향해 걸어오고 있었다. 그러나 신도들은 너무 놀란 나머지 그의 인사에 답례할 생각조차 하지 못했다.

'정말이지 저 크레이프 천 조각 뒤에 후퍼 목사님의 얼굴이 있으리라고는 믿을 수 없어.' 종지기가 혼잣말처럼 중얼거렸다.

"끔찍하군." 한 노파가 절뚝거리며 교회 안으로 들어서면서 말했다. "단지 천 조각으로 얼굴을 가렸을 뿐이지만 목사님은 무시무시하게 변해 버렸어."

"우리 목사님은 미친 거야!" 목사를 뒤따라 교회 문턱을 넘어가면서 그레이 씨가 소리쳤다.

이 믿을 수 없는 사건에 대한 소문이 후퍼 목사를 앞질러 교회 안으로 들어가 신도들을 흥분시켰다. 그를 보기 위해 고개를 문쪽으로 돌리지 않은 사람은 거의 없었고, 신도들은 자리에서 일어나 입구 쪽을 바라보고 있었다. 몇몇 소년들은 의자 위에 기어올라가 목사의 괴상한 모습을 바라보고는 법석을 떨다가 다시 내려왔다. 목사가 교회 안으로 들어올 때 마땅히 지켜져야 할 교회 내의 경건한 분위기는 여인들의 옷자락 스치는 소리와 남자들의 발 끄는 소리로 어지러웠다. 그러나 후퍼 목사는 자기의 신도들이 동요하고 있다는 것을 눈치채지 못한 것처럼 보였다. 그는 조용히 들어와서 좌중을 향해 부드럽게 머리를 숙였으며, 통로의 중앙에 놓인 안락 의자에 앉아 있는 교구민 중에서 제일 연장자인 백발의 늙은 노인 곁을 지날 때는 허리를 굽혀 인사를 했다. 그 신앙심 깊은 노인이 목사의 모습에 뭔가 이상한 점이 있다는 것을 그토록 늦게야 알아차린 것은 매우 이상스런 일이었다.

그는 후퍼 목사가 계단을 올라가서 설교단 위에 모습을 드러내고 검은 베일을 드리운 채로 회중들과 얼굴을 마주 대할 때까지도 다른 사람들이 놀라고 있는 것을 전혀 눈치채지 못한 듯했다. 그 신비의 베일은 한 번도 벗겨지지 않았다. 목사가 찬송가의 장을 공표할 때 이 베일은 그의 호흡에 따라 흔들렸으며, 성경 책을 읽을 때는 목사와 그 신성한 책장 사이에 어두운 그림자를 드리웠다. 또한 그가 기도를 하고 있을 때에도 베일은 위로 치켜든 그의 얼굴 위에 무겁게 드리워져 있었다. 목사는 자기가 기도를 바치는 어떤 두려운 존재로부터 숨겨지기를 바란 것일까?

이 한 장의 천 조각이 일으킨 효과는 대단했다. 섬약한 신경을 가진 어떤 여인은 교회당을 나와버릴 수밖에 없었다. 그러나 목사의 검은 베일이 신도들에게는 섬뜩하게 보였을지라도 신도들의 창백한 얼굴이 목사에게는 공연한 것으로 보였을지도 모른다.

후퍼 목사는 좋은 설교자로서 명성을 얻고 있긴 했지만 열정적인 설교자는 아니었다. 그는 자기의 신도들을 우레 같은 정열적인 설교로 천국으로 몰아간다기보다는 부드럽고 설득력 있는 감화력으로 천국으로 인도하려고 노력했다. 오늘 그의 설교도 지금껏 그가 해온 설교의 연속물과 같았으며 다른 때나 마찬가지로 그의 독특한 말씨와 태도로 행해졌다.

그러나 그의 설교 자체가 지닌 정서 때문인지 아니면 청중들의 상상력 때문인지는 알 수 없었으나 오늘 그의 설교에는 뭔가 신도들이 지금까지 그의 입술을 통해 들어온 것 중에서도 가장 훌륭한 것으로 여겨지는 그 무엇인가가 내포되어 있는 듯했다. 그리고 그 속으로 후퍼 목사의 부드러우면서도 음울한 기질이 다른 어떤 때보다도 더욱 어둡게 스며 있는 것 같았다.

오늘의 설교 주제는 감추어진 인간의 죄악, 즉 가장 가깝고 가장 사랑하는 사람에게까지 숨기려고 하며, 또한 전능하신 주님께서 그 비밀을 꿰뚫어보시리라는 것조차 망각한 채 우리 자신의 의식으로부터도 숨기고자 하는 슬픈 비밀에 관한 것이었다. 그의 말 속에는 어떤 불가사의한 힘이 숨쉬고 있는 것 같았다. 회중들은 제각기——가장 순결한 소녀들이나 이미 오래 전에 가슴이 굳어버린 남자들까지도——목사가 그의 무서운 베일 뒤에서 자기들의 마음속에 몰래 들어와 자기들의 마음속에 숨어 있는 간악한 행동과 생각을 발견해내는 듯한 생각이 들었다. 많은 사람들이 손을 마주잡고 가슴 위에 얹었다. 후퍼 목사가 말하고 있는 것 가운데 무서운 것이라고는 아무것도 없었고, 불경스러운 점도 없었지만, 청중들은 그의 목소리가 떨려 나올 때마다 몸을 떨었다. 그리고 원하지도 않았던 비통함이 놀라움과 함께 손에 손을 잡고 찾아들었다. 청중들은 자기들의 목사에게서 어떤 범상한 기운을 느끼고, 비록 모습과 동작과 목소리는 후퍼 목사의 것이지만, 분명 어떤 낯선 사람의 얼굴이 나타날 것이라고 믿으면서 한 줄기 바람이 불어와 그 베일을 벗겨주기를 기대하고 있었다.

예배가 끝나자 사람들은 자기들의 숨막히는 놀라움을 얼른 서로에게 털어놓고 싶었으며, 또한 목사의 검은 베일이 시야에서 사라진 순간 자신들의 영혼이 가벼워지는 것을 느끼게 되자 전에 없이 큰 소란을 일으키며 급히 밖으로 몰려나갔다. 몇몇 사람들은 작은 원을 짓고 서서 속삭이기도 했고 어떤 사람들은 조용히 생각에 잠긴 채 집으로 돌아가기도 했다. 또 어떤 사람들은 큰 소리로 떠들어대며 짐짓 과시하는 듯한 웃음을 터뜨려

안식일을 모독했다. 또한 몇몇 사람은 자기들은 모든 비밀을 꿰뚫어볼 수 있다는 듯이 약삭빠르게 머리를 끄덕였다. 또한 한두 사람은 이것은 전혀 신비도 무엇도 아니며, 다만 후퍼 목사의 눈이 밤중의 램프 불빛으로 몹시 약해져서 그늘을 만들어 줄 필요가 있어서일 것이라고도 주장하였다.

잠시 뒤에 후퍼 목사는 신도들의 뒤를 따라 밖으로 나왔다. 그는 베일을 쓴 얼굴을 돌려 이 사람 저 사람을 돌아보며 백발의 노인에게는 경의를 표하고 중년층의 신도들에게는 그들의 친구이자 정신적인 지도자로서 가져야 할 친절한 위엄을 보이면서 인사를 했으며, 젊은 사람들에게는 권위와 사랑이 잘 조화된 태도로 인사했고, 아이들에게는 그의 머리 위에 손을 얹어 축복도 해주었다. 이것은 안식일이면 항상 해온 관습이었다. 사람들은 목사의 예의에 대하여 신기하고도 당혹스럽다는 듯이 답례를 했다. 그리고 여느 때처럼 목사의 옆을 걷는 영광을 차지하려고 하지 않았다. 대지주인 늙은 선더즈 씨는 후퍼 목사를 식사에 초대하는 것을 깜빡 잊고 말았다. 그리하여 목사는 초대받지 못한 채로 목사관에 들어가 문을 닫으려는 순간 모든 사람들의 시선이 자기에게 쏠려 있음을 알고 그들을 뒤돌아보았다. 슬픈 미소가 검은 베일 아래서 희미하게 빛나며 입가에서 깜박거리다가 그가 모습을 감추자 사라져버렸다.

"참 이상하군요." 한 여인이 말했다. "여자들이 모자 위에 흔히 달고 다니는 그런 단순한 검은 베일이 후퍼 목사의 얼굴 위에선 저렇게 끔찍스런 것으로 보이다니 말이에요!"

"후퍼 목사의 머리가 좀 이상해진 게 틀림없어." 하고 마을의 의사인 그녀의 남편이 대답했다. "그렇지만 이 사건의 가장 이상한 점은 저 기발한 행동이 냉담한 마음을 가진 사람들에게까지 영향을 미치고 있다는 것이오. 저 검은 베일은 단지 그의 얼굴을 덮고 있을 뿐인데도 그의 전체 모습에 영향을 미쳐서 그를 머리 끝에서부터 발끝까지 유령처럼 보이게 하고 있으니 말이오. 당신은 그렇게 느끼지 않소?"

"정말 그렇군." 그 부인이 대답했다. "나는 무슨 일이 있어도 저분하고 단둘이서만은 있을 수 없을 것 같아요. 내 생각엔 목사님 스스로도 자기 자신과 단둘이서만 있는 것을 무서워할 것 같아요!"

"사람이란 그럴 때가 가끔 있는 법이야." 남편이 말했다.

오후 예배 때도 거의 비슷한 사태가 벌어졌다. 예배가 끝날 무렵 어떤 젊은 처녀의 장례식을 알리는 종소리가 울렸다. 친척들과 친구들은 집안에 모여 있었고, 먼 친지들은 문가에 모여 서서 고인의 훌륭한 성품에 대하여 이야기를 나누고 있을 때, 후퍼 목사가 여전히 검은 베일로 얼굴을 감싼 채 나타났다. 그것은 마치 적절한 하나의 상징물 같아 보였다. 목사는 시신이 누워 있는 방으로 들어가 이제는 세상을 떠난 자기의 신도에게 마지막 작별을 고하기 위해 관 위로 몸을 굽혔다. 그가 허리를 굽히자 베일은 그의 앞이마에서 수직으로 늘어졌으며, 그리하여, 만일 죽은 그 여자의 눈꺼풀이 영원히 닫히지만 않았다면 그 죽은 처녀는 목사의 얼굴을 볼 수 있었을 것이다.

후퍼 목사는 검은 베일을 재빨리 잡아 당겼다. 그는 그 여자의 시선이 두려웠던 것일까? 죽은 자와 산 자의 이 대면을 지켜본 어떤 사람은 목사의 베일이 들추어진 순간 그 시신이 가볍게 몸서리를 쳐서 비록 시신의 평온함을 지키고 있긴 했으나 수의와 모슬린 모자가 부스럭거렸다고 단언했다. 미신적인 한 늙은 여인이 바로 이 불가사의한 광경의 유일한 증인이었다. 후퍼 목사는 장례식 기도를 올리기 위해 관이 있는 곳을 떠나 문상객들이 모인 방을 가로질러 계단 위쪽으로 올라갔다. 그의 기도는 부드럽고 가슴을 녹이는 듯했으며, 슬픔으로 가득차 있으면서도 천국의 희망이 뒤엉켜 있어서, 시체의 손가락이 타는 하늘 나라의 하프 소리가 목사의 슬픈 억양 사이사이로 희미하게 들려오는 것 같았다. 후퍼 목사가, 이곳에 모인 문상객들과 자기 자신 그리고 죽음을 맞아야 할 모든 인간 종족들은, 이 젊은 처녀가 반드시 그러했으리라고 자신이 믿는 바와 같이, 우리는 각자 자신들의 얼굴에서 베일이 낚아채어질 그 무서운 시간을 위해 준비해야 한다는 기도를 하자, 사람들은 그 뜻을 잘 이해하지는 못

했지만 전율을 느꼈다. 상여꾼들은 무거운 걸음으로 앞서 갔고, 문상객들은 온 거리를 슬픔으로 가득 메꾸면서 검은 베일을 쓴 후퍼 목사를 뒤따랐다.

"왜 뒤돌아보는 거지?" 행렬을 따르던 한 남자가 자기의 부인에게 물었다.

"목사님과 저 처녀의 혼백이 서로 손을 잡고 걸어가는 듯한 생각이 들지 뭐예요." 그녀가 대답했다.

"나 역시 그런 생각이 드는군." 이번에는 남편이 말했다.

그날 밤, 밀포드 마을에서 가장 멋진 한 쌍이 결혼식을 올리도록 되어 있었다. 후퍼 목사는 우울한 사람으로 낙인이 찍혀 있었음에도 불구하고 결혼식 같은 데에선 잔잔한 기쁨을 나타내기도 해서 그것이 때로는 더 큰 공감을 불러일으켰다. 그의 성격 중에서 이보다 더 그를 사랑받게 만드는 점은 없었다. 결혼식에 참석한 사람들은 그날 하루 종일 목사에게서 보이던 그 이상스런 두려움이 이제는 사라졌으리라 믿으면서, 그가 나타나기를 기다리고 있었다. 그러나 그들의 기대는 완전히 빗나가고 말았다. 후퍼 목사가 도착했을 때 그들의 시선은 장례식에서 침울한 기분을 더욱 깊게 돋워 주었으나, 이 결혼식에서는 단지 불길한 징조에 지나지 않은 그 음침한 검은 베일에 집중되고 있었다. 그 검은 크레이프 천 조각 아래서 한 무더기의 구름이 음침하게 솟아올라 밝고 환한 불빛을 흐릿하게 해놓는 듯하였다.

결혼식을 올릴 신랑 신부가 목사 앞에 섰다. 그러나 신부의 차가운 손가락은 신랑의 떨리는 손 안에서 떨리고 있었으며, 신부의 얼굴은 시신처럼 창백하여 몇 시간 전 땅에 묻힌 처녀가 결혼식을 위해 무덤에서 되살아 나온 것같이 생각될 정도였다. 그토록 음산한 결혼식이 또 있었다면 그것은 결혼식 날 종소리가 울려퍼진 바로 그 유명한 결혼식 뿐일 것이다. 결혼식을 마치고 목사는 포도주 잔을 입술 가까이 올리면서 손님들의 얼굴을 밝게 비춰 주는 난로의 불빛처럼 온화하고 유쾌한 기분으로 이 새로운 부부가 행복하기를 기원했다. 그러면서 그는 거울 속에 비친 자기의 모습을 무심코 바라보았다. 바로 그 순간 그 검은 베일은 다른 사람들의 마음을 억압했던 바로 그 섬뜩한 공간 속에서 목사 자신의 영혼까지도 함몰시켜버리는 듯했다. 그의 몸은 떨렸고 입술은 하얗게 질렸다. 그는 아직 맛보지도 못한 술을 양탄자 위에 쏟아버리고는 어둠 속으로 뛰어나갔다. 그러나 그곳에는 대지까지도 역시, 검은 베일을 드리우고 있었다.

다음날, 밀포드 마을은 온통 후퍼 목사의 검은 베일 이야기로 시끄러웠다. 검은 베일과 그 베일 뒤에 숨겨진 비밀은 거리에서 만나는 사람들 사이에 이야깃거리를 제공해 주었으며, 창문을 열어 젖히고 잡담을 하는 여인들에게도 심심치 않은 화제가 되었다. 선술집 주인이 손님들에게 전해주는 첫 소식도 바로 그것이었다. 아이들은 학교로 가는 길에 그 무섭고도 신기한 이야기를 재잘거렸다. 모방심이 강한 한 꼬마 소년은 자기의 얼굴을 낡고 검은 손수건으로 가려 자기의 친구들을 놀라게 하다가 갑자기 겁에 질려 정신을 잃을 지경이 되었다.

후퍼 목사의 교구 내에 사는 남의 일에 참견하기 좋아하는 사람들이나 당돌한 사람들까지도 후퍼 목사에게 무엇 때문에 그런 행동을 하는지 솔직히 물어보려 하지 않았다는 것은 이상한 일이다. 지금까지는, 조금이라도 조언이 필요하다고 생각될 때면, 누구라도 그에게 충고하길 주저하지 않았으며, 목사 또한 그들의 판단에 잘 따랐었다. 그에게 잘못이 있다면 그것은 고통스러울 정도로 자신에 대해 엄격하다는 점에 있었다. 그는 아무리 사소한 비난이라도 그것을 대수롭지 않게 치부해버리는 것을 죄악이라고 여기고 있었던 것이다. 그의 어쩌지 못할 이런 성격을 잘 알면서도 그의 교구민들 중에서 검은 베일에 대해서만은 아무도 우정어린 충고를 해주려는 사람이 없었다. 솔직하게 고백해버리지도 못하고 신중하게 감춰버리지도 못 하는 어떤 공포심 때문에 사람들은 서로에게 그 책임을 미루었다. 그러나 결국 사람들은 후퍼 목사와 관련된 비밀이 추문으로 번지기 전에 그와 상의하기 위해 교회의 대표를 파견하는 비상대책을 세웠다. 대표단은 지금까지 그런 임무를 제대로 수행하지 못한 적이 결코 없었던 것이다. 목사는 그들을 우호적인 예의로 맞아들였지만, 그들이 자리를 잡고 앉은 뒤엔 줄곧 침묵을 지킴으로써 방문객들에게 자기들의 중대한 임무를 자진해서 꺼내도록 무거운 짐을 맡겨버렸다. 그들의 임무란 극히 분명한 것이었다. 후퍼 목사의 앞이마 위에 드리워진 검은 베일이 온화한 입 모습 위의 모든 얼굴 부분을 감싸고 있었기 때문에 사람들은 그의 입가에 우울한 미소가 어리는 것만을 볼 수 있었다.

그들의 생각으로는 그 크레이프 천 조각은 목사와 자기들 사이에 가로놓인 두려운 비밀의 상징이며, 약간 목 옆으로 젖혀져 있었기만 해도 그들은 그것에 대해 자유로이 말할 수 있었을 것이다. 그러나 베일은 그대로 있었다. 그들은 상당한 시간 동안 말없이, 후퍼 목사의 눈앞에 몸을 움츠리고 앉아 있었다. 후퍼 목사가 보이지 않는 눈초리로 자신들을 쏘아보고 있는 것만 같아서였다. 그들은 드디어, 이 문제가 자신들이 처리하기엔 너무나 중대한 문제이므로 전체 종교회의까지 열 필요는 없다 하더라도, 교회의 회의에 맡기는 도리밖에 없다고 생각하고 되돌아왔다.

한편 이 마을에는 검은 베일이 온통 주변을 소란스럽게 만들고 있는 그 놀라운 사건에 대해 아무렇지도 않게 생각하는 한 사람이 있었다. 그 대표자들이 아무 설명도 하지 못하고 또 설명을 요구해 보지도 못하고 돌아왔을 때, 그녀는 선천적인 조용한 힘을 가지고 매 순간순간마다 더욱 짙어만 가는 후퍼 목사 주변의 이상한 구름을 몰아내기로 결심했다. 그녀는 그와 결혼을 약속한 사이였기 때문에 검은 베일이 감추고 있는 비밀에 대해 알 권리가 있었다. 단도직입적으로 그 문제에 대한 해명을 요구하리라 결심하며 그녀는 목사를 찾아갔다. 목사는 자리를 잡고 앉자 그녀는 그 베일에 눈동자를 집요하게 고정시켰으나 대중들을 그토록 두렵게 만든 그 무시무시한 어둠은 전혀 느끼지 못했다. 그것은 단지 두 겹으로 된 크레이프 천 조각에 지나지 않았고, 그의 앞이마에서 입언저리까지 매달려서 그가 숨쉴 때마다 조금씩 흔들리고 있는 헝겊 조각에 지나지 않았다.

 "아니." 그녀는 웃으면서 큰 소리로 말했다. "내가 언제나 즐겁게 바라보던 그 얼굴을 감추고 있다는 것을 빼놓고는 이 크레이프 천 조각엔 전혀 끔찍한 데가 없군요. 자, 목사님, 햇빛이 그 구름 뒤에서 나타나게 해봐요. 먼저 그 검은 베일을 걷고 왜 베일을 드리우고 계신지 이유를 저에게 말씀해 주세요."

 후퍼 목사가 빙그레 웃었다.

 "우리들 모두 자신의 베일을 벗어 던질 때가 반드시 올 거요." 목사가 말했다. "사랑하는 친구여, 내가 그때까지 이 베일을 쓰고 있다고 해도 언짢게 생각지는 말아요."

 "당신의 말씀은 하나의 수수께끼 같군요." 젊은 여인이 대답했다. "적어도 당신의 그 말씀에서라도 베일을 벗겨내세요."

 "엘리자베스, 내가 한 서약을 허락해 준다면 그렇게 하겠소. 그러나, 이건 알아야 해요. 이 베일은 하나의 표상이고 상징일 뿐이오. 나는 이것을 빛 속에서나 어둠 속에서나, 홀로 있을 때나 친숙한 친구들과 함께 있을 때나, 언제나 쓰고 있어야 한다오. 이 음울한 그늘은 나를 세상으로부터 격리시킬 것이오. 그러나 엘리자베스, 당신이라 하더라도 베일 뒤를 볼 수는 없소!"

 "당신에게 무슨 큰 불행이라도 생긴 건가요?" 그녀는 정직하게 물었다. "그토록 당신의 눈을 영원히 가리고 있어야만 하는——."

 "만일 이 베일이 애도의 표시가 된다면." 하고 후퍼 목사가 대답했다. "아마도 나 역시 다른 세상의 사람들과 마찬가지로, 검은 베일로 표시할 만한 어두운 슬픔을 갖고 있겠지요."

 "그러나 만일 세상 사람들이 그것을 순결한 슬픔의 표상이라고 믿어주지 않는다면요?" 엘리자베스가 강경하게 물었다. "당신은 사람들의 사랑과 존경을 받고 있긴 하지만 당신이 어떤 은밀한 죄악 때문에 당신의 얼굴을 가리고 다닌다는 소문이 돌고 있어요. 당신의 성스러운 직책을 위해서도 이 추문을 수습해야만 해요!"

마을에 번져 있는 소문에 대해 이렇게 암시할 때, 그녀의 볼에는 홍조가 떠올랐다. 그러나 후퍼 목사는 온화한 태도를 잃지 않았다. 그는 미소를 짓기까지 했다. 그것은 마치 베일 아래로 새어 나오는 어두운 불빛같이 보였다.

"만일 내가 슬픔 때문에 얼굴을 가린다면 거기엔 충분한 이유가 있을 것이오." 그는 그렇게만 대답했다. "그리고 만일 내가 은밀한 죄악 때문에 얼굴을 가린다면 어느 인간이 나와 똑같이 하지 않을 수 있겠소?"

그는 점잖으면서도 완강한 고집으로 그녀의 모든 간청을 물리쳐버렸다. 엘리자베스는 묵묵히 앉아 있었다. 그녀는 잠시 무엇을 생각하느라 넋을 잃고 있는 듯했다. 아마도 그녀는 어두운 망상에서 애인을 끌어낼 방법에 대해서 생각하고 있는 듯했다. 그 어두운 망상이란 어쩌면 정신적 질환의 징후일 거라고 그녀는 생각했다. 목사보다 더 강인한 성격을 지닌 그녀였음에도 불구하고 그녀의 볼 위로 눈물이 흘러내렸다. 그러나 갑자기, 슬픔 대신 새로운 감정이 솟구쳤다. 그녀의 눈동자는 넋을 잃을 듯이 검은 베일에 고정되어 있었는데 바로 그때 하늘에서 갑작스레 비치는 여명처럼 검은 베일에 대한 공포가 불현듯 솟구쳤다. 그녀는 몸을 떨면서 목사 앞에 서 있었다.

"당신도 드디어 그것을 느꼈소?" 목사가 비통하게 물었다.

그녀는 아무 대답도 하지 않고, 두 손으로 눈을 가린 채 방을 떠나기 위해 돌아섰다. 목사는 급히 그녀의 팔을 붙들었다.

"엘리자베스, 인내심을 가지고 나를 대해 주오!" 그는 열정적으로 소리쳤다. "나를 버리지 말아요, 비록 이 베일이 지상에서 우리들 사이에 존재해야 한다고 해도 말이오. 저 세상에서는 내 얼굴 위에 베일 같은 것은 없을 것이고, 우리의 영혼 사이엔 아무 어둠도 없을 것이오! 나의 힘이 되어 주오! 검은 베일 뒤에서 나 홀로 있다는 게 얼마나 외로운지, 얼마나 무서운지 당신은 알지 못하오. 이 비통한 어둠 속에 나를 영원히 버려 두지 마오!"

“한 번만 그 베일을 들추고 내 얼굴을 바라보세요.” 그녀가 말했다.

“안 되오! 그럴 수는 없소!” 후퍼 목사가 대답했다.

“그렇다면 안녕!” 엘리자베스가 말했다.

그녀는 잡힌 팔을 뿌리치고 천천히 걸어나가다가 문 앞에서 발을 멈추었다. 그리고 검은 베일의 신비를 꿰뚫어보려는 듯이 오랫동안 목사의 얼굴을 쳐다보았다. 후퍼 목사는 하나의 물질적 상징에 지나지 않는 것이 그를 행복으로부터 떼어 놓는다는 생각을 하고서는 씁쓸한 미소를 짓고 있었다.

그 이후 누구도 후퍼 목사의 검은 베일을 벗기려고 한다든가, 혹은 직접 간청해서 그가 감추고자 하는 비밀을 알아내려고 하는 사람은 없었다. 대중적인 편견에서 벗어났다고 우월감을 갖는 사람들에게 베일은 단지 이성적인 사람들의 진지한 사고에서 비롯된 괴상한 변덕에 지나지 않으며, 또한 그들을 광기 비슷한 것으로 변질시키는 행동으로 보였던 것이다. 그러나 후퍼 목사는 대중들에게 무시무시한 존재가 되어버렸다. 그는 평화스런 마음으로 거리를 걸어다닐 수 없었다. 온순하고 소심한 사람들은 그를 피하기 위해 옆으로 비켜 갔으며, 다른 사람들은 그가 가는 길에 스스로 뛰어드는 것을 대담함의 척도로 삼았는데, 목사 자신도 이것을 충분히 의식하고 있었다.

그러한 자들의 무례함 때문에 목사는 해질 무렵에 묘지 쪽으로 산책하던 습관을 포기해야 했다. 그가 생각에 잠겨 묘지의 문에 기대어 있노라면 언제나 비석 뒤에 그의 검은 베일을 구경하는 얼굴들이 있었기 때문이었다. 그때부터 죽은 자들의 시선이 그를 몰아냈다는 허황된 이야기까지 떠돌았다. 그의 우울한 모습이 멀리서 나타나기만 하여도 아이들은 즐거운 놀이를 팽개치고 그로부터 도망치는 것을 보고 목사의 상냥한 마음은 깊은 상처를 입었다. 아이들의 본능적인 공포를 보게 되자 그는 이 검은 크레이프 천 조각이 어떤 초자연적인 공포의 실로 짜여져 있는 것이라는 것을 더욱 강하게 느끼게 되었다. 사실 베일에 대한 그 자신의 반감은 대단한 것으로 알려져 있었는데, 그는 일부러 거울 앞을 지나가려고 하지 않았으며, 또한 잔잔한 수면에 비친 자기 자신의 모습에 놀랄까봐 깨끗한 샘물 위에 몸을 굽혀 물을 마시려고도 하지 않았다는 것이다.

이것은 후퍼 목사의 양심이, 완전히 감춰버릴 수도 없고, 또 모호하게 암시하는 이상의 행동을 취하기엔 너무도 끔찍한 어떤 커다란 죄악 때문에 스스로를 괴롭히고 있다는 소문에 근거를 제공하는 것이었다. 그리하여 검은 베일 밑에서 죄악인지 슬픔인지 알 수 없는 모호한 구름이 피어올라 가엾은 목사를 감싸버렸으므로 어떠한 사랑이나 동정도 목사에게 도달할 수 없었다. 유령과 악마가 목사와 사귀고 있다는 소문도 돌았다. 자신에 대한 전율과 외적인 공포를 느끼면서 그는 자신의 영혼 속을 어둡게 더듬거리거나 세계를 슬프게 만들어버린 그 매개물을 통하여 세상을 바라보면서 베일의 그늘 속을 끊임없이 걸어다녔다. 무법천지에 사는 바람들까지도 그의 가공할 만한 비밀을 존중해서 한 번도 베일을 젖혀 버리지 않았다고 사람들은 믿었다. 그러나 그 선량한 목사는 아직도 그가 지나갈 때면 창백해지는 사람들의 모습을 보며 슬프게 미소를 짓는 것이었다.

이런 나쁜 영향 중에서도, 이 검은 베일은 한 가지 매력적인 효과를 갖고 있었다. 그것은 그것을 쓰고 있는 사람을 매우 유능한 목사로 만들어 주었다는 것이다. 그 신비스러운 상징물의 도움을 받아——그밖의 다른 원인은 없었으니까——목사는 죄악 때문에 고통받는 영혼들에게 굉장한 권능을 가진 인물이 되었던 것이다. 그로 인해 개심한 사람들은 그가 자기들에게 천국의 빛을 보여주기 전에는 자기들도 그와 마찬가지로 검은 베일 뒤에 있었노라고 말하면서 특별한 외경심을 가지고 그를 대하는 것이었다. 베일의 음울함은 목사에게 모든 어두운 가정들과 유대를 맺도록 만들어 주었다. 죽어 가는 죄인들은 후퍼 목사의 이름을 외치다가 그가 나타나서야 마지막 숨을 거두는 것이었다. 그러면서도, 목사가 그들에게 위안의 말을 건네려고 몸을 구부리면 그들은 자기들의 얼굴 가까이 놓인 베일 쓴 얼굴을 보고 몸서리쳤다. 죽음의 신이 그 모습을 나타낼 때조차도 검은 베일에 대한 두려움은 여전하였다!

낯선 사람들이 그의 예배에 참석하기 위해 먼 길을 오기도 하였다. 그들은 목사의 얼굴을 볼 수 없을 망정 그의 형체라도 보려는 생각에서 예배에 참석한 것이었다. 그러나 많은 사람들은 떠나기 전에 몸을 떨었다! 언젠가, 벨처 씨가 이곳 지사로 있을 때, 그는 검은 베일로 얼굴을 감싼 채, 지사와 지방 의회와 대의원들 앞에서 깊은 인상을 남긴 설교를 했으므로, 그 해에 제정된 법률안은 우리의 초창기의 선조들을 지배하던 음울함과 경건함을 담고 있었다.

이렇듯 후퍼 목사는 외면적으로는 흠잡을 데가 없으면서도 어두운 의혹 속에 싸인 채 긴 생애를 보냈다. 그는 비록 사랑받지 못했고 오히려 두려움을 느끼게 하는 존재였지만 친절하고 다정했다. 그는 건강하고 행복한 사람들로부터는 소외되어 있었으나 고통 받는 사람들에게는 언제나 도움을 주기 위해 기꺼이 부름에 응했다.

세월이 흘러 그의 검은 베일 위에도 연륜이 쌓이게 되었을 때 그는 뉴잉글랜드의 전체 교회를 통틀어 가장 빛나는 명성을 얻게 되었으며 사람들은 그를 후퍼 교부라고 불렀다. 그가 이 교회에 처음 부임했을 때 분별 있는 나이였던 교구민들은 지금은 거의 다 세상을 떠나 장례식을 치르고   에 묻혀 있었다. 그래서 이젠 교회 묘지에 더 많은 신도들을 거느리게 되었으며, 평생토록 자신의 임무를 열심히 수행하다가 이젠 그 자신이 안식을 취할 때가 되었던 것이다.

후퍼 목사가 임종하는 방에는 어두운 촛불 아래 몇몇 사람이 있었다. 그에게는 친척이라고는 도시 없었다. 자기를 살려낼 수 없는 환자의 마지막 고통을 덜어주기 위한 방법을 생각하면서 한 의사가 꼼짝도 않고 앉아 있었다. 또한 교회의 집사들과 신앙심이 두터운 신도들도 있었다. 그리고 거기에는 임종하기 직전에 있는 목사를 위해 기도를 드리려고 급히 말을 타고 달려온 젊고 열정적인 클라크 목사도 있었다. 그리고 간호사 한 사람이 와 있었는데, 그녀의 임종을 위해 고용된 하녀가 아니라 늙은 나이가 되도록, 아니 죽음의 시간에 이르도록, 고독 속에서 비밀스럽게 목사를 사랑해 온 여인이었다. 그녀는 바로 엘리자베스였던 것이다. 후퍼 목사의 백발의 머리 위에는 지금 임종의 베개 위에서까지 그 검은 베일이 드리워져 있어 그가 희미하게 숨을 몰아쉴 때마다 베일은 가볍게 흔들렸다. 이 한 조각의 크레이프 천은 일생 동안 그와 세상 사이에 가로놓여 있어 밝은 동포애와 여인들의 사랑으로부터 그를 떼어놓았으며 그를 모든 감옥 중에서도 가장 슬픈 마음의 감옥에 유배시켜 놓았던 것이다. 그리고 아직도 그의 얼굴을 뒤덮은 검은 베일은 그의 어두운 방을 한층 침울하게 만들고 태양으로부터 영원히 그를 가리고 있는 것 같았다.

조금 전까지만 해도 그의 마음은 과거와 현재 사이를 가물거리면서 오락가락했고, 이따금씩 다가오는 불확실한 세계를 향해 망설이면서 나아갔다. 열에 들떠서 그는 이 모퉁이 저 모퉁이에 부딪쳤으므로 자기가 가진 얼마 안 되는 기력을 다 탕진해버렸다. 그러나 그가 가장 격심한 사투에 빠져 다른 어떤 생각도, 그 냉정한 힘을 유지할 수 없을 때조차도 그는 여전히 자기의 검은 베일이 벗겨질까봐 두려워하는 것 같았다. 만일 그의 혼란스런 영혼이 그것을 잊어버린다 해도 그의 머리맡에 있는 한 충실한 여인이, 눈길을 비키면서 자신이 그의 장년시절에 마지막으로 본 그 늙은 얼굴 위에 다시 베일을 덮어 주었을 것이다. 드디어 죽음에 임한 목사는 정신적으로나 육체적으로 완전히 탈진한 채 마비되어 누워 있었다. 그의 맥박은 극히 미미했고, 마치 그의 영혼의 승천을 예고하기라도 하는 듯한 길고 깊고 불규칙한 숨결을 제외하고는 그의 호흡 역시 미미한 것이었다.

웨스트베리의 목사가 침대 곁으로 다가갔다.

"존경하는 후퍼 목사님." 그가 말했다. "해방의 순간이 다가왔습니다. 영원으로부터 시간을 가둬 두는 그 베일을 걷어 올릴 준비가 되셨나요?"

처음에 후퍼 목사는 약간 머리를 흔들면서 대답했다. 그러다가, "네,"

하고 그는 힘없는 어조로 말했다. "나의 영혼은 그 베일이 걷힐 때를 지루하게 기다리고 있다오."

"생각과 행동이 성스러워서, 인간의 판단이 미치는 한 흠잡을 데 없는 본보기를 신도들에게 보여주신 분께서, 그리고 교회 안에서는 교부로 추앙받으신 분께서 그토록 순결한 일생에 먹칠을 하는 오점을 남긴대서야 어찌 합당한 일이라고 할 수 있겠습니까? 존경하는 분이여, 제발 간청하오니, 그런 일은 없도록 해주십시오! 보상을 받으러 떠나시는 지금, 당신께서 당당히 승리를 거두신 모습을 보여주시어 우리들을 기쁘게 해주십시오. 영원의 막이 오르기 전에 당신의 얼굴에서 이 검은 베일을 벗기게 해주십시오!"

클라크 목사는 이렇게 말하면서 그토록 오랜 세월의 비밀을 간직한 베일을 벗기려고 앞으로 몸을 굽혔다. 그러나 갑작스럽게 후퍼 목사는 침대 아래서 두 손을 뻗쳐, 만일 웨스트베리의 목사가 죽어가는 자기와 싸우려고 한다면 싸워보기로 크게 결심했다는 듯이 힘주어 검은 베일을 꽉 눌렀으므로 주위에 서있던 사람들은 소스라치게 놀랐다.

"안 됩니다!" 베일을 쓴 목사가 외쳤다. "절대로 안 돼요!"

"알 수 없는 노인이군!" 놀란 목사는 큰 소리로 외쳤다. "당신은 어떤 끔찍한 죄악을 짊어진 채 최후의 심판으로 나서려고 하십니까?"

후퍼 목사의 숨소리는 높아졌고, 목구멍 속에서는 꼬르륵 소리가 났다. 그러나 놀랄 만한 힘으로, 그는 두 손을 앞으로 내뻗어 생명을 꽉 끌어안고 목숨을 부지시키면서, 무슨 말인가를 하기 위해 애썼다. 그는 침대에서 몸을 일으켰다. 자기를 에워싸고 있는 죽음의 팔에 안겨 몸을 떨면서 그가 앉아 있는 동안, 검은 베일은 마지막으로 필생의 모든 공포를 집약하여, 무시무시하게 늘어져 있었다. 아직도 그 희미하고 슬픈 미소는 때때로 후퍼 목사의 입술에 나타났고, 지금도 어둠으로부터 희미하게 깜박거리고 있었다.

"왜 당신들은 나만 보면 몸을 떠십니까?"

그는 자기를 에워싸고 있는 창백한 구경꾼들을 베일을 쓴 얼굴로 돌아보며 외쳤다.

"당신들 서로서로를 바라보면서도 몸을 떨어 보시오! 남자들이 나를 피하고, 여인들이 동정심을 보이지도 않고, 어린이들이 소리지르면서 도망쳤던 것은 오로지 이 베일 때문이란 말이오? 베일이 막연히 상징하는 비밀 때문이 아니라면 대체 무엇이 이 크레이프 천 조각을 그토록 무시무시하게 보이도록 하였겠소? 친구가 친구에게, 애인이 자기가 가장 사랑하는 사람에게 자신의 가장 내밀한 마음을 내보이게 될 때, 그리고 인간이 자기의 죄악의 비밀을 묻어둔 채 창조주의 눈을 헛되이 피하려고 하지 않을 때, 그때가 되면 그러한 상징 아래서 살아 왔고, 그리고 죽어 가는 나를 괴물이라고 생각하도록 하시오. 지금 나를 둘러싼 당신들을 둘러보니, 보시오! 당신들의 얼굴 위에도 검은 베일이 있지 않소!"

그의 말을 듣고 있던 사람들이 모두 깜짝 놀라 두려운 마음으로 서로 얼굴을 바라보는 사이에 후퍼 목사는 입술 위에 희미한 미소를 띠고 숨을 거두었다. 그는 베일을 쓴 채 관 속에 뉘어져 무덤으로 갔다. 세월이 흐르는 동안 무덤 위에는 잔디가 돋아났다가 시들었으며, 묘석에는 이끼가 덮였고, 훌륭한 후퍼 목사의 얼굴은 먼지가 되었다. 그러나 그의 얼굴이 검은 베일 아래서 썩어갔다는 것을 생각하면 아직도 무시무시하기만 하다.

웨이크필드

옛날 어떤 잡지인가 신문에, 아내와 떨어져 살았던 한 남자——우리는 그를 웨이크필드라고 부르기로 하자——에 관한 이야기가 실렸던 것을 나는 기억하고 있다. 그러나 이 사건은 별로 특별할 것도 없고, 또 그 상황 특유의 특성을 잘 모르고 비난한다는 것은 옳지 못할 뿐더러 무의미한 일이기도 할 것이다. 어쨌든 이 이야기는 기록상으로 나타난 것 중, 배우자가 의무를 다하지 않은 경우 중에서 가장 심한 예는 아닐지라도 가장 이상한 예는 될 수 있을 것이다. 게다가 인간의 온갖 괴벽 중에서도 가장 놀라운 기행적인 것이라고 할 수 있을 것 같다. 이들 부부는 런던에 살고 있었다. 남자는 아무런 이유도 없이 여행을 빙자하여 자기 집의 이웃 거리에 숙소를 정하고, 자기 아내와 친구들에게 알려지지 않은 채로 이십 년이 넘도록 그곳에 살았던 것이다. 그동안 그는 매일같이 자기 집을 바라보았으며, 버림받은 웨이크필드 부인을 자주 보아 왔다. 그의 행복한 결혼 생활에 이처럼 큰 간격이 생긴 이후——그는 확실히 죽은 것으로 간주되어 그의 재산은 처분되고, 그의 이름은 기억에서 사라지고, 그의 아내는 황혼기에 접어든 자신의 과부 생활에 벌써 오래 전에 몸을 맡기고 지내고 있을 때——어느 날 저녁, 그는 한나절의 외출에서 돌아오기나 한 것처럼 문간으로 들어와, 죽을 때까지 서로 사랑하는 부부로서 살았다고 한다.

이것이 내가 기억하고 있는 전부다. 그러나 이 사건은 전례도 없을 뿐더러 다시 일어날 것 같지도 않은 그 순수한 독창성에도 불구하고, 무언가 인류의 보편적인 감정에 호소해 오는 것을 가지고 있다고 나는 생각한다. 우리 중의 누구도 그처럼 어리석은 짓을 저지르지는 않으리라는 것을 우리는 알고 있지만, 다른 어떤 사람이 저지를지도 모른다는 것을 우리는 느끼고 있다. 최소한 내가 명상하는 도중에 그것은 언제나 흥미 진진한 놀라움으로 곧잘 나의 뇌리에 떠올랐으며, 이 사건은 사실일 것 이라는 생각과, 그 주인공의 성격에 대한 상상도 아울러 하게 되었던 것이다. 어떤 주제가 사람의 마음을 그토록 강렬하게 감동시킬 때면 언제나 그것을 생각하는 데에 많은 시간을 쏟게 마련이다. 만일 독자가 자기 스스로 생각해 보고 싶다면 그렇게 하도록 하자. 아니면 나와 함께 이십 년 간에 걸친 웨이크필드의 기이한 행적을 살펴보고자 한다면, 나는 그에게 환영의 뜻을 표하리라. 이 이야기 속에는 설령 우리가 그것을 발견할 수 없다 하더라도 마지막 한 문장 속에 간결하게 집약될 하나의 핵심적인 정신과, 도덕이 있으리라는 것을 나는 믿고 있다. 사상이란 언제나 그 효험을 갖고 있으며, 모든 충격적인 사건이란 그 교훈을 갖고 있게 마 련이니까.

웨이크필드란 대체 어떤 종류의 사람이었을까? 우리는 우리 자신의 생각을 자유로이 펼쳐서 거기에 그의 이름을 붙일 수 있다. 그는 당시 인생의 절정기에 있었다. 아내에 대한 그의 애정은 결코 격렬하지 않았 으나, 조용하고도 언제나 같은 감정으로 일관되어 있었다. 모든 남편들 중에서도 그는 가장 변치 않는 남편이 될 수 있을 것 같았다. 왜냐하면 나태함이란 사람의 심장을, 그것이 어디에 있든지 간에, 편안하게 해주기 때문이다. 그는 지적인 사람이었으나, 적극적인 편은 못 되었다. 그의 마음은 목적도 없이 느리고 게으른 명상으로 가득차 있었고, 또 목적을 달성해야겠다는 의지나 용기를 갖고 있지도 못 했다. 그의 사상은 언어로 포착될 만큼 강렬하지도 못했다. 상상력이란, 그것을 문자 그대로 해석한다면, 웨이크필드의 천품 속에는 자리잡지 못했다. 그의 가슴은 차가웠지만 사악하다든가 종잡을 수 없을 만큼 변덕스럽지는 않았고, 그의 마음은 선동적인 사상으로 들뜬다든가 어떤 기발한 생각으로 혼란된다든가 하는 일은 결코 없었다.

그런데 이러한 우리의 친구가 이상한 짓을 한 사람들 가운데서도 가장 으뜸 가는 자리를 차지하리라고 누가 짐작이나 할 수 있었겠는가? 만일 그의 친지들에게 런던에서 내일까지 기억될 만한 일을 오늘 아무것도 하지 않을 것이 가장 확실한 사람이 누구겠느냐고 묻는다면 그들은 웨이크필드를 생각했을 것이다. 그를 잘 아는 부인만은 머뭇거렸을지도 모르겠다. 그녀는, 그의 성격에 대해 분석해 본 적은 없지만, 그의 게으른 마음속에 녹슬어 있는 숨겨진 이기심을 부분적으로는 눈치채고 있었다. 그것은 그에게 있어 가장 걱정스런 성질로 일종의 독특한 허영심이라 할 수 있었다. 또한 폭로할 가치도 없는 작은 비밀들을 감추는 것 이외에도, 적극적인 방법보다는 교묘한 술책을 쓰려는 경향이 있었다. 그리고 착한 사람들에게서도 때때로 볼 수 있는, 그녀가 괴벽이라고 부르는 것이 있었다. 이 마지막 기질을 뭐라고 말할 수 없는 막연한 것으로 사실 존재하지 않았을는지도 모르는 것이다.

웨이크필드가 자기 아내와 헤어지는 장면을 상상해 보기로 하자. 시월의 어느 날 저녁, 황혼 무렵이었다. 그의 차림새는 우중충한 담갈색의 헐렁한 코트와 기름 먹인 천을 바른 모자, 장화, 그리고 한 손에는 우산을 들고 다른 손엔 작은 여행 가방을 든 채였다. 그는 아내에게 밤 마차를 타고 시골에 간다고 말했다. 그녀는 그가 며칠이나 여행을 할 것인지, 여행의 목적은 무엇이며, 언제쯤 돌아올 것인지를 당연히 물어보고 싶었지만, 비밀에 대한 그의 해롭지 않은 사랑을 내버려두기 위해 단지 눈짓으로만 물어보았다. 그는 아내에게 돌아오는 마차 편으로 반드시 돌아오리라고 기대하지는 말고 사나흘 정도 체류하더라도 걱정하지 말라고 하면서, 금요일 저녁 식사 때까지는 무슨 일이 있어도 돌아오리라고 했다. 웨이

크필드 자신도 무엇이 자기 앞에 놓여 있을지 전혀 의심하지 않았다. 그가
아내에게 자기의 손을 내밀자 아내 역시 손을 내밀어 십 년 동안의 결혼
생활에서 습관화된 자세로 그의 작별 키스를 받는다. 그리고 중년의 웨
이크필드 씨는 한 주일쯤 집을 비워 자기의 선량한 아내를 한 번 놀라게
해주려고 결심한 듯이 걸어나간다. 그의 등 뒤에서 그녀는 약간 문을 밀고
그 틈으로 자기를 향해 미소짓는 남편의 얼굴이 곧 사라지는 것을 본다.
순간적으로 이 작은 사건 같은 것은 별 의문의 여지없이 사라져버린다.
그러나 오랜 시간이 흐른 뒤, 그녀가 아내로서 산 세월보다 과부로 산
세월이 더 많아졌을 때, 그날의 미소는 다시 흘러와서 웨이크필드의 그
표정에 대한 그녀의 기억을 온통 뒤흔들어놓는다. 무수한 명상 속에서,
그녀는 그 원천적인 미소를 환상으로 에워싸고, 그 미소를 가슴 깊이
간직하고 대단한 것으로 만들고 만다. 가령 그가 관 속에 있다고 상상하면
작별하던 때의 남편의 미소가 그의 창백한 얼굴 위에 얼어붙어 있는 듯이
생각되고, 그가 천국에 있는 것이라고 그녀가 꿈꿀 때면 축복받는 그의
영혼은 그 조용하고도 교묘한 미소를 띠고 있는 것이다. 그리하여 그 미소
때문에, 남들이 다 그를 죽은 자로 간주해버린 이후에도 그녀는 때때로
자신이 과부인지 아닌지 의심하는 것이다.

　그러나 우리의 용건은 남편에 관한 것이다. 우리는 빨리 그의 뒤를
따라 거리로 내려가서 그가 런던의 거대한 집단 속으로 녹아들어 자기의
개성을 잃어버리기 전에 그를 보아야 한다. 집단적인 삶이 이미 그의
존재를 삼켜버린 뒤에 그를 찾아낸다는 것은 헛된 짓일지 모른다. 그러므로
우리는 그의 뒤를 바싹 뒤쫓아 몇 개의 모퉁이를 돌아, 앞에서 말했던
그 작은 아파트의 난롯가에 편안하게 자리잡을 때까지 추적해보기로 하자.

　그는 자기 집의 바로 이웃 거리에 있으며, 그것이 그의 여행의 끝이
된다. 그는 아무에게도 들키지 않고 그곳으로 갈 수 있었던 자기의 놀라운
행운을 거의 믿을 수가 없다. 그는 불이 켜진 가로등 바로 앞에서 혼잡한
사람들 중에서 자기 뒤를 뒤쫓는 듯한 발자국 소리를 듣기도 했으며,

멀리서 외치는 목소리를 듣고 그것이 자기 이름을 부르는 것 같기도 했던 때를 회상하면 더욱 아슬아슬한 생각이 들었다. 의심할 여지도 없이, 열두 명이나 되는 참견하기 좋아하는 사람들이 자기를 감시하다가 모든 사실을 자기 아내에게 말해버릴 것만 같았다. 불쌍한 웨이크필드여! 이 넓은 세상에는 자네 개인의 하찮은 일 같은 것을 알 사람은 아무도 없네. 나의 눈을 빼고는 어떤 인간의 눈도 자네를 뒤쫓지 않을걸세. 어리석은 자여, 조용히 침대로 들어갔다가, 아침이 되어 보다 현명해지거든 선량한 웨이크필드 부인에게로, 자네의 집으로 돌아가 그녀에게 사실을 말하게. 단 한 주일 동안이라도 그녀의 정숙한 품속을 떠나지 말고 자리를 지켜보게. 만일 그녀가 단 한 순간이라도, 자네를 죽었다거나 잃어버렸다거나, 또는 영원히 헤어졌다고 생각하게 된다면, 자네의 진실한 아내에게 그 이후 영원히 생길 변화를 자네는 비통하게 의식하게 될걸세. 인간의 애정에 틈을 만드는 것은 위험한 일일세. 그것은 오랫동안 넓게 틈이 갈라져 있기 때문이 아니라——그 갈라진 상처는 너무나 빨리 아물어 버리기 때문일세.

자기의 장난을 뉘우치면서, 그것을 장난이든 혹은 무엇이라 이름 부르든 간에, 웨이크필드는 일찍 누워서 선잠을 자다가 깜짝 놀라 생소한 침대의 넓고도 외로운 사막으로 두 팔을 활짝 펼쳐본다. '안 돼.' 그는 이불을 자기 쪽으로 끌어당기면서 생각한다. '다시는 혼자 잠자지 않을 거야.'

아침이 되자, 그는 다른 날보다 더 일찍 일어나 정말 무엇을 할 것인지 생각해보려고 한다. 그는 분명 어떤 목적 의식을 가지고 이 독특한 발걸음을 내딛었지만, 자기의 계획을 명확히 구분지을 수 없었다는 점에서 그의 게으르고 어정쩡한 사고의 형태가 나타난다. 계획의 막연함과 또한 그 계획을 위해 쏟는 발작적인 노력은 연약한 마음을 가진 사람들에게 공통적인 특징이다. 웨이크필드는 자기의 생각들을 면밀하게 검토해보다가 자기 집에서 일어나고 있는 사건의 진행을 알고 싶은 호기심을 느낀다. 그의 모범적인 아내는 어떻게 한 주 동안의 외로운 신세를 견녀내고 있을까. 그리고 자기가 중심적 존재였던 그 작은 세계의 사람들과 상황은 자기가 집을 비움으로써 어떤 영향을 받게 될까 하는 것 등에 관해, 어떤 병적인 허영심이 이 사건의 밑바닥 가장자리에 놓여 있는 것이다.

그러면 그는 어떻게 자기의 목적을 달성할 수 있을 것인가? 그것은, 그가 자기 집의 바로 이웃 거리에서 잠을 자고 일어나기는 했지만, 마치 역마차를 타고 밤새도록 빙빙 돌아다녔던 것처럼 느껴지는 이 편안한 하숙에 숨어 있는 것만으로는 분명 안 될 것이다. 그렇다고 해서, 그가 다시 나타나버린다면 모든 시도는 끝장이 나고 말 것이다. 그의 빈약한 두뇌는 이 진퇴양난의 문제로 절망적으로 혼동되어 거리의 끝을 가로질러, 자기가 버린 집을 한 번 바라보기만이라도 하려고 드디어 그는 위험을 무릅쓰고 나선다. 습관이——그는 습관적인 사람이었으니까——그의 손을 잡고 완전히 무의식 상태에서 그를 자기 집 문 앞으로 이끌어간다. 바로 이곳, 이 결정적인 순간에, 그는 계단 위에 자기의 발을 올려놓은 소리에 놀라 정신을 차린다. 웨이크필드여! 자네는 어디로 가고 있는가?

바로 그 순간 그의 운명은 선회의 축 위를 돌고 있었다. 뒤로 물러서는 자기의 첫번째 발자국이 자기를 어떤 운명으로 이끌 것인지 전혀 꿈조차 꾸지 못한 채, 그는 지금까지 느껴보지 못한 흥분으로 숨이 막혀 황급히 그 자리를 물러나 먼 길 모퉁이에서도 고개를 돌리지 못한다. 아무도 그를 보지 못했을까? 온 가족들——착실한 웨이크필드 부인과 예쁜 하녀, 그리고 구질구질한 사동 녀석——이 런던 시내를 소리소리 지르면서, 도망쳐버린 자기들의 지배자이자 주인을 찾아다니지는 않을 것인가? 참으로 놀라운 일이다! 그는 용기를 내어 걸음을 멈추고 집 쪽을 보았지만, 그 낯익은 건물 주변을 감도는 변화의 기미에 당황하고 말았다. 그것은 몇 달이나 혹은 몇 년을 떨어져 있은 후에 다시 옛날의 낯익던 언덕이나 호수나 예술 작품을 바라볼 때 우리가 느끼게 되는 그런 느낌이었다.

314

보통의 경우, 이런 표현할 수 없는 느낌은 우리들의 불완전한 추억과 현실 사이의 비교와 대조 때문에 생기는 것이다. 그러나 웨이크필드의 경우, 단 하룻밤의 마술이 이런 변화를 일으킨 것으로, 그것은 그 짧은 기간 동안에, 대단한 도덕적 변화가 일어났기 때문이다. 그러나 이것은 그 자신에게는 숨겨져 있다. 그 자리에서 떠나기 전에 그는 자기의 아내가 거리의 위쪽으로 얼굴을 돌리고 앞쪽 창문을 스치고 나가는 것을 멀리서 잠시 바라본다. 이 교활한 멍청이는 수많은 미분자 같은 인간 속에서도 아내가 자기를 간파했으리라는 생각에 겁을 먹고 부리나케 달아난다. 그는 하숙집 석탄 난롯가에 앉아서야, 머리는 다소 어지러운 듯했지만 진정한 기쁨을 느낀다.

그 기발한 기나긴 변덕은 그렇게 시작되었다. 이 첫 번째 착상 이후 그것을 실천에 옮길 수 있도록 그의 나태한 기질을 자극시켜 놓기만 하면 모든 일은 자연스런 궤도를 타고 진척되어 가게 마련이다. 깊이 생각한 끝에 그가 붉은 머리칼의 새로운 가발을 사고, 유태인의 낡은 가방에 든 자기가 습관적으로 입던 갈색 옷과는 다른 형태의 여러 가지 옷들을 고르고 있는 모습을 우리는 추측해 볼 수 있으리라. 목적은 달성된다. 웨이크 필드는 전혀 다른 사람이 되었다. 이제 새로운 체계가 확립되었으므로 과거로 돌아가려는 후퇴의 몸짓은 새로운 상황으로 들어설 때의 일보 만큼이나 어려워졌다.

게다가 그는 자기의 기질상 때때로 심술이 나면 매우 완강해지곤 하는데 지금쯤 웨이크필드 부인의 마음속에 생겨났을 언짢은 기분을 상상해 보자 그 심술이 발동했다. 그는 자기의 아내가 놀라서 반쯤 죽을 때까지 집에 돌아가지 않을 것이다. 그런데, 그의 아내는 두세 번 그의 눈앞을 스쳐 갔는데, 그럴 때마다 그녀의 발걸음은 더욱 무거워지고 뺨은 더욱 창백 해지고, 이마는 더욱 근심에 잠겨 있었다. 그가 모습을 감춘 지 삼 주일이 되었을 때, 그는 약제사 같아 보이는 사람이 집으로 들어가는 나쁜 징조를 탐지해낸다. 다음날은 현관 문짝에 달린 네커(문 두드리는 고리쇠)가 소리가 약하게 나도록 감싸여져 있었다. 해질 무렵 의사의 마차가 오더니, 큰 가발을 쓴 근엄한 풍채가 웨이크필드 집의 문 앞에 내렸는데, 그로부터 십오 분쯤 지나자 그가 마치 장례식의 전령사처럼 나타나는 것이다. 사랑하는 여인이여! 그녀는 죽을 것인가? 이때 웨이크필드는 무언가 솟구치는 힘찬 느낌으로 흥분해 있었지만, 이런 때 그녀의 마음에 충격을 주어서는 안 된다고 스스로 자기의 양심을 변호하면서 아내의 침대 곁에서 멀리 떨어져 여전히 머뭇거리고 있었다.

만일 무언가 다른 것이 그를 제지한다 하더라도 그는 그것을 알지 못할 것이다. 몇 주일이 지나는 동안 그녀는 차차 회복된다. 위기는 넘긴 것이다. 그녀의 가슴은 슬프지만 아마도 평온하리라. 남편이 조만간 돌아온다 하더라도 다시는 그 때문에 제정신을 잃지는 않을 것이다. 그런 생각들이 웨이크필드의 마음을 뚫고 희미하게 반짝여서 지금 세든 아파트와 자기의 옛집 사이를 어떤 건널 수 없는 심연이 떼어놓고 있다는 생각을 하게끔 한다. '단지 옆 거리일 뿐인데!' 하고 그는 때때로 생각한다. 어리석은 자여! 그것은 다른 세계에 있느니라. 지금까지 그는 자기의 귀가를 어떤 특정한 날로부터 다른 날로 자꾸 연기해 오고 있었다. 그러다가 그후부터는 어떤 날을 정하지 않고 그냥 내버려두었다. 내일은 아니고 아마 다음 주, 아니 아주 곧, 가엾은 사람이여! 죽은 자가 땅 위에 있는 자기들의 옛집을 다시 방문할 기회가 거의 없는 것처럼 스스로를 추방한 웨이크필드 역시 마찬가지다.

열두 페이지 정도 되는 기사가 아니라 나는 이 이야기를 이절판의 큰 책으로 쓰는 것이 좋을 것 같다! 그러면 나는 인간의 통제를 벗어난 어떤 힘이 우리가 하는 모든 행동 위에 어떻게 그 강한 손을 움직여나가며, 그리하여 어떤 강철 같은 필연성의 조직 속으로 그 결과들을 짜넣을 것인지 예시할 수 있을지도 모른다. 웨이크필드는 마술에 걸려버렸다. 우리는 그가 이십여 년 동안 자기 가족들과 마주치지 않고 자기 집 근처를 유령처럼 헤매고, 아내의 가슴속에서 서서히 자신이 사라지고 있는 동안 자기의 온갖 정열을 다하여 아내에게 충실하도록 내버려두지 않으면 안 된다. 이미 오래 전에 그는 자기의 행동이 괴상하다는 감각을 상실해버렸다는 것은 특기해 둘 만하다.

여기 또 하나의 장면이 있다! 런던 거리의 군중 중에서 우리는 늙어 가고 있는 한 남자를 보게 된다. 그는 관찰력이 부족한 사람의 눈을 끌 만한 특징은 없지만, 예리한 사람의 눈으로 보자면 그의 전체적인 풍모에서 무언가 독특한 운명의 흔적을 읽어낼 수 있다. 그의 야위고, 야트막하고 좁은 이마에는 깊게 주름이 잡혀 있다. 작고 광채가 없는 그의 눈동자는 이따금 자기의 주변을 근심스럽게 두리번거리지만, 그보다는 더욱 자주 자기의 내면을 들여다보는 것 같았다. 그는 머리를 수그리고 자기의 모습을 세상에 완전히 드러내 놓기를 꺼리는 것처럼 구부정한 모습으로 움직인다. 지금 우리가 묘사한 특징들을 알아볼 수 있을 만큼 오랫동안 그를 관찰해 보면 환경이——그것은 때때로 대자연의 평범한 수공품을 가지고 놀라운 인간을 만들어내기도 한다——이 사람에게 작용했다는 것을 알 수 있을 것이다.

다음에는 길쪽으로 가만가만 들어서는 그를 내버려두고 우리의 시선을 반대 방향으로 돌려 상당히 나이가 들어 보이는 뚱뚱한 부인이 손에 성경을 들고 건너편 교회로 가고 있는 것을 바라보도록 하자. 그녀는 과부 생활에 안정된 평온한 안색을 하고 있다. 그녀의 비통한 마음은 사라져버렸거나 또는 그녀의 가슴속에서 너무도 필요한 것이 되어 어떤 기쁨과도 바꿀 수 없는 것이 되어버렸다. 그 깡마른 남자와 풍채 좋은 여자가 서로 지나가려고 할 때, 작은 사고가 생겨서, 두 사람은 정면으로 부딪치게 된다. 그들의 손이 서로 닿고, 군중의 물결은 그녀의 가슴이 그의 어깨에 닿도록 밀어붙인다. 그들은 서로 얼굴을 맞대고 서서 서로의 눈을 응시한다. 이십 년 동안이나 헤어져 살다가 웨이크필드는 그의 아내를 만난 것이다!

그러나 사람의 물결은 두 사람을 다시 따로 떼어놓고 굽이치며 나아 간다. 얌전한 과부는 다시 교회를 향해 걸어가다가 현관에서 걸음을 멈추고 거리 쪽으로 시선을 던진다. 그러다가, 그녀는 기도서를 펼치면서 안으로 들어간다. 그런데 그 남자는! 바쁘고 이기적인 런던 사람들이 멈춰서서 그의 뒷모습을 바라볼 정도로 난폭한 얼굴을 하고 급히 하숙집으로 들어가서 문을 잠그고, 침대에 몸을 던진다. 몇 년 동안이나 숨어 있던 감정들이 폭발한 것이다. 그의 유약한 마음은 활력을 되찾는다. 자기 삶에 일어났던 비참하도록 이상한 일들이 한 눈에 보였다. 그는 열정적으로 소리쳤다. "웨이크필드! 웨이크필드! 넌 미쳤어!"

그는 미쳤을지도 모른다. 그의 독특한 상황이 그를 그렇게 만들어 갔을 것이므로, 그의 동료들과 세상사에 비추어 본다면 그가 올바른 정신을 가졌다고 말할 수는 없을 것이다. 그는 죽은 사람들의 대열에는 끼지 못하고, 세상으로부터 자기 자신을 단절시키고 살아 있는 사람으로서의 지위와 특권을 포기해버렸던——추방시킨——것이었거나 또는 우연히 그렇게 되어버린 것이다. 은둔자의 생활도 그와는 비교가 안 된다. 그는 전이나 다름없이 번잡스런 도시 속에 살고 있었지만, 군중들은 그를 지나쳐가면서도 그를 알아보지는 못 했다.

상징적으로 말해서, 그는 언제나 자기 아내와 자기의 난롯가에 있었지만, 난롯불의 따스함이나 아내의 애정을 결코 느껴서는 안 되는 것이다. 아직도 인간적인 관심사에 얽매어 있고 인간적인 동정심을 갖고 있으면서도 사람들과 영향을 주고받을 수 없는 것이 웨이크필드의 신기한 운명이었다. 그러한 환경이 그의 가슴과 지성에 끼친 영향을 분리시켜서든지 혹은 종합적으로든지 조사해 본다는 것은 무엇보다도 흥미로운 일이다. 그런데, 그는 이미 전혀 딴 사람이 되어버렸는데도 그것을 의식하지 못하고 자기 자신을 전과 다름없는 인간이라 생각하고 있었다. 진리의 섬광들이 비쳐들 때도 있었으나, 그것은 순간일 뿐이었다. 그리고 그는 아직도 중얼거리고 있다. '나는 곧 돌아갈 거야!' 그는 이십 년 동안이나 그 말을 자기가 중얼거려 왔다는 사실조차 생각하지 못한다.

돌이켜보자면, 이 이십 년이라는 시간은 처음에 웨이크필드가 집을 떠나

보기로 작정했던 일주일보다 더 긴 것은 아닐 거라고 나는 상상해 본다. 그는 이 사건을 자기 인생의 주된 사업 가운데 있는 한 막간 정도로밖에는 생각하지 않는 것이다. 좀더 시간이 흐른 뒤, 그가 자기 집으로 되돌아가야 될 시기라고 생각하는 시간이 와서 그가 돌아가면, 그의 아내는 중년이 된 웨이크필드를 보고 기쁨으로 손뼉을 치리라. 이 무슨 착각인가. 만일 시간이 우리가 좋아하는 장난이 끝날 때까지 기다려 준다면 우리는 모두 다 최후의 심판 때까지 젊을 것이다.

그가 사라진 지 이십 년째가 되는 날 저녁, 웨이크필드는 아직도 자기의 집이라고 부르고 있는 그 주택을 향해 습관적인 산보를 하고 있었다. 폭풍우가 몰아치는 어느 가을 밤이었다. 가끔 소나기가 길바닥 위로 후두둑 떨어지다가 사람들이 우산을 펴기도 전에 그쳐버렸다. 웨이크필드는 집 근처에 멈춰서서, 이층의 응접실 창문을 통해 기분 좋게 타오르는 난로의 붉은 불꽃이 피어올랐다가 깜박거리며 활활 타오르는 것을 바라보았다. 천장에는 웨이크필드 부인의 괴상한 그림자가 비치고 있었다. 모자와 코와 턱과 굵직한 허리가 훌륭한 풍자화를 이루고 있었는데, 불꽃이 위로 펄럭였다가 아래로 가라앉을 때마다 그 그림자는 중년 과부의 그림자로서는 너무 명랑할 정도로 춤을 추고 있었다.

바로 이 순간, 소나기가 무모한 회오리바람에 실려 내리면서 웨이크 필드의 얼굴과 가슴팍을 흠뻑 적셨다. 가을의 으스스한 한기가 온몸에 스며들었다. 자기 집 난로에는 그를 따스하게 해줄 더운 불이 피어오르고 있고, 그의 아내는 자기들의 침실 벽장 속에 소중하게 간직해 둔 회색 코트와 속옷들을 가지러 달려갈 것인데, 그는 흠씬 젖어서 추위에 떨며 여기 서있을 것인가? 아니다! 웨이크필드는 그렇게까지 바보는 아니다. 그는 계단을 올라갔다. 무겁게. 그가 이 계단을 내려온 이후 이십 년이라는 세월이 그의 다리를 뻣뻣하게 만들어 놓았다. 하지만 그는 그것을 알지도 못했다. 멈춰라, 웨이크필드여! 지금 자네에게 남겨진 유일한 가정으로 가려고 하는 것인가? 그렇다면 무덤 속으로 들어가게! 문이 열린다.

그가 안으로 들어설 때 이제 우리가 작별해야 할 그의 표정을 잠깐 엿보도록 하자. 그는 아내를 희생시키면서 쭉 속여왔던 그 작은 장난의 전초병이던 교활한 미소를 띠고 있다. 그는 그 가련한 여인을 얼마나 무자비하게 희롱했던가 ! 자, 웨이크필드여, 이 밤을 잘 쉬게나 !

　이 다행스런 사건은——만약 그렇게 생각할 수 있다면——어떤 우연한 순간에만 일어날 수 있을 것이다. 우리는 문턱을 넘어서 그 친구를 따라가지는 않을 것이다. 그는 우리에게 생각할 거리를 많이 남겼다. 지혜를 빌어 하나의 교훈을 삼을 수도 있겠고, 하나의 표상으로 만들 수도 있을 것이다. 이 불가사의한 세상의 혼잡 가운데서도 개인들은 저마다 하나의 조직 속에 능숙하게 조정되고 있으며, 또한 조직들은 서로서로 조정되고 동시에 전체에 조정되고 있으므로, 한 순간이라도 옆으로 비켜서게 되면 그 사람은 자기 자리를 영원히 잃어버리게 되는 무시무시한 모험에 스스로를 맡기게 된다는 것이다. 우주로부터의 추방자가 될지도 모르는 것이다.

아름다움을 추구하는 예술가

중년의 한 사나이가 예쁜 딸의 팔을 끼고 거리를 걷고 있었다. 그들은 구름낀 저녁 나절의 어스름 속에서 나와 조그만 가게의 유리창에서 길 위로 새어 나오는 불빛 속으로 들어섰다. 그것은 밖으로 돌출되어 있는 유리창이었다. 가게 안에는 여러 가지 시계가 걸려 있었는데, 핀치벡 (구리와 아연의 합금으로, 모조금으로 씀)이나 은, 한두 개의 금시계들이 모두 얼굴을 가게 안쪽으로 돌리고 있어서 마치 길을 지나가는 사람들에게 지금이 몇 시인지 가르쳐주기를 싫어하는 것 같았다. 가게 안에는 유리창 옆으로 비스듬히 한 젊은이가 앉아 있었다. 그는 어떤 정밀한 기계의 부품에 갓이 달린 램프의 불빛을 모은 채 열심히 창백한 얼굴을 기울이고 있었다.

"오웬 왈랜드는 무엇을 하고 있는 것일까?" 늙은 피터 호벤던은 이렇게 중얼거렸다. 그는 은퇴한 시계 제조공으로서 그가 지금 무슨 일을 하고 있는지 궁금하게 생각하고 있는 그 젊은이의 전 주인이기도 했다. "저 친구가 무얼하고 있는 거지? 나는 지난 여섯 달 동안 그의 가게를 지나칠 때마다 저렇게 열심히 일하고 있는 것을 내내 보아왔었다. 저건 그의 평상시의 어리석은 행위를 넘어선, 멈추지 않고 끊이없이 움직이는 것을 찾겠다는 것일까. 저 친구가 지금 저토록 열중하고 있는 일이 시계를 만드는 것이 아니라는 것은 확실히 알겠는데 말이야."

"아버지." 그의 의문에는 별다른 관심을 보이지 않은 채 애니가 말했다. "오웬은 아마도 새로운 시계를 발명하려나 봐요. 저는 그가 그만한 창의력은 충분히 가지고 있다고 생각해요."

"글쎄다, 애야. 저 녀석은 네덜란드식 장난감보다 나은 것을 만들 만한 창의력은 갖고 있지 못해." 오웬 왈랜드의 비정상적인 재주 때문에 상당한 괴로움을 당했던 그녀의 아버지가 말했다. 그 창의성인가 뭔가 하는 것 때문에 내 가게에서 재일 좋은 시계를 몇 개나 망가뜨리지 않았겠니. 아까도 내가 말했지만 만일 그의 창의성이란 것이 애들 장난감보다 더 나은 것을 만들어낸다면 태양이 제 궤도를 이탈하여 온 세상의 시간을 교란시켜버릴게다！"

"조용히 하세요. 아빠！ 그가 듣겠어요！" 애니는 노인의 팔을 꽉 잡으며 속삭였다. "그의 귀는 자기의 감정 만큼이나 섬세해요. 저 사람이 얼마나 쉽게 방해를 받는지 잘 아시잖아요. 이제 그만 가세요."

그리하여 피터 호벤던과 그의 딸 애니는 말없이 터벅터벅 걸어갔다. 그들은 마을의 뒷골목에 있는 대장간의 문이 열려 있는 곳을 지나치게 되었다. 그 안에 있는 아궁이가 보였는데, 가죽으로 된 풀무의 커다란 바람통이 숨을 들이마셨다가 내쉴 때마다 불길이 높이 치솟아 어둑어둑한 천장을 밝혀 주기도 하고, 석탄이 깔려 바닥을 좁게 비추기도 했다. 불길이 밝아질 때면 가게의 한 귀퉁이에 놓인 물건과 벽에 걸린 편자까지도 쉽게 알아볼 수 있었지만, 한 순간 어둠이 깔리면 불은 무한히 열린 공간의 희미함 속에서 번쩍이고 있는 듯이 보였다. 붉은 불빛과 검은 어둠이 교차되는 속에 대장장이의 모습이 움직이고 있었다. 빛과 어둠이 서로 상대방의 힘을 빼앗아버리는 듯 불꽃이 검은 밤과 싸우고 있는 곳에 있는 그의 모습은 보기에도 멋졌다. 그가 석탄 속에서 백열하고 있는 쇠붙이 조각을 끄집어내어 모루 위에 얹고는, 힘찬 팔을 들어올려 망치로 내려치자 주변의 어둠 속으로 무수한 불꽃이 흩어지며 그의 모습을 감싸주었다.

"참, 멋진 장면이구나." 늙은 시계 제조공이 말했다. "황금을 가지고 일하는 것도 좋지만, 쇠붙이를 가지고 일하는 사람도 멋지구나. 무엇보다도 대장장이는 실제적인 것에 자기의 힘을 기울이니까 말이야. 애니야, 넌 어떻게 생각하니?"

"그렇게 큰소리로 말씀하시지 마세요, 아버지." 애니가 속삭였다. "로버트 댄포드가 듣겠어요."

"그가 들은들 어떠냐?" 피터 호벤던이 말했다. "다시 말하지만, 힘과 실제적인 것에 의존하고, 대장장이의 벌거벗은 튼튼한 팔뚝으로 밥을 벌어먹는다는 것은 훌륭하고 안전한 일이란다. 시계 제조공은 복잡한 톱니바퀴들 때문에 머리가 핑핑 돌거나, 아니면 나처럼 건강도 시력도 잃어버리고 중년을 맞게 되는 거야. 더 늙게 되면, 자기의 직업에 지나치게 열중했던 탓으로 아무 짝에도 쓸모없는 사람이 되어버리고, 게다가 아직도 편안하게 생활할 만큼 부유하지도 못하지. 다시 한 번 말하지만, 자기의 힘은 돈 버는데 써야 한단다. 그러면, 누가 허튼 수작을 부릴 수 있겠니! 대장장이 중에 저 오웬 왈랜드처럼 바보가 있다는 말을 들어본 적이 있니?"

"말씀 잘 하셨습니다. 호벤던 아저씨!" 로버트 댄포드가 아궁이에서 지붕까지 울릴 정도로 힘차고 명랑한 목소리로 대답하였다. "그 학설에 대해 애니 양은 어떻게 생각하시죠? 편자나 만들고 석쇠나 만들고 있는 것보다는 숙녀들의 시계나 매만지는 것이 더 점잖은 직업이라고 생각할 테지요?"

애니는 대답할 틈도 없이 아버지의 팔을 잡아당겼다.

그러나 우리는 오웬 왈랜드의 가게로 되돌아가야 한다. 호벤던이나 그의 딸 애니나 오웬의 학교 동창생인 로버트 댄포드와 같은 사람과 시시한 주제를 놓고 시간을 소비하는 것보다는 오웬의 과거나 성격에 대해 더 생각해보아야 할 것이다. 그의 작은 손가락이 장도리를 쥘 수 있을 때부터 오웬은 섬세한 것에 대한 창의력이 뛰어나서 나무에 아름다운 조각을 하고, 특히 꽃이나 새 같은 모형을 만들었으며, 때로는 기계 장치의 숨겨진 비밀을 밝혀내어 재현하는 것을 목표로 삼는 것처럼 보이기도 했다. 이 모든 것들은 아름다움을 위한 것이지 결코 어떤 유용한 것을 흉내내려는 것은 아니었다. 그는 다른 견습공들처럼 헛간 구석에서 조그마한 풍차를 만들거나 근방에 있는 시냇가에 물레방아를 만들거나 하지는 않았다. 특별한 관심을 가지고 그 소년을 바라본 사람이라면 소년이 날아가는 새의 모습이라거나 작은 동물의 아름다운 움직임 같은, 대자연의 아름다운 것들을 모방하려고 한다는 것을 발견할 수 있었을 것이다.

그것은 아름다움을 사랑하는 태도이며, 아마도 그를 조각가나 화가나, 또는 시인으로 만들었을지도 모르며 다른 순수 예술처럼 실리적인 조잡성을 모두 버리고 완전히 정련(精鍊)되어 있었다. 그는 기계의 딱딱하고도 규칙적인 제조 공정을 매우 혐오하는 것 같았다. 언젠가 한 번은 사람들이 그가 기계적인 원리에 대해 가지는 직관적인 식별력을 만족시켜 주리라고 기대하면서 그에게 증기 기관을 보여주었을 때, 그는 마치 무슨 괴물이나 부자연스런 것을 본 것처럼 창백해지면서 고통스러워했다. 이 공포는 그 쇠로 만든 기계의 크기와 무시무시한 에너지에 부분적인 원인이 있었다.

왜냐하면 오웬의 성격은 매우 현미경적인 것이어서, 자기의 아주 작은 체격과 놀랍도록 작고 섬세한 손가락의 힘에 어울리는 것들을 사랑했기 때문이다. 그러나 아름다움에 대한 그의 감각이 작고 예쁜 것만을 찾는 감각으로 축소된 것은 아니었다. 아름다운 생각이란 크기와는 상관없는 것이며 무지개의 궁형으로 측량해야 할 광대한 수평선 위에서처럼 현미경으로 관찰해야 할 만큼 작은 공간 안에서도 완벽하게 발달할 수 있는 것이다. 그러나, 그의 소재나 작품에 나타난 이런 특이한 정밀함은 오웬 왈랜드의 재능을 세상 사람들이 인정하지 못하도록 하는 결과를 가져오고 말았다.

소년의 친척들은 그의 이 이상한 재주가 실리적인 목적에 부합될 수 있기를 바라면서 시계 제조공에게 그를 견습생으로 묶어 놓는 것보다 더 나은——아마도 그런 것은 없었겠지만——방법은 찾아내지 못했다.

자기의 견습생에 대한 피터 호벤던의 의견은 이미 피력한 대로였다. 그는 이 젊은이에 대해 아무것도 할 수 없었다. 그 전문적인 직업에 대한 오웬의 이해력은 믿을 수 없을 정도로 빨랐지만, 시계 제조공이란 직업의 위대한 목적에 대해서는 잊어버리거나 무시했으며, 시간의 측정법에 대해서도 전혀 관심을 가지지 않아 시간이 영원 속으로 삼켜지는 것에 대해 전혀 신경을 쓰지 않았다. 어쨌든 오웬의 착실치 못한 이러한 성품은, 늙은 스승의 엄격한 명령과 날카로운 감시를 받는 동안은 창조적인 광기를 어느 정도 억제시킬 수 있었다. 그러나 견습 기간이 끝나고 호벤던의 시력이 약해져서 작은 가게를 그가 양도받게 되자, 사람들은 그때서야 오웬 왈랜드가 늙고 눈먼 신(神)인 시간을 매일매일 인도하는 일에 얼마나 부적당한 사람인가 하는 것을 알게 되었다.

가장 합리적인 그의 시도라는 것의 하나가 시계의 부속에 음악적인 장치를 연결해서 세상의 모든 거친 불협화음들을 음악적인 소리로 변화시키고, 그리하여 훨훨 날아가는 순간마다 조화의 황금빛 방울들로 과거의 심연 속으로 떨어지게 하도록 하려는 것이었다. 만약 어떤 가정용 시계를 그에게 수리해달라고 맡긴다면——그런 커다랗고 오래된 시계는 수많은 세대에 걸쳐 인생을 재어 줌으로써 거의 인간적인 본질에 부합하게 된 시계인데——그는 시계의 고색 창연한 얼굴에 열두 개의 즐거운 춤의 행렬이나 장례 행렬을 그려 넣기에 자기의 심혈을 바칠 것이었다. 그의 이러한 변덕스러운 행동은, 시간을 발전의 수단으로 보든지, 혹은 이승에서의 번영의 수단으로 보든지, 혹은 저승을 위한 준비 과정으로 보든지간에 시간이 결코 경시되어서는 안 된다고 생각하는 저 착실하고 실제적인 일만을 믿는 부류의 사람들로부터 그의 신용을 잃어버리게 했다. 그의 고객들은 점점 줄어들었다——그것은 어쨌든 오웬 왈랜드가 일으킨 신기한 사건들 중에서 가장 불행한 일이었다. 그는 자기의 모든 지식과 손재주를 이 은밀한 작업에 더욱 더 쏟아넣었으며, 자기의 특이한 독창성에 완전히 몰두하고 있었다. 그리하여 그 탐구는 몇 달을 잡아먹고 있었다.

늙은 시계 제조공과 그의 귀여운 딸이 어둑어둑한 거리에서 그를 바라보고 간 후, 오웬 왈랜드는 마음이 술렁거리고 손이 떨려서 그가 지금 열중하고 있는 정밀한 작업을 더 이상 할 수 없었다.

"그건 바로 애니였어!" 하고 그는 중얼거렸다. "그녀라는 것을 알아차렸어야 했는데, 그녀의 아버지의 음성을 듣기 전부터 나는 가슴이 두근거렸지. 아, 가슴이 얼마나 두근거리든지! 오늘 밤엔 이 정교한 작업을 더 이상 할 수 없을 것 같군. 애니! 사랑스런 애니! 당신은 내 가슴과 손에 힘을 주어야 해. 이렇게 떨리게 해서는 안 돼. 아름다움의 혼령에 형태를 부여하고 그것에 움직임을 주려는 것은 모두 당신을 위한 것이니까. 오, 두근거리는 마음이여, 제발 진정해 다오. 만일 내 일을 훼방놓는다면 나는 막연하고 석연치 않은 악몽을 꾸게 되어 내일은 하루 종일 맥 빠진 사람처럼 보내게 될 거야."

그가 다시 마음을 고쳐먹고 일을 시작하려고 하는데 가게 문이 열리며, 피터 호벤던이 대장간의 빛과 어둠 가운데서 그를 보고는 감탄해 마지 않았던 바로 그 크고 억센 모습을 드러냈다. 로버트 댄포드는 그 젊은 예술가가 부탁하여 특별히 만든 자그마한 모루를 가지고 왔다. 오웬은 그 기구를 검사해 보고 나서 자기가 원했던 대로 잘 만들어졌다고 말했다.

"아, 그럼, 좋아." 첼로 소리처럼 큰 목소리로 가게를 가득 채우면서 로버트 댄포드가 말했다. "나는 내 분야에서만은 그 어느 누구에게도 지지 않는다고 생각한다네. 자네가 하는 일 같으면 이 주먹으로는 볼썽사나운 것밖에는 만들 수 없겠지만 말이야." 그는 자기의 커다란 손을 오웬의 섬세한 손 옆에 놓고, 웃으면서 말을 이었다. "그러니 어떻게 하겠는가? 내가 한 번 웃으면서 망치로 치는 것이 자네가 견습 시절부터 지금까지 써온 힘보다도 더 강한 힘을 낼 수 있을 걸세. 그것은 사실이니까."

"그렇겠지." 오웬은 낮고 가느다란 목소리로 대답하였다. "힘이란 세속적인 괴물이거든. 나는 그것에 가치를 두고 있지 않다네. 나의 힘이란, 만일 나에게 그런 것이 있다면, 모두 정신적인 힘이지.”

“그래, 그런데 오웬, 자네는 대체 무엇을 하는 건가？” 그의 옛날 학우는 여전히 그 예술가를 떨리게 만드는 기운찬 어조로 물었다. 특히나 그 질문은 예술가가 열중하고 있는 상상력 속의 꿈 만큼이나 성스러운 주제와 연관된 것이기 때문에 그의 몸을 더욱 떨게 만들었다. “사람들은 자네가 영원히 움직이는 것을 발명하려고 애쓴다고 하던데.”

“영원히 움직이는 것이라고？ 천만의 말씀！” 오웬 왈랜드는 혐오스럽다는 듯 몸짓을 하며 말했다. 그는 아주 사소한 일에 대해서도 매우 민감하게 반응을 보이곤 했다. “그런 것은 절대로 발견할 수 없을 것이네. 그런 것은 뇌 속에 불필요한 물질이 꽉 차서 얼떨떨해진 사람들이나 꾸는 꿈이지. 게다가 그런 발명이 가능하다 하더라도 요즘엔 증기나 수력으로 그런 목적이 다 성취되었는데 무슨 비밀이겠나. 나는 새로운 종류의 방적 기계 같은 것을 만드는 기능공이 되어 명예를 얻고 싶은 야심은 추호도 없다네.”

“그것 참 우스꽝스럽군！” 대장장이는 오웬과 오웬의 작업대 위에 놓인 종 모양의 유리 그릇이 흔들릴 정도로 웃음을 크게 터뜨리면서 외쳤다.

“아냐, 아냐, 오웬！ 자네 아이들은 결코 쇠로 된 관절이나 쇠로 된 근육을 갖지는 않을 걸세. 자, 자네를 더 이상 방해하지 않겠네. 잘 있게, 오웬. 그리고 성공을 빌겠네. 만일 도움이 필요하다면, 가령 모루에 대고 망치로 내리쳐야 될 일이라고 있으면 나를 부르게.”

힘으로 뭉쳐진 사나이는 다시 한 번 웃으면서 가게를 떠났다.

“참 이상해.” 오웬 왈랜드는 손으로 머리를 긁적이면서 혼자 말했다. “아름다움을 찾는 나의 모든 명상과 목적들, 나의 열정과 그것을 창조해 내려는 나의 정신의 힘 같은 것은——속세의 거인이 결코 생각지도 못할 더욱 더 순수하고 영묘한 힘인데——이 모든 것들이 도대체 댄포드를 만나기만 하면 그토록 헛되고 우둔한 것으로 보인단 말이야！ 나는 그를 자주 만난다면 아마 미치고 말 거야! 그의 억세고 난폭한 힘은 내 속에 있는 영적인 요소를 어둡고 혼란스럽게 만들어버리고 말거든. 그러나 나는, 내 방법으로 강해질 거야. 결코 그에게 굴복하진 않겠어."

그는 유리 기구 아래서 무언가 작은 부속품을 꺼내어 램프의 불빛을 압축시켜 확대경으로 열심히 들여다보면서 철사로 만든 정밀한 기구로 작업을 하기 시작했다. 그러다가, 갑자기, 의자에 몸을 기대면서 공포에 가득찬 표정으로 두 손을 꽉 잡았다. 그런 표정은 그의 작은 모습을 거인처럼 인상적으로 보이게 했다.

"하느님! 제가 대체 무슨 일을 저지른 것입니까?" 그는 외쳤다. "그 야만적인 힘 때문일 거야. 그것 때문에 난 당황하여 분별을 잃고 말았어. 그리하여 나는 바로 그 일을, 내가 처음부터 두려워했던 바로 그 숙명적인 발작을 저지르고 만 거야. 이젠 모든 게 다 끝났어. 몇 달 동안 한 고생도 내 인생의 목표도 끝장나고 말았어. 나는 파멸이야!"

그는 이상한 절망 속에 앉아 있었다. 그의 램프는 깜박거리다가 아름다움에 바쳐진 이 예술가를 어둠 속에 남겨 둔 채 꺼져버렸다.

상상 속에서 자라나, 다른 사람들이 가치 있다고 생각하는 다른 어떤 것보다도 그로서는 더 가치 있고 사랑스러워 보이던 생각들이 실제 어떤 것과 연관을 맺게 되면 언제나 부서져서 폐기되어버린다. 그러므로 이상적인 예술가는 자신의 섬세함과는 양립되기 어려운 강인한 성격을 필수적으로 가져야 하는 것이다. 그래서 그는 의심 많은 세상이 자기를 완전히 불신할 때도 자신의 신념을 지켜가지 않으면 안 된다. 그는 전 인류에 대항하면서라도 자신을 지켜야 하며, 자신의 재능과 또한 그 재능이 만든 작품들을 유일한 사도로 삼아야 한다.

오웬 왈랜드는 이제 참담하고도 불가피한 이 시련에 굴복되고 말았다. 그는 몇 주 동안이나 양손에 얼굴을 파묻고 게으른 시간을 보냈으므로 마을 사람들은 그의 모습을 볼 기회가 없었다. 그러다가 마침내 그가 다시 대낮의 빛 속으로 얼굴을 내밀었을 때, 그의 얼굴엔 무언가 차갑고 몽롱한,

뭐라 형용할 수 없는 변화가 느껴졌다. 인생이란 납덩어리의 무게를 가진 시계장치처럼 통제되어야 한다고 생각하는 피터 호벤던이든, 저 현명한 마을 사람들의 의견에 따른다면 그의 변화는 아주 바람직한 것으로 생각되었다. 오웬은 이제 끈기있고 부지런히 자기의 일을 했다. 그가 낡고 커다란 은시계의 톱니바퀴들을 그토록 신중히 검사한다는 것은 놀라운 일이었다. 그리하여 그 시계를 자기 인생의 한 부분이라 여기면서 닳도록 가지고 다니던 시계 주인도, 몹시 마음을 졸이다가도 기쁜 마음으로 돌아가는 것이었다.

이렇게 해서 좋은 평판을 얻게 된 오웬은 교회의 첨탑에 달린 시계를 고쳐달라는 부탁까지 받게 되었다. 그는 이 시계를 멋지게 고치는 데 성공했으며, 그리하여 장사꾼들은 그의 이런 변화를 무뚝뚝하게나마 인정하였고, 간호원들은 병실의 환자들에게 약을 줄 때마다 그의 칭찬을 늘어놓게 되었고, 사랑하는 사람들은 서로 만나기로 약속한 시간에 그를 축복했으며, 마을 사람들은 모두 저녁 식사 시간을 정확하게 지킬 수 있도록 해준 오웬에게 감사하는 것이었다. 한 마디로 말하자면 오웬의 영혼을 짓누르는 무거운 납덩어리의 무게는 자기 자신의 체계만 빼놓고 교회의 종소리가 들리는 범위 안에 있는 모든 것에 질서를 주었다. 비록 사소한 일에 불과했지만 그의 현재의 상태를 가장 잘 나타내 주는 한 예로서, 그는 은수저 같은 데에 이름이나 이름의 첫 글자를 새겨달라는 주문을 받으면 예전처럼 환상적으로 현란하고 다양한 장식을 하는 것이 아니라 되도록이면 소박한 활자체로 글씨를 새겨주는 것이었다.

이처럼 바람직한 변화가 생기고 있던 어느 날, 늙은 피터 호벤던이 예전의 제자를 찾아왔다.

"오웬." 하고 그는 말을 꺼냈다. "자네에 대한 좋은 평판을 듣게 되니 기쁘네. 더구나 저 위에 있는 마을의 시계가 이십사 시간 동안 매시간마다 자네의 칭찬을 말하고 있지 않나. 이젠 아름다움을 찾겠다는 그 황당무계한 짓은 제발 그만두게나. 그런 것은 나는 물론이고, 다른 어느 누구도, 자네 자신까지도 이해할 수 없는 짓이지. 그러면 자네의 성공은 대낮의 햇빛처럼 확실해질 거야. 이대로만 간다면 위험을 무릅쓰고 내 귀중한 옛날 시계를 자네에게 고쳐달라고 맡겨도 좋을 것 같네. 그 시계는 내 귀여운 딸애 다음으로는 이 세상에서 제일 소중한 것이지만."

"제가 감히 그런 물건에 손을 대다니요, 선생님." 하고 오웬은 풀이 죽은 목소리로 말했다. 옛날의 스승이 그에게 압박감을 느끼게 했던 것이다.

"조만간." 하고 스승이 말했다. "조만간 자네는 그걸 할 수 있게 될 거야."

늙은 시계 제조공은 옛날 스승으로서의 권위를 가지고 오웬이 고치고 있는 시계들을 살펴보았다. 그동안 그 예술가는 거의 고개를 들지 않았다. 물질적인 세계의 가장 실팍한 물건들을 제외하고는 모든 것이 환상으로밖에 보이지 않는 이 노인의 차갑고도 상상력이 결핍된 지혜 만큼 그의 본성과 동떨어진 것은 없었다. 오웬은 마음속으로 괴로워하면서 그에게서 해방되기를 간절히 바라고 있었다.

"그런데 이건 뭔가 ?" 하고 피터 호벤던은 먼지 묻은 종 모양의 유리를 집으며 무뚝뚝하게 물었다. 그 밑에는 나비를 해부해놓은 것처럼 섬세하고 작은 기계가 놓여 있었다. "여기 있는 게 뭐지 ? 오웬 ! 이 조그만 사슬과 톱니바퀴들, 그리고 주걱들에는 마술이 걸려 있는 모양이군. 보게 ! 내 손가락 사이에 끼고 꽉 눌러서 내가 자네를 미래의 고통에서 구해주겠네."

"제발." 하고 오웬 왈랜드는 깜짝 놀라면서 "저를 미치게 만들지 않으려면 제발 거기에 손대지 마세요 ! 손가락이 조금만 닿아도 영원히 파멸될 겁니다."

"아하, 이 사람아 ! 그게 정말인가 ?" 늙은 시계 제조공은 세속적이고도 신랄한 비난이 담긴, 오웬의 영혼을 괴롭히기에 충분한 꿰뚫는 듯한 눈초리로 그를 바라보면서 말했다. "그럼, 자네의 뜻에 따르겠네. 하지만 이 조그만 기계 부품 속에 자네의 악마적인 혼령이 살고 있다는 걸 다시

330

한번 경고하겠네. 그를 내쫓아 줄까?"

"선생은 악마입니다." 오웬이 매우 흥분하여 대답했다. "선생과 저 딱딱하고 비천한 세상은 악마라니까요! 선생이 저에게 내던지고 있는 그 납덩이 같은 생각이나 악담 같은 것들은 저의 방해물이란 말입니다. 그런 것들만 아니었다면 저는 벌써 내가 창조해야 할 과업을 성취했을 테니까요."

호벤던은 경멸과 분노에 차서 머리를 흔들었다. 인간 중에서도 호벤던은 전형적인 인물이지만, 출세 가도를 따라가는 진부한 이상 이외에 다른 이상을 추구하는 숙맥들에 대해서는 경멸과 의분을 느꼈으며, 또 당연히 그래야 한다고 생각하고 있었다. 호벤던은 손가락을 쳐들어 보이고 얼굴에 비웃음을 띠며 그곳을 떠났다. 그 냉소의 표정은 그 후로 며칠 밤 동안이나 예술가의 꿈 속에 나타나 그를 괴롭혔다. 오웬은 옛 스승이 방문한 바로 그 시각에 아마도 이전에 포기했던 그 일을 다시 시작해 보려고 했던 것 같다. 그러나 이 불길한 사건 때문에 그는 자신이 서서히 헤어나려고 했던 바로 그 상태 속으로 다시 내던져지고 말았다.

그러나 이런 침체된 시간 동안에 그의 영혼 깊숙한 곳에는 어떤 새로운 용기가 솟아오르고 있었다. 여름이 시작될 무렵, 그는 자기의 일을 단념하고 자기가 고쳐야 할 벽시계와 손목 시계들이 표상하고 있는 늙은 신사요 아버지인 시간이 인생을 통해 혼란을 일으켜 멋대로 흘러가도록 그대로 방치해 두었다. 그는 숲 속이나 벌판, 그리고 시냇가를 돌아다니면서 햇빛을 낭비했다. 그리하여 그는 아이들처럼 나비들을 추적하는 데 즐거움을 느꼈으며, 물벌레의 움직임을 관찰하는 데 더 큰 보람을 느꼈다. 산들바람과 놀고 있는 살아 있는 장난감을 들여다보거나 자기가 잡은 벌레의 장엄한 구조를 조사하는 일에는 참으로 신비스런 무언가가 있었다. 그토록 귀중한 시간을 그가 나비의 추적에 바치고 있는 것은 이상적인 탐색의 상징이었지만, 그러나 어떤 아름다운 이상이 그것을 상징하는 나비처럼 쉽게 그의 손아귀에 들어올 것인가!

  그 나날들은 분명히 달콤했고, 그 예술가의 영혼에는 쾌적했다. 그 나날들은 나비가 외부의 대기를 뚫고 반짝거리는 것처럼 그의 지적인 세계를 뚫고 반짝거리는 밝은 개념들로 가득 채워주웠으며, 잠시 동안이나마 고통이나 당혹감, 그리고 감각적인 눈에 그것들을 보이게 만들려고 시도할 때 생기는 무수한 실망감없이 그에게 실제로 보였던 것이다. 시나 혹은 그밖의 다른 예술 영역에서처럼, 예술가는 아름다움에 대한 내적인 즐거움만으로 만족할 수 없으며, 천상의 한계선을 넘어 깜박거리는 신비를 추적하려 헤매이다가, 그것을 붙잡아 그 연약한 존재를 부숴버리지 않으면 안 된다는 것은 슬픈 일이다 ! 오웬 왈랜드는 시인이나 화가들이 자기들의 풍부한 환상으로부터 불완전하게 복사된 세상을 더욱 모호하고 희미하게 꾸미려 하는 것과 마찬가지로 자기의 개념들에 외적인 현실을 부여하고 싶은 강한 충동을 참을 수 없도록 느꼈다.

  밤은 그의 모든 정신적 활동에 관련된 하나의 개념을 재창조하는 느린 진척을 위한 시간이 되었다. 그는 땅거미가 내릴 무렵이면 읍내로 몰래 들어가 자기의 가게 문을 잠그고 앉아 몇 시간이고 끈기 있게 섬세한 노력을 기울이며 무언가를 만드는 것이었다. 그는 때때로 야경꾼들의 딱딱이 소리에 놀라기도 했다. 야경꾼들은 세상이 모두 잠들어 있어야 할 이 시각에 오웬 왈랜드의 덧창문 틈새로 등불 빛이 새어 나오는 것을 보고 가게 앞까지 와서 살펴보곤 하였다. 병적인 감수성을 지닌 그에게 대낮의 햇빛은 자기의 연구를 방해하는 침입자처럼 여겨졌던 것이다. 그리하여 그는 구름낀 날이나 험상궂은 날에는 손으로 머리를 괴고 모호한 명상의 안개 속에 자기의 예민한 두뇌를 감싸려는 것처럼 앉아 있었다. 왜냐하면 한밤의 고통스런 시간 동안 자기의 개념들을 형상화하는 작업의 그 날카로운 명료함으로부터 도망친다는 것은 하나의 구원이었으니 말이다.

  어느 날 그는 애니의 방문을 받고 이런 무감각한 발작에서 깨어났다. 애니 호벤던은 어린 시절의 친구라는 친숙함과 더불어 또한 손님의 자격으로 그를 방문했다. 은으로 된 골무가 닳아서 구멍이 뚫렸는데 그것을 수리해달라는 것이었다.

"그러나 당신이 이런 사소한 일을 해주실지 모르겠군요." 그녀는 웃으면서 말했다. "이젠 기계에 혼령을 불어넣는다는 생각으로 바쁘시다니 말이에요."

"애니, 그런 말은 어디서 들었소?" 오웬이 깜짝 놀라며 물었다.

"재 생각이에요." 그녀가 대답했다. "옛날, 당신이 소년이고 내가 소녀였을 때, 당신이 내게 했던 얘기에서 짐작도 했고요. 그런데, 내 못난 이 골무는 고쳐줄 건가요?"

"당신을 위하는 일이라면 뭐든지 하지요, 애니." 오웬 왈랜드가 말했다. "무엇이든지요, 심지어 로버트 댄포드의 대장간에서 일하는 거라고 해도 말입니다."

"그것 참 멋진 장면이 되겠군요!" 애니는 예술가의 작고 여윈 모습을 거의 알아채지 못할 정도로 흘겨보면서 말했다. "자, 여기 골무가 있어요. 그런데 당신 생각은 이상하군요." 하고 오웬이 말했다. "물질에 혼령을 불어넣는다는 그 생각 말입니다."

그는 이 세상의 어느 누구보다도 이 젊은 처녀가 자기를 이해해 줄 천품을 지녔을지도 모른다는 생각을 했다. 자기가 사랑하는 유일한 존재의 공감을 얻을 수 있다면 자기의 고독한 작업을 해나가는 데 있어서 얼마나 큰 힘과 도움을 얻을 수 있을 것인가! 평범한 일과는 거리가 먼 목표를 추구해가는 사람들은, 그가 선구적인 사람이건 아니건간에, 극지대를 둘러싼 얼음 같은 고독감으로 영혼을 벌벌 떨게 만드는 그런 도덕적 추위를 느끼게 마련이다. 예언자나 시인, 개혁자, 혹은 범죄자 같은 사람들이나 혹은 인간적인 그리움을 가졌으면서도 특이한 제비를 뽑아 대중으로부터 격리된 사람들이 느끼게 마련인 감정을 오웬은 느끼고 있었다.

"애니!" 오웬은 그런 생각에 죽은 사람처럼 창백해지면서 외쳤다. "내 연구의 비밀을 당신에게 말하게 되어 참 기쁘군요! 당신은 아마 그것을 올바로 평가할 수 있을 거요. 당신이라면, 거칠고 물질적인 세상 사람들로부터는 감히 기대할 수 없는, 그런 호감을 가지고 내 이야기를 들어줄 것이라는 생각이 드오.”

“내가요? 물론 나는 그럴 수 있을 거예요!” 애니 호벤던은 가볍게 웃으며 대답했다. “자, 이 빙빙 돌아가는 기계가 무엇을 하는 건지 나에게 빨리 말해 줘요. 이렇게 정교하게 만들어진 걸 보니, 요정의 여왕을 위한 장난감 같군요. 봐요! 내가 움직여 볼 테니.”

“안 돼!” 오웬이 소리쳤다. “안 돼요!”

애니는 앞서 얘기했던 그 조그맣고 복잡한 기계를 바늘끝으로 살짝 건드렸을 뿐인데 오웬이 팔목을 힘껏 잡았으므로 크게 비명을 질렀다. 그녀는 오웬의 얼굴을 스치는 격렬한 분노와 고통을 보고 놀람을 금치 못했다. 그는 자기의 손 위에 머리를 묻었다.

“가요, 애니.” 그는 중얼거렸다. “나는 나 자신을 속였어요, 그러니 고통을 받아야 해요. 나는 동정을 열망했던 거요. 그리고 그것을 당신이 줄 수 있으리라고 생각했고, 꿈꾸어 왔던 것이오. 그렇지만 당신은 불가사의한 힘을 가진 것에 대한 이해가 부족하여 내 비밀을 알 수 없을 것이오. 당신이 손을 대서 내가 몇 달 동안 고생한 것과 일생 동안 생각해 왔던 것을 깨뜨려버렸소! 그것은 당신 잘못은 아니오, 하지만 당신은 나를 파멸시키고 말았소.”

불쌍한 오웬 왈랜드여! 그는 정말 실수를 했다. 그러나 아주 잘못된 것은 아니었다. 왜냐하면 어떤 인간의 영혼이 오웬의 눈에 그토록 성스럽게 보이는 그 일들에 대해 충분히 존경을 표할 수 있다면, 그것은 바로 여인이었을 테니까. 아니 호벤던도 만일 깊은 사랑의 이해력으로 깨우침을 얻었더라면 그를 실망시키지 않았을지도 모른다.

세상의 입장에서 보면 예술가란 무용지물이요, 또한 반드시 사악한 운명에 빠지리라는 생각을 가진 사람들을 만족시키는 그런 방법으로 그는 겨울을 낭비해버렸다. 한 친척의 죽음으로 그는 작은 유산을 상속받게 되었다. 따라서 그는 일을 해서 먹고 살아야 하는 필연성으로부터 해방되었으며, 그리하여 위대한——적어도 자기 자신에게는 위대하게 생각되던——목적을 재빨리 상실해버렸다. 자포자기한 그는 음주의 습벽을 몸에 붙이게 되었는데, 그의 몸이 허약하다는 것만으로도 그런 습관들에 물들지 않으리라고 추측할 수 있었을 것이다. 그러나 천재적인, 인간의 천성적인 일면이 흐려질 때면 그 세속적인 일면이 뚜렷이 강조되어 통제하기 어려울 만큼 기승을 부리게 된다. 하느님께서, 보다 비천한 자연물 속에도 또 다른 방법으로 조정해 놓은, 그 균형이란 것을 이제 그가 내던져버렸기 때문이다.

오웬 왈랜드는 소란 속에서 발견되는 희열이라면 무엇에고 뛰어들었다. 그는 술이라는 황금빛 매체를 통해 세상을 바라보았으며, 술잔 가장자리의 그토록 즐겁게 끓어오르는, 그리하여 즐거운 광기의 모습으로 대기를 가득 채우는 환상에 대해서 생각해보는 것이었다. 그러나 그 환상은 유령처럼 나타났다가 바로 사라져버렸다. 이 음침한 변화가 생기자 그를 비웃는 망령들이 어둠 속을 가득 채우고, 그 거품이 인생을 어둠으로 뒤덮어버려도 그 젊은이는 계속 술잔을 들이켜고 있었다. 세속적인 생활에 점점 젖어가는 예술가의 깊은 감수성이 새롭게 의식하게 된 어떤 권태감이 있었는데, 그것은 술의 해독이 불러 일으키는 환상적인 공포나 비극보다도 더욱 견디기 힘든 것이었다. 왜냐하면 술의 해독이 끼치는 괴로움 속에서라면 그는 그것이 단순한 환상에 지나지 않는 것으로 생각할 수 있었지만, 술이 제외된 말짱한 일상의 그 지루함 속에서는 그 육중한 고통이 바로 자기의 실제 인생이었기 때문이다.

어떤 우연한 사건으로 그는 이런 위험한 상태에서 빠져나올 수 있었다. 그것을 목격한 사람들은 여럿이 있었는데 그것이 오웬 왈랜드의 마음에 어떤 작용을 했는지는 예민한 사람들조차도 설명하거나 짐작조차 할 수 없었다. 그것은 매우 단순한 사건이었다. 어느 따뜻한 봄날 오후, 예술가가 그의 소란스런 친구들 사이에 앉아 술잔을 기울이고 있을 때, 열린 창문을 통해 화려한 나비가 한 마리 날아 들어와 그의 머리 근처를 날아다녔다.

"아." 술을 잔뜩 마신 오웬이 소리쳤다. "태양의 자식이며 여름 바람의 놀이 친구인 네가 그 음침한 겨울잠을 잔 뒤 다시 살아났구나! 그렇다면 이제 내가 일할 시간이 되었구나."

그는 탁자 위에 채 비우지 않은 술잔을 버려둔 채 자리를 떠났고, 그 뒤로는 한 방울의 술도 결코 입에 대지 않았다고 한다.

그리고 다시, 숲 속과 들판을 돌아다니기 시작했다. 그가 그 야만적인 술꾼들과 함께 있을 때, 창문을 통해 홀연히 날아 들어온 그 빛나는 나비는 예전에 그를 그토록 기화시켰던 그 순수하고도 이상적인 생활로 다시 불러들이기 위해 찾아온 혼령인지도 몰랐다. 그는 그 혼령을 햇빛이 사는 곳으로 찾으러 다녔다. 여름이 그 쾌활한 얼굴을 감추어버린 후에도 그는 나비가 발견되는 곳이면 어디에나 찾아가서 한참이나 들여다보곤 하였으며, 나비 생각에 넋을 잃어버리는 것이었다. 그러다가 나비가 날아가 버리면 그의 눈은 그 공중의 길이 마치 천국으로 가는 길을 보여주기나 하는 것처럼 하염없이 그 날개 달린 모습을 뒤쫓는 것이었다.

야경꾼들은 또다시 오웬 왈랜드의 덧문을 뚫고 램프 불빛이 새어 나오는 것을 보게 되었는데, 무엇 때문에 그는 다시 그 계절에도 맞지 않는 일을 시작하였을까? 마을 사람들은 그의 기이한 행동에 대해 포용력 있는 대답을 하나 갖고 있었다. 그것은 오웬 왈랜드가 미쳐버렸다는 것이었다! 그것이야말로 세상의 지극히 평범한 영역을 뛰어넘어 있는 것을 설명하는 얼마나 손쉬운 방법인가? 그리고 또한 훼손당한 편협성과 우둔함에도 얼마나 만족과 위안을 주는 것인가! 성바울로에서부터 우리의 이 불쌍한 아름다움을 찾는 예술가에 이르기까지, 너무 현명하고 너무 슬기롭게 생각하고 행동했던 사람들의 말이나 행위 속에 들어 있는 모든 신비를 설명하는 방법으로는 언제나 똑같이 그런 부정이 사용되어 왔다. 그러나 오웬 왈랜드의 경우에는 마을 사람들의 생각이 옳은지도 모른다. 아마도 그는 미쳤는지도 모른다. 동정심의 결핍——모범적인 삶의 속박을 깨뜨려버린 그 자신과 그의 이웃 사이의 반목——은 그를 그렇게 만들 수도 있었을 것이다. 또는 너무도 현란한 천상의 광채가 평범한 햇빛 속에 흘러들어 그를 사로잡아 당황하게 만들었는지도 모른다.

어느 날 저녁, 예술가가 그 습관적인 산보에서 돌아와 그동안 그토록 자주 실망하고 낙담하면서도 마치 그 기계 속에 자기의 운명이 달려 있기나 한 것처럼, 아직도 다시 손대지 않을 수 없는 그 섬세한 물건에 막 램프 빛을 들이대었을 때, 그는 늙은 피터 호벤던의 등장에 깜짝 놀랐다. 오웬은 그를 만날 때면 언제나 심장이 움츠러드는 것을 느꼈다. 눈으로 볼 수 있는 것 이외에는 강경하게 불신하는 그 사람이야말로 세상에서 가장 끔찍스러웠다. 그런데 이번에는 그 늙은 시계 제조공이 호의적인 어조로 그에게 말했다.

"오웬." 하고 그가 말했다. "내일 밤 우리 집에서 보세."

그 예술가는 몇 가지 변명을 늘어놓았다.

"오, 그러나 꼭 와야 하네." 피터 호벤던이 말했다. "자네가 한 가족처럼 지내던 때를 생각해서라도 말일세. 참, 자네! 내 딸 애니가 로버트 댄포드와 약혼한 걸 몰랐나! 약혼을 축하하기 위해 조촐하게나마 축하연을 열려고 하네."

"아!" 하고 오웬이 외마디 신음 소리를 냈다.

그 짧은 단음절이 그가 말한 전부였다. 피터 호벤던의 귀에는 그것이 매우 차갑고 무관심한 것으로 들렸다. 그러나 그 속에는 이 가엾은 예술가의 심장의 절규가 짓이겨져 있었다. 그는 마치 자기 속에 악령을 잡아누르고 있는 사람처럼 자기를 억제하고 있었다. 잠시 후 늙은 시계 제조공이 거의 알아챌 수 없을 정도의 작은 사태가 돌발했다. 그는 작업을 시작하려던 기구를 들어, 몇 달 동안이나 고심하여 만든 그 조그마한 기계 위에 떨어뜨렸다. 그것은 단번에 산산조각이 났다. 다른 모든 방해하는 힘 가운데서도, 사랑이 그의 손에서 교묘한 재간을 훔쳐가지만 않았더라면, 오웬 왈랜드의 이야기는 아름다움을 창조하기 위해 몸부림치는 예술가들의 고통에 찬 생애를 보여주는 데 아무 소용이 없었을 것이다. 외면적으로 볼 때 그는 격렬한 연인도 진취적인 연인도 아니었다.

그의 열정은 예술가의 상상력 안에서만 완전히 그 격정과 변천을 겪고 있었기 때문에 매우 직감적인 애니조차도 알아채지 못했던 것이다. 그러나 오웬에게 있어, 그것은 자기의 인생 전체를 뒤덮고 있는 것이었다. 그녀가 자신의 깊은 이해자가 될 수 없다는 것을 보여주었던 그날의 일을 잊어버린 채, 그는 자기가 예술가로서 성공할 때의 꿈을 언제나 애니의 영상과 관련시켜 왔던 것이다. 그러므로 애니는 자기가 숭배하는 영혼의 힘이 담겨진 눈에 보이는 형체였다. 말하자면 그는 자신을 속여왔던 것이다. 애니에게는 그가 상상하는 그런 천품은 전혀 없었다. 그의 내적인 환상 속에 비친 그녀의 모습은, 그가 현실화시키려고 애써 왔던 그 신비스런 기계의 한 조각처럼 바로 그의 창조물이었던 것이다. 만일 그가 사랑에 성공하여 자기의 실수를 깨닫게 되었다면——정작 애니를 자기 품에 안았을 때 애니가 천사에서 평범한 여인으로 시들어버리는 것을 그가 보게 되었다면——그 환멸은 그에게 오히려 집중된 힘을 주어 그에게 남아 있는 유일한 대상에 더욱 열중하게 했을 것이다.

또한 그와 반대로, 애니를 자기가 꿈꾸었던 여인으로 그가 발견했다면, 그의 운명은 너무나 아름다움이 풍부한 것이 되어 단지 그 여분만으로도 지금까지 그가 애써 왔던 것보다 훨씬 더 가치 있는 형태로 아름다움을 창조하게 되었을지도 모른다. 그러나 자기 삶의 천사를 흙덩이와 쇳덩이로 만들어진 천한 남자에게 빼앗겨 버렸다는 슬픔이 이제 그에게 찾아들었다. 게다가 그 야만적인 남자는 그녀의 조력을 필요로 하지도 않고, 감사할 줄도 모르는데 말이다. 이것은 인간의 실존을 또 다른 희망이나 또 다른 공포의 장면으로 만들기에는 너무 부조리하고, 너무 모순된 일처럼 보이게 하는 심술궂은 운명 바로 그것이었다. 오웬 왈랜드는 정신나간 사람처럼 그저 멍하니 앉아 있을 뿐이었다.

그는 몹시 앓았다. 회복된 후에는 그의 작고 가냘픈 체격은 점차 살이 쩌서 둔해 보였다. 그의 마른 뺨은 둥글어졌고, 요정의 일이나 해나가기 위해 그토록 영혼적으로 만들어진 것 같던 작고 섬세한 손가락은 무럭무럭 자라나는 아기의 손처럼 통통해졌다. 낯선 사람이 그를 보았다면——참 이상한 어린애도 있구나——하고 멈춰 서서 그의 머리를 토닥거리게 할 만큼 어린애 같은 면모가 그에겐 생겨났다. 그것은 마치 영혼이 그에게서 빠져나가고 단지 식물의 생장처럼 육체만 무성하게 번창한 듯이 보였다. 그러나 오웬 왈랜드가 백치가 되었다는 것을 의미하는 것은 아니다. 그는 합리적으로 이야기할 수 있었다. 사람들은 그를 다소 수다쟁이로 생각하게 되었다. 왜냐하면 그는 책에서 읽은, 기계에 대한 터무니없이 황당무계한 이야기들을 지루하게 늘어놓았기 때문이다. 그 중에는 앨버투스 마그너스가 만든 놋쇠 인간이라든지 놋쇠로 만든 베이컨 수사의 머리라든지, 그리고 좀더 최근에 와서 프랑스 황태자를 위해 만들었다는 작은 자동 마차와 자동 기계장치를 단 말들에 관한 이야기, 그리고 마치 살아 있는 파리처럼 귓가에서 붕붕 소리를 내는 벌레가 있는데 그게 사실은 작은 용수철로 된 발명품이라는 이야기들을 자주 하였다. 그리고 그의 이야기 중에는 어기적어기적 걸어다니고 꽥꽥 울고 잘 먹어대는 오리에 대한 이야기도 있었는데, 어떤 정직한 한 시민이 그것을 저녁 요리로 잡아 먹으려고 보니, 오리의 기계 모형이었다는 이야기였다.

"그런데 이런 모든 이야기들이——."라고 오웬 왈랜드가 말했다. "이제 다 속임수라는 것을 알게 되었어요."

그런 다음 그는 신기하다는 듯이 자기는 한때 그 생각들이 엉터리라는 것을 몰랐다고 고백하는 것이었다. 그리고 몽상에 빠져 살았던 시절에 자기는 기계에 영혼을 불어넣고 거기에 생명과 동작을 이어주어서 대자연이 그녀의 모든 피조물 속에 제공한 것과 같은 이상을 획득한 아름다움을 창조할 수 있을 것으로 생각했지만, 그것을 실현시키기 위해 진통을 겪어보지는 않았다는 것이었다. 어쨌든 그는 이제 그런 목적을 달성해나가는 과정이나 그 계획 자체에 대해서 분명한 인식을 가지고 있지 않은 듯했다.

"이젠 다 팽개쳐버렸어요." 하고 그는 말했다. "그건 젊은이들이 항상 신비를 느껴 빠져들곤 하는 꿈이었지요. 이제 다소나마 상식을 가지게 되니 그걸 생각만 해도 웃음이 나와요."

불쌍하고, 또 불쌍한, 타락한 오웬 왈랜드여! 이것은 그가 이제는 우리를 둘러싼, 보이지 않는, 그러나 보다 나은 세계의 거주민이기를 그만두어버렸다는 것을 말해주는 징표이다. 그는 우리의 눈에 보이지 않는 것에 대한 신념을 모조리 잃어버렸고, 불행한 사람들이 반드시 그렇게 되듯이, 자기 눈으로 볼 수 있는 것조차 거부하고, 오직 자기의 손안에 만져지는 것만을 믿으려는 그 세속적인 분별을 긍지로 여기는 것 같았다. 이것은 영적인 부분이 사라져버리고 오직 천박한 이해력만이 남아, 그것으로만 사물을 인식하려는 사람들에게 나타나는 비극이다. 그러나 오웬 왈랜드의 영혼이 아주 죽어버렸거나 사라져버린 것은 아니었다. 그것은 단지 잠들어 있을 뿐이었다.

그 영혼이 어떻게 다시 잠을 깼는지에 대해서는 아무런 증언도 없다. 아마도 그 둔한 선잠은 극심한 고통 때문에 깨게 되었는지도 모른다. 또 어쩌면, 전번의 경우처럼 창으로 날아들어온 나비가 그의 머리 주변을 날아다니다가 그에게 다시 영감을 불어넣어 주었는지도 모른다. 햇빛의 하수인인 그 나비는 예술가를 위해 언제나 신비스런 임무를 띤 전령처럼 그에게 영감을 주어 그의 삶의 목표를 다시 일깨워 주었는지도 모른다. 그의 핏줄을 뚫고 끓어오르던 것이 고통이었든 행복이었든간에, 그의 첫 번째 충동은 자기가 오랫동안 잊어버리고 있던 사상과 상상력과 예민한 감수성을 다시 갖게 해준 것에 대해 하느님께 감사하고 싶은 것이었다.

"지금처럼, 내 일에 대해," 하고 그는 말했다. "힘을 느껴본 적은 결코 없었다."

그것이 너무 강했기 때문에 그는 혹시 자신의 일을 끝마치기도 전에 갑작스런 죽음이 찾아와서 자기를 놀라게 하면 어쩌나 하고 공포를 느끼기까지 했던 것이다. 이런 공포심이야말로 높은 이상을 향해 정열을 쏟으며 그것을 실현하는 것이 자기의 삶의 주된 목표라고 생각하는 모든 사람들에게 공통된 것일 게다. 우리가 삶을 그 자체로 사랑하는 한, 우리는 그것을 잃을까봐 두려워하지는 않는다. 우리가 어떤 목표의 달성을 위해 우리의 생명을 원하게 될 때 비로소 우리는 삶의 바탕의 연약성을 알게 된다. 그러나 신의 섭리가 정해준 어떤 과업에 몰두하고 있는 동안은, 그리고 또한 만일 우리가 그 과업을 이루지 못하고 죽게 된다면 온 세상이 애도하리라고 생각되는 그런 일에 몰두하고 있을 때는 어떤 죽음의 화살도 우리에게 결코 상처를 입힐 수 없으리라는 믿음을 조금씩 갖게 된다.

인류를 개혁시킬 만한 이상에 대한 영감을 가진 철학자가 바로 그 빛의 언어를 말하려고 숨을 들이쉬는 그 순간, 자기가 이 세상을 하직하리라는 것을 믿을 수 있겠는가? 그가 그렇게 사라져 간다면, 또 다른 지성이 그때 이미 밝혀졌어야 했을 그 진리를 알아내기까지——세상은 삶의 모래알들을 한 방울 한 방울을 떨어뜨리며——지루한 세월이 흘러가게 될 것이다. 그러나 역사는 어떤 특별한 시기에 인간의 모습을 띠고 나타난 고귀한 영혼들이 지상에서 자기의 임무를 수행할 수 있는 시간을 충분히 갖지 못한 채 사라져 간 예를 무수히 보여 주고 있다. 예언자는 죽고, 우둔한 마음과 게으른 지성을 가진 사람들은 계속 살아간다. 시인은 반쯤 노래한 자기의 노래만 남긴다. 아니면 인간의 귀에는 들리지 않는 나라에서 천상의 합창으로 자기의 노래를 완성시키는지도 모른다. 화가는, 앨스톤 (W. Allston. 미국의 화가. 〈벨사살의 잔치〉를 미완으로 남겼음.)이 그러했던 것처럼 캔버스 위에 반쯤밖에 자신의 개념을 남기지 못해 그 미완성의 아름다움으로 우리를 슬프게 한다. 그리고 천국의 물감으로——만일 그렇게 말하는 것이 불경스러운 것이 아니라면——나머지 반쪽 그림을 완성시켰는지도 모른다. 그러나 이 생에 대한 불완전한 계획은 어디에서도 완성되지 못한다. 인간의 가장 아름다운 계획들이 그토록 자주 좌절된다는 것은 이 지상에서의 행위가 경건함이나 진실함으로 천상화된다 하더라도 영혼의 실험이나 연습으로밖에는 가치가 없다는 것을 증명하는 것인지도 모른다. 천국에서는, 모든 평범한 생각들도 밀턴(John Milton. 영국의 시인. 《실락원》, 《복락원》의 저자)의 노래보다 더 숭고하고 더 감미롭다고 하지 않는가. 그렇다고 하여 밀턴이 여기서 끝마치지 못하고 남긴 가락에다 또 다른 시를 더 써 넣을 것인가?

오웬 왈랜드에게로 되돌아가 보자. 좋든 나쁘든 자기 삶의 목표를 얻었다는 것은 그의 행운이었다. 오랜 사색과 피나는 노력과 작은 고생들에 대한 언급은 접어두고, 또한 두려움에 몸을 떨기도 하였지만 외로운 승리의 순간에 모두 사라져버린 것으로 하자. 이 모든 것은 상상에 맡길 뿐이다. 어느 겨울날 저녁, 예술가가 로버트 댄포드의 집 앞에서 초인종을 누르고 있는 것이 보였다. 그는 그 강철의 사나이가 가정적인 영향을 받아 완전히 따뜻해지고 누그러진 것을 알아챘다. 애니 역시 많이 변하여 부인 티가 났으며, 남편의 소박하고 건전한 성질을 닮은 것 같았다. 그러나 오웬 왈랜드가 아직도 믿고 있듯이 그녀는 좀더 세련된 우아함을 지니고 있어 힘과 아름다움 사이의 통역자가 될 수 있을 듯이 보였다. 마침 피터 호벤던도 그날밤 딸네 집을 방문 중이었다. 예술가의 시선이 그와 처음 마주쳤을 때 느낀 것은 날카롭고 차가운 비판의 정감이었다.

"나의 옛 친구 오웬!" 로버트 댄포드는 벌떡 일어나 쇠막대기를 움켜쥐는 데 익숙한 손아귀로 예술가의 섬세한 손가락을 꽉 쥐었다. "드디어 우리를 찾아주다니 정말 고맙네. 난 자네의 영원히 움직이는 기계가 우리의 옛 시절에 대한 기억을 말살시켜버리지나 않았나 하고 두려워했었지."

"당신을 뵙게 되어 우린 무척 기쁘군요." 하고 부인 티가 나는 애니가 뺨에 홍조를 띠며 말했다. "우리와 오랫동안 떨어져 있었군요. 마치 친구가 아닌 것처럼."

"그런데 오웬." 하고 늙은 시계 제조공은 첫 인사말 대신 그에게 다그쳐 물었다. "자네의 그 아름다운 것은 어떻게 돼 가나? 드디어 그걸 완성했는가?"

예술가는 즉시 대답을 하지 못했다. 양탄자 위를 뒹굴면서 노는 어린 애를 발견하고 놀랐기 때문이었다. 그 어린애는 무한성에서부터 신비롭게 태어나, 이 지상이 제공할 수 있는 가장 소중한 요소로 만든 것처럼 보이는 뭔가 건강하고 진실한 것을 그 모습 속에 갖고 있었다. 희망에 찬 아기는 새로 온 손님을 향해 기어가, 관찰하는 듯한 매우 영리한 표정으로 오웬을 응시하는 것이었다. 그 모습에 아기 엄마는 남편과 만족스런 시선을 교환하지 않을 수 없었다. 그러나 예술가는 아기의 표정에서 피터 호벤던의 낯익은 표정과 닮은 구석을 발견하고는 몹시 당황하고 말았다. 그 늙은 시계 제조공이 이 아기의 모습으로 축소되어 아기의 눈동자를 통해 자신을 바라보며 그 악의에 찬 질문을 하고 있는 것 같은 환상에 빠졌다.

"그 아름다운 것 말이야, 오웬! 그 아름다운 것은 어떻게 돼 가지? 아름다움을 창조하는 데 성공했는가?"

"성공했습니다." 하고 예술가는 그의 눈동자 속에 순간적인 기쁨의 빛을 담고 미소를 띠며 말했다. 그러나 그는 너무 깊은 생각에 빠져 있어서 거의 슬픈 것처럼 보였다. "네, 그건 진실입니다. 전 성공했어요."

"정말이군요!" 애니가 처녀 시절의 명랑한 목소리로 외쳤다. "그럼 그 비밀이 무엇인지 물어봐도 괜찮겠어요?"

"물론이죠. 내가 온 것은 그걸 밝히고 싶어서인데요." 오웬 왈랜드가 말했다. "당신은 그 비밀을 알게 될 거고, 그것을 보고 만지고 가지게 될 겁니다! 애니——소년 시절의 친구처럼 아직도 그 이름을 불러도 되는지요——당신의 결혼 선물로 나는 이 영혼이 깃든 기계, 이 동작의 조화, 이 아름다운 신비를 만들었답니다. 정말 너무 늦었지요. 그러나 우리가 살아가는 동안 사물들이 그 빛깔의 신선함을 잃어버리고 우리의 영혼이 그 섬세한 감각을 잃어버리게 될 때 이 아름다운 정령은 가장 필요해질 것이오. 만일——용서해요, 애니——당신이 이 선물의 가치가 뭔지를 알아 준다면 이 선물은 결코 늦은 게 아닐 거요."

그는 이렇게 말하면서 보석 상자 같이 보이는 것을 내놓았다. 그것은 그의 손으로 흑단에다 화려하게 새긴 것으로, 나비를 쫓는 한 소년의 모습이 진주로 환상적인 그물 무늬를 이루며 박혀 있었다. 그리고 다른 쪽에는 나비가 날개 달린 정령으로 변하여 하늘을 향해 날아가고 있었다. 그 소년, 아니 그 청년은 그 아름다움을 잡으려고 땅에서 구름으로, 구름에서 하늘로 날아오르려는 강한 욕망으로 솟구치고 있었다. 예술가는 흑단의 상자를 열고 애니에게 손가락을 그 모서리에 대어보라고 말했다. 그녀가 손가락을 대자 한 마리의 나비가 앞으로 날아오르더니 그녀의 손가락끝에 앉아 그 주홍빛과 황금빛 점이 박힌 크고 장엄한 날개를 파닥거리는 것이었다. 그것은 마치 비상을 위한 전주곡 같았다. 그 아름다움 속에 부드럽게 녹아 있는 그 후광과 광채와 섬세한 찬란함은 말로 표현할 수 없었다. 대자연의 이상적인 나비가 그 완전함을 가지고 나타난 것이다. 그것은 땅 위의 꽃들 사이를 날아다니는 그런 퇴색한 나비가 아니라, 천국의 꽃밭에서 아기 천사나 어려서 죽은 순결한 영혼들과 장난을 치며 노는 그런 나비였다. 그 날개 위에는 무성한 솜털이 나 있었다. 그리고 그 눈동자의 광채는 영혼으로 가득 채워진 것 같았다. 난로의 불빛은 이 놀라움을 에워싸고 번쩍였으며, 촛불은 그 섬세한 날개 위에 빛을 떨구고 있었지만 나비는 자기 자신의 광채로 더욱 반짝거리는 듯했다. 나비는 자기가 앉아 쉬고 있는 그 손가락과 펼쳐진 손바닥을 마치 보석처럼 희디흰 광채로 밝혀 주고 있었다. 그 완전한 아름다움에 취하여 그 크기에 대한 생각은 완전히 잊혀졌다. 만일 그 크기가 창공을 뒤덮을 정도로 컸다고 하더라도 마음은 더 이상 만족스럽지는 못 했으리라.

"아름답군요! 아름다워요!" 하고 애니가 소리쳤다.

"살아 있나요? 살아 있어요?"

"살아 있느냐고? 물론 살아 있지." 그녀의 남편이 대답했다. "당신은 어떤 인간이 살아 있는 나비를 만들 만큼 기막힌 재주를 가졌다고 상상할 수 있소? 여름날 오후 한나절이면 어린이들이라도 수십 마리의 나비를 잡을 수 있는데, 대체 누가 그것을 만드는 고생을 하겠소? 살아 있느냐고? 물론이지. 그러나 이 예쁜 상자는 분명히 옛 친구 오웬이 만들었을 거야. 정말 명예로운 작품인데.”

그때 나비가 다시 날개를 파닥였다. 그 모습이 너무도 살아 있는 것만 같아 애니는 놀랐고, 소름이 끼치기까지 했다. 남편의 얘기를 들었음에도 불구하고 그녀는 나비가 정말 살아 있는 것인지, 아니면 놀라운 기계인지 가늠할 수가 없었기 때문이었다.

“살아 있는 건가요?” 그녀는 아까보다 더욱 진지하게 물었다.

“당신 스스로 판단을 내려 봐요.” 오웬 왈랜드는 그녀의 얼굴을 뚫어질 듯이 바라보면서 말했다.

나비는 날아올라 애니의 머리 주위를 맴돌다가 응접실 저쪽으로 날아갔는데, 날개를 접었다 폈다 할 때마다 별빛 같은 광채가 번쩍였다. 마루 위의 아이는 그 영리하고 작은 눈동자로 나비의 움직임을 뒤쫓고 있었다. 나비는 방 안을 날아다니다가 나선형으로 곡선을 그으며 되돌아와서 다시 애니의 손가락에 앉았다.

“정말 살아 있군요?” 애니가 다시 외쳤다. 그 호화찬란한 신비의 나비가 앉아 있는 손가락은 너무 떨리고 있어서, 나비는 두 날개로 균형을 잡아야 했다. “말해 봐요. 이게 살아 있는 건지, 아니면 당신이 만든 것인지요.”

“누가 그것을 창조했는지는 왜 묻는 거요. 아름다우면 된 거 아니오?” 오웬 왈랜드가 말했다. “살아 있느냐고요? 물론이죠, 애니. 나의 모든 존재가 그 속으로 흘러들어갔으니 그건 생명을 소유했다고 해야 할 것이오. 그 나비의 비밀 속에는, 그리고 그 나비의 아름다움 속에는, 외면적인 것뿐만 아니라 그 내면에도 지성과 상상력과 감수성과 아름다움을 찾는 한 예술가의 영혼이 다 나타나 있다오! 그래요 나는 그것을 만들었어요. 하지만…….” 여기까지 말한 오웬은 안색이 변했다. “이 나비는 내 청춘의 백일몽 속에서 내가 동경하며 바라보았던 그런 나비는 아니오.”

“그것이야 어떻든 간에 참 예쁜 장난감이로군.” 대장장이가 어린아이

같은 기쁨을 나타내며 말했다. "내 손과 같이 우락부락한 손가락에도 그 나비가 내려와 앉을지 모르겠군 그래. 이리 줘 봐요, 애니."

애니는 예술가의 지시에 따라 자기의 손가락끝을 남편의 손가락에 댔다. 잠시 뒤에 나비는 이 손에서 저 손으로 날개치며 날아갔다. 아까와 완전히 똑같지는 않지만, 나비는 첫 번째 실험처럼 날개를 흔들면서 아까와 비슷한 두 번째 비상을 예고했다. 그런 다음 대장장이의 거친 손가락에서 날아올라 천장 쪽으로 점점 커지는 곡선을 그으며 방을 한 바퀴 빙 돌아서 출발했던 그 지점으로 다시 돌아와 앉았다.

"참, 진짜 실물보다 더 낫군 그래." 로버트 댄포드는 자기가 표현할 수 있는 최고의 찬사를 표하며 외쳤다. 댄포드보다 더 세련되고 풍부한 감수성을 가진 사람이라 하더라도 이보다 더 적절하게 말할 수는 없었을 것이다.

"고백하지만, 나보다 훨씬 낫군. 그러나 그게 무슨 소용인가? 오웬이 지난 오 년 동안 이 나비를 만드느라고 바친 힘보다 내가 한 번 망치로 내려치는 것이 훨씬 더 현실적으로 쓸모가 있거든."

어린아이는 손뼉을 치면서 뭐라고 분명치 않은 말을 중얼거렸는데, 아마 그 나비를 자기의 장난감으로 달라는 것 같았다.

오웬 월랜드는 애니가 아름다움과 실용성의 가치에 대한 자기 남편의 평가에 동의하는지 어떤지를 알아보려고 그녀를 곁눈질해 보고 있었다. 오웬에 대한 그녀의 친절함과 오웬의 손으로 만든 그 놀라운 나비에 대한 존경과 경탄에도 불구하고, 어떤 은밀한 모멸감이——너무나 은밀해서 그녀 스스로도 의식하지 못하는 모멸감이——그녀의 얼굴 위에 나타나 있었는데, 예술가는 본능적인 감지력으로 그것을 알아챌 수 있었다. 그러나 오웬은, 자기 탐색의 두 번째 시기에 이미 그런 영역을 초월해 있었기 때문에 그것을 보고도 고통을 느끼지 않았다. 그는 세상 사람들이, 아니 세상 사람들의 대표자와도 같은 애니가, 어떤 말로 찬사를 바친다 하더라도 그 예술가에게 완전한 보상이 될 수 없을 뿐더러 자기와 같은 감사의 감정을 느끼지는 못하리라는 것을 알고 있었다.

세속적인 것을 영혼의 황금으로 전환시켜 하찮은 물질로 고상한 정신을 상징하는 자신의 세공품 속에 아름다움 그 자체를 획득한 그 예술가의 감정을 말이다. 예술가는 모든 위대한 행위의 보상은 결국 그 자체 안에서 찾아지거나 아니면 완전히 헛된 것이라는 것을 이제서야 깨달은 것은 아니었다. 어쨌든 애니와 그 남편, 그리고 피터 호벤던까지도 그의 몇 년 동안의 고생이 정말 값진 것이었다는 것을 충분히 이해시킬 수 없었던 것은 아니다. 오웬 왈랜드는 이 나비, 이 장난감이, 한 가난한 시계 제조공이 대장장이의 부인에게 바치는 이 결혼 선물이, 사실은 황제가 자신의 명예를 걸고 그것을 사들여 자기 왕국의 보물 중에서도 가장 독특하고 귀중한 국보로 아낄 만한 예술품이라는 것을 그들에게 말할 수도 있었다. 그러나 예술가는 미소를 지으면서 조용히 비밀을 감추고 있었다.

"아버지." 애니가 늙은 시계 제조공의 칭찬의 말이 그의 옛 제자를 기쁘게 하리라고 생각하면서 말했다. "이리 오셔서 저 예쁜 나비를 좀 칭찬해 주세요."

"그래, 보자꾸나." 하고 피터 호벤던은 의자에서 일어났으나 그의 얼굴에는 조소가 일고 있었다. 그는 언제나 자기 자신에게 뿐만 아니라 남에게까지도 물질적 존재들 외에는 모든 것에 회의를 느끼게 만드는 조소를 띠고 있었다.

그런데 그녀의 아버지의 손가락이 애니의 남편의 손 위에 앉아 있던 나비를 건드리자마자 나비는 곧 그 날개를 늘어뜨리더니 마루 위로 떨어지려고 했다. 그것을 보자 애니의 놀라움은 더욱 커졌다. 나비의 두 날개와 몸통에 찍힌 황금의 점박은 점조차도 희미해졌고, 그 타오르는 듯한 주홍빛도 차츰 어두운 빛으로 변했으며 대장장이의 손 둘레에 별빛 같은 광채를 내뿜던 그 빛도 희미해지다가 사라지고 말았다.

"죽어가고 있어요! 나비가 죽어가고 있어요!" 하고 애니가 놀라서 소리쳤다.

"그 나비는 무척 섬세하게 만들어진 것이지요." 하고 예술가가 조용히 말했다. "당신에게 말했듯이 그것은 영혼의 정수를 흡수한 것이랍니다. 뭐라고 할까, 자력(磁力)이라고나 불러야 할까요. 그래서 의심과 조롱의 분위기에서는 그 우아하고 섬세한 감수성은 고통을 느끼게 되지요. 그건 마치 그 나비에 자신의 생명을 쏟아부은 바로 그 사람의 영혼을 닮은 것 같다고나 할까요. 나비는 이제 이미 그 아름다움을 잃어버렸어요. 그리고 몇 분 안에 그 장치는 완전히 망가져버릴 거예요."

"아버지 손을 치우세요!" 애니는 창백한 얼굴로 애원하듯이 말했다. "어린아이의 순결한 손 위에 그것을 얹어 봐요. 그 애의 손 위에서라면, 아마 나비의 생명이 소생되어 다시 전보다 더 밝게 빛날지도 모르니까."

그녀의 아버지는 심술궂은 미소를 띠며 손가락을 치웠다. 그러자 나비는 마치 힘을 회복한 듯이 광채 띤 원래 대로의 빛깔로 반짝거렸다. 그리고 가장 천상적인 요소로 보이던 별빛 같은 광채도 다시 살아나 나비의 둘레에 후광을 이루었다. 로버트 댄포드의 손가락에서 어린아이의 작은 손가락으로 옮아간 순간, 그 광채는 너무 힘차게 타올라 아이의 작은 그림자를 벽 위에 그릴 수 있을 정도였다. 아이는 자기의 아버지와 어머니가 하는 것을 본대로 자기의 통통한 손가락 위에 나비를 올려놓고 나비의 두 날개가 흔들리는 것을 천진스런 기쁨으로 바라보았다. 그러나, 아이의 얼굴엔 오웬 왈랜드로 하여금 피터 호벤던 영감과 아이가 닮았다고 느끼게 했던 그 영리하고 괴상한 표정이 나타나 있었다. 그것은 부분적으로 늙은이의 강한 회의주의가 아이의 성격에 투영되어 나타난 것이라고 보아야 할 것이다.

"저 꼬마 녀석 좀 봐! 얼마나 영리한지!" 로버트 댄포드가 아내에게 속삭였다.

"저 애가 저런 표정을 짓는 것은 처음 봐요." 애니는 그 놀라운 예술품보다 자기 자식에 대해 더 경탄하면서 말했다. "저 애가 그 비밀에 대해 우리보다 더 잘 알고 있나 봐요."

　나비는 예술가처럼, 어린아이의 천성 속에서 자기와는 완전히 합치하지 않는 그 무엇을 느낀 듯이, 불꽃이 튀면서 점점 희미해져 갔다. 그리고 드디어 공기처럼 가벼운 몸짓으로 날개를 치면서 어린아이의 작은 손에서 날아올랐다. 그것은 마치 그 나비의 주인의 영혼이 부여한 천성적인 본능이 이 아름다운 나비로 하여금 더 높은 곳으로 날아오르라고 명령하는 것 같았다. 만일 그 비상을 방해하는 장애물만 없었더라면 나비는 하늘 높이 날아올라 불멸의 생명이 되었을 것이다. 그러나 나비는 천장에 가로막혀 그 빛을 깜박였다. 그 날개의 눈부신 고귀함이 세속적인 물체에 부딪쳤던 것이다. 마치 별조각 같은 섬광이 한두 조각 아래로 떨어져 양탄자 위에서 반짝였다. 나비는 파닥이며 내려와, 아이에게로 되돌아가지 않고, 다시 예술가의 손을 향해 가고 싶어하는 듯했다.

　"안 돼! 그러면 안 돼!" 하고 오웬 왈랜드는 자기의 작품이 자기의 말을 이해하기나 하는 것처럼 중얼거렸다. "너는 네 주인의 가슴에서 완전히 떠난 거야. 다시 돌아와서는 안 돼!"

　나비는 떨리는 광채를 내뿜으면서 얼마 동안 파닥거리다가 아이의 손가락으로 날아가 앉으려고 하였다. 할아버지의 날카롭고 영리한 표정을 닮은 그 아이는 아직도 공중을 날아다니고 있는 그 나비를 붙잡아 손아귀 안에 넣고 꽉 눌러버렸다. 피터 호벤던 영감은 차갑고도 조롱이 담긴 웃음을 터뜨렸다. 대장장이가 아이의 손바닥을 펴자 손바닥 안에는 반짝이는 빛의 파편들이 작은 무덤을 이루고 있었다. 그 아름다움의 신비는 영원히 날아가버렸다. 오웬 왈랜드는 자기의 필생의 노력이 파괴된 모습을 침착하게 바라보았다. 그러나 그것은 진정한 파괴는 아니었다. 그는 이 것과는 또 다른 나비를 붙잡았던 것이다. 예술가가 아름다움 그 자체를 능히 획득할 만큼 높은 경지에 다다르면 인간의 눈에 보일 수 있도록 만든 상징물 같은 것은 전혀 가치가 없어져버리기 마련이다. 그의 영혼은 이제 실존하는 사물 그 자체에서 아름다움을 찾게 될 테니까 말이다.

희한한 결혼식

　뉴욕 시에는 내가 언제나 특별한 관심을 가져 온 교회가 하나 있다. 우리 할머니의 소녀 시절에 그 교회에서 매우 독특한 결혼식이 올려졌다는 얘기를 들었기 때문이다. 넉망 있는 숙녀였던 할머니는 우연한 기회에 그 결혼식의 목격자가 되었었는데, 할머니는 늘 그 이야기를 들려주곤 하셨다. 지금 얘기하려는 건물이 할머니께서 이야기하던 바로 그 건물인지 아닌지를 확인할 수 있을 만큼 나는 고적 연구가도 아니고, 또한 나의 실수라고 할지라도 이런 기분 좋은 실수를 그 건물의 문 위 초석에 새겨 놓은 건립 날짜를 읽어봄으로써 시정한다는 것은 가치 있는 일일 것 같지도 않았다. 그 건물은 아름다운 잔디밭으로 둘러싸인 장엄한 교회였는데, 그 안에는 납골 단지들과 돌기둥, 첨탑, 그리고 기념이 될 만한 대리석 조각과 개인적인 기증품들과 역사적인 인간을 기념하기 위한 영광스런 기념품들이 많이 있었다. 그런 장소라면 비록 그 탑 바로 밑으로 혼잡한 시가지의 소음이 울려퍼지고 있다 하더라도 사람들은 어떤 전설적인 것에 대한 관심을 느껴보고 싶어할 것이다.

　그 결혼식은 여자의 입장에서 보자면 이미 과거에 두 번씩 결혼한 경험이 있고, 남자의 입장에서는 비록 사십 년간이나 독신주의를 고수해 왔다고는 하지만 그래도 오래 전에 정해 놓은 약혼의 결과라고 볼 수 있는 것이었다. 예순다섯 살인 엘렌우드 씨는 부끄럼을 잘 타는 성격이지만 그렇다고 은폐된 생활을 하지는 않았고, 자기만 생각하고 사는 사람들처럼 이기적이기는 했지만 때로는 관대한 면모를 보이기도 했다. 또한 일생 동안 학자로 살아 오긴 했지만 그는 언제나 나태했다. 그의 학문이란 대중의 이익에 있어서나 자기의 개인적인 야심이란 면에 있어서나 구체적인 목표가 전혀 없었으니 말이다.

그는 거만하게 자라났고, 괴팍스러우면서도 소심한 신사였으며, 때로는 자기 자신을 위해 사회의 일반적인 규칙을 상당히 완화해달라고 요구하기도 했다. 사실, 그의 성격에는 비정상적인 데가 많았으며, 대중들의 관심으로부터 벗어나려고 하는 병적인 감수성을 가졌음에도 불구하고 상례에서 벗어난 행동을 하여 사람들은 종종 그에게 광기가 유전되고 있는 것은 아닌가 하고 그의 족보를 조사해 보고 싶을 정도였다. 그러나 그럴 필요는 없었다. 그의 변덕은 열중할 목표가 없는 공허한 마음에서 생겨나는 것이며, 다른 먹이가 없기 때문에 스스로 자기 자신을 먹어치우는 그런 이상심리에서 생겨난 것이기 때문이었다. 만일 그가 미쳤다면, 그것은 목표도 없고 실패로 끝난 생활의 결과이지 결코 그 원인은 아니었던 것이다.

대브니 부인은 나이만 빼놓고는 모든 면에서 자기의 세 번째 신랑과는 완전히 대조적이었다. 그 여자는 어쩔수 없이 첫 번째 약혼을 파기하고 자기 나이의 두 배가 되는 어떤 남자의 모범적인 아내가 되었다가, 그가 죽어버리자 엄청난 재산을 상속받게 되었다. 그 뒤 그녀보다 훨씬 어린 남부의 신사와 결혼했는데, 그는 그녀를 찰스턴으로 데리고 갔다. 거기에서 몇 해 동안 불유쾌한 세월을 보낸 후 그녀는 다시 과부가 되었다. 대브니 부인과 같은 그런 삶을 겪고도 어떤 섬세한 마음씨가 남아 있다면 그것은 특이한 일이 아닐 수 없을 것이다. 그녀가 겪어야 했던 실망과, 첫 번째 결혼식에서 얻은 차가운 의무감, 두 번째 결혼에서 그녀 자신의 편안함을 지키기 위해 차라리 그가 죽기를 바랐을 정도로 불친절했던 남부 출신 남편으로 인하여 겪게 된 본성의 붕괴로 섬세하고 아름답던 감정들은 깨지고 사라져버리지 않을 수 없었다.

다시 말하자면, 그녀의 여인 중에서도 가장 현명하지만 가장 사랑스럽지 못한 여인이었고, 마음의 시련들을 침착하게 참으면서 자기에게 행복이 될 수도 있는 것들을 모두 멀리하고, 자기에게 남아 있는 것들만을 최대한 이용하려는 철학자였다. 현자(賢者)인 체하는 이 과부는, 자기 자신을 우스꽝스럽게 만드는 이러한 결점 때문에 오히려 좀더 호감을 주는 것인지도 모른다. 그녀에겐 아이가 없었으므로 딸에게 자신의 아름다움을 남겨줄 수 없었다. 그리하여 그녀는 늙어서 추해지는 것을 거부했다. 그녀는 시간과 싸웠으며, 세월의 흐름에도 불구하고 자신의 장미빛 젊음을 꽉 붙들고 있었으므로, 시간의 도둑은 마침내 그녀의 젊음을,——빼앗는 수고를 할 가치가 없다고 생각하는 것 같았다.

세속적인 그녀가 엘렌우드 씨와 같이 비세속적인 남자와 결혼하겠다고 발표한 것은 자기의 고향으로 돌아온 직후의 일이었다. 피상적인 구경꾼이건, 아니면 내막을 잘 아는 사람들이건 모두 이 결혼을 성사시키는 데 있어서 여자가 더욱 능동적이지 않았을까 추측하고 있었다. 또한 이 어릴 적 애인들의 늦은 결합을, 인생살이에서 여러 사건을 겪는 동안 참다운 감정을 잃어버린 여인을 때때로 바보로 만들어버리는 감상과 낭만의 그럴 듯한 망상으로 치부해버리는 사람도 없지 않았다. 어쨌든 사람들이 의아해하는 것은 세속적인 지혜가 모자라기는 하지만 남의 비웃음을 사는 것에 대해 몹시 예민한 이 신사가, 신중해야 할 일을 어떻게 그토록 쉽게 처리했는가 하는 점이었다. 사람들이 수다를 떨고 있는 동안 결혼식 날은 다가왔다. 결혼식은 감독교(監督敎)의 형식에 따라 올리게 되었고, 하객들의 수에 따라 교회를 개방하였는데, 하객들은 이층의 관람석 앞자리와, 성단 근처와 넓은 통로를 따라 놓인 좌석을 다 차지해버렸다. 약속을 한 것인지 아니면 그 시대의 관습이 그러했는지 신랑 신부는 교회까지 따로따로 걸어가게 되어 있었다. 어떤 우연한 사건 때문에 신랑은 그 과부와 그녀의 들러리들보다 약간 지체했다.

몇 대의 구식 마차가 시끄러운 바퀴 소리를 내며 달려왔다. 그리고 신부측 일행의 숙녀들이 햇살이 부서지는 듯한 밝고 명랑한 소란 속에 교회의 문을 열고 들어섰다. 그 중심 인물만 빼놓고 일행은 모두 젊고 쾌활한 젊은이들이었다. 그들이 교회의 넓은 복도로 들어올 때, 교회의 양편 좌석과 기둥들이 갑작스레 빛나 보이는 듯했다. 그들의 발걸음은 교회를 무도회장으로 잘못 생각하고 있기라도 한 것처럼 경쾌했으며, 손에 손을 잡고 춤이라도 출 듯이 성단 쪽으로 나아갔다. 그 장면이 너무도 휘황찬란했으므로 사람들은 신부 입장의 순간에 일어난 기이한 현상을 거의 눈치채지 못했다. 신부의 발이 문턱에 닿은 순간, 그녀의 머리 위에 있는 탑에서 종이 무겁게 울려서 음산한 조종 소리를 냈던 것이다. 그녀가 교회 안으로 들어섰을 때는 종소리의 여운이 점점 사라지다가 길게 꼬리를 끌면서 엄숙하게 되울렸다.

"맙소사! 이 무슨 흉조일까." 한 젊은 처녀가 자기 애인에게 속삭였다.

"저 종은 자진해서 울리는 고상한 취미를 갖고 있나보군. 저 여자가 결혼을 해서 어쩌겠다는 거야? 줄리아, 만일 당신이 저 성단을 향해 걸어간다면 가장 즐거운 종소리가 울려퍼질 텐데 말이야." 하고 그녀의 애인이 말했다.

신부와 그 일행은 너무 법석을 떨며 입장하느라 첫 번째 종소리는 듣지 못했으며 최소한 그런 괴상한 환영을 받으며 성단으로 나아간다는 것에 대해 생각해 볼 겨를조차 없었다. 때문에 그들은 쾌활함을 잃지 않고 계속 앞으로 나아갔다. 그 시대의 휘황찬란한 옷들——진홍빛 벨벳 코트와 금테 두른 모자, 버팀대를 넣은 스커트, 무늬를 넣은 비단 자수품 혁대 장식, 지팡이, 칼——이 모든 장신구들이, 그들의 화려한 옷차림에 기가 막히도록 잘 어울려서 그들은 실제 모습보다 훨씬 더 밝은 한 폭의 그림같았다. 그런데 어떤 악취미의 화가로 하여금 그 주인공을 그토록 늙고 시들어빠진 모습으로 그리게 하고, 반면에 의상은 가장 휘황찬란한 색채로 장식하여, 마치 사랑스러운 처녀가 갑자기 나이를 먹어 쇠잔해져서 자기 주위의 미인들에게 어떤 교훈을 주려고 하는 것처럼 만들어버렸단 말인가 !
그들은 계속 걸어갔는데, 통로의 삼분의 일 정도까지 왔을 때, 다시 종
소리가 울렸다. 그 종소리는 교회를 어둠으로 가득 채우는 것 같았으며,
그 행렬이 안개 속에서 나타나서 다시 빛날 때까지 그 화려한 행렬을
흐릿하게 어둠으로 덮어버리는 것 같았다.

　이번에는 와자지껄해지면서 그 행렬이 멈추었고, 신사들 쪽에서는 어
수선하게 수군거리는 소리가 들려 왔다. 그들이 그렇게 우왕좌왕 흔들리는
모습은, 마치 이슬에 젖은 두 개의 꽃봉오리 위에 갑작스레 바람이 불
어와서, 갈색으로 바랜 시든 장미빛 이파리들을 흩날려버리려고 하는
순간의 찬란한 꽃다발에 비유할 수나 있을지——이것은 젊고 아름다운
들러리들 사이에 있는 과부의 모습의 상징이라고나 해야 할 것이다. 그러나
신부의 자질은 대단한 것이었다. 신부는 마치 그 종소리가 자기의 심장
위에 떨어지기라도 한 듯이 처음에는 몸서리를 쳤으나, 곧 정신을 되찾아
들러리들이 혼비백산하고 있는 동안 스스로 앞장서서 침착하게 통로를
걸어나갔다. 종소리는 마치 시체가 무덤을 향해 나아갈 때처럼 쓸쓸한
박자로 울려퍼지고 있었다.

　"내 어린 친구들은 약간 신경과민이 된 모양입니다." 하고 과부는
미소지으며 성단에 서 있는 목사에게 말했다. "가장 즐거운 종소리의
안내를 받으면서 이루어진 많은 결혼식도 나중에 불행하게 되는 것으로
보아 이처럼 기이한 환영을 받고 보니, 오히려 더 좋은 행운이 찾아올
것 같군요."

　"부인." 하고 목사가 당황하여 대답했다. "이런 이상한 일을 당하고
보니 저 유명한 테일러 주교님의 결혼 설교가 생각나는군요. 주교님은
언젠가 다가올 죽음이나 미래의 슬픔에 대한 이야기를 그 분 특유의 풍부한
화술로 엮어나갔지요. 마치 신방에 검은 헝겊을 드리우고, 관 뚜껑에 덮는
휘장으로 결혼 의상을 지은 것 같았답니다. 결혼 예식에 뭔가 슬픈 요소를
가미하는 것은 여러 나라의 관습이기도 하지요. 그래서 인생의 가장 중대한

약속을 맺는 동안 마음속에 죽음이라는 생각을 간직하도록 하는 것입니다. 그러니 우리는 이 장례의 조종 소리에서 슬프지만 또한 유익한 교훈을 끌어낼 수 있을 것입니다."

그러나, 목사는 이처럼 그 교훈에 대해 열심히 이야기하면서도 이 괴상한 사건을 조사하여 이 결혼식에 음침하게도 잘 어울리는 그 종소리를 중지시키도록 사람을 보내는 것을 잊지 않았다. 속삭이는 소리가 침묵을 깨뜨리는 동안 짧은 시간이 흘러갔으며, 처음의 충격이 사라지자 신부측 일행과 구경꾼들 중 몇몇 사람들은 킥킥 웃음이 터져나오려는 것을 꾹 참고 있었다. 그들은 이 사건에서 심술궂은 즐거움을 느끼고자 하는 것 같았다. 늙은 사람들이 젊은 사람들의 어리석음을 볼 때보다 젊은 사람들이 늙은 사람들의 어리석음을 보게 될 때 더 무자비하게 구는 법이다. 과부의 시선은 잠시 교회의 창문 너머로 이리저리 방황했다. 마치 첫 번째 남편을 위해 그녀가 바쳤던 낡아빠진 대리석 묘비를 찾아보려는 듯이. 그런 뒤 그녀의 눈꺼풀이 흐릿한 눈 위로 내리깔리면서 그녀의 생각은 또 다른 무덤으로 달려가는 것이었다. 땅에 묻힌 두 남자가 과부의 귀에 대고 자기들 옆에 와서 누우라고 멀리서 외치고 있었다. 한 순간 그녀는 몇 년 동안 축복의 세월을 보낸 뒤에 저 종소리가 자기의 장례식에서 울리는 것이라면, 그리고 자기의 첫사랑이자 오랜 동안 남편이었던 사람의 두터운 사랑 가운데 무덤으로 인도되어 간다면, 자기의 운명은 얼마나 더 행복할 것인가를 생각했을 것이다. 그런데 왜 자기들의 차가워진 가슴이 서로의 포옹을 겁내게 된 지금에 와서야 그녀는 그에게 되돌아온 것일까?

아직도 죽음의 종소리는 그토록 침통하게 울리고 있어서 햇빛은 하늘 위로 사라져 버린 것 같았다. 하나의 속삭임이 창가에 가까이 서 있던 사람들의 입에서 터져나와 점차 교회 전체로 퍼져갔다. 신부는 성단에서 살아있는 신랑을 기다리고 있는데, 몇 대의 마차를 거느린 영구차 한 대가 교회 묘지로 죽은 사람을 운반하기 위해 천천히 오고 있었다. 그리고 잠시 후 신랑과 그 친구들의 발자국 소리가 문쪽에서 들렸다. 과부는 통로 쪽을 바라보다가 뼈만 남은 손으로 들러리 중의 한 처녀의 팔을 무의식적으로 난폭하게 붙들었다. 그 아름다운 처녀는 몸을 떨었다.

"깜짝 놀랐어요, 아주머니!" 하고 그녀가 외쳤다. "도대체, 왜 그러세요?"

"아무것도 아냐, 아무것도." 하고 과부가 말했다. 그리고 그녀의 귀에 대고 속삭였다. "어리석은 공상을 떨쳐버릴 수 없어서 그래. 신랑이 죽은 내 전 남편들을 들러리로 세우고 교회로 들어올 것만 같아!"

"보세요!" 그 처녀가 외쳤다. "이게 웬일이에요? 장례식이라니!"

그녀가 말하고 있는 동안 검은 행렬이 교회 안으로 들어왔다. 맨 먼저 어떤 노인과 노파가 장례식의 상주처럼 창백한 얼굴과 흰 머리만 빼고 온통 칠흑처럼 검은 차림으로 들어왔다. 남자는 지팡이에 몸을 기대고, 무감각한 한쪽 팔로 늙어빠진 아내를 부축하고 있었다. 그 뒤를 다른 한 쌍의 부부가 따라왔는데 그들 부부도 첫 번째 들어온 사람들과 똑같이 검은 옷을 입고 슬픔에 잠긴 늙은 모습이었다. 그들이 가까이 오자 과부는 그들의 얼굴에서 오랫동안 잊고 있던 옛 친구들의 흔적을 하나하나 알아보았다. 그들은 마치 그녀에게 수의를 준비하라고 경고하기 위해 그들의 낡은 무덤에서 되살아나 지금 막 돌아오고 있는 것 같았다. 또는 그녀에게 자기들의 주름살과 병약한 몰골을 보임으로써 그녀의 노쇠를 증명하여, 그녀가 자기들의 동반자라는 것을 주장하려는 것처럼 보이기도 했다. 젊은 시절 그녀는 그들과 함께 수많은 즐거운 밤을 춤을 추며 보내기도 했다. 그러나 지금 그녀는 기쁨이라고는 다 사라져버린 나이에, 그 말라비틀어진 상대가 그녀의 손을 청하면서 장례식의 종소리에 맞춰 다함께 죽음의 춤을 추자고 하는 것 같았다.

이 늙은 조객들이 통로를 지나가는 동안, 좌석마다 가득찬 하객들에게는 그 주위에 둘러서 있던 사람들에 가려져 보이지 않던 어떤 형체를 보고 억제할 수 없는 두려움에 몸을 떨었다. 많은 사람들은 얼굴을 돌려버렸고 어떤 사람들은 굳은 표정으로 바라보고 있었다. 또 어떤 소녀는 신경질적으로 낄낄거리고 웃더니 입술 위에 웃음을 띤 채로 기절해버렸다.

그 유령 같은 행렬이 성단 가까이 왔을 때 그 부부들은 각기 따로따로 떨어져 천천히 갈라졌으며, 그러자 한가운데 이 침통한 행렬과 죽음의 조종 소리와 장례 의식을 위해 운반된 한 모습이 나타났다. 그것은 수의를 입은 신랑이었다!

무덤의 옷 이외에는 그 어떤 옷도 시체 같은 모습에는 어울릴 것 같지 않았다. 실제로 그의 두 눈은 무덤 속의 등불 같은 광채를 담고 있었다. 다른 부부들도 모두 관 속에 든 늙은이 같은 엄숙한 냉정함으로 굳어 있었다. 시체는 움직이지 않고 서서, 대기중에 무겁게 울려퍼지는 종소리에 녹아드는 듯한 어조로 과부에게 말을 건넸다.

"자, 나의 신부여." 그 창백한 입술이 말했다. "상여는 준비되어 있소. 교회지기가 무덤의 문에서 우리를 기다리고 있다오. 결혼합시다, 그리고 우리의 관으로 갑시다!"

과부의 공포를 어떻게 다 표현할 수 있을까? 과부는 죽은 사람의 신부답게 유령 같은 모습을 하고 있었다. 과부의 젊은 친구들은 그 조객들과 수의를 걸친 신랑과 그녀를 번갈아 쳐다보고선 몸서리치며 뿔뿔이 흩어졌다. 이 모든 장면은, 가장 강렬한 이미지로, 나이와 노쇠와 슬픔과 죽음에 직면할 때 이 세상의 도금한 모든 허영들은 얼마나 헛된 아귀다툼에 불과한 것인가를 보여주고 있었다. 목사가 두려움으로 굳어버린 장내의 침묵을 맨먼저 깨뜨렸다.

"엘렌우드 씨." 그는 다소 권위있는 태도로 부드럽게 말했다. "이 무슨 부당한 짓이오. 당신의 마음은 매우 흥분되어 있소. 결혼식은 연기되어야 하오. 오랜 친구로서 말하는데, 당신은 집으로 돌아가시오."

"집이라고요? 그러나 나의 신부가 없이는 못 갑니다." 여전히 공허한 어조로 그가 대답했다. "당신은 이것을 장난이나 아니면 미친 짓으로 생각하시는군요. 만약 내가 이 늙고 망가진 몸에 수놓은 주홍빛 옷을 걸치고 있다면——만약 내가 내 시들어빠진 입술을 벌려 죽은 나의 심장에 웃음을 띠어 보인다면——그것이야말로 놀림감이고 미친 짓일 것입니다. 그러나, 여러분, 여기까지 결혼 의상을 입지 않고 온 사람은 신랑입니까, 신부입니까!"

그는 유령 같은 발걸음으로 걸어나가서 섬뜩할 정도로 단순한 자기의 수의에 이 불행한 장면을 위해 그녀가 차려 입은 호화로운 옷을 견주어보면서 과부의 옆에 섰다. 그들을 바라본 사람들은 그의 혼란된 지성이 이끌어 낸 이 교훈의 무서운 힘을 아무도 부정하지 못했다.

"잔인해요! 잔인해!" 비탄에 잠긴 신부가 울부짖었다.

"잔인하다고!" 하고 그는 되풀이했다. 그리고 자기의 주검 같은 자세를 허물어뜨리며 강렬한 고통 속에 말을 이었다. "우리 중의 누가 상대방에게 잔인했는지 하느님은 심판하실 거요. 젊은 시절 당신은 내게서 행복도 희망도 목표도 빼앗아버렸소. 당신은 내 생의 본질을 무너뜨리고 그것을 슬퍼할 실체도 없는 몽상으로 만들어버렸소. 그러나 사십 년이 지난 후, 내가 나의 무덤을 세우고 그곳에서 쉬고 싶다는 생각을 떨쳐버릴 수 없는 지금에 와서——아니오, 우리가 옛날에 설계한 적이 있던 그런 생활을 위한 것은 아니오——당신은 나를 이 성단으로 불러냈소. 당신의 부름에 따라 나는 이곳에 왔소. 그러나 다른 남편들이 당신의 젊음과 아름다움과 따뜻한 마음, 그리고 당신의 생명이라 일컬어질 만한 모든 것을 모조리 향락해버렸소. 그러니 나를 위해서는 당신의 파멸과 죽음 외에 무엇이 남아 있겠소? 그러므로 나는 문상객들을 청하고 교회지기에게 가장 우울한 조종 소리를 부탁하고, 수의를 입고 장례 의식으로 결혼을 하려고 이곳에 온 거요. 우리는 무덤의 문 앞에서 손을 잡고 함께 그곳으로 가야 하오."

그때 신부를 움직인 것은 광란도 아니었고, 또 이런 일에 익숙지 못한 마음에 일어난 강렬한 감정도 아니었다. 그날의 엄숙한 교훈이 그녀의 마음을 움직였다. 그녀의 세속적인 마음은 사라져버렸다. 그녀는 신랑의 손을 잡았다.

"네!" 그녀는 외쳤다. "무덤의 문 앞에서라도 결혼식을 올립시다! 나의 인생은 허영과 공허 속에서 사라져버렸어요. 그러나 이제 하나의 진실한 감정이 생기는군요. 그것은 나를 젊었을 때처럼 만드는군요. 그것이 나를 당신에게 어울리는 사람으로 만들어 줍니다. 우리 두 사람에겐 더 이상 시간이 없어요. 영원을 위해서 결혼합시다!"

신랑은 오랫동안 깊은 생각에 잠겨 신부의 눈동자를 들여다보았다. 그의 눈에는 눈물이 가득 고였다. 시체의 얼어붙은 가슴에서 인간적인 감정이 솟구친다는 것은 얼마나 신비한 일인가! 그는 수의 자락으로 눈물을 닦았다.

"젊은 시절의 애인이여." 그는 말했다. "내가 너무 거칠었소. 절망이 한꺼번에 밀어닥쳐서 나를 미치게 했소, 우리는 이제 인생의 황혼에 접어들었소. 그러나 우리는 행복을 꿈꾸던 우리들의 아침의 꿈을 둘 중 아무도 이루지 못했소. 우리는 평생 동안 부당한 운명 때문에 헤어져 있었지만, 삶의 막바지에 이르러 다시 만나, 지상의 애정이 종교처럼 어떤 성스러운 것으로 변화하는 것을 발견하는 애인처럼 지금 이 성단 앞에서 우리의 손을 잡읍시다. 영원의 결혼에 비한다면 시간이란 대체 무엇이 겠소?"

많은 사람들의 눈물과 흥분된 감정 속에서 두 사람의 불멸의 영혼은 결혼식을 올렸다. 늙은 조객들의 행렬과 수의를 입은 백발의 신랑, 창백한 모습의 늙은 신부, 결혼 축사를 압도할 정도로 울려퍼지는 죽음의 종소리, 이 모든 것은 세속적인 장례식을 표상하는 것이었다. 그러나 이 예식이 진행됨에 따라, 풍금 소리는 이 감동적인 장면에 공감을 느끼기라도 한 것처럼, 저 침통한 조종 소리에 뒤섞였다가 더욱 높은 선율로, 그 영혼이 자기들의 슬픔을 내려다볼 때까지 찬송가를 노래하는 것이었다. 이 무서운 결혼식이 끝나고 신랑 신부가 차가운 손을 잡고 물러갔을 때, 장엄한 승리를 노래하는 풍금 소리는 결혼식의 조종 소리를 압도하고 있었다.

미국이 낳은 최초의 세계적 작가

나다니엘 호돈(Nathaniel Hawthorne, 1804~1864)은 불모지같던 19세기 미국 문단에 찬란한 예술의 꽃을 피운 천재적인 작가이다. 그는 이른바, 미국 문예부흥 문학의 선두 주자로서, 뛰어난 상상력과 특유의 문학적 기법으로 침체해 있던 미국의 문단에 신선한 충격을 주었으며, 미국 문학을 세계 문학의 경지로 끌어올린 천재적인 작가이다.

18세기 이전까지만 해도 미국의 문학 예술은, 영국과 유럽의 낭만주의 흐름을 받아들인 것으로 그 영향권에서 크게 벗어나지 못했었으나 19세기로 접어들자 차츰 정치적, 경제적 독립으로 독자적인 미국 문화가 형성되기 시작하였으며, 미국의 젊은 작가들은 미국을 배경으로 한 사상에 관심을 갖게 되었다. 이와 함께 미국의 낭만주의도 확실한 틀을 갖추고, 1830년부터 1860년에 걸쳐 절정기에 도달하게 되었다. 호돈의 《주홍 글씨》(1850), 멜빌의 《모비 딕》(1851), 헨리 데이비드 드로우의 《월든》(1854), 등이 이 시기에 발표되었으며, 이러한 문학 예술의 르네상스로 말미암아 신대륙의 역사와 문화가 세계적으로 주목을 끌게 되었다. 이들 중에서도 가장 미국적인 색채를 지녔던 호돈은 멜빌과 더불어 미국이 낳은 최초의 세계적인 작가였다.

뉴잉글랜드의 전통적인 청교도 가문에서 태어난 호돈은 어려서부터 자기에게 깊이 스며들어 있던 뉴잉글랜드의 전통을 회의적인 사색으로 투시하고, 청교도적 죄의식을 분석 추구하여, 그 죄악이 인간의 영혼과 성격에 미치는 영향을 날카로운 통찰력과 섬세한 필치로 탐색했다. 신의 계시라는 미명 아래 인명을 경시하고 양심을 저버린 조상들의 어두운 과거와 청교도주의의 정신적 유산 속에서 죄책감으로 평생을 괴롭게 보내야 했던 호돈은 그러한 죄의식으로부터 벗어나려 했으며, 자기의 문학을 통해 그것을 실현할 수 있었다. 따라서 그의 문학적 테마는 뉴잉글랜드의 엄격한 청교도주의와 조상들의 음울한 과거와 깊은 연관을 가지고 있다. 호돈은 청교도 사회에서 변해가는 종교와 인간의 참모습을 예리하게 통찰했으며, 그것을 낭만주의적 색채 속에 상징적 수법으로 표출시켰다. 그의 작품은 장단편을 막론하고 대부분 뉴잉글랜드의 과거를 배경으로 삼고 있으며, 초자연적인 신비로운 분위기 속에서 인간의 본성과 죄악의 본질을 다루었다. 호돈은 자칭 '심리적 로맨스(Psychological romance)' 작가로서 인간의 원초적인 심성과 주제에 정통했으며, 특히 연약한 인간의 마음속에 자리잡고 있는 죄악상을 심리주의적 수법으로 묘사해냈다.

호돈의 가장 뛰어난 문학적 소산이자, 세계적 고전 중의 하나인 《주홍글씨》는 바로 인간 심리에 대한 깊고 날카로운 통찰력과 탁월한 상징적 수법이 유감없이 발휘된 미국 상징주의의 극치(極致)이며, 걸작이다. 청교도 사회의 비정함과 형식에 치우친 신앙의 타락, 그로 인한 인간 사회의 비극, 죄의식으로 얼룩진 인간 영혼의 어두운 심연이 매우 음울하게 그려져 있는 이 작품은 호돈의 인생과 문학의 총결산이라 보아야 할 것이다.

독서를 좋아하던 어린 시절

나다니엘 호돈은 1804년 7월 뉴잉글랜드 지방의 매사추세츠 주 세일렘의 전통적인 청교도의 가문에서 선장인, 같은 이름의 아버지 나다니엘 호돈과 엘리자베스 메닝 사이에서 태어났다. 그의 출생과 가정 환경은 겉으로 보기에는 매우 행복해 보였으나, 내면에는 어두운 과거의 그림자가 평생 그를 따라다니고 있었다.

호돈이 태어난 세일렘은 그 당시 평범한 항구 도시였으나, 그의 조상들과 관련된 무서운 과거의 내력을 지니고 있었다. 즉, 영국의 소지주 계급이었던 호돈 가문이 미국으로 건너와서 뿌리를 내린 곳이 바로 세일렘이었으며, 그의 미국 땅의 첫 조상인 윌리엄 호돈은 주 의회 하원의 대변인을 지냈고, 또한 세일렘 시 시민군(市民軍)의 대장까지 지낸 인물이었다. 윌리엄 호돈은 미국 초기의 도덕적 혼란을 단적으로 보여주는 마녀 사냥(Witch-hunting)과 퀘이커 교도의 박해에 큰 몫을 했던 사람이었다. 특히 고조부인 존은 1692년 세일렘에서 있었던, 마녀 사냥 때 흉포하고 엄격한 재판관 중의 한 사람이었다. 하느님을 경배하고 악마를 쳐부순다는 대의명분 아래 무고한 사람들을 박해하고 인간의 양심과 존엄성을 저버린 조상들의 반이성적 행위는 호돈의 마음에 깊은 상처를 주었고, 이것은 평생 그의 마음을 지배했다. 호돈은 조상들의 죄가 그 자손들에게 저주를 불러온다는 주제로 후에《일곱 개의 박공이 달린 집 The House of Seven Gables》(1851)이라는 장편 소설을 쓰기도 했으며, 가문의 이름을 'Hathorne'에서 'Hawthorne'으로 고칠 정도로 조상들의 죄악에 대해서 심각한 반발심을 느꼈었다. 호돈은 음산하고 죄로 얼룩진 조상들의 과거와 그에 따른 속죄의 강박관념으로 인해 고독하고 자폐적인 일생을 보내야 했으며, 그 소외감과 고립감은 이미 어린 시절부터 호돈의 마음에 침울한 운명의 그늘을 드리우게 했다.

그는 4세 되던 해에 외항선의 선장이었던 아버지가 네덜란드의 식민지였던 기아나의 수리남에서 황열병(黃熱病)으로 객사하게 되자 검은 운명의 그늘이 서서히 그의 마음에 드리우기 시작했다. 아버지의 죽음으로 호돈은 메닝 가문 출신의 귀부인인 어머니 엘리자베스와 함께 외숙부 로버트 메닝의 집으로 옮겨가서 네 명의 아주머니와 아저씨들 사이에서 살게 되었다. 호돈의 작품 중에는 민간 전승의 이야기를 소설화시킨 것들이 있으며, 또한 초기 청교도 시대의 분위기나 대중들의 생활 풍습에 상당히 정통한 부분들이 있는데, 그것은 유년 시절에 많은 아주머니와 아저씨들 속에서 내성적인 소년으로 자라면서 그들로부터 많은 이야기를 들었던 때문이었다. 호돈은 어린 시절 내성적이고 병약한 소년이었는데, 특히 9세 때에는 공놀이를 하다 다리를 다쳐 3년 동안 꼼짝 못하고 누워있게 되는 사고를 당하기도 했다. 그러나 이 시기에 호돈은 스펜서(Edmund Spenser)와 밀턴(John Milton) 등의 작품과 무수한 고전들을 탐독함으로써 육체적인 불행을 이겨낼 수 있었다. 도서관에 있는 책을 모조리 다 읽으려고 결심했던 토마스 울프 못지 않게 대단한 그의 독서 습관은 바로 이때 생겨난 것이었다.

《투와이스 톨드 테일즈》로 문단에 등장

우울한 소년 시절을 보낸 호돈은 1821년 17세 때, 보든 대학에 입학했다. 그러나 그는 대학에서도 고독하고 비사교적이었으며, 고전어에 능통했을 뿐, 성적은 별로 뛰어나지 못했다. 그의 내성적인 성격은 성장 환경에서 유래된 것이었으며 은둔적 생활을 하고 있을 때나, 친구들과 자연스럽게 어울리고 있을 때나 언제나 고독이 그를 따라다녔다. 학업에서는 뛰어나지 못했으나 그는 벌써 영국 문학에 비길 만한 미국 문학 창조의 야망에 불타서 열심히 글을 쓰기 시작했다. 그는 대학에 재학 중 평생의 지기(知己)가 된 롱펠로우(Henry W. Longfellow)와 브리지(Horatio Bridge), 그리고 뒤에 대통령이 된 피어스(Franklin Pierce) 등과 사귀기도 했다.

대학을 졸업한 후, 호돈은 고향인 세일렘으로 돌아가 무려 12년 동안이나 세상을 등지고 고독에 찬 은둔 생활을 했다. 이 시기에 그는 방에 틀어박혀 광범위한 독서와 명상, 창작에 몰두했으며, 작가가 되기 위한 길고 외로운 준비 기간을 보냈다.

이 무렵 그는 세일렘과 청교도의 역사, 선조들의 행적을 탐구하는 일에 열중했다. 그는 뉴잉글랜드 지방의 청교도적 배경과 그 정신적 기질을 탐구하고 자기 자신의 청교도 정신에 대해 비판 정신을 키웠다. 그는 선조들의 행적에 대해 매우 비판적이고 회의적이었으며, 그 행적은 그의 마음속에 하나의 죄의식으로 자리잡게 되었다. 또한 그는 인간의 죄를 은폐하려는 사회의 위선과 편협을 증오했고, 인간적인 만족과 쾌락을 거부하는 금욕적인 사고방식에 반발했다. 그는, 인간 누구나가 저지를 수 있는 죄를 저지르게 된 인간이 위선적인 종교와 사회로부터 냉혹한 비판을 받게 되는 데 분개하고, 스스로 그들의 죄를 나누어 지고자 했다. 이제 선조들의 문제는 그의 문제였고, 그의 문제는 그들의 문제였다. 선조들에게 있어서 무서운 죄는 지나가버린 과거였지만, 호돈에게는 속죄해야 할 고통스러운 현실이었다. 그는 선조들로 인한 이 원죄의식을 문학적 주제로 삼았고, 해결해야 할 평생의 과제로 삼았다.

이렇듯 청교도적 윤리·도덕 의식과 비관론에 젖어서 회의적인 사색과 고독한 생활을 계속했던 호돈은 창작의 불꽃을 피우기 시작했다. 대학 시절부터 이미 단편에 손을 대기 시작한 호돈은 졸업 후 《내 고향의 일곱 가지 이야기 Seven Tales of My Native Land》라는 일련의 단편을 탈고하여 몇몇 출판사에 출판을 교섭했으나 뜻을 이루지 못하자, 원고의 일부를 불태워버렸다. 그의 첫번째 출판은 보든 대학 시절을 소재로 한 로맨틱 멜로드라마인 《팬쇼우 Fanshawe》라는 소설로써, 1828년에 익명으로 자비(自費) 출판했으나, 문학적, 상업적 실패로 그는 모두 회수하여 없애버리고 말았다. 이 작품은 비록 미흡한 습작에 지나지 않았으나 인생을 어떻게 살 것이며, 자기 자신을 어떻게 사회에 순응시킬 것인가 고심하는 한 학자의 반자화상을 솔직하게 그려내고 있다. 이 작품의 내용처럼 호돈의 일생은 그 자신의 정신적 성실을 유지하면서 생활에 적응하려는 부단한 투쟁이었다.

호돈은 실망과 좌절 속에서도 자기가 생각한 바를 〈아메리칸 노트 북〉에 기입해가며 습작을 게을리하지 않았다. 또한, 그는 뉴잉글랜드와 뉴욕 일대를 여행하면서 이 지방의 풍물이며 생활 방식에 대한 지식의 폭을 넓히기도 하면서 그곳에서 받은 인상을 뒷날 뉴잉글랜드의 생활 양식에 대한 문학적 권위자가 될 준비를 갖추었다.

한동안 그는 단편에만 손을 대어 1838년까지 적어도 44편의 단편 및 소품들을 발표했다. 1830년에 문예지 〈더 토큰〉에 세 편의 단편을 발표한 후, 다시 1837년 〈더 토큰〉에 게재했던 작품과 그밖의 여러 잡지에 발표했던 단편 중 18편을 추려 친구 호라티오 브리지의 주선으로《투와이스 톨드 테일즈 Twice Told Tales》라는 단편집을 출판했다. 시인인 친구 롱펠로우는 이 단편집의 서문에서 우정어린 격찬을 했으며, 본명으로 처음 출판했음에도 불구하고 당시는 별로 관심을 끌지 못했다. 아직도 세상은 그에게 더 많은 고독을 요구하는 듯했다. 그러나 이 단편집을 통해 호돈은 정식으로 문단에 알려지게 되었으며, 고독과 명상의 천재는 서서히 세계 문학의 천재로 부상하기 시작했다.

현실의 세계와 이상의 세계

호돈은 1839년부터 1841년까지 보스턴 세관의 계량관으로 근무하게 되었는데, 이 곳에서 아내가 될 소피아 피버디(Sophia Peabody)의 언니인 엘리자베스 피버디(Elizabeth Peabody)를 만났고, 또 그녀를 통해 당대의 유명한 철학자들인 초월주의자들과도 교제하게 되었다.

1841년 호돈은 새로운 세계의 이상을 꿈꾸며 일단의 초월주의자들과 함께 '브루크 팜(Brook Farm)'이라는 이상적인 농장 건설에 참여했다. 그러나 그는 이 곳에서의 생활을 통해 자신이 생각하고 있는 이상 세계와 현실 사이의 차이를 통감하고, 몇 달만에 투자했던 1,000불만 손해 보고 농장 생활을 그만두고 말았다. 청교도적 죄의식과 비관론에 사로잡혀 있던 그는 초월주의가 주장하는 이상적인 낙관론을 쉽게 받아들일 수 없었던 것이다. 그는 에머슨 등의 초월주의자들로부터 쏟아지는 비난에도 불구하고 다시 자신의 침묵과 우울의 세계로 돌아갔다. 이렇듯 호돈은 당시의 시대 조류인 자유주의와 초월주의를 받아들이면서도 그것에 무작정 휩쓸리지 않고, 다만 이것을 자신의 문학 세계의 폭을 넓히는 계기로 삼았다. 그리고 그러한 생생한 현실 참여와 체험을 통해서 값진 예술의 꽃을 피울 수 있었다.

이상향(理想鄕)의 꿈에서 깨어난 호돈은 현실의 세계로 돌아왔다. 그는 1842년 7월 10일, 3년간이나 끌어왔던 소피아 피버디와 결혼했다. 그때 호돈은 38세, 소피아는 32세였다. 그는 결혼과 더불어 정신의 안정을 되찾게 되었으며, 소피아의 애정 속에서 그는 고독감에서 벗어나 어둠에 잠겨 있던 영혼의 빛을 되찾게 되었다. 그들은 콩코드에 있는 에머슨의 낡은 목사관(牧師館)에서 가난하지만 행복한 신혼 생활을 보냈다. 소피아는 생계조차 어려운 처지에서도 호돈에게 격려와 비판을 베푼 훌륭한 내조자였다.

名作의 탄생

1845년 7월 호돈 부부는 콩코드를 떠나 세일렘의 어머니에게로 돌아갔다. 아내가 임신한데다 몹시 궁색했으나, 이듬해에는 친구 브리지와 피어스의 주선으로 연봉 1,200달러의 세일렘 세관에 근무하게 되어 생활의 어려움도 다소 풀리게 되었다. 그 해에《낡은 목사관의 이끼 Mosses from an Old Manse》(1848)라는 단편집을 출판했다. 세관의 검사관으로 근무하면서 경제적으로도 안정되고 글을 쓸 수 있는 시간 여유도 있었지만 창작에 전념할 수는 없었다. 호돈은 그 세관의 버려진 위층 방에서 금실로 A자 모양의 수를 놓은 주홍색 천 한 조각을 발견하게 되는데 이것은 그의 최대 걸작《주홍 글씨》를 쓰는 실마리가 되었다.

1849년 6월 공화당 행정부가 들어서자 민주당에 입당했던 호돈은 검사관 자리를 잃게 되어 그에게는 이만저만한 타격이 아니었다. 가족들을 부양하는 문제도 있었지만 어머니의 죽음은 그에게 커다란 불행을 맛보게 했다. 이 실직이 중대한 전기(轉機)가 되어 생활의 어려움에 쫓기면서도 그는 아내의 격려 속에 집필에 몰두할 수 있었고, 이렇게 하여 완성된 작품이 바로 호돈 최대의 걸작《주홍 글씨》이다. 1849년 9월 27일에 집필을 시작하여 다음해 2월 3일에 탈고, 같은 해 3월 16일에 출판된 이 소설은 퓨리터니즘의 인습적인 강압이 극심했던 17세기의 식민지 뉴잉글랜드를 배경으로 하여, 노의사 로저 칠링워드와 애정없는 결혼을 한 여주인공 헤스터 프린이, 청교도인 목사 아서 딤즈데일과 불의의 사랑을 맺는 삼각 관계로 청교도 사회의 비정한 제도를 에워싸고 벌어지는 회환과 비애를 그린 작품이다. 오랜 진통(거의 25년간) 끝에 완성된 이 작품은 숙명적인 비극의 줄거리를 냉정하게 이끌어 나가는 희곡적인 구성, 작은 인물에 대한 날카로운 심리 분석이 청교도적 시대 배경과 혼연 일치되어 만들어진 작품이다.

《주홍 글씨》는 발표된 즉시, 비평가와 독자들로부터 대단한 인기를 불러 일으켜 초판 2,000부가 10일 새에 매진되었고, 2년 동안에 6,000부가 팔렸다. 이로써 호돈은 당당히 미국 문단의 촉망받는 작가로 인정받기 시작했으며, 그토록 갈망해오던 작가로서의 꿈을 이루게 되었다.

1850년 《주홍 글씨》를 발표하고 호돈은 매사추세츠의 레녹스로 이사했다.

그 무렵 호돈의 창작 활동은 활발해져서 1851년에는 단편집 《스노우 이미지 Snow Image》와 장편 《일곱 박공(膊栱)의 집》을 발표했다. 조상이 저지른 죄 때문에 후손들이 잇따라 죽음을 당한 어느 청교도 집안의 이야기를 다룬 이 소설은 호돈의 가족사와 고향 세일렘의 과거를 재현하였다. 이 장편 소설은 암담한 분위기 일색이던 《주홍 글씨》와는 달리 유머가 넘치고 있어서 이듬해 5월까지 6,000부가 나갔고, 영국에서도 《제인 에어》 이후 처음 보는 돌풍을 일으켰다. 이제 그는 젊은 작가들에게도 존경받는 인물이 되었다.

호돈은 1852년 5월 콩코드의 교외인 웨이사이드로 이사하여 결혼 후 처음으로 아늑함을 누렸다. 그리고 7월 브루크 농장에서의 경험을 소재로 한 이상사회와 자선 사업에 대한 풍자와 삼각 연애를 그린 《블라이드데일 로맨스 The Blithedale Romance》를 출판했다. 유토피아를 건설하려는 한 무리의 사람들이 서로를 해치며 갈등하는 모습을 그린 이 소설은, 작자의 자화상적인 주인공이 환멸을 느껴 그 집단에서 떨어져 나간다는 이야기였다.

이 해에 친구인 피어스가 대통령에 출마하자, 그를 위해 《피어스 전》을 썼는데, 피어스가 대통령에 당선되어 그는 영국 리버풀의 영사가 되었다. 그는 7월 6일 가족과 함께 보스턴을 떠나 영국으로 건너가 1857년까지 4년여 동안 공직 생활을 하였다. 쇄도하는 방문객에 시달리며 연회 석상에 나가 마지못한 연설도 하고, 미술관을 순방하며 그림 공부도 하고, 셰익스피어의 고향을 찾기도 하면서 영사로서의 어렵고 따분한 직책을 수행해 냈다. 그동안 30만 단어에 달하는 기록으로 영국 생활을 생생하게 묘사하면서 영·미 두 나라 사이의 문화를 비교한 《잉글리시 노트북》을 출판하기도 했다. 또 이때의 경험을 바탕으로 1863년에는 수필집 《우리의 옛 고향 Our Old Home》을 썼다.

1857년 8월 영사직을 사임한 그는 이탈리아를 비롯하여 유럽 각지를 여행하면서 새로운 작품의 창작에 심혈을 기울였다. 죄와 응보는 현세에서 고백함으로써 구제된다는 주제를 다룬 호돈의 마지막 걸작인 《대리석의 목양신 The Marble Faun》(1860)은 바로 2년간의 이탈리아 여행에서 얻어진 성과였다. 1860년, 우럽에서 돌아온 호돈은 건강의 쇠퇴로 별로 작품을 쓰지 못했다. 1864년 5월 보양차 친구 피어스와 함께 뉴햄프셔 힐로 여행을 하던 중 호돈은 플리머스의 한 여관에서 60세를 일기로 객사하고 말았다. 그의 유해는 그가 가장 행복한 시절을 보냈던 콩코드에 묻혔다.

《주홍 글씨》에 대하여

청교도적 열망과 구원을 다룬 《주홍 글씨》는 죄와 슬픔이 가장 공포스럽고 저주스러운 형태로 재현된 작품이다. 작자는 이 작품에 '하나의 로맨스'라는 부제를 달아놓기는 했지만, 영국의 작가 D. H. 로렌스가 말했듯이 《주홍 글씨》는 전통적인 의미에서 낭만적이고 아름다운 로맨스는 아니다. 그것은 죄와 구원의 의미를 그려낸 인간의 연약함과 슬픔에 관한 이야기이다. 《주홍 글씨》는 인간의 본성 중의 하나인 죄악이 이 작품의 주요 등장인물인 헤스터, 딤즈데일, 칠링워드, 펄 등 네 사람의 삶을 어떻게 구원과 파멸로 이끄는가 하는 것을 냉혹한 필치로 묘사해내고 있다.

《주홍 글씨》는 충동적이며 정열적인 여인 헤스터 프린이 간통죄로 고발되는 장면부터 시작된다. 가장 신성하고 순수해야 할 신세계에서 죄를 범했다 하여 헤스터는 청교도 사회의 율법에 따라 죄의 상징인 주홍 글씨 'A'를 가슴에 달고 장터의 형틀 위에 서 있다. 그 마법의 글자는 불완전의 상징, 죄악의 표적으로 헤스터를 어두운 고립의 세계로 영원히 격리, 추방하는 위력을 가지고 있었다. 그럼에도 불구하고 헤스터는 죄악의 씨앗인 갓난아기를 품에 안고 자신의 타락과 죄악이 햇빛 아래 폭로되는 것을 당당하게 감수하면서 가슴에 단 주홍 글씨를 떳떳하게 드러내놓고 서 있는 것이다. 그녀는 주홍 글씨에 의해 일상적인 평안의 세계, 현실적인 선(善)의 세계로부터 영원히 추방되어 고립되었지만, 오히려 자신의 행위를 용기있게 인정하고 자신으로 인해 야기된 모든 비극을 꿋꿋이 감수해갔다.

한편 숨은 죄인인 딤즈데일은 청교도 사회의 성스러운 목사요, 정신적 지도자로서 존경을 받지만, 내적으로는 자신의 죄를 고백하지 못하고 깊은 죄의식에 사로잡혀 하루하루를 처절한 고통 속에서 보내고 있는 인물이다. 그는 헤스터와 펄과 자신과의 지극히 당연한 유대 관계를 부정하고 목사로서의 임무 수행을 신이 자신에게 부여한 소명이라고 생각하는 위선에 빠져 있었다. 그러면서도 은밀한 죄책감과 양심의 가책으로 자신을 점점 어둠의 골짜기로 몰아넣는 것이다. 딤즈데일이 자신의 죄를 고백하지 못하고 그 고통으로 신음하는 것은 그가 칠링워드나 다른 청교도 시민들처럼 대서양을 건너와 청교도 공동체의 이상을 실현하고자 한 이상주의자였기 때문이다. 그 때문에 그는 있는 그대로의 자연스런 인간이 되지 못하고 죄인과 성인(聖人) 사이에서 번민했다. 그리고 그의 어두운 내면은 육체적인 병을 유발하게 된다.

이 작품의 또 다른 죄인인 칠링워드는 아내인 헤스터의 부정에 대해 무서운 복수를 결심한다. 늙고 기형적인 모습을 한 그는, 자기의 신분을 감추고 냉혹하다는 뜻인 '칠링워드'라는 이름으로 사악한 정열에 사로잡혀 불모(不毛)의 고립 속으로 빠져든다. 그는 펄의 아버지가 누구라는 것이 발견되지 않는 한, 지상의 부정은 제거되지 않는다는 그릇된 신념을 가짐으로써 최면술사이며, 과학자이고, 유능한 의사였던 그는 고통을 받으며 성격마저 비뚤어지게 된다. 무서운 악마로 변신한 칠링워드는 목사 딤즈데일에게 접근하고 마침내 그가 바로 자신이 찾던 펄의 아버지이며, 복수의 대상임을 알아낸다. 그리고 딤즈데일이 독에 감염되어 죽을 때까지 집요하고 치밀하게 딤즈데일의 영혼의 비밀을 백일하에 드러내어 복수의 쾌재를 부르고자 애쓴다.

작자는 그에게 일말의 동정도 보이지 않는다. 왜냐하면 칠링워드는 지적 교만에 의해 인간성을 상실하고, 인간의 신성한 심성을 파괴한 용서받을 수 없는 죄인이기 때문이다. 그러나 육욕과 위선의 죄를 지은 딤즈데일에게는 인간으로서의 연민과 구원의 가능성을 열어주었다. 헤스터로부터 칠링워드에 대해서 듣고, 딤즈데일은 새로운 자유를 찾아 보스턴을 탈출할 것을 약속하지만, 결국 그는 광장의 설교대에서 마지막 설교를 하던 중 죽고 만다. 칠링워드는 반인간적 심성으로 딤즈데일의 영혼을 분해하다가 풀잎처럼 시들게 되지만, 딤즈데일은 불길 같은 설교를 성공적으로 마치고, 죄의 고백과 함께 치욕적이지만 떳떳한 죽음을 맞이함으로써 칠링워드로부터 그의 영혼을 구한 것이다.

딤즈데일의 구원은 오랜 고행과 참된 고백으로 이루어진 것이지만, 그것은 살아 있는 주홍 글씨라고 할 수 있는 죄의 산물인 펄 없이는 불가능했다. 딤즈데일이 헤스터와 펄을 껴안은 행위야말로 자신의 비밀을 고백한 행위이며, 속죄와 구원을 동시에 얻는 행위였기 때문이다. 펄은 죄의 실체이지만 죄, 형벌, 사랑과 구원의 상징으로서 역할을 완수함으로써 헤스터와 딤즈데일을 구원에 이르게 하는 소임을 다하고, 마침내 그녀의 눈물로써 죄의 상징에서 벗어난 펄은 기쁨과 슬픔 속을 걸어갈 수 있는 인간으로 재탄생하게 된다.

이처럼 주홍 글씨 'A'를 중심으로 상상과 현실 사이를 넘나들면서 펼쳐진 인물들의 극적인 심리적 갈등과 고뇌는 인간과 삶에 대한 작자의 문학적 깊이가 얼마나 깊었던가를 보여준다. 작자는 A자 하나로 딤즈데일을 깊은 고뇌와 뉘우침으로 어둠 속을 헤매게 하고, 칠링워드를 복수의 화신으로 변신케 했으며, 헤스터를 치욕과 고립의 세계에서 방황케 하였으며, 펄을 죄악과 구원의 이중적인 불꽃으로 형상화했던 것이다.

《주홍 글씨》는 1640년대의 보스턴 식민지 사회에서 일어나는 일들을 소재로 하여 청교도가 지배하는 식민지 사회에서 억압받는 인간의 모습을 19세기의 시대 정신으로 비판하고 있다. 따라서《주홍 글씨》는 청교도의 엄격한 종교 아래서 완벽해야 할 신세계가 초기부터 죄를 범하고 있음을 나타내면서 죄의 과정은 서술하지 않고 죄의 대가만으로 소설을 이끌어간다. 작자는 이상적인 신세계를 건설하려는 청교도들의 불완전성을 파헤치고 문화가 신앙을 경직시켜 인간의 본성을 상실케 했음을 묘사했다. 작자는 칠링워드의 타락과 죽음의 파멸을 통해 에덴 동산과 같은 완전함을 기대하는 이상주의의 꿈이 얼마나 위험하고 실현 불가능한 것인가를 보여주었다. 이에 반해 헤스터와 딤즈데일은 처음부터 죄를 범한 불완전한 인간으로 묘사하면서, 이들을 통해서는 죄를 범한 인간, 즉 불완전한 인간이 바로 참된 미국인의 상(像)이라는 것을 암시하였으며, 동시에 기계 문명 속에서 '정원의 신화'를 꿈꾸고 있는 작자와 같은 시대의 미국인들을 통렬히 비판했던 것이다.

헤스터 프린이 항상 가슴에 달아야 했던 주홍 글씨는 그녀가 불완전한 죄인이라는 것을 상징하지만 그녀가 인간적인 생활을 누릴 수 있었던 것은 오히려 그녀가 죄를 범했기 때문이다. 다시 말해서 불완전했으므로 인간적일 수 있었던 것이다. 이야기의 결말에 가서 유럽에서 돌아온 헤스터가 가슴에 A자를 달고 여생을 보냈다는 것은, 죄를 짓는다는 것은 가장 인간적인 일이라는 작자의 테마를 재확인한 것이다. 따라서 주홍

글씨를 다는 것이 바로 참다운 미국인이 되는 증명이라면 헤스터가 달아야
했던 A자는 다름아닌 '아메리카'의 머리 글자라고 해도 좋을 것이다.

□ 나다니엘 호돈 연보

1804 : 7월 4일, 미국 매사추세츠 주 세일렘 시 유니온 스트리트 27번
지에서 태어남. 누님 엘리자베드와 누이동생 루이자가 있다. 아버지
나다니엘은 외국 항로의 선장을 지냈으며 어머니 엘리자베드는
세일렘 시의 유서 깊은 가문인 마닝 가문 출신의 귀부인이었음.
나타니엘의 가문은 영국에서는 부유한 소지주 계급이었으나 1630
년경 미국으로 이민 와서 처음엔 도우채스터에 살다가 나중에
세일렘에 정착했음. 호돈 가문의 미국의 첫 조상인 윌리엄 호돈은
주 의회 하원의 대변인이었고 세일렘 시의 시민군(市民軍)의 대
장으로 활약하여 마녀 사냥과 퀘이커 교도 박해에서 큰 몫을 했음.
가문의 이름이 'Hathorne'이었던 것을 후에 작가 호돈이 'Haw-
thorne'로 w자를 하나 더 넣어 고쳤음.

1808 : 아버지가 황열병에 걸려 남미에 있는 네덜란드령 식민지 수리남
에서 객사.

1809 : 아버지의 객사로 인해 집안을 정리하여 외숙부인 로버트 마닝의
집인 세일렘 시 허버트 스트리트의 집으로 이사하여 네 명의 아
주머니와 아저씨들과 함께 살게 됨.

1813 : 11월, 학교에서 공 던지기 놀이를 하다 다리에 부상을 입어 3년
동안이나 외출을 못 하고 누워서 지내게 됨. 이때부터 독서에
열중하게 됨.

1815 : 이 무렵부터 세익스피어(William Shakespeare), 밀턴(John Milton),
톰슨(James Thomson), 번연(John Bunyan), 스펜서(Edmund Spen-
ser) 등을 읽기 시작함.

1819 : 7월에 세일렘의 학교로 다시 돌아옴. 가족들은 캔버랜드에 살고 있었고, 그는 스코트(Walter Scott), 고드윈(William Godwin) 《아라비안 나이트 *Arabian Nights*》 등을 읽고 있었다.

1820 : 대학 입학을 위해 라틴 어를 공부함. 8월에 누이 루이자의 도움을 받아 《스펙테이터 *Spectator*》라는, 펜으로 직접 쓴 장시를 발행하여 친척과 친구들에게 돌림.

1821 : 10월 보드윈 대학에 입학하여 남의 눈에 띄지 않는 평범한 학창 생활을 보냄. 이때부터 작가를 지망하다. 같은 대학에 롱펠로우 (Henry Wadsworth Longfellow)와 피어스(Franklin Pierce)가 다니고 있어서 교우가 싹틈.

1825 : 보드윈 대학 졸업. 38명 중에서 18등으로 졸업한 뒤 어머니에게 돌아감.

1828 : 세일렘으로 돌아가 작가가 되기로 결심하고 어머니의 집에 은둔하며 습작 기간을 가짐. 익명으로 《하나의 이야기, 팬쇼우 *Fan-shawe, A Tale*》를 자비 출판했으나 완전 실패하여 모든 책을 다시 거두어들이게 되다. 그러나 이것을 계기로 구드리히(Samuel G. Goodrich)와 관계를 맺게 됨.

1832 : 가을에 몬트리올 호수와 나이아가라 폭포를 여행. 《더 토큰 *The Token*》지에 〈얌전한 소년 *The Gentle Boy*〉과 다른 세 작품을 익명으로 발표.

1834 : 《뉴잉글랜드 매거진 *The New England Magazine*》에도 익명으로 소설을 발표.

1836 : 보스턴의 《아메리칸 매거진 *American Magazine*》의 편집자가 되어 편집과 문학적인 매문(賣文)에 손을 대어 보았으나 곧 사임. 이 무렵 《아메리칸 매거진》의 구드리히로부터 부탁을 받고 《피터 팔레이의 미국사》를 누님 엘리자베드의 도움을 받아 집필.

1837 : 3월, 9년 동안 썼던 단편들을 모아 H. 브리지의 도움으로 《트와이스

톨드 테일즈 *Twice-Told Tales*》를 간행. 〈즐거운 산의 오월제의 기둥 *The May Pole of Merry Mount*〉, 〈목사님의 검은 베일 *The Minister's Black Veil*〉, 〈엔디코트와 붉은 십자가 *Endicott and the Red Cross*〉 등이 이에 수록됨. 롱펠로우가 극찬하는 서평을 쓰다. 치과 의사의 딸이며 재주 있는 여성인 엘리자베드 피버디와 알게 되었으며 그녀를 통해 동생 소피아를 알게 되어 교제를 시작하다. 1년 정도의 교제 끝에 비밀 약혼을 함.《데모크래틱 리뷰 *Democratic Review*》지에 작품을 기고하기 시작.

1839 : 보스턴 세관의 계량관으로 40년까지 근무했으나 곧 사임. 연봉 1천 2백 달러.

1840 : 정치 문제로 세관에서 퇴직. 결혼 준비를 위해 브루크 팜 커뮤니티 (Brook Farm Community)에 가입, 1천 달러를 투자하여 농사 일과 창작 생활을 조화시키고자 노력했으나, 농부이자 철학자들인 사람들에게 환멸을 느끼고 탈퇴.

1842 : 피버디 가의 자매들 중 가장 진보적인 소피아 피버디와 7월 9일 결혼. 에머슨(Ralph Waldo Emerson)이 살았고 거기에서《자연론 *Nature*》을 썼다는, 매사추세츠의 콩코드에 있는 낡은 목사관에다 신혼 살림을 차림. 당대의 철학자들인 애머슨과 도로우(Henry David Thoreau)와 가까운 교분을 갖기 시작함.《트와이스 톨드 테일즈》의 증보판을 출간함.

1844 : 큰딸 유나가 탄생. 경제적으로 매우 고통을 받음.

1845 : 10월, 세일렘의 어머니에게 돌아감.

1846 : 4월, 다시 세일렘 세관의 검사관으로 취직.《주홍글씨 *The Scarlet Letter*》의 서장 〈세관〉을 씀. 6월에 단편집《낡은 목사관의 이끼 *Mosses from an Old Manse*》간행. 이 속엔 〈젊은 굿맨 브라운 *Young Goodman Brown*〉, 〈라파치니의 딸 *The Rappacini's Daughter*〉, 〈진홍빛 반점 *The Birthmark*〉 등 호돈의 문학적 재질을

단적으로 나타내 주는 걸작 23편이 수록되어 있음. 6월, 아들 줄리안이 출생. 세일렘 시 체스너트 가로 이사.

1847 : 모올 스트리트로 이사.

1849 : 반대당이 집권하자 다시 파면당하게 됨. 문학에 정진하기로 결심함. 7월, 어머니가 사망함.《주홍글씨》집필에 몰두.

1850 : 3월.《주홍 글씨》출간. 처음 1개월 동안 5천 부를 찍고 다음 해까지 총 6천 부를 찍어 인세를 4백 50달러 받음. 매사추세츠주로 이사. 멜빌(Herman Melville)과 교제.

1851 :《일곱 박공의 집 *The House of Seven Gables*》출간. 5월에 둘째딸 로즈 출생. 11월,《원더 북 *Wonder Book*》,《스노우 이미지 *Snow Image*》출간.

1852 :《블라이드데일 로맨스 *The Blithedale Romance*》간행. 이 작품은 부르크 팜 커뮤니티에 가입했을 때의 경험을 토대로 쓴 로맨스. 보드윈 대학의 동창생인 피어스가 대통령 후보가 되자 그의 선거를 돕기 위해 캠페인 책자로《프랭클린 피어스 전기》를 써서 출판.

1853 : 피어스가 대통령으로 당선되자 그의 호의로 영국의 리버풀 영사로 임명됨. 연봉 2만 5천 달러. 7월에 보스턴 호를 타고 영국으로 건너가 셰익스피어의 고향, 존슨의 출생지, 웨일즈, 스코틀랜드, 호수 지방 등을 여행함.

1857 : 피어스가 대통령 직에서 물러나게 되자 영사직을 그만둠.

1858 : 1월에 온 가족이 영국을 떠나, 유나, 줄리안, 로즈 등 세 아이들과 함께 파리를 거쳐 마르세유, 제네바, 레그혼을 구경한 뒤 로마에 도착. 피렌체에서 시인인 브라우닝(Robert Browning) 부부와 교류하면서 교외의 고성(古城)에서 사치스러운 예술적 생활을 즐김. 큰딸 유나와 부인, 호돈이 차례로 병에 걸려 고생함.

1859 : 로마를 출발하여 제네바에 체류하다 런던에 도착.

1860 : 이탈리아에서 얻은 예술적 경험과 미적 충격을 토대로 하여 이

탈리아를 무대로 쓴 《대리석 목신 *The Marble Faun*》을 출간. 영국에서 콩코드로 돌아와 웨이사이드에 집을 정함.

1861 : 4월에 남북 전쟁이 터짐. 이에 정신적으로 큰 충격을 받음. 〈셉티시어스 펠튼〉과, 〈크림쇼 박사의 비밀〉을 쓰기 시작했으나 모두 완성하지 못하고 창작 생활에 큰 발전을 보지 못함.

1863 : 《우리의 옛 고향 *Our Old Home*》을 펴냈으나 이 책에 피어스에 대한 헌사가 들어 있어 말썽을 일으킴. 호돈 사후에 다시 출판됨. 건강의 악화와 창조적 힘의 쇠퇴로 거의 집필을 하지 못함.

1864 : 5월 19일, 건강 회복을 위해 피어스와 여행하던 도중 뉴햄프셔 주 플리머드의 한 여관에서 사망. 콩코드의 묘지 슬리피 할로우에 묻힘.

한국남북문학 100선

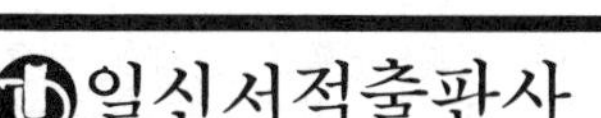

일신서적출판사

121-110 서울 마포구 신수동 177-3호
공급처 TEL. 703-3001~6 FAX. 703-3009

세계명작학술문고 일신 그랜드 북스

① 여자의 일생	(51) 싯다르타
② 데미안	(52) 이방인
③ 달과 6펜스	(53)(54) 무기여 잘 있거라(Ⅰ Ⅱ)
④ 어린 왕자	(55)(56) 지와 사랑(Ⅰ Ⅱ)
⑤ 로미오와 줄리엣	(57)(58) 생활의 발견
⑥ 안네의 일기	(59)(60) 생의 한가운데(Ⅰ Ⅱ)
⑦ 마지막 잎새	(61)(62) 인간 조건(Ⅰ Ⅱ)
⑧ 젊은 베르테르의 슬픔	(63) 이반 데니소비치의 하루
⑨⑩ 부활(Ⅰ Ⅱ)	(64)(65) 25시(Ⅰ Ⅱ)
⑪⑫ 죄와 벌(Ⅰ Ⅱ)	(66)~(68) 분노의 포도(Ⅰ Ⅱ)
⑬⑭ 테스(Ⅰ Ⅱ)	(69) 나의 생활과 사색에서
⑮⑯ 적과 흑(Ⅰ Ⅱ)	(70)~(72) 누구를 위하여 종은 울리나(Ⅰ Ⅱ)
⑰⑱ 채털리 부인의 사랑(Ⅰ Ⅱ)	(73) 주홍글씨
⑲⑳ 파우스트(Ⅰ Ⅱ)	(74) 슬픔이여 안녕
㉑㉒ 셜록홈즈의 모험(Ⅰ Ⅱ)	(75) 80일간의 세계일주
㉓ 이솝 우화	(76) 물과 원시림 사이에서
㉔ 탈무드	(77) 람바레네 통신
㉕㉖ 한국 민화(Ⅰ Ⅱ)	(78)~(80) 인간의 굴레(Ⅰ~Ⅲ)
㉗ 철학이란 무엇인가	(81) 독일인의 사랑
㉘ 역사란 무엇인가	(82) 죽음에 이르는 병
㉙ 인생론	(83) 목걸이
㉚㉛ 정신 분석 입문(Ⅰ Ⅱ)	(84) 크리스마스 캐럴
㉜ 소크라테스의 변명	(85) 노인과 바다
㉝ 금오신화 · 사씨남정기	(86)(87) 허클베리 핀의 모험(Ⅰ Ⅱ)
㉞ 청춘 · 꿈	(88) 인형의 집
㉟ 날개	(89)(90) 그리스 로마 신화(Ⅰ Ⅱ)
㊱ 황토기	(91) 인간론
㊲ 백범 일지	(92) 대지
㊳ 삼대(上)	(93)(94) 보봐리 부인(Ⅰ Ⅱ)
㊴ 삼대(下)	(95) 가난한 사람들
㊵ 조선의 예술	(96) 변신
㊶㊷ 조선 상고사(Ⅰ Ⅱ)	(97) 킬리만자로의 눈
㊸ 백두산 근참기	(98) 말테의 수기
㊹ 선과 인생	(99) 마농 레스꼬
㊺㊻ 삼국유사(Ⅰ Ⅱ)	(100) 젊은이여, 시를 이야기하자
㊼ 욕망이라는 이름의 전차	(101) 피아노 명곡 해설
㊽ 리어왕 · 오셀로	(102) 관현악 · 협주곡 해설
㊾ 도리안그레이의 초상	(103) 교향곡 명곡 해설
㊿ 수레바퀴 밑에서	(104) 바로크 명곡 해설

판형 / 4 · 6판 ✻ 면수 / 평균 256면

판형 / 4 · 6판 ✳ 면수 / 평균 256면

주홍 글씨

- 저　자 / 나다니엘 호돈
- 역　자 / 반　광　식
- 발행자 / 남　　　용
- 발행소 / 一信書籍出版社

주 소 : ①②①－①①⓪
　　　　서울 마포구 신수동 177－3
등 록 : 1969. 9. 12. (No. 10－70)
전 화 : 703－3001~6
FAX : 703－3009
© ILSIN PUBLISHING Co.

ISBN 89-366-0340-X　　　　값 12,000원